KB119381

시선 이백의
음주시 산책

詩仙 李白의 飮酒詩 散策

이백李白

이백李白(701~762)은 자가 태백太白, 호는 청련거사青蓮居士로 우리에게는 주선옹酒仙翁, 시천자詩天子, 천상적선인天上謫仙人 등으로 널리 알려져 있으며 중국 문학사상 최정상에 군림한 천재적 대문장가이다. 그는 당대 최고의 전성기에서 쇠퇴의 길로 접어드는 전환기에 주로 활동했다. 어린 시절에는 제자백가와 시부詩賦 등 방대한 전적을 두루 독파하여 후일 대문장가가 될 소양을 쌓았으며, 청년기인 24세부터는 구세제민救世濟民의 큰 이상과 웅지를 가지고 중국 전역을 만유하면서 좌절을 겪기도 했다. 장년기인 천보天寶초에는 3년 동안 장안에서 한림공봉翰林供奉을 지낸 후 사직하고, 재차 회재불우懷才不遇의 방랑생활을 했으며, 만년기로 접어든 55세 이후에는 안사란安史亂을 겪으면서 영왕永王의 사건에 연루되어 사형을 언도받고 유배와 사면을 거치다가 급기야 62세를 일기로 음주의 후유증으로 병사했다. 이렇듯 이백의 일생은 방랑放浪과 음주飮酒, 호협정신豪俠精神과 구선학도求仙學道, 겸제천하兼濟天下와 공성신퇴功成身退 등 유불선儒佛仙에 기초한 사상적 다양성을 띠고 있는데, 이러한 정서들이 그의 시가詩歌와 문부文賦 작품에 고루 나타나고 있다.

시선 이백의
음주시 산책

詩仙 李白의 飲酒詩 散策

황선재 역주

양현승 해설

學古房

맛있는 술을 멋있게 마신다면 삶이 얼마쯤 더 넉넉해질 수 있으리라. 물론 맛있는 술이라고 해서 값비싼 술을 말하거나 멋있게 마신다고 해서 일류 술집에서 마시는 술을 말하는 것은 아니다. 그렇다고 주제넘게 잘못된 음주 문화를 우려해서 하는 말은 더욱 아니다. 다만 개인의 차원에서 잘 마시면 약藥이 되기도 하고 잘못 마시면 독毒이 되기도 하는 술이 만드는 요술을 주위에서 자주 보기 때문이다.

《명심보감明心寶鑑 – 성심편省心篇》에서 술에 대해 말하기를,

하늘에 제사지내고 사당에 제사지냄에도 술이 아니면 흠향하지 않고, 임금과 신하나 친구 사이에도 술이 아니면 의리가 두터워지지 않고, 싸우고 서로 화해하는 데도 술이 아니면 권하지 못한다. 그러므로 술에는 성공과 실패가 있어서 함부로 마시지 말아야 한다.

라고 하였다. 인간 사회에서 술은 반드시 필요한 것임을 지적함과 동시에 술에는 성공과 실패가 있으니 함부로 마시지 말라는 경계를 강조하고 있다.

술의 이칭 중 하나는 망우물忘憂物(걱정을 잊어버리게 하는 물건)이다. 그런데 과음하면 실성물失性物(정신을 잃게 하는 물건)이 되어 몸과 마음이 망가지게 되는 주화酒禍를 면치 못하게 되니 과유불급過猶不及(정도를 지나침은 미치지 못한 것과 같음)이라, 조심하고 또 조심하지 않을 수 없음이다. '목에 술

5

술 넘어가니 술'이라고 하였고, 또 술의 별칭 중의 하나는 '백약지장百藥之長(온갖 뛰어난 약 가운데 가장 으뜸이다)'라고 하였더라도 심신心身에 약주藥酒가 될 것인가 독주毒酒가 될 것인가는 마시는 사람의 몫이다.

지금으로부터 1,300여 년 전 중국 당唐나라의 시인 이백李白(701~762)이 남긴 시 987수 가운데 음주시飮酒詩 136편 159수를 선별하고, 각 편에 대해 번역하고 해설·감상하는 화사첨족畵蛇添足의 객기客氣를 더했다. 그리고 다시 이 시들을 음주 상황과 작시作詩 정황을 고려하여 제1부 독작獨酌(술잔에 고인 달빛을 마시며), 제2부 대작對酌(술을 따르며 삶에 취하다), 제3부 유연遊宴(술잔에 뜬 여러 개의 달), 제4부 송별送別(술잔에 따르는 보내는 정 떠나는 마음), 제5부 기증寄贈(술로 먹을 갈아 꽃잎에 써서 보내다)의 5가지로 분류하였으며, 마지막 제6부 기타其他에서는 다른 이들의 음주 광경이나 술과 관련된 영물시 등을 모아 첨가하였다. 그리고 각 부별 작품 배열순서는 창작 연령순으로 이백의 젊은 나이에서 고령 나이순으로 배열하였으며 창작 연도가 분명하지 않은 작품은 각 부별 말미에 배치하였다. 모든 작품의 창작 연대가 정확하지 않고 연구자 간에 이설이 있는 작품은 내용상 설득력이 있는 연구자의 주장을 따라 배열하였다. 그러나 이 분류 또한 서로 교착交錯(이리저리 엇갈려 뒤섞임)되는 상황이 있음을 인정할 수밖에 없다. 예를 들어 헤어지면서[送別] 술자리[遊宴]를 열고, 이것을 기념하기 위해 시를 써 주는[贈詩]는 경우에는 해당 작품의 제목에서 강조하는 바를 따라 분류하였다.

각 편의 해설과 감상은, 이백이 시선詩仙·주선酒仙·적선謫仙 등의 많은 별칭으로 불리는 만큼 선인仙人이나 선계仙界의 차원에서는 감히 접근이 불가함은 물론이거니와, 일두음一斗飮하고 일필휘지하였다는 시작詩作의 천재성天才性 또한 헤아리기 어렵다. 따라서 대문호 이백을 한 사람의 평범한 시인 문사들의 단하壇下로 내려놓고 작품 속에 나타나는 인간적 차원의 희로애락의 정서에 대해 사람 냄새(?)를 맡으며 평이하게 음미하고자 하였다. 이백의 시에도 한 사람의 인간으로서 느꼈던 희로애락의 애환이 없을 리 없고, 술로써 세상사에 초연하고자 하였어도 벗어날 수 없는 인간의 굴레를 어찌할 수 없었을 것이라는 생각에서이다.

더욱이 이백은 우리나라 민요 '달타령'에서 「달아 달아 밝은 달아, 이태백이 놀던 달아~」라고 하여 고래로 우리 민족의 정서에 많은 영향을 줄 만큼 여느 시인보다도 친숙하였음을 감안하여, 표현과 정서면에서 이백의 시와 유사한 우리나라 선인들의 시가 작품을 곁들여 함께 감상 음미하고자 하였다. 그리고 이러한 감상과 해설의 의도는 이백 시의 우리나라 시가문학에 대한 일방적 영향관계를 우리 선인들의 시가 작품을 통해 확인하고자 한 것은 물론 아니며, 이백의 시에 우리 선인들의 시를 함께 감상해 구미속초狗尾續貂(훌륭한 것에 하찮은 것이 뒤를 이음)하려 한 것은 더더욱 아니다. 동서고금을 막론하고 시인이나 예술가들이 느끼는 정서는 같은 것이기 때문에 시간과 공간을 초월해 공감共感하고 공유共有하자는 것이다. 다만 차이는 표현과 전달에서, 그리고 독자들이 처한 상황에 따라 수용受容에 다름이 있을 뿐이라는 것을 인정하고, 이백 시 감상에 도움을 주고자 함과 동시에 보다 우리의 정서로 이해하고자 한 의도였다.

달[月]과 술[酒]과 시詩는 이백의 문학세계에서 빼놓을 수 없는 3요소이고, 이것들은 이백 시에서 일관되게 흐르는 급시행락及時行樂(시기를 놓치지 않고 즐겁게 놂)에서도 늘 함께하면서 풍류와 아치雅致를 배가해 준다. 오늘을 살아가는 현대인들은 과거 어느 때보다 각종 스트레스에 노출되면서 '술 권하는 사회'를 살아가고 있다. 그러나 우리 모두가 이백처럼 술을 마시면서 시를 쓰는 시인이 될 수는 없으나, 술잔을 들고 이백의 시 한 편 정도를 자신의 애송시로 삼아 읊조리면서 술을 마신다면 '술의 목넘이'가 훨씬 맛있고 멋있어 풍류와 아치를 느끼면서 몸과 마음에 약주藥酒가 되리라 여겨진다. 그리하여 취기醉氣로 인한 일시적 만족이나 긍정, 또는 망각忘却을 넘어서서 프리드리히 니체Friedrich Wilhelm NietZsche(1844~1900)가 말한 삶 전체와 세상에 대한 긍정을 통해 일시적 쾌락의 허무를 극복하는 '아모르 파티amor fati, 運命愛'로 승화하리라. 예술 행위는 우리가 직접 예술가가 되지 못해도 예술을 향유享有하는 것만으로도 예술 행위에 속한다. 마시는 한 잔의 술과 함께 이백의 시 한 편을 읊조린다면 누구나 제2의 이백이 될 수 있으리라.

마지막으로 인문학의 어려운 현실 가운데도 흔쾌히 출판을 맡아준 도서출판학고방 하운근 대표님과 명지현 팀장님을 비롯한 편집부 여러분들께도 머리 숙여 감사의 말씀을 전한다.

2023년 11월

제1부 독작獨酌 : 술잔에 고인 달빛을 마시며

제3부 유연遊宴 : 여러 개의 술잔에 뜬 달

제4부 송별 送別 : 술잔에 따르는 보내는 정 떠나는 마음

부록

일러두기

1. 이 책은 중국 성당시기 최고의 시인 이백李白(701~762)이 남긴 시 987수 가운데 음주시飮酒詩 136편 159수를 선별하고, 각 편에 대해 번역하고 해설하였다.

2. 번역과 주석은 《이태백전집李太白全集》(王琦 注, 北京中華書局, 1977)와 《이백전집교주휘석집평李白 全集校注彙釋集評》(詹鍈 주편, 百花文藝出版社, 1993), 《이태백전집李白詩全譯》(詹福瑞·劉崇德·葛景 春 等. 河北人民出版社出版發行, 1997)와 《이태백시집》(이영주·임도현·신하윤 역주. 學古房, 2015) 등을 참고하였다.

3. 연시聯詩의 경우는 전문을 싣지 않고 연시 중 음주가 표현되는 시편만을 선별하여 〈其1〉, 〈其2〉 등의 번호를 붙였고, 목차에는 각 시의 첫 구를 소제목으로 삼았다.

4. 음주시 전체 136편 159수를 음주 상황과 작시作詩 정황을 고려하여 6부로 나누어 분류한 바, 독작獨 酌, 대작對酌, 유연遊宴, 송별送別, 기증(寄贈)의 5가지로 분류하였으며, 마지막 기타(其他)에서는 다른 이들의 음주 광경이나 술과 관련된 영물시 등을 모아 첨가하였다.

5. 번역은 직역을 원칙으로 하였으며, 내용 파악에 도움을 줄수 있다고 여겨지는 경우에 한해 의역하였다.

6. 시가라는 특성상 함축과 압축적인 번역으로 운율감을 살려야 하지만, 이것이 지나친 경우에는 오히려 독자의 내용 파악에 방해가 된다고 여겨지는 경우에는 어미와 조사 등을 폭넓게 사용한 서술형 번역으로 독자들의 이해를 도왔다.

7. 한자어의 경우 독해에 필요한 인명·지명·관직명 등의 경우 가급적 원문을 통해 파악할 수 있다고 여겨지는 경우 독음을 제시했으며, 약어(略語) 등은 전체 단어를 밝혀 이해를 도왔다.

8. 서명(書名)은 《 》으로, 작품명의 경우는 〈 〉으로, 본문 중의 인용문은 ' '로, 작품 전체를 인용한 경우는 「 」로 묶고 작은 활자로 제시하였다.

9. 본문의 이해를 돕기 위한 주석과 전고(典故)는 번역문 위주로 제시하고, 전고 원문은 생략하였으며, 이해를 고려하여 가급적 자세하게 제시하였다.

李白把酒問月圖

[중국] 장홍천長洪千, 이백파주문월도李白把酒問月圖

제 1부

독작獨酌

술잔에 고인 달빛을 마시며

진정한 애주가는 '혼술[獨酌]'을 즐기는 사람이라고 한다. 지금으로부터 1,300여 년 전 주선酒仙이라 불릴 만큼 애주가였던 이백, 그러나 그도 사람인지라 지금의 우리의 혼술과 별반 다르지 않았으리라. 그의 음주시 중 독작하며 쓴 시들을 모아 감상하며 인간적 고뇌와 갈등, 낭만과 풍류, 음주 풍격風格의 세계로 들어가 본다. 그리고 우리는 과연 진정으로 혼자일 때 어떤 모습인가. 혼자만의 여유로움을 외로움이라고 여기지나 않는가? 시선詩仙의 '혼자만의 음주와 상념想念'은 어떠했을까?

01. 근심을 풀고 自遣

對酒不覺暝 대주불각명이러니　술 마시느라 날 저무는 줄 몰랐더니
落花盈我衣 낙화영아의로다.　떨어지는 꽃잎이 내 옷에 수북하구나.
醉起步溪月 취기보계월이오　취해서 일어나 달 뜬 시냇가를 거니는데
鳥還人亦稀 조환인역희로다.　새들은 돌아가고 인적 또한 끊기었네.

　이백이 20대 후반에 고향을 떠나 안륙安陸[1]에 머물던 시기에 지은 것으로 알려진 시다. 연보에 의하면 25세에 출향出鄕한 지 2년만인 27세에 객지인 안륙安陸에서 당唐 고종高宗 때 재상을 지낸 허어사許圉師의 손녀와 결혼하고, 이듬해인 28세(開元 16年, 728)에 장녀 평양平陽을 얻는다. 천하를 주유하겠다고 집을 나선 지 3년만이다. 전문 4구의 5언 절구다.

　이 작품 감상은 두 가지 관점에서 해석상의 차이를 보이고 있다. 제목 '자견自遣'의 해석을 '스스로를 위로하며'라고 해석하는 경우와 '근심을 풀며'라고 해석하는 경우이다. '위로'해야 하거나 '근심'해야 하는 원인은 마음속에 있는 풀리지 않은 무엇인가가 있었다는 의미일 수 있고, 여기에 여러 가지 원인을 추측할 수도 있으나, 전문을 통해서 전혀 나타나지 않으므로 표현된 내용에 충실해야 한다. 그래서 어떤 이는 「단어가 빼어나고 기운이 맑아서 의취가 깊고 아득하다.」[2]라고 했으며, 또 다른 사람은 「흥취는 시어 속에 있지만 느낌은 언어 밖에 있다.」[3]고 했다. 그래서 이백 시의 분류[4]에서 '한적閑適

---

1) 安陸안륙 : 지금의 호북성湖北省 안륙현安陸縣.
2) 오일일吳逸一, 《당시정운唐詩正聲》에서 「단어가 빼어나고 기운이 맑아서 의취가 깊고 아득하다語秀氣淸, 趣深意遠」.
3) 응시應時, 《이시위李詩緯》 券4에 「흥취는 시어 속에 있지만 느낌은 언어 밖에 있다興在言中, 而感在

(한가하고 편안함)'에 포함시키고 있다.

전반부 기와 승(1~3구)에서는 음주의 즐거움이 한껏 표현되고 있다. 술을 마시고 취해 시간 가는 줄 몰랐다는 것이 주 내용이니, '날 저무는 줄 몰랐다不覺暝'고 하며, 이것을 다시 과장적으로 표현한 것이 '떨어진 꽃이 옷에 수북이 쌓였다落花盈我衣'고 한다. 천하를 주유周遊하겠다고 집을 나선지 2~3년 만에 혼인하고 모처럼 한 곳에 정착한 후, 안정된 생활 속에 느끼는 한가로움과 여유로움이 옷에 쌓인 꽃잎처럼 묻어나는 표현이다.

후반부 전과 결(3~4구)에서는, 날이 어두워지자 옷에 쌓인 꽃잎을 털어내고 취기를 못 이길 듯 집으로 가는 모습이다. 시간이 얼마나 흘렀는지 밝은 달이 길을 밝혀주는데, 숲속 새들 노래 소리도 오고가는 인적마저 끊겼다. 그러나 외롭지는 않았으리라. 술에 취해 흔들거리면서 달빛 아래 그림자와 함께 걸어가는 이백의 모습이 한 폭의 그림을 보는 것 같아, 한중진미閑中眞味(한가로운 가운데 느끼는 참된 맛)가 아닌 한중주미閑中酒味 (한가로운 가운데 느끼는 술맛)를 '시중유화詩中有畵(시 속에 묘사된 풍경이 마치 한 폭의 그림과도 같음을 이름)'로 그려내는 품이 빼어나다 아니 할 수 없다.

言外」.

4) 왕기王琦 집주, 《이태백전집李太白全集》, 대만 화정서국華正書局, 1981.

02. 인생길 어려워라(3수) 行路難(3首)

〈其1〉

金樽淸酒斗十千 금준청주두십천이요　　금 술동이 맑은 술은 한 말에 만 냥이요

玉盤珍羞直萬錢 옥반진수치만전이로다.　　옥쟁반의 진수성찬은 만 전이로다.

停杯投筯不能食 정배투저불능식하고　　술잔을 멈추고 수저를 던지며 먹을 수 없고

拔劍四顧心茫然 발검사고심망연이라.　　칼 빼어 사방을 둘러봐도 마음만 답답하네.

欲渡黃河氷塞川 욕도황하빙색천이요　　황하를 건너고자 하나 얼음이 강을 막고

將登太行雪滿山 장등태항설만산이라.　　태항산1)을 오르려 해도 눈이 가득 쌓였네.

閑來垂釣碧溪上 한래수조벽계상이요　　한가로이 푸른 계곡에 낚시를 드리우다가

忽復乘舟夢日邊 홀부승주몽일변이라.　　다시 배 타고 해 있는 곳을 꿈 꿔보네.

行路難 행로난이오　　가야할 길이 어렵구나.

行路難 행로난이라.　　가야할 길이 어렵구나.

多岐路 다기로이니　　많은 갈림길에서

今安在 금안재인가.　　지금 나는 어디에 있는가?

長風破浪會有時 장풍파랑회유시에　　큰 바람이 파도 헤치고 나아갈2) 때 만나면

直掛雲帆濟滄海 직괘운범제창해로다.　　곧바로 배3) 띄워 푸른 바다를 건너리라.

---

1) 太行태항 : 태항산太行山. 중국 산서고원山西高原과 하북평원河北平原 사이에 있는 산. 서쪽에 비해 동쪽이 가파르며, 황하黃河에 잘려 험준한 계곡이 많음. 동서교통의 요지로 태항팔형太行八陘(태항 산맥을 넘어가는 여덟 곳의 요로)이란 말이 있음.

2) 破浪파랑 : 배가 파도를 헤치고 나아감. 포부가 원대하여 위험을 무릅쓰고 용감하게 나아감을 비유.

3) 雲帆운범 : 흰 돛. 또는 배를 이르는 말.

이 시 〈행로난〉은 전3수로 된 연시이고, 본래 고악부《잡곡가사雜曲歌辭》로 인생여정의 어려움과 인생무상을 한탄한 작품인데, 이백도 이전 사람들이 지은 〈행로난〉 주제와 비슷하게 이상이 단절된 갈림길에서 회재불우와 방황하는 심정을 생동적으로 표현하였다. 이 시의 지은 시기에 대해 두 가지 설이 있는데[4], 대략 30세(開元 18年, 730)에 처음 장안으로 들어가 공업을 이루려고 한 시기에 지었다는 설이 유력하다. 그러기 위해서 여러 왕공대인들에게 자신을 추천하며 발탁되기를 원했지만, 결국 뜻을 이루지 못한 채 세도의 험난함과 공업의 어려움에 대한 심정을 썼다고 인정하고 있다. 본 작품은 전체 3수의 연시 중 〈其1〉이며 전 14구로 7언이 주를 이룬다. 내용 전개상 4단락으로 나뉘는데, 셋째 단락(9~12구) 4구만은 3언으로 파격을 이루고 있다.

첫째 단락(1~4구)에서는 값비싼 술과 진수성찬 안주를 앞에 놓고도 마실 수 없다고 한다. 이어 '칼을 빼어 들고 사방을 둘러봐도 마음만 답답하네'라고 하며, 호기豪氣를 부리고 싶어도 풀릴 수 없어 마음이 답답하다고 한다. 1,2구의 내용은 우리나라 〈춘향전〉에서 이몽룡이 변사또 생일 잔칫날에 지어 좌중의 가슴을 서늘하게 했던 시구와 유사한데, 비교해보면 다음과 같다.

> 金樽美酒千人血 금준미주천인혈　금 술항아리 맛있는 술은 천 사람의 피요
> 玉盤佳肴萬姓膏 옥반가효만성고　옥쟁반 위 좋은 안주는 만 백성의 기름이라.
> 이하 생략

술이라 하면 자다가도 벌떡 일어날 이백이 술을 앞에 두고도 마실 수 없다고 한 것은 필시 마음먹은 대로 풀리지 않는 가슴에 맺힌 것이 있음이라.

둘째 단락(5~9구)에서는 앞의 답답한 가슴을 비유적으로 표현하고 있는데(5~6구), 비유물이 황하와 태항산임을 감안하면 개인적인 사사로운 꿈이 아니라 천하를 경륜하고픈

---

4) 이 시의 지은 시기에 대해 대략 개원 년간 처음 장안으로 들어 갔을 때인 개원 18년(730)와 천보 초기 한림공봉을 지내고 장안을 떠난 후인 천보 3년(744)에 지었다는 두가지 설이 있다.

웅대한 포부를 품고 있음을 알겠다. 이로 인해 이 시의 창작 시기를 가늠케 한다. 이어 앞으로 나아갈 수 없으니 잠시 낚시나 하며 시기를 기다렸다가 다시 '해[日]가 있는 곳, 곧 천자가 있는 황궁으로 갈 것을 꿈꾼다고 한다. 강태공姜太公 여상呂尙의 전고를 인용하고 있다.

셋째 단락(9~12구)에서는 3언으로 시구의 파격을 이루며 '갈 길이 어렵구나[行路難]'를 반복 강조한다. 하지장賀知章이 이백에게 적선謫仙이라는 호칭을 붙여준 또 다른 명작 〈촉도난蜀道難〉에서 '촉으로 가는 길의 험난함이여![蜀道難]'을 세 번 반복하는 것과 같은 표현법이다. 이와 같은 파격과 반복과 강조 효과를 통해 직설적 감성어 사용 이상의 효과를 거두고 있다. 이렇듯 인생살이 갈 길이 가시밭도 가시밭이지만, 우리를 잠 못 들게 하는 것은 대부분 '이럴까? 저럴까?[多岐路]'에 있다. 선택에는 완전하게 '자기만의 이유[自由]'가 있어야겠지만, 순간의 선택이 평생을 좌우할 때는 철석심장鐵石心臟을 가진 사람이라도 망설일 수밖에 없다. 그리고 '지금 나는 어디에 있는가?[今安在]'를 되돌아본다. 내가 지금 꿈꾸고 있는 것은 실현가능한 것인가? 제대로 잘 살고 있는가? 방향과 목적은 맞는 것인가? 갈등의 정점에서 모든 것을 축약한 표현이 '행로난行路難'으로 반복된다.

마지막 넷째 단락(13~14구)에서는, 인생 길 고해苦海를 항해해 나감에 물결이 잔잔해지기를 마냥 기다릴 수는 없고, 위험을 무릅쓰고라도[破浪] 배를 띄워 푸른 바다를 건너가리라고 다짐한다. 어떠한 난관에 부딪치더라도 굴하지 않고 천하를 경륜하고픈 꿈을 실현하겠다는 의지를 밝히면서 끝낸다. 이백 시에서 드물게 현실에 대해 긍정적이고 적극적인 자세를 보이고 있다. 과연 이백은 난관을 극복하고 그 꿈을 실현했는가? 이 시 이후 작품세계의 변모 양상을 일대기와 함께 대조하며 감상해야 할 일이다. 술이 등장하기는 하지만 엄밀한 의미에서 본인이 술을 마시는 음주시는 아니라고 하겠다. 그러나 술을 앞에 두고도 술을 마시지 못하는 것은 술에 대한 의미를 다르게 볼 수 있다 하겠다.

〈其3〉

有耳莫洗潁川水 유이막세영천수하며　　귀가 있어도 영수의 물에 씻지 말며5)

有口莫食首陽蕨 유구막식수양궐이라.　　입이 있어도 수양산 고사리는 먹지 않으리.6)

含光混世貴無名 함광혼세귀무명이니　　빛을 감춰 세상에 섞이고 무명을 귀히 여기니

何用孤高比雲月 하용고고비운월오.　　어찌 고고함을 구름속의 달7)에 견주리.

吾觀自古顯達人 오관자고현달인하니　　내 보건대 옛날의 현달한 사람들 중에

功成不退皆殞身 공성불퇴개운신이라.　　공을 이루고 물러나지 않아 목숨을 잃으니,8)

子胥旣棄吳江上 자서기기오강상이오　　오자서는 이미 오강에 버려졌고9)

屈原終投湘水濱 굴원종투상수빈이라.　　굴원10)도 끝내 상수에 몸을 던졌다네.

陸機雄才豈自保 육기웅재기자보이며　　육기11)의 웅재로도 어찌 자신을 보존하며

---

5) 有耳莫洗潁川水유이막세영천수 : 전설상의 은사隱士인 허유許由의 고사. 요堯임금이 천하를 선양禪讓하려고 하자 기산箕山에 은거하였고, 또 구주장九州長을 맡기려 하자 영수潁水에서 귀를 씻었다는 고사.

6) 有口莫食首陽蕨유구막식수양궐 : 상商나라 말기 고죽군孤竹君의 두 아들 백이伯夷와 숙제叔齊의 고사를 인용한 구절. 아버지가 동생 숙제에게 양위할 뜻이 있음을 알고 백이가 도망가자, 숙제 또한 도망쳤다. 주周 무왕武王이 상나라를 치려하자, 신하된 도리가 아님을 주장하고 간諫하였으나 받아들여지지 않았다. 상나라가 멸망한 뒤 주나라의 곡식을 먹을 수 없다 하여 수양산首陽山에 들어가 고사리만 먹다가 죽었다는 고사.

7) 雲月운월 : 구름과 달. 또는 구름 속의 달. 3구의 함광혼세含光混世와 호응하여 '구름 속의 달'로 해석.

8) 殞身운신 : 목숨을 잃음. 죽음.

9) 子胥자서 : 오자서伍子胥. 오원伍員을 자字로 이르는 말. 춘추시대 초楚나라 사람으로, 부형父兄이 모두 평왕平王에게 죽음을 당하자 오吳나라로 도망쳐 오나라 왕을 도와 초나라를 쳤으나, 뒤에 태재太宰 비嚭의 모함으로 죽음을 당한 고사.

10) 屈原굴원 : 전국시대 초楚나라 사람. 이름은 평平. 회왕懷王 때 삼려대부三閭大夫로 정사를 주관하다가, 다른 대부들의 참소를 받자 왕이 깨닫기를 바랐으나 유배되자 멱라수汨羅水에 투신하여 죽음.

11) 陸機육기 : 서진西晉 오군吳郡 사람. 오나라가 망하자 변망론辯亡論을 지었고 진 무제晉武帝 때 아우 운雲과 함께 문재文才를 날렸다. 장사왕長沙王 때 사마예司馬乂를 치다가 패하고 참소로 죽임을 당함.

李斯稅駕苦不早 이사탈가고불조러니,　이사12)의 물러남도 참으로 늦었으니

華亭鶴唳詎可聞 화정학려거가문이며　화정의 학 울음소리13)를 어찌 들을 수 있으며

上蔡蒼鷹何足道 상채창응하족도리오.　상채의 푸른 매14)를 말하여 무엇 하리오.

君不見 군불견고　그대는 보지 못했는가?

吳中張翰稱達生 오중장한칭달생이나　오중의 장한은 달관한 사람이라 칭송해도

秋風忽憶江東行 추풍홀억강동행이라,　홀연 가을바람에 강동으로 떠날 생각하며,15)

且樂生前一杯酒 차락생전일배주하며　잠깐이라도 생전에 술 한 잔을 즐길 것이니

何須身後千載名 하수신후천재명이리.　구태여 죽은 후 천년의 명성을 구하리오?

　연시 〈행로난行路難〉 3수의 마지막 세 번째 시로 전문 17구 7언 고시다. 〈其1〉과 〈其2〉에 이어 '어려운 인생길을 어떻게 살아 갈 것인가?'에 대한 이백의 인생관이 순차적으로 전개되고 있음을 알 수 있다. 〈其3〉의 시 전문은 내용 전개상 3단락으로 나뉘는데, 전문은 7가지의 전고와 고사를 인용하여 논리적 고증적으로 전개되고 있다.

　첫째 단락(1~4구)에서는 '무명無名으로 살 것인가?'와 '고고孤高하게 살 것인가?'로 대비되는 두 종류의 삶에서, 고고한 삶으로 은자隱者의 전설적 인물 허유許由와 절개와 지조의 상징적 인물 백이숙제伯夷叔齊를 통해 고고한 삶을 부정하고 있다[莫洗, 莫食].

---

12) 李斯이사 : 진秦 상채上蔡 사람. 진나라에 벼슬하여 객경客卿이 되고, 진시황秦始皇이 천하를 통일하자 승상丞相이 되었다. 뒤에 조고趙高의 모함으로 요참腰斬되고 삼족三族이 몰살당하였다.

13) 華亭鶴唳화정학려 : 화정에서 우는 학 울음소리. 진쯤나라 육기陸機가 참소를 받아 사형을 받을 때, 고향 화정에서 듣던 학 울음소리를 다시는 들을 수 없게 되었다고 탄식한 고사. 뒤에 일생을 돌아보며 벼슬길에 들어 선 일을 후회함을 비유하는 전고로 쓰임.

14) 上蔡蒼鷹상채창응 : 후회하여도 미치지 못함을 이르는 말. 진秦의 이사李斯가 조고趙高의 모함으로 주살될 때, 아들을 향해 상채의 동문으로 나가 매로 토끼나 잡고자 해도 이제는 그럴 수 없다고 탄식한 고사.

15) 吳中張翰오중장한 ~ 憶江東行억강동행 : '장한적의張翰適意'의 고사. 진쯤의 장한張翰이 낙양洛陽에서 동조연東曹掾을 지낼 때, 가을바람에 고향 오중吳中에서 먹던 음식이 생각나자, 무엇 때문에 멀리 타향에 와서 벼슬하겠는가 하고 오군吳郡으로 돌아간 고사.

이에 비해 이백이 추구하고자 하는 무명자적無名者的의 삶으로 빛 숨기기[含光]를 귀하
게 여긴다고 하며 구름에 가려진 달[雲月]을 들어 비유한다.

둘째 단락(5~12구)에서는, 처음에는 현달하여 성공했다고 평가받았다가[功成] 종국에
가서는 불행하게 죽음을 맞이한[殞身] 역사상의 인물 4사람의 고사를 인용하고 있다.
그러면서 이들의 공통점은 물러나야 할 때 물러나지 않았기[不退] 때문이라고 한다. 그
대표적 인물로 부형의 죽음에 대한 복수에서 끝내지 못한 오자서伍子胥와 직간直諫을
들어주지 않는다고 자살을 택한 굴원屈原, 자신의 능력을 헤아리지 않고 만용을 부리다
가 죽음을 당한 육기陸機와 벼슬을 믿고 승승장구하며 물러날 줄 몰랐다가 요참腰斬을
당한 이사李斯를 들고 있다. 나아갈 때와 물러날 때를 아는 것이 슬기롭고 지혜롭다는
것을 모르고, 과욕과 노욕으로 인해 자초한 화이다. 그래서 '앞으로 나아갈 때 늘 후퇴를
염두에 둔다면 울타리에 걸리는 화를 면할 수 있다.'《菜根譚》는 삶을 강조한다.

셋째 단락(13~17구)에서는 장한적의張翰適意의 고사를 인용해 삶을 달관하고 초심을
잃지 않는 삶, 안분지족하는 삶, 곧 굳이 권모술수를 써가며 분외分外의 부귀영화를 억지
로 누리려 하지 말고, 명성이 천년을 가리라는 망상도 떨치고, 차라리 편하게 한 잔의
술을 마실 수 있는 삶이 진정 이백이 바라는 삶이라고 한다.

연시 3수에서 나타나는 입신양명에 대한 이백의 가치관의 변화를 요약하면, 〈其1〉에
서 인생길이 험난하다고 하면서도 '큰 바람을 타고 파도를 헤치며 ~ 푸른 바다를 건너리
라.'(13~14구)하며 적극적 자세를 보인다. 〈其2〉에서는 '장안의 패거리들을 뒤따르며 /
세도가에서 옷자락을 끌며 지낸 것도 마음에 맞지 않는다.'고 하면서 '갈 길이 험난하니,
돌아가리라.'(16~17구)하면서 포기하는 자세를 보인다. 이어 〈其3〉에서 '잠시 생전의 술
한 잔을 즐길 것이니, 구태여 죽은 후 천년의 명성을 구하리오?'(16~17구)하면서, 왜 우리
네 인생에서 급시행락을 해야 하고, 그러기 위해서는 술이 필요한 이유를 쓰고 있다.
마음을 열고 허리끈을 풀고 들이키는 한 잔의 막걸리가 상대방의 눈치를 살피고 굽신거
리며 마시는 고급술보다는 백배쯤 낫다는 것을 노래한다.

03. 봄날에 옛 은거지 종남산 송용[1]으로 돌아오다 春歸終南山松龍舊隱

我來南山陽 아래남산양이러니	내가 종남산[2] 남쪽으로 와보니
事事不異昔 사사불이석이라.	모든 것들이 예전과 다르지 않네.
卻尋溪中水 각심계중수하고	골짜기의 물가도 찾아보고
還望巖下石 환망암하석이라.	바위 아래 돌도 다시 바라보네.
薔薇緣東窗 장미연동창이요	장미는 동쪽 창가에 둘러 자라고
女蘿遶北壁 여라요북벽이라.	여라[3]는 북쪽 벽에 둘렀네.
別來能幾日 별래능기일인가	떠나간 이래로 며칠이나 되었는지
草木長數尺 초목장수척이로다.	풀과 나무들이 몇 자나 자랐네.
且復命酒樽 차부명주준하여	다시 술동이를 가져오라 하고
獨酌陶永夕 독작도영석이라.	홀로 마시며 밤새 얼근히 취하네.

이백이 32세(開元 20年, 732)되던 봄날에 은거했던 종남산 송용松龍이란 곳에서 지은 10구 5언 고시다. 30세에 처음 장안으로 들어가 종남산의 초막 송용에 은거하며 공업을 추구하다가 기회를 얻지 못하고, 다음 해인 31세(731)에 장안 서쪽에 있는 빈주邠州와 방주坊州 등지를 유람한다. 그 후 자신을 알아주는 사람을 만나지 못해, 이 해(732)에 다시 종남산에 있는 은거지 송용으로 돌아와서 지은 시다. 전문은 내용상 2단락으로 나뉜다.

---

1) 松龍송용: 판본에 따라 '송감松龕'이라고 된 것도 있다.
2) 南山남산: 종남산鐘南山. 진령秦嶺 주봉의 하나로 지금의 섬서성 서안시西安市 남쪽에 있다. 당唐나라 때에는 많은 유생과 도인들이 수행하던 곳으로 알려져 있다.
3) 女蘿여라: 이끼의 한 가지. 주로 송백松柏에서 기생하여 실처럼 드리운다.

첫째 단락(1~6구)에서는 2년 남짓 떠돌다가 돌아온 은거지가 예전과 별로 달라진 것이 없다고 말하고(1~2구), 여기저기 이곳저곳을 둘러본 내용을 쓰고 있다. 집 앞의 냇물이며, 냇가에 솟은 암벽과 암벽 밑의 바윗돌 등을 들고 있다. 이어 집 안으로 들어가 동쪽 창가에 자라는 장미와 집 뒷벽에 붙어 뻗어가는 여라女蘿를 묘사하는데 별반 특이 사항은 없다.

　둘째 단락(7~10구)에서는 눈에 띄게 변한 것은 부쩍 자란 울안의 초목들이다(7~8구). 얼마만인지는 모르지만 주인이 집을 비운 사이 크게 변한 것이 없으니, 다소간 고향집에 돌아온 듯 마음이 편하다. 긴장이 풀리자 술 생각이 난다. 술을 단지 채 내오라고 시키고 홀로 긴 밤을 세워가며 술을 마신다. 지난 1~2년 사이의 일들이 주마등처럼 떠오르고, 앞날을 생각하니 밤이 깊은 줄도 몰랐으리라. 이제 처음 타관 객지 장안으로 들어와서 출세에 뜻을 두었으나, 뜻대로 되지 않았음에 마음이 착잡했다.

04. 양원의 노래 梁園吟

我浮黃河去京闕 아부황하거경궐하여 　　내가 황하에 배를 띄워 장안1)을 떠나
掛席欲進波連山 괘석욕진파연산이라. 　　돛 걸고 가려하니 산 같은 파도가 이어졌네.
天長水闊厭遠涉 천장수활염원섭인데 　　하늘은 멀고 강은 넓어 먼 길이 지겨웠는데
訪古始及平臺間 방고시급평대간이라. 　　옛 고적을 찾아 마침내 평대2)에 이르렀네.
平臺爲客憂思多 평대위객우사다하여 　　평대의 나그네 되어 수심이 많아져서
對酒遂作梁園歌 대주수작양원가러니, 　　술을 마주하고 '양원3)의 노래'를 짓다가,
卻憶蓬池阮公詠 각억봉지완공영하며 　　봉지4)를 노래한 완적5)의 시가 생각나
因吟淥水揚洪波 인음녹수양홍파로다. 　　'맑은 물에 큰 파도 드날리고'6)를 읊네.
洪波浩蕩迷舊國 홍파호탕미구국하여 　　큰 물결 넘실거리고 옛 도읍7)은 아득하고

---

1) 京闕경궐 : 수도의 궁궐. 곧 장안.
2) 平臺평대 : 대臺 이름. 하남성河南省 상구현商丘縣 북동쪽에 있었다. 한漢의 양 효왕梁孝王이 지어 추양鄒陽·매승枚乘과 함께 유람하였다.
3) 梁園양원 : 양원梁苑. 토원兎苑. 한漢 양 효왕梁孝王이 하남성河南省 개봉시開封市 남동쪽에 건립한 동원東苑. 사방 3백리의 광대한 숲과 연이어진 화려한 궁실로 유명하다. 양 효왕은 한 고조高祖 유방劉邦의 손자이며, 3대 경제景帝의 친동생인 유무劉武이다. 생전에 사치한 생활을 하여 그가 지은 동원東苑에서 사냥할 때는 천자와 같은 위세를 부렸다고 전한다.
4) 蓬池봉지 : 하남성河南省 개봉시開封市 남동쪽에 있는 늪지.
5) 阮公완공 : 완적阮籍(210~263) 삼국 위三國魏 죽림칠현竹林七賢의 한 사람.
6) 삼국 위魏 완적阮籍이 당시 복잡한 정치상황 속에서 자신의 안위를 보존하려고 이곳 봉지에 와서 지은 〈영회시詠懷詩〉 가운데 '봉지에서 배회하다가 다시 대량성을 바라보니, 맑은 물에 큰 파도가 넘실거리며 넓은 들판에 잡초가 무성하구나徘徊蓬池上, 還顧望大梁. 綠水揚洪波, 曠野莽茫茫'라는 시구를 말한다.
7) 舊國구국 : 옛 도읍지. 본문에서는 완적阮籍이 살았던 전국시대 위魏의 도읍 대량大梁을 말함. 하남

路遠西歸安可得 노원서귀안가득인가.　　길이 먼데 어찌 서쪽으로 돌아가리오.[8]

人生達命豈暇愁 인생달명기가수리오　　달관한 인생이 어찌 근심할 겨를 있으리?

且飲美酒登高樓 차음미주등고루라.　　좋은 술 마시면서 높은 누대에 오르는데

平頭奴子搖大扇 평두노자요대선하니　　맨머리 종[9]이 큰 부채를 부쳐주니

五月不熱疑清秋 오월불열의청추로다.　　오월인데 덥지 않아 맑은 가을인 듯하네.

玉盤楊梅爲君設 옥반양매위군설하고　　옥쟁반에 양매[10] 따서 그대 위해 차려놓고

吳鹽如花皎白雪 오염여화교백설인데,　　꽃 같은 오땅 소금[11]은 백설처럼 흰데,

持鹽把酒但飲之 지염파주단음지요　　소금 안주에 술병 잡고 다만 마실 뿐

莫學夷齊事高潔 막학이제사고결이라.　　백이·숙제의 고결함을 배우지 말지니.[12]

昔人豪貴信陵君 석인호귀신릉군이나　　옛 사람 신릉군[13]은 호걸 귀인이었지만

今人耕種信陵墳 금인경종신릉분이라.　　지금 사람은 신릉군 무덤에서 농사짓네.

荒城虛照碧山月 황성허조벽산월하고　　황폐한 성의 푸른 산에 달빛만 희미하고

古木盡入蒼梧雲 고목진입창오운이라.　　오랜 나무는 창오산 구름 속에 들어갔네.

梁王宮闕今安在 양왕궁궐금안재오　　양왕의 궁궐은 지금 어디 있나요?

枚馬先歸不相待 매마선귀불상대하고　　매마[14]는 먼저 죽어 기다리지 않고,

성河南省 개봉현開封縣 황하黃河 남쪽에 있었음.

8) 西歸서귀 : 서쪽으로 돌아감. 서쪽은 장안의 궁궐을 말함.

9) 平頭奴子평두노자 : 모자나 두건을 쓰지 않은 종.

10) 楊梅양매 : 소귀나무. 소귀나무의 열매.

11) 吳鹽오염 : 오 지방에서 나는 소금. 당唐 숙종肅宗 때 염철 주전사鹽鐵鑄錢使 제오기第五琦가 구운 양회兩淮 지방의 소금이 매우 희기 때문에 나온 말.

12) 〈행로난行路難 - 其3〉에서 「귀가 있어도 영수의 물에 씻지 말며有耳莫洗潁川水 / 입이 있어도 수양산 고사리는 먹지 말라.有口莫食首陽蕨」라고 한 내용과 일치.

13) 信陵君신릉군 : 전국시대 위魏 소왕昭王의 아들인 무기無忌의 봉호封號. 식객 3천명을 거느렸으며, 어질다는 소문을 듣고 제후들이 감히 침입하지 못했다.

14) 枚馬매마 : 매승枚乘과 사마상여司馬相如. 양 효왕梁孝王의 빈객賓客으로 평대平臺에서 함께 놂.

舞影歌聲散淥池 무영가성산록지러니　춤 그림자와 노래는 맑은 못에 흩어졌으니

空餘汴水東流海 공여변수동류해로다.　공연히 남은 변강15)만 동해로 흘러가네.

沉吟此事淚滿衣 침음차사루만의하여　낮게 이 일을 읊으니 눈물이 옷에 가득하여

黃金買醉未能歸 황금매취미능귀니라.　황금으로 술사서 취하니 돌아갈 수 없네.

連呼五白行六博 연호오백행육박하며　연이어 오백16)을 부르고 육박17)을 놀면서

分曹賭酒酣馳暉 분조도주감치휘니라.　패를 나눠 술내기로 하루 해18)를 즐기네.

歌且謠 가차요하니　읊조리고 또 노래하니

意方遠 의방원이라.　마음이 바야흐로 원대해지네.

東山高臥時起來 동산고와시기래하면　동산에 높이 누웠다가 때 되면 일어나서

欲濟蒼生未應晩 욕제창생미응만이라.　창생을 구제해도 아직 늦지는 않으리.

　이백이 30세(開元 18年, 730)에 처음 웅지를 품고 장안으로 들어갔다가 공업을 이루려는 꿈도 실현하지 못하고 종남산終南山에 머물다가, 33세에 장안을 떠나 배를 타고 천하를 주유할 요량으로 양원梁園에 도착하여 지은 시다. 형식은 장안에서의 실패(?)를 상기하고 술을 마시면서 부른 가행체歌行體19) 시로 전문 34구로 음수율은 7언 위주이며 3언도 있다. 자신의 신세타령(?)을 네 종류의 전고를 차용하여 쓴 장시이며, 판본에 따라서 제목이 〈양원에서 술에 취하여 부르는 노래梁苑醉酒歌〉, 또는 〈양원에서 취했을 때梁苑醉時歌〉라고 된 것도 있다. 내용 전개는 장시이고 감상의 치밀성을 감안하여 6개 단락으로 나눌 수 있다.

---

15) 汴水변수 : 변汴강의 강물. 하남성河南省 형양현滎陽縣 서쪽에 있는 색하索河.

16) 五白오백 : 저포樗蒲놀이에서 윷짝 다섯 개가 희게 나오는 일.

17) 六博육박 : 주사위나 장기 따위로 내기를 하는 오락의 일종.

18) 馳暉치휘 : 시간. 세월. 낮 시간.

19) 歌行體가행체 : 악부樂府의 한 시체詩體. 뒤에 고시古詩의 한 체제로 발전하였는데, 음절·격률이 비교적 자유롭고, 5언·7언·잡언雜言을 사용하여 형식도 다양하다.

첫째 단락(1~4구)에서는 이백이 장안을 떠나 긴 여정 끝에 평대平臺에 이르러 고적古蹟을 찾는 것으로 시작한다. 지금도 여행객들이 즐겨 찾는 곳으로는 유적지, 곧 고궁古宮-고성古城-고찰古刹(절, 사원, 성당, 교회 등)-고총古冢임을 감안하면 예나 지금이나 비슷함을 알 수 있다. 이백도 한漢나라 때 양 효왕梁孝王이 건립한 양원梁園을 중심으로 한 평대에 도착한 것이다. 참고로 신릉군信陵君 무덤을 소재로 한 우리나라 시조도 한 편 있어, 조선 중기 상촌 신흠象村申欽(1566~1628)의 시조에,

술 먹고 노는 일을 나도 왼줄(잘못인 줄)알건마는
신릉군信陵君 무덤 위에 밭가는 줄 못 보신가.
백년百年이 역초초亦草草하니 아니 놀고 어찌하리.

둘째 단락(5~8구)에서, 이백은 시 짓는 소객騷客이고 보니 유적지에서 감회가 남과 같을 수는 없을 터. 그는 그곳 '평대양원의 나그네(5구)'가 되어 지난 장안에서의 일을 떠올리고 앞으로의 일에 대해 생각하니, 심사가 가벼울 수만은 없어 여행지인 양원을 제재로 '양원가梁園歌' 한 수를 지으려한다. 그 때 문득 양원의 봉지蓬池를 노래한 옛 시인이자 죽림칠현으로 유명한 완적阮籍의 시가 생각나 시구 중에 '맑은 물에 큰 파도 넘실거리고渌水揚洪波'를 읊었다고 한다. 일반 여행객들도 여행지를 노래한 시인들의 시 한 구절이라도 읊으면서 경치를 감상한다면 감회가 남다를 것이다. 지금은 유명한 관광지마다 문학비文學碑가 많이 세워져 있어 특별히 외울 필요도 없지만, 그것도 마음의 여유가 없어 읽지 못하고 여정에 쫓겨 사진만 찍고 돌아 나오기 바쁘다면 정작 경치의 감상은 뒤로 하는 것이리라.

셋째 단락(9~18구)에서는 '큰 물결 넘실거리는' 봉지蓬池를 거쳐 평대平臺에 오르는 동안의 감상과 소회를 주 내용으로 하고 있다. 완적阮籍이 살았던 당대 위魏의 도읍지 대량大梁은 이미 세월의 풍화에 흔적도 없고, 이미 떠나온 장안으로 다시 돌아갈 수 없다고 한다(9~10구). 두 곳(大梁과 長安) 도읍지와 거리를 말함이니, 하나(대량)는 시간적 거리이고, 다른 하나(장안長安)는 공간적 거리이다. 그리고 장안에서의 무너진 대업의

꿈을 운명 탓으로 돌리고(11구), 지금 당장 바쁜 일은 술을 마시면서 평대에 오르는 일이라고 한다(12구). 계절은 5월, 날씨도 덥고 술기운도 오른 터에 가파른 길이니 숨도 헐떡이고 등에 땀도 흐를 터.

평대 정상에 올라 술자리를 마련했는데, 누구를 위한[爲君] 술자리인지가 불분명하다(15구). 다만 문맥의 흐름상 앞서 이곳을 노래한 완적阮籍으로 여겨지는데, 그 이유는 완적이 죽림칠현이기 전에 당시 실력자 사마소司馬昭가 아들 사마염司馬炎(훗날 晉 武帝)과 완적의 딸과 혼인시키려 했다. 이러지도 저러지도 못하고 난처해하며, 날마다 술을 마시기를 60여일이나 했다는 고사가 있다. 다음 구(18구)에서 백이와 숙제처럼 절개와 지조를 지키지만은 않겠다는 것은, 기회가 오면 언젠가는 장안으로 돌아가 입신양명하겠다는 것으로 풀이되기 때문이다. 소금 안주는 우리에겐 다소 생소하지만 옛 중국인들 사이의 음주 풍습이다.

넷째 단락(19~22구)에서는 다시 시간을 더 거슬러 올라가 양원 부근(지금의 河南省 開封市)에 있는 또 다른 유적 전국시대 위魏의 신릉군信陵君 무덤에 대한 소회로 이어진다. 위 소왕昭王의 아들로 어질기로 소문이 나 식객 3천 명을 거느린 전국시대 4공자 중의 한 명이었는데, 지금 사람들은 아는지 모르는지 그의 무덤에서 농사를 짓고 달빛만 희미하게 비치고[虛照] 있다고 하여, 호걸도 귀인도 온데간데없다고 하며 부귀영화와 삶의 무상감을 시각적으로 표현한다.

다섯째 단락(23~26구)에서는 양원梁園에 건립한 양왕梁王의 궁궐 또한 주춧돌 기왓장 하나도 찾아볼 수 없을 만큼 사라졌다. 양왕의 빈객으로 양원을 거닐며 사부辭賦로 이름을 날렸을 뿐만 아니라, 왕을 도와 나라를 위기에서 구한 지략가이기도 했던 매승枚乘과 사마상여司馬相如가 만약 지금 있었더라면 하는 아쉬움과, 그들이 즐겼던 노랫소리와 춤 그림자도 지금은 맑은 못에 흩어졌다고 한다. 인사人事는 유한하고 자연은 무한하다고 하면서 허무감과 무상감을 거듭 표현하고 있다. 고려 말 유신들이 지은 일련의 회고가 중 야은 길재冶隱吉再(1353~1419)의 시조 한 편과 비교해 본다.

5백년 도읍지를 필마匹馬로 돌아드니

산천은 의구하되 인걸은 간데없네.

어즈버 태평연월이 꿈이런가 하노라.

　마지막 여섯째 단락(27~34구)에서는 주체할 수 없는 무상감을 술로 달래보고, 그것도 부족하면 시정잡배市井雜輩들과 어울려 온갖 잡기로 술내기 놀이를 하면서 즐기겠다고 한다. 이로부터 10여년 후(42세)에 하지장賀知章의 천거로 한림공봉을 제수 받는 일을 기다리기라도 하듯이.

　전문에 차용된 인물고사는 모두 4가지인데, 완적의 고사(둘째 단락)에서는 시詩를, 양원지역과 직접적 관계없는 백이·숙제의 고사(셋째 단락)에서는 이백의 가치관을, 신릉군 고사(넷째 단락)에서는 3천 식객을 거느린 고사에서 삶의 무상감을 바라본다.

　그리고 마지막 양왕의 궁궐[梁苑]터에서의 무상감과 함께, 양왕의 빈객으로서 정사政事를 도왔을 뿐만 아니라 문장[辭賦]으로 이름 높았던 매승과 사마상여를 강조한다. 특히 사마상여는 이미 그의 명문장 〈자허부子虛賦〉[20]를 써서 한漢 무제武帝의 사랑을 받았고, 많은 격문檄文을 써서 역사의 물길을 바꾸기도 하여 사서史書[21]에 까지 이름을 올렸으니, 사마상여는 이백의 롤 모델이었음이 분명하다. 이백도 문재文才와 구세제민의 지모·지략을 겸비한 인물이 되기를 원했던 것이다.

---

20)　子虛賦(자허부) : 한漢의 사마상여司馬相如가 지은 부賦. 자허공자子虛公子·오유선생烏有先生·무시공亡是公 등 세 인물을 허구로 내세워 서로 문답하는 내용을 서술.

21)　사마천司馬遷의 《사기史記·열전列傳》 중 〈사마상여열전司馬相如列傳〉을 말함.

05. 양양의 노래(4수) 襄陽曲(4首)

〈其2〉

山公醉酒時 산공취주시에　　　산공1)이 술에 취했을 때에

酩酊高陽下 명정고양하라.　　　고양지2)에서 인사불성3)이 되었다네.

頭上白接䍦 두상백접리를　　　머리 위에 흰 모자를

倒著還騎馬 도착환기마라.　　　거꾸로 쓴 채 말을 타고 돌아왔다네.

　이백이 34세(開元 22年, 734)경 늦은 봄에 〈양양가襄陽歌〉와 함께 양양에서 지은 것으로 추정되는 전체 4수의 연시 중 음주에 대해서 쓰고 있는 둘째 시다. 본 작품은 전형적인 고악부 〈양양동요襄陽童謠〉의 영향을 직접 받은 작품으로 5언 절구이다. 주 제재는 〈양양가〉에서도 등장하는 산공山公(山簡, 253~312)의 음주 고사이고, 내용 또한 전설처럼 전해오는 산공의 음주에 대한 세인들의 여담餘談이다. 이백이 산공의 술 이야기를 즐겨 시에서 쓴 것은 머무르고 있는 양양지방의 음주에 관한 대표적 고사이자, 이백이 아직 출사出仕 이전에 이상으로 생각하는 삶의 모델로 선정의 관리이자 애주가, 풍류한량객의 모습 때문일 것이다.

　전반부(1~2구) 기와 승에서 산공이 술을 즐기고 취할 때마다 그 길로 고양지高陽池(일명 習家池)를 자주 갔다는 사실을 쓰고 있다. 그러나 이 사실이 오랜 시간 동안 양양지방

---

1) 山公산공 : 진晉의 산간山簡을 당시 사람들이 이르던 말. 산도山濤의 막내아들로 술을 즐겨서 양양襄陽에 주둔할 대 늘 고양지高陽池에 놀면서 크게 취하였기 때문이다. 전의되어, 시문 중에 작자가 자신을 비유하거나, 또는 술을 즐기는 벗을 이른다.

2) 高陽고양 : 고양지高陽池. 호북성湖北省 양양襄陽에 있는 못.

3) 酩酊명정 : 술에 흠뻑 취한 모양. 명정대취酩酊大醉. 명정난취酩酊爛醉.

사람들의 입에 오르내리며 전하고 있는 것은, 산공이 죽림칠현의 한 사람인 산도山濤의 아들이어서도 아니고, 술을 즐겨 마시고 술에 취한 기행 때문이고도 하지만, 그가 전에 없던 선정관善政官이었기 때문이리라.

후반부(3~4구) 전과 결에서는 구체적으로 술에 취한 모습을 묘사하고 있다. 모자를 거꾸로 쓴 채 말위에서도 몸을 가누지 못하고 흔들거리면서 석양빛을 등지고 집으로 돌아오는 모습을 눈에 보듯 그려내고 있다. 선정을 못하면서 날마다 술에 절어 지냈다면 단순한 술꾼으로 보였을 것이고 잊혀진지 오래되었을 것이다. 그러나 백성을 잘 다스려 덕망이 높으니, 술에 취한 모습이 밉지는 않았을 터.

우리나라 현대 시인 수주 변영로樹州卞榮魯(1898~1961) 선생의 수필집 〈명정사십년酩酊四十年〉에서, 변 시인이 동료 시인 네 사람과 함께 성북동 골짜기에서 술에 취해 모든 옷을 벗고 옆에 매여 있던 소를 타고 종로 큰 길까가지 진출했다는 내용을 읽으면서 일면 실소를 금치 못하면서도, 그들의 배짱 있는 풍류와 낭만과도 일맥상통한 면이 이채 롭기까지 하다.

〈其4〉

且醉習家池 차취습가지언정   습가지4)에서 취할지언정
莫看墮淚碑 막간타루비라.   타루비5)는 쳐다보지 마오.
山公欲上馬 산공욕상마를   산공이 술에 취해말에 오르려 애쓰는 모습에
笑殺襄陽兒 소쇄양양아라.   양양의 아이들은 우스워 죽겠다고 했다네.

---

4) 習家池(습가지) : 고양지高陽池의 본 이름. 후한대後漢代에 시중侍中을 지낸 양양襄陽 사람 습욱 習郁이 늘그막에 현산峴山 남쪽에 물고기를 기르는 연못을 만들어, 습씨習氏 집안에서 이 연못을 소유하였으므로 '습가지'라고 했는데, 산간山簡(山公)이 이름을 고양지로 바꿨다고 한다.
5) 墮淚碑(타루비) : 진晉의 군사軍事를 총독하던 양호羊祜의 추모비. 그의 부하들이 이 비석을 볼 때마다 눈물을 흘렸다하여 두예杜預가 붙인 이름.

이 시에서는 산간山簡의 술에 취한 모습과 현산에 있는 양호羊祜(221~278)의 덕정을 기념하기 위하여 세운 타루비墮淚碑를 대비시키고 있다. '양호'는 형주도독으로 양양에서 10년간 머무르는 동안 어진 정사를 펼쳐 그 곳 백성에게 추앙을 받았으며, 항상 현산에 올라 술을 마시면서 산수를 즐겼다. 《수경주水經注》에 의하면, 그가 죽은 후 후인들이 그를 위해 현산 위에 비석을 세웠는데, 이를 쳐다본 사람들은 비탄에 잠기므로 그의 후임자인 두원개杜元凱가 타루비墮淚碑라고 명명하였다고 한다6).

전반부(1~2구) 기와 승에서는, 이백 또한 고양지에 가서 산공 고사를 생각하며 술을 마셨다. 지금 산간과 함께 고양지에 가서 술을 마시고 있는 것으로 설정한다. 그리고 산공에게 '타루비는 쳐다보지 말라.'고 명령이 아닌 요청을 하며 시간을 초월해 대화를 나누고 있다. 왜 그랬을까? 그 심사나 의도가 자못 궁금하다. 혹시 유령劉伶(?~300?)의 〈주덕송酒德頌〉에서 말한 바, '존귀하고 위대한 공자들과 진신처사들이 이 사실을 듣고 비난하여 소매를 걷어붙이고 예법을 말하며 시비가 벌떼처럼 일어날 것7)'이 두렵기 때문이었을까?

후반부(3~4구) 전과 결에서는 시간을 3백여 년 전으로 거슬러, 산공이 술에 취해 고양지에서 귀가하기 위해 말 등에 올라타는 모습을 사실적으로 그리고 있다. 평소 같으면 단숨에 번쩍 올라탔을 말 잔등이 술에 취하니 높기만 하다. 힘을 주어 오르려다가 몇 번이나 실패하는 모습에 동네 아이들에겐 배꼽 잡고 뒹굴 만큼 웃겼으리라. 이백은 이 시에서 양양에 머물면서 양양 지방의 술에 관한 대표적 고사를 현지 사람들에게 듣고 과장없이 담백하게 그려내고 있다.

---

6) 양호羊祜는 태산 남성泰山南城사람으로 서진西晉 무제武帝 때 형주도독荊州都督 · 비서감秘書監 · 상서우복야尙書右僕射 등의 관직을 역임하였다.

7) 유령劉伶의 〈주덕송酒德頌〉 중에서 술에 취한 대인선생大人先生을 보고 「~존귀하고 위대한 공자와 진신처사들이 나의 풍성을 듣고는 행동하는 바를 비난하여 소매를 걷어붙이고 옷깃을 풀어헤치며 눈을 부라리고 이를 갈면서 예법을 말하여 시비가 벌떼처럼 일어났다.」고 한다.

06. 술잔 들고 달에게 묻다 把酒問月

靑天有月來幾時 청천유월래기시오 　　푸른 하늘의 달은 언제부터 있었는가?

我今停盃一問之 아금정배일문지라. 　　나 지금 술잔 멈추고 한 번 물어보네.

人攀明月不可得 인반명월불가득이나 　　사람이 달에 오르려 해도 오를 수 없지만

月行却與人相隨 월행각여인상수라. 　　달은 오히려 사람을 따라 다니네.

皎如飛鏡臨丹闕 교여비경임단궐이요 　　날아가는 거울처럼 밝게 궁궐[1]을 비추고

綠煙滅盡淸輝發 녹연멸진청휘발이라. 　　푸른 안개 걷히자 맑은 광채 뿜어내네.

但見宵從海上來 단견소종해상래터니 　　다만 밤바다 위로 오르는 모습만 보았는데

寧知曉向雲間沒 영지효향운간몰이라. 　　새벽 구름 사이로 사라지는 줄 어찌 알리오?

白兎搗藥秋復春 백토도약추부춘이요 　　흰 토끼는 약 찧으며 봄가을이 오가는데

姮娥孤栖與誰隣 항아고서여수린고 　　항아[2]는 홀로 누구와 이웃하며 사는가?

今人不見古時月 금인불견고시월이나 　　지금 사람은 옛날의 달을 보지 못하지만

今月曾經照古人 금월증경조고인이라. 　　지금 달은 일찍이 고인들도 비추었으리.

古人今人若流水 고인금인약류수나 　　고인이나 지금 사람들 물같이 흐르지만

共看明月皆如此 공간명월개여차로다. 　　밝은 달 바라봄은 모두 이와 같았으리.

惟願當歌對酒時 유원당가대주시에 　　오로지 노래 부르면서 술 마시는 동안

---

1) 丹闕(단궐) : 단궁丹宮. 궁궐. 궁전. 붉은 색으로 단청을 하였기 때문이다.

2) 姮娥(항아) : 달에 산다는 전설상의 여신女神으로 하夏나라 때 후예后羿의 부인이다. 예는 당시 열개의 태양이 함께 떠올라 초목이 말라 죽게 되자 그 중 9개를 쏘아 떨어뜨린 예사십일羿射十日로 유명한 신궁神弓이며, 그가 서왕모에게 얻은 불사약을 아내인 항아가 훔쳐 먹고 달로 도망가서 선녀가 되어 그곳에서 영원히 살고 있다는 전설이다.

月光長照金樽裏 월광장조금준리라.　　달빛이 금술동이 속을 오래 비추기 바라네.

시의 제목 아래 이백이 「친구인 가순이 나로 하여금 달에게 물어 보라고 하다故人賈淳 令予問之」라고 주注를 달았으므로 옛 친구의 청에 응하여 지은 시임을 알 수 있다. 지은 해에 대하여는 밝혀지지 않고 있지만, 이백이 굳이 주를 붙인 의미를 거슬러 생각해보자 면, 친구 가순과 함께 달밤에 술을 마시며 이런저런 이야기를 하다가, 이백이 가순에게, '저 달은 언제부터 저렇게 떠 있었을까?'라고 엉뚱한(?) 물음에 대해 가순이 하는 말이, '달에게 물어보지 왜 나한테 물어보느냐?'고 했을 것이다. 43세(天寶 2年, 743) 가을에 한 림공봉으로 있을 때 참소를 받은 후에 지었다는 설이 있다. 전문은 16구 7언 고시로, 내용 전개상 4단락으로 나뉜다.

첫째 단락(1~4구)에서는 제목처럼 달에 대한 첫 번째 물음으로 시작하는데, 저 푸른 하늘에 달은 언제부터 있었느냐는 다소 천진난만한 물음이거나 천문학적天文學的 물음이 다. 우리나라 동요 〈달따러 가자〉에서 「애들아 나오너라 달 따러 가자, 장대들고 망태 메고 뒷동산으로. 뒷동산 올라가 무등을 타고, 장대로 달을 따서 망태에 담자.」[3]처럼 달과 사람과의 관계는 친이불근親而不近(친하나 가까이 할 수는 없음)의 관계가 아니었을까?

둘째 단락(5~8구)에서는 달의 두 가지 모습을 제시하는데, 하나는 '거울같이 밝은 달' 이 궁궐에 비친다는 표현으로 보아서, 이 시가 이백이 한림공봉으로 궁궐에 있을 때 지은 것으로 추정할 수 있는 단서가 되기도 한다. 그리고 다른 하나는 사람들이 일반적 으로 달을 보는 태도로 초저녁의 달의 밝은 모습만 보고, 새벽녘 서녘 하늘에 지는 희미 한 달의 모습은 보지 못하지 않느냐고 반문한다. 마치 꽃이 만발했을 때의 아름다운 모습을 노래하면서도, 꽃이 질 때의 모습을 노래한 시는 거의 볼 수 없는 것처럼. 똑같은 사물에 대해서 어떤 측면을 보느냐를 지적한 시적詩的인 인식론認識論을 제기한 것이라 면 다소 과장된 억측일까. 우리나라 조선 후기 실학의 선창자先唱者였던 덕촌 양득중德

---

3) 2절은 「저 건너 순이네는 불을 못 켜서 밤이면은 바느질을 못 한다더라. 애들아 나오너라 달을 따다 가 순이 엄마 방에다가 달아드리자.」이다.

村梁得中(1665~1742)이 7살에 전라남도 영암에 있는 '월출산月出山'을 보고 지었다는 시에서, 「월출산은 달이 동쪽에서 뜨고 산은 서쪽에 있다. 어찌하여 월출산이라 했는가? 산의 서쪽 사람들이 월출산이라 일컬었다.」4)라고 했듯이, (월출)산의 동쪽에 사는 사람들에게는 달이 지는 산으로 이름을 지었을 것이니 아마 '월락산月落山'이라고 했을 것이라고 어린 나이에 사물을 뒤집어 보는 눈을 가진 것이다.

셋째 단락(9~12구)에서는 다소 신화적 물음을 제기하고 있다. 흰 토끼는 수많은 세월 속에서 변함없이 약방아를 찧고 있는데, 달나라 월궁月宮에 산다고 하는 항아姮娥는 아직도 홀로 살고 있는가? 라는 물음이다. 불사약을 가지고 달나라로 도망갔다는 항아는 과연 죽지 않고 살고 있는가? 살고 있다면 누구랑 같이 살고 있는지? 아니면 과수댁寡守宅으로 혼자 살고 있는지? 이어 달의 무한성과 인간의 유한성을 대비시켜, 변화와 불변의 명제命題를 제시하고 있다.

넷째 단락(13~16구)에서는 앞 단락의 명제를 이어받아, 사람들은 흐르는 물과 같지만[變化] 달을 바라보는 것은 같았을 것[不變]이라고 한다. 이렇게 달[月]과 물[水]을 들어 사물의 변화와 불변의 어느 측면을 볼 것인가 하는 영원한 물음에 대해서, 다시 300여년 후 송宋 소식蘇軾(1036~1101)은 명편 〈(전)적벽부赤壁賦〉에서 「객은 또한 저 물과 달을 아는가? (중략) 그 변하는 입장에서 본다면 천지도 일찍이 한 순간도 가만히 있지 못하고, 변하지 않는 입장에서 본다면 물건과 우리 인간이 모두 무궁무진한 것이다.」5)라고 했다. 그러니 앞선 물음에 대한 답은 차치하고 '지금 여기에서 즐기고 싶으니[及時行樂] 밝은 달님이시여 오래도록 비춰주십시오.'라고 한다.

---

4) 《덕촌집德村集》卷之一 年譜(7歲)에 「鄕人傳, 先生兒時記月出山曰, 月出於東, 山在於西, 何以謂之 月出山, 山西之人, 謂之月出云」.

5) 《전적벽부前赤壁賦》에 「蘇子曰, 客亦知夫水與月乎, 逝者如斯, 而未嘗往也, 盈虛者如彼, 而卒莫消 長也, 蓋將自其變者而觀之, 則天地曾不能以一瞬, 自其不變者而觀之 則物與我皆無盡也」.

07. 옥 술동이를 노래함 玉壺吟

烈士擊玉壺 열사격옥호하며   열사[1]가 옥 술동이[2]을 두드리며[3]

壯心惜暮年 장심석모년이러니   마음은 씩씩하지만 늙은 것을 애석해 하면서

三杯拂劍舞秋月 삼배불검무추월이오   석 잔 술에 칼 빼들고 가을 달밤에 춤추다가

忽然高詠涕泗漣 홀연고영체사련이라.   문득 소리 높여 읊으며 눈물 콧물[4] 흘리네.

鳳凰初下紫泥詔 봉황초하자니조에   황제가 자줏빛 조서를 처음 내렸을 때[5]

謁帝稱觴登御筵 알제칭상등어연이라.   황제를 알현하고 술잔 들고 어연에 참석하고

揄揚九重萬乘主 유양구중만승주하고   구중궁궐의 만승천자를 높이 찬양하고[6]

謔浪赤墀青瑣賢 학랑적지청쇄현이라.   궁궐[7]에서 어진 분과 농담도 나눴네.[8]

---

1) 烈士(열사) : 절의節義를 굳게 지키며 큰 포부를 지닌 사람.
2) 玉壺(옥호) : 옥으로 만든 호리병 모양의 술병. 노인을 공경하고 공로를 치하하는 뜻으로 임금이 내려 주는 물건. 본문에서는 앞 '열사烈士'와 호응하여 '옥으로 만든 임금의 하사품인 옥 술 단지'로 해석.
3) 《세설신어世說新語, 호상豪爽》 왕처중王處仲(王敦)의 고사에서, 「진晉나라 왕돈王敦(266~324)은 술을 마신 뒤에는 항상 조조曹操(魏武帝)의 〈보출하문행步出夏門行〉시 가운데 '늙은 천리마가 구유에 엎드려 있지만 그 뜻은 천리 벌판에 있으며, 열사는 늙었어도 웅장한 마음은 그치지 않는다.'라는 구절을 읊으면서 등 긁개인 여의봉如意棒(孝手)를 가지고 타호唾壺를 두드리니 주둥이가 이지러졌다」.라는 고사.
4) 涕泗(체사) : 눈물과 콧물. 눈물과 콧물을 흘리면서 흐느껴 읊.
5) 鳳凰詔, 紫泥詔(봉황조, 자니조) : 조서詔書를 이르는 말. 자니紫泥는 감숙성 무도현武都縣에서 나는 일종의 자색紫色 흙[泥]으로, 끈기가 많아 잘 달라붙어 고대에 조서를 봉랍封蠟할 때 쓰는 자주색 인주.
6) 揄揚(유양) : 드러내어 널리 알림. 선양宣揚함.
7) 赤墀青瑣(적지청쇄) : 적지赤墀는 궁궐의 붉은 섬돌, 청쇄青瑣는 궁궐이나 사찰의 문에 장식한 사슴 모양의 푸른색 무늬. 모두 궁궐이나 조정을 이르는 말.
8) 謔浪(학랑) : 농지거리 하며 함부로 행동함.

朝天數換飛龍馬 조천수환비룡마하고 　　천자의 알현[9]에 비룡마를 자주 바꿔 탔고

敕賜珊瑚白玉鞭 칙사산호백옥편이니, 　　산호와 백옥 채찍을 하사받았으니,

世人不識東方朔 세인불식동방삭이나 　　사람들은 동방삭[10]을 알아보지 못하지만

大隱金門是謫仙 대은금문시적선이라. 　　금마문의 진정한 은사[11]이고 적선이라네.

西施宜笑復宜顰 서시의소부의빈이나 　　서시[12]는 웃거나 찡그려도 늘 예쁘지만

醜女效之徒累身 추녀효지도루신이니, 　　추녀가 흉내 내다 공연히 해만 끼쳤듯이,[13]

君王雖愛蛾眉好 군왕수애아미호로대 　　군왕은 비록 어여쁜 미녀를 사랑하였으나

無奈宮中妬殺人 무내궁중투쇄인이라. 　　궁중의 질투는[14] 어쩔 수 없었다네.

　이백이 43세(天寶 2年, 743)되던 가을에 장안에서 한림공봉으로 있을 때, 소인들에게 참소를 받고, 또 현종과의 관계가 점차 소원해지자 분개한 상태에서 술을 마시며 자신의 신세를 세 사람의 고사를 들어 중의법을 사용해 한탄하면서 지은 시이다. 전문은 16구 7언이 중심이며 1,2구는 5언으로 되어 있고 내용상 3단락으로 나뉜다.

　첫째 단락(1~4구)에서는 진晉나라 왕돈王敦266~324의 고사가 표면적으로 사용되고, 이면에는 왕돈이 읊어 심중을 간접적으로 표현해주는 위 무제魏武帝(曹操)의 시 〈보출하문행步出夏門行〉 가운데 '늙은 천리마가 구유에 엎드려 있지만 그 뜻은 천리 벌판에 있으며, 열사烈士는 늙었어도[暮年] 씩씩한 마음[壯心]은 그치지 않는다.'가 주 내용을 이루

---

9) 朝天(조천) : 천자를 알현함.

10) 東方朔(동방삭) : 한漢 염차厭次 사람. 격조 높은 골계滑稽와 간쟁諫爭으로 이름이 높았고, 서왕모西王母가 심은 복숭아를 훔쳐 먹고 오래 살았다는 고사가 있다.

11) 大隱(대은) : 몸은 속세에 있지만 뜻은 현원玄遠한 사람. 곧 진정한 은사隱士.

12) 西施(서시) : 춘추시대 월越나라의 미인. 오吳나라를 멸망시키기 위해 월나라 대부 범려范蠡에 의해 오의 부차夫差에게 바쳐졌으며, 오나라가 망한 뒤에는 범려에게 시집 가 오호五湖를 유랑했다고 한다.

13) 西施臏目(서시빈목) : 아름다운 서시西施가 가슴앓이로 인해 가슴에 손을 대고 찌푸리자 더욱 아름답게 보이자, 이것을 이웃집 추녀가 흉내 냈다는 고사.

14) 妬殺(투쇄) : 매우 질투함. 쇄殺는 조사助辭.

는데, 두 시 사이에 시어들이 중복되고 있다. 행동묘사를 통한 간접 제시어로는 '치다[擊] –칼춤[劍舞] – 소리 높여 읊으며 눈물 콧물 흘리다[高詠涕泗漣]' 등이다. 시적 정서는 '늙어가는 것에 대한 애석함'에서 '웅지를 펼치지 못하는 울분'으로 상승되는데, 조조의 시를 통한 왕돈의 심정 토로, 다시 왕돈 고사를 통한 이백의 심정 토로로 이어진다.

둘째 단락(5~12구)에서도 표면상 고사는 동방삭東方朔의 궁중에서의 모습을 통해 이백이 한림공봉으로 있을 때 궁중에서의 모습을 중첩重疊시키면서 동일시하고 있다. 곧 몸은 궁중[金門, 속세]에 있어 천자의 사랑과 신뢰를 받고 있지만, 뜻은 현원玄遠(玄妙하고 幽遠)하여 자신이야말로 진정한 은사[大隱]라고 한다. 곧 속세와 절연된 깊은 산속의 신선이야 말할 것 없지만, 진정한 신선은 속중신선俗中神仙이라고 한다. 동방삭과 이백 자신을 동일시하는 표현은 11~12구에서 노골적으로 드러나는데, '적선謫仙'이 동방삭을 의미하는지 이백 자신을 의미하는지 의도적으로 모호하게 서술한 시적 모호성을 통해 효과를 극대화하고 있고, 이백의 천재성을 단적으로 드러낸 구절이기도 한다.

물론 저승사자들이 저승 명부名簿에서 이름이 빠진 동방삭을 찾아 잡아드리려고 냇가에서 숯을 빨고 있자, 동방삭이 이것을 보고, '왜 숯을 빨고 있느냐?'고 물었더니, '숯이 희어지라고 빨고 있다.'라고 하자, 동방삭이 하는 말이 '내가 삼천갑자三千甲子(18만 년)를 살았지만, 너 같이 어리석은 놈은 처음 보겠다.'라는 소리에 동방삭임이 탄로 나서 저승사자에게 잡혀갔다는 전설('炭川'의 지명유래)처럼 이백이 장수한 면까지 일치하는 것은 아니다.

셋째 단락(13~16구)에서는, 서시빈목西施矉目의 고사를 들어 이백 자신이 뭇 관료들의 시기와 질투를 받아 뜻을 펼칠 수 없었고, 군왕으로부터 사랑까지 잃게 되었다고 한다. 삼인성호三人成虎(거짓말도 여러 사람이 하게 되면 곧이듣게 됨)라는 속담처럼, 군왕도 이백에 대한 관료들의 시기와 질투는 막아낼 수 없다고 한다. 왕돈을 통해서는 울분을, 동방삭을 통해서는 고원高遠한 뜻을, 서시 고사를 통해서는 사람들의 질투와 시기를 중의적이고 암묵적으로 펼쳐가는 빼어난 기법을 보이고 있다.

08. 홀로 술을 마시며 獨酌

春草如有意 춘초여유의하여　　　봄풀이 마음이라도 있는 것처럼
羅生玉堂陰 나생옥당음인데,　　　옥당의 그늘에 줄지어 돋아나는데,
東風吹愁來 동풍취수래러니　　　동풍이 불어 시름을 가져오니
白髮坐相侵 백발좌상침이라.　　　흰머리가 어느새 들어와 자리 잡네.
獨酌勸孤影 독작권고영하고　　　홀로 술 따라 그림자에게 권하고
閑歌面芳林 한가면방림인데,　　　봄 숲1)을 마주하여 한가로이 노래 부르는데,
長松爾何知 장송이하지하여　　　잘 자란 솔아, 너는 어떻게 알고서
蕭瑟爲誰吟 소슬위수음인가.　　　누구를 위하여 쓸쓸히 읊조리느냐?
手舞石上月 수무석상월하고　　　바위 위에 뜬 달 보며 손 흔들어 춤추고
膝橫花間琴 슬횡화간금이러니,　　　꽃 속에서 무릎에 거문고 놓고 타노라니,
過此一壺外 과차일호외에　　　이 술 한 병 마시는 것 외에
悠悠非我心 유유비아심이로다.　　　근심하는 것은 내 마음이 아니네.

이 시는 창작 연대가 밝혀지지 않았지만, 2구의 '옥당玉堂2)'의 시어로 미루어 42세(天寶 元年, 742)에서 44세(天寶 3年, 744) 사이 현종玄宗 때 한림공봉翰林供奉3)으로 궁중에 있으면서 지은 것으로 추정되고 있다. 기록에 의하면 이백이 현종玄宗의 조서를 받고

---

1) 芳林(방림) : 봄날의 수목樹木. 수목이 우거진 숲.
2) 玉堂(옥당) : 한 대漢代의 궁전 이름. 궁전을 두루 이르는 말. 송대宋代 이후에는 한림원翰林院의 별칭.
3) 翰林供奉(한림공봉) : 당唐나라 현종玄宗 때 한림원翰林院에서 응제應製(임금의 명령으로 시문을 짓던 일)를 전담하던 벼슬.

궁중으로 나아가자, 당대의 대 문장가이고 이백보다 40여 살이나 연상인 하지장賀知章 (659~744)도 이백을 보고 한 눈에 '적선謫仙'4)이라고 불렀으며, 두보杜甫(712~770)도 일찍 이 음중팔선飮中八仙5)의 한 명으로 부를 만큼 시와 술을 사랑한 애주가로 꽤 명성을 얻은 때였을 것으로 사료된다. 전문은 12구 5언 고시체이고, 내용상 3단락으로 나뉜다.

첫째 단락에서는 시간 배경으로 봄, 공간 배경으로 옥당(의 그늘)이 제시된다. 봄풀이 뜻[意]이라도 있는 것처럼 옥당의 그늘에 줄지어 돋아난다고 한다(1~2구). 그런데 봄바람 [東風]에 불려오는 것은 꽃소식[花信]이 아니라 시름[愁]이라고 한다. 그리고 시름에 젖게 한 원인은 자신도 모르게 침입한[侵] 흰머리 때문이라고 한다(3~4구). 우리나라 고려말 최고의 탄노가歎老歌(늙음을 한탄한 노래) 시조시인 우탁禹倬(1263~1342)의 시조에서도 이 와 유사한 시상을 볼 수 있다.

> 한 손에 가시를 들고 또 한 손에 막대 들고
> 늙는 길 가시로 막고 오는 백발 막대로 치랴터니
> 백발이 제 먼저 알고 즈럼 길로 오더라.

첫째 단락 서두에서 노래하려 한 것은 춘초春草도 춘풍春風도 아니고 춘수春愁(봄날의 시름)인 셈이다. 곧 옥당의 양지가 아닌 음지에 풀과 함께 돋아난 것은 이백의 이마에 돋아난 흰머리가락이었고, 어느 날 문득 노년에 접어든 세월의 무상한 흐름을 실감한 것이다.

둘째 단락(5~8구)에서는, 춘수를 달래려고 술잔을 잡는다. 그러나 잔이 비어도 따라 줄 사람 없고, 잔 잡아 권할 사람도 없다. 그러니 대작對酌이 안 되니 혼술(?)[獨酌]이라도 하는 수밖에 없다. 아니다. 한 명이 있으니 누구인가? 그림자다. 그러나 그림자와 영감을 나누기에는 멋쩍다. 차라리 잔을 들고 눈앞에 펼쳐진 푸른 숲을 향해 의연히 잔을 비우

---

4) 謫仙(적선) : 벌을 받고 인간계로 쫓겨나온 선인. 이백李白의 미칭美稱.
5) 飮中八仙(음중팔선) : 당대唐代의 이백李白·하지장賀知章·이적지李適之·이연李璉·최종지崔宗之· 소진蘇晉·장욱張旭·초수焦遂 등 시와 술을 사랑한 8인을 이르는 말.

면서 한가롭게 노래[閑歌]를 읊조린다(5·6구). 외로움[獨]과 한가로움[閑]은 별개인 것을, 바쁘게 살아가는 현대인들에게는 이 두 가지를 구별하여 즐길 겨를이 없기도 하다. 그림자는 답이 없으니 고개를 들어 춘풍에 흔들리는 소나무를 바라본다. 춘풍은 소나무에 불어 송풍松風이 되어 쓸쓸하게[蕭瑟] 분다. 누군가에게 무어라고 읊조리는 것 같다(7~8구).

셋째 단락(9~12구)에서는, 어느새 서산에 해가 지고 건너편 바위 위에 둥근달이 떠오른다. 떠오르는 달과 함께 취기도 오른다. 반가운 듯 손을 흔들어 반가운 술벗인양 달을 맞이하는 시늉으로 멋은 없지만 춤도 춰본다. 그런데 여기에 등장하는 세 가지의 소재 솔[松]과 돌[石]과 달[月]의 의미가 심상치 않다. 우리나라 조선 최고의 단가短歌의 대가이자 삼대 가인三大歌人[6]인 고산 윤선도孤山尹善道(1587~1671)가 〈오우가五友歌〉[7]에서 다섯 명의 벗으로 꼽았던 인물(?)들이 아닌가. 그 중에서 술벗으로 여긴 달에 대해 노래한 시조를 곁들여 감상해본다.

> 작은 것이 높이 떠서 만물萬物을 다 비취니
> 밤중의 광명光明이 너 만한 이 또 있느냐
> 보고도 말 아니 하니 내 벗인가 하노라.

그리고 꽃을 깔고 앉아 거문고도 타며 술잔을 드니 걱정 근심이 나에게는 없다고 한다.

---

6) 三大歌人(삼대가인): 조선 최고의 시인 세 사람으로 송강 정철松江鄭澈(1536~1593), 노계 박인로蘆溪朴仁老(1561~1642), 고산 윤선도孤山尹善道(1587~1671)를 말한다.
7) 오우가五友歌: 고산 윤선도가 지은 연시조 6수. 저자가 56세(1642, 인조 20)에 은거지인 전라남도 해남 금쇄동金鎖洞에서 서사 1수에 이어 수水·석石·송松·죽竹·월月 다섯 벗에 각각 한 수씩 노래하였다.

09. 달 아래서 홀로 술 마시며(4수) 月下獨酌(4首)

〈其1〉

花間一壺酒 화간일호주를 꽃 사이에 한 병의 술 놓고

獨酌無相親 독작무상친이라가, 친한 벗도 없이 홀로 마시다가,

擧杯邀明月 거배요명월하니 잔 들어 명월을 맞이하니

對影成三人 대영성삼인이라. 그림자와 함께 세 사람이 되었네.

月旣不解飮 월기불해음이요 달은 본래 술을 마실 줄 모르며

影徒隨我身 영도수아신이니, 그림자도 다만 내 몸짓만 따를 뿐이나,

暫伴月將影 잠반월장영하여 잠시 달과 그림자를 데리고서

行樂須及春 행락수급춘이라. 봄을 맞이해 모름지기 즐겨보리라.

我歌月徘徊 아가월배회요 내가 노래하면 달은 배회하고

我舞影零亂 아무영영란이니, 내가 춤추면 그림자는 어지러이 움직이고,

醒時同交歡 성시동교환이요 깨어 있을 때는 함께 즐기며 노닐다가

醉後各分散 취후각분산이라. 취한 뒤에는 각기 흩어진다네.

永結無情遊 영결무정유를 그래도 무정의 교유交遊를 영원히 맺을 것을

相期邈雲漢 상기막운한이라. 머나먼 은하수[1]에 서로 기약하노라.

이백이 44세(天寶 3年, 744)에 장안에서 지은 4수로 된 연시이자 5언 고시이다. 이백은 이보다 2년인 42세(天寶 元年)에 천자의 조서를 받고 장안으로 들어가게 되니, 나름 정치적으로 입문한 셈이다. 그러나 1년 남짓 궁중생활에서 그의 특유의 자유분방함과 주벽酒

---

1) 雲漢(운한) : 은하수銀河水.

癖 때문에 주위 사람들에게 썩 환영받지 못한 것은 당연한 것이었고, 특히 궁에 들어간 지 1년여 만에 고역사高力士[2]와 양귀비楊貴妃[3]로부터 참소를 받은 것으로 알려졌다. 그러니 군중群衆 속의 고독이 아닌 궁중宮中 속의 고독 속에 마음 터놓고 대작할 사람을 찾기란 쉽지 않았을지도 모른다. 따라서 이 무렵(42~43세)에 지은 시에서 혼자 술 마시는 시들이 유난히 많은데, 대표적으로 〈독작獨酌〉, 〈파주문월把酒問月〉 등을 들 수 있고, 특히 본 작품은 앞선 〈독작〉과 시적 발상이나 표현이 유사함을 알 수 있다. 전문은 14행 5언 고시이고, 4단락으로 나뉜다.

첫째 단락(1~4구)에서는 요즘 말로 '혼술'임을 강조하고 있다. 공간은 꽃밭이고 시간은 달밤이다. 남의 눈치 보면서 혼자 마시기 멋쩍은 차에 밝은 달이라도 벗 삼고, 늘 나를 따라 다니는 그림자라도 벗을 삼는다는 것이다. 감상하기에 따라서는 이 구절을 역시 주선酒仙이자 시선詩仙다운 멋과 풍류와 재치가 넘치는 구절로 보기에 손색없으리니. 너무 무미건조한 감상일 터.

둘째 단락(5~8구)에서는 벗으로 맞이한 달과 그림자의 술과 관련하여 속성을 말하니, 달은 술을 마실 줄 모르고 그림자는 다만 내 몸짓만 따른다고 한다. 곧 술이란 모름지기 수작酬酌(술을 주고받음)을 해야 제 맛인데, 그러지 못함이 안타까운 것이다. 그러나 구중 궁궐 속 무료한 봄밤은 깊어만 가니 술은 아니 마실 수도 없으니 급시행락及時行樂을 놓칠 수는 없다. 〈독작〉의 5구에서 '홀로 술 따라 그림자에게 권하다獨酌勸孤影'과 유사한 표현이다. 애써 행락行樂의 계절 봄을 즐겨보려 한다.

셋째 단락(9~12구)에서는 취기가 오른 다음의 나와 달과 그림자 얘기다. 내가 술에 취해 흥이 올라 노래하더라도 달은 하늘에서 제 갈 길을 가고[徘徊] 있을 뿐이고, 그림자

---

2) 高力士(고역사) : 당唐 고주高州 양덕良德 사람. 환관 고연복高延福의 양자로, 환관이 되어 내시성(內侍省)의 일을 신중하게 주관하여 신임을 두텁게 받았다.

3) 楊貴妃(양귀비) : 당唐 포주蒲州 영락永樂 사람. 음률에 밝고 가무에 능하였다. 애초에 현종玄宗의 아들인 수왕壽王의 비妃였는데, 뒤에 여도사女道士가 되어 호를 태진太眞으로 하였으며, 궁에 들어가 현종의 총애를 받고 귀비貴妃에 봉해졌다. 안녹산安祿山의 난 중 현종을 따라 피난을 가던 중 군사들의 핍박을 받고 목매어 죽었다. 미색美色으로 국정을 어지럽힌 대표적인 여자로 꼽힌다.

는 내가 추는 춤을 따라 움직일 뿐이다. 술에 취하기 전에는 애써 벗으로 여기다가도, 취기가 오르고 나니 그들은 그들일 뿐이고 나는 나일뿐이다. 어찌 감정 없는 물건들과 함께 잠시잠깐 흥을 나누더라도 홀로라는 외로움을 덜어내고 즐기겠는가.

마지막 넷째 단락(13~14구)에서는 이백 자신과 달과 그림자와의 관계를 정리한다. 먼저 이들 무정無情한 것들과의 교유를 영원히 할 것을 하늘의 은하수에게 기약한다. 달과 그림자의 공통점은 무엇일까? 그의 시 〈파주문월把酒問月〉 4구에서 '달은 오히려 사람들을 따라 다닌다月行却與人相隨'라 했다. 인간들은 회자정리會者定離인데, 오직 달과 그림자만은 사람들에게서 떠나지 않고 따른다는 것이다. 더 은밀한 의미로는 이른바 장자莊子의 무정無情[4]을 함축하고 있음이라.

앞의 어조와는 사뭇 다르다. 변화무쌍 천변만화하는 인간 세정世情에 비해, 그래도 변하지 않고 어두운 세상을 밝혀주는 것은 달이기 때문이리라. 그래서 우리나라 고산 윤선도尹善道(1587~1671)도 시조 〈오우가五友歌〉에서 자연의 다섯 벗을 노래하면서 마지막으로 달을 노래하기도 하였다. 자연물을 들어 인간이 살아가야 할 도道를 발견하는 것이 동양철학의 특징 중의 하나라면, 이백은 달과 그림자를 들어 조변석개朝變夕改하는 인간군상을 풍자한 것이리라. 청淸의 심덕잠沈德潛이 이 시를 가리켜 「입에서 나온 말들이 모두 훌륭하여 자연의 가락에 맞으므로 이러한 시는 보통 사람들이 쉽사리 지을 수 없다.」[5]라고 평가한 것은, 이백이 홀로 술을 마시며 절대고독만을 노래한 것이 아니라, 자연물 속에 삶의 길을 투영시켰기 때문이리라.

〈其2〉

天若不愛酒 천약불애주면   하늘이 술을 사랑하지 않았다면

---

4) 《장자莊子, 덕충부德充符》에서 「내가 정이 없다고 말하는 것은 정에 사로잡히지 않음을 뜻하는 것이네. 호오好惡에 사로잡혀 몸을 헤치는 일이 없이 일체를 자연에 내맡겨 인위적인 노력을 하지 않는 것이네.吾所謂無情者, 言人之不以好惡內傷其身, 常因自然而不益生也.」.
5) 심덕잠沈德潛, 《당시별재唐詩別裁》권2에서 「脫口而出, 純乎天籟. 此種詩, 人不易學」.

酒星不在天 주성부재천이요, 하늘에 주성酒星6)이 없었을 것이며,

地若不愛酒 지약불애주면 땅이 만약 술을 사랑하지 않았다면

地應無酒泉 지응무주천이리. 땅에는 응당 주천酒泉7)이 없었으리.

天地旣愛酒 천지기애주러니 하늘과 땅이 이미 술을 사랑하였으니

愛酒不愧天 애주불괴천이라. 술을 좋아해도 하늘에 부끄럽지 않으리라.

已聞淸比聖 이문청비성이요 청주淸酒를 성인聖人에 견준다고 들었으며

復道濁如賢 부도탁여현이니, 또 탁주濁酒를 현인賢人이라8) 말하니,

賢聖旣已飮 현성기이음에 성인과 현인을 이미 다 마셨으니

何必求神仙 하필구신선이라. 굳이 신선을 구할 필요가 있으리?

三盃通大道 삼배통대도요 석 잔을 마시면 큰 도와 통하고

一斗合自然 일두합자연이라. 한 말을 마시면 자연과 합일된다네.

但得酒中趣 단득주중취를 취한 가운데서 얻는 아취雅趣를

勿爲醒者傳 물위성자전하라. 깨어있는 자들에게는 전하지 말리라.

　　전문은 〈其1〉과 마찬가지로 14행 5언 고시이며 내용상 3단락으로 나뉜다. 자신이 애주가로서 음주에 대한 당위성(?)을 시적으로 전개하는데 사뭇 진지하다. 첫째 단락(1~6구)에서는 하늘의 별이름 주성酒星과 땅의 지명 주천酒泉을 들어 자신의 애주愛酒가 하늘에도 부끄럽지 않다고 한다. 이백은 자신처럼 시와 술을 몹시 사랑하여 스스로를 사명광객

---

6) 酒星(주성) : 술을 주관한다는 별. 일명 주기성酒旗星.

7) 酒泉(주천) : 감숙성甘肅省 주천시酒泉市 동쪽에 있는 샘. 일면 금천金泉.

8) 淸比聖 … 濁如賢(청비성 … 탁여현) : 삼국시대 위魏 서막徐邈의 일화에서 근원한 취객醉客의 말로 맑은 술[淸酒]을 성인聖人에다, 흐린 술[濁酒]을 현인賢人에다 비유한 표현.《삼국지三國志, 위서魏書, 서막전徐邈傳》에「… 醉客謂酒淸者爲聖人 濁者爲賢人」. 우리나라에서는 고려시대의 가전假傳 이규보李奎報의 〈국선생전麴先生傳〉, 조선 시대에 위백규魏伯珪의 〈국청전麴淸傳〉, 박윤묵朴允默의 〈국청전麴淸傳〉, 박상연朴尙淵의 〈국성전麴聖傳〉 등에서 청주를 성인, 탁주를 현인으로 의인화하여 등장시키고 있다.

四明狂客라 부르고, 천자의 비서감秘書監을 지내던 하지장賀知章(약659~약744)의 인정을 받아, 궁중에 들어와 각종 응제시문應製詩文9) 등을 짓는 데는 막힘이 없었다. 그러나 자신의 주벽이 다른 관리나 주위 사람들로부터 너무 심하다고 핀잔을 받고 있다는 사실을 알고 있었을 터. 그러니 술을 앞에 두고 있으나 쉽사리 술잔에 손이 가지 않았을지도 모른다. 그러나 참새가 방앗간을 그냥 지나갈 수는 없고. 자신이 술을 사랑하는 이유 아닌 이유로 하늘과 땅을 들어 부끄러운 일이 아니라고 극구 주장한다.

둘째 단락(7~12구)에서는 술에 대한 애찬을 과거 역사 전고典故를 들어 제시하는데(7~8구), 삼국시대 천하를 호령하던 위魏 조조曹操가 내린 금주령禁酒令을 어기고 술淸酒을 마신 서막徐邈이 '성인聖人(淸酒의 의인화 명칭)'을 만났을 뿐', 곧 '청주를 조금 마신 것 뿐'이라고 하자, 조조도 용서를 해주어 위기를 모면했다는 고사를 들고 있다. 곧 이어 애주가들 음주 변명으로 쓰이는 '주종불사酒種不辭, 청탁불사淸濁不辭'하므로 성인聖人(淸酒)·현인賢人(濁酒)을 다 마셨다고 한다. 그러므로 자신은 성인·현인의 경지를 넘어서서 신선의 경지에 이르렀다고 한다. 하지장이 40여세나 아래인 이백을 가리켜 '적선謫仙(천상에서 귀양 온 신선)'이라고 부른 것은 문장도 문장이려니와 술에서도 이백을 대작의 상대로 인정한 것이리라.

이어 주량酒量과 주취酒醉의 경지에 대해서 말하고 있다(13~14구). 석 잔을 마시면 큰 도와 통하고 한 말을 마시면 자연과 합치된다고 한다. 석 잔을 마시면 된다는 대도大道는 어떤 경지이고, 한 말을 마시면 자연과 합치된다는 경지는 어떤 것인가?

이백의 문학사상은 두보杜甫(712~770)의 유가儒家보다는 도가道家 쪽이고, 노장사상老莊思想에 바탕을 둔 신선사상으로 평가받고 있으니, 노장사상에서 대도에 대해 설명하고 있는 내용을 보자.「하늘은 (만물을)덮을 수는 있으나 실을 수는 없으며, 땅은 (만물을)실을 수는 있으나 덮을 수는 없으니, 대도大道는 능히 (만물을)포용할 수는 있으나 분변分辨할 수는 없다.」10)고 하였는데, 이 경지를 석 잔의 술로 도달할 수 있고, 한 말의 술로는

---

9) 應製詩文(응제시문) : 임금의 명령에 따라 시문詩文을 지음. 또는 그렇게 지은 시문. 이백의 대표적 글로 42세에 현종玄宗의 사냥을 묘사한 작품인 〈대렵부大獵賦〉를 들 수 있다.
10) 《장자莊子·천자天子》에 「天能覆之而不能載之, 地能載之而不能覆之, 大道能包之而不能辨之」.

자연과의 합일되는 무위자연無爲自然이니 물아일체物我一體, 물심일여物心一如의 경지에 이를 수 있다고 한다. 그러나 우리 같은 범부가 그 심오한 경지의 함축적 의미와 메타포를 어이 해득할 수 있으리오.

마지막 단락(13~14구)에서는 애주가들이 도달한 드높은(?) 경지에 대해서 음주를 부정하거나 폄시貶視하는 사람들에게는 말하지 말자는 것이다. 중국에서 술을 최초로 만들었다는 하대夏代의 의적儀狄[11]에 관한 신화에, 「옥황상제께서 지상을 살펴보니 예전과 같지 아니하여 의적으로 하여금 맛 좋은 술을 만들도록 하였다. 순수한 기운을 양성하여 천하로 더불어 이를 같이하여 취향醉鄉에 들어오게 함이니, 도량이 좁은 사람을 너그럽게, 사치와 탐욕을 찾던 사람을 청렴하게, 걱정 근심하던 사람을 아무 생각이 없게 하여, 천하가 이 술에 돌아오면 화서華胥[12]의 나라와 같이 된다.」[13]고 하였다. 술과 인생은 끊을래야 끊을 수 없는 것이고, 수많은 이백의 음주시 중에서도 술을 예찬한 명편으로 회자되고 있으니, 한 두 구라도 읊조리면서 오늘밤 멋스럽게 술잔을 들리라.

〈其3〉

三月咸陽城 삼월함양성에	삼월 함양성咸陽城[14]에는
千花晝如錦 천화주여금이라,	수많은 꽃들이 낮이라 비단 같은데
誰能春獨愁 수능춘독수오	누가 봄날에 홀로 시름겨워하리?
對此徑須飲 대차경수음이라.	이런 경치에는 모름지기 술을 마셔야 하리.
窮通與修短 궁통여수단은	곤궁과 영달, 장수와 단명은
造化夙所稟 조화숙소품이라,	조화옹이 일찍부터 정해놓은 운명이리니,

---

11) 儀狄(의적) : 하夏대에 처음으로 술을 만들었다는 사람. 술의 이칭으로도 쓰인다.

12) 華胥(화서) : 원래는 복희씨伏羲氏 어머니의 이름. 거인의 발자국을 밟은 뒤 임신하여 복희씨를 낳았다고 한다. 안락하고 평화로운 이상세계. 또는 꿈속의 세계를 이르는 말. 황제皇帝가 꿈속에서 화서국의 자연세계를 보았다는 데서 유래.

13) 조선전기의 학자 정수강丁壽崗(1454~1527)의 《월헌집月軒集》 중 〈취향기醉鄉記〉 요약.

14) 咸陽城(함양성) : 옛 진秦의 땅. 섬서성陝西城 장안현長安縣 동쪽으로, 본문에서는 장안長安을 말함.

一樽齊死生 일준제사생이니 　한 동이 술을 마시면 삶과 죽음이 같아지나니

萬事固難審 만사고난심이로다. 　세상만사는 진실로 환히 알기 어려우리.

醉後失天地 취후실천지하여 　취한 뒤에는 천지도 잃어버린 채

兀然就孤枕 올연취고침이리니, 　홀로 우뚝하게 베개 베고 잠들어

不知有吾身 부지유오신하니 　내 몸 있는 것조차 모르리니

此樂最爲甚 차락최위심이로다. 　이런 즐거움이 최고의 풍류로다.

　앞의 시 〈其2〉에 이어 술의 효과와 기능(?)을 읊은 12행의 5언 고시다. 전문은 내용상 3단락으로 나뉜다. 첫째 단락(1~4구)에서는 시·공간적 배경과 작가의 심리와 상황이 제시되고 있다. 만화방창하는 춘삼월이고, 어쩌면 자신의 원했던 천자를 모시는 궁궐에서 관리로 있다. 원했던 것을 이룬 것 같은데 왠지 마음은 편치 못해 시름에 잠겨 있다. 그리고 이 시름을 함께 할 벗도 없이 홀로라고 한다. 아름다운 배경 속의 자신의 심사를 감성어 '시름[愁]'과 연관어 '홀로[獨]'라는 시어로 제시하고 있다. 시름과 외로움을 동시에 해소할 수 있는 것은 술이다. 아쉽게도 시름의 내용에 대해서는 독자의 상상에 맡기니, 춘수春愁라고 하여도 좋겠다.

　속인의 추측으로 어림잡아보자면 궁중생활이 편치 못했음이리라. '하고 싶어 하는 것'과 '해야 할 일을 하는 것'의 차이일까. 행복은 '하고 싶은 일'과 '해야 할 일'이 일치될 때일 터인데. 작가가 그 시간에 '하고 싶은 일'은 무엇이었을까? 작가가 아닌 이상 추측에 추측을 더할 수밖에 없다. 아무튼 그러니 술을 마실 수밖에 없다는 것이다. 술의 기능을 강조한 이칭이 망우물忘憂物이라 했다. 꽃피는 배경과는 사뭇 부조화의 역설적 표현 효과를 거두고 있다.

　둘째 단락(5~8구)에서는 세속적 욕망에 대한 작가의 숙명론적 가치관과 인생관이 확연히 드러나고 있다. 인간의 곤궁과 영달, 장수와 단명에 대한 것들을 제시하는데, 한쪽은 인간들이 애타게 원하는 것들이고, 다른 한쪽은 싫어하는 것들이다. 그러나 이런 것들은 좋건 싫건 간에 의지와 마음대로 되는 것이 아니고, 조물주의 '보이지 않는 손'에 의해

이미 정해진 것이라고 한다. 그러니 굳이 아등바등할 필요가 없다는 것이다. 항차에 인간에게 가장 중요한 생사마저도 그런 것이고, 이렇듯 극極과 극極을 이루는 양단兩端을 제시하는데, 곧 성인聖人들이 말하듯, 이것들은 상극相剋이 아닌, 인간이라면 함께 지니고 걸어가야 하는 양행지도兩行之道이다. '내 몸에 병 없기를 바라지 말고, 인생살이에 걱정근심 없기를 바라지 말'라고 하였던가. 그렇다고 꼭 성인이라야 만이 이런 경지에 이를 수 있는 것은 아니다. 아니, '한 동이의 술', 곧 〈其2〉에서 말한 성인聖人(淸酒)을 만나고 현인賢人(濁酒)을 만나고 나면 곤궁과 영달, 장수와 단명, 생사生死가 둘이 아닌 하나가 되는 경지에 이른다고 했다. 그리하면 알 수 없는 인생만사를 굳이 알려고 노심초사할 일이 없다고 한다.

셋째 단락(9~12구)에서는, 술의 필요성과 기능이 단계적으로 극으로 치닫는데, 1~4구에서 '술의 마시는 이유'에서, 5~8구에서는 '술을 마심[飮酒]'을 쓰고 나서, 마지막 9~12구에서 '높은 베개 우뚝 베고' 거만하고 오만한 자세로 하늘도 잃고 땅도 잃고, 내 몸이 있는 것조차 모르게 되니, 이것이 풍류의 최고의 경지라고 한다. 곧 망아忘我요 무아無我의 경지에서 해탈解脫의 경지에 이른다는 것이다.

작가의 심리상태는 도입 첫째 단락 3구의 감성어 '시름[愁]'에서 끝부분의 셋째 단락 12구의 '즐거움[樂]'으로 바뀌어가고, 그 과정에 술이 있다. 심지어 이런 취향醉鄕의 지경에서 생을 마감하고 싶다고 말한 사람도 있다.

「내 일찍이 청주종사靑州從事(淸酒)와 더불어 호수와 바다 사이에 놀다가. 좋은 술집[中山]15)을 지나고(마시고) 동정洞庭(洞庭湖)를 지나 상약上若16)의 고을에 이르러 길을 잃고 실족失足하였다가 이 고을[醉鄕] 가운데 떨어졌다. 그 땅은 넓게

---

15) 中山(중산): 천일주千日酒(한 번 마시면 천일동안 취한다는 술)를 빚어 팔던 곳. 전의되어, 좋은 술. 혹은 중산주中山酒. '좋은 술'의 의정화擬定化.

16) 上若(상약): 상선약수上善若水의 줄임말. 최상의 선은 물과 같다. 《노자老子》 8장에 「최상의 선은 물과 같다. 물은 만물을 이롭게 하여 다투지 않으며, 뭇사람들이 싫어하는 낮은 곳에 있다. 그러므로 도道에 가깝다.上善若水, 水善利萬物而不爭, 處衆人之所惡, 故幾於道.」.

퍼져서 언덕의 험준하고 막힌 어려운 데도 없고, 그 기운은 화평하여 서리와 눈이
혹독하게 어는 괴로움도 없고, 그 풍속은 밝아 어그러져 화내어 다투려는 마음도
없으며, 부드럽고 온화한 원기가 연기처럼 뼈에 스며드니, 즐겁고도 즐거운 곳이
었다. 이에 내가 있어야 할 곳을 얻은 것이어서, 술에 깨어있으면서 미친 사람처럼
행동하는 것[17]은 술에 취해 있으면서 참된 것만 못하므로, 나는 이 고을[醉鄕]에
서 일생을 마치고자 하노라.」[18]

라고 쓰고 있다. 어찌 이런 경지를 이백만이 혼자 느끼는 것이겠는가. 주위의 애주가들에
게서도 가끔 볼 수 있는 광경이리라. 다만 이백은 이것을 술로 쓰고 시로 읽을 수 있었기
때문에, 술이 시가 되고 예술이 되어 만유萬有의 영혼을 토닥여주는 시혼詩魂을 가졌음
이라.

〈其4〉

窮愁千萬端 궁수천만단이나　　　곤궁의 시름은 천 갈래 만 갈래인데

美酒三百杯 미주삼백배이니,　　　맛좋은 술은 3백 잔 뿐이니,

愁多酒雖少 수다주수소나　　　　시름은 많고 술은 비록 적지만

酒傾愁不來 주경수불래리니,　　　술잔을 기울이면 시름은 오지 않으니,

所以知酒聖 소이지주성하니　　　술을 성현[19]이라 한 까닭을 알겠으니

---

17) 醒狂(성광) : 술에 취하지 않고도 광자狂者처럼 행동하는 것. 세상을 하찮게 보며 제멋대로 말하거
나 행동하는 것.

18) 정수강丁壽崗(1454~1527)의《월헌집月軒集》중〈취향기醉鄕記〉끝 부분에「余嘗與靑州從事, 薄遊
湖海間, 歷中山過洞庭, 至上若之村, 迷路失足, 墜於此鄕之中, 其地廣衍, 無丘陵險阻之難, 其氣和
平, 無霜雪嚴凝之苦, 其俗熙熙, 無乖戾忿爭之心, 沖融元氣, 薰燕投骨, 樂土樂土, 爰得我所, 與其
醒狂不如醉眞, 余欲終老於此鄕」.

19) 酒聖(주성) : 국성麴聖과 같은 의미로 청주淸酒를 이르는 말이나 본문에서는 2구의 '미주美酒와 호
응하여 '맛좋은 술'을 성인聖人에 비유한 뜻으로 쓰임. 이밖에도 술의 이칭으로는 국선생麴先生
·국수재麴秀才·국처사麴處士·국생麴生·국군麴君·국왕麴王(술의 神) 등으로 의인화시켜 부른다.

酒酣心自開 주감심자개라.　술에 취하면 마음이 저절로 열리는구나.

辭粟臥首陽 사속와수양이오　곡기穀氣 끊은 백이·숙제는 수양산[20]에 누웠고

屢空飢顔回 누공기안회로다,　뒤주가 자주 비었던 안회顔回[21]는 굶주렸으니,

當代不樂飮 당대불락음이면　당대에 술을 즐겨 마시지 않는다면

虛名安用哉 허명안용재리오,　헛된 이름 남긴들 무슨 소용이 있으리,

蟹螯卽金液 해오즉금액이오　게의 집게발 안주[22]와 맛 좋은 술[23]이요

糟丘是蓬萊 조구시봉래로다.　술지게미 언덕[24]은 봉래산蓬萊山[25]이로다.

且須飮美酒 차수음미주하여　바야흐로 맛좋은 술을 마시고

乘月醉高臺 승월취고대로라.　달빛 아래 높은 누대에서 취하리라.

　세 번째 수〈其3〉에 이어 음주의 계기를 시름에 두고 있다. 전문은 14행 고시이고, 내용상 세 단락으로 나뉜다. 첫째 단락(1~6구)에서는 '시름[愁]'이 무려 세 번이나 쓰이면서 시름과 술과의 관계를 강조하고 있다. 먼저 시름 중 하나는 곤궁의 시름인데, 천 갈래

---

20) 臥首陽(와수양) : 원뜻은 '수양산首陽山에 눕다'이나, 앞의 곡기를 끊다辭粟穀氣에 의거 '백이伯夷와 숙제叔齊가 수양산에서 고사리만 먹다가 죽다.'의 완곡한 표현으로 해석. 〈채미가采薇歌〉를 지음. 수양산은 중국 산서성山西省 영제현永濟縣 남서쪽에 있다.

21) 顔回(안회) : 춘추시대 노魯나라 사람으로 공자의 수제자. 가난한 생활 속에서 학문과 도를 즐겼으니, 공자가 안회에 대해서《논어論語·옹야雍也》에 말씀하시기를,「어질다, 안회여! 한 그릇의 밥과 한 표주박의물로 누추한 시골에 있는 것을 딴 사람들은 그 근심을 이겨내지 못하는데, 안회는 그 즐거움을 변치 않으니, 어질다, 안회여!」.

22) 蟹螯(해오) : 게의 집게발. 최고의 술안주로 친다.《진서晉書, 필탁전畢卓傳》에「오른손에 술잔을 들고 왼손에 게 발을 들고, 술 배를 띄우고 뱃전을 두드리며 일생을 마쳐도 문득 만족하리라.」라고 하였다.

23) 金液(금액) : 마시면 신선이 된다는 단액丹液. 맛 좋은 술을 비유하는 말. 본문에서는 후자의 뜻.

24) 糟丘(조구) : 술지게미를 쌓아 언덕을 이룸. 매우 많은 술을 빚어서 마심을 이름.

25) 蓬萊(봉래산) : 봉래산蓬萊山. 신선이 산다고 하는 신령스러운 산. 동쪽바다 가운데 있으며, 불로초와 불사약이 있다고 함.

만 갈래라고 한다. 그런 많고 많은 시름을 달래려 하는데 술은 너무 적다고 한다. 천만 갈래의 시름과 삼백 잔의 술로 많고 적음으로 대비시키고 있다(1·2구). 그러나 비록 적은 양의 술이지만 마시기만 하며 모든 시름이 풀잎의 이슬처럼 순식간에 사라지니, 과연 시름을 물리쳐주는 술은 가히 성인이라 할 만하다는 것이다. 왜냐하면 술기운이 오르면 마음이 열리기 때문이라고 한다(5·6구).

이어 둘째 단락(7~10구)에서는 이전 세 편의 작품에서 말했던 음주의 즐거움과는 사뭇 다르게 구체적인 역사적 인물들을 들어서 음주飲酒의 필연성(?)을 쓰고 있다. 역사상 최고의 지조와 절개의 상징이었던 백이와 숙제, 그리고 모진 가난과 역경 속에서도 학문에 정진하다가 일찍 세상을 뜬 안회의 죽음에 대해서 대성인 공자도 하늘을 보고 통곡하였다는데,[26] 이들의 삶을 모두 일언지하에 '헛된 명성[虛名]'이라고 폄훼貶毁하고 있다. 지금이나 당시로나 일반인의 보편적 가치관과는 상반되고 비판받을 만한 충격적인 언행임에 틀림없다.

그러나 이백은 그 이유에 대해서 '그들은 살면서 술을 즐겁게 마시지 못했기 때문(9구)'이라고 한다. 자신의 음주의 즐거움을 설파하는데 조금의 망설임도 없는 표현이다. 곧 그들은 자신들이 믿고 있는 소신과 신념을 지키기 위해서 많은 근심과 시름 속에 살았을 것이며, 가슴 졸이며 전전긍긍했을 것이라는 전제하에 한 말이리라. 곧 불가佛家의 관점에서는 제행무상諸行無常(만물은 항상 변전해서 일정함이 없다는 것)이고 이백 시에 일관되게 흐르는 신선사상으로 말하면 무위자연無爲自然(자연에 맡겨 덧없는 행동은 하지 않음)이니, 곧 지금 술을 마시며 즐기자는 것이리라.

마지막 셋째 단락(11~14구)에서는 음주의 구체적 모습, 아니 신선이 되는 방법이 제시된다. 맛 좋은 술[美酒]은 이미 2구에서 제시된 것이니, 맛 좋은 술에 최고의 안주[蟹螯]가 곁들인다면, 그것이 신선이 되는 단약丹藥(金液)이리라. 게다가 술이 매우 많아 술을 거른 술지게미 쌓은 것이 언덕이 되는데, 그 언덕이 곧 신선이 산다는 봉래산蓬萊山이라는

---

26) 《논어論語·선진先進》에 「안연顏淵이 죽자, 공자께서 말씀하셨다. '아! 하늘이 나를 망하게 하였구나! 하늘이 나를 망하게 하였구나!'라고 하셨다.顏淵死 子曰 天喪予 天喪予·」.

것이다. 일부러 신선이 되는 단약을 먹고 신선이 산다는 봉래산을 찾아갈 필요가 없다는 것이고(12구), 그러니 마음껏 마시고 달빛 아래 높은 누각에 올라 취하겠다는 것이다.

　본시의 주 내용은 앞의 3수와 마찬가지로, 많은 사람들은 명성을 쌓느라 근심과 시름으로 노심초사하고, 또 명성을 얻은 후에는 잃지 않기 위해서 전전긍긍하지 말라고 한다. 그 모든 것들은 다 헛된 것임을 이야기 하고, 차라리 한 잔 술을 마시고 근심 시름을 잊고 사는 것이 곧 신선이라는 것이다. 옛 사람들의 필독서였던《명심보감明心寶鑑》에 '하루가 맑고 한가로우면 곧 하루의 신선인 것을'[27])의 구절을 술과 연관하면, 마음 편히 한 잔의 술을 마시고 세상이 가장 아름답게 보일 만큼만 얼큰히 취한다면 곧 하루의 신선一日仙이 되리라 했음이라.

---

27)《명심보감明心寶鑑·성심편省心篇》에「一日淸閑, 一日仙」.

10. 상산의 사호[1]에게 술을 권하다 山人勸酒

蒼蒼雲松 창창운송이오　　　　　푸르고 푸른 구름 속의 소나무요

落落綺皓 낙락기호로다.　　　　　고고하고 우뚝한 기리계[2]로다.

春風爾來爲阿誰 춘풍이래위아수오　봄바람아, 너는 누굴 위해 불어오느냐?

蝴蝶忽然滿芳草 호접홀연만방초라.　나비들은 홀연 향기로운 풀밭에 가득하네.

秀眉霜雪顏桃花 수미상설안도화니　긴 눈썹은 희어도 얼굴은 복사꽃 같으니[3]

骨靑髓綠長美好 골청수록장미호라.　신선 같은 풍모[4]는 늘 아름다웠네.

稱是秦時避世人 칭시진시피세인인데　진나라 때 세상을 피한 사람들[5]이라는데

勸酒相歡不知老 권주상환부지노라.　술 권하고 서로 즐기며 늙는 줄도 몰랐네.

各守麋鹿志 각수미록지하며　　　각자 초야에 묻혀 살려는 뜻[6]을 지키며

恥隨龍虎爭 치수용호쟁이라.　　　용과 호랑이의 싸움[7]을 부끄러워했다네.

---

1) 山人산인 : 선인仙人이나 도사道士를 이르는 말. 본문에서는 '상산노인商山老人'의 뜻으로 '상산사호商山四皓' 곧 진秦나라 말엽에 어지러운 세상을 피하여 상산商山에 은거한 네 명의 은사隱士로, 기리계綺里季, 동원공東園公, 하황공夏黃公, 녹리선생甪里先生을 말한다.

2) 綺皓기호 : 기리계綺里季. 상산사호商山四皓 중의 한 사람.

3) 秀眉霜雪顏桃花수미상설안도화 : 수려한 눈썹은 서릿발 같이 희어도 얼굴은 복사꽃 같다. 곧 수염과 눈썹은 희어도 얼굴은 붉어 늙지 않았다는 뜻으로 신선다운 풍모를 말함.

4) 骨靑髓綠골청수록 : 골청骨靑은 골청骨淸으로 곧 범속凡俗을 초월한 신선의 자질. '수록髓綠'은 다른 판본에는 '녹발綠髮(검고 윤이 나는 아름다운 머리)'로 되어 있음.

5) 秦時避世人진시피세인 : 진秦始皇의 폭정을 피하려는 사람들. 곧 상산사호商山四皓를 말함.

6) 麋鹿志미록지 : 사불상[麋 : 四不像]과 사슴[鹿]을 동반자로 삼아 은거하려는 뜻을 말함. 미麋(흔히 '고라니')는 목은 낙타, 꼬리는 당나귀, 발굽은 소와 비슷하면서도 그 어느 것과도 같지 않다고 '사불상四不像'이라고 함.

7) 龍虎爭용호쟁 : 용쟁호투龍爭虎鬪. 본문에서는 초楚의 항우項羽와 한漢의 유방劉邦의 싸움을 말함.

歘起佐太子 훌기좌태자하니   문득 세상에 나와 태자를 보좌하나니
漢王乃復驚 한왕내부경이라.   한나라 고조가 거듭 놀라면서,
顧謂戚夫人 고위척부인하며   척부인을 돌아보며 말하기를
彼翁羽翼成 피옹우익성이라.   '저 노인들이 태자의 날개가 되었구나.' 하네.8)
歸來商山下 귀래상산하하여   상산 아래로 다시 돌아와서는
泛若雲無情 범약운무정이라.   무정한 구름처럼 떠다녔다네.
擧觴酹巢由 거상뢰소유인데   잔 들어 소보·허유에게9) 제사지내더라도
洗耳何獨淸 세이하독청이리.   귀 씻었다고 어찌 홀로 깨끗하다 하리요?
浩歌望嵩嶽 호가망숭악하니   호기롭게 노래하고 숭산10)을 바라보며
意氣還相傾 의기환상경이라.   장한 마음을 서로 견주어11) 보리라.

이백이 44세(天寶 3年, 744) 한림공봉을 사직하고 궁궐을 떠나 상산商山 아래를 지나가 면서 상산사호商山四皓가 산속에서 술을 마시며 유유자적 지내다가 한漢나라에 큰 일이 있을 때에 현명하게 대처하여 대의를 실행한 행적을 칭송한 전문 20구 5.7언 악부시樂府 詩12)이다. 천하를 유람하면서 시를 짓는 이백의 독특한 시적 발상은 그 지역과 관계된

---

8) 11~14구의 내용 : 진시황秦始皇의 폭정을 피해 상산商山에 은거하던 사호四皓들이 한 고조漢高祖 유방劉邦이 천하를 얻은 뒤 여후呂侯 치雉의 아들인 태자 유영劉盈을 폐하고 총애하는 후비 척 부인戚夫人의 아들인 조왕趙王을 세우려 하자, 사호가 상산에서 내려와 태자를 도운 일.《사기史記, 유후세가留侯世家》에 기록되어 있다.

9) 巢由소유 : 소보巢父('소부'로도 독음)와 허유許由. 두 사람 모두 요堯임금 때 전설상의 은사. 소보 는 나무 위에 둥지를 틀고 살았는데, 요임금이 허유許由에게 천하를 양위하려 하자, 그는 귀가 더러 워졌다 하여 영천潁川에 귀를 씻었는데, 이를 본 소보는 영천의 물도 더러워졌다 하여 자기 소에게 먹이지 않았다고 한다. 허유許由는 기산箕山에 은거했는데, 요임금이 구주장九州長을 맡기려 하자 영수에 귀를 씻었다고 한다.

10) 嵩岳숭악 : 하남성河南省 등봉현登封峴 북쪽에 있으며, 오악五嶽의 하나인 중악中岳으로 소보巢父 와 허유許由가 살았던 영수潁水가 남쪽에 있다.

11) 相傾상경 : 서로 경쟁함. 서로 배척함.

전고나 고사, 역사적 인물에서 제재를 얻어 시상을 전개해 가곤 하는데, 이 시 역시 상산을 지나면서 중국 은사의 상징적 인물인 상산사호를 시재詩材로 삼는다. 전문은 내용상 3단락으로 나뉜다.

첫째 단락(1~10구)에서는, 먼저 상산사호 중 기리계綺里季를 대표적 인물로 들어 푸르고 푸르며[蒼蒼] 고고孤高하다고 칭송한다(1~2구). 이어 불어오는 봄바람과 향기로운 들판에 가득한 나비들도 상산사호를 위한 것이라고 인품을 기린다(3~4구). 다음으로 상산사호들은 눈썹과 머리는 눈서리처럼 하얗지만 얼굴은 복사꽃처럼 붉어 늙지 않은 신선 같은 외모를 묘사한다(5~6구).

그리고 그들이 왜 세상을 피해 은둔했는가에 대한 역사적 사실로 진시황秦始皇의 폭정을 피한 것이며, 술을 즐기며 사노라니 늙는 것도 몰랐다고 한다(7~8구). 이어 살아가는 구체적 모습으로 사불상[麋, 四不像]과 사슴[鹿]을 동반자로 살아갔다고 한다. 진나라가 망하자 다시 중원中原을 평정하려는 야망으로 용과 호랑이처럼 싸우는 초楚의 항우項羽와 한漢의 유방劉邦의 대립과 갈등, 반목과 끝나지 않은 싸움을 부끄러워했다고 한다(9~10구).

둘째 단락(11~14구)에서는, 중원이 한 유방의 세상이 되어 평온한 세상이 될 것 같았다. 그러나 다시 한 고조漢高祖(劉邦)와 척부인戚夫人이 태자 책봉 문제를 중심으로 권력의 암투가 벌어지는 암울한 세상이 올 것 같은 실정失政이 목격되자, 상산사호는 과감히 산에서 내려와 궁중으로 들어가 천자의 목전에서 시비를 바로 잡았다는 고사이다. 이 부분을 사실감 있게 묘사하기 위해 직접 한고조가 척부인에게 말한 내용을 직접 화법으로 쓰고 있는데,

> 한나라 고조가 거듭 놀라면서
> 척부인을 돌아보며 말하기를
> '저 노인들이 태자의 날개가 되었구나.'

---

12) 樂府詩악부시 : 악부체樂府體의 시를 이르는 말. 처음에는 악부樂府에서 채집하여 만든 시가詩歌를 가리켰으나, 후대인 위진魏晉시대에서 당대唐代까지는 악곡과 배합할 수 있는 시가와 악부의 고제古題를 모방한 작품을 통칭하는 말로 썼다.

라고 한다. '저 노인들'은 물론 상산사호를 말한다.

　세상을 등지고 산다는 은사는 군자인가 아닌가. 자기만의 한 생명을 오래 유지하고 싶어 신선이 된다는 단약丹藥이나 굽는 사람을 진정한 은사라 할 수 있는가? 아니면 불의를 보고 생명을 초개草芥(지푸라기)같이 여기고, 목숨을 바쳐 의를 행하는 것은 은사와는 관계없는 일인가? 군자는 피세避世(세상을 피해 사는 것)는 가可하나, 망세忘世 (세상을 잊고 사는 것)은 불가不可라 했고, 도道란 학식學識(아는 것이 힘이다)의 힘과 덕행 德行(하는 것이 힘이다)의 두 개의 힘이 합해져서 이루어지는 무적의 힘인 것이리라.

　그리고 정치가 바로 잡히자 그들은 미련 없이 궁중을 나와 다시 산으로 들어가 무정한 구름처럼 떠다니며 자유롭게 은사의 삶, 곧 공성신퇴功成身退(공을 세워 명성을 떨쳤으면 물러나 벼슬을 하지 아니함)을 살아간다(15~16구). 동서양의 역사에서 패덕悖德한 군왕을 몰아내고 새 군왕을 추대한 신흥세력들은 그들의 공훈을 앞세워 다시 기득권세력이 되어 다시 국정을 농단하고 나라를 위기로 몰아가는 사례들을 무수히 볼 수 있다. 이런 점에 대해서 제齊나라의 공치규孔稚圭447~501는 그의 〈북산이문北山移文〉에서 산 속 바위굴에서 웅크리고 있으면서 은사를 자처하다가 조정에서 벼슬로 부르면 연잎옷[荷衣] 를 찢어버리고 수레바퀴가 빠지도록 흙먼지를 날리며 산을 빠져나가는 '가짜 은사'들을 신랄하게 비판했다. 그러나 상산사호들은 미련 없이 다시 산으로 들어가 운수행각雲水行 脚하는 모습 때문에 역사에서 길이 남을 진정한 은사들로 남은 것이다.

　마지막 셋째 단락(17~20구)에서는, 둘째 단락에서 다룬 은둔지사 상산사호가 현실 정치에 가담한 것에 대한 시적詩的 논의를 계속하기 위해, 중국에서 은둔지사의 원 조격인 소보巢父와 허유許由 고사를 전면에 내세워 비교한다. 그들이 은둔지사로서 추앙받고 있음[醉巢由]을 말하고, '귀를 씻었다고 홀로 깨끗하다[獨淸]고 할까요?'라 고 하면서 비판적 의문을 제기한다.

　굴원屈原(B.C.343~B.C.277?)의 〈어부사漁父辭〉에서, 굴원이 말한 '온 세상이 모두 흐린데 나만이 홀로 깨끗하다[獨淸]'고 말한 것과 대동소이大同小異함을 알 수 있다. 그리고 어부가 떠나면서 굴원에게 한 말로 「창랑滄浪의 물이 맑으면 내 갓끈을 씻고 창랑의 물이 흐리면 내 발을 씻을 것이로다.」라고 한 말을 따를 것인가. '물이 지나치게 맑으면 고기가 없다水至淸則無魚'했으니, 판단은 물론 독자의 몫이다. '어떻게 살 것인가?'에 대한 결정과 선택은 본인 스스로가 해야 하듯이. 그리고 이백은 상산사호가 살았다는 숭산嵩山을 바라보며 (소보·허유와 상산사호의)장한 마음[意氣]을 서로 견주어 본다고 한다. 이백이 본 시를 통해 제기한 물음은 시대를 초월한 물음이자 뜻 있는 사람들[志士]들에게도 가벼이 넘길 수만은 없는 문제이리라.

11. 기녀를 데리고 양왕[1] 서하산[2]의 맹씨 도원에 오르다 攜妓登梁王樓 霞山孟氏桃園中

碧草已滿地 벽초이만지인데	푸른 풀이 벌써 온 땅에 가득하며
柳與梅爭春 유여매쟁춘이라.	버드나무는 매화와 봄을 다투는데,[3]
謝公自有東山妓 사공자유동산기러니	사공[4]에게는 동산에 놀던 기녀가 있어
金屛笑坐如花人 금병소좌여화인이라.	금병풍에 앉자 웃으니 꽃 같은 미인이었네.
今日非昨日 금일비작일이오	오늘은 어제와 같지 않고
明日還復來 명일환부래러니,	내일은 또 다시 돌아오겠지만,
白髮對綠酒 백발대녹주하여	늘그막에 맛좋은 술을 앞에 두고
強歌心已摧 강가심이최로다.	억지로 노래해도 마음은 이미 꺾였다네.
君不見 군불견가.	그대는 보지 않았는가?
梁王池上月 양왕지상월이	양왕의 연못에 뜬 달이
昔照梁王樽酒中 석조양왕준주중이라.	옛날에 양왕의 술 단지 속에도 떴던 것을.
梁王已去明月在 양왕이거명월재러니	양왕은 이미 떠나고 명월만 남아 있고

----

1) 梁王양왕: 한漢의 양 효왕梁孝王 유무劉武의 별칭. 문제文帝의 둘째 아들로 효孝는 시호. 대원大苑을 쌓고 성城을 넓히고 사방의 호걸들을 초치함.

2) 棲霞山서하산: 산동성山東省 선현단현縣의 동쪽에 있다.

3) 柳與梅爭春유여매쟁춘: 버드나무와 매화가 봄을 다툰다. 버드나무와 매화가 의인화되어 등장하여 서로 봄을 다툰다는 내용에 대해서는 우리나라에서도 한문고전소설 〈유여매쟁춘柳與梅爭春〉(작자미상)이 있고, 우언적 설說 작품으로 〈유여매쟁춘설柳與梅爭春說〉(沈東龜, 1594~ 1660, 《청봉집晴峯集》)이 있다.

4) 謝公사공: 사안謝安. 진晉 진군陳郡 사람. 왕희지王羲之·허순許詢·지둔支遁 등과 산수에서 노닐다가 40여세가 되어 출사하여 환온桓溫의 사마司馬가 되었다.

黃鸝愁醉啼春風 황리수취제춘풍이라.　누런 꾀꼬리도 수심에 취해 춘풍에 우짖네.
分明感激眼前事 분명감격안전사요　눈앞의 일들에 분명히 감격하니
莫惜醉臥桃園東 막석취와도원동이라.　도원 동쪽에 취해 누워 후회하지 않으리.

　이백이 45세(天寶 4年, 745)에 벼슬을 내려놓고 장안을 떠나 동노東魯에 머물고 있을 때, 기녀를 데리고 서하산에 있는 맹씨의 도원에 올라 한漢나라 양 효왕梁孝王이 즐겼던 곳에서 술을 마시며 덧없는 세월에 대한 깊은 비애를 표출하면서 감회를 적은 시다. 예의 시처럼 전반부에는 진晉나라 사안謝安의 고사를, 후반부에서는 한漢의 양 효왕梁孝王의 고사를 차용하고 있다. 시상의 전개는 내용상 4단락으로 나뉜다.

　첫째 단락(1~4구)에서는 먼저 계절이 봄임을 제시하는데 온 들판에 파란 풀이 가득하고, 버드나무와 매화가 봄을 다툰다고 한다. 버드나무와 매화가 '봄을 다투다[爭春]'라는 구체적 내용에 대해서 우리나라 고전소설 〈유여매쟁춘柳與梅爭春〉을 요약해보면, 어느 봄날 동황東皇(봄의 神)을 서로 먼저 맞이하려고 하다가 친하던 둘이서 논쟁한다는 내용이다. 이어 사안謝安이 동산東山에 은거하며 기녀와 놀았다는 고사 일화에서 '기녀의 미모가 꽃같이 아름다웠다'라는 것은 다소 내용상 일관성이 없는 것처럼 여겨지기도 하나, 둘째 단락의 내용과 연계하여보면 봄날의 만발한 꽃과 웃는 기녀의 미모美貌를 동일시하여 '인생의 황금기도 잠시잠깐'이라는 것을 강조한다.

　둘째 단락(5~8구)에서는 어제 - 오늘 - 내일이라는 시간의 흐름 속에 마음도 몸도 하루가 다르게 변한다(5~6구)는 것을 술과 노래를 대하는 태도 변화를 통해 실감나게 전개한다. 곧 젊은 시절에는 맛있는 술이라면 물불 안 가리고 마셨고, 술에 취하면 절로 흥이 나서 노래를 불렀는데, 어느새 흰머리가 나고 늙어가니 술도 노래도 도무지 흥이 나지 않는 것을 '마음이 이미 꺾였다[心已摧]'고 한다. 우리 민요에 '노세 노세 젊어 노세 / 늙어지면 못 노나니 / 화무십일홍이요 / 달도 차면 기우나니'에 담긴 삶의 불변 진리를 이백의 시에서 보는 듯하다.

　셋째 단락(9~13구)에서는 양 효왕梁孝王의 음주飮酒고사를 드는데, 세 개의 달[月]을

들고 있다. 이백 당시에도 남아 있는 양왕이 만들었다는 양원梁苑5)의 연못에 뜬 달은 예전에 양왕의 술단지를 비추었을 것이니, 하늘의 달과 연못에 비친 달과 양왕 술단지의 달까지 세 개의 달이었다. 그런데 지금 양왕은 이미 망자가 되어, 양왕의 술단지를 비추는 달은 없어지고 두 개의 달, 곧 하늘의 달과 연못에 비치는 달만 있다고 한다. 없어진 하나의 달이 지금 이백의 술단지를 비추고 있다고는 말하지 않는다.

그러나 은연중 무한적 존재인 '하늘의 달'과 유한적 존재인 '양왕 술단지를 비춘 달'을 대비시키고, 다만 정서적 등가물情緒的等價物인 누런 꾀꼬리[黃鸝]를 등장시켜 무상감에 젖어있는 이백의 마음을 '울적한 마음에 취해[愁醉] 봄바람 속에 지저귀고 있다'고 대변하고 있다. 이백은 평소에 호수 가에서 술을 마시면서 하늘의 달, 호수의 달, 술잔 속의 달 등 세 개의 달이 떠있다고 말했다.

마지막 단락(14~15구)에서는 전술한 내용을 요약하면서 '눈앞에 벌어진 일들에 대해서 느낀 바가 있다'라고 하여 '그대는 보지 않았는가?'(9구)를 다시 받아 강조한다. 곧 양왕의 고사에서 부귀영화의 덧없음을 보았으니 느끼는 바(무상감)가 있어야 한다는 것이다. 그리고 보고[見] 알고[知] 느꼈다면[感] 무엇을 깨달아야[覺] 할까? 복사꽃 만발한 동산에서 술에 취해 누워보는 것을 꺼리지 말라고 하니, 굳이 이성과 합리성과 체면과 예의범절 같은 것 버리고 비몽사몽非夢似夢의 상태도 좋으려니와 취향몽醉鄕夢을 꾸는 것도 그리 나쁘지는 않다는 뜻이겠다.

---

5) 梁苑양원: 한漢 양 효왕梁孝王이 건립한 동원東苑. 사방 3백여 리의 광대한 숲과 연이어진 화려한 궁실로 유명하다.

12. 봄 날 취중에서 깨어나 뜻을 읊다 春日醉起言志

處世若大夢 처세약대몽이니	세상살이가 긴 꿈[1]과 같으니
胡爲勞其生 호위로기생이리오.	어찌 그 삶을 수고롭게 하리요?
所以終日醉 소이종일취하여	그래서 종일토록 취한 채
頹然臥前楹 퇴연와전영이라.	기둥 앞에서 쓰러져 누웠네.[2]
覺來盼庭前 각래반정전하니	술 깨어 뜰 앞을 바라보니
一鳥花間鳴 일조화간명이라.	새 한 마리가 꽃 사이에서 지저귀며,
借問此何時 차문차하시오	'지금이 어느 때인가?' 물어보니
春風語流鶯 춘풍어유앵이라.	봄바람이 꾀꼬리에게[3] 대답하는구나.
感之欲嘆息 감지욕탄식하여	이 모습에 감동하여 탄식이 절로 나와
對酒還自傾 대주환자경하고,	술 마주한 채 다시 잔 기울이고,
浩歌待明月 호가대명월하니	호탕하게 노래하며 명월을 기다리니
曲盡已忘情 곡진이망정이로다.	노랫가락 끝나고 감정도 이미 사라졌네.[4]

이백이 45세(天寶 4年, 745) 봄 동노東魯지방 석문石門에 머물 때 지었다고 추정되는 시이지만, 지은 해가 정확하게 밝혀지지 않고 있다. 전문은 12구 5언 고시로, 내용상 3단락으로 나뉜다.

---

1) 大夢대몽 : 긴 꿈. 긴 인생을 비유하는 말로 쓰임.

2) 頹然퇴연 : 술에 취해 쓰러진 모양.

3) 流鶯유앵 : 울음소리가 아름다운 꾀꼬리.

4) 忘情망정 : 희로애락喜怒哀樂의 감정이 없음. 감정에 얽매이지 않음.

첫째 단락(1~4구)에서는 인생살이는 한 바탕 꿈과 같은 것인데 꿈속에서까지 수고로울 필요가 있느냐고 반문하면서, 온 종일 술을 마시고 취해 기둥 앞에 쓰러져 누워있었다고 한다. 인생일장춘몽이란 말이 생각나는 표현이다.

둘째 단락(5~8구)에서는, 술에서 깨어나 뜰을 바라보니 꽃 속에서 새 한 마리가 지저귀는데, 지저귀는 내용이 '지금이 어느 때냐?'라고 묻자 한 바탕 지나가는 봄바람이 뭐라고 꾀꼬리에게 대답한다는 내용이다. 아마도 '봄이야!'라고 꽃가지를 흔들면서 답을 했을 것이다. 범인의 판단으로는 종일토록 술만 마시고 새와 바람이 주고받는 말을 들었다니, 취해서 실성失性했거나 환청幻聽을 들었을 것이라고 핀잔을 들을 만한 내용이다. 그러나 이백이 흠모했던 노·장자老莊子의 경지로 말하자면, 세상의 음악에는 인뢰人籟(사람의 음악), 지뢰地籟,[5] 천뢰天籟[6]가 있는데,[7] 이백은 취향醉鄕의 지경에서[8] 지뢰와 천뢰가 주고받는 소리, 곧 새가 지저귀는 소리와 바람이 하는 말을 알아듣는 귀가 열렸다고 스스로 여긴 것일까? 아니면 (술에서)깨어났다고 말하고 있으나(5구) 아직 취향(꿈)인지 아닌지도 모른 상태가 진정한 깨달음의 상태라고 말하고 있는가? 이에 대해 《장자莊子·제물론齊物論》에서 말하기를,

인생도 긴 꿈을 꾸고 있는 것과 같다. 그러나 참된 깨달음에 도달한 사람만이
그것이 꿈인 줄을 안다. 그러나 어리석게도 사람들은 그들이 깨어 있다고 믿으며,
사소한 지식을 과시하고, 귀천의 차별을 일삼는다. 공자나 너나 다 같이 꿈을 꾸고
있는 것이다. 그것이 꿈이라고 말하는 나도 역시 꿈속에서 말하는 것이다.

술에 취한 비몽사몽非夢似夢의 상태를 미화한 말처럼 들리기도 하다. 아니면 주선酒仙만이 술에 취하고 봄바람에 취하고 꽃향기에 취할 수 있고, 머잖아 떠오를 달빛에 취하

---

5) 地籟지뢰: 바람이 대지를 스칠 때 울려나오는 온갖 소리.
6) 天籟천뢰: 자연의 음향. 곧 새소리·물소리·바람소리 등.
7) 《장자莊子·제물론齊物論》 참조.
8) 醉鄕취향: 술에 취하여 정신이 몽롱한 상태를 비유하는 말.

리라는 물아일체物我一體 물심일여物心一如의 경지에 다다랐다는 것인가.

셋째 단락(9~12구)에서는 봄바람과 꾀꼬리의 주고받는 말을 듣고 난후, 자신이 취향에서 깨어났음을 탄식하면서, 다시 무하유지향無何有之鄕[9]으로 돌아가고 싶어 술잔을 다시 기우린다고 한다. 그리하여 망정忘情(희로애락의 감정이 없는 경지)의 세계로 들어간다고 하니, 망아忘我의 경지이거나 무아無我의 경지이리라. 망정의 경지가 곧 취향과 무하유지향은 같은 것이어서, 술을 마시고 깨어나지 않는 것이 이상향적 세계라고 말하고 있는 것인가. 아니면 취향을 통해서 무하유지향으로 들어갈 수 있기 때문에 술에서 깨나지 말아야 한다고 함인가. 취향만이 범인이 도달할 수 있는 최고의 경지라는 것인가. 술은 목에 술술 잘 넘어가니 술이라고도 한다. 주선酒仙다운 술에 대한 예찬 아닌 극찬이라고 하겠다.

이런 이백의 애주시愛酒詩와 유사한 조선시대에 애주시를 많이 남긴 상촌 신흠象村申欽(1566~1628)의 시조 한 편을 들어 본다.

　　　술이 몇 가지오 청주淸酒와 탁주濁酒로다.
　　　먹고 취醉할지언정 청탁淸濁이 관계關係 하랴?
　　　달 밝고 청풍淸風한 밤이니 아니 깬들 어떠리.

그리고 술을 의인화한 소설들도 다수 있어 고려의 서하 임춘西河林椿(생몰년 미상, 의종~명종 연간으로 추정)의 〈국순전麴醇傳〉, 술을 좋아하여 자칭 삼혹호三酷好라 불렀던 이규보李奎報(1168~1241)의 〈국선생전麴先生傳〉을 비롯 많은 소설에서 청주를 성인聖人에, 탁주를 현인賢人으로 의인화시켜 사람의 수심愁心을 다스리기도 했다. 성인 현인의 경지도 술을 통해야 함인가.

---

9) 無何有之鄕(무하유지향) : 텅 비어 아무 것도 없는 고을. 세속의 번잡함이 없는 허무자연虛無自然의 낙원. 《장자莊子·소요유逍遙遊》 참고.

13. 고시를 본받아서[1] 12수를 짓다(12수) 擬古十二首(12首)

〈其3〉

長繩難繫日 장승난계일하여	긴 밧줄로도 해를 묶어놓기 어려워서
自古共悲辛 자고공비신이며,	예로부터 함께 슬프고 괴로워하였으며,
黃金高北斗 황금고북두나	황금이 북두성만큼 높이 쌓여 있어도
不惜買陽春 불석매양춘이라.	청춘[2]을 살 수 있다면 아까워하지 않았다네.
石火無留光 석화무유광이니	부싯돌에 튀는 불꽃은 빛을 남기지 않으니
還如世中人 환여세중인이라.	마치 세상사는 사람들과 같구나.
即事已如夢 즉사이여몽인데	눈앞의 일도 이미 꿈 같으니
後來我誰身 후래아수신인가.	뒤에 올 나는 누구의 몸이 될까?
提壺莫辭貧 제호막사빈하여	술병을 들고 가난하다 말하지 마시게
取酒會四鄰 취주회사린이라.	술을 가지고 사방 이웃들을 모으리라.
仙人殊恍惚 선인수황홀이나	신선들의 일이 자못 황홀하기는 하지만
未若醉中眞 미약취중진이로다.	술에 취한 참맛에는 미치지 못 하리로다.

이백이 지은 〈擬古十二首〉는 제목으로 알 수 있듯이 12수의 연시인데, 이 가운데 음주와 관련된 작품 3·5·8·10번째 등 모두 4수를 감상 대상으로 한다. 지은 해에 대해

---

1) 擬古의고 : 시문詩文에서 옛 사람의 풍격風格을 본받는 형식. 또는 시체詩體의 하나. 한시漢詩의 형식적 분류에서 고(체)시古詩와 근체시近體詩로 나뉘는데, 고시는 고대古代의 시가詩歌. 흔히 수隋나라 이전의 시를 이르며, 평측平仄이나 구수句數에 제한이 없는 것이 특징이다. 일명 고풍古風·고체古體·고체시古體詩라고 일컫는다.
2) 陽春양춘 : 따뜻한 봄. 본문에서는 인생의 '청춘기'를 말함.

서는 대략 45세(天寶 4年, 745) 이백이 조정을 떠난 후에 지었다고 추정하고 있다[3]. 전문 12구의 5언 고시이며 내용상 3단락으로 나뉜다. 첫째 단락(1~4구)에서는 '가는 세월'은 밧줄로도 붙잡을 수 없음을 사람들은 아쉬워하고 괴로워하며, 인생의 청춘기[陽春], 곧 젊음은 억만금으로도 다시 돌아오지 않는다고 한다.

둘째 단락(5~8구)에서는 시간의 찰나성을 부싯돌에 번쩍하고 튀는 불빛에 비유하고, 인간과 세상사 일도 이와 같으니 영원한 것은 없다고 한다. 심지어 지금 눈앞에 벌어지고 있는 괴로운 일 슬픈 일, 기쁜 일들도 잠시잠깐 사이에 아스라이 멀어져 갈 것이라고 한다. 하물며 이 육신의 몸도 죽은 후에 다시 어떤 사람으로 환생幻生할지 모른다고 하며 불교의 윤회輪回마저도 믿을 수 없다 한다.

셋째 단락(9~12구)에서는 청유형 어조로 바뀌어 음주에 대한 필요성을 문답법으로 강조하고 있다. 인생에서 빈부 문제도 술병에 술만 가득 있으면 이웃들에게 베풀 수도 있으며, 취중진미醉中眞味는 신선들도 누리지 못할 바라고 강조한다.

〈其5〉

今日風日好 금일풍일호이나	오늘은 바람과 햇살이 좋지만
明日恐不如 명일공불여라.	내일은 오늘만 같지 않을까 염려되노라.
春風笑於人 춘풍소어인인데	봄바람이 사람을 향해 웃고 있는데
何乃愁自居 하내수자거인가.	어찌 스스로 근심 속에 있다고 자처하는가?
吹簫舞彩鳳 취소무채봉하고	통소 불어 빛 고운 봉황을 춤추게 하고[4]
酌醴膾神魚 작례회신어리니,	단술에 상서로운 물고기[5] 회를 먹으리니,
千金買一醉 천금매일취하여	천금으로 한 번 취하는 일을 사더라도

---

3) 안기安旗의 《이백집편년주석李白集編年注釋》 참조.
4) 통소로 봉황을 춤추게 했다는 고사는 한漢 유향劉向의 《열선전列仙傳·소사편蕭史篇》에, 통소를 잘 불던 소사蕭史와 농옥弄玉이 봉황을 타고 승천했다는 고사.
5) 神魚(신어) : 상서로운 조짐을 상징하는 물고기.

取樂不求餘 취악불구여로다.　　쾌락을 얻을 뿐 다른 것은 구하지 않으리.

達士遺天地 달사유천지인데　　통달한 선비는 세상사를 초탈한다 했는데[6]

東門有二疏 동문유이소하니,　　동문에 소광과 소수[7]가 있었으니,

愚夫同瓦石 우부동와석이나　　어리석은 사내는 기와 조각과 돌덩이 같지만

有才知卷舒 유재지권서로다.　　재능 있어서 은퇴와 출사[8]를 알았다네.

無事坐悲苦 무사좌비고하여　　공연히 앉아서 슬퍼하거나 괴로워하지 마시게

塊然涸轍鮒 괴연학철부로다.　　쓸쓸하게 마른 수레바퀴 자국에 있는 붕어처럼.[9]

전문 5언 14구의 고시이고, 내용 전개상 4단락으로 나뉜다. 첫째 단락(1~4구)에서는 바람과 햇볕이 좋은 '오늘의 시간(현재)'과 오늘 같지 못할 것이라는 '내일(미래)의 시간'을 대비시키며 오늘을 즐기자고 한다. 표현상으로는 이백 시에서 일관되게 표현되는 급시행락及時行樂의 반복처럼 보인다. 그러나 우리네 인생살이가 '바람과 햇살 좋은 날'(1구)이 며칠이나 되겠는가? 흐렸다 개었다가 대부분이고 쨍하고 해 뜰 날은 별로 없으니, 오늘처럼 좋은날을 그냥 보내지는 말자고 한다. 따지고 보면 세인들의 걱정근심

---

6) 遺天地유천지 : 유세遺世. 세속을 초탈함. 또는 세상을 피하여 은거함.

7) 東門有二疏동문유이소 : 한漢 선제宣帝 때의 명신 소광疏廣과 그 조카 소수疏受로 태자를 가르치는 스승이었다. 당시 권력 투쟁으로 혼란한 상황 속에서 물러나야 할 때를 알아차리고 미련 없이 관직을 버리고 낙향하였다. 낙향한 후에도 항상 여생을 즐겁게 보냈으므로 현명한 체세를 실천한 인물로 평가받음. 이소산금二疏散金 고사. 동문東門은 이소二疏가 조정을 떠날 때 전별연을 베풀었던 문.

8) 卷舒권서 : 나아감과 물러남. 숨겨짐과 드러남.

9) 涸轍鮒학철부 : 수레바퀴 자국에 괸 물에서 숨을 헐떡이는 물고기. 곤경에 처하여 빠른 원조를 기다리는 사람이나 사물을 이르는 말. 《장자莊子·외물外物》에 「집이 가난했던 장주莊周가 감하후監河侯에게 곡식을 빌려 주기를 부탁하자, 자신의 봉읍에서 세금을 받으면 주겠다는 말에 장주가 화를 내며 다음과 같이 말했다. '내가 오다 보니 수레바퀴에 패인 자국 속에 있는 붕어가 '나는 동해의 파신波臣인데, 물을 가져다가 저를 살려 주십시오.'라 하여, 내가 '남쪽 오吳와 월越나라로 가서 서강西江의 물을 가져다 너를 살려주겠다.'고 했더니 붕어가 화를 내면서 '나는 지금 당장 조금의 물만 있어도 살 수 있는데, 당신의 말대로라면 나중에 건어물 가게에서나 나를 볼 수 있을 것이오.'」

대부분은 지나버린 과거에 얽매이거나 아직 오지 않은 미래의 일(2구, 恐)을 가지고 가슴 졸이며(4구) 살아가는 어리석음에서 스스로 헤어나지 못하는 것(4구, 愁自居)이렸다. 살갗을 스치는 바람과 등에 따뜻이 고이는 햇살과 활짝 핀 봄꽃 아래서 공연히 걱정근심으로 자신을 옭아매지 말자고 한다.

둘째 단락(5~8구)에서는 첫째 단락에서 묘사한 자연을 배경으로, 인간들이 어떻게 즐길 것인가의 모습을 구체적으로 제시하고 있다. 신명이 나서 퉁소를 불면 상서로운 봉황도 즐거이 춤을 추리니(5구), 그 속에 맛있는 술과 귀한 안주(6구, 神魚)가 있다고 한다. 이런 가운데 취하는 것은 늘 있는 기회가 아니니, 천금을 주고라도 이런 기회를 놓칠 수는 없고, 오직 즐거움을 취할 뿐 다른 것은 찾지 말자고 한다. 더욱이 내 분수에 맞지 않거나 없는 것들을 구하려는 것은 곧 불행을 자초하는 일일 것이다. 불행의 반대는 만족이라 했다.

셋째 단락(9~12구)에서는 만족을 알아[知足] 스스로 벼슬자리에서 물러나 천수天壽를 다하는 것은 달통한 선비라야 가능하다고 하면서(9구, 達士), 이에 대표적인 역사 속 인물 두 사람(10구, 二疏)의 아름다운 고사를 들고 있다. 이에 반하여 어리석은 사람들은 기왓장이나 돌덩이처럼 한 번 손에 쥔 것은 놓치지 않고 움켜쥐려고 하다가 끝내는 몸과 마음을 망치며 세상을 원망하다가 생을 마감한다고 한다(11구). 그러나 재능 있는 사람은 진퇴進退를 알아 다가올 재앙을 피할 뿐만 아니라 향복享福을 누리게 된다는 것이다. 사람에게 필요한 것은 지식知識보다는 지혜智慧라는 것을 일깨워 주려는 것이 아닌가.

마지막 넷째 단락(13~14구)에서는 전체 내용에서 주지하고자 하는 바를 학철지어涸轍之魚의 전고를 들어(14구) '공연히 슬퍼하거나 괴로워하지 말라.'고 다시 한 번 처음의 내용을 상기한다.

전반부의 감성어로 '두려움[恐](2구)'과 '근심걱정[愁](4구)'을 후반부의 '슬픔과 괴로움[悲苦](13구)'으로 일관시켜 불행한 삶을 경계하고 있음에 비하여, 중반부에서는 이것들과 대비되는 감성어 '음주를 통한[一醉](7구) 즐거움[樂](8구)'을 제시하고, 구체적인 삶의 모습으로 두 가지의 인간형인 '어리석은 사람[愚夫](11구)' 과 '통달한 사람[達士]과 재주와 슬기 있는 사람[才知]'를 대비시킨다. 비가 온 다음 수레바퀴 자국에 고인 물의 붕어처럼 목숨이 경각에 달린 것도 모르고 어리석게 살지 말자고 한 경계일 터.

취중진담醉中眞談이라 했으니, 술을 권하면서 술잔 속에 '어떻게 살 것인가?how to live'
라는 지혜로운 인생살이의 묵직한 명제命題를 넣어 권하고 있으니, 이백 시의 참뜻을
알 듯 모를 듯. 그래도 큰 줄거리는 천금을 주더라도 한 번 취하는 것을 사겠다고 했으니
(7구), 이와 어울리는 우리나라 고시조 한 수와 함께 감상한다.

> 술 먹고 비틀걸음 칠 때 술 먹지 말자 맹서盟誓하였더니
> 술 보고 안주 보니 맹세도 허사虛事로다.
> 아희야 술 가득 부어라, 맹세 풀이 하자.

〈其8〉

月色不可掃 월색불가소하고	달빛은 쓸어버릴 수 없고
客愁不可道 객수불가도인데,	나그네 시름은 형용할 길이 없는데,
玉露生秋衣 옥로생추의하고	옥 같은 흰 이슬은 가을 옷에 내리고
流螢飛百草 유형비백초로다.	반딧불은 온 풀 섶을 날아다니네.
日月終銷毀 일월종소훼하고	해와 달도 끝내는 스러져 없어지고
天地同枯槁 천지동고고인데,	하늘과 땅도 한가지로 바싹 마를 것인데,
蟪蛄啼青松 혜고제청송이나	쓰르라미는10) 푸른 소나무에서 울지만
安見此樹老 안견차수노리오.	이 소나무의 늙는 모습을 어찌 보리오.
金丹寧誤俗 금단영오속인가.	금단11)이 어찌 세인들을 현혹 시키리오
昧者難精討 매자난정토리니,	우매한 사람들은 정밀하게 살피기 어려우니,
爾非千歲翁 이비천세옹이나	그대들은 천 년을 사는 신선도 아니면서

---

10) 蟪蛄혜고: 씽씽매미.

11) 金丹금단: 방사方士가 금이나 단사丹砂를 단련하여 만든 약. 복용하면 장생불사한다고 한다.

多恨去世早 다한거세조로다.　　대부분 세상을 일찍 떠난다고 원망하네.

飮酒入玉壺 음주입옥호하여　　술을 마신 채 옥 술동이 속으로 들어가[12]

藏身以爲寶 장신이위보로다.　　몸을 숨기는 것을 보배롭게 여기세.

전문 5언 14구의 고시이고 내용 전개는 4단락으로 나뉜다. 첫째 단락(1~4구)의 감성어 이자 주제어는 단연 객수客愁이다. 객수란 '나그네가 고향을 그리는 애처로운 마음이나 시름'이라고 한다. 이와 비슷한 뜻으로 쓰이는 향수鄕愁, nostalgia는 사회학에서 '문화적 부적응에 의한 괴리감乖離感'이라고 한다. 아무리 역마살驛馬煞(늘 분주하게 여행을 하며 다니도록 된 액운)이 끼어 천 개의 강을 건너고 만 개의 산을 넘어야 하는 유랑의 길목에서도 문득문득 떠오르는 고향의 집과 산, 가족과 벗들 생각의 상념에 잠기는 것은 어쩔 수 없었으리라. 이런 객수는 하늘의 달빛을 쓸어버릴 수 없듯이 적절히 표현해 줄 말이나 시구詩句를 찾을 수 없다고 한다.

이백보다 천여 년 후의 우리나라 방랑 시인 김삿갓이 전라남도 장흥군에 있는 보림사에 하룻밤을 묵으면서 지은 〈과보림사過寶林寺〉라는 시에서,

---

12) 한漢 비장방費長房이 신선을 따라 호리병 속에 들어가 술을 마신 고사로,《후한서後漢書‧방술전方術傳》에,「비장방은 여남汝南 사람으로 시장의 하급관리였다. 시장에 약을 파는 노인이 있었는데, 가게 앞에 호리병 하나를 매달아 놓고 장사가 끝나면 호리병 속으로 들어갔다. 시장 사람들은 그 모습을 보지 못했지만, 오직 비장방 만이 누각 위에서 그를 보고 기이하게 여겨 술과 말린 고기를 대접했다. 노인은 비장방의 뜻이 신선에 있다는 것을 알고 노인은 그를 데리고 호리병 속으로 들어갔다. 그 안에는 장엄하고 화려한 옥당이 보이고, 맛좋은 술과 안주가 가득 차려져 있었다. 두 사람이 함께 마시고 난 뒤 호리병 밖으로 나와서는 그 일을 듣지 않고 다른 사람에게 말하지 않겠다고 노인과 약속했다. 그 후 노인이 누각으로 찾아와서 비장방에게 말하기를, '나는 신선으로 허물이 있어 견책을 받았는데, 이제 그 벌이 다 끝나 떠나게 되었으니 그대는 나를 따라갈 수 있겠는가? 누각 아래 술이 조금 있는데, 자네와 함께 마시고 작별하겠네.'라 했다. 노인이 듣고 웃으며 누각을 내려가 한 손가락으로 술병을 들고 올라왔는데, 가지고 온 그릇을 보니 한 되 분량이었으나 두 사람이 종일토록 마셔도 술이 없어지지 않았다.

술잔을 벗 삼아 쌓인 시름 쓸어버리고掃去愁城盃作箒

조각달을 낚시삼아 시구詩句를 낚네釣來詩句月爲鉤

라는 시구와 유사하니, 그래서 시인詩人의 별칭을 소객騷客(근심에 쌓인 나그네)이라 하였던가. 달빛 아래 지척지척 걷는 나그네의 옷깃에 흰 이슬이 내려 눅눅해지는데, 길 옆 풀숲에서는 철 늦은 반딧불이 날아다닌다. 끝없는 객수와 조로인생朝露人生이라는 풀잎의 이슬과 찰나의 미물 반딧불이 대비되고 있다.

둘째 단락(5~8구)에서는 해와 달, 하늘과 땅이라는 영원할 것 같은 존재들도 머지않아 다할 날이 있을 것이라고 하고, 다시 쓰르라미 매미와 노송을 대비시킨다. '매미는 여름 한 철이라'했던 말처럼 순간자적 미물이 천년 노송의 뜻은 알 수 없다고 한다. '하충불가이어우빙夏蟲不可以語于氷(여름 벌레는 얼음을 말할 수 없다.《莊子 · 春秋篇》)' 라고 했으니, 앞서 말한 객수의 근원은 고향 생각이 아닌 인간의 유한성에 의한 끝없는 회의와 허무감이었을까?

셋째 단락(9~12구)에서는 앞의 서술을 계속 이어 받아 인간의 오래 살고 싶어 하는 마음의 집약集約이었던 금단金丹(丹藥), 곧 신선에 대해 이야기 한다. 단약의 존재 유무는 인간을 현혹시키는 것이 아니고 우매한 사람들이 (단약 만드는 방법을)정밀하게 탐구하지 못했기 때문이라고 한다. 그리고 단약을 만들지 못할 바에는 일찍 죽는 것을 한탄하지 말라고 한다. 아마도 이백은 단약과 신선의 존재에 대한 나름의 믿음이 있었던 것 같은 내용이다. 장생불사에 대해 가장 구체적인 노력을 보여주고 있는 사람은 진시황秦始皇이라고 전한다. 진시황은 불로초不老草를 구하기 위해 선남선녀 3천 쌍을 보내 찾아오도록 했다는 것은 잘 알려진 전설이다. 그러니 사람들은 누구나 살기를 원하고 죽기를 싫어하는 것은 생명 있는 모든 것들의 정해진 이치이지만, 한 번 왔다가 한 번 가는 것 또한 피할 수 없는 숙명이니, 슬퍼하거나 한탄할 필요가 없다는 것이다.

마지막 넷째 단락(13~14구)에서는 앞선 내용을 종합하는 의미에서 신선과 음주가 결합된 비장방費長房 고사를 이용해 불로불사不老不死를 원하는 사람들에게 좋은 방법을 가르쳐 주겠다면서 음주의 당위성을 강조하는 마무리가 일품이다. 늙지 않고 오래 사는 것은 늙는다거나 죽는다는 것을 의식하지 않으면 되는 것인데, 가장 좋은 방법은 술을 마시고 술병 속에 몸을 숨기면 된다고 한다. 두 개의 시간 곧 하나는 모든 사람들에게 공통된 '물리적 시간'이고, 다른 하나는 개개인이 느끼는 '의식意識의 흐름에 의한 시간'이라고 한다. 이백은 비장방 고사를 통해 '시간이 멈춘 공간'으로 '술병 속의 시간'을 설정하여 음주의 궁극적 필요성을 역설(?)하고 있다.

〈其10〉

仙人騎彩鳳 선인기채봉하고	신선이 고운 색 봉황을 타고
昨下閬風岑 작하낭풍잠한데,	어제 낭풍산13)에서 내려왔는데,
海水三淸淺 해수삼청천하며	바닷물이 세 번이나 얕아졌다14)고 하면서
桃源一見尋 도원일견심인데,	도화원15)으로 한번 찾아와 만났는데,
遺我綠玉杯 유아녹옥배하고	나에게 푸른 옥잔을 주면서
兼之紫瓊琴 겸지자경금이라.	자주색 옥으로 장식한 거문고도 함께 주었네.
杯以傾美酒 배이경미주하고	술잔으로 맛좋은 술을 따르고
琴以閑素心 금이한소심이라.	거문고로 본디 마음을 한가롭게 하노라니,
二物非世有 이물비세유러니	두 물건은 세상의 것이 아니니

----

13) 閬風岑낭풍잠 : 신선이 산다고 하는 전설상의 산. 곤륜산崑崙山 꼭대기에 있다고 한다.

14) 三淸淺삼청천 : 맑은 바닷물이 세 번이나 얕아짐. 상전벽해桑田碧海의 고사로 뽕밭이 변하여 푸른 바다가 됨. 세상의 큰 변화를 이름. 진晉 갈홍葛洪의 《신선전神仙傳·마고麻姑》에, 마고麻姑와 왕원王遠이 대화하는 가운데 동해바다가 세 차례나 뽕밭으로 변하고 봉래의 물이 예전보다 얕아져 절반으로 줄었다고 한 고사로 낭풍산에서 내려온 신선이 마고처럼 오래 살았음을 뜻한다.

15) 도원桃源 : 무릉도원武陵桃源. 이상향理想鄕. 또는 세상을 피하여 숨어 사는 곳을 뜻함. 진晉나라 때 무릉의 한 어부가 배를 타고 복숭아나무 숲을 지나 들어가니, 바깥 세상과 전혀 다른 평화로운 마을이 있어 며칠을 지내다 돌아온 뒤, 다시 그곳을 찾으려 하였으나 끝내 찾지 못했다는 고사에서 유래한 말로, 진晉 도연명陶淵明의 〈도화원기桃花源記〉에 나온다. 본문에서는 이백의 처소를 지칭함.

何論珠與金 하론주여금이랴.　　어찌 구슬과 황금에 견주리?

琴彈松裏風 금탄송리풍이오　　솔숲에서 풍입송風入松[16]을 거문고로 연주하고

杯勸天上月 배권천상월이라.　　술잔 들어 하늘의 달에게 권하노니,

風月長相知 풍월장상지로대　　바람과 달은 평생 동안 알고 지내왔건만

世人何倏忽 세인하숙홀인가.　　세상 사람들은 왜 이리 빨리도 사라지는지?

　전문 5언 14구의 고시이고 내용 전개는 3단락으로 나뉜다. 첫째 단락(1~6구)에서는 신선이 찾아와 대화를 나누고 신선으로부터 옥 술잔과 자주색 옥으로 장식한 거문고도 함께 받았다고 한다. 신선사상에 탐닉한 진담인지 농담인지 몽환적 분위기를 쓰고 있다. 둘째 단락(7~10구)에서도 신선으로부터 받은 술잔으로 술을 마시고 거문고를 켜니 마음이 한가로워졌다고 하면서, 두 가지 물건은 매우 값진 것이라고 한다.

　셋째 단락(11~14구)에서는 더욱 구체적으로 그 거문고로는 금곡琴曲 풍입송風入松을 연주하고 술잔에 술을 따라 달에게 권하면서 바람과 달은 영원한 것들이어서 자신을 떠난 적이 없는데, 사람들은 잠시 왔다가 떠나가는가? 라고 물으면서 인간의 유한자적 존재성에 대해 의문하는 태도를 보인다. 신선과 바람과 달 같은 영원자적 존재와 유한자적 존재 인간의 숙명적 허무감을 대비시키면서 끝맺고 있다.

---

16) 風풍: 풍입송風入松. 금곡琴曲의 이름. 진晉 혜강嵆康이 지었다고 한다.

14. 술을 마주한 채 하지장賀知章 대감[1]을 그리워하다(2수) 對酒憶賀監
(2首)

〈其1〉

四明有狂客 사명유광객이러니　사명산에 미친 나그네가 있으니[2]

風流賀季眞 풍류하계진이로다.　풍류객 하계진[3]이로다.

長安一相見 장안일상견하고　장안에서 한 번 만나고는

呼我謫仙人 호아적선인이라.　나를 적선인이라 불렀다네.

舊好杯中物 구호배중물이더니　옛날엔 잔 속 물건[4]을 좋아도 하더니만

今爲松下塵 금위송하진이라.　지금은 소나무 아래 묻혀 티끌이 되었네.

金龜換酒處 금귀환주처를　금 거북 혁대[5]를 술과 바꿔 마시던 곳을

却憶淚沾巾 각억루첨건이라.　문득 생각하니 눈물이 수건을 적시네.

---

1) 賀監(하감) : 하지장賀知章(659~744)은 자가 계진季眞으로 어려서부터 시문으로 이름을 날렸다. 진사에 급제한 후 비서감祕書監에 제수되었으므로 사람들은 '하빈객賀賓客' 또는 '하감賀監'이라 불렀으며, 술을 즐기고 초서와 예서에도 뛰어났다. 고향으로 돌아가서 얼마 안 되어 병으로 세상을 떠났다. 《구당서舊唐書》에 의하면 「하지장은 만년에 더욱 마음대로 행동하면서 스스로를 '사명산四明山에 사는 미친 늙은이' 곧 사명광객四明狂客라고 불렀다.」라고 기록되어 있다.

2) 四明有狂客(사명유광객) : 사명광객四明狂客. 사명광감四明狂監과 함께 하지장의 별호. 사명四明은 사명산四明山으로 지금의 절강성 영파시寧波市 서남쪽에 있다. 전설에 의하면 산 위에 네모진 돌이 있는데, 사면이 창문처럼 생겨 가운데로 해, 달, 별빛이 통한다고 한다.

3) 賀季眞(하계진) : 하지장賀知章. 계진季眞은 자.

4) 杯中物(배중물) : 잔 속의 물건. 술의 이칭. 배중지물杯中之物.

5) 金龜(금귀) : 금 거북. 서문 '해금귀解金龜'에 의거 '금 거북 혁대'로 풀이.

술이라는 이름은 목에 술술 넘어간다고 해서 술이라고 했던가. 그러나 가끔은 술을 앞에 두고 목이 메어 넘기지 못할 때도 있다. 40살이나 연상이지만 나이를 잊고 시와 술로 망년지교忘年之交를 나누었던 하지장을 그리면서 이백이 그랬을 지도 모른다. 이백이 47세(天寶 6年, 747)에 지은 것으로 알려진 이 시의 서문에서

태자빈객 하공이 장안 자극궁에서 나를 한번 보고는 귀양 온 신선[謫仙]이라 부르면서, 금 거북 혁대를 풀어 술과 바꿔 즐겼는데, 그가 죽은 후 술을 대하니 슬픈 감회가 떠올라 이 시를 짓는다.

고 하였다. 서문에서 밝힌 바와 같이 42세 되던 해 이백은 하지장의 천거로 한림 공봉이 되고, 41살이나 연상인 하지장과 시와 술로 두터운 교분을 쌓았으나, 장안에서 그와 만난 지 4년 후인 47세에 이백이 회계지방으로 하지장의 고택을 방문하였을 때, 그는 이미 세상을 떠난 뒤였으므로 바로 이 시를 지어 조문하였다.

전문 8구의 5언 율시이며 2수로 된 연시이다. 첫 번째 시 〈其1〉은 율시의 특징에 따라 4단락으로 나뉜다. 첫째 단락 수련(1~2구)에서는 하지장을 별호인 사명광객四明狂客을 어구대로 '사명산의 미친 나그네'라고 풀이하면서 소개하고, 덧붙여 '고상하고 멋스러운 [風流] 사람'이었다는 인물평을 곁들여 하지장의 자字인 계진季眞을 쓰고 있다. 이어 둘째 단락 함련(3~4구)에서 본인과 하지장과의 첫 만남을 추억한다. 선비는 선비를 알아보고 호걸은 호걸을 알아본다고 했으니, 이백 자신더러 한마디로 '하늘나라에서 옥황상제에게 벌을 받고 귀양 온 신선[謫仙]'이라는 과분한 미칭美稱으로 불러줬으니, 사고무친한 장안에서 이백의 마음은 얼마나 든든했을까.

셋째 단락 경련(5~6구)에서는 하지장이 불귀不歸의 객이 되었음을 이승에서의 삶의 모습과 현재를 대비시켜 표현하고 있다. '옛날에는 그리도 술을 좋아하시더니, 지금은 솔 아래 한 줌 먼지가 되어 있구려!'라고 한다. 망자의 살아서 누렸던 명성과 부와 재물에 대한 기억보다는 이백 자신처럼 무척이나 좋아했던 술에 대한 추억담이다.

넷째 단락 미련(7~8구)에서는 좀 더 구체적으로 술에 대한 일화逸話를 더해 망자의

죽음에 대한 애틋하고 슬퍼하는 마음을 쓴다. 어느 때였던가, 거나하게 취해서 아마도 두건이 비뚤어진 지도 모르고 두 사람은 서로 어깨를 부축하며 한 잔을 더하고 싶어서 장안의 유곽遊廓 거리를 호기를 부리며 갈지자[之]로 걸었을 것이다. 그러나 수중에 술값은 이미 없고, 문득 벼슬아치 관대冠帶 허리춤에 달려있는 금 거북 허리 장식을 풀어서 술을 마신 것이다. 그런저런 생각에 하지장의 무덤 앞에 제주祭酒를 올리는 이백의 마음은 착잡했을 것이다. 다시는 살아서 이런 분 만나기는 어려울 것이라고 생각하면서.

우리나라에서도 '시詩 + 술[酒] + 방랑放浪' 세 가지를 함께 모으면 생각나는 대표적인 낭만가객으로는 아마도 김삿갓[金笠, 본명 金炳淵(1807~1863)]을 첫째로 들 것이다. 김삿갓이 술을 참지 못해 쓴 시〈내 돈 칠푼余錢七葉〉한 편을 들어 하지장과 이백의 혁대 풀어서 술 마신 스토리와 비교해 본다.

천리 길 행장을 지팡이 하나에 맡겼으니千里行裝付一柯
남은 돈 칠 푼은 오히려 많다 하겠네.餘錢七葉尙云多
너만은 주머니에 꼭꼭 숨어있으라 경계했건만囊中戒爾深深在
석양 길 들녘 주막에서 술을 보았으니 어찌하란 말이냐?野店斜陽見酒何

김삿갓의 이 시를 새긴 시비詩碑는 전라남도 강진군 금곡사 입구의 김삿갓〈쟁계암爭鷄岩〉시비 뒤에 새겨있다. 술꾼들에게 한 잔 술의 유혹은 미녀의 웃음은 외면해도 차마 그리는 못하는 것이리라. 혁대에 달린 금 거북 고리를 풀어서 술값으로 내놓았으니, 술집에서 나온 두 사람이 흘러내리는 바지춤을 움켜쥐고 거리를 어떻게 활보했을 지는 독자 나름의 상상에 맡겨야할 터.

〈其2〉

狂客歸四明 광객귀사명하니　　미친 나그네가 사명산으로 돌아가니
山陰道士迎 산음도사영이라.　　산음의 도사6)가 맞이하였네.
敕賜鏡湖水 칙사경호수하니　　경호7)의 물을 칙명으로 내려주시니8)

爲君臺沼榮 위군대소영이라.　　그대가 누대와 못을 영광스럽게 했네.

人亡餘故宅 인망여고택이요　　사람은 가고 옛집만 남았는데

空有荷花生 공유하화생이라.　　헛되이 연꽃만 피어 있네.

念此杳如夢 염차묘여몽에　　이것들을 생각하면 아득히 꿈만 같아

悽然傷我情 처연상아정이라.　　슬프게도 내 마음만 아프게 하네.

　앞 〈其1〉이 하지장과 이백과의 교유관계를 중심으로 쓴 것에 비해, 〈其2〉는 하지장을 중심으로 하는 전문 8구의 5언 율시다. 첫째 단락 수련(1~2구)에서는 하지장의 귀향에 대해서 왕희지王羲之 고사를 들어 환영받았다고 한다. 하지장보다 3백 여 년이나 앞선 진晉의 왕희지는 서성書聖으로 불릴 만큼 명필가이다. 그런 왕희지 이후 당대의 시인이자 명필로 소문난 하지장이 고향 산음으로 귀향한다고 하니, 산음 사람들의 환대를 받는 것은 당연한 것이었다. 둘째 단락 함련(3~4구)에서는 도사道士가 되어 귀향하는 하지장에게 천자가 경호鏡湖와 섬계剡溪를 칙명으로 하사해주니 금상첨화일 수밖에 없고, 자연 그곳에 있는 누대와 연못과 같은 자연풍광에도 그 영광이 돌아간 것이라고 한다. 여기까지는 불과 2,3년 전까지의 일이다.

　셋째 단락 경련(5~6구)에서는 시간이 흘러 하지장의 죽음에 임하는 이백의 슬픈 감회

---

6) 山陰道士산음도사: '산음山陰'은 진晉 왕희지王羲之(321~379)의 별칭. 서성書聖으로 불리는 왕희지가 회계會稽의 산음山陰에 살았기 때문에 붙여진 이름이다. '도사道士'는 산음에서 거위를 잘 길렀다는 사람이다. 《진서晉書·왕희지전王羲之傳》에 의하면, 왕희지가 거위를 좋아하였는데, 한 도사가 거위를 기른다는 말을 듣고는 그에게 《도덕경道德經》을 직접 써주고 거위를 얻었다고 한다. 따라서 '산음도사'는 산음에서 거위를 잘 기른 사람을 의미한다. 곧 하지장도 왕희지 만큼이나 글씨가 빼어났으므로 하지장의 글씨와 거위를 바꾸겠다는 뜻으로, 하지장의 귀향을 왕희지의 고사를 들어 환영한다는 전고典故이다.

7) 鏡湖경호: 하지장의 벼슬이 비서감秘書監까지 올랐으나, 술을 좋아하고 자유분방한 생활을 즐기고 도사道士가 되어, 병을 얻어 고향으로 돌아가기를 청하자 황제가 칙서를 내려 허락하면서, 경호鏡湖와 섬계剡溪의 한 굽이를 하사한 것을 말한다. 경호는 지금의 절강성 회계산會稽山 자락에 있다.

8) 敕賜칙사: 황제의 칙령으로 하사下賜함.

를 중심으로 전개된다. 하지장과 궁궐에서 함께 벼슬한 시간은 불과 2~3년 밖에 되지 않지만 망년지교를 나누면서 지기지우知己之友였던 하지장이 먼저 사직을 하고 고향으로 내려왔고, 그 사이 이백도 벼슬을 사직하고 다시 천하를 주유하려던 참에 회계 산음으로 하지장을 찾아갔으나 고인이 된 것이다. 고인의 고택 연못에는 무심한 연꽃만 만발하여 있다. 불연 무상감無常感이 연꽃만큼이나 가슴에 피어난다. 마지막 단락 미련(7~8구)에서는 그 모든 것이 아련하여 꿈만 같고, 벌서 몇 십 년이나 흐른 듯 아득하다고 하며 하지장의 죽음에 대한 애도와 무상감이 전문에 흐르고 있다.

15. 거듭 하지장을 그리워하다 重憶[1]

欲向江東去 욕향강동거하나   강동으로 가고자하나
定將誰擧杯 정장수거배리오.   누구와 더불어 술잔을 기울일까?
稽山無賀老 계산무하로이니   회계산에는 하賀노인이 없으니
却棹酒船回 각도주선회라.   노 젓기를 멈추고 술 실은 배를 돌리노라.

감히 시선詩仙의 시에 대해 사족蛇足을 곁들인다는 것이 조심스럽기만 하던 차에, 이 시를 대하는 순간 왠지 시상詩想 전개가 낯설지 않다는 생각이 들었다. 공간 배경인 산음山陰, 회계會稽, 섬계剡溪와 대작對酌 상대를 찾는 것, 찾아갔다가 뱃머리를 돌려 돌아오는 것 등에서 유사한 고사로 《세설신어世說新語, 임탄任誕》에 나오는 왕휘지王徽之(王子猷)의 '산음승흥山陰乘興'의 고사다. 내용을 요약해 보면 다음과 같다.

> 왕자유가 산음에 살 때, 밤에 큰 눈이 왔다. 술상을 차리게 하고 이리저리 방황하는데 문득 친구 대규戴逵가 생각났다. 당시 대규는 섬현剡縣에 살고 있었는데, 즉시 작은 배를 타고 밤새 가서 문 앞에 이르자 들어가지도 않고 되돌아서서 와버렸다. 어떤 사람이 그 까닭을 묻자, '내가 올 때는 흥에 겨워서였는데, 그곳에 도착하자 흥이 다 사라져 돌아왔다. 꼭 대규를 만날 이유가 어디 있는가?'라고 했다.[2]

---

1) 重憶중억 : 제목 '중억重憶'에 대해서 당唐 배경裴敬이 지은 〈한림학사 이공(이백)의 묘비翰林學士李公墓碑〉에서 「내가(배경) 일찍이 당도를 지나가다가 이한림의 옛 집을 방문하였는데, 부도사에서 화성이란 승려에게서 이백이 쓴 〈하대감을 방문했다가 만나지 못하다訪賀監不遇〉란 시 가운데 '동산(회계산)에 노인이 없으니, 노 젓기를 멈추고 술 실은 배를 돌려 오노라'라고 읊은 시구를 얻었다.」고 하였다. 그래서 근대 첨영 등 학자들은 제목이 원래는 〈방하감불우訪賀監不遇〉였으나 송대宋代에 〈중억〉이라고 잘못 편집하였다고 인정한다.

라는 일화다.

흔히 애주가라하면 청탁불사淸濁不辭, 주종불사酒種不辭, 원근불사遠近不辭라는 말을 즐겨 쓴다. 그러나 아무리 애주가라 해도 아무하고 아무데서나 상대나 분위기를 가리지 않고 무턱대고 술을 마시지는 않는다. 상대가 마음 놓고 허심탄회하게 흉금을 터놓을 수 있으면 더없이 좋고, 아니면 아랫배가 아플 정도로 호탕하게 웃거나, 현실을 초월해서 시절과 인생무상 등에 대한 고담준론高談峻論을 나누는 술자리라면 한 잔 술로도 호연지기까지는 아니어도 힐링할 수 있을 것이다. 주선이라 불리는 이백도 아무리 술을 좋아해도 같이 마시고 싶은 상대가 따로 있었으니, 이백의 대작對酌 상대로는 하지장만한 사람이 없었을 것이다. 오죽이나 그리웠으면 배에 술을 싣고 하지장을 찾아 나섰다고 한다. 술잔을 앞에 두고 하지장을 그리워하는 마음을 옛 왕휘지의 산음山陰고사에 빗댄 시다.

---

2) 山陰乘興(산음승흥) : 진晉 왕희지王羲之의 아들 왕휘지王徽之가 눈 내리는 밤에 흥이 나서 배를 타고 친구 대규戴逵를 찾아간 고사. 뒤에 먼 곳에 있는 친구를 방문하는 것을 이르는 말로 쓰임.

16. 낭중[1] 최종지[2]와 남양에서 노닐 때 나에게 공자금[3] 준 일을 생각하고, 거문고를 어루만지다 눈물을 흘리며 옛날에 감개하다 憶崔郎中宗之遊南陽遺吾孔子琴, 撫之潸然感舊

昔在南陽城 석재남양성에	옛날 남양성[4]에 있을 때
唯湌獨山蕨 유손독산궐인데,	오직 독산[5]에서 나는 고사리만 먹었는데,
憶與崔宗之 억여최종지러니	최종지와 함께
白水弄素月 백수농소월이라.	백수[6]에서 밝은 달과 놀던 일이 생각나네.
時過菊潭上 시과국담상하여	때로는 국담[7] 연못에 들러서
縱酒無休歇 종주무휴헐하고,	쉼 없이 거나하게 술을 마셨으며,
泛此黃金花 범차황금화하며	술잔에 황금빛 국화를 띄워놓고

----

1) 郎中낭중 : 상서성尙書省에 속한 관직명으로 종5품에 해당.
2) 崔宗之최종지 : 종지宗之는 자, 이름은 최성보崔成輔(?~751). 이백과 함께 두보가 지은 〈음중팔선가〉 시에 등장하는 여덟 명 애주가 중 한사람이다. 예종睿宗 때 재상을 지낸 최일용崔日用(673~722)의 아들로서, 제국공齊國公의 영지를 물려받았다. 여러 벼슬을 역임하였고 후에 관직에서 쫓겨나 금릉金陵으로 귀양 갔는데, 그 곳에서 이백과 배에 올라 채석기采石磯에서 금릉까지 오가면서 노래로 화답하며 시와 술을 즐겼다.
3) 孔子琴공자금 : 공자孔子가 사용했다는 거문고와 동일한 크기와 모양으로 만들어진 거문고.
4) 南陽城남양성 : 지금의 하남성河南省 남양시南陽市.
5) 獨山독산 : 《태평환우기太平寰宇記》에 의하면 남양의 동북쪽 30여리에 위치함.
6) 白水백수 : '백수'는 곧 육수淯水로, 《일통지一統志》에 「남양성 동쪽 3리에 있으며 속명은 백하白河다.」라고 기록됨.
7) 菊潭국담 : 국수菊水를 말하며, 《원화군현지元和郡縣志·국담현菊潭縣》에 「현의 경계 안에 국수가 있으므로 이러한 이름이 붙여졌으며, 등주鄧州는 곧 남양에 속한다. 그 옆에 국화가 많아 물이 매우 맑으며 감미로운 향기가 난다.

頹然淸歌發 퇴연청가발이라.	취해 쓰러져서 반주 없는 노래8)도 불렀네.
一朝摧玉樹 일조최옥수러니	하루아침에 훌륭한 인재人才9)가 꺾여
生死殊飄忽 생사수표홀이라.	삶과 죽음이 갑작스럽게 달라졌으니,
留我孔子琴 유아공자금이여,	내게 남겨준 공자금이여
琴存人已歿 금존인이몰이라.	거문고는 남아 있고 사람은 죽어 없구나.
誰傳廣陵散 수전광릉산이오	누가 광릉산10)을 전할 수 있을까?
但哭邙山骨 단곡망산골이라.	다만 북망산에 묻힌 해골에게 통곡할 뿐이네.
泉戶何時明 천호하시명인가	저승의 문11)은 어느 때 밝아지려나?
長歸狐兔窟 장귀호토굴이라.	여우 굴 토끼 굴12)로 영원히 돌아간 것을.

이백이 51세(天寶 10年, 751) 3월에 낭중郎中을 지낸 최종지崔宗之가 죽은(751, 이백 51세) 이후에 지은 추도시로 16구의 5언 고시로, 전문은 내용상 4단락으로 나뉜다.

첫째 단락(1~4구)에서는 최종지와 빈한했던 시절의 사귐을 쓰고 있다. 이백은 최종지의 유배지인 금릉金陵으로 처음 찾아간 것은 48세(748) 때이고, 그 곳에서 51세 때까지 4~5년간 머무르면서 두 번째 부인 종씨宗氏와 결혼도 하는 등 천하 주유 중 비교적 오랜 기간 동안 머문 곳이기도 하다. 이백 자신도 장안에서의 관리 생활에 적응하지 못하고 떠난 지 얼마 안 되는 터여서, 마침 이곳에 유배 온 최종지와는 어느 정도 동병상련을 느끼면서 짧은 시간에 각별한 사이가 될 수 있었다. 두 사람 모두 경제적으로 풍족할

---

8) 淸歌청가: 악기의 반주 없이 부르는 노래.

9) 玉樹옥수: 타인의 훌륭한 자제를 일컫는 말. 진晉 사안謝安 집안의 자제를 일컫는 말에서 유래.

10) 廣陵散광릉산: 거문고 곡조 이름. 삼국시대 위魏의 혜강嵆康이 이 곡조를 잘 연주하였으나, 비법을 전수해주지 않고 형장刑場에서 죽게 되자, 이 곡조가 끊어지게 된 것을 탄식하였다고 한다. 뒤에 훌륭한 전통이 단절되거나 후계자가 없는 것을 이르는 말로 쓰임.

11) 泉戶천호: 묘의 광중壙中으로 통하는 문. 곧 저승.

12) 狐兔窟호토굴: 호굴狐窟과 토굴兔窟. 곧 여우 굴과 토끼 굴로 숨어 사는 곳을 비유. 본문에서는 황폐한 무덤에 숨어서 찾기가 어렵다는 뜻.

수 없어 '고사리[蕨]'를 먹을지라도 마음만은 한가로워 백수白水에서 음풍농월하였다고 한다.

둘째 단락(5~8구)에서는 보다 구체적으로 두 사람의 술 마신 이야기를 쓰고 있다. 국화로 유명한 국담菊潭에 가서 쉬지 않고 마시며, 때론 국화를 따서 술잔에 띄워 마시고, 술에 취해 쓰러질 때까지 마시면서 '반주 없는 노래[淸歌]'를 흥얼거렸다. 중국과 우리나라의 대표적인 '술 권하는 노래[勸酒歌]'인 이백 자신이 지은 〈장진주將進酒〉 한 구절에서 「술을 권하노니, 그대는 멈추지 마시게. 그대에게 노래 한 곡 들려주리니, 그대는 나를 위해 귀 기울이시게.將進酒君莫停, 與君歌一曲, 請君爲我傾耳聽」와 송강 정철松江鄭澈의 〈장진주사將進酒辭〉에서 「한 잔 먹세그려, 또 한 잔 먹세그려. 꽃 꺾어 산算놓고 무진無盡 무진 먹세그려.」의 내용이 눈앞에 펼쳐진다.

셋째 단락(9~12구)에서는 내용과 분위기가 급반전 되어 도반道伴(함께 修道하는 벗) 아닌 주반酒伴의 급작스런 죽음을 쓰고 있다. '생사는 호흡지간呼吸之間'이라 했던가. 재주 많고 인품 좋은 최종지의 죽음을 '옥수玉樹가 꺾였다'라고 한다. 특히 아끼던 '공자금孔子琴'을 아깝다 하지 않고 내어주었는데, 방구석에 덩그렇게 놓여 있는 공자금을 볼 때마다 술벗 최종지의 생각에 문득 백아금伯牙琴을 생각하고 백아절현伯牙絶絃13)의 고사를 떠올린 것이리라.

넷째 단락(13~16구)에서는 벗 최종지 죽음의 충격에서 다소 벗어나 죽음의 의미를 '광릉산廣陵散을 전할 수 없게 되었다.'고 한다. 곧 벗 최종지를 백아伯牙에, 자신은 종자기鍾子期에 비유하면서도, 순서를 바꾸어 공자금을 연주하던 최종지의 예술혼이 끊기게 되었음을 안타까워하고, 어두운 저승길이 밝아지면 찾아가리라 한다. 그러나 벗이 묻힌 무덤은 여우 토끼가 굴을 파서 황폐해져만 가고 있어, 이승에서의 남겨진 흔적(뼈)들마저 사라져 가리니, 영원한 것은 없다는 무상감에 통곡한다.

---

13) 伯牙絶絃백아절현 : 백아伯牙는 춘추시대 거문고의 달인達人. 종자기鍾子期로부터 높은 평가를 받았는데, 종자기가 죽자 백아가 거문고 줄을 끊었다는 뜻으로 지음知音(知己)의 죽음을 슬퍼함을 이름.

17. 청계강 강조석[1]에서 홀로 술 마시다 권소이[2]에게 부치다 獨酌淸溪江石上寄權昭夷

我携一樽酒 아휴일준주하고	내가 술 한 병을 가지고
獨上江祖石 독상강조석인데,	홀로 강조석에 올랐는데,
自從天地開 자종천지개로	하늘과 땅이 열려진 이래로
更長幾千尺 갱장기천척이오.	몇 천 척이나 더 자랐을까?
舉杯向天笑 거배향천소러니	술잔 들고 하늘 향해 웃으니
天回日西照 천회일서조로다.	하늘이 돌아 해가 서쪽에서 비치네.
永願坐此石 영원좌차석하여	영원히 이 바위에 앉아
長垂嚴陵釣 장수엄릉조라.	오래도록 엄릉[3]처럼 낚싯대 드리우리라.

1) 江祖石강조석 : 강조석은 추포의 청계강 북쪽에 있는 커다란 바위로 산허리에 신선이 노닌 흔적이 남아 있으며, 옛날 강신江神이 넘어 왔다는 전설이 있어 강조석이라고 명명하였다 한다. 석벽의 높이가 수 십장丈이나 되며 서쪽에는 통천문通天門이 있고 아래로는 청계강과 닿았는데, 모습이 그림 속의 병풍처럼 아름다우며 바위 위에는 마애석불摩崖石佛이 많이 남아 있다.

2) 權昭夷권소이 : 당시 산속에 은거하던 은사隱士 친구로, 이백의 산문인 〈금릉에서 제현들과 권 십일을 보내면서 지은 서문金陵與諸賢送權十一序〉에서 「일찍이 강화에서 수은[姹女 : 水銀의 별칭]을 찾아 맛보고 청계에서 단약을 만들면서 천수출신 권소이와 화로에 불 지피는 연단 작업을 오래도록 하였는데, 이 사람은 평안하고 담박하면서 글재주가 크게 빛났으니, 내가 시문 하나 편지 하나 쓸 때마다 모두 권소이가 주관하였네.」라고 하여, 당시 도교의 은일 풍속에 따라 이백과 함께 연단煉丹을 제작했던 일화가 있는 친구였음을 알 수 있다.

3) 嚴陵엄릉 : 후한의 엄광嚴光으로《후한서後漢書 · 일민전逸民傳》(권83)에 의하면 「엄광은 일명 준遵으로 자가 자릉이며, 회계會稽 여요인余姚人이다. 젊어서부터 뜻이 고상하였으며, 광무제光武帝와 함께 수학하였지만 그가 황제로 즉위하자 성명을 바꾸고 은거하였다. 광무제는 그의 어짊을 사모하여 조정으로 초청하여 후에 간의대부諫議大夫를 제수 하였지만, 응하지 않고 부춘산富春山에 은거하였다. 후인들은 그가 낚시하던 곳을 엄릉탄嚴陵灘이라 명명하였다.」고 하였다. 이백은 시에서 여러

寄謝山中人기사산중인하여　　　산속에 은거하는 친구에게 말 전하노니

可與爾同調가여이동조로다.　　　그대와 뜻이 같다고 할 수 있으리라.

　이백이 54세(天寶 13年, 754)에 안휘성安徽省 추포秋浦지방을 유람할 때, 그 곳의 청계강淸溪江에 있는 강조석江祖石에 올라 지은 시다. 추포는 지금의 안휘성 지주시池州市이며, '청계강'은 귀지현 서남쪽 20리에 흐르는 강이다. 전문은 10구체 고시로 내용상 전반부(1~6구)와 후반부(7~10구)로 나뉜다.

　전반부(1~6구)에서는 호방한 이백의 풍모가 음주를 빌어 나타나고 있는 바, 한 병 술을 들고 강조석에 올라 천지개벽 후의 시간(3~4구)을 제시한다. 불가佛家의 시간 용어로 말한다면 겁劫(천지가 한 번 개벽한 때부터 다음 개벽할 때까지의 시간)의 시간이고, 그것을 상징하는 것이 자신이 올라 있는 강조석이다. 그리고 그 위에서 한 병 술에 취해 보내는 오늘 하루의 시간(5~6구)은 찰나刹那(지극히 짧은 시간)이다. 영겁과 찰나는 감히 대비할 수조차 없는 시간이다. 그러나 이백은 이 두 시간을 한가지로 보았으니, 그 힘은 다름 아닌 술의 덕德이다. 진晉 죽림칠현竹林七賢의 한 사람인 유령劉伶(?~300?)이 쓴 〈주덕송酒德頌〉의 첫머리에 「천지天地를 하루아침으로 여기고, 만 년을 수유須臾(잠시)로 여긴다 以天地爲一朝, 萬期爲須臾」라고 한 것이 곧 이것이니, 모름지기 술의 덕이 아니고선 이를 수 없는 경지이리라.

　이백에게 있어 이 시기는 십여 년 전 42세에 현종玄宗의 부름을 받고 구중궁궐에서 대조한림待詔翰林[4]으로 절대 권력의 근처에서 서성이다가, 입신출세를 가벼이 여기고 다시 천하를 주유한 지 10여 년이 흐른 때이다. 진정 천하를 호령하는 것은 절대 권력이나 재력이 아닌, 영겁의 시간 속에 찰나적인 존재의 허무를 느끼면서도, 허무를 초극하는 진공묘유眞空妙有[5]를 깨달아, 영겁과 찰나가 둘이 아닌 하나[不二]라고 하면서 천하를

차례 동한東漢의 엄자릉嚴子陵을 자신에 비유하면서 그의 고상한 태도를 흠모하였다.

4) 待詔翰林대조한림 : 한림대조翰林待詔. 임금에게 오는 표表나 소疏의 비답批答을 쓰는 일을 관장.

5) 眞空妙有진공묘유 : 일체一切를 공空이라 하여서 부정했을 때, 모든 사물은 그대로 긍정되어, 현실을 성립시키는 진실의 유有(實存)가 있음을 깨달음.

호령하며 껄껄 웃는 자신의 모습을 바로 5구에서 '술잔 들고 하늘을 향해 웃다擧杯向天笑'라고 썼으리라.

후반부(7~10구)에서는 두 사람 엄릉嚴陵과 권소이權昭夷의 전고典故를 들어 남은 인생을 '어떻게 살 것인가?'에 대하여 답을 찾는다. 먼저 엄릉처럼 강조석에 앉아 오래도록 낚시나 하겠다고 한다. 물론 고기를 낚는 강태공姜太公⁶⁾처럼 세월을 낚으며 때[時]를 기다리겠다는 것도 아니리라. 아니면 맹자孟子가 '관수유술觀水有術'⁷⁾에서 말한 것처럼 우주의 근원과 끝을 보고 싶어 했을까?

엄릉이 이미 고인이 된 과거의 사람이라면, 이어 11~12구에서 등장하는 권소이는 이백과 같은 시대를 살아간 동시대의 인물이다. 입신출세에는 눈길을 주지 않고 깊은 산속에서 은거한 사람으로, 이백의 시에서 여러 차례 언급되는 인물이다. 한 사람(엄릉)은 물[水]에서 은거한 사람이고, 다른 한 사람(권소이)은 산山에서 은거한 사람이다. '지자知者는 물을 좋아하고, 인자仁者는 산을 좋아한다.'⁸⁾라고 하니, 이백은 인仁과 지知를 두루 갖춘 삶을 원했는가. 아니 그 이면의 '지혜로운 자는 의혹하지 않고, 인仁한 자는 근심하지 않는다.'⁹⁾라는 삶을 원했는가. 물이건 산이건 두 사람의 공통점은 세속과 절연한 은둔 속의 안빈낙도安貧樂道이며 물아일체物我一體의 경지일 것이다. 그러기 위해서 이백은 먼저 안빈낙주安貧樂酒이며 주아일체酒我一體의 방법을 택한 것이라면 지나친 억측인가.

6) 姜太公강태공 : 태공망太公望. 본명은 여상呂尙. 본성本姓은 강씨姜氏. 선대先代가 여呂 땅에 봉해져 여상呂尙이라 함. 노년까지 낚시하며 숨어 살았는데, 위수渭水로 사냥 나온 문왕文王을 만나 그의 스승이 됨. 뒤에 무왕武王을 보좌하여 천하를 평정한 공으로 제齊 땅을 봉지로 받음.
7) 觀水有術관수유술 :《맹자孟子·진심장구상盡心章句上》에「물을 구경하는 데에 방법이 있으니, 반드시 그 여울목을 보아야 한다. … 흐르는 물의 물건 됨이 웅덩이가 차지 않으면 흘러가지 않는다. 군자가 도道를 뜻함에도 문장文章을 이루지 않으면 통달하지 못한다.」라고 하였다.
8)《논어論語·옹야雍也》에「지혜로운 자는 물을 좋아하고 仁者는 산을 좋아 한다知者樂水, 仁者樂山」.
9)《논어論語·자한子罕》에「지혜로운 자는 의혹하지 않고, 仁한 자는 근심하지 않고, 용맹한 자는 두려워하지 않는다知者不惑, 仁者不憂, 勇者不懼」.

18. 동관산에서 취한 후 지은 절구 銅官山醉後絶句

我愛銅官樂 아애동관락하여   나는 동관산[1]에서 술 취한 즐거움이 좋아
千年來擬還 천년래의환이로다.   천년이 지나도 돌아갈 것 같지 않네.
要須迴舞袖 요수회무수하여   반드시 춤추는 소매를 돌려
拂盡五松山 불진오송산이러라.   오송산[2]을 쓸어서 평평하게 만드리라.

이백이 54세(天寶 13年, 754)에 선주宣州의 남릉南陵에 머무르면서 지은 5언 절구로 동관산銅官山에서 노닐면서 술에 취한 호방한 흥취를 묘사하였다.

먼저 전반부 기와 승(1~2구)에서는 동관산에 노니는 즐거움을 강조하여 '천년이 지나도 돌아갈 것 같지 않다.'라고 하면서 강조한다. 즐거움[樂]에는 여러 가지 종류가 있겠으나, 이백 뿐만 아니라 모든 사람에게도 마찬가지겠지만 우선 두세 가지가 우선 전제되어야 한다. 하나는 발길 닿은 곳의 풍광이 빼어나야 하니 산수山水의 낙樂이고, 다른 하나는 좋은 술에 취하는 취향醉鄕의 낙樂이 있어야 한다.

금상첨화격으로 술잔을 부딪치고 흉금을 털고 마음을 나눌 수 있는 좋은 벗이 있으면 더없이 좋겠지만, 나그넷길에서 만나는 인연이야 산새의 울음처럼 지는 꽃처럼 찰나이니 어찌할 수 없을 게고 '이런 곳에서 쉬고 싶다'에서 '이런 곳에서 살고 싶다'라고 감동이 강해지면, 이런 풍광 좋은 데에서 사는 사람들은 심성도 순후淳厚하리라 여겨진다. 동관산에 대한 구체적인 아름다운 풍광 묘사도, 계절이나 시간 제시도 없이 이 한 구절

---

1) 銅官동관：동관산銅官山. 지금의 안휘성 동릉시銅陵市 남쪽에 있으며 동정산銅井山이라고도 부르는데, 동銅과 기타 금속광물이 풍부하게 생산되고 있다. 이 광산은 역사가 오래되어 당대唐代에 이곳에 동관장銅官場을 설치하였으므로 이러한 이름을 얻었다.
2) 五松山오송산：동관산 서쪽 5리에 있는 산.

로 대신한다.

전과 결(3~4구)에서는 나아가 맛 좋은 술에 취해서 바라보니 풍광은 더욱 아름다울 것이고, 이런 곳이라면 한 평생을 살아도 후회 없을 것이니, 사는 모습은 어찌할까. 우선 취무醉舞를 아니할 수 없다. 휘두르는 옷소매로 저 건너편 오송산이 없어질 때까지 춤을 추겠다고 한다. 전반부의 '천년'이라는 시간을 구체적 행동으로 묘사한 것이니, 곧 불가佛家에서 말하는 '겁劫'이라는 시간을 말하는 것이리라.

느낌[感]이 있어야 흥興이 생기고, 흥이 나야 시詩가 이루어지고 춤도 출 수 있으니, 풍광에 도취되고 술에 취해 시간의 흐름을 망각하고 한 생을 살아가고자 함이라. 동관산에서의 자연[山水]을 즐기는 즐거움과 취향의 즐거움을 과장하면서, 이백 자신의 급시행락及時行樂이 드러나고 있다.

19. 추포의 노래[1](17수) 秋浦歌(17首)

〈其7〉

醉上山公馬 취상산공마하고	취하여 산공[2]처럼 말에 오르고
寒歌寗戚牛 한가영척우라.	빈한할 때 소뿔 두드리며 노래한 영척[3]처럼,
空吟白石爛 공음백석란하니	부질없이 '백석란[4]'을 읊조리니
淚滿黑貂裘 누만흑초구로다.	검은 담비갖옷에 눈물만 가득하였네.[5]

　　이백이 55세(天寶 14年, 755)에 추포를 유람하면서 지은 연작시 〈추포가秋浦歌〉 17수 중 일곱 번째 시이다. 자신의 불우한 처지와 심정을 전고와 고사를 들어 쓴 시이다. 전문

----

1) 秋浦歌추포가 : 이백이 50대 중·후반으로 접어든 시기에 여러 차례 추포를 유람하였는데, 〈추포가 -17수〉는 이 시기에 지은 대표적인 연작시다. '추포秋浦'는 당대唐代 지주池州에 속한 현명縣名으로, 지금의 안휘성安徽省 귀지현貴池縣이다. 현의 서남쪽에 풍경이 수려한 추포호秋浦湖가 있으므로 귀지貴池 즉 '귀한 못'이라는 현의 명칭이 붙여졌다.

2) 山公산공 : 진晉나라 산간山簡. 양양襄陽에서 정남장군征南將軍으로 임직하면서 항상 말을 타고 고양지로 외출하였다가 돌아올 때는 대취大醉하였다는 고사.

3) 寗戚영척 : 춘추시대 위衛나라 사람으로, 생활이 무척 곤궁하여 일찍이 사람을 태우는 수레를 끌었다. 후에 제齊나라에 도착하여 환공桓公이 나오기를 기다려 소뿔을 두드리며 〈반우가飯牛歌〉(일명 〈영척가寗戚歌〉, 〈구각가扣角歌〉)를 불러 뜻을 전하였다. 이 소리를 들은 환공은 그의 비범함에 발탁하여 상경上卿의 벼슬을 제수하였다는 고사.

4) 白石爛백석란 : 영척寗戚의 〈반우가飯牛歌〉 중에 나오는 가사의 한 부분으로, 「남산의 흰 돌이 깨어졌네. 살아서 요가 순임금에게 선위한 세상 만나지 못하였고, 짧은 홑옷은 기워서 정강이뼈가 드러났네. 해질 무렵부터 소를 먹여 한밤중 되었으니, 어둡고 긴긴 밤 지나 언제 아침 오려나.」이다.

5) 淚滿黑貂裘누만흑초구 : 전국시대 합종책合從策을 주장한 소진蘇秦의 고사. 《전국책戰國策·진책秦策》에, 「소진이 진晉 혜왕惠王에게 유세遊說하면서 여러 차례 상서를 올렸지만 받아들여지지 못하였다. 몸에 걸친 담비 갖옷은 다 찢어지고, 황금 백일百鎰(2천 냥)을 모두 탕진하였다.」는 내용.

4구의 5언 절구로, 전고를 든 전반부와 자신의 심회를 쓴 후반부 2구로 나뉘지만, 문맥상 한 문장으로 감상해도 무방한 작품이다. 표현 기법으로는 집구시集句詩나 집고시集古詩[6]가 아닌 풍유諷諭가 지배적인 집고시集故詩(故事를 엮어 의미가 통하게 만든 시)(?)라고 해도 무방한 듯싶다.

전문은 산간山簡(1구), 영척甯戚(2~3구), 소진蘇秦(4구)의 3개의 전고를 체계 있게 나열하여 이백 자신의 과거와 현재를 일람·함축하고 있다. 첫째 산간의 전고를 통해 한 때 궁궐에서 한림공봉으로 벼슬하면서 거드름(?)을 피우고 장안거리를 술에 취해 활보했던 적을 함축한다. 두 번째 영척의 고사와 세 번째 소진의 고사를 통해서는 벼슬을 그만 둔 후 천하를 주유하면서, 이르는 곳의 성주나 군왕을 만나 유세遊說(각지를 돌아다니며 자기의 정치적 견해나 주장을 받아들이도록 설득하는 일)하고 간알干謁(어떤 목적을 갖고 만나 주기를 청함)하며 자신을 써주기를 은근히 바랬지만, 끝내 뜻을 못 이루고 빈한하게 세월만 흘렀음을 고사에 빗대고 있다. 요약하면 이백이 천하를 주유하는 목적 중의 하나이기도 했음을 솔직히 시인하고 회재불우한 자신의 삶에 대해서 쓰고 있다.

〈其12〉

水如一匹練 수여일필련이니 　　물이 한 폭 비단을 펼쳐 놓은 듯하니[7)

此地卽平天 차지즉평천이라. 　　이 곳은 곧 평천호[8)라네.

耐可乘明月 내가승명월하여 　　어찌[9) 밝은 달을 탈 수 있겠는가?

---

6) 集句詩집구시·集古詩집고시 : 옛사람들이 지은 글귀를 모아 새로운 글을 지음. 고산 윤선도孤山尹善道는 시 〈기이명원집고寄李明遠集古〉에서 '집고集古'라는 용어를 썼으며, '옛사람의 시에서 한 구씩 모아 엮어 의미가 통하게 만든 시'라는 의미이다.《고산윤선도孤山尹善道 한시漢詩의 역주譯註와 해설解說 I》, 양현승, 용창선 역해, 도서출판 월인, 2015) 참고.

7) 水如一匹練수여일필련 : 남조 제南朝齊 사조謝朓의 〈만등삼산환망경읍晩登三山還望京邑〉 시구 중 「맑은 강은 명주를 깐 듯 고요하다澄江靜如練」를 차용하였다고 한다.

8) 平天평천 : 평천호平天湖. 당시에는 귀주성貴州省 서남쪽 10리에 있던 호수로, 그 옛터가 지금의 안휘성安徽省 지주시池州市 남쪽 제산齊山 자락에 있다.

9) 耐可(내가) : 어찌 ~할 수 있겠는가.

看花上酒船 간화상주선이로다.　　　　꽃을 바라보며 술파는 배[10]에 오르네.

　　이백이 54세(天寶 13年, 754) 이후 50대 중·후반으로 접어든 시기에 여러 차례 추포를 유람하였다. 〈추포가 - 17수〉는 이 시기에 지은 대표적인 연작시다. 형식은 4구 5언 절구로, 연작시 17수 중 14수로 대표적 형식이다.[11] 또한 이 연작시 외에도 '추포'라는 지명을 쓴 여러 편의 시가 있다. 전반부 기와 승(1~2구)에서는 평천호 수면 위에 고요하게 반짝이는 달빛을 '한 폭의 비단을 펼쳐놓은 듯하다'고 묘사한다. 호수 이름 '평천平天'과도 어울린다고 하겠으니, 하늘[天]이 평온平穩하니 호수의 물도 잔잔하다는 뜻이겠다. 비단[練]은 달에 산다는 전설상의 여신女神 항아姮娥가 짠 비단이고 수줍어서 밤에만 펼친 것이겠다.

　　후반부 전과 결(3~4구)에서는, 문득 달에 오르고 싶다고 한다. 어찌 하늘 높은 곳의 달에 오를 수 있으리오. 그러나 하늘의 달에는 오를 수 없지만, 밤 강물 위에 떠 있는 달에는 오를 수도 있고 탈 수도 있겠다는 생각을 한다. 방법은 다름 아닌 호수에 떠다니면서 '술을 파는 배[酒船]'를 타면 된다. 주선을 타고 술을 마시면서 강심江心으로 들어가면 곧 달에 오르는 것이라. 술파는 배에는 마침 홍등을 밝히고 손님을 맞이하는 예쁜 아가씨도 있으니, 달에도 오르려니와 예쁜 아가씨 얼굴도 볼 수 있으니[看花], 그 아니 일석이조이고 금상첨화가 아닌가. 하늘의 달[天月], 강에 비친 달[江月], 술잔속의 달[杯月]까지 세 개의 달이 있고, 달 속의 항아 못지않은 아리따운 아가씨도 있으니, 달달한 술이 목으로 술술 넘어가지 않겠는가. 그래서 단술[甘酒]이라 하지 않았겠는가. 배는 고요히 달빛 속으로 흘러가고.

---

10) 酒船(주선) : 술을 마시며 즐기기 위한 배.

11) 연작시 17수 중에는 10구(1수), 8구(1수), 6구(1수) 등 3수가 있으나 모두 5언이며, 나머지 14수는 4구 5언 절구이며 내용도 다양하다.

20. 술 잘 빚던 선성 땅 기紀씨 노인을 곡하다 哭宣城善釀紀叟

紀叟黃泉裏 기수황천리에   황천에 가 있는 기 노인은

還應釀老春 환응양노춘이라.   여전히 응당 좋은 술[1]을 빚고 있으리라.

夜臺無李白 야대무이백이니   무덤[2] 속에는 이백이 없으리니[3]

沽酒與何人 고주여하인이오.   술 빚어 누구에게 파시려 하오?

　

이백이 61세(上元 2年, 761)에 지금의 안휘성安徽省 남동쪽에 있는 선성宣城에 머무를 때, 저승으로 간 술 잘 담았던 망우亡友 기紀씨 노인을 애도하며 지은 5언 절구의 애도시哀悼詩이다. 기씨는 선성 지방의 양주가釀酒家인데, 이백 또한 애주가인지라 술을 잘 빚는 노장인老匠人을 여러 차례 방문하여 직접 만든 미주를 대접받았으니 그에 대한 감정이 각별했을 것이다. 주선酒仙으로 유명한 자신에게 장기간 동안 술을 담가 주던 늙은 기씨 노인의 죽음을 애도한다.

전반부(1·2구) 기와 승에서는 기씨 노인이 죽은 후 황천에 가서도 생전에 잘 만들었던 노춘주老春酒를 계속 빚고 있을 것이라고 하면서, 특히 술 담그는 재주를 찬양하여 그에 대한 애틋한 정감을 표현하고 있다. 곧 그의 죽음도 죽음이려니와 그가 담근 맛 좋은 술을 계속 마실 수 없음이 더 안타까운 것이다. 그리고 그와의 친근감은 죽은 사람과 산 사람 사이의 경계를 넘나들 만큼 가깝다. 그래서 죽어 저승에서도 술을 빚고 있을

---

1) 老春노춘: 좋은 술을 이르는 말. 특히 노춘주老春酒는 봄에 빚어 겨울에 익어 마실 수 있는 술을 가리키는데, 당대唐代에는 널리 알려진 술 이름에 '춘春'자를 붙였다. 당唐의 이조李肇가 지은《당국사보唐國史補,卷下》에는「유명한 술로 영주郢州의 부수富水, 오정烏程의 약하若下, 형양滎陽의 토굴춘土窟春, 부평富平의 석동춘石凍春, 검남劍南의 소춘燒春」이라고 했다.

2) 夜臺야대: 무덤 또는 저승.

3) 夜臺無李白야대무이백: 판본에 따라 '야대무효일夜臺無曉日(저승에는 새벽 해가 없겠지)'라고 됨.

것이라고 한다.

　후반부(3~4구) 전과 결에서는 기씨 노인이 담근 술에 대해 더 구체적으로 표현하고 있는데, 저승에서는 이백처럼 매일 술을 사러가는 사람이 없으리라고 한다. 술꾼들에게는 좋은 술에 대한 기억은 유별난 것이고, 그런 술을 담글 수 있는 사람은 더욱 소중하게 느껴지는 법. 술을 사러가는 사람이 있어야 술을 담그는 것인데, 술 사러가는 사람이 없으니, 혹시 '술 담그는 것을 그만 둔 것은 아니냐?'하는 우려와, 그런 맛있는 술 담그는 비법마저 잊혀지는 것이 아닌가 하는 우려도 저변에 있다 하겠다.

　그래서일까, 이 시를 짓고 1년 후(62세, 762)에 이백도 저승길로 갔으니, 우리나라 청록파 시인이었던 조지훈趙芝薰(1920~1968) 선생의 유명한 '주도酒道18단'에서 말한 '열반주涅槃酒(일명 廢酒)'를 더 이상 마시지 못하게 되었음을 안타까워 한 것이리라.

21. 술을 마주하고 부르는 노래 對酒行

松子棲金華 송자서금화요   송자松子1)는 금화산2)에서 살았고

安期入蓬海 안기입봉해로다.   안기安期3)는 봉래산4)으로 들어갔네.

此人古之仙 차인고지선은   이들 옛 선인들은

羽化竟何在 우화경하재오.   신선되어5) 지금은 어디에 있나요?

浮生速流電 부생속유전하여   뜬 구름 같은 인생은 번개처럼 흘러

倏忽變光彩 숙홀변광채로다.   아름다운 모습도 잠깐 사이에 변한다네.

天地無凋換 천지무조환이나   하늘과 땅은 시들거나 변하지 않지만

容顔有遷改 용안유천개로다.   사람들 얼굴은 바뀌어 늙어만 가는구나.

對酒不肯飲 대주불긍음하고   술을 앞에 놓고 마시지 않으며

含情欲誰待 함정욕수대오.   정을 품고 누구를 기다리리?

이 시는 앞서 언급한 바 제목에 '행行'이 빠진 판본도 있다. 전문 10구이고 5언 고시이며 전개상 3단락으로 나뉜다. 첫째 단락(1~4구)까지는 두 사람의 전설상 신선을 예로

---

1) 松子송자 : 전설상의 신선 적송자赤松子의 준말.
2) 金華금화 : 금화산金華山. 절강성浙江省 금화시金華市 북쪽에 있고, 산에 신선의 석실石室이 있었다.
3) 安期안기 : 안기생安期生. 안기공安期公. 진한秦漢 제齊 땅 사람. 하상장인河上丈人에게 황제黃帝·노자老子의 학설을 배우며 동해東海 가에서 약을 팔았다. 진시황秦始皇이 동유東遊할 때 사흘 동안 함께 이야기를 나누고 많은 금백金帛을 내렸으나 받지 않고 책과 적옥석赤玉舃(붉은 비단 신)을 남기고 떠났는데, 후세에 방사方士와 도교에서는 그를 바다의 신선이 되었다고 한다.
4) 蓬海봉해 : 봉래산蓬萊山. 봉구蓬丘. 봉도蓬島. 신선이 산다고 하는 신령스러운 산. 동쪽 바다 가운데 있으며, 불로초와 불사약이 있다고 한다.
5) 羽化우화 : 사람이 몸에 날개가 돋아 신선이 됨을 이르는 말.

들면서 '이들이 신선이 되었다고 하는데, 지금은 어디에 있는가?'하며 반문하는데, 신선의 존재에 대해 회의적인 시각을 피력한 것에 대해 유의할 필요가 있다. 왜냐하면 이백 자신도 젊어서는 신선(사상)에 대해서 심취한 적이 있기 때문인데, 이 시의 제작시기를 가늠할 수 있는 단서가 된다. 아니면 신선보다는 술이 우선이라고 주장하는 것인가.

둘째 단락(5~8구)에서는, 세월은 전광석화처럼 빠르고 젊은 시절은 너무나 짧아 변하지 않는 것이 없다고 한다. 그리고 다시 변하지 않은 것으로 하늘과 땅을 들고, 이에 반하여 사람들의 얼굴은 하루가 다르게 늙어만 간다고 한다. 천지자연의 무한자無限者와 인생이라는 유한적 존재를 대립시키는 이유는 뭘까?

셋째 단락(9~10구)에서는 대작對酌하는 사람이 따로 있음인가 아니면 자신에게 하는 말인가, 인간은 유한자적 존재라는 것을 깨닫지 못하고 신선되기를 기다리는 사람들인가? 술을 앞에 놓고 부질없이 무엇인가를 기다리지 말고 마시라고 한다.

22. 술을 기다려도 오지 않아서 待酒不至

玉壺繫靑絲 옥호계청사러니	옥 술병에 푸른 실 매어
沽酒來何遲 고주래하지인가.	술 사러[1] 갔는데 왜 이리 더디오나?
山花向我笑 산화향아소하니	산꽃이 나를 향해 웃으니
正好銜杯時 정호함배시로다.	마침 술 마시기[2] 좋은 때로다.
晚酌東窓下 만작동창하려니	저녁나절 동창 아래에서 마시려니
流鶯復在玆 유앵부재자라.	아름다운 꾀꼬리는 여기서도 지저귀네.
春風與醉客 춘풍여취객이	봄바람과 술 취한 나그네가
今日乃相宜 금일내상의로다.	오늘 아주 잘 어울리겠네.

나그네 되어 하루 종일 걸었다. 봄을 맞은 들녘은 파릇파릇 새싹이 돋고 봄바람은 또 얼마나 상그러운지. 해거름에 하룻밤 유숙할 곳을 정하고 나니 마음도 느긋해지고 목도 칼칼한 참이니 한 잔 술이 생각나지 아니할 수 없을 터. 툇마루에 괴나리봇짐을 내려놓기 무섭게 시동더러 빨리 주막을 찾아 술을 사오라고 성화를 냈다. 아이가 오는 것이 무슨 일인지 더디게만 느껴진다(수련 : 1~2구).

나지막한 여관은 산비탈 아래 있어 병풍처럼 두른 산에는 갓 피어난 산꽃들이 울긋불긋 수줍게 나그네를 웃으며 맞이하고 있다. 화전花煎놀이를 나온 것도 아닌데, 같이 대작할 벗이 없으면 어쩌랴? 진정한 술꾼은 독작을 좋아한다고 하지 않나. 그렇다고 아무리 술을 좋아 한단들 아무 때나 아무 곳에서나 아무하고나 술을 마시지는 않는 법. 마음에

---

1) 沽酒고주: 시중에서 산 술. 또는 술을 팖.
2) 銜杯함배: 술잔을 입에 묾. 곧 술을 마심.

맞지 않는 사람들과 대작하는 것은 독주毒酒일터. 멋스럽게 술을 마신다는 것 또한 쉽지 않는 일이렸다. 그러나 핑계는 있어야 술맛이 나는 법. 산꽃이 우두커니 바라보고 있으니 미안해서 한 잔 하려는 것(함련, 3~4구).

그럼 술자리는 어디가 좋을까. 서쪽 창 아래는 아직 지지 않은 저녁햇살에 눈이 따갑고, 아무래도 그늘진 동쪽 창 아래가 좋을 성 싶다. 짚자리를 옮겨 놓고 술이 빨리 오기를 기다린다. 그런데 꾀꼬리 한 마리가 우물가 앵두나무 가지에 앉아서 노래를 한다. 술 사오기를 기다리다 무료하던 차에 꾀꼬리는 무슨 노래를 부르고 있는 걸까. 해 넘어간다고 짝꿍을 부르는 소리일까. 놀러 나갔다가 해 저무는 줄도 모르고 놀고 있을 아기 꾀꼬리를 부르는 것일까(경련, 5~6구).

술맛도 좋아야 하지만 술 멋도 있어야 하는 법. 붉어오는 노을빛과 발그레한 봄바람과 짙붉은 꽃과 취기 오른 홍시 빛 얼굴이 한빛이 되어 잘 어울리니, 달이 떠오르고 나그네의 옷깃에 싸늘한 이슬이 내릴 때까지 마실 참이다(미련, 7~8구).

23. 봄날 홀로 술을 마시다(2수) 春日獨酌(2首)

〈其1〉

東風扇淑氣 동풍선숙기러니	봄바람이 온화한 기운[1]을 부채질하니
水木榮春暉 수목영춘휘하고,	물가 나무들 봄볕에 꽃 피우고,
白日照綠草 백일조녹초하니	밝은 해 푸른 풀을 비추니
落花散且飛 낙화산차비로다.	지는 꽃들 흩어져 날리네.
孤雲還空山 고운환공산하고	외로운 구름은 빈산으로 돌아가고
衆鳥各已歸 중조각이귀라.	무리지은 새들도 각기 돌아갔네.
彼物皆有托 피물개유탁이나	저들은 모두 의탁할 곳 있지만
吾生獨無依 오생독무의러니,	나만 홀로 의지할 곳 없으니,
對此石上月 대차석상월하여	이곳 바위 위 뜬 달을 바라보며
長醉歌芳菲 장취가방비로다.	오래도록 취해 향기로운 꽃[2]을 노래하네.

바야흐로 이화춘풍에 만화방창의 계절이다. 엊그제 차가운 겨울바람이 어느새 훈훈한 봄바람으로 바뀌고 한참을 걷다보면 이마와 겨드랑이에 촉촉이 땀까지 배일 정도다. 그렇다고 풀도 나무도 꽃들도 모두 한날한시에 싹이 나고 꽃이 피는 것은 아니다. 어떤 꽃은 먼저 피었으니 일찍 지고 어떤 꽃은 늦게 피었으니 늦게 진다. 무궁화꽃이나 나팔꽃은 아침에 피었다가 저녁이면 통째로 꽃잎이 말려 떨어진다. 그래도 화무십일홍花無十日紅이라 하니 열흘 피는 꽃은 없다고 했던가. 모든 생명들이 천성과 자연의 순리대로

---

1) 淑氣숙기 : 온화한 기운.
2) 芳菲방비 : 향기로운 화초.

왔다간다(1~4구).

　오늘은 또 몇 개의 산을 넘고 몇 개의 강을 건넜는가. 해가 설핏 기울자 주위는 순간 고요해진다. 들녘 저편 둘러진 산등성이에 걸쳐진 구름 몇 자락[孤雲]도 산기슭으로 자리를 옮기고, 새들도 낮게 날아 보금자리로 찾아든다. 때가 되면 먹을 밥이 있어야 하고, 해가 지면 들어가 잠잘 집이 있어야 하느니(5~6구). 오늘 따라 문득 나그네 수심에 등에 진 걸망이 무겁게 느껴진다. '나는 지금 어디에 있는가, 어디로 가고 있는가[獨無依],' 지척지척 걷는 발걸음에 문득문득 외로움이 발끝에 채인다(7~8구).

　아니다. 지금 내가 객고客苦와 객수客愁에 잠길 때가 아니다. 좋아서 떠난 길, 천하를 두루 유람하며 자유를 만끽하고 호연지기를 기르고자 떠난 길이 아닌가? 힘들면 오늘 갈 길 내일 가면 되는 것이니, 봄꽃이 지기 전에 꽃향기도 맡아 보고, 얼마 있다가 달이 뜨면 바위에 걸터앉아 한 잔 술에 목을 축이다가 취기가 오르면 노랫가락이라도 한 가락 흥얼거리면 되는 것을(9~10구). 전체 분위기를 이끌어가는 감성어 '고孤(5구)'와 '독獨(8구)' 두 글자를 놓쳐서는 아니 될 터.

〈其2〉

我有紫霞想 아유자하상하여　　나는 자줏빛 운하3)를 상상하며

緬懷滄洲間 면회창주간이라.　　아득히4) 창주滄洲5)를 그리워하다가,

思對一壺酒 사대일호주하니　　술 한 병을 마주한 채 생각에 잠기니

澹然萬事閑 담연만사한이라.　　만사가 담담하고 한가로워지네.

橫琴倚高松 횡금의고송하여　　거문고를 타다가 키 큰 소나무에 기대어

把酒望遠山 파주망원산이라.　　술잔 들고 먼 산을 바라보니,

長空去鳥沒 장공거조몰이요　　넓은 하늘에 날던 새들 사라지고

---

3) 紫霞자하: 자줏빛 운하雲霞. 신선들이 타고 다닌다고 한다.

4) 緬懷면회: 멀리 거슬러 생각함. 추념追念함.

5) 滄洲창주: 물가에 있는 지역. 주로 은자隱者가 사는 곳 또는 신선이 사는 선경을 뜻하기도 함.

落日孤雲還 낙일고운환이라.　　해가 지자 홀로 뜬 구름도 돌아가네.

但恐光景晚 단공광경만하니　　다만 두려워하는 것은 세월6)이 저물어

宿昔成秋顏 숙석성추안이로다.　　조만간7) 얼굴이 늙어8) 가는 것이로다.

　하루의 여정旅程을 일찌감치 끝내고 한숨 돌리면서 객사客舍 옆 바위에 걸터앉았다. 저 멀리 붉은 노을빛에 구름 한 점이 걸쳐 있다. 저 구름이 신선이 타고 다닌다는 자하紫霞인가? 신선이 산다는 창주滄洲는 예서 얼마나 떨어져 있을까? 정말 신선이 있기나 하고 신선이 될 수는 있는 걸까? 이러저런 생각을 하다가 술 한 잔을 마시니 모두 다 부질없다는 생각에 마음이 스스로 한가로워진다(1~4구).

　타던 거문고 가락에도 도무지 흥이 아니 나니, 시큰둥하게 옆 소나무에 기대어 놓고 다시 잔 가득 술을 부어 들고 고개 들어 먼데까지 바라본다. 해가 서산에 숨어들자 하늘 높이 날던 새들도 보금자리 찾아 사라지고, 노을에 붉게 타던 몇 점 구름도 산골짜기로 쉬러 간 듯 보이지 않는다. 시간의 흐름이 시시각각 변하는 정경을 통해 그려지고 있다(5~8구).

　시간이 쌓이면 세월이 되는 것이리라. 불현 듯 가는 세월이 두렵다. 세월의 흔적이 팽팽하던 얼굴에 주름살을 얹어 놓는다. 신선이 타고 다닌다는 자하紫霞를 얻어 탈 수는 없을까? 창주滄洲에 가면 불로장생한다는데. 솜털보다 가볍게 느껴지는 존재의 허무감에 산다는 게 허허롭게만 느껴진다(9~10구).

　사라지고[沒](7구) - 떨어지고[落](8구) - 저물고[晚](9구) - 퇴락하다[秋](10구)의 유사 준 감상어의 열거로 배경묘사를 통한 분위기와 작가의 정서가 호응을 이루며, 우리 인간들의 삶과 죽음에 대한 보편적인 심상心想을 잔잔히 그려낸 시적 단상斷想이다.

---

6) 光景광경 : 광음光陰. 시간. 세월.

7) 宿昔숙석 : 아침저녁. 아주 짧은 동안.

8) 秋顏추안 : 늙은 얼굴.

24. 고숙[1]의 열 가지 경치를 읊다 – 우저기(10)[2] 姑熟十咏 – 牛渚磯

〈牛渚磯〉

絶壁臨巨川 절벽임거천이오   끊어진 벼랑은 큰 강물에 닿아 있고

連峰勢相向 연봉세상향인데,   이어진 봉우리는 서로 마주보는 형세인데,

亂石流洑間 난석류보간하고   난립한 돌 사이로 소용돌이가 흐르고

回波自成浪 회파자성랑이라.   휘도는 물결은 저절로 큰 파도를 이루었네.

但驚群木秀 단경군목수하니   다만 뭇나무들의 빼어난 모습에 놀라니

莫測精靈狀 막측정령상인데,   물속 정령들의 형상[3]은 헤아리기 어려운데

更聽猿夜啼 갱청원야제러니   더욱이 밤에 잔나비 울음소리를 들으며

憂心醉江上 우심취강상이네.   시름에 겨워 강가에서 취하네.

이백이 만년에 안휘성安徽省 당도현當塗縣에 머물면서 지은 것으로 알려졌으나, 정확한 창작 연도는 밝혀지지 않는 시로 전문은 8구로 5언 율시다. 내용 전개는 율시의 표현

---

1) 姑熟고숙 : 안휘성安徽省 당도현當塗縣 남쪽에 있는 시내[溪]. 일명 고계故溪 · 고포姑浦. 이백은 고숙을 중심으로 한 빼어난 절경 열 곳을 시로 읊었는데, 〈고숙계姑熟溪〉, 〈단양호丹陽湖〉, 〈영허산靈墟山〉, 〈능효대凌歊臺〉, 〈망부산望夫山〉, 〈사공댁謝公宅〉, 〈우저기牛渚磯〉, 〈자모죽慈姥竹〉, 〈천문산天門山〉, 〈환공정桓公井〉 등이다. 이 외에도 우저기에서 읊은 시로 〈야박우저회고夜泊牛渚懷古〉가 있다.
2) 牛渚磯우저기 : 〈고숙십영姑熟十咏〉 중 일곱 번째 시. 우저기는 당도현 우저산牛渚山 아래에 예전부터 있던 나루터로 옛날에 금우金牛가 이곳에서 발견되었으므로 우저기라고 불리며, 이백이 술에 취해 뱃놀이하다 익사했다는 채석기采石磯와 연이어 있다.
3) 精靈狀정령상 : 우저기의 전설 「옛날 우저산에 사는 사람이 잠수하여 내려 가보니 이곳이 동정호까지 통한다고 말하면서, 아래에는 바닥이 없고 이상한 금소만 발견하고는 놀래서 나왔다.」 내용을 근거로 한 서술.

법을 따라 4단락으로 나눌 수 있지만, 크게 전반부와 후반부로 나뉜다.

전반부 수련과 함련(1~4구)에서는 우저기의 산세와 골짜기를 흐르는 계류溪流를 객관적으로 묘사한다. 산세가 뻗어나가다가 잘려진 절벽이 있고, 그 절벽 사이로는 급류가 흐르는데, 물 가운데 우뚝 서있는 돌들이 오랜 세월 흐르며 물을 소용돌이를 만들고 있다. 혹 우저기에 대한 이백 시의 묘사가 실감나지 않는다면, 우리나라에도 이에 못지않은 곳이 있으니 한강 상류 동강이 흐르는 강원도 영월읍 문산리 황새여울과 거운리 된꼬까리를 찾아봄은 어떨까. 수많은 뗏목꾼들을 애먹였던 곳이니 만치.

후반부 경련과 미련(5~8구)에서는 풍경을 주관적으로 묘사하여, 시선은 산 위 나무와 물속 정령精靈이야기로 상하上下와 안팎으로 이동하며, 다만 조물주의 공작工作에 놀라고[驚] 헤아릴 수 없다[莫測]고 한다. 밤에는 낮의 경물은 보이지 않고 들리는 것은 잔나비 울음소리뿐이라고 하면서, 감성어 시름[憂心]으로 조물주의 헤아릴 수 없는 경지에서 느끼는 심정을 술로 달랜다고 하면서 끝낸다.

제**2**부

대작對酌

술을 따르며 시에 취하다

[명] 만방치万邦治, 〈취음도醉飮圖〉

　　사립문을 열고 들어서자 기다렸다는 듯이 내오는 희뿌연 막걸리
와 산채나물 한 상. 두 사람은 술상을 사이에 두고 빙그레 웃으며
말이 없다. 어깨너머로 산꽃은 피고 지고 산새 지저귀는 소리는 개
울물을 따라 흐른다. 이윽고 밤은 깊어가고 술잔에 달이 잠기니 찬
이슬이 옷깃에 내려앉는다. 두 사람 모두 말은 없어도 마음은 한가
롭고 정겹다. 이심전심以心傳心이리라. 대작對酌을 노래한 대부분
은 이렇듯 배경 묘사로 많은 것을 암시한다.

25. 동산의 노래 東山吟

携妓東土山 휴기동토산인데	기녀를 데리고 동쪽 흙산[1]에서 노닐다가
悵然悲謝安 창연비사안이로다.	사안謝安[2]이 안타까워 슬퍼하노라.
我妓今朝如花月 아기금조여화월이나	내 기녀는 오늘 아침 꽃과 달 같으나
他妓古墳荒草寒 타기고분황초한이라.	그의 기녀 옛 무덤에는 거친 풀만 썰렁하네.
白雞夢後三百歲 백계몽후삼백세이니	흰 닭을 꿈꾸고[3] 죽어 삼백년이 지났으니
灑酒澆君同所懽 쇄주요군동소환이며,	그에게 술 뿌려 제사 지내고[4] 함께 즐기며
酣來自作青海舞 감래자작청해무인데	술이 얼큰해져 저절로 청해무[5]를 추니
秋風吹落紫綺冠 추풍취락자기관이라.	가을바람에 자줏빛 비단 관이 떨어지네.
彼亦一時 피역일시요	그도 한 때이고
此亦一時 차역일시이니,	나도 한 때이니,

....

1) 東土山동토산 : 동진東晉의 사안謝安이 회계會稽의 동산東山을 본떠 금릉金陵의 남동쪽에 흙으로 만든 산으로, 사안이 기녀를 데리고 놀던 곳. 일명 토산土山.

2) 謝安사안 : 320~385년. 동진東晉의 진군晉郡 양하陽夏 사람. 자는 안석安石. 왕희지王羲之·허순許詢·지둔支遁 등과 산수에서 노닐다가 40여세가 되어 출사하여 환온桓溫의 사마司馬가 되어 공을 세웠다.

3) 白雞夢백계몽 : 사안謝安이 꾸었다는 흰 닭의 꿈. 《진서晉書·사안전謝安傳》에 「사안이 슬퍼하면서 친히 말하기를 '옛날 환온桓溫이 살아있을 때 나는 늘 온전하지 못할까 두려워했는데, 갑자기 환온의 수레를 타고 16리를 가서, 흰 닭 한 마리를 보고 수레를 멈춘 꿈을 꿨다네. 환온의 수레를 탄 것은 내가 그 자리를 대신하는 것이고, 16리는 그가 죽은 지 지금까지 16년이 되었다는 것이네. 흰 닭은 '닭 유酉'자로 금년이 유酉의 해이니, 나는 아마도 병에서 일어나지 못할 것일세.'하고 사망하니 당시 66세였다.」라고 하였는데, 흰 닭 꿈이 훗날에는 상서롭지 못한 조짐을 지칭하는 말로 널리 쓰임.

4) 澆요 : 술을 땅에 뿌려 제사지냄. 요군澆君의 군君은 사안謝安을 지칭.

5) 青海舞청해무 : 청해파무青海波舞. 춤의 한 가지.

浩浩洪流之詠 호호홍류지영이 '도도히 흐르는 저 물이여'를 노래한 것[6]이

何必奇 하필기인가. 어찌 기이하기만 하겠소?

이백이 26세(開元 14年, 726)에 고향 촉蜀 지방을 떠나 동쪽지방으로 유람할 때, 금릉金陵(지금의 南京市)에서 기녀를 데리고 동진東晉의 사안謝安(320~385)이 쌓아 만든 동쪽 토산에 올라 술을 마시고 춤을 추면서, 지금의 이백과 마찬가지로 3백여 년 전 옛날 사안이 기녀를 데리고 동토산에 올라 놀았다는 고사를 생각하며 느낀 감회를 적은 시이다. 전문 12구의 고시로 내용은 3단락으로 나뉜다.

첫째 단락(1~4구)에서는 3백여 년 전, 이곳에 동토산을 만들고 기녀를 데리고 즐겼다는 사안의 고사를 상기하면서 슬퍼한다. 사안을 슬퍼하는 이유는 우선 다름 아닌 지금의 이백의 기녀와 사안이 데리고 동토산에 올라와 즐겼다는 기녀의 현재의 모습(무덤)을 대비시키기 때문이다. 지금 이백의 기녀는 오늘 아침 이슬에 갓 피어난 꽃처럼 보름달 같이 환한 얼굴임에 비해, 옛날 사안의 기녀는 지금 황폐한 무덤에 백골로 묻혀 잡초만 무성하여 썰렁하다. 유수같이 흐르는 세월의 무상감속에 비감마저 일어난다.

둘째 단락(5~8구)에서는 사안의 죽음에 얽힌 고사를 인용하면서 이백과 사안 두 주인공이 3백여 년의 시간을 초월해서 만난다. 먼저 백계몽白鷄夢 일화를 통해 사안의 죽음을 이야기하고, 묘전에 술을 부어 올리며 함께 즐기자고 한다. 세월은 흘러도 옛날의 술이나 지금의 술이나 마시고 즐기며 취하기는 한 가지다. 술의 3가지 필요성 중에 '술이 없으면 하늘과 죽은 자[亡者]에게 제사를 지낼 수 없다'고 하였으니, 망자의 영혼이라도 생전에 술을 즐겼으니 흔쾌히 과객의 술을 거부할 리 없을 것이고 묘전에 올린 퇴주退酒잔이라도 들이켜 함께 취하자는 것이다.

술기운이 아련하게 오르자 이내 자신의 멋과 흥에 겨워 어깨를 들썩이며 함께 데리고

---

6) 浩浩洪流之詠호호홍류지영 : 환공桓公(桓溫)이 사안을 죽이려고 병사를 매복시키고 잔치를 벌였는데, 사안은 이 사실을 알고도 얼굴색 하나 변하지 않고 계단에 올라 낙생영洛生詠(洛陽書生의 노래)의 노래 중에 '도도히 흐르는 저 물이여浩浩洪流'를 읊조리자, 환공은 그의 늠름함에 놀라 복병을 풀어버렸다는 고사.

온 기녀에게 한 바탕 춤을 청했으리라. 청해파무靑海波舞가 어떤 춤인지는 몰라도 한풀이 살풀이춤은 아니었을 것이고, 봄바람에 옷자락을 살랑이며 묘전 풀밭을 휘돌고 감도는 기녀의 춤을 따라 추다보니 모자가 떨어진[落帽] 줄도 몰랐으리라.

셋째 단락(9~12구)에서는, 사안의 일생과 인생, 그리고 이백 자신의 일생과 인생에 대해서 '그도 한 때, 나도 한 때彼亦一時, 此亦一時'라고 하며 다를 것 없는 매 일반이라고 한다. 곧 잠시 머물다가 떠나가는 것이니, 사안이 죽음 앞에서도 두려워하지 않고 '도도하게 흐르는 저 물이여浩浩洪流'라고 초연했던 '물'과, 이백 자신이《춘야연도리원서春夜宴桃李園序》에서 '세월은 백대의 지나가는 길손光陰者, 百代之過客'이라고 하여 '과객過客'이라고 한 것은 호탕한 기개로 보면 같다고 한다.

사안도 물 위에 떠가는 한낱 나뭇잎이고, 이백도 객사客舍에 하룻밤 머물다가 흔적 없이 떠나가는 길손이나 뭐 다를 게 있냐고 한다. 시 전편에 흐르는 무상감과 유사한 조선의 시인 백호 임제白湖林悌(1549~1587)가 서도병마사西道兵馬使가 되어 부임하는 길에 황진이의 무덤을 찾아가 지었다는 시조 한 수는 널리 회자膾炙되고 있으니,

청초靑草 우거진 골에 자는가 누었는가,
홍안紅顏을 어디 두고 백골白骨만 묻혔는가,
잔盞잡아 권할 이 없으니 그를 슬퍼하노라.

이 시조 한 수를 짓고 제사지냈다가 임지에 부임하기도 전에 파직 당했다고 한다. 이 또한 긴 세월의 흐름 속에 실로 무상한 일이다.

26. 양양[1]의 노래 襄陽歌

落日欲沒峴山西 낙일욕몰현산서러니   현산[2] 서쪽으로 저녁 해가 지려는데
倒着接䍦花下迷 도착접리화하미하고,   흰 두건[3] 거꾸로 쓰고 꽃 아래 헤매니,
襄陽小兒齊拍手 양양소아제박수요   양양의 아이들 일제히 손뼉 치면서
攔街爭唱白銅鞮 난가쟁창백동제라.   거리를 막고 다투어 백동제[4]를 부르네.
傍人借問笑何事 방인차문소하사오   옆 사람에게 무슨 일로 웃느냐고 물으니
笑殺山公醉似泥 소쇄산공취사니라.   곤죽처럼 취한 산공[5]이 우스워 죽겠다나.
鸕鷀杓 노자표와   가마우지 국자[6]와
鸚鵡杯 앵무배로   앵무조개 술잔[7]으로
百年三萬六千日 백년삼만육천일을   백 년 삼만 육천일을
一日須傾三百杯 일일수경삼백배로다.   날마다 모름지기 삼백 잔을 기울여야 하리.
遙看漢水鴨頭綠 요간한수압두록하니   저 멀리 녹색[8] 한수를 바라보니

---

1) 襄陽양양 : 지금의 호북성湖北省 양양시襄陽市.
2) 峴山현산 : 호북성湖北省 양양현襄陽縣의 남쪽에 있다. 일명 현수산峴首山.
3) 接䍦접리 : 두건頭巾 이름. 백모白帽.
4) 白銅鞮백동제 : 남조 양南朝梁 때의 가요 이름. 백동제白銅蹄.
5) 山公산공 : 진晉 산간山簡을 당시 사람들이 이르던 말. 죽림칠현의 한 사람인 산도山濤의 막내아들로 술을 즐겨서, 양양에 주둔할 때 늘 습가지習家池(일명 高陽池)에 놀면서 크게 취하였기 때문이다. 전의되어, 시문 중에 작가 자신을 비유하거나, 또는 술을 즐기는 벗을 이른다.
6) 鸕鷀杓노자표 : 가마우지를 새긴 술국자. 또는 가마우지 목처럼 자루가 긴 술국자. 노자鸕鷀는 가마우지.
7) 鸚鵡杯앵무배 : 앵무조개로 만들거나 새긴 술잔. 앵무는 앵무조개[鸚鵡螺].
8) 鴨頭綠압두록 : 압록鴨綠. 물빛을 형용하는 말. 물오리의 머리가 짙은 녹색 물빛을 띤다고 하여 이르는 말.

恰似葡萄初醱醅 흡사포도초발배라.　마치 포도주가 처음 발효되는 것 같구나.

此江若變作春酒 차강약변작춘주면　이 강물을 봄술9)로 변하게 할 수 있다면

疊麴便築糟邱臺 누국편축조구대라.　쌓인 술지게미로 조구대10)를 지으리라.

千金駿馬換小妾 천금준마환소첩하고　천금의 준마를 젊은 첩과 바꾸어

笑坐雕鞍歌落梅 소좌조안가락매하며,　웃으며 비단안장에서 낙매가11)를 부르고,

車旁側挂一壺酒 거방측괘일호주하고　수레 옆에 한 병 술을 비스듬히 걸어 놓고

鳳笙龍管行相催 봉생용관행상최라.　봉생곡12)을 피리13) 불며 길을 재촉하다가,

咸陽市中嘆黃犬 함양시중탄황견이　함양의 저자에서 황견을 한탄함이여!14)

何如月下傾金罍 하여월하경금뢰오.　달 아래 금 술잔 기울임은 어떠한가?

君不見 군불견가　그대는 보지 못하였는가!

晉朝羊公一片石 진조양공일편석이　진나라 양공의 한 조각 비석도15)

龜頭剝落生莓苔 귀두박락생매태라.　거북머리 벗겨 떨어지고 이끼가 끼었으니,

淚亦不能爲之墮 누역불능위지타요　눈물 또한 그를 위해 흘릴 수 없고

---

9) 春酒춘주: 가을에 빚어 봄에 익은 술. 또는 봄에 빚어 추동秋冬에 익은 술.

10) 糟丘臺조구대: 조구糟丘. 술지게미를 쌓아 언덕을 이룸. 매우 많은 술을 빚어서 마심을 이룸. 주지육림으로 유명한 하夏의 걸왕桀王과 은殷의 주왕紂王이 술지게미로 쌓아 올린 언덕을 만들었다한다.

11) 落梅낙매: 낙매가落梅歌. 매화락梅花落. 한 대漢代 악부樂府 횡취곡橫吹曲의 이름.

12) 鳳笙봉생: 봉생곡鳳笙曲. 악부樂府 청상곡사淸商曲辭 강남롱江南弄의 악곡.

13) 龍管용관: 피리의 미칭.

14) 咸陽市中嘆黃犬함양시중탄황견: 진秦 승상丞相 이사李斯가 2세 황제에게 체포되어 두 아들과 함께 함양의 저자거리에서 사형을 당하게 되자, 아들에게 '너와 함께 누런 개를 끌고 상채의 동문에서 토끼몰이 할 기회가 오겠느냐?'라고 한 고사.

15) 晉朝羊公一片石진조양공일편석: 양비羊碑. 진晉나라 양공羊公(羊祜)의 비석. 진나라 양호羊祜의 덕정을 기리어 양양襄陽의 백성들이 그가 노닐던 현산峴山에 비석과 사당을 세워 매년 제사를 지냈는데, 보는 자들이 모두 눈물을 흘려, 두예杜預가 그 비석을 '타루비墮淚碑'라 하였다. 관리의 덕정을 칭송하는 전고로 쓰임.

心亦不能爲之哀 심역불능위지애라.　　마음 또한 그를 위해 슬퍼할 수 없노라.

淸風朗月不用一錢買 청풍낭월불용일전매요　청풍명월은 일전도 주고 살 필요 없고

玉山自倒非人推 옥산자도비인퇴라.　　옥산은 절로 쓰러지고[16] 밀은 것이 아니네.

舒州杓 서주표와　　　　　　　서주의 술 국자[17]와

力士鐺 역사당이여　　　　　　역사가 새겨진 솥이여,[18]

李白與爾同死生 이백여이동사생이로다.　이백은 그대들과 생사를 같이 하리로다.

襄王雲雨今安在 양왕운우금안재오　양왕의 운우지정[19]은 지금 어디에 있나요

江水東流猿夜聲 강수동류원야성이라.　강은 동으로 흐르고 밤 원숭이 소리 들리네.

　이백이 34세(開元 22年, 734)경에 지은 것으로 알려진 7언 가행체歌行體[20] 시다. 앞에서 소개한 〈장진주〉와 같이 이백이 처음 장안으로 가서[21] 공업功業을 추구하다가 뜻을 이

---

16) 玉山自倒옥산자도 : 술에 취해 넘어질 듯 비틀거리는 모양을 형용하는 말. 위魏 죽림칠현의 한 사람인 혜강嵇康의 술 취한 모습 형용에서 유래. 《세설신어世說新語·용지容止》에서 산공山公(山濤)이 「혜강의 사람됨은 높기가 마치 고송이 우뚝선 것 같고 그가 술 취했을 때는 높은 옥산이 장차 무너지려 하는 것 같다.」고 함.

17) 舒州杓서주표 : 서주舒州에서 만든 술 푸는 국자. 서주는 지금의 안휘성安徽省 잠산현潛山縣으로 주기酒器 제작으로 유명.

18) 力士鐺역사당 : 발이 셋 달린 솥의 일종. 술을 데우는데 씀. '鐺'의 음은 '쟁'. 강서성江西省 남창시南昌市 예장豫章은 주기酒器로 유명한데, 모두 '力士'라는 글자를 새긴 것에서 유래.

19) 襄王雲雨양왕운우 : 양왕몽襄王夢. 남녀가 어울려 즐김을 이르는 전고. 초楚나라 송옥宋玉의 〈고당부高唐賦〉에서, 옛 선왕先王(楚王으로 봄)이 운몽雲夢에 있는 고당관高唐觀에서 낮잠을 자다가 꿈속에서 무산巫山의 선녀를 만나 동침하고, 헤어질 무렵 그 여인이 왕에게 아침에는 구름이 되고 저녁에는 비가 되어 아침저녁으로 왕을 그리겠다는 데서 유래. 운우雲雨는 운우지정雲雨之情, 곧 남녀가 육체적으로 관계하는 일.

20) 歌行體가행체 : 악부樂府의 한 시체詩體. 뒤에 고시의 한 시체로 발전하였는데, 음절·격률이 비교적 자유롭고, 5언·7언·잡언雜言을 사용하여 형식도 다양하다.

21) 연보에 의하면 이백이 장안에 처음 입성한 것은 30세로, 장안의 종남산鍾南山에 머무르다 34세에 양양襄陽으로 가서 형주 자사荊州刺史 한조종韓朝宗을 배알하고, 친우 원단구元丹丘와 함께 숭산崇山을 유람하기도 하면서 〈양양곡襄陽曲〉4수 등을 짓는다.

루지 못하고 돌아와 분노와 격정에 쌓인 상태에서 쓴 것으로 추정된다. 전문은 32구이며 내용 전개상 5단락으로 나뉜다. 이백은 천하를 주유하면서 이르는 곳마다 많은 시를 남기는데, 특히 지역에 있는 유물·유적이나 선인들의 고사를 시에 차용하면서도 음주를 찬양(?)하며 세인들을 놀라게 하는 기발한 시적 변용으로 천재적 시재詩才를 유감없이 발휘한다.

첫째 단락(1~6구)에서는, 현재 이백이 머물고 있는 양양 지역과 관련된 대표적 전고典故로, 이백보다 4백여 년 앞선 애주가 산간山簡(253~312) 고사를 첫머리에 내세운다. 산간은 중국의 대표적 음주그룹인 죽림칠현의 한 사람인 아버지 산도山濤로부터 물려받은 부전자전의 주력酒歷으로 양양 지역에서 수많은 일화를 남겼다. 그러니 이 곳을 찾은 이백이 산간 고사를 시에 아니 쓸 수는 없을 터. 그런데 산간의 음주 고사를 쓰는 데 음주 사실의 단순 나열이 아닌, 현장감 있게 구체적으로 묘사한다(1~4구). 마치 이백 자신이 타임머신을 타고 4백여 년을 거슬러 올라가 산간의 술에 취한 모습을 길거리에서 인파들 속에 섞여 구경이라도 하고 있듯이, '옆 사람에게 무슨 일로 웃느냐?'(5구)고 묻고, '곤죽처럼 취한 산공이 우스워 죽겠다.'라는 대답을 들었다고 한다. 곧 산간 고사를 사실적 묘사와 현장감을 살리는 시간 여행과 문답법으로 펼치고 있다.

둘째 단락(7~14구)에서는 이백 자신이 산간 이상의 술을 마시겠다고 한다. 백년을 살 것이라고 가정하고 백년을 날수로 계산하니 삼만 육천일이고, 하루에 삼백 잔씩을 마시겠다고 하니, 36,000(일) × 300(잔) = 1천 8십만 잔이다. 그러면 이렇게 많은 술을 어디에서 구할 것인가? 간단하다. 저 눈앞에 도도하게 흐르는 '검푸른 한수漢水가 마치 포도주가 발효된 것 같으니, 강물을 봄술[春酒]로 변하게 할 수 있다면'이라고 한다. 그러면 술을 걸은 술지게미가 언덕[糟丘臺]이 될 것이라는 과장도 일관되게 쓰고 있다. 음주에 대한 이백 특유의 과장이 여실하게 표현되고 있으나, 천 개의 강을 건너고 만 개의 산을 넘어가야 하는 파란만장한 인생살이에 술은 꼭 마셔야 하는 필수식품(?)이라는 뜻인가?

셋째 단락(15~20구)에서는, 진시황秦始皇에게 〈상진황축객서上秦皇逐客書〉를 올려 명실상부한 중원中原 문화 흥성의 계기를 마련했던 이사李斯(B.C.284?~B.C.208)도 저자거리에서 죽음을 면치 못했다는 고사를 들어 권세와 음주의 즐거움을 비교하고 있다. 곧 여자[小妾]보다 가무歌舞가 좋다고 하면서 온갖 권세로 극에 이른 사치를 누리며 너스레를 떨어도, 그것들은 풀잎의 이슬보다 못하고, 오직 달 아래서 마음 편하게 좋은 벗과 함께 한 잔술에 취하는 것보다 더 좋을 수는 없다고 한다.

넷째 단락(21~25구)에서는, 앞 셋째 단락이 권세의 무상無常과 음주의 영원성[及時行樂]을 대비시켰다면, 양양 땅에서 길이 추앙받고 있는 선정善政의 대표적 인물 진晉 양공羊公의 고사를 제재로 하여 선정관이 백성들로부터 받는 명성·명예도 세월이 가면 잊혀지고 무상할 뿐이라고 쓰고 있다. 시적 분위기를 일신하기 위해 '그대는 보지 못 하였는가?[君不見]'라고 반문하여 사실성을 강조한 다음, 양공을 기리기 위한 비석도 '한 조각의 돌[一片石]'에 불과할 뿐이며, 그마저도 거북머리[龜頭]는 깨어지고 이끼마저 낀 것을 보지 못하였느냐고 반문하여 폄하貶下한다. 과거에는 수 많은 사람들이 저 비석을 보며 양공을 기리고 눈물을 흘렸을지[墮淚碑] 모르지만, 이제 자신은 눈물도 흘릴 수 없고 슬픈 생각도 들지 않는다고 한다. 다만 이 단락에서만은 음주를 말하지 않은 것은 양공의 선정에 대한 지나친 폄훼貶毀가 마음에 걸렸을지 모를 일이다. 학정을 했던 탐관오리일수록 그 지방을 떠나면서 자신이 선정했다는 것을 기리기 위해 선정비로 목비木碑를 세우거나 석비石碑를 세워주기를 은근히 바라고, 심지어는 철비鐵碑까지 세우는 경우를 흔히 볼 수 있다. 세월이 가면 나무는 썩고 돌에도 이끼가 끼고, 쇠에도 녹이 스는 것은 당연한 것일 터.

마지막 다섯째 단락(26~32구)에서는 다시 첫째 단락에서처럼 음주 대가大家이자 죽림칠현의 한 사람인 혜강嵇康의 '옥산도玉山倒' 고사를 들어 자신의 음주에 대한 포부(?)를 밝히고 있다. 먼저 사람들이 돈 없이도 즐길 것이라고는 맑은 바람과 밝은 달뿐이라고 한다. '옥산도玉山倒(옥산이 넘어졌다)' 고사에 '저절로, 스스로[自]'를 넣어 네 자를 만들고, 다시 '남이 밀어서 넘진 것이 아니다[非人推]' 세 글자로 보충 설명한다. 곧 옥산을 넘어지게 한 것은 술이었다고 하여, 음주의 현장성과 시적 변용을 더한 것은 시선詩仙만의 기지奇智라고 평가받고 있다. 누구나 알고 있는 평범한 고사를 시속에 차용함에 자신만의 독특한 안목으로 상황에 맞게 변용한 것이다. 이어 술 국자와 술을 데우는 세발솥, 곧 음주에 필요한 기구를 들어, 그것들과 생사를 같이 하겠다고 장래 음주에 대한 생각을 밝히고 있다.

또한 사람들이 가장 즐겁다고 생각하는 운우雲雨의 쾌락, 곧 성교性交의 즐거움도 음주의 즐거움에 비하면 얼마나 찰나적이며 허무한 것인가를 무산巫山의 선녀와 동침했다는 초楚나라 양왕襄王('懷王'이라고도 함)의 고사를 통해 강조하고 있다. 밤은 깊어가고 강물의 철썩이는 소리와 숲속 원숭이들의 울음소리만이 정적을 깨고 있는 밤이었다고 한다.

형식과 내용 면에서 자유로운 가행체 형식을 통해 하고 싶은 말을 거침없이 서술한다. 회재불우懷才不遇의 울분과 음주를 통한 급시행락及時行樂의 당위성이 애주가의 넋두리가 아닌 시상 전개의 논리와 탄탄한 시적 긴장을 놓치지 않기 위한 전고典故의 사용이 돋보이는 시다. 첫째 단락의 산간山簡, 둘째 단락의 하夏 걸왕桀王과 은殷 주왕紂王의 조구대糟丘臺, 셋째 단락의 진秦나라 승상丞相 이사李斯, 넷째 단락의 진晉나라 양공羊公(羊祜), 다섯째 단락의 초楚나라 양왕襄王의 고사 등을 음주라는 실에 꿰어 일관되게 시상을 전개하고 걸맞게 차용하고 변용한 일품逸品 시다.

27. 술 권하는 노래 將進酒

君不見 군불견가.
그대는 보지 않았는가.

黃河之水天上來 황하지수천상래하여
황하의 물이 하늘에서 내려와

奔流到海不復回 분류도해불부회를
바다까지 흘러가 돌아오지 못하는 것을.

又不見 우불견가.
또한 보지 않았는가.

高堂明鏡悲白髮 고당명경비백발하여
고당에서 거울 속 흰 머리를 슬퍼하는 것은

朝如靑絲暮成雪 조여청사모성설을.
아침의 검은 머리가 저녁에 백발 됨이라.

人生得意須盡歡 인생득의수진환이니
인생의 뜻을 이룸은 마음껏 즐김에 있으니

莫使金樽空對月 막사금준공대월이라.
금술동이가 헛되이 달을 대하지 않게 하리.

天生我材必有用 천생아재필유용이니
천부의 재능은 반드시 쓰임이 있을 것이니

千金散盡還復來 천금산진환부래라.
천 냥을 탕진해도 돈은다시 돌아오리라.

烹羊宰牛且爲樂 팽양재우차위락이요
양 삶고 소 잡아 또한 즐길지니

會須一飮三百杯 회수일음삼백배로다.
마땅히 단숨에 삼백 잔은 마셔야 하리.[1]

岑夫子, 丹丘生 잠부자, 단구생이여
잠부자[2]와 단구생이여[3]

進酒君莫停 진주군막정이라.
술을 드리니 잔을 멈추지 마시게.

與君歌一曲 여군가일곡이러니
그대들을 위해 권주가한 곡 부르리니

---

1) 삼국시대 원소袁紹가 대학자인 정현鄭玄을 시험하려고 전별연에서 3백 잔을 마시게 했지만, 정현은 온화한 모습을 견지한 채 종일토록 흐트러진 모습을 보이지 않았다는 고사 인용.

2) 岑夫子잠부자 : 잠훈岑勛. 당唐의 문장가.

3) 丹丘生단구생 : 원단구元丹丘. 단구자丹丘子. 수隋 개황開皇 말년의 사람. 이백이 단구생에 대해 쓴 시로 〈원단구가 무산을 그린 병풍 앞에 앉아 있는 것을 보다觀元丹丘巫山屛風〉이 있다.

請君爲我側耳聽 청군위아측이청이라.　　그대들은 나를 위해 귀 기울여 들어주시게.

鍾鼓饌玉不足貴 종고찬옥부족귀요　　멋진 음악[4] 귀한 음식[5]도 귀하지 않으니

但願長醉不用醒 단원장취불용성이라.　　다만 오래 취하고 깨지 않기를 원하노라.

古來聖賢皆寂寞 고래성현개적막하되　　예로부터 성현들은 모두 적막했지만

惟有飲者留其名 유유음자류기명이로다.　　오직 술 마시는 자만이 이름 남겼다네.

陳王昔時宴平樂 진왕석시연평락에　　진왕[6]이 옛날에 평락관[7]에서 잔치할 때

斗酒十千恣歡謔 두주십천자환학이라.　　일 만 말의 술[8]을 마시며 실컷 즐겼다네.

主人何爲言少錢 주인하위언소전고　　주인은 어찌 돈이 적다고 말하시는가?

徑須沽取對君酌 경수고취대군작이로다.　　모름지기 술을 사와 그대들과 마시리라.

五花馬 오화마와　　꽃무늬 준마와[9]

千金裘 천금구로　　진귀한 갖옷[10]으로

呼兒將出換美酒 호아장출환미주하여　　아이 불러 맛좋은 술과 바꿔 오게 하여

與爾同銷萬古愁 여이동소만고수라.　　그대들과 함께 만고의 시름을 녹여보리라.

---

4) 鍾鼓종고 : 종과 북. 음악을 이르는 말.

5) 饌玉찬옥 : 옥처럼 진귀하고 맛있는 음식.

6) 陳王진왕 : 삼국시대 위魏나라 조식曹植의 봉호. 조조曹操의 아들인 조식曹植으로 태화太和 6년 (232)에 진사왕陳思王에 봉해졌다. 진사왕은 봉시호封諡號.

7) 平樂평락 : 평락관平樂館. 평락관平樂觀. 한漢나라 때 지은 궁관宮觀(別宮)의 이름으로 장안長安의 상림원上林苑에 있었다.

8) '두주십천斗酒十千'의 해석에는 '만 말의 술'이라고도 하고, '한 말에 만 냥이 가는 좋은 술'이라는 다소 이견이 있으나, 본문에서는 전후 문맥상 '많은 술'로 해석.

9) 五花馬오화마 : 말갈기를 다섯 잎이나 세 잎의 꽃잎 모양으로 깎은 말. 당대唐代에 준마를 꾸밀 때 즐겨 쓰던 방법. 일설에는 푸르고 흰 빛깔의 얼룩무늬가 말.

10) 千金裘천금구 : 천금이나 나가는 진귀한 갖옷. 전국시대 맹상군孟嘗君이 여우의 겨드랑이 털로 만든 천금나가는 갖옷인 호백구狐白裘를 가지고 있었다 한다.

이백이 35세(開元 2年, 735) 전후로 청운의 뜻을 품고 장안으로 들어갔다가 뜻대로 되지 않자 실의한 채 돌아와 있을 때, 숭산崇山에 은거하는 친구인 원단구元丹丘 처소에서 잠훈岑勛과 함께 술자리에서 지은 시로 여겨진다. 제목 '장진주將進酒'는 술 마시기를 청하는 권주가勸酒歌의 뜻이다. 이백의 음주시 가운데 대표되는 명작으로 언어가 유창하고 기세가 호방할 뿐만 아니라 높은 예술성을 지녀 이백다운 특색을 가장 잘 나타낸 작품이다. 전문 29구의 악부樂府를 모방해 형식과 운율에 구애받지 않은 자유로운 시로 내용상 5단락으로 나뉜다.

첫째 단락(1~6구)에서는 인생무상과 허무를 '그대는 보지 않았는가?'라고 의문을 내세워 반복하면서 대자연의 이치와 인생사가 다르지 않음을 강조하고 있다. 황하의 물도 한 번 흘러 바다로 가면 다시 돌아오지 못하듯이, 젊음도 한 번 늙어지면 다시 젊어지지 않는다고 한다. 인생이란 곧 바다로 흘러가는 강물과 같은 것이라고 한다. 우리나라 황진이黃眞伊의 시조에 「청산리靑山裏 벽계수碧溪水야 수이 감을 자랑마라. / 일도창해一到滄海하면 다시 오기 어려우니~」와 같이 거스를 수 없는 세월의 흐름 속 보편적 진리를 친숙한 시상으로 시작한다.

둘째 단락(7~12구)에서는 '성공한 인생[得意]'이란 '마음껏 즐기는 것[盡歡]'이라고 하고, 구체적으로 즐기는 것은 술로 가득찬 술 단지를 달빛 아래 헛되이 내버려둬서는 안 되고 곧 마셔야 한다고 한다. 그리고 믿는 바가 있으니, 각자가 타고난 천부적 재능이 있어 반드시 쓰일 곳이 있을 것이니, 아무리 많은 돈을 술값으로 탕진하더라도 술값쯤은 다시 벌 수 있다고 한다. 그러니 양 삶고 소 잡아[千金散盡] 3백 잔 정도의 술을 마시자고 한다.

셋째 단락(13~18구)에서는 대작 상대인 잠부자와 단구생 두 벗의 이름을 호명하면서 술자리를 좀 더 구체적으로 그려내고, 그들에게 술잔을 멈추지 말라고 요구한다. 여의치 않으면 권주가勸酒歌라도 곁들이겠다고 한다. 그러나 노래보다도 맛있는 술안주보다도 더더욱 바라는 것은 지금 마시는 술이 깨지 않고 오래 취해있으면 좋겠다고 한다. 이백보다 한 세기쯤 후대 시인인 이하李賀(791~816)도 같은 제목의 〈將進酒〉에서 '그대에게 권하노니 종일토록 실컷 취하라勸君終日酩酊醉'라 하였다. 쾌음快飲인지 호음豪飲인지

통음痛飮인지 아무튼 마시고 대취大醉, 만취漫醉, 명정酩酊(정신을 차리지 못할 정도로 술에 대취함)의 주선계酒仙界에 함께 들자는 것이다.

넷째 단락(19~22구)에서는 급기야 성인 현철까지를 예로 들면서, 당대에 학문과 덕망으로 명망 높던 인사들도 이름 없이 적막寂寞(아무 것도 없이 텅 빈 모양)해졌으나, '오직 술 마시는 사람들만이 이름을 남겼다.'라고 하면서 음주의 가치(?)를 강조하고 있다. 예를 들어 조조曹操의 아들로 최고의 권좌에 올랐던 진왕陳王(曹植)도 왕으로서 이름을 남긴 것이 아니라, 평락관에서 잔치를 벌이며 '많은 술[斗酒十千]'을 마셨으므로 후대에 이름을 남긴 것이라고 한다.

마지막 다섯째 단락(23~28구)에서는 집주인에게 억지(?) 주장까지 한다. 술 단지가 비었다거나, 술값이 없다거나 하는 그런 소리는 아예 하지도 말라고 한다. 대신 집에 있는 온갖 진귀한 물건(오화마, 천금 갖옷)들까지 들먹이며, 술이 떨어졌다면 그런 것들을 들고 나가 술로 바꿔오라고 한다. 그리하여 술을 마시며 '만고의 근심'을 녹여보겠다고 한다. 첫째 단락에서의 슬픔[悲]이 근심[愁]으로 다소 완화되기는 하였으나, 음주에 대한 마음은 집요하다. 만고의 근심은 무엇일까? 앞서 말한 인생무상인가. 아니면 회재불우懷才不遇에 대한 불만인가. 이 둘을 합한 것일까. 제대로 돌아가지 않는 세상사와 뜻대로 풀리지 않는 자신의 포부가 '술 권하는 세상'이 된 것인가?

전편에 걸쳐 술에 관한 시어로 금준金樽·일음一飮·진주進酒·장취長醉·음자飮者·두주斗酒·대작對酌·미주美酒 등이 쓰이고, 이로 인한 감성어 비悲와 수愁를 환歡과 락樂으로 바꾸자는 것이다.

이백과 이하(李賀)의 〈장진주〉는 우리나라 문사들에게도 많은 영향을 주었으니, 고려의 이규보李奎報(1168~1241)의 〈속장진주가續將進酒歌〉(《동국이상국집》 16권), 조선 성현成俔(1439~1504)의 〈장진주將進酒〉(《허백당집虛白堂集》 풍아록風雅錄, 악부잡체樂府雜體), 김인후金麟厚(1510~1560)의 〈차장진주운次將進酒韻〉(《하서전집河西全集》 권4), 신흠申欽(1566~1628)의 〈장진주단곡將進酒短曲〉, 〈장진주장곡將進酒長曲〉(《상촌집象村稿》 권3, 악부체樂府體) 등에도 보이며, 가장 많이 알려진 것으로 송강 정철松江鄭澈(1536~1594)이 사설시조('가사'로 보는 견해도 있음) 〈장진주사將進酒辭〉를 들어본다.

한 잔 먹세그려 또 한 잔 먹세그려

꽃 꺾어 산算놓고 무진無盡무진 먹세그려.

이 몸 죽은 후면

지게 위에 거적 덮어

줄이어 메어가나

유소보장流蘇寶帳(화려한 상여)에 만인이 울어 예나

어욱새 속새 떡갈나무

백양白楊(사시나무) 속에 가기 곧 가면

누런 해 흰 달 가는 비

굵은 눈 소소리 바람 불제

뉘 한 잔 먹자할꼬.

하물며 무덤 위에

잔나비 파람 불 제야

뉘우친들 어찌하리.

28. 객지에서 짓다 客中作

蘭陵美酒鬱金香 난릉미주울금향이요   난릉[1]의 좋은 술은 울금향[2]인데
玉碗盛來琥珀光 옥완성래호박광이라.   옥쟁반 가득 담아오니 호박 빛이네.
但使主人能醉客 단사주인능취객하니   이렇게 주인이 나그네를 취하게 만드니
不知何處是他鄉 부지하처시타향이라.   어느 곳이 타향인지 모르게 하는구나.

이백이 40세(開元 28年, 740)에 산동성 난릉蘭陵 지방을 유람할 때, 난릉의 명주 울금주를 마신 이야기를 쓰고 있다. 이백이 주로 활동했던 성당盛唐 시기에 지식인들은 자신의 이상을 실현하고 호연지기를 기르기 위해 고향과 집을 떠나 천하를 유람하였다. 정처 없이 유랑하는 도중에 마음이 통하는 지기知己를 만나기라도 하면 함께 술을 마시고 소리 높여 노래 부르면서 세상을 내 집같이 여긴다는 웅대한 뜻을 표출한다. 그러나 한편으로는 자연스럽게 타향살이에서 오는 서글픔과 그리움을 느끼는 것은 인지상정일 터. 이 작품은 이러한 상황 속에서 이백의 낙관적이고 소탈한 풍모를 생동적으로 읊은 전문 4구의 7언 절구이다.

전반부 기·승(1~2구)에서는 이백이 나그네로 머무르던 난릉 지방이 술의 명산지임을 쓰고, 기대했던 바대로 울금鬱金을 넣어 만든 호박 빛이 나는 미주를 앞에 놓고 기뻐하는 마음을 향기(후각)와 색깔(시각)로 표현한다. 또한 '옥쟁반 가득'이라는 표현 속에 나그네

---

1) 蘭陵난릉 : 난릉은 지금의 산동성 창산현蒼山縣 난릉진으로, 춘추전국春秋戰國시대 '전국사공자'의 하나였던 초楚나라 춘신군春申君이 성악설을 주장한 순자荀子를 난릉령蘭陵令에 봉한 적이 있다는 유서 깊은 곳이다. '전국사공자'는 초楚의 춘신군, 제齊의 맹상군, 위魏의 신릉군, 조趙의 평원군을 말함.

2) 鬱金울금 : 생강과의 여러해살이 풀. 뿌리줄기가 노랗고 굵으며 향기가 나 약재로 쓰거나 노란 물감을 만듦.

를 환대하는 주인의 풍족한 인심을 그리고 있다. '울금'은 서역의 대진국大秦國에서 중국으로 옮겨 심은 향초香草로, 술에 담가 놓으면 노란색을 띠며 향기를 풍긴다. 우리나라에서도 진도를 중심으로 한 남해안 지역에 재배된다.

후반부 전·결(3~4구)에서는 뜻이 통하는 사람과의 만남과 객지에서 느끼는 나그네의 수심조차 잃어버릴 정도로, 주인의 환대와 실컷 취한 정경을 읊고 있다. 그러니 고향이고 타향이고 분별할 필요가 없다. '남자는 가는 곳이 곧 고향男兒到處是故鄕'이라고 했던가. 술이 있고 마음 통하는 벗을 만났으니 만사휴의라고 한다. 이렇게 이백은 시에서 향수를 직접 언급하지 않고 도리어 난릉의 울금주에 대한 칭찬과 술 취한 즐거움을 묘사하는 과정에서 나그네의 객수客愁를 애써 감추는 호방한 개성과 낙관적인 호연지기를 표현하고 있다.

29. 종남산을 내려와 은거하는 곡사씨[1] 집에 묵으며 술을 마시다

下終南山過斛斯山人宿置酒

暮從碧山下 모종벽산하러니　　해질 무렵 푸른 산에서 내려오는데

山月隨人歸 산월수인귀요,　　산의 달도 돌아가는 사람을 따라오고,

卻顧所來徑 각고소래경하니　　내려 온 길을 돌아다보니

蒼蒼橫翠微 창창횡취미로다.　　짙푸르던 경치가 푸르스름하고 어렴풋하네.[2]

相携及田家 상휴급전가러니　　서로 손잡고 농가[3]에 당도하자

童稚開荊扉 동치개형비하고,　　어린 아이가 사립문을 열어주어

綠竹入幽徑 녹죽입유경하니　　푸른 대숲 그윽한 길로 들어가니

青蘿拂行衣 청라불행의로다.　　겨우살이[4] 덩굴이 옷깃을 스치네.

歡言得所憩 환언득소게하여　　쉴만한 곳 찾아 담소를 즐기며

美酒聊共揮 미주료공휘러라.　　맛 좋은 술을 함께 마시고,

長歌吟松風 장가음송풍이러니　　긴 노래를 솔바람에 맞춰 읊조리니[5]

曲盡河星稀 곡진하성희니라.　　노래 끝날 무렵 은하수도 희미해지네.

我醉君復樂 아취군부락하며　　나도 취하고 그대 또한 즐거워하며

陶然共忘機 도연공망기로다.　　거나하게 취해[6] 담박한 마음을 함께하네.[7]

---

1) 斛斯곡사: 두 자로 된 복성複姓.
2) 翠微취미: 산과 강의 경치가 푸르스름하고 어렴풋함을 형용하는 말.
3) 田家전가: 농가農家. 곡사斛斯씨 집을 말함.
4) 青蘿청라: 소나무겨우살이. 송라松蘿.
5) 松風송풍: 고대의 금곡琴曲인 풍입송風入松의 별칭.
6) 陶然도연: 취하여 즐거운 모양.

이백이 42~44세(天寶 元年~3年, 742~744) 사이에 현종玄宗의 부름을 받고 장안으로 들어가 한림공봉으로 있을 때, 종남산終南山 아래 은거하는 곡사斛斯라는 복성複姓을 지닌 친구 집을 방문하여 지은 시로, 14구 5언 고시로, 전문은 4단락으로 나뉜다. 종남산은 장안 이남에 있으며 당대唐代에는 많은 유생과 도인들이 수행하던 곳이다.

첫째 단락(1~4구)에서는 산길을 내려오는 광경을 사실감 있게 묘사한다. 시간 배경은 석양 무렵이고 산 정상에서 내려오며 보았던 산등성이 위에 떠 있던 달이 따라 온다고 한다. 속도감이 느껴지는 표현이다. 얼마쯤 내려왔을까 잠시 쉬어갈 겸 어두워진 산길 모퉁이에 서서 왔던 길을 뒤돌아보니 푸르렀던 산들이 산안개 속에 검푸른 색으로 변하면서 모습이 어슴푸레 희미해졌다.

둘째 단락(5~8구)에서는 산 아랫녘에 살고 있는 은자 곡사산인斛斯山人의 집에 당도하여 환대받는 모습과 살고 있는 집의 정경을 그리고 있다. 어린아이가 기다리고 있었다는 듯이 사립문을 열고 읍揖하며 공손히 맞이해준다. 하나를 보면 열을 안다고 하였으니, 비록 은자로 농촌에서 살고 있지만 가풍이 범상치 않음을 알 수 있다. 사립문에서 안마당까지 이어지는 기다란 대숲길이며, 어둠 속에서도 옷깃을 스치는 늘어진 소나무겨우살이풀[靑蘿]을 통해서 고색창연한 자연 속에 평생 은거하고 있음을 알 수 있다.

셋째 단락(9~12구)에서는 주인의 특별한 환대 모습과 안부인사는 생략하고, 마당 한쪽에 마련한 평상 위에 정갈한 주안상이 마련되어 있다. 여염집 대가에서 내놓을법한 귀한 안주가 아니면 어떠랴. 따라오던 달이 마침 환하게 술상을 내려다보고 있고, 안주인은 아이를 불러 술시중에 소홀함이 없게 하는 모습에서 술맛도 술맛이지만 정성을 다하는 분위기가 사람을 감동하게 한다. 술이 거나해지자 주인장과 번갈아가면서 노랫가락을 읊조린다. 가끔씩 솔바람이 불어오고 밤이 이슥해지자 밤이슬이 촉촉이 내린다. 은하수도 서쪽 하늘에 기울어갈 쯤 흥얼거리던 노래도 제멋에 자자든다.

넷째 단락(13~14구)에서는 취향醉鄕의 경지에서 느끼는 즐거움[陶然]을 쓰고 있다. 인

---

7) 忘機망기 : 잔꾀나 지혜를 써서 무슨 일을 하려는 마음을 없애버림. 곧 담박한 마음가짐으로 세상일에 개의치 않는 뜻으로 쓰임

생사가 별 것이던가 또 세상사는 얼마나 가벼운 것인가. 따지고 보면 꼬막 껍질 반도 차지 못할 하찮은 일을 가지고 아등바등 살아온 잠시 동안의 집착과 악착齷齪이 부끄럽기만 하다. 첩첩산중에 살아도 세상을 외면할 수는 없으니, 피세避世는 가능하나 망세忘世는 불가라 했다. 이백 자신이 처음 한림공봉으로 궁정에 출입하면서 조정의 관료들이 명예와 이익에 따라 각축하는 장면을 목격하고, 자신도 거기에서 벗어나지 못했다. 그러나 오늘 만큼은 이러한 관계에서 벗어나 대자연이 아름답게 펼쳐진 산속에서 허물없이 마음을 나눌 수 있는 친구와 술을 마시며 진정한 '망기忘機의 세계'로 빠져든 것이다. 흉금을 털어놓고 마음이 통하는 사람과 마시는 한 잔의 술이야 말로 신선주神仙酒이며 금장옥액金漿玉液[8]이 아닐런가.

이러한 모습이 곧 이백 자신만을 위한 것은 아닐 것이니, 고시 한 구절로 마음을 나누고자 했을 것이다.

> 이곳 주인이 마음껏 웃는 일이 한 달에 몇 번이나 될까.一月主人笑幾回
> 모처럼 만났으니 한 잔 기울여 보세.相逢相値且銜杯

문득 우리들이 잊었거나 잃어버린 것들을 생각나게 한다.

---

8) 金漿玉液금장옥액 : 금장옥례金漿玉醴. 금과 옥을 주초朱草에 녹여 만든 선약仙藥.

30. 동계공[1]의 그윽한 거처[2]에서 짓다 題東溪公幽居

杜陵賢人淸且廉 두릉현인청차렴인데　두릉[3]의 현인은 마음 맑고 탐욕이 없어

東溪卜築歲將淹 동계복축세장엄이라.　동계에 집을 지어[4] 세월이 오래되었네.

宅近靑山同謝脁 택근청산동사조하고　집은 청산[5]에 가까우니 사조[6]와 같고

門垂碧柳似陶潛 문수벽류사도잠이라.　문에 푸른 버드나무 드리웠으니[7] 도연명과

　　　　　　　　　　　　　비슷하네.

好鳥迎春歌後院 호조영춘가후원하고　아름다운 새는 봄을 맞아 뒤뜰에서 노래하고

飛花送酒舞前檐 비화송주무전첨이라.　날리는 꽃은 술을 권하며[8] 추녀 앞에서 춤추네.

客到但知留一醉 객도단지유일취나　손님이 오면 붙잡아 취하게 할 줄만 알았지

盤中只有水晶鹽 반중지유수정염이라.　쟁반에는 오직 수정염[9] 뿐이라네.

---

1) 東溪公동계공 : 동계공에 대해서 밝혀진 것은 없지만, 동계東溪에 살아서 그렇게 부른 듯하다.

2) 幽居유거 : 외지고 고요한 거처.

3) 杜陵두릉 : 장안長安 부근에 있는 한漢나라 선제宣帝의 능묘.

4) 卜築복축 : 살만한 곳을 가려 집을 지음.

5) 靑山청산 : 일명 청림산靑林山. 안휘성安徽省 당도현當塗縣 동남쪽 30리에 있는데, 남조 제南朝齊의 사조謝脁가 선성태수宣城太守로 있으면서 당도현 남쪽에 집을 짓고 살았다. 산 정상에는 사공지謝公池가 있고, 청산을 사공산謝公山이라고 고쳐 불렀다. 사조는〈동쪽 별장에 놀다遊東園〉란 시에서 '향기로운 봄 술을 마주 하지 않고, 다시 청산의 성곽을 바라본다不對芳春酒, 還望靑山郭'라는 시를 지었다.

6) 謝脁사조 : 남조 제南朝齊의 시인.

7) 垂碧柳수벽류 : 푸른 버드나무가 드리워짐. 도연명陶淵明의 호가 오류선생五柳先生임을 고려한 표현.

8) 送酒송주 : 술을 올림. 술을 권함. 진쯤의 시인 도연명陶淵明이 중양절에 술이 없어 국화 옆에 앉아 있을 때, 자사刺史 왕홍王弘이 술을 보내온 고사.

9) 水晶鹽(수정염) : 호胡땅에서 생산되는 소금으로《금루자金樓子》에서「호 땅에서는 흰 소금이 산비탈

이백이 43세(天寶 2年, 743) 봄에서 여름 사이에 지은 시로, 동계공東溪公의 거처에서 주변의 경물 묘사와 함께, 그의 청렴한 품격과 술을 마시며 소일하는 검소한 생활에 대하여 칭찬하고 있다. 전문 8구 7언 율시로, 내용상 율시의 시상에 따라 4단락으로 나뉜다. 첫째 단락 수련(1~2구)에서는, 동계공의 성품淸且廉과 두릉과 가까운 고택에서 살고 있음을 밝힌다. 둘째 단락 함련(3~4구)에서는 청산靑山과 근접한 집과 문 앞의 버드나무를 통해 각각 사조謝朓·도연명陶淵明과 비슷하다고 한다. 그러나 이것은 집의 외양 묘사인지, 아니면 사조나 도연명처럼 시를 썼는지에 대해서는 알 수 없다.

셋째 단락 경련(5~6구)에서는 전원에 묻혀 있는 집의 아름다운 새와 날리는 꽃에 대해서 쓰면서, 집과 자연이 둘이 아닌 하나라고 한다. 마지막 미련(7~8구)에서는 동계공의 사는 모습으로, 소금안주로 손님을 접대할 수밖에 없지만 빈한한 가운데도 유유자적한다고 칭송한다.

에서 생산되는데, 햇빛이 비치면 쌀알처럼 밝게 빛났다. 호땅 사람들이 궁중에서 요리하도록 바쳤으므로 군왕염, 혹은 옥화염이라고 불렀다.」라는 기록이 있다.

31. 광릉¹⁾으로 가다가 성의 남쪽²⁾에 은거하는 상이³⁾의 집에서 유숙하다 之廣陵宿常二南郭幽居

綠水接柴門 녹수접시문이니	푸른 냇물이 사립문에 이어져 있어
有如桃花源 유여도화원이라.	마치 도화원⁴⁾ 같은데,
忘憂或假草 망우혹가초런가	근심을 잊고자 풀에 의지하려 함인가
滿院羅叢萱 만원라총훤이라.	뜰 가득 원추리⁵⁾가 널려 있네.
暝色湖上來 명색호상래요	어둑어둑한 빛⁶⁾이 호수 위에 깔리더니
微雨飛南軒 미우비남헌인데,	남쪽 처마⁷⁾에 가랑비가 날리는데,
故人宿茅宇 고인숙모우하고	친구는 초가집에서 묵고
夕鳥棲楊園 석조서양원이라.	밤새⁸⁾들은 버드나무 정원에 깃드네.
還惜詩酒別 환석시주별하여	시와 술만으로 헤어지는 것이 도리어 안타까워

---

1) 廣陵광릉 : 지금의 강소성江蘇省 양주시揚州市.
2) 南郭남곽 : 남쪽에 있는 외성外城. 전의되어 성의 남쪽에 있는 외읍外邑을 이르기도 함.
3) 常二상이 : 상씨常氏 항렬行列 형제의 두 번째로 누구인지 밝혀지지 않고 있다.
4) 桃花源도화원 : 진晉 도잠陶潛의 〈도화원기桃花源記〉에 나오는 가공의 땅 이름. 은거하는 곳이나 이 상향理想鄉을 이르는 말로 쓰임.
5) 萱훤 : 흰초萱草. 원추리. 집에 심으면 시름을 잊게 해준다고 하여 망우초忘憂草라고도 함.《술이기述 異記》에 의하면 원추리萱草는 망우초忘憂草로 부르며, 오吳 지방의 서생들은 '근심을 치료하는 풀'이 라고 불렀는데, 혜강嵇康의《양생론養生論》에도 '원추리가 근심을 잊게 해준다萱草忘憂'라고 했다.
6) 暝色명색 : 해 질 무렵의 어둑어둑한 빛.
7) 南軒남헌 : 남쪽 처마. 남쪽에 있는 옥우屋宇. 또는 남쪽에 있는 난간.
8) 夕鳥석조 : 저녁에 날아다니는 새.

深爲江海言 심위강해언이라.　　떠도는 사람9)의 말이지만 깊은 말을 나누었네.

明朝廣陵道 명조광릉도에　　내일 아침 광릉으로 떠나는 길에서

獨憶此傾樽 독억차경준이로다.　　지금 기울이는 술잔을 홀로 생각하리라.

　이백이 46세(天寶 5年, 746)에 동노東魯지방에서 남하하여 광릉廣陵으로 가는 길에 친구인 상이常二의 집에 머물며 시와 술로 우정을 나누다 이별을 아쉬워하는 내용이다. 전문 12구이며 5언 고시이며 내용상 3단락으로 나뉜다.

　첫째 단락(1~4구)에서는, 친구 상이의 집에 대한 외관 묘사에 이은 분위기, 그리고 집안 뜰 가득 심어진 원추리꽃을 중심으로 집주인에 대한 추측, 곧 무언가 있을 수도 있는 '잊고자 하는 근심[忘憂]'에 대한 내용이다. 이백의 발걸음은 처음으로 찾은 상이의 집 밖에서 안으로 공간 이동하는데, 푸른 냇물이 사립문 앞까지 흐르고 있어, 집으로 들어가려면 냇물에 놓인 징검다리라도 건너야 함을 알 수 있다. 냇물은 친구 상이가 사는 은둔의 공간과 바깥세상과의 단절을 의미하는, 마치 〈도화원기桃花源記〉에 나오는 무릉천武陵川과 같다고 여긴다(1~2구).

　이어 집안으로 들어가자, 눈에 들어오는 것은 뜰 가득 피어있는 원추리꽃[萱草]이다. 근심을 잊게 한다고 해서 일명 '망우초忘憂草'라고도 부르는 꽃이다. 중국의 풍습에, 사람과 헤어질 때는 작약芍藥을 선물하고, 먼 곳으로 떠난 사람이 돌아오게 하고 싶을 때는 당귀當歸를 선물하고, 근심을 잊게 하기 위해서는 원추리꽃[萱草]을 선물한다고 한다. 이 집주인에게 잊고 싶은 근심이 있음인가? 아니면 집 앞 냇물 무릉천을 건너 이 곳을 찾아온 사람에게 근심이 있다면 잊으라는 뜻인가?(3~4구).

　둘째 단락(5~8구)에서는, 첫째 단락의 낮 풍경에 이어 밤 정경을 묘사하고 있다. 해가 져서 어두운데다가 먹구름까지 끼여 어둑어둑하더니, 이윽고 보슬비[微雨]가 내리고 처마 끝에 방울방울 객수客愁가 떨어진다. 주인장은 술이 한 순배 끝나자 큰 방은 나그네에

---

9) 江海(강해) : 은사隱士의 거처를 이르는 말. 또는 강해객江海客이나 강해인江海人의 뜻으로, 사방 각지를 떠돌아다니며 자유롭게 사는 사람을 이르는 말. 본문에서는 후자의 뜻으로 해석.

게 양보하고 띠집[茅宇]으로 들어가 잠을 청한다. 밤새[夕鳥]들도 일찌감치 버드나무숲으로 들어가 깃을 접었는지 가끔씩 뒤척이는 소리만 들린다. 오늘따라 둥지가 있는 텃새가 철새 신세인 이백에게는 새삼스럽게 부럽기만 한 것일까.

떠돌이생활에서 가장 고달픈 것은 밥 때가 되면 밥걱정이요, 밤이 되면 잠자리 걱정이고, 비가 오면 비 피할 곳을 찾아야 하는 것이다. 걷다가 비를 만나면 남의 집 처마 밑에서 비를 피했던 적이 몇 번인가. 그럴 때마다 처량한 여수旅愁로 괴나리봇짐은 무겁게만 여겨지고, 집에 두고 온 가족과 권속眷屬들의 안부도 새삼스럽다.

셋째 단락(9~12구)에서는, 잠시 하룻밤 유숙하기 위해 찾아온 이백이 친구 상이와 술상머리에서 나눈 말들을 생각해본다. 적당히 취해서 지필묵紙筆墨을 꺼내 오늘의 만남을 한 수의 시로 남기기에는 뭔가 부족하다는 생각이 든다(9구). 한 사람은 한 곳에 머물러 살며 세상과 인연을 끊으려고 하는 은자隱者이고, 다른 한 사람은 어떤 인연의 끈으로도 한 곳에 머물게 묶어 둘 수 없는 떠돌이 유자遊者이다. 그러고 보면 서로 추구하는 바가 다른 듯하면서도 같은 것 같다. 벼슬(한림공봉)을 그만두고 다시 길을 잡아 떠난 후, 그동안의 심사를 허심탄회하게 털어놓아도 보았다. 잘 하고 있는 것인지, 아니면 잘못 하고 있는 것인지에 대해서도 심도 있게 논의해 보았다. 답은 없었다. 그러나 마음은 왠지 홀가분하게 느껴졌다. 문밖에는 이슬비가 맺혔다 떨어지는 낙숫물 소리가 두 사람 사이의 정적을 부채질했다(10구).

내일 아침이면 다시 괴나리봇짐을 등에 매고 광릉 길로 떠나야 한다(11구). 무엇을 찾으려고 길을 나선 것인가? 유람이란 모름지기 보고[覽] 알고[知] 느끼고[感] 깨닫는[覺] 것의 연속이라 할지라도, 그 동안 만났던 사람도 헤어진 인연도 셀 수 없을 만큼 많았다. 하지만 오늘밤에 상이와 나눈 대화는 쉽사리 잊혀질 것 같지 않다. 상이는 잠을 자려 자기 방으로 갔고, 홀로 객방에 남아서 남은 술잔을 기울인다. 희미한 호롱불만이 한 켠에서 문틈사이 스며드는 바람을 맞아 외로운 그림자를 흔들어 준다.

32. 선보현[1] 도 소부[2]의 반월대[3]에 올라서 登單父陶少府半月臺

陶公有逸興 도공유일흥하여	도 소부는 빼어난 흥취[4]가 있어
不與常人俱 불여상인구러라.	보통 사람들과 함께 하지 않았네.
築臺像半月 축대상반월인데	반달 닮은 누대를 쌓았는데
逈向高城隅 형향고성우로다.	멀리 높은 성 귀퉁이를 향하여 있네.
置酒望白雲 치주망백운하니	술자리를 마련하고 흰 구름을 바라보니
商飇起寒梧 상표기한오로다.	가을바람[5]은 찬 오동나무에 불고,
秋山入遠海 추산입원해하고	가을 산은 먼 바다로 이어지고
桑柘羅平蕪 상자라평무로다.	뽕나무는 평평한 들판에 늘어서 있네.
水色淥且明 수색녹차명하여	물빛이 맑고도 밝아서
令人思鏡湖 영인사경호러니,	사람들에게 경호[6]를 생각하게 하니,
終當過江去 종당과강거나	끝내는 강을 건너 가야하지만
愛此暫踟蹰 애차잠지주로다.	이곳을 사랑하여 잠시 머뭇거리노라.

---

1) 單父선보 : 선보현單父縣. 지금의 산동성山東省 선현單縣.

2) 陶少附도소부 : 소부少附 도공陶公. 소부는 벼슬 현위縣尉의 경칭. 도공陶公은 도씨 성의 현위縣尉인데, 〈산동통지山東通志〉의 기록을 근거로 이백과 같이 산동성에 있는 조래산徂徠山에 은거할 때 함께 노닐며 음주했던 죽계육일竹溪六逸 중 한 사람인 도면陶沔이라고 추정한다.

3) 半月臺반월대 : 도소부陶少附가 쌓은 누대로, 《산동통지山東通志》에 의하면 선보성單父城 동북쪽 모퉁이에 있는데, 당唐 현위縣尉인 도면陶沔이 축조했다고 기록되어 있다.

4) 逸興일흥 : 세속을 초탈한 호방한 흥취.

5) 商飇상표 : 상풍商風. 금풍金風. 추풍秋風. 가을바람.

6) 鏡湖경호 : 지금의 절강성浙江省 소흥시紹興市 회계산會稽山 북쪽 기슭에 있는 호수.

이백이 46세(天寶 5年, 746)에 선보현에 갔을 때 소부少附 도공陶公(陶沔)이 지은 반월대에 올라 술을 마시면서 느낀 회포를 읊은 시[7]이다. 도공陶公은 이백과 함께 시사詩社(시인들이 정기적으로 모여 시를 짓고 읊기 위하여 결성한 단체)인 죽계육일竹溪六逸[8]의 일원인 도면陶沔으로 추정되는데, 누대인 반월대를 쌓은 도소부를 칭찬하고 이어 누대에서 바라다 보이는 경관을 묘사한 작품이다. 전문은 12구 5언 고시로 내용상 3단락으로 나뉜다.

첫째 단락(1~4구) 1~2구에서는 도공陶公의 인품에 대해서 '일흥逸興'하다고 하여, 세속을 떠난 초연한 성품이 있음을 말하고 있다. 이어지는 반월대 주위의 경관 묘사도 도공의 인품과 상통하는 것이어서, 3,4구에서는 이러한 인품을 지닌 도공이 반달을 닮은 둔덕을 쌓고, 그 위에 누각을 지었으니 이름하여 '반월대半月臺라고 했다. 반월대 나머지 반쪽은 도공의 사색思索 공간으로 남겼음인가. 거기에서 소요하며 시상詩想을 다듬으며, 시어 시구 하나까지에도 고뇌했을 도공을 상상하기엔 그리 어렵지 않다 하겠다. 그리고 저 멀리로는 성城의 귀퉁이가 바라다 보인다고 한 것은 곧 저자거리[市]가 있는 세속과의 거리감을 말하고, 외면하면서 살아가고자 하는 은둔처사이고 문우文友임을 암시한다.

둘째 단락(5~8구)에서는 반월대에서 술자리를 마련한 다음, 멀리 가까이 바라보이는 조망과 풍광을 쓰고 있다. 술상을 앞에 두고 오랜만에 만난 벗 도공의 안색을 살피니 자연 속에 유유자적하며 안분지족하는 넉넉한 낯빛에 적이 마음이 편안했을 것이다. 이윽고 눈을 들어 하늘에 떠가는 흰 구름을 바라보니 벗의 마음인 듯 유유悠悠하기만 하다. 시절은 마침 가을이라 불어오는 추풍은 오동나무를 스치고 옷깃을 흔든다. 높다란 누각 아래로 들 건너 펼쳐진 산들은 먼 바다로 이어질 듯 사라지고, 들 가득 서있는 뽕나무들은 광활한 들판을 메우고 있다고 한다. 흰구름-가을바람-가을 산-뽕나무 등 물상의 묘사는 정중동靜中動 동중정動中靜이 교차하면서 시각과 후각을 동원하되 안정

---

7) 개원開元 28(740)에 지었다는 설도 있다.

8) 竹溪六逸죽계육일 : 당唐 개원開元 말에 태안부泰安府 조래산徂徠山 아래 죽계竹溪에서 시사詩社를 만들고 술을 마시며 즐기던 이백李白·공소보孔巢父·한준韓準·배정裴政·장숙명張叔明·도면陶沔 등 여섯 사람을 이르는 말.

된 묘사가 평온한 분위기를 만든다.

셋째 단락(9~12구)에서는 반월대 주위를 흐르는 맑은 강을 그리고 있는데, 맑고 밝은 물빛이 잔잔하기로 이름난 경호鏡湖를 생각하게 한다고 한다. 경호에는 이백을 적선이라 치하해준 하지장賀知章이 머물고 있는 곳이기는 하지만. 기실 강물을 그리고 싶은 것이 아니라 강물을 통해서 술잔을 주고받고 있는 벗 도공의 속마음을 그려내고자 함이라. 군자의 사귐은 담백하기가 물과 같다고 했으니君子之交, 淡如水, 술잔을 주고받기는 하나 잡다한 세간의 이야기는 어울리지 않고, 출세간의 이야기 또한 필요 없었을 것이다. 이심전심以心傳心의 내밀한 이야기를 나누다가 내일이면 이 풍광 좋은 반월대와 벗 도공과도 헤어져야 한다고 한다.

시 전편에 흐르는 지기지우知己之友와의 만남과 분위기가 가을 햇살 아래 넉넉하다. 찾아오는 사람 반갑기는 해도 회자정리會者定離를 알고 있고, 떠나가는 아쉬움을 달래기 위해서는 거자필반去者必返도 알고 있음이라. 오는 사람 막지 말고 가는 사람 잡지 말라 했던가. 아니 마음으로 맞이하고 가슴으로 보내면서 담담하게 오고감을 받아들이는 것이리라. 그러나 잠시잠간의 소매끝동 스치는 인연으로 여기지 않고 또 훗날을 기약하는 은근하고도 따뜻한 마음이 있었음이라.

33. 금릉[1] 강가 봉지[2]에서 은자를 만나다 金陵江上遇蓬池隱者

心愛名山遊 심애명산유하고	마음은 명산에서 노닐기를 좋아하고
身隨名山遠 신수명산원이니,	몸은 명산 따라 멀리 떠나가니,
羅浮麻姑臺 나부마고대로	나부산의 마고대[3]로
此去或未返 차거혹미반이로다.	이번에 가면 아마 돌아오지 않으리라.
遇君蓬池隱 우군봉지은하여	봉지에 숨어사는 그대를 만나
就我石上飯 취아석상반이니,	나와 함께 바위[4] 위에서 밥을 먹는데,
空言不成歡 공언불성환하여	공허한 말뿐이라 기쁘지 않아
強笑惜日晚 강소석일만이라.	지는 해를 아쉬워하며 억지로 웃는구나.
綠水向雁門 녹수향안문하고	푸른 물은 안문산[5]으로 향하고
黃雲蔽龍山 황운폐용산인데,	누런 구름은 용산[6]을 덮고 있는데,

---

1) 金陵금릉 : 지금의 강소성江蘇省 남경시南京市.

2) 蓬池봉지 : 지금의 하남성河南省 개봉시開封市 동남쪽에 있는 연못

3) 羅浮麻姑臺나부마고대 : 나부산羅浮山은 광동성廣東省 동강東江 북쪽 연안에 있으며 증성增城·박라博羅·하원河源현 등에 걸쳐 있는데, 산의 길이가 1백여 리에 달하고 주봉主峰은 박라현 성 서북쪽에 있다. 산위에 폭포가 많으며 풍경이 아름다운 명산으로 도교의 '제7동천第七洞天'이 이곳에 있다. 마고대麻姑臺는 나부산 남쪽에 있는 마고봉麻姑峰 앞에 있으며, 지금의 광동성 혜주시惠州市 서북쪽에 위치한다.

4) 石석 : 낙성석落星石을 말함. 이 시 제목의 협주夾註에 「당시 낙성석 위에서 자주색 비단 갖옷을 술과 바꿔서 즐겼다時於落星石上, 以紫綺裘換酒爲歡」고 하였는데, '낙성석落星石'은 남경시南京市 동북쪽 낙성산落星山에 있는 바위로, 전설에 의하면 큰 별이 이곳에 떨어져 지은 이름이라고 전한다.

5) 雁門안문 : 안문산雁門山. 지금의 남경시南京市 동남쪽 6십리에 있는 산으로, 왕기王琦는 주에서 《경정건강지景定建康志》를 인용하여 「안문산은 금릉성 동남쪽 6십리에 있으며 둘레는 2십리이고 높이는 1백2십5장이다. … 산세가 이어져 북쪽 지형이 안문과 비슷하므로 이렇게 불렸다.」고 했다.

歎息兩客鳥 탄식량객조하며　두 마리 나그네 새[7]같은 신세를 한탄함은

徘徊吳越間 배회오월간이로다.　오와 월 사이를 배회하는 처지여서라네.

共語一執手 공어일집수하고　손을 맞잡고 함께 얘기하는데

留連夜將久 유련야장구니라.　아쉬움[8] 속에 밤은 깊어가네.

解我紫綺裘 해아자기구하고　내 자줏빛 비단 갖옷을 벗어

且換金陵酒 차환금릉주하여,　금릉의 술[9]과 바꾸게 해서,

酒來笑復歌 주래소부가러니　술이 오자 웃으며 다시 노래하니

興酣樂事多 흥감낙사다로다.　주흥이 무르익자[10] 즐거운 일 많아지네.

水影弄月色 수영농월색이나　물에 비친 달빛을 희롱해도

淸光奈愁何 청광내수하리오.　밝은 달빛[11]이라 한들 근심을 어찌하리오.

明晨挂帆席 명신괘범석하면　내일 새벽에 돛을 달면

離恨滿滄波 이한만창파리라.　이별의 한만이 푸른 파도에 가득하리.

이백이 47세(天寶 6年, 747)에 궁궐의 한림공봉을 사직한 지 3년째 되던 해에 금릉金陵 지방을 유람할 때, 금릉의 봉지蓬池에서 은거하던 은자를 우연히 만나 하룻밤 같이 머물며 지은 시다. 전문 22구 5언 고시다. 내용상 5단락으로 나뉜다.

첫째 단락(1~4구)에서는, 먼저 고려해야 할 점은 이 단락의 주체가 이백인가 아니면 봉지에서 만난 은자隱者인가 하는 점이다. 제목에서 말하듯 은자는 '한 곳에 머물면서 숨어사는 사람을 지칭'하고, 다섯 구의 내용으로 보아 이백으로 보고자 한다. 천하를

---

6) 龍山용산 : 금릉성金陵城, 지금의 남경시南京市 서남쪽에 있는 산.

7) 客鳥객조 : 외지에서 날아온 새. 주로 나그네를 비유.

8) 留連유련 : 머뭇거리며 떠나기를 아쉬워 함.

9) 金陵酒금릉주 : 술 금릉춘金陵春을 말함.

10) 興酣흥감 : 흥취가 무르익음.

11) 淸光청광 : 맑고 밝은 광채. 주로 달빛이나 등불을 이른다.

주유하고자 관직까지 사직한 이백의 유람 종착지는 나부산 마고대라고 한다. 마음이 가면 몸이 함께 하는 것이라고 한다. 심신에 배인 방랑벽放浪癖인가?

둘째 단락5~8구부터는, 유람하던 중 우연히 봉지蓬池의 은사를 만난 이야기를 한다. 같이 밥을 먹고 대화를 나누는데, 대화가 겉도는[空言] 것 같아 기쁨도 없이 쓴 웃음만 짓는다.

셋째 단락(9~12구)에서는 봉지 주위의 배경으로 흘러가는 물[水]과 떠가는 구름[雲]을 들고, 이어 '외지에서 날아온 새[客鳥]'까지 등장시키니, 두 사람 모두 물과 구름처럼 떠도는 운수행각雲水行脚의 신세로 동병상련하는 분위기다.

넷째 단락(13~18구)에서는, 아무리 서로의 역마살驛馬煞같은 처지를 공감을 하고, 손을 잡고[執手] 아쉬워해도[留連]해도 깊어가는 밤처럼 분위기만 착잡해지고 흥이 나질 않는다. 그런 분위기가 못내 싫은 이백은 자신이 입고 있던 비단갖옷을 벗어 금릉에서 맛있기로 소문난 술 금릉춘金陵春과 바꿔오라고 시킨다. 그리고 술을 마시고 취기가 오르고 취흥이 나자, 비로소 호탕하게 웃으며 노래도 한다.

다섯째 단락(19~22구)에서는, 밤이 깊어가고, 중천에 뜬 달이 강물에 떠있는가 싶더니 어느새 술잔 속에서도 일렁인다. 풍류를 즐길만하다고 느끼는데, 가슴 한 편에서 꿈틀거리는 근심이 있다. 다름 아닌 오늘 저녁 아무리 취흥을 즐겨도, 내일 새벽이면 돛을 올리고 이별을 해야 하는 아쉬움 때문이다. 우연히 만났지만 함께 하고 싶은 참 좋은 사람이라는 생각이 든다. 그러나 텃새처럼 한 곳에 정주定住하지 못하고 철새처럼 지친 날개를 펴고 날아가야 하는 것이 숙명이리라. 감성어 '공허한 말[空言, 7구] → 억지 웃음[强笑] → 탄식歎息(11구) → 아쉬움[留連](14구) → 웃고 노래함[笑且歌] → 무르익은 흥취[興酣](18구) → 근심[愁](20구) → 이별의 한[離恨] 등으로 22구의 비교적 긴 호흡 속에 감성 곡선이 하강 → 상승 → 하강으로 움직인다. 잠깐 객지에서 만난 벗과의 사귐에 한 잔 술의 도움으로 우의가 돈독해질 수 있으리.

34. 금릉 왕처사의 물가 정자에서 짓다 題金陵王處士水亭

王子耽玄言 왕자탐현언하여   왕자[1] 왕연는 심오한 말[2]을 즐겨하여
賢豪多在門 현호다재문이라.   현인과 호걸들이 문전에 많았고,
好鵝尋道士 호아심도사하고   왕희지는거위를 좋아하여 도사를 찾았으며,
愛竹嘯名園 애죽소명원이로다.   왕휘지는대나무를 사랑해 명원에서 읊조렸다네.
樹色老荒苑 수색노황원하고   나무의 색[3]은 거친 동산에서 오랫동안 늙었고
池光蕩華軒 지광탕화헌이라.   연못의 물빛은 화려한 난간[4]에서 일렁이는데,
北堂見明月 북당견명월하며   북당에 뜬 밝은 달을 보며
更憶陸平原 갱억육평원이로다.   다시 육평원[5]을 생각하네.
掃拭青玉簟 소식청옥점하고   푸른 구슬 대자리를 쓸고 닦아 놓고
爲余置金樽 위여치금준이라.   나를 위해 금 술잔을 차렸네.
醉罷欲歸去 취파욕귀거러니   취한 뒤에 돌아가려 하니
花枝宿鳥喧 화지숙조훤이라.   꽃가지에 깃든 새가 시끄럽게 지저귀네.
何時復來此 하시부래차하여   어느 때에 다시 이곳에 와
再得洗囂煩 재득세효번인가.   또 세속의 번뇌[6]를 씻을 수 있을까?

----

1) 王子왕자: 왕씨 성을 가진 남자에 대한 미칭.
2) 玄言현언: 위진魏晉 남북조 시대에 숭상하던 노장老莊 사상에 관한 담론. 심오한 말.
3) 樹色수색: 나무의 경색景色.
4) 華軒화헌: 화려한 난간. 높고 크게 지은 화려한 집을 이름.
5) 陸平原육평원: 진晉의 육기陸機. 평원 내사平原內史를 지낸 적이 있어 붙여진 명칭. 육기는 진 무제 晉武帝 때 낙양에서 아우 운雲과 함께 문재文才를 날렸고, 시와 병려문騈儷文에 뛰어났다.
6) 囂煩효번: 세속의 시끄럽고 번잡함.

이백이 47세(天寶 6年, 747)에 금릉에 있는 처사處士 왕씨王氏라는 사람의 물가 정자에서 빈객으로 융숭한 술 대접받아, 그를 칭송하는 마음을 표현한 시다. 제목의 협주夾註에 「이 정자는 아마도 제齊나라의 남원南苑이며, 동시에 육기陸機의 옛 집일 것이다此亭蓋齊朝南苑, 又是陸機故宅」라고 쓰여 있어, 정자의 모습과 분위기에 대해 큰 감명을 받은 것으로 여겨진다. 처사 왕씨에 대해서는 밝혀지지 않고 있다. 전문은 14구의 5언 고시이며, 내용상 3단락으로 나뉜다.

첫째 단락(1~4구)에서는 정자 주인인 처사의 성이 왕씨라는 것을 통해, 그에게 어울리는 왕씨 성을 가진 세 사람의 전고를 나열하여 칭송하고 있다. 먼저 왕씨를 왕자王子라고 아름답게 칭하면서, 그의 인품과 현언玄言(玄談)을 즐기며 뭇 현인과 호방한 사람들과 사귀기를 좋아하여 문전성시를 이루었다는 진晉의 왕연王衍 고사를 제시한다(1~2구).[7] 이어 또 다른 왕씨 성의 대표적 인물 중의 한 사람이자 서성書聖으로 불리는 왕희지王羲之 고사(3구)와, 그의 아들 왕휘지王徽之 고사(4구)를 연이어 나열한다. 3구에서 왕희지王羲之는 거위[鵝]를 좋아하여 도사를 찾아가 거위를 구했다는 고사와,[8] 4구에서 대나무를 유달리 사랑하여 대나무를 일러 '차군此君'이라 불렀다는 왕휘지王徽之 고사[9]를 열거하여, 정자의 주인 처사 왕씨도 이런 사람들 중 하나일 것이라는 인상을 암시한다.

둘째 단락(5~8구)에서는, 구체적으로 왕씨 정자 주위의 경물을 묘사하고 있는데, 고색

---

7) 《세설신어世說新語·용지容止》 제5화에 「왕이보王夷甫는 생김이 단정하고 수려했으며 현담玄談에도 뛰어났다王夷甫容貌整麗, 妙於玄談」이라 하고 있다. 이보夷甫는 왕연王衍의 자字.

8) 《진서晉書·왕희지전王羲之傳》에, 왕희지가 벼슬에서 물러나 회계會稽 산음山陰에서 청담淸談을 즐겼는데, 도사道士 한 사람이 거위를 잘 기른다는 소문을 듣고 찾아가, 도사에게 《도덕경道德經》을 써주고 거위를 얻어왔다는 고사.

9) 《세설신어世說新語·간오簡傲》에 나오는 왕휘지王徽之(344~386)에 대한 고사이다. 「왕휘지가 오吳 땅을 지나갈 때, 한 사대부집에 아주 좋은 대나무를 있는 것을 보았다. 주인은 왕자유(王子猷(子猷는 字)가 머물 것을 알고, 물 뿌리고 청소해 놓고 청사에 앉아 기다렸는데, 왕자유는 대숲 아래로 곧장 가마타고 가서 오래도록 앉아 읊조리고 있었으므로 주인이 실망하였다. 마땅히 돌아갈 때 통성명하기를 바랐지만, 왕자유가 곧장 문으로 나가려 하자 주인은 참지 못하고 좌우의 문을 닫고 집에서 나가지 못하도록 시켰다. 이 일로 왕자유는 주인을 알아보고 머무르면서 즐거움을 다하고 나서 떠났다.」는 고사이다.

창연한 소나무와 정자 옆 일렁이는 연못[池塘]의 물빛, 그리고 북당北堂에 비추는 달빛 등을 통해서 옛날 진晉나라 육평원陸平原(陸機)이 생각난다고 한다. 이백 자신이 이 시의 제목 밑에 적은 협주에서도 왕씨 정자를 일러 '육기陸機의 옛집일 것이다.'고 한 것과 상통한 표현이고, 특히 7구의 '북당北堂에 뜬 밝은 달'의 표현은 육기의 시구에서 차용한 것으로 보인다.10)

셋째 단락(9~14구)에서는 왕씨의 융숭한 환대에 이어 술자리가 끝난 뒤 정자를 떠나는 모습, 그리고 왕씨 정자에서의 소회를 쓰고 있다. 먼저 '구슬 대자리[玉簟]'와 '금 술동이 [金樽]'의 표현으로 환대 받은 것을 미화美化하고, 술자리를 쓸고 닦았다는 것을 통해 손님을 맞이하는 주인 왕씨의 극진한 정성을 묘사한다(9~10구). 이어 술자리가 끝나고 헤어지기 위해 정자에서 일어서는 아쉬운 순간을 '꽃가지에 깃든 새가 시끄럽게 지저귄 다.'(12구)고 간접적으로 제시하고 있다. 새소리가 시끄러운 것이 아니라 주인장이 손님 에게 '밤도 깊었으니 하룻밤 유숙하기'를 극권하면서 떠나는 것을 만류하는 소리와 모습 이 눈에 생생하다. 그러니 오히려 새에게 시끄럽게 들려 잠자리를 방해받아서 지저귀었 음을 알 수 있겠다.

마지막 두 구(11~12구)에서는 왕씨 정자의 정경과 환대받은 소회를 요약하고 있다. 어 느 곳을 여행하거나 방문했을 때, 다시 들리고픈 곳이 있는가 하면 그렇지 않은 곳도 있다. 그러나 기억記憶은 시간의 풍화 작용으로 마멸되나, 기록記錄으로 남기면 오래도 록 보존된다. 이백도 왕씨 정자의 풍경과 훈훈한 환대를 오래도록 남기고 싶어 이 시를 지었으리라. 더구나 세속의 번뇌에 찌들었을 때 다시 찾아온다면 속세의 찌든 때를 씻고 [掃灑] 맑고 밝은 감정으로 거듭 날 수 있는 곳이라고 왕씨 정자에 대한 소회를 쓰고 있다.

---

10) 진晉 육기陸機의 〈의고시십이수擬古詩十二首〉 중 제6수 〈의명월하교교擬明月何皎皎〉에서 「북당 에 편안히 누우니 밝은 달빛이 내 창에 들어오네安寢北堂上, 明月入我牖」라는 구절이 있다.

35. 경정산[1] 북쪽 이소산에 올랐는데, 나는 그때 나그네로 최 시어사[2]를 만나 함께 이곳에 올랐다 登敬亭北二小山, 余時客逢崔侍御, 並登此地

送客謝亭北 송객사정북하고 사공정[3] 북쪽에서 손님을 보내고

逢君縱酒還 봉군종주환인데, 그대를 만나 술을 흠뻑 마시고[4] 돌아오다가,

屈盤戱白馬 굴반희백마하고 구불구불한 길[5]을 백마 타고 희롱하면서

大笑上靑山 대소상청산이라. 크게 웃으며 푸른 산에 올라갔다네.

迴鞭指長安 회편지장안이러니 채찍을 돌려 장안을 가리키니

西日落秦關 서일락진관이라. 서편으로 지는 해가 관문[6]으로 떨어지네.

帝鄕三千里 제향삼천리가 삼천리나 떨어진 황제 계신 서울[7]이

杳在碧雲間 묘재벽운간이로다. 아득히 푸른 구름 사이에 있네.

이백이 53세(天寶 12年, 753)에 선주宣州의 경정산敬亭山에서 지은 시로, 전문 8구 5언 율시이다. 시상 전개에 따라 전반부(1~4구)와 후반부(5~8구)로 나뉜다. 먼저 전반부 수련

---

1) 敬亭경정 : 경정산敬亭山. 안휘성安徽省 선주시宣州市 북쪽에 있는 산. 일명 소정산昭亭山으로 산 위에 경정敬亭이 있으며, 남조 제남조齊의 사조謝朓가 시를 지은 곳이라 한다.

2) 崔侍御최시어 : 시어사侍御史를 지낸 최성보崔成甫.

3) 謝亭사정 : 사공정謝公亭. 안휘성安徽省 선주시宣州市에 있으며 남조 제남조齊의 사조謝朓가 영릉零陵으로 떠나는 범운范雲을 전송하였다는 정자.

4) 縱酒종주 : 술을 미친 듯이 마심. 광음狂飮함.

5) 屈盤굴반 : 구불구불 서림. 구불구불 애돎.

6) 秦關진관 : 진秦 땅의 관새關塞. 주로 함곡관函谷關을 가리키며, 본문에서는 서쪽 진秦땅 관문을 가리켜서 사천성에 있는 고향을 그리워하는 마음과 아직 조정에 대한 열망이 남아 있음을 표현한다.

7) 帝鄕제향 : 수도首都. 황제가 거주하는 곳.

(1~2구)에서는 공간 배경 제시로 사공정에서 손님과 헤어져 다소 울적했다. 그런데 우연히 친한 최 시어사를 만나 술을 광음狂飮하여 울적한 기분을 떨쳐낸다. 이어 함련(3~4구)에서는 술에 취해 기분이 좋아진 김에 발걸음을 돌려 이소산二小山을 말을 희롱하며 웃으면서 오른다. 기분의 하강과 상승이 벗을 보낸 아쉬움에서 벗을 우연히 만나 술을 마셔 좋아지는 기분의 변화가 산의 오르내림을 통한 공간 변화를 통해 효과적으로 제시된다.

후반부(5~8구)에서는 벗과 함께 술에 취해 오른 산 정상에서의 조망眺望에 대한 감상이 주를 이룬다. 조망하는 감정을 간접적으로 제시해주는 것은 석양이라는 시간 배경이다. 산 정상에서 사방을 둘러보다가 시선이 자꾸 가는 곳은 천자가 있는 장안과 고향이 있는 옛적 진秦땅으로 가는 서쪽 관문이다. 삼천리나 떨어져 있는 장안 생각에 다시 감정과 기분은 하강곡선이다. 저물녘 타관객지의 울적한 밤이 오고 있음이다.

36. 왕륜의 별장[1]을 방문하다(2수) 過汪氏別業(2首)

〈其1〉

遊山誰可遊 유산수가유인가 　　　산에서 노닐 때 누구와 함께 놀 수 있을까?

子明與浮丘 자명여부구라네. 　　　능양자명[2]과 부구공[3]이리라.

疊嶺礙河漢 첩령애하한하고 　　　겹겹한 산마루는 은하수[4]를 막아 서있고

連峯橫斗牛 연봉횡두우니라. 　　　연이은 봉우리는 두우성[5]을 가로질러 있네.

汪生面北阜 왕생면북부하고 　　　왕륜[6]의 별장은 북쪽 언덕과 마주하고

---

1) 別業별업 : 별서別墅. 전장田莊이 있는 부근에 별도로 지은 집.

2) 子明자명 : 능양자명陵陽子明. 전설상의 신선. 능양陵陽은 안휘성安徽省 선주宣州에 있는 산 이름이
기도 하다. 한漢나라 때 신선으로 〈열선전列仙傳〉의 내용에, 「시골에 사는 능양자명은 낚시를 좋아하
여 하루는 계곡에서 흰 용을 낚았으나 두려워 절을 하고 놓아주었다. 이후에 흰 물고기를 낚아 배를
갈라보니 단약을 복용하는 비법이 적힌 책이 나왔는데, 그 비법에 따라 황산에서 오색 석지石脂를
채취해 물에 끓여 복용했다. 3년 후에 온 용이 그를 능양산으로 데리고 가 그곳에서 백여 년을 머물
면서 신선이 되었다.」고 전한다.

3) 浮丘부구 : 부구공浮丘公. 고대 선인仙人으로 황제黃帝 때의 사람, 혹은 주 영왕周靈王 때 사람이라
고도 하는 등 여러 설이 있는데, 〈태평광지太平廣志〉에 의하면, 주 영왕 때 선인인 부구공은 일찍이
왕자 진王子晉과 함께 학을 타고 생황을 불며 숭산嵩山에서 노닐었다고 하는 기록이 전한다.

4) 河漢하한 : 은하수銀河水.

5) 斗牛두우 : 두우성斗牛星. 이십팔수 중 두성斗星과 우성牛星. 또는 남두성南斗星과 견우성牽牛星.

6) 汪生왕생 : 왕륜汪倫. 지금의 안휘성安徽省 경현涇縣 도화담桃花潭 부근에 살았던 지방 유지인데, 이
백이 유람하는 도중 사귄 친구로서 두 사람이 함께 기거하면서 두터운 우정을 쌓았다. 송宋 양제현楊
齊賢의 주에 의하면, 「이백이 경현의 도화담에 노닐 때 촌민인 왕륜이 항상 맛좋은 술로 이백을 대접
하였다. 왕륜의 후손들은 지금까지도 이 시를 가보로 여기고 있다.」고 하였다. 또 다른 일화로는,
이백이 온다는 소식을 듣고 미리 왕륜이 이백에게 편지를 써서, 「이곳에 십 리나 뻗은 복숭아 꽃길이
있고, 술집으로는 만집[萬家酒店]이 있습니다.」라고 속였다고 한다. 이백이 기쁜 마음으로 도착하였
는데, 도화담桃花潭은 연못의 이름으로 복숭아꽃은 전혀 없고, 술집 이름이 만가주점萬家酒店인데,

池館淸且幽 지관청차유로다.　　　연못가 객사는 맑고 그윽하네.

我來感意氣 아래감의기하여　　　내가 오자 의기[7]가 감동하여

搥魚列珍羞 추포열진수니라.　　　두드리고 볶아서[8] 진수성찬을 차렸네.

掃石待歸月 소석대귀월인데　　　바위를 쓸어놓고 기우는 달[9]을 기다리고

開池漲寒流 개지창한류로다.　　　연못의 물길을 열어 차가운 물이 넘쳐흐르니,

酒酣益爽氣 주감익상기러니　　　술이 거나해지자 상쾌한 기운이 더해져

爲樂不知秋 위락부지추로다.　　　취한 즐거움에 가을인지도 모르겠네.

　이백이 54세(天寶 13年, 754) 가을에 선성宣城 일대를 유람할 때, 지금의 안휘성安徽省 경현涇縣에 있는 왕륜汪倫의 별장에 들려서 지은 2수로 된 연시 중 첫 번째 시다. 전문 12구의 5언 고시로, 내용 전개상 3단락으로 나뉜다.

　첫째 단락(1~4구)에서는 산천을 유람하는 이백의 발길이 깊고 높은 산길로 접어듦을 노래하면서, 속인들의 발길이 끊긴 별천지이므로 동행할 수 있는 것은 사람이 아닌 능양자명陵陽子明이나 부구공浮丘公 같은 신선들뿐일 것이라고 한다(1~2구). 하늘 높이 솟은 산마루와 연이은 봉우리들은 하늘의 은하수[河漢]도 두우성斗牛星도 가릴 지경이라고 한다. 우리나라 〈유산가遊山歌〉 중에 '죽장망혜단표자竹杖芒鞋簞瓢子(대나무 지팡이에 짚신 신고 표주박을 차고로 천리강산千里江山 들어간다.)'는 노래 구절을 연상케 한다.

　둘째 단락(5~9구)에서는, 신선들만이 살 수 있는 깊은 산속에 왕륜汪倫의 별업別業(別莊)이 있으니, 북쪽 언덕 밑에 있어 깊고 그윽하다고 왕륜 별장의 배경을 묘사한다. 직접적으로는 왕륜 별장의 지리적 배경을 말한 것이고, 간접적으로는 그런 곳에 사는 왕륜의 인품에 대해서 쓴 것이다. 사람 사는 곳을 보면 그 사람의 인성과 풍류에 대해서도 어느

　술집 주인의 성씨가 만씨萬氏이기 때문이지, 술집의 수가 만 개여서가 아니었다고 한다.

7) 意氣의기: 의지와 기개氣槪. 곧 무엇을 하고자 하는 적극적인 마음이나 기개.

8) 搥炮추포: 두드리고 볶음. 곧 음식을 만드는 것.

9) 歸月귀월: 지는 달. 기우는 달. 낙월落月.

정도 알 수 있다. 그리고 이미 몇 차례에 걸쳐 왕륜으로 부터 꼭 방문해달라는 간청도 있었던 터이다(5~6구). 도착해보니 이미 손님을 맞이할 온갖 준비가 갖추어져 있으니, 우선 반갑게 마중하는 왕륜의 모습이 그렇고[意氣], 진수성찬을 차린 주안상에는 온갖 별미별찬別味別饌 주안상이 이백을 기다리고 있다(8구).

셋째 단락(9~12구)에서는, 주안상이 차려진 곳은 어떤가. 떨어진 나뭇잎이 쌓인 바위를 쓸어냈는데, 조금 있으면 열아흐레 스무날쯤인가. 보름 지나 이지러진 달이 떠오르는 모습을 보기에 딱 좋은 곳이다. 바위 아래 개울에는 졸졸 흐르던 가느단 물길을 열어 놓아 물 흐르는 소리가 제법 크게 들린다. 동산에 떠오르는 달과 개울물 흐르는 소리가 술자리 분위기로는 더할 나위 없다. 조선의 명필 한석봉韓石峯(韓濩, 1543~1605)이 지은 시조로도 어울리는 분위기다.

짚방석 내지 마라 낙엽엔들 못 앉으랴.
솔불 켜지 마라 어제 진 달 돋아온다.
아희야, 박주산채일망정 없다 말고 내어라

이런 곳에 풍악이 무슨 소용 있으며 기녀들의 가무가 또한 필요할까. 담백하고 청아한 분위기가 가히 신선놀음하기에 그만이다. 주고받는 술잔과 조용히 나누는 담소 속에 많은 말이 필요 없었으리라. 이심전심으로 마음을 주고받으며 저간의 소식과 벗들의 안부쯤이야 물었겠지만. 가끔씩 호탕한 웃음소리가 산중의 정적을 흔들었을 테고.

저자거리나 주막에서 마신 술이라면 취기가 오르면 자칫 주사酒邪라도 나올 것이지만, 청아하고 삽상한 분위기에서 지란지교芝蘭之交와 나누는 술이다. 기분은 오히려 상쾌해지고, 술이 거나해질수록 정신은 오히려 또렷해지는데, 다만 가을인지 봄인지 망아忘我요 무아無我의 지경이란다.

〈其2〉

疇昔未識君 주석미식군일새   예전에 그대를 모르고 지냈을 때에도

知君好賢才 지군호현재니라.　　그대가 어진 사람을 좋아하는 줄은 알았는데,

隨山起館宇 수산기관우하고　　산세 따라 객사¹⁰⁾를 짓고

鑿石營池臺 착석영지대로다.　　바위를 뚫어서 연못과 누각을 세웠구려.

大火五月中 대화오월중에　　대화성¹¹⁾이 뜬 오월에

景風從南來 경풍종남래러니,　　온화한 바람¹²⁾이 남쪽에서 불어오고

數枝石榴發 수지석류발하고　　석류나무 몇 가지에 석류꽃이 피어나고

一丈荷花開 일장하화개로다.　　한 길이나 되는 연꽃이 피었을 것인데,

恨不當此時 한부당차시하여　　그런 시기에 맞추어 와서

相過醉金罍 상과취금뢰니라.　　금잔으로 취하지 못한 것이 한스럽네.

我行值木落 아행치목락일새　　내 올 때는 마침 나뭇잎 지는 가을인지라

月苦淸猿哀 월고청원애로다.　　달빛은 차갑고¹³⁾ 원숭이 울음소리 맑고 처량하네.

永夜達五更 영야달오경하여　　긴 밤 지새우며 새벽녘까지

吳歈送瓊杯 오유송경배인데,　　오 땅의 노래 부르며 옥잔으로 마시는데,

酒酣欲起舞 주감욕기무러니　　술이 거나해져 일어나 춤추려하니

四座歌相催 사좌가상최로다.　　사방에서 노래 부르라고 서로 재촉하네.

日出遠海明 일출원해명하여　　해가 떠서 먼 바다가 밝아오니

軒車且徘徊 헌거차배회러니,　　수레를 타고 잠시 배회하다가

更遊龍潭去 갱유용담거하여　　다시 용담¹⁴⁾으로 가서

---

10) 館宇관우 : 집. 또는 객사.

11) 大火대화 : 대화성大火星. 별자리 이름. 28수宿의 하나인 심수心宿, 곧 여름철 무더위를 말함.

12) 景風경풍 : 상서롭고 온화한 바람.

13) 月苦월고 : 고월苦月. 차가운 달빛. 싸늘한 달빛.

14) 龍潭용담 : 일반적 의미로 '용담'은 깊은 연못인데, 경현涇縣 지역을 연구하는 학자들은 왕륜汪倫의 별장 주변에 있는 이 연못의 위치에 대하여 다음 시 〈증왕륜贈汪倫〉에 나오는 도화담桃花潭 상류에 있는 나부담羅敷潭, 삽탄澁灘, 삼문육자탄三門六刺灘 등의 기이한 산수를 가리킨다고 추정하고 있다.

枕石拂莓苔 침석불매태로다.　　　푸른 이끼[15]를 털고 바위를 베개 삼아 눕네.

　　연시 2수 중 두 번째 시로, 전문 20구의 5언 고시이며 내용상 4단락으로 나뉜다. 첫째 단락(1~4구)에서는, 먼저 서두에 왕륜의 사람됨을 칭송한다. 속담에 '향 싼 종이에는 향내 나고, 생선 싼 종이에는 비린내 난다.'고 했듯이, 어진 사람을 좋아하는 왕륜도 틀림없이 어진 사람인 줄은 이미 알고 있었다고 한다(1~2구).

　　그리고 그러한 인품과 풍류에 걸 맞는 집과 누대를 지었으니, 이런 곳에서 수신과 수양 또한 게을리 하지 않았음을 전제로 한 표현이다. 이어 집의 외관에 대해 전경 묘사를 하는데, 산세를 따라[隨山] 별장을 짓고 바위를 뚫어 연못과 누각을 세웠다고 한다. 집의 크기와 모양을 자연에 어울리게 하여 부유함을 과시하려고 우람하게 짓거나 하여 어울리지 않은 모양은 아니라고 한다. 사색과 수양의 공간인 연못이나 누각도 자연과 가깝고 친근하게 지었다고 한다.

　　아마도 왕륜의 별장을 상상하기 어렵다면 우리나라에서 조선 초기에 양산보梁山甫(1503~1557)가 지은 전라남도 담양의 소쇄원瀟灑園을 가본다면 비슷하게나마 눈에 그려볼 수 있지 않을까. 자연인 듯 아닌 듯 조물주의 자연에 사람의 손길이 어떻게 닿아야 하는지 보여준다. 그러나 확실한 것은 파자破字(한자의 자획을 풀어 나누어 맞추는 놀이)로 말하자면, 옥屋(屋은 尸+至이니, 주검이 다다름, 큰 집은 흉조가 있음)이 아닌 사舍(舍는 人+吉이니, 사람에게 길한 집) 곧 정사精舍(정신을 수양하는 곳)임을 말한 것이다. 우리나라 조선 전기 면앙정 송순俛仰亭宋純(1493~1582)의 시조에,

> 십년을 경영經營하야 초려삼간草廬三間 지여내니,
> 나 한 간 달 한 간에 청풍淸風 한 간 맛져 두고
> 강산江山은 들일 데 업스니 둘러두고 보리라.

---

15) 莓苔매태 : 푸른 이끼.

자연 속에 자연과 함께 살아가며 물아일체 물심일여를 노래한 시 가운데 이보다 더한 시가 있을까?

둘째 단락(5~10구)에서는, 왕륜의 별장을 찾은 때가 가을임을 감안하여, 만약 '이곳을 여름에 왔다면 어땠을까?' 하는 가상의 상황을 그려본다. 여름 바람[景風] 속에 빨간 석류꽃이 필 것이고, 하얀 연꽃이 저 연못에 한 길 높이만치 피었을 것이라고 한다. 그리고 그 석류꽃 아래 연꽃 향기를 옷소매에 묻혀가며 술을 마시지 못한 것이 한스럽기까지 하다고 한다.

셋째 단락(11~16구)에서는, 다시 현재로 돌아와 구체적으로 왕륜의 별장에서 보낸 하룻밤 술 마신 이야기를 쓴다. 계절이 가을이라 밤이 되자 얼마큼 이지러진 달빛도 싸늘하다月苦. 멀리 숲속에서 원숭이 우는 소리가 처량하게 들리는데, 밤 깊어 새벽인 온 줄도 모르고 노래 부르며 옥잔에 술을 연신 비운다. 취흥이 오르자 고성방가도 서슴지 않는다. 그리고 이백에게도 한 곡 부르기를 청한다. 당대 유명세를 타고 있는 시인은 노래 부르는 솜씨는 어떠한지 궁금했을 것이다. 이러구러 밤을 새운 것이다.

넷째 단락(17~20구)에서는, 밤새 마시느라 날이 밝아온 줄도 몰랐는데, 주위가 훤하게 밝아오니 술자리를 털고 일어난다. 다시 수레를 타고 주위를 한 바퀴 둘러보기로 했다. 몸은 가누기 쉽지 않고 정신도 몽롱하다. 아마 모자도 비뚤게 썼을 것이고 옷고름이 풀어진 줄도 몰랐을 것이다. 금수강산이라도 혼몽하니, 이른 곳은 근방에서 풍경 좋기로 으뜸가는 용담龍潭이라 한들 눈에 들어올 리 만무하다. 대충 자리를 쓸고 누우니 그곳이 바로 취향醉鄕이다.

37. 추포의 청계[1)에서 눈 오는 밤에 술을 마시는데, 나그네 중 〈산자고〉 노래를 부르는 자가 있어 짓다 秋浦靑溪雪夜對酒, 客有唱鷓鴣者

披君貂襜褕 피군초첨유하고　　　그대가 준 담비가죽 저고리[2)를 걸치고

對君白玉壺 대군백옥호인데,　　　그대와 마주앉아 백옥 술병을 기울이는데,

雪花酒上滅 설화주상멸하니　　　눈꽃이 술잔에서 사라지니

頓覺夜寒無 돈각야한무라.　　　문득 차가운 밤기운이 없어진 듯하네.

客有桂陽至 객유계양지러니　　　계양[3)에서 온 나그네 있어

能吟山鷓鴣 능음산자고로다.　　　'산자고'[4) 노래를 잘 부르니,

淸風動窗竹 청풍동창죽인데　　　맑은 바람은 창가 대나무를 흔들고

越鳥起相呼 월조기상호니라.　　　월 지방 새[5)도 일어나 서로 지저귀네.

持此足爲樂 지차족위락하니　　　이런 것만으로도 무척 즐거우니

何煩笙與竽 하번생여우리오.　　　어찌 번거롭게 생황과 우竽[6)를 불겠는가?

이백이 54세(天寶 13年, 754) 되던 눈송이가 날리는 겨울밤에 벗과 함께 추포의 청계에 있는 주점에서 술을 마시면서 쓴 전문 10구의 5언 고시다. 전반부(1~4구)에서는, 겨울밤

---

1) 秋浦靑溪추포청계 : 추포秋浦의 청계靑溪. 안휘성安徽省 귀지현貴池縣 서쪽에 있으며, 청계靑溪는 일명 통제하通濟河라고도 부른다.

2) 貂襜초첨 : 담비의 모피로 만든 짧은 저고리.

3) 桂陽계양 : 지금의 호남성湖南省 침주시郴州市.

4) 山鷓鴣산자고 : 악부樂府의 우조곡羽調曲 이름. 자고鷓鴣는 꿩과에 달린 메추리 비슷한 새.

5) 越鳥월조 : 중국 남방에 사는 새를 이르는 말. 뒤에 고향이나 고국을 그리워하는 전고典故로 쓰임.

6) 笙與竽생여우 : 생황笙簧과 우竽. 생황은 아악雅樂에 쓰는 관악기. 우竽는 생황과 비슷한 관악기.

이라 싸늘하던 차에 친구가 담비가죽옷을 걸치라고 건네준다. 그리고 술을 마시는데 희끗희끗 날리던 눈발이 굵어지고 바람에 날리다가 연신 술잔 속에 떨어진다. 타관객지의 목로주점에서 술기운도 오르고 마침 벗도 있어 대작하니, 눈 내리는 밤 주막의 운치는 고즈넉하고 취기에 추위도 가신다.

후반부(5~10구)에서는, 고즈넉하던 주막의 정적을 흔들면서 같은 처지의 나그네로 보이는 사람이 일어나 고향을 그리는지 '산자고'노래를 흥얼거리는데 제법 잘 부르는 노래다. 애절하게 끊길 듯 이어지는 노래는 주막의 창가에 매달린 희미한 호롱불 그림자를 흔들고 창밖의 대나무를 흔든다. 처마 밑 둥지에 깃들었던 새[越鳥]들도 이따금씩 뒤척이는 소리를 낸다. 타향을 떠돌다가 번지 없는 주막에서 겪는 하룻밤의 낭만이 객수를 돋운다. 시끄러운 악대樂隊가 아니었으니 더욱 좋았으리라, 무명가수의 사연이 담긴 애절한 노랫가락이 객수를 달래는데 충분했다. 창밖에 겨울밤 눈은 소리 없이 내리고.

38. 호주사마 가섭[1]이 내가 누구냐고 묻기에 답하다 答湖州迦葉司馬問白是何人

青蓮居士謫仙人 청련거사적선인은	청련거사[2]는 하늘에서 귀양 온 신선[3]으로
酒肆藏名三十春 주사장명삼십춘이라.	술집에서 이름 숨긴지 3십년이나 되었네.
湖州司馬何須問 호주사마하수문고	호주사마[4]께서는 왜 자꾸만 묻는가요?
金粟如來是後身 금속여래시후신이라.	나는 바로 금속여래[5]의 후신이라오.

이백이 5십대 후반(56~57세)에 호주湖州 지방에서 사마司馬로 재직하는 가섭迦葉의 물음에 대하여 대답한 내용으로 골계滑稽의 뜻이 다분하다. 전문 7언 절구로 전개는 물음에 답하는 형식으로 구성되어 있다.

전반부인 기와 승(1~2구)에서는 이백 자신에 대해서 소개하는 내용이다. 먼저 자신의 별칭으로 자호自號는 청련거사靑蓮居士이고, 자신보다 먼저 궁궐에 들어와 40여년 연상이자 관직에 적극적으로 추천해 준 하지장賀知章(659~744년?)으로부터 받은 호는 적선謫

---

1) 迦葉가섭: 인명人名으로 구체적으로 누구인지는 밝혀지지 않았으나, 불교적 명칭으로 인해 천축天竺에서 귀화해 온 사람이라고 추측하기도 한다.

2) 靑蓮居士청련거사: 청련거사는 이백의 자호自號로, '거사居士'는 집에서 수도하는 불교도佛敎徒를 가리킨다.

3) 謫仙人적선인: 벌을 받아 인간 세계로 쫓겨 내려 온 신선. 재주와 학식이 뛰어난 사람을 이른다. 이백이 장안에 처음 들어가 하지장賀知章을 만났는데, 태자빈객이던 하지장이 이백에게 지어준 별호이다.

4) 湖州司馬호주사마: 호주湖州는 지금의 절강성浙江省 호주시湖州市이며, 사마司馬는 자사刺史(지방장관)를 보좌하는 5품상五品上 정도의 벼슬.

5) 金粟如來금속여래: 유마힐維摩詰의 전신前身. 유마維摩는 유마힐의 준말로 범어梵語 'Vimalakīrtti'의 음역. 의역意譯은 정명淨名·무구칭無垢稱으로 재가불자在家佛子의 대표적 인물.

仙이라고 한다. 그리고 술집[酒肆]에서 이름을 숨긴 지가 30여 년이나 된 사람이라고 한다.6)

후반부인 전과 결(3~4구)에서는 이렇게 자신을 소개한 이유는, 호주사마湖州司馬인 가섭迦葉이란 사람이 자꾸 묻기 때문이라고 한다. '가섭'이라는 이름을 쓴 것으로 보아 불교도인 것은 알겠고, 이백에 대해서도 문명文名이나 명성을 들어 알 것인데, 자꾸 묻는 이유는 '청련거사'라는 자호는 불교적이고, '적선'이라는 호에서는 도교적道敎的인 색채가 짙으니, 종교적 정체성正體性이 무엇인가에 대한 물음이었을 것이다. 이에 대해서 이백은 자신은 금속여래金粟如來 ➡ 유마거사維摩居士 ➡ 청련거사靑蓮居士(李白)로 이어지는 재가불자在家佛子라고 유머스레 답하는 내용이다.

---

6) 이 시구(승)에 의하여 근대 학자인 안기의 〈이백시문계년李白詩文繫年〉에 따르면 이백이 25세경에 출촉出蜀하여 양한襄漢지방을 유람하다 안륙에 머무른 시기부터 '술집에 몸을 감춘지 삼십 년이나 되었네' 라는 시구의 3십년을 계산하면 이백이 5십 6~7세로 지덕至德 원년(757) 좌우로서, 곧 이 해 봄 이백이 안사安史의 난으로 선성宣城으로부터 섬剡지방으로 피난할 때 호주를 지나면서 지은 시라고 하였는데, 타당한 견해이다.

39. 왕 한양현령[1] 관청에서 술에 취해 짓다 醉題王漢陽廳

我似鷓鴣鳥 아사자고조하여	나는 자고새[2]와 같아서
南遷懶北飛 남천라북비로다.	남으로 날고 북으로 날지는 않는다네.
時尋漢陽令 시심한양령하고	마침 한양 현령을 찾아갔다가
取醉月中歸 취취월중귀로다.	달밤에 술에 취해 돌아가네.

이백이 58세(乾元 1年, 758)에 야랑夜郞으로 유배 가는 길에 한양漢陽을 지나면서 왕공이 현령으로 있는 한양현漢陽縣 관청을 방문하여 함께 술을 마시면서 지은 4구의 5언절구이다.

전반부(1~2구)에서는 자고새의 생태를 중심으로 쓰고 있는데, 남쪽으로 유배를 가야하는 자신의 모습을 남반부에 살고 있는 자고새에 의탁한 시적등가물詩的等價物이다. 기(1구)에서는 이백 자신이 자고새와 '닮았다[似]'고 하고, 자고새의 생태 곧 남쪽으로 날아가고 북쪽으로는 날아가지 않는 것은 유배 길의 자신과 닮았다고 한다(2구).

이어 후반부(3~4구)에서는, 유배 도중 왕공王公이 현령으로 있는 한양현 관청에 찾아갔는데, 뜻밖에 왕공이 유배 길의 죄인 이백을 환대하여 주고, 술을 대접 받은 것을 쓰고

---

1) 王漢陽왕 한양 : 한양漢陽 현령縣令으로 있는 왕공王公. 한양漢陽은 당대唐代에 강남도江南道 면주沔州에 있는 한양현漢陽縣으로, 현재 호북성湖北省 무한시武漢市이고, 왕공王公에 대해서는 알려진 바가 없다. 그러나 왕한양王漢陽을 제명이나 시구에 언급하고 있는 이백의 시에는 이 시 외에도 6수가 있는데, 〈증왕한양贈王漢陽〉, 〈기왕한양寄王漢陽〉, 〈자한양병주귀기왕명부自漢陽病酒歸寄王明府〉, 〈망한양류색기왕재望漢陽柳色寄王宰〉, 〈조춘기왕한양早春寄王漢陽〉, 〈범면주성남낭관호泛沔州城南郞官湖〉 등이 있다.

2) 鷓鴣鳥자고조 : 자고새. 또는 그 울음소리. 《광지廣志》에 따르면 「자고새는 암꿩과 비슷하며, 날아서 남쪽을 향하지 북쪽으로 가지 않는다.」고 한다.

있다. 조선이나 중국이나 유배 길의 죄인은 지나는 곳마다 관할 관청의 관장官長에게 행차를 보고하고, 관장은 유배객들에게 숙식의 편의를 봐주는 것이 관례였을 것이다. 따라서 58세 노구로 쇠락한 신세의 이백이지만 시선詩仙·주선酒仙·적선謫仙으로 명성이 높은 이백을 홀대하지는 않았을 것이고, 특히 좋아한다는 술을 양껏 마시도록 내주었을 것이다.

술에 취해 유배 길인지 유람 길인지 분간할 수도 없는 가운데 달빛 아래로 그림자를 이끌고 휘적휘적 걸어 숙소로 찾아가는 이백의 모습이 선명하게 그려진다. 다만 자신을 환대해 준 왕공에 대한 감사의 마음이 은연중 깔려 있다고 하겠다. 있는 사실대로 그려 낸 담백한 시어와 시구들이 현란한 수사修辭에 의한 칭송보다도 독자들에게 주는 잔잔한 감동이 돋보인다.

40. 밤에 동정호에 배를 띄워 배 시어를 찾아가 술을 마시다 夜泛洞庭 尋裴侍御淸酌

日晚湘水綠 일만상수록이오　　날 저문 상수의 푸른 물결로

孤舟無端倪 고주무단예인데,　　외로운 배는 끝¹⁾없이 흘러가는데,

明湖漲秋月 명호창추월하여　　맑은 호수에 가을 달빛은 넘실거리니

獨泛巴陵西 독범파릉서니라.　　홀로 파릉²⁾ 서쪽으로 배를 띄웠네.

遇憩裴逸人 우게배일인하여　　세상을 등진 배씨³⁾를 만나 쉬려고

巖居陵丹梯 암거능단제러니,　　암혈에 은거하는⁴⁾ 산속 선경⁵⁾을 찾아가니,

抱琴出深竹 포금출심죽하고　　거문고 안고 깊은 죽림에서 나와

爲我彈鵾雞 위아탄곤계니라.　　나를 위해 〈곤계곡〉⁶⁾을 연주하네.

曲盡酒亦傾 곡진주역경하고　　곡이 끝나자 술잔을 기울이며

北窓醉如泥 북창취여니로다.　　북창에서 곤죽같이 취했네.

人生且行樂 인생차행락이니　　살아있는 동안 즐거움을 누려야 하니

---

1) 端倪단예 : 끝. 가.

2) 巴陵파릉 : 호남성湖南省 악양현岳陽縣 소재지의 남서쪽, 동정호 가에 있는 산.

3) 裴逸人배일인 : 배씨裴氏 성姓을 가진 세상을 등지고 은거하는 사람. 제목에 벼슬이 '시어侍御'를 지냈으므로 '배시어裴侍御'로 되어 있다. 배 시어에 대해서는 구체적으로 밝혀진 바가 없고, 시어는 당唐나라 때 전중 시어사殿中侍御史·감찰어사監察御使를 이르는 말.

4) 巖居암거 : 암거혈처巖居穴處. 암혈巖穴에 은거함.

5) 丹梯단제 : 붉은 사다리. 선경仙境을 찾아 들어가는 길.

6) 鵾雞곤계 : 곤계곡鵾雞曲의 약칭으로 악곡 이름. 죽림칠현의 한 사람인 혜강嵇康이 《금부琴賦》에서 「곤계곡을 연주했다鵾雞遊弦」라고 하고, 《문선文選》에 「과부가 구슬프게 읊조리니, 곤계가 슬프게 울었다.」라는 기록이 있다. 鵾鷄은 학과 비슷한 새의 일종.

何必組與珪 하필조여규리오.　　어찌 꼭 벼슬[7]만 구하겠는가?

이백이 59세(乾元 2年, 759)에 가을밤 동정호에 배를 띄워 배 시어裴侍御를 찾아가서 술 마시는 정경을 읊은 시로, 전문 12구의 5언 고시이다. 내용상 3단락으로 나뉘는데, 첫째 단락(1~4구)에서는, 노을과 함께 붉은 해가 지고 밤이 되자 달빛이 동정호에 넘실거리는데, 찾아오는 사람은 없고 어둠처럼 외로움이 엄습한다. 마치 고려 가요 〈청산별곡靑山別曲〉 4연에서,

　　　이링공 뎌링공 ᄒᆞ야 (이럭저럭하며)
　　　나즈란 디내와손뎌 (낮에는 지냈습니다마는)
　　　오리도 가리도 업슨 (올 사람도 갈 사람도 없는)
　　　바므란 또 엇디호리라. (밤에는 또 어찌하리까?)

배경 제시에 의한 분위기를 암시하는 감성어는 '외로움[孤](2구)'과 '홀로[獨](4구)'이다.

둘째 단락(5~8구)에서는, 외로움도 달랠 겸 동정호 건너편 상수湘水가 흐르는 골짜기에 은거하는, 예전에 전중 시어사殿中侍御史를 지낸 배씨裴氏를 찾아간다. 배시어가 은거하는 곳은 선경仙境을 찾아가는 길[丹梯]처럼 계곡 암벽 위 높다란 대숲에 자리하고 있다. 배를 나루터에 대고 대숲을 헤치고 산길을 오르노라니 물길을 비춰주던 달빛이 산길까지 따라와 비춰준다(5~6구). 이심전심으로 이백이 찾아올 줄을 미리 알았던가.

대숲에서 불쑥 배 시어가 거문고를 안고 모습을 드러낸다. 배 시어는 이백에게 오르막을 올라오느라 숨이 찰 터이니, 잠시 숨을 돌리라고 하면서 〈곤계곡鵾雞曲〉을 연주해준다. 둥기둥 우는 거문고 가락이 대숲을 흔들고 댓잎에 내려앉은 달빛에 살랑거린다. 〈곤계곡〉 선율이 어떠한지는 알 수 없으나 기록에 의하면 '과부가 구슬프게 읊조리니

7) 組與珪조여규 : 끈과 옥으로 만든 부신符信. 고관高官의 옷에 다는 장식품. 조組는 도장이나 패옥을 차는 끈, 규珪는 제사祭祀나 조빙朝聘 때 손에 쥐는 홀. 곧 벼슬의 뜻.

곤계가 슬프게 울었다寡婦悲吟, 鷗雞哀鳴'라고 하는 것으로 보아, 노년의 방랑자 이백과 은둔지사 배 시어의 심중을 함께 아우르는 차분하고도 은은한, 그러나 고독과 비애를 억눌러 울음을 참아내는 한恨이 묻어나는 가락이었을 것이다.

마지막 셋째 단락(9~12구)에서는, 거문고 연주가 끝내고, 배 시어는 이백이 지금 간절하게 기다리는 것이 무엇인 줄을 알고 있으므로, 박주산채薄酒山菜일망정 동이 채 술을 내놓는다(9구). 장소는 북창北窓이다. 예로부터 북창삼우北窓三友8)라 했으니, 배 시어는 거문고[琴]를 타면서, 이백은 시詩를 읊조리면서 술[酒]을 마시니, 셋이 모여 완전체를 이룬 셈이어서, 고주망태[酒如泥=泥醉]가 될 때까지 마신 것이다(10구). 마시는 술잔의 수는 달빛에 어른거리는 댓잎 그림자로 세었을 것이고 이런 경지境地, 아니 지경地境을 300여 년 전에 진晉의 죽림칠현 중 한 사람인 유령劉伶(?~300?)은 그의 〈주덕송酒德頌〉에서 미리 이르기를,

　　… 선생은 이때 막 술단지를 받들고 술통을 잡고서 술을 마셔 술로 탕구질을
　　하며 수염을 쓰다듬고 두 다리를 뻗고 걸터앉아 누룩을 베고 술지게미를 깔고 앉
　　으니, 아무런 사려思慮도 없어 그 즐거움이 도도하였다.···

인생만사 즐거움을 누리면 되는 것이니, 무아無我의 경지가 별 것이고, 망아忘我의 지경이 별 거드냐. 항차에 고관대작을 부러워할 것이 뭐란 말인가(11~12구). 이렇게 밤을 새워 술을 마신 후의 술자리의 모습을 300여 년 후의 소동파蘇東坡(1036~1101)는 〈전적벽부前赤壁賦〉에서 묘사하였다.

　　… 안주와 과일이 이미 다하고 술잔과 소반이 낭자하였다. 서로 배 가운데 베고
　　깔고 누워서 동방이 이미 훤하게 밝음을 알지 못하였다.

---

8) 北窓三友북창삼우: 북창北窓은 선비가 기거하는 방이고, 삼우三友는 거문고[琴]·시詩·술[酒]을 이른다.

164

41. 우스워서 부르는 노래 笑歌行

笑矣乎소의호요	우습고도
笑矣乎소의호라.	우습구나.
君不見曲如鉤군불견곡여구를	그대는 보지 못하였나, 갈고리처럼 굽어도
古人知爾封公侯고인지이봉공후라.	옛 사람들은 공후에 봉해질 줄 알았으며,
君不見直如絃군불견직여현을	그대는 보지 못하였나, 악기 줄처럼 곧아도
古人知爾死道邊고인지이사도변이라.	옛 사람들은 길가에서 죽을 줄 알았다네.[1]
張儀所以只掉三寸舌장의소이지도삼촌설이오	
	그래서 장의[2]는 세 치 혀를 놀렸고
蘇秦所以不墾二頃田소진소이불간이경전이라.	
	소진[3]은 두 이랑 밭을 갈지 않았네.
笑矣乎소의호요	우습고도
笑矣乎소의호라.	우습구나.
君不見군불견가,	그대는 보지 못하였나,

---

1) 3구(君不見⋯)~6구(⋯死道邊): 《후한서後漢書 · 오행지五行志》에 실려 있는 경도 동요京都童謠의 내용으로 「악기 줄처럼 곧아도 길가에서 죽고, 갈고리처럼 굽어도 공후에 봉해진다.」는 노래를 인용하여 세간의 곡직曲直, 곧 옳음과 그름이 전도된 사회현실을 풍자하고 있다.

2) 張儀장의: 전국시대 위魏나라 사람으로, 귀곡자鬼谷子의 제자로 소진蘇秦과 동문수학. 진 혜왕秦惠王을 위해 소진의 합종설合從說에 반대하여 열국列國이 진秦나라를 섬겨야 한다는 연횡설連衡說을 주장.

3) 蘇秦소진: 전국시대 동주東周 사람. 귀곡자鬼谷子에게 종횡술縱橫術을 익혀 연燕 · 제齊 · 한韓 · 월越 · 위魏 · 초楚의 합종合從을 성공하여 진秦에 맞서게 하였다.

滄浪老人歌一曲창랑노인가일곡하고	창랑의 노인은 노래 한 자락 부르면서
還道滄浪濯吾足환도창랑탁오족을	'창랑 물에 내 발을 씻는다.'고 하였으며,[4]
平生不解謀此身평생불해모차신하고,	굴원은 평생토록 제 몸 보살필 줄 모르고,
虛作離騷遣人讀허작이소견인독이라	부질없이 〈이소〉[5] 지어 남이 읽게 하였네.
笑矣乎소의호요	우습고도
笑矣乎소의호라	우습구나.
趙有豫讓楚屈平조유예양초굴평은	조나라 예양[6]과 초나라 굴원은
賣身買得千年名매신매득천년명이라.	몸을 팔아 천년의 명성을 샀을 뿐이고,
巢由洗耳有何益소유세이유하익이며	소보·허유[7]는 귀를 씻어 무슨 이익 얻으며
夷齊餓死終無成이제아사종무성이로다.	백이·숙제[8]는 굶어죽어 끝내 이룬 것 없네.
君愛身後名군애신후명인가	그대는 죽은 후의 명성을 사랑하지만

---

4) 12,13구의 내용 : 굴원屈原의 〈어부사漁父辭〉 끝부분에서 어부가 고지식하게 정도를 지키는 굴원에게 여세추이與世推移와 화광동진和光同塵할 것을 권유하는 내용으로, 「창랑의 물이 맑으면 내 갓끈을 씻고, 창랑의 물 흐리면 내 발을 씻으리라」라고 노래를 부르며 충고한 것을 현명한 처사라고 인정하고 있다.

5) 離騷이소 : 굴원屈原이 지은 것으로 〈이소경離騷經〉이라고도 부른다. 굴원은 회왕懷王에게 벼슬하여 삼려대부三閭大夫가 되었으나, 상관대부上官大夫들이 질투하여 훼방하자 회왕이 굴원을 소원히 하였다. 굴원은 참소를 받고는 근심하고 번민하여 마침내 〈이소離騷〉를 지었는데, 내용은 임금의 훌륭한 제도와 실패한 사실을 서술하여, 군주가 깨달아 정도正道로 돌아와 자신을 다시 써주기를 기대한 내용이다.

6) 豫讓예양 : 춘추전국시대 진晉나라 사람. 지백智伯의 가신家臣으로, 몸에 옻칠하여 나병환자로 꾸미고 숯을 먹어 벙어리가 되면서 까지 지백을 해친 조양자趙襄子의 암살을 기도하였으나 뜻을 이루지 못한 채 분교汾橋에서 조양자에게 잡히자, 조양자의 양해하에 그의 의복을 벤 뒤 자결하였다.

7) 巢由소유 : 소보巢父와 허유許由. 소보巢父('소부'로도 독음)와 허유許由. 두 사람 모두 요堯임금 때 전설상의 은사隱士.

8) 夷齊이제 : 백이伯夷와 숙제叔齊. 상商나라 말기의 고죽군孤竹君의 두 아들. 주周 무왕武王이 상商나라를 치려하자, 신하된 도리가 아님을 주장하고 말머리를 두드리며 간諫하였으나, 받아드려지지 않자 상나라가 망한 뒤 수양산首陽山에 들어가 고사리만 먹다가 죽었다. 〈채미가采薇歌〉를 지었다 한다.

我愛眼前酒아애안전주하여 나는 눈앞의 한 잔 술을 더 좋아하니,

飮酒眼前樂음주안전락이나 술을 마시는 것은 눈앞의 즐거움이지만

虛名何處有허명하처유리오. 헛된 명성은 어디에 있단 말인가?

男兒窮通當有時남아궁통당유시하니 남아는 응당 곤궁과 현달에 때가 있으니

曲腰向君君不知곡요향군군부지로다. 군왕에게 허리 굽혀도 군왕은 알지 않네.

猛虎不看机上肉맹호불간궤상육이오 맹호는 도마 위 고기9)는 쳐다보지 않으며

洪爐不鑄囊中錐홍로부주낭중추로다. 홍로10)로 주머니 송곳11)은 만들지 않네.

笑矣乎소의호요 우습고도

笑矣乎소의호라. 우습구나.

寧武子, 朱買臣영무자 주매신은 영무자12)와 주매신13)은

叩角行歌背負薪고각행가배부신이나, 소뿔 두드리며 노래하고 땔나무 등에 졌고,

今日逢君君不識금일봉군군불식하면 오늘 군왕을 만나도 군왕이 알지 못하면

豈得不如佯狂人기득불여양광인이라. 어찌 미친 척하는 사람14)과 같지 않겠는가.

---

9) 机上肉궤상육 : 도마 위의 고기. 생사나 운명이 남의 손에 달렸거나 그러한 처지에 놓인 사람을 비유. 본문에서는 '죽은 고기'의 뜻.

10) 洪爐홍로 : 큰 화로.

11) 囊中錐낭중추 : 낭중지추囊中之錐. 주머니 속의 송곳. 송곳은 뾰족하여 주머니 속에 넣어도 곧 밖으로 나오듯이, 유능한 사람은 숨어 있어도 자연히 그 재능이 드러남을 비유. 본문에서는 '하찮은 물건'의 뜻.

12) 寧武子영무자 : 춘추시대 위衛나라 대부大夫 영척寧戚. 제齊나라에 가서 성문城門 밖에서 유숙하면서, 제 환공齊桓公이 밤에 성문 밖에 나오자 쇠뿔을 두드리며 노래하여 등용되어 대부가 되었다.

13) 朱買臣주매신 : 한漢나라 때 회계會稽사람. 집이 가난하여 땔나무를 베어다가 팔면서도 책 읽기를 좋아하여 땔나무를 등에 지고 다니면서도 책을 읽어 엄조嚴助의 추천으로 회계태수를 지냈다.

14) 佯狂人양광인 : 미친 척 하다. 기자箕子 고사. 기자는 은殷 왕족으로 주紂가 포악함에 이를 간諫해도 듣지 않자 도망하여 노예가 되었다. 은이 망하자 주 무왕周武王에게 《서경書經》의 홍범洪範을 전해 주었다.

이백이 57세(至德 2年, 757)에 영왕永王의 동순東巡에 가담했다가 영왕의 군대가 패하자 심양옥에 갇혔다가 강남선위사 최환崔渙과 어사중승 송약사宋若思의 도움으로 풀려났다. 그러나 정치적으로 출로가 없고 일상생활에서도 곤란을 당하고 있을 때 대취大醉한 상태에서 이 시를 지었다고 알려졌다. 대취한 상태에서 지어서인지, 두보杜甫도 〈불견不見〉이란 시에서 이 시에 대해서 '미친 척하는 행동이 정말 안타깝구나.[佯狂眞可哀]'라고 하였고, 송宋나라 소식蘇軾도 이 작품 〈소가행笑歌行〉과 〈비가행悲歌行〉에 대해서 '격조가 떨어진다.'고 하면서 이백의 작품이 아닐 것이라고 까지 주장하였다.

이러한 혹평의 배경에는 본문의 내용에서 오랜 기간 동안 중국에서 역사적· 정신사적으로 절대 가치관으로 여겨져 온 군자, 대인, 현철로 평가받아온 인물들의 행적에 대해서 '눈앞의 한 잔 술만 못하다.[我愛眼前酒](23구)'고 하면서 일소一笑에 부치고 폄훼貶毁하거나 부정하고 있기 때문으로 여겨진다. 전문은《악부시집樂府詩集· 신악부사新樂府辭》에 전하며, 35구 악부체이며, 내용 중 '우습고도 우습구나笑矣乎, 笑矣乎'를 중심으로 4단락으로 나뉜다.

첫째 단락(1~8구)에서는, 먼저 '어떻게 살 것인가?'에 대한 두 가지 명제命題, 곧 곡曲과 직直으로 대별되는 그름과 옳음의 시비是非가 전도된 사회현실에 대해 예전부터 구비전승 되어 오는 동요童謠(3~6구) 가사를 들고 있다. 곧 굽은[曲] 사람은 공후公侯에 봉해지고, 곧은[直] 사람은 오히려 길가에서 죽음을 당한다고 한다.

그 구체적 예로 전국시대 칠웅七雄이 각축을 벌일 때, 열국列國이 세력이 커진 진秦나라를 섬겨야 한다고 연횡설連衡說을 비굴하게 주장한 장의張儀는 세 치 혓바닥[三寸舌](7구)을 잘 놀려 후에 위魏의 재상이 되었고, 육국六國 연燕· 제齊· 한韓· 월越· 위魏· 초楚의 합종合從을 성공하여 진秦에게 당당하게 맞서자고 하면서 사사로운 이익을 구하지 않았던[不營二頃田](8구) 소진蘇秦은 오히려 반간의 혐의를 받고 거열형車裂刑을 당해 죽었다는 것이다. 곧 어차피 역사적으로 보더라도 정의가 제대로 구현된 적이 얼마나 있었냐는 것이다.

둘째 단락(9~15구)에서는, 초楚나라 삼려대부三閭大夫 굴원屈原의 〈어부사漁父辭〉 내용과 〈이소離騷〉를 중심으로 전개하고 있다. 나라와 임금 회왕懷王을 지키기 위해 충성을 다 했던 굴원은 간신들의 참소를 받아 창랑滄浪의 물가를 배회하다가 어부漁父(滄浪老人)의 충고를 듣지 않고 소위 '절개'라는 것을 지키다가 자기 몸도 지키지 못했다는 것이다[不解謀此身](14구). 그리고 이해하기 힘든 〈이소〉를 '부질없이 지었다[虛作](15구)'고 폄하하면서, 이 또한 우습고도 우스운 일이라고 한다.

우리나라의 가까운 근대사에서도 '나라를 지키기 위해 독립운동가가 나오면 3대가 고생한다.'는 말을 생각하면 낯설지 않다. 독립운동가 가족들이 고초를 겪는 것을 보고 '수신제가修身齊家도 못하고 가족 건사도 못하는 주제가 무슨 나라 걱정이냐?'고 폄하하면서, 오히려 친일파親日派들이 아직까지도 득세得勢하고 알게 모르게 역사를 변조變造 왜곡歪曲 날조捏造하려는 모습을 보면 결코 먼 남의 나라 중국의 과거의 일이 아님을 뼈저리게 느끼겠다.

셋째 단락(16~29구)에서는, 군자·대인·현철들에 대한 폄훼가 자못 신랄하기까지 하다. 예양·굴원·소보·허유·백이·숙제 등 6명의 행적들도 따지고 보면 개인적인 명성과 명예를 위한 것이라고 하면서, 심지어 이들의 행적을 '몸을 팔아 명성을 샀다[賣身買名](19구)'고 한다. 그리고 그들의 행적에서 '이로운 것이 없으며何有益', '끝내 이룬 것도 없으며終無成'. '헛된 명성虛名'일 뿐이라고 한다. 곧 공인公人의 공적公的 행위를 개인의 사적私的 행위로 축소시켜 가치를 폄하하는 전형적인 인식태도를 보이고 있다. 그리고 이백 자신은 '눈앞의 술眼前酒과 눈앞의 즐거움眼前樂'이 최고라고 한다. 술에 대한 예찬론과 급시행락의 가치관 때문이라고 보기에는 도가 지나친 것이라는 혹평을 자초한 것이리라.

이어 이백 자신을 남아대장부라고 한다. 무릇 남아대장부에게는 매사에 때[時]가 있는 법인데, 자신은 때를 잘못 만난 것이고, 허리를 굽혀도 자신의 재능을 군왕이 알아주지 않았다고 회재불우를 한탄한다. '하늘의 때는 땅의 이로움만 못하고, 땅의 이로움은 사람 사이의 화합만 못하다[天時不如地利, 地利不如人和]'(《孟子 - 公孫丑章句下》)라 했는데, 오늘날도 실패한 사람들의 대부분이 '시절[天時] 탓'만하고 최선을 다해 인화人和를 도모했는지에 대해서는 눈을 돌리고 있음을 본다면, '오래된 미래'를 1.300여 년 전 이백의 이 시에서 보고 있는 것이 아닌가?

그리고 자신을 '사나운 호랑이[猛虎]'와 '커다란 화로[洪爐]'에 비유하면서, '상 위의 (죽은)고기'를 탐하거나 '주머니 속에 들어갈 만한 (작고 하찮은)송곳'이 아닌 커다란 야망을 품은 사람이라고 한다. 그가 품었던 야망과 대망은 무엇이었을까? 에 대해서 궁금해진다.

넷째 단락(30~35구)에서는, 다시 영무자寧武子(衛戚)와 주매신朱買臣, 기자箕子 3인의 고사를 차용하고 있다. 그러나 세 사람의 행적은 사뭇 다르다. 영무자는 군왕君王(齊桓公)을 알현하려고 짐짓 성문 밖에서 소뿔을 두드리면서 '반우가飯牛歌(일명 白石爛)을 불러 군왕에게 쓰임을 이룬 사람이다. 그리고 주매신 또한 가난 속에서 땔나무를 등에 지고 팔고 다니면서도 책읽기를 계속하여 군왕君王(漢武帝)에게 쓰여 회계 태수會稽太守까지 오른 사람이다. 기자는 패덕悖德 군왕 주紂에게 간언諫言을 계속하다가 목숨에 위협을 느껴 거짓 미친 척하며 노예가 된 사람이다. 곧 영무자와 주매신은 영명한 군왕을 만나 발탁되어 뜻을 이룬 사람이고, 기자는 포악한 군왕을 떠난 사람이다. 그리고 앞 두 사람(영무자와 주매신)을 기자와 비교하는데, 영명한 군왕을 만난 사람들이므로 포악한 군왕을 만난 기자보다 낫다고 한다(35구).

전문에 걸쳐 11명의 고사가 쓰여 '집고시集故詩(전례 고사를 의미가 통하도록 엮은 시)'라 할 만큼 전례 고사의 사용이 현란하다. 그리고 단락별로 이백이 '일소一笑'에 부친 중국 역사에서 저명한 인물들의 행적상의 특징 또한 다양하다. 첫째 단락에서는 장의와 소진 고사를 통해 곡직曲直이 전도된 사회, 둘째 단락에서는 굴원 고사를 통해 절개와 지조의 무용론無用論(?), 셋째 단락에서는 명성과 명예를 좇아 산 사람의 명성의 헛됨, 넷째 단락에서는 어떠한 군왕을 만나느냐의 중요성 등을 중심으로 선인들의 고사를 엮었다.

57세 말년의 이백이 유배에서 해배되어 풀려나와 세상을 한탄하고 불우한 노년을 스스로 안타까워하면서 강조하고 싶었던 것은 무엇일까? 눈에 뜨이는 구절은 '군왕을 향해 허리를 굽혀도 군왕이 알아주지 않는구나!(27구)'와 '오늘날 군왕을 만났을 때 군왕이 알아주지 않는다.(34구)'가 2번이나 쓰고 있다는 점이다. 이 점은 자신이 영왕永王(玄宗의 16째 아들)의 군軍에 가담한 것은 전적으로 본의가 아니고 영왕이 천자의 아들이고 종실宗室이었기 때문에 어쩔 수 없었다는 것을 몰라주는 현실을 거듭 드러내고 싶었기 때문이었으리라고 여겨진다. 분명한 것은 이백 자신이 천자(군왕)를 잘 만난 것은 아니라고 인식하고 있다는 점일 것이다

　'우습고도 우습구나.[笑矣乎, 笑矣乎]'의 웃음은 어떤 웃음일까? 웃음에는 목적과 종류가 있다고 한다. 전문 연구자나 심리학자들에 의하면 웃음의 종류에는 최소 40가지 이상의 웃음이 있다고 한다. 물론 여기의 웃음이 포복절도하는 박장대소는 아닐 것이고, 알 듯 모를 듯 깊은 내면을 드러내는 염화시중의 미소는 물론 아닐 것이다. 역사 전고를 다용한 것으로 보아 역사속의 인물들에게 비추어보는 자신의 삶에 대한 회한悔恨의 태도가 있는 것은 분명하다. 그렇다고 드러내놓고 신세타령은 할 수 없으니 쌩이질이라도 해보려는 심사일까? 해설자의 안목으로는 자신의 삶에 대한 시니컬한 쓴웃음[苦笑]이거나 냉소冷笑처럼 느껴진다. 나머지는 독자들의 몫이리라.

42. 하씨 열두째¹⁾와 함께 악양루에 오르다 與夏十二登岳陽樓

樓觀岳陽盡루관악양진이오	누각에 올라보니 악양²⁾ 땅이 다 보이고
川逈洞庭開천형동정개로다.	강물은 멀리 흐르고 동정호³⁾는 탁 트였네.
雁引愁心去안인수심거하고	기러기는 시름에 겨운 마음을 이끌어 떠나가고
山銜好月來산함호월래로다.	산은 좋은 달⁴⁾을 머금고 다가오네.
雲間連下榻운간연하탑하여	구름 사이에 걸상을 펴놓고⁵⁾ 나란히 앉아서
天上接行杯천상접행배니라.	하늘 위에서 술잔을 주고받네.⁶⁾
醉後凉風起취후량풍기하여	취한 뒤에는 서늘한 바람이 불어와
吹人舞袖迴취인무수회로다.	춤추는 사람의 옷소매를 휘감아 도네.

이백이 60세(建元 3年, 760)에 악양岳陽 등지를 유람하면서 동정호 가의 악양루에 올라 지은 5언 율시다. 동정호洞庭湖와 악양루岳陽樓는 중국의 수많은 시인과 묵객墨客의 소재로 등장한다. 이백은 이보다 3년 전 58세 가을에 영왕군永王軍에 가담해 야랑夜郎으로 유배형을 받았다가 사면을 받고 강릉江陵으로 간다.

---

1) 夏十二하십이 : 하씨夏氏 형제의 열두째. 하씨에 대해서는 알려진 것이 없음.
2) 岳陽악양 : 지금의 호북성 악양시岳陽市.
3) 洞庭동정 : 동정호洞庭湖. 호남성湖南省 북동쪽에 있는 호수. 본명은 팔백리동정八百里洞庭. 호숫가에는 악양루岳陽樓 등 명승지가 있다.
4) 好月호월 : 좋은 달. 달빛이 아름다움.
5) 下榻하탑 : 높이 매달았던 걸상을 내린다는 뜻으로, 손님에 대한 예우를 비유함. 후한後漢 때의 진번陳蕃이 고사高士인 주구周璆와 서치徐穉를 위하여 특별히 한 개의 의자를 준비하여 두었던 고사에서 유래.
6) 行杯행배 : 잔을 돌려가며 술을 마심.

전문은 율시의 구성에 따라 전개되는데, 수련(1~2구)에서는 악양루에 오른 다음 시야에 전개된 정경묘사로 악양의 넓은 땅과 탁 트인 동정호가 막힌 가슴을 시원하게 열어준다고 한다. 이어 함련(3~4구)에서는 악양루에서 바라보이는 경물에서 '시름은 가고愁心去'와 '좋은 달이 떠오른다好月來'를 통해 정서가 간접적으로 제시된다. 마음의 거울에 비치는 사물의 모습은 곧 마음의 상태와 조응되고 있어 지난 몇 년 간의 여의치 않았던 일들이 해소되었음을 암시한다. 묘사는 원경에서 근경으로, 상하로 이동하면서 풍경과 경물 묘사가 체계적으로 이루어진다.

후반부 경련(5~6구)과 미련(7~8구)에서는 악양루에서 음주 장면을 제시하는데, 후련한 마음에 술마저 마치 하늘에 떠서 마시는 것 같다고 한다. 마음이 편안하니 보이는 경물과 스치는 바람마저 등을 떠밀어 춤이라도 추고 싶은 마음을 표현한 것이다. 세상만사 마음먹기에 다르다고 하지만, 일신이 편해야 마시는 한 잔의 술도 보약이 될 수 있고, 마음과 일신이 편치 않으면 독약이 될 수도 있으리니. 유배에서 풀려나온 편안한 심경이 동정호의 물결과 함께 일렁이고 있다.

43. 굴돌[1] 현령의 관청에서 술을 마시고 취해서 짓다 對酒醉題屈突明府廳

陶令八十日도령팔십일에   도연명[2]은 현령된 지 80일 만에
長歌歸去來장가귀거래러니,   〈귀거래사〉[3]를 길게 읊조리며 돌아갔는데,[4]
故人建昌宰고인건창재여   오랜 친구 건창 현령[5]께서는
借問幾時回차문기시회오.   '언제 돌아가려하오?' 하며 물어보네.
風落吳江雪풍락오강설이   바람 불어 오강[6]에 날리는 눈송이가
紛紛入酒杯분분입주배라.   어지러이 술잔 속으로 떨어지는데,
山翁今已醉산옹금이취하니   산골 늙은이[7]가 지금 이미 취해
舞袖爲君開무수위군개로다.   그대 위해 소매 펼쳐 춤을 추리라.

---

1) 屈突明府굴돌명부: 굴돌屈突은 복성複姓, 명부明府는 현령縣令을 달리 이르는 말. 또는 지방 수령守
令을 두루 이르기도 함. 본문에서는 3구에 의해 건창 현령建昌縣令을 지칭하며, 굴돌에 대해서는
미상.

2) 陶令도령: 진晉의 도잠陶潛(365~427)을 이르는 말. 팽택령彭澤令을 지낸 데에서 붙여진 별칭.

3) 歸去來귀거래: 〈귀거래사歸去來辭〉. 진晉의 도잠陶潛이 지은 사부辭賦의 편명篇名. 벼슬을 버리고
고향에 돌아갈 때 지었다. 부귀의 욕망을 버리고 전원으로 돌아가 유유자적하며 천명天命을 즐긴다
는 내용으로, 벼슬에서 물러나 귀향함을 이르는 전고典故로 쓰인다.

4) 도연명이 벼슬을 그만두고 고향으로 돌아간 고사에 대해서 〈구일 중양절 날 산에 오르다 / 九日登山〉
의 해설에서 언급한 바 있다.

5) 建昌宰건창재: 건창建昌의 현령縣令. 건창현建昌縣은 당대唐代에 홍주 예장군豫章郡에 속하며, 옛
터는 지금의 강서성 영수현永水縣 부근에 있다.

6) 吳江오강: 오송吳淞. 강소성江蘇省 경계에 있는 강.

7) 山翁산옹: 산에 사는 늙은이. 또는 진晉의 산간山簡을 지칭. 산간은 산도山濤(竹林七賢의 한 사람)의
막내아들로 술을 즐겨서, 양양襄陽에 주둔할 때 늘 고양지高陽池에 놀면서 크게 취하였기 때문이다.
시문 중에 작자가 자신을 비유하거나, 또는 술을 즐기는 벗을 이른다. 본문에서는 이백 자신을 의미.

이백이 60세(上元 元年, 760) 만년에 예장군豫章郡에 머물 때, 굴돌 현령의 관청에서 함께 술 마시며 지은 5언 율시다. 이 시를 짓기 1년 전인 59세에 이백은 영왕군(永王軍)에 가담했다가, 영왕군이 패하자 유배 가다가 사면령을 받고 풀려났다. 그러나 고향으로 돌아가지 못하니 나그네 신세에 이래저래 심신도 얼마큼 지쳤으리라.

수련과 함련(1~4구)에서는 오랜 친구로 여겨지는 건창 현령에게 도연명 고사를 들어 고향으로 언제쯤 돌아갈 거냐고 묻는다. 나이는 들어가는데 타지로 떠돌며 벼슬살이를 계속할 것이냐는 것이다. 벗 굴돌은 대답이 없다. 두 사람 사이에 침묵이 흐른다. 대답을 듣고 싶은 것이 아니라 고향으로 돌아가고 싶은 이백 자신의 심정을 말한 것이리라. 경련과 미련(5~8구)에서는, 두 사람은 침묵하고 바람에 날린 눈만 술잔에 떨어진다. 나그네 되어 객지에서 바라보는 눈송이는 바람에 날리면서도 무겁게만 느껴진다. 바라보는 한 해가 다시 객지에서 저물어가기 때문이다. 답답하니 술에 취해 이심전심으로 이백이 일어나 춤을 추니, 향수에 대한 동병상련이리라.

44. 역양의 왕 현령이 술을 마시려 하지 않기에 조롱하다 嘲王歷陽不肯飲酒

地白風色寒지백풍색한인데   눈 내린 대지는 하얗고 바람¹⁾은 차가운데

雪花大如手설화대여수로다.   눈꽃은 크기가 손바닥만 하구나.

笑殺陶淵明소쇄도연명이   우습도다,²⁾ 도연명 같은 그대가

不飮杯中酒불음배중주라.   잔 속 술을 마시지 않겠다하니.

浪撫一張琴낭무일장금이오   부질없이 줄 없는 거문고³⁾를 어루만지고,

虛栽五株柳허재오주류로다.   헛되이 다섯 그루 버드나무를 심었으며,

空負頭上巾공부두상건이니   공연히 머리 위에 갈건만 썼을 뿐이니,

吾於爾何有오어이하유인가.   내가 그대에게 무엇을 할 수 있겠는가?

이 시는 이백이 61세(上元 2年, 761)에 지은 것으로 여겨진다. 먼저 수련(1~2구)에서는 배경을 묘사하고 있는데, 눈은 내려 천지가 하얗고, 설한풍雪寒風이 불어 추운데 눈꽃은 손바닥만 하다고 한다. 함련(3~4구)에서는 상대방 왕 현령이 우습다고 말한 뒤 그 연유를 밝히고 있는데, 술상을 차려 내놓고 갑자기 술은 마시지 않겠다고 하니, 이백은 당황할 수밖에 없었으리라. 그러나 구체적으로 조롱하기 전에 왕 현령을 진晉 최고의 시인 도연명陶淵明에 빗대어 추켜 세워주는 배려(?)를 잃지 않는다.

후반부인 경련(5~6구)과 미련(7~8구)에서는 도연명에 관련된 세 가지 고사를 예로 들어

---

1) 風色풍색 : 바람. 풍향. 또는 바람의 세기.

2) 笑殺소쇄 : 우습도다. 웃겨 죽겠다. '쇄殺'는 정도의 심함을 나타냄.

3) 一張琴일장금 : 한 대의 거문고. '장張'은 활·거문고 따위를 세는 단위.

조롱하고 있다. 5구에서는 「도잠(연명)은 음악에 대해 잘 알지 못하면서도 줄 없는 소박한 거문고 하나를 가지고 있어, 술을 마실 때마다 거문고를 어루만지면서 문득 자신의 뜻을 기탁하였다.」[4]는 고사이고, 6구에서는, 「(도연명은) 집 주변에 다섯 그루의 버드나무가 있기 때문에 호號로 삼았다.」[5]는 고사이고, 7구에서는, 「심양군 태수가 왔을 때, 마침 술이 익은 것을 본 도잠이 쓰고 있던 갈건을 벗어 술을 거르더니, 거르는 일을 마친 뒤에는 다시 그 갈건을 머리에 썼다.」[6]는 고사이다.

도연명인 듯 그러나 도연명은 아니라고 조롱하기 위해 5·6·7구 첫머리에 '부질없이[浪], 헛되이[虛], 공연히[空]'등의 시어를 쓰고 있으나, 가장 도연명답지 않은 것은 '(도연명처럼)술을 마시려 하지 않기 때문'(4구)에 응축되어 있고, 그러니 도연명이 아닌 왕 현령과 할 수 있는 것이 아무 것도 없다고 조롱한다.

---

4) 《송서宋書·은일열전隱逸列傳》에 「潛不解音聲, 而畜素琴一張, 無弦, 每有酒適, 輒撫弄以寄其意」.
5) 도연명陶淵明의 〈오류선생전五柳先生傳〉에 「宅邊有五柳樹, 因以爲號焉」.
6) 〈도연명 전기陶淵明傳記〉에 「郡將候潛値其酒熟, 取頭上葛巾漉酒, 畢還復著之」.

45. 밤에 황산에 머물면서 은씨¹⁾가 읊조리는 오땅 노래를 듣다 夜泊黃山聞殷十四吳吟

昨夜誰爲吳會吟작야수위오회음인가　　어제 밤에 누가 오땅의 노래²⁾를 불렀나?
風生萬壑振空林풍생만학진공림하니,　　온 골짜기에 바람 일어 빈숲을 흔드니,
龍驚不敢水中臥용경불감수중와하고　　용도 놀라 감히 물속에 눕지 못하고
猿嘯時聞岩下音원소시문암하음이라.　　원숭이도 울다가 때로 바위 아래서 들었노라.
我宿黃山碧溪月아숙황산벽계월인데　　나는 황산³⁾ 푸른 계곡에서 달밤에 묵으며
聽之卻罷松間琴청지각파송간금이라.　　소리를 듣고 솔숲에서 타던 금을 멈추었네.
朝來果是滄洲逸조래과시창주일이니　　아침에 와보니 과연 창주의 은사⁴⁾인지라
酤酒提盤飯霜栗고주제반반상률이라.　　술을 사 쟁반에 들고 밤⁵⁾을 먹는데,
半酣更發江海聲반감갱발강해성이니　　반쯤 취하자 다시 강과 바다의 소리를 내니
客愁頓向杯中失객수돈향배중실이라.　　나그네 수심도 금방 술잔 속에 사라졌네.

---

1) 殷十四은십사 : 은씨殷氏. 은씨에 대해서는 알려진 것이 없으나, 송별편送別篇에 나오는 은숙殷淑이라는 설도 있다. 십사十四는 형제 중 열넷째로 추정하고 있다.

2) 吳會吟오회음 : 오吳 땅의 노래. 오군吳郡과 회계군會稽郡으로 지금의 강소성 소주시蘇州市와 절강성 소흥시紹興市인데, 널리 오 지방을 가리키는 말이다.

3) 黃山황산 : 이백의 시에서 등장하는 황산黃山은 세 곳인데, 첫 번째는 지금의 안휘성 당도현當塗縣 북쪽에 있는 황산으로 부구공浮丘公이 이곳에서 닭을 키웠으므로 부구산浮丘山이라고 부르며, 두 번째는 지금의 안휘성 지주시池州市 남쪽에 있는 일명 황산령黃山嶺이고, 세 번째는 중국관특구로 지정된 지금의 안휘성 황산시黃山市·이현黟縣·휴녕현休寧縣·흡현歙縣의 경계에 있는 일명 이산黟山인데, 이 시에서의 황산은 첫 번째 황산을 가리킨다.

4) 滄洲逸창주일 : 창주滄洲(隱居地)의 일사逸士. 창주滄洲는 주로 물가에 있는 지역으로 은자隱者가 사는 곳. 일사逸士는 절의와 행실이 빼어나 벼슬하지 않고 은거하는 선비.

5) 霜栗상률 : 밤[栗]. 밤이 9월 상강霜降 무렵에 익기 때문에 이르는 말.

이백이 61세(上元 2年, 761) 당도當塗지방을 유람할 때 황산에 머물면서 오吳땅 노래를
잘 부르는 은씨를 만나고 그의 노래에 감명을 받아 쓴 10구 7언 고시다. 전문은 내용상
2단락으로 나뉘는데, 첫째 단락(1~6구)에서는 밤에 어디선가 들려오는 노래에 크게 감명
받았다는 것으로 시작한다. 나그네 되어 타관객지를 떠돌며 하룻밤 유숙하는 곳에서
노곤한 몸을 쉬려고 잠을 청하는데, 누가 부르는 노래인지는 몰라도 오땅의 노래인 것만
은 알겠는데, 받은 감동이 매우 특별하다고 극찬한다. 객창으로 달빛을 타고 넘어오는
한 줄기 노래가 잠을 못 이루게 한다. 객고를 달래고자 거문고를 당겨 줄을 골라보았으
나 들려오는 노래만 못했다.

　극찬의 방식은 한시 특유의 과장법이 쓰이는데, 은씨殷氏가 부르는 노래의 울림에
먼저 골짜기에 바람이 일고, 그 바람이 빈숲을 흔든다고 한다(2구). 빈숲[空林]이란 인적
이 없는 숲이거나 나뭇잎이 다 떨어진 나무숲일 터인데, 분위기로는 뒤에 '익은 밤[霜栗]'
이 등장하는 것으로 유추하자면 후자가 맞는 것 같다. 이어 노래 소리는 나무숲을 내려
가 물속까지 들려 물속의 용도 눕지 못하게 하여 꿈틀거리게 한다고 한다(3구). 교룡蛟龍
은 홍수를 일으키게 한다고 하니, 노래 소리가 계곡에 흐르는 물소리와 어울려 더욱
우렁차게 골짜기를 흔들었음이라.

　다시 위로 솟구쳐 오른 노래는 나뭇가지에 울부짖는 원숭이들도 바위아래[巖下]서 들
려오는 소리로 들었을 것이라고 한다. 암하巖下는 은자가 사는 곳이기도 하니, 뒤의 창주
滄洲(은자가 사는 물가)와 호응하여 한 폭의 그림을 연상시키니, 절벽 아래 개울가에 나지
막하게 지어진 초막과 절벽 위에는 노송이 바위틈에 뿌리를 서리고 독야청청하고 있을
것이다.

　빈숲에 바람을 일으켜 나뭇가지를 흔들고, 물속의 잠든 교룡을 깨우며 나뭇가지에
잠든 원숭이에게 까지 들린 노래는 과연 어떤 노래였을까. 신이 내린 목소리로 득음得音
의 경지에서 밤하늘에 울려 퍼진 노래는 무엇을 노래했을까. 타관객지를 떠도는 나그네
이백이 객수를 참다못해 거문고 끌어당기고 화답이라도 하듯이 한 곡조 켜려했다. 그러
나 그마저 들려오는 알 수 없는 사람의 노래에 감동해 거문고를 밀쳐놓고 내일 아침이
밝으면 그 노래의 주인공을 찾아보리라 마음먹는다. 저런 노래를 부르는 사람이라면

범상한 인물이 아님을 알겠고 달빛이 흐르는 계곡의 푸른 물소리만이 객창을 두드린다 (6구).

둘째 단락(7~10구)에서는, 다음날 날이 밝자 이백은 서둘러 시동 아이에게 술을 사오게 하고 술이 당도하자 쟁반에 밤을 담아 받치는 예를 갖추어서 노래의 주인공을 찾아간다. 안주는 마침 서리 맞아 잘 익은 붉은 밤[霜栗]을 준비했다. 기대했던 대로 창주滄洲 일사 逸士가 분명했다. 그리고 술을 따라 올리면서 아마도 연신 어제 밤에 들은 노래에 대해 침이 마르도록 칭찬했을 것이다. 일면식도 없는 낯선 사람의 급작스런 방문에 홀대를 할 수는 없고, 술을 가져와 예를 갖추어 올리는 술잔을 거절할 수도 없었을 것이다. 예의상 받아 마신 몇 잔의 술에 취기가 오르자, 이네 목청을 높여 노래 한 곡조를 뽑는다.

지음知音라 했던가. 은씨 자신이 백아伯牙가 아니고 찾아온 객이 종자기鍾子期는 아니지만,[6] 자신의 노래에 밤잠을 설쳤고, 날이 밝자 술병을 들고 찾아온 이백을 그냥 보낼 수는 없으니 답례로 노래를 한다. 그 노래는 강물처럼 잔잔하게 일렁이다가 바다의 파도처럼 천지를 흔들 듯 하더니(9구), 잔속의 술을 소용돌이치게 하면서 천 겹 만 겹이나 쌓인 무거운 나그네의 객수를 몰아다가 한 잔술과 한 가락의 노래로 잊게 한다. 이런 노래를 듣다니 발품 팔아 천하를 주유周遊하는 보람이 헛되지 않음을 실감케 한다.

---

6) 伯牙絶絃백아절현의 고사 : 백아伯牙는 춘추시대 거문고의 달인. 성연成連에게 거문고를 배워 종자기鍾子期로부터 높은 평가를 받았는데, 종자기가 죽자 다시는 거문고를 뜯지 않았다고 함.

46. 슬퍼서 부르는 노래 悲歌行

悲來乎비래호요   슬프고도

悲來乎비래호라.   슬프구나.

主人有酒且莫斟주인유주차막짐이요   주인장은 술이 있어도 따르지 말고

聽我一曲悲來吟청아일곡비래음이라.   나의 슬픈 노래 한 곡 들어주시게나.

悲來不吟還不笑비래불음환불소하니   슬프지만 읊지도 않고 웃지도 않았더니

天下無人知我心천하무인지아심이라.   세상에 내 마음 알아주는 이 하나 없네.

君有數斗酒군유수두주요   그대에게는 몇 말의 술이 있고

我有三尺琴아유삼척금하여,   나에게는 석 자 거문고가 있어서,

琴鳴酒樂兩相得금명주락양상득이니   거문고 가락과 술의 즐거움 둘을 얻었으니

一杯不啻千鈞金일배불시천균금이라.   한 잔 술이 삼만 근¹⁾의 황금보다 더 낫네.

悲來乎비래호요   슬프고도

悲來乎비래호라.   슬프구나.

天雖長地雖久천수장지수구이나   하늘과 땅이 비록 영원하여도²⁾

金玉滿堂應不守금옥만당응불수러니   집안에 가득한 금은보화는 지킬 수 없으니,

富貴百年能幾何부귀백년능기하요,   부귀를 백 년 동안 얼마나 누리리오.³⁾

---

1) 千鈞천균 : 3만 근斤. 곧 물건이 무겁거나 힘이 셈. '일균一鈞은 30근斤.

2) 天雖長地雖久천수장, 지수구 : 천장지구天長地久. 하늘과 땅은 영원히 존재함. 또는 시간의 장구함을 형용. 노자老子《도덕경道德經》7장에서「하늘은 영원하고 땅은 구원하다. 천지가 진실로 영원하고 구원한 까닭은, 그 스스로가 생성生成하지 않음으로써 진실로 영원히 산다.」고 하였다.

3) 金玉滿堂應不守, 富貴百年能幾何금옥만당응불수, 부귀백년능기하 : 노자老子《도덕경道德經》9장에서「금옥이 집에 가득하여도 이를 지키지 못하며, 부귀하여 교만하면 스스로 그 화를 남긴다.」라고

死生一度人皆有사생일도인개유니라. 생사를 한번씩 겪는 것은 모두 마찬가지니라,

孤猿坐啼墳上月고원좌제분상월이니 외로운 잔나비 무덤에 앉아 달을 보고 우니

且須一盞杯中酒차수일진배중주로다. 잔속의 술을 마땅히 단번에 비워야 하리.

悲來乎비래호요 슬프고도

悲來乎비래호라. 슬프구나.

鳳鳥不至河無圖봉조부지하무도하고 봉황은 오지 않고 황하의 그림도 없으니[4]

微子去之箕子奴미자거지기자노라. 미자는 떠나가고 기자는 종이 되었네.[5]

漢帝不憶李將軍한제불억이장군이며 한나라 임금은 이 장군을 잊었으며[6]

楚王放卻屈大夫초왕방각굴대부니라. 초나라 왕은 굴원을 추방해 버렸다네.[7]

悲來乎비래호요 슬프고도

하였다.

4) 鳳鳥不至河無圖봉조부지하무도 : 봉황은 오지 않고 황하의 그림도 나오지 않다. 《논어論語·자한子罕》에 「봉황鳳凰새가 오지 않으며, 황하黃河에서 하도河圖가 나오지 않으니, 내 그만이다끝짱이다.」라고 한 구절. 곧 봉鳳은 신령스러운 새인데 순舜임금 때 나타나서 춤을 추었고, 문왕文王 때에는 기산岐山에서 울었다. 하도河圖는 황하黃河에서 나온 용마龍馬의 등에 그려진 그림인데 복희伏羲 때에 나왔으니, 모두 성왕聖王의 상서祥瑞이다.

5) 微子去之箕子奴미자거지기자노 : 미자는 떠나고 기자는 종이 되었다. 《논어論語,·미자微子》에 「미자微子는 떠나가고, 기자箕子는 종이 되고, 비간比干은 간諫하다가 죽었다.」라고 한 구절. 미微와 기箕는 나라 이름이고, 자子는 작위爵位임. 주왕紂王의 무도無道함을 여러 차례 간諫하였으나 듣지 않자 나라를 떠났고, 기자와 비간은 모두 간諫하니 주왕紂王이 비간을 죽이고, 기자는 가두어 종을 삼았다. 기자는 이로 인하여 거짓 미친 체하고 욕을 받았다.

6) 漢帝不憶李將軍한제불억이장군 : 한漢나라 황제는 이 장군李將軍을 잊었다. 한제漢帝는 한 문제漢文帝를 말하며, 이장군李將軍은 이광李廣의 별칭으로, 문제文帝 때 흉노匈奴족의 침략에 대항하여 4십여 년 동안 7십여 차례의 전쟁을 치루며 큰 공을 세웠으나 평생토록 작위를 얻지 못하자, 한 문제가 '그대의 불우함이 애닯구나! 만약 그대가 고조高祖(劉邦) 시대를 만났더라면 만호의 제후를 충분히 지냈을 것이라.'고 한 고사.

7) 楚王放卻屈大夫초왕방각굴대부 : 초楚나라 왕은 삼려대부三閭大夫 굴원屈原을 추방해 버렸다. 굴원이 초楚의 회왕懷王과 경양왕頃襄王을 충성으로 섬겼지만, 간신들의 모함으로 강남으로 유배당해 멱라수汨羅水에 자살하였다.

182

悲來乎비래호라.

진나라 이사[8]가 일찍 후회했다면

秦家李斯早追悔진가이사조추회면

헛된 명성을 몸 밖으로 버렸어야 하네.

虛名撥向身之外허명발향신지외라.

범려가 어찌 일찍이 오호를 좋아했으랴?

范子何曾愛五湖범자하증애오호리오

공명을 이루자 스스로 물러난 것이라네.[9]

功成名遂身自退공성명수신자퇴니라.

칼은 한 명만 상대하는데 쓰이고

劍是一夫用검시일부용하고

글은 자기 이름을 알면 그만이로다.[10]

書能知姓名서능지성명이라.

혜시[11]는 만승의 천자도 마다했으며

惠施不肯千萬乘혜시불긍간만승이며

복식[12]은 경전 한 권도 다 읽지 못하였네.

卜式未必窮一經복식미필궁일경이라.

마땅히 젊을 때[13] 방백[14]자리라도 얻고

還須黑頭取方伯환수흑두취방백이요

늙어서까지 유생노릇은 하지 마시게.[15]

莫謾白首爲儒生막만백수위유생이라.

8) 李斯이사 : 진秦나라에 벼슬하여 객경客卿이 되고 시황始皇이 천하를 통일한 뒤 승상丞相에 올랐다. 뒤에 조고趙高의 모함으로 요참腰斬되고 삼족三族이 몰살당했다.

9) 30~31구 : 월越나라 대부大夫인 범려范蠡가 구천句踐을 도와 오왕吳王 부차夫差를 멸망시킨 큰 공로를 세우고도, 구천은 스스로 물러나攻成身退 이름을 치이자피鴟夷子皮로 바꾸고 오호五湖로 들어간 고사. 노자老子 《도덕경道德經》에 「공을 이루고 물러나는 것은 천도天道이다名遂身退天之道」를 인용한 표현.

10) 劍是一夫用, 書能知姓名검시일부용, 서능지성명 : 칼은 한 명만 상대하는데 쓰이는 것이고, 글은 자기 이름을 알면 그만이다. 초楚나라 항우項羽가 어려서 검술은 한 명만 상대할 정도면 족하고 문장은 자기 이름만 쓸 줄 알면 된다고 하며 숙부인 항량項梁에게 병법兵法을 배운 고사.

11) 惠施혜시 : 전국시대 송宋나라의 학자. 명가名家의 대표적 인물로 장주莊周의 친구이며, 위魏의 혜왕惠王이 혜시惠施가 어질다는 말을 듣고 나라를 양위하려 했으나 사양했다는 고사.

12) 卜式복식 : 한漢나라 하남河南 사람. 양羊을 길러 부자가 됨. 무제武帝의 흉노匈奴 정벌 때 재산을 바쳐 돕고 빈민을 구제한 공으로 어사대부御史大夫가 되고, 관내후關內侯에 봉해졌다.

13) 黑頭(흑두) : 검은 머리. 젊음을 형용하는 말.

14) 方伯방백 : 은주殷周 시대 한 방면을 다스리는 제후. 뒤에 지방장관을 두루 이르는 말로 쓰임.

15) 謾만 : 만차謾且. … 하지 말라.

이백이 세상과 하직하던 해인 62세(寶應 元年, 762)에 앞의 〈소가행笑歌行〉을 지은 이후에 쓴 시인데, 곽말약郭沫若도 《이백과 두보李白與杜甫》에서 당시 이백이 병중에 있거나 세상을 떠나기 얼마 전에 이 시를 지었다고 하였다. 《악부시집樂府詩集·잡곡가사雜曲歌辭》에 실려 있으며, 전문 37구로 앞의 〈소가행〉과 같이 이 시도 '비래호, 비래호悲來乎, 悲來乎'가 네 번 반복되면서 자연스럽게 4단락으로 나뉜다. 다가오는 죽음의 그림자를 바라보고 지나온 인생을 돌아보는 심정을 여실히 볼 수 있는 시이다.

첫째 단락(1~10구)에서는, 고향에 돌아가 눈을 감지 못하고 타관객지 안휘성安徽省 회원현懷遠縣 남쪽 당도當塗 객사에서 병을 앓으며 지은 것으로 여겨진다. '슬프고도 슬프구나'로 시작하는데, 객사의 주인에게 술을 가져오라고 시켰으나 따르지는 말고 내 노래 한가락 들어달라고 한다. 물론 이백의 건강을 생각해서인지 술을 앞에 두고도 따라주기를 망설였을 것이다. 그리고 하소연하듯 '세상에 내 마음 알아줄 이 하나도 없다.'(6구)고 한다. 평생을 함께 해줄 것 같았던 사랑하는 사람도 자식도 벗도 모두가 뿔뿔이 헤어져 지금은 어디에 있는지 조차도 알 수 없고, 내 하소연 한마디도 들어줄 사람이 없다고 한다. 어차피 인생은 혼자 왔다 혼자 가는 것이고 공수래공수거空手來空手去라 했지만. 이어 하는 말이 '술과 거문고가 있으니 많은 황금보다 낫다.'고 한다. 술과 노래는 이백이 청운의 뜻을 품었을 때도, 벼슬길에서 실의하여 천하강산을 유람할 때도 늘 함께 해준 동반자들이었다.

둘째 단락(11~19구)에서는, 하늘과 땅은 영원한데, 집안에 금은보화가 가득하고 부귀영화를 지녔더라도 누리는 행복은 일평생에 그 얼마나 되겠느냐고 한다. 어떤 사람은 부귀영화를 누리고 어떤 사람은 빈천 속에 허덕이더라도, 한 번 왔다가 한 번 가는 것은 매일반이다. 죽고 나면 다북쑥 우거진 무덤 위에 찬 달이 떠오를 때 잔나비만 슬피 우는 것도 또한 매일반이리라. 그러니 마지막 술잔이 될지 몰라도 망설이지 말고 단숨에 들이키자고 한다.

셋째 단락(20~25구)에서는, 세상에 성군聖君이 없었음을, 또는 성군의 치세治世를 만나지 못한 것을 한탄한다(22구). 네 사람의 고사를 들고 있다. 먼저 은殷나라의 폭군 주왕紂王 시대에 충성스런 신하들이 떠나가거나 종이 되는 신세를 면치 못했다는 미자微子와 기자箕子고사를 인용하고(23구), 또 목숨을 바쳐 천자와 나라의 안녕을 위해 전장을 누빈 장군조차도 응분의 댓가를 받지 못한 한 문제文帝 때의 이장군李將軍(李廣)도 잊혀졌다고 한다(24구). 마지막으로 초楚나라의 삼려대부三閭大夫였던 굴원屈原도 간신들의 모함으로 회왕懷王에게서 추방을 당해 상강湘江 가를 서성이다가 멱라수汨羅水에서 몸을 던져 자살한 고사를 쓰고 있다(25구).

넷째 단락(26~37구)에서는 현명하게 상황에 대처하지 못한 고사, 곧 공성신퇴攻成身退하지 못해 최후에는 요참腰斬과 삼족三族을 멸한 형벌을 당한 진秦의 이사李斯 고사를 쓴다. 이어 이와 대비되는 고사로 공을 세웠으나 물러날 때를 알고 물러나 몸을 지킨 월越의 범려范蠡 고사를 쓴다.

아울러 대장부가 청운의 꿈을 가지고 세상에 나아가고자 할 때 알아야 할 문文과 무武를 닦음에 대해 말하기를, 초楚 항우項羽의 고사를 통해서는 '칼[劍]은 한 사람만 상대하기에 족하면 되고, 글[書]은 자기 성명만 쓸 줄 알고 읽을 줄 알면 된다.'한다(32~33구). 그리고 나머지는 어짊[仁]을 강조한다. 이에 구체적 전고로 천자의 자리를 사양한 전국시대 송宋나라의 학자인 혜시惠施와 경서 한 권도 읽지 못했으나 양羊을 키워 부富를 축적해 나라를 위기에서 구하고 가난한 사람들에게 베풀기를 마다하지 않아 높은 벼슬을 한 한 무제漢武帝 때의 복식卜式 고사를 쓰고 있다(34~35구).

마지막(36~37구)으로, 벼슬에 뜻을 둔 사람들에게 당부의 말을 한다. 벼슬을 하려거든 젊었을 적에 방백方伯(지방장관을 두루 이르는 말)자리라도 얻어야 하지, 늙어서까지 벼슬을 해보겠다고 유생儒生(儒學을 공부하는 학생)노릇은 하지 말라고 한다.

'슬프고도 슬프구나'의 4번 반복은 단순한 반복 강조의 의미 이상을 내포하고 있다. 첫째 단락에서는 자신의 삶에 대한 회한과 신세한탄(?)의 의미가 짙다. '나의 슬픈 노래 한 곡 들어 주시게나'에 나타나는 만년의 외로움과 쓸쓸함이 물씬 풍기고(4구), '슬프지만 읊지도 않고 웃지도 않았더니, 세상에 내 마음 알아주는 이 하나 없구려.'에서 이제는 알아주는 사람 하나 없는 사고무친한 상황을 여실히 드러내고 있다. 그래도 위안을 삼는 것은 술과 거문고라고 한다. 그러나 몸에 병이 있으니 술이라고 마음 놓고 마실 수도 없고, 거문고가 있으면 무얼 하나, 마음에 흥이 일어야 거문고를 당겨 타든지 노래 가락에 맞춰 흥얼거리기라도 할 것인데.

둘째 단락에서는 첫째 단락에서의 이백 개인적 차원의 고독을 모든 인간의 보편적 차원의 삶의 궤적, 곧 누구나 한 번은 태어났으면 죽어가는 것이라고 확대시킨다. 그리고 자신도 이 운명에서 예외일 수 없다는 것을 전제한 것이다. 그러니 굳이 외로워할 것도 없는 것이고, 눈앞에 놓여 있는 한 잔 술을 꿀꺽 목구멍에 털어 넣고 눈 한 번 찔끔 감으면 저 세상으로 가는 것이라고 한다.

셋째 단락에서는 충성을 다했으나 성군聖君을 만나지 못해 불행하게 사라져 간 네 사람들의 고사를 쓰고, 넷째 단락에서는 진秦의 이사李斯처럼 진퇴進退를 알지 못해 불행한 최후를 맞지 말고, 월越의 범려范蠡처럼 나아가고 물러날 바를 알아 현명하게 처신해야 한다고 한다. 그리고 벼슬에 나아가기 위해 학문과 무예에 힘쓸 것 없이, 혜시惠施나 복식卜式처럼 어질고 베푸는 삶을 살면서 자기 분수를 지킨다면 천명을 다 할 수 있으리라고 한다. 그리고 벼슬을 하려거든 젊어서 하고, 늙어서까지 벼슬에 연연해 어두운 눈으로 서책을 들여다보지는 말라고 한다.

이백이 죽음을 앞두고 〈소가행〉에 이어 〈비가행〉을 썼으니, 다음 작품을 또 쓴다면 〈허가행虛歌行〉이라 제목하고 '허무하고 허무하도다虛矣乎, 虛矣乎'라고 시작하지 않았을까.

47. 술을 마주하고 - 권군 對酒 - 勸君

勸君莫拒杯권군막거배요　　그대에게 술을 권하노니 거절하지 마시게나,

春風笑人來춘풍소인내하고　　봄바람이 웃으며 사람에게 다가오고

桃李如舊識도리여구식이요　　복숭아 자두나무는 예부터 아는 듯하고

傾花向我開경화향아개로다.　　꽃은 기울어 나를 향해 피어 있구나.

流鶯啼碧樹유앵제벽수요　　나르는 꾀꼬리는 푸른 나무에서 지저귀고

明月窺金罍명월규금뢰라.　　밝은 달은 황금 술독을 엿보고 있다네.

昨日朱顏子작일주안자가　　어제는 붉은 얼굴의 젊은이더니

今日白髮催금일백발최로다.　　오늘은 백발이 재촉하는구나.

棘生石虎殿극생석호전이요　　석호전에는 가시덤불이 자라나고[1]

鹿走姑蘇臺녹주고소대로다.　　고소대[2]에도 사슴들이 뛰어 다니니,

自古帝王宅자고제왕댁에　　예로부터 제왕이 살았던 집과

城闕閉黃埃성궐폐황애로다.　　성궐은 누런 먼지에 덮여 있네.

君若不飲酒군약불음주면　　그대가 술을 마시지 않는다면

昔人安在哉석인안재재오.　　옛사람들은 어디에 있는가?

---

1) 棘生石虎殿극생석호전:《진서晉書, 불도징전佛圖澄傳》에 석호石虎가 지은 궁전. 후조後趙(5호16국의 하나)의 임금 석호石虎가 여러들과 연회를 베풀었는데, 불도징佛圖澄(晉代의 불승)이 '궁전이여, 궁전이여, 가시나무가 숲을 이루어 사람들의 옷을 찢겠구나.'라고 읊자, 석호가 궁전의 돌을 들추어내자, 그 아래 가시나무가 자라고 있었다는 고사. 석호전은 석호가 지은 궁전의 이름.

2) 姑蘇臺고소대 : 강소성江蘇省 오현吳縣 남서쪽에 있는 고소산 위에 있는 대臺. 오왕吳王 부차夫差가 쌓았다고 함.

이백은 지은 시기를 알 수 없는 〈술을 마주하고[對酒]〉라는 동일 제명의 시 3편을 남기고 있다. 〈대주행對酒行〉도 판본에 따라서 끝 글자 '행行'이 없는 것도 있다. 다만 감상을 위한 구별의 편의상 두 편의 '대주'시 제목에 첫 구의 글자를 원제 다음에 써넣어 각각 '〈술을 마주하고 - 권군[對酒 - 勸君]〉'과 '〈술을 마주하고 - 포도[對酒 - 葡萄]〉'로 쓰고, 〈대주행對酒行〉은 그대로 쓰기로 한다.

〈술을 마주하고[對酒]〉의 첫 번 째 작품인 〈술을 마주하고 - 권군〉은 전문 14구 5언 고시로, 내용상 3단락으로 나뉜다. 첫째 단락(1~6구)에서는 첫머리에 '그대에게 술을 권하노니 잔을 거절하지 마시게나.'로 대주對酒한 후 권주가勸酒歌의 성격이다. 이어 왜 술을 권하고 마셔야 하는가에 대한 답으로 술 마시기 좋은 배경과 분위기를 제시한다. 살랑살랑 불어와 옷깃을 흔드는 봄바람[春風 - 촉각], 오랜만에 만나는 옛 친구인 듯 활짝 피어 반갑게 쳐다보는 복사꽃 자두꽃[桃李 - 시각]에서 풍겨오는 꽃향기(후각), 보일 듯 말 듯 잎 사이에 숨어 지저귀는 꾀꼬리[鶯 - 청각]. 봄밤을 밝히며 술 단지 속 술(미각)에 떠있는 둥그런 달[明月 - 시각]이 휘영청 밝은데, 어찌 한 잔 술을 마시지 않겠는가? 촉각과 시각과 후각과 청각과 미각을 총동원하였다. 이렇게 좋은 봄밤을 그냥 보내기 아까우니 술을 마셔야 한다는 것이다.

둘째 단락(7~12구)에서는, 첫째 단락이 배경과 분위기를 들어 감성感性에 호소하며 술을 권했다면, 둘째 단락에서는 이성적으로 설득하는 내용이다. 인간이 이 세상에 와서 머물다가 가는 시간은 찰나로 누구도 거절할 수 없는 숙명이라고 한다(7~8구). 이백의 또 다른 절품 〈춘야연도리원서春夜宴桃李園序〉에서 「대저 천지는 만물의 역려逆旅(客舍)요, 광음光陰(세월)은 백대의 길손이다.」[3]라는 시공간에 대한 인식과 함께 우주관 인생관과 일맥상통하는 구절이다. 잠깐 머물다가 가야 하는 인생인 것을, 영원히 머물 줄 알고 재물과 권력과 명성으로 호화찬란하게 꾸몄던 과거 제왕들의 석호전과 고소대는 지금 어떤가? 허무하게도 가시덤불이 우거지고 사슴들의 놀이터가 되어, 누런 먼지 속에 황폐

---

3) 이백의 〈춘야연도리원서春夜宴桃李園序〉의 첫 부분에 「夫天地者, 萬物之逆旅, 光陰者, 百代之過客」.

해진 모습을 보지 않았느냐고 한다. 곧 모든 인생사가 허무하고 허무하니, 지금을 즐기지 않고서[及時行樂] 무엇을 위해 무엇 때문에 고민하고 갈등하고 번민할 필요가 있겠냐고 한다.

우리가 청년일 때 한 구절쯤은 외웠던 박인환朴寅煥(1926~1956)의 대표작 〈목마木馬와 숙녀淑女〉 중에서

한잔의 술을 마시고
우리는 버지니아 울프의 生涯와
木馬를 타고 떠난 淑女의 옷자락을 이야기한다.
木馬는 主人을 버리고 거저 방울 소리만 울리며
가을 속으로 떠났다, 술병에서 별이 떨어진다.
傷心한 별은 내 가슴에 가벼웁게 부숴진다.
……

처럼 술을 마시는 사람들의 술을 마셔야만 하는 이유는 제 각각이겠지만, 마신다는 것은 공통적일 듯.

마지막 셋째 단락(13~14구)에서는 다시 한 번 술을 마셔야 함을 강조하기 위해서, '그대가 술을 마시지 않겠다면'에서 본인이 예로 들었던 제왕들이 지금 어디에 있는가를 다시 한 번 생각해 보라고 한다. 권주勸酒가 아닌 강주强酒(억지로 술을 마심)인 듯.

48. 술잔을 앞에 놓고 부르는 노래(2수) 前有樽酒行(2首)

〈其1〉

春風東來忽相過춘풍동래홀상과러니　　봄바람이 동쪽에서 불어와 홀연 지나가니

金樽淥酒生微波금준록주생미파로다.　　금동이 맑은 술에 잔물결 이네.

落花紛紛稍覺多낙화분분초각다요　　어지러이 떨어지는 꽃잎은 점점 많아지고[1]

美人欲醉朱顏酡미인욕취주안타라.　　취하려는 듯 미인의 얼굴은 불그레해지네.

靑軒桃李能幾何청헌도리능기하오　　호화스런 집[2] 도리화는 얼마 동안 필까?

流光欺人忽蹉跎유광기인홀차타로다.　　세월은 사람을 저버리고 홀연히 지나간다네.[3]

君起舞군기무요　　그대 일어나 춤을 추시게

日西夕일서석이라.　　해는 서쪽으로 지려하네.

當年意氣不肯傾당년의기불긍경이면　　젊음의[4] 의기로 술잔을 기울이지 않는다면

白髮如絲歎何益백발여사탄하익이라.　　늙음[5]을 탄식한들 무엇이 이로우리.

　　제작 시기를 알 수 없는 전문 10구 악부체 고시다. 내용상 3단락으로 나뉘는데, 첫째 단락(1~4구)에서는 봄바람, 술, 꽃잎, 미인 등을 소재로 배경과 호응하는 미인의 모습묘사가 주를 이룬다. 산들산들 불다가 홀연 지나가는 봄바람이 어서 술을 마시라고 재촉하는 듯 술동이 술에 잔물결을 일으킨다고 하는 표현이 자못 감각적이고 참신하다. 이어 땅에

---

1) 稍覺多초각다: 점점 많아지는 것을 깨닫다.

2) 靑軒청헌: 호화스런 집을 이르는 말.

3) 蹉跎차타: 시기를 잃음. 때를 놓치다.

4) 當年당년: 몸이 굳건하고 힘이 한창인 시기.

5) 白髮如絲백발여사: 흰 머리털이 실타래처럼 늘어지다. 곧 늙음을 의미.

한 잎 두 잎 낙화가 쌓여 되비치는 붉은 꽃 그림자에 미인의 얼굴이 우련 붉어 술에 취하려는 듯 발그스레하다고 한 시각적 표현 또한 빼어나다. 미인의 얼굴은 술에 취해 붉어진 것이 아니라 꽃 그림자에 우련 붉어졌다고 한다.

둘째 단락(5~8구)에서는 첫째 단락의 '지는 꽃'의 이미를 '호화스런 집의 복사꽃, 자두꽃[桃李花]'으로 확대시킨다. 화무십일홍花無十日紅이라 했으니, 곧 부잣집 뜰에 피는 꽃이라고 해서 오래 피는 것은 아니며, 이름 없는 야생화이건 사람의 사랑을 받는 꽃이건 세월이 가면 지는 것은 매일반이라고 한다. 특정한 사람들이 누리는 영원할 것 같은 부귀공명으로도 가는 세월을 붙잡을 수 없다는 것을 강조한다. 그러니 하루가 짧다고 지는 해를 원망하지 말고 일어나 즐겁게 춤을 춰 지금을 즐기는 술맛과 분위기를 돋워달라고 한다. 마지막 셋째 단락(9~10구)에서는 젊으니만치 더욱 술을 많이 마실 것이고 망설이지 말라고 한다. 늙은 다음에 '늙어서 술을 못 마시겠어.'라고 인생무상을 한탄한들 무슨 소용이 있느냐고 하며 권주가의 성격도 겸하고 있다.

〈其2〉

琴奏龍門之綠桐금주용문지녹동하고	용문6)의 녹동7)으로 만든 거문고를 켜고
玉壺美酒清若空옥호미주청약공이라.	옥병의 좋은 술은 맑아서 빈 듯하네.
催絃拂柱與君飲최현불주여군음하니	거문고 켜며8) 그대와 마시니
看朱成碧顏始紅간주성벽안시홍이라.	발그레 취하자 푸른 얼굴이 붉어지네.
胡姬貌如花호희모여화요	호胡 땅의 여인은 꽃같이 예뻐
當壚笑春風당로소춘풍이라.	술을 팔며9) 봄바람에 웃음 짓네.

---

6) 龍門용문: 황하黃河 중류에 있는 여울목. 양쪽 기슭의 깎아지른 절벽이 궐문처럼 맞서 있다.

7) 綠桐녹동: 금琴을 만들 수 있는 좋은 오동. 전의되어 금琴을 이른다.

8) 催絃拂柱최현불주: 최현催絃은 거문고 현을 조이고, 불주拂柱는 안족雁足(거문고의 기러기발)을 조정하다는 뜻으로, 거문고를 연주한다는 뜻.

9) 當壚당로: 술을 팖. 또는 술을 데우거나 마심.

笑春風소춘풍하며   봄바람에 웃으며

舞羅衣무라의인데   비단 옷 나부끼며 춤을 추는데

君今不醉將安歸구금불취장안귀리오.   그대는 지금 취하지 않고 어디로 가려하오?

〈其1〉에 이은 연시 2편 중 둘째 편으로, 제작 시기를 알 수 없는 전문 9구 악부체 고시다. 내용상 2단락으로 나뉘는데, 첫째 단락(1~4구)에서는 좋은 거문고와 맛좋은 술을 제시한다. 곧 음악과 술이 있으니 아니 마실 수 없음이다. 여행 중이기는 하지만 북창삼우北窓三友[10] 중 두 가지가 있으니, 나머지 하나 시詩는 취흥醉興이 오르면 쓰면 된다. 술 생각이 간절하던 참에 벗이 술을 대접한다. 보통 술이 아닌 아마도 고급술이어서 '맑아서 술병이 빈 듯하다'고 한다. 목로주점 방벽에는 어울리지 않게 고급스런 거문고가 기대어 있다.

둘째 단락(5~9구)에서는 이백의 여행지를 암시하는 듯 호胡(西域) 땅 미인이 술을 팔며 웃음 짓는다고 한다. 술상을 마련한 여인이 술상머리에 함께 앉아 술을 따라주자, 흥이 돋아 거문고를 당겨 무릎에 올리고 둥기둥 거문고를 켠다. 술은 거나하고 늦봄 추위에 얼었던 얼굴이 취기에 발그레해지고, 봄바람은 사뭇 부드러워져 겨드랑이에 살랑인다. 술을 따르던 여인은 거문고 가락에 흥이 났는지 살며시 일어나 비단 옷자락을 나풀거리며 춤을 춘다. 수줍은 듯 웃는 웃음에 보조개가 어여쁘다.

그런데 분위기가 무르익고 취기가 한창 오를 즈음 벗은 갈 길이 바쁜지 행장을 만지작거리는 것이 마음이 쓰인다. 이봐, 친구 오늘 못 간다고 기다리는 사람이 있나? 꼭 지금 가야만 하는가? 물을 수도 없다. 눈치코치 없이 술을 따라주고 술에 취하게 하면 된다. 음주가무가 완비된 술자리를 어찌하려고.

---

10) 北窓三友북창삼우: 선비의 세 가지 벗. 곧 거문고[琴]·시詩·술[酒]. 북창北窓은 선비가 기거하는 방.

49. 양반아 노래 楊叛兒

君歌楊叛兒군가양반아요　　　　당신은 양반아[1] 노래를 부르시오

妾勸新豊酒첩권신풍주리라.　　　첩은 신풍주[2]를 따르오리다.

何許最關人하허최관인이오　　　　어디가 가장 마음에 끌리신가요?[3]

烏啼白門柳오제백문류로다.　　　까마귀 지저귀는 백문[4]의 버드나무겠지요.

烏啼隱楊花오제은양화요　　　　　까마귀 지저귀며 버들 꽃에 숨듯이

君醉留妾家군취유첩가라.　　　　당신도 취하시면 첩의 집에 머무세요.

博山爐中沉香火박산로중침향화하니　　박산향로[5]에 침향[6]이 타오르고

雙烟一氣凌紫霞쌍연일기능자하로다.　　두 연기 하나 되면 신선[7]을 능가하리.[8]

----

1) 楊叛兒양반아 : 악부樂府 서곡가西曲歌의 이름. 본래는 동요童謠. 남조 제南朝齊의 양민楊旻이 어릴 때 무당인 어머니를 따라 내궁內宮에 들어갔는데, 장성하여 하후何后의 총애를 받은 일을 노래하여 양파아楊婆兒('楊氏 노파의 아이'라는 뜻으로 여겨짐), 공희래共戲來라는 동요를 부른 데서 유래하였다.

2) 新豊酒신풍주 : 신풍新豊 지방에서 나는 술 이름.

3) 關人관인 : 사람을 감동시킴.

4) 白門백문 : 지명 백문白門은 여러 곳인데, 강소성江蘇省 남경시南京市의 다른 이름이 백문인 바, 이곳으로 여겨진다.

5) 博山爐박산로 : 향로香爐 이름. 박산博山의 형상을 본떠 만든 까닭에 붙여진 이름.

6) 沉香침향 : 향나무 이름. 아열대 식물. 황색으로 향기가 있어 훈향료熏香料로 쓰임.

7) 紫霞자하 : 자줏빛 운하雲霞. 신선들이 타고 다닌다고 한다. 본문에서는 신선神仙으로 해석.

8) 5~8구의 내용은 《고악부古樂府》의 시에 「잠시 백문 앞에 나가시면, 까마귀가 숨을 만한 버드나무가 있습니다. 저는 침수향이 될 터이니, 임께서는 박산향로가 되십시오.暫出白門前, 楊柳可藏烏. 歡作沉水香, 儂作博山爐」라는 내용이 있는데, 이백은 4구의 시를 앞부분 4구를 더해 8구로 확장시켰다.

이백이 《악부시집樂府詩集》9)에 실려 있는 전래 동요인 〈양파아楊婆兒〉(후대에 '婆'가 와전되어 '叛'이 된 것이라고 함) 4구를 개사改辭하고 증보하여 8구로 다시 고쳐 쓴 것으로, 전문 8구의 악부체 고시다. 우리나라에서는 '악부'라는 관청이 따로 설치된 것은 아니지만, 고려 말부터 중국의 악부시를 모방하여 민간에서 전래·유행하는 노래를 한시로 채집 번역한 작품들이 나타나는데, 대표 작가로 꼽히는 익재 이제현益齋李齊賢(1287~1367)은 〈소악부小樂府〉라는 제목으로 여러 편의 작품이 있으며, 작품으로 〈사리화沙里花〉를 들 수 있다.

전문은 4단락으로 나뉘고, 시어는 1~6구까지는 5언이고, 7,8구는 7언으로 되어 있다. 전체 내용은 기녀[妾]가 당신[君]에게 수작酬酌하는 어조로 기승전결起承轉結의 4단계로 진행된다. 번역에 따라서는 두 남녀가 주고받는 대화對話로도 풀이가 가능한 점이 번역의 한계성이자 감상의 묘미이기도 하다. 기起 성격의 첫째 단락(1~2구)에서는 '당신'은 노래를 부르되, 다른 노래는 말고 '양반아'노래를 특정하여 부르라고 한다. 아마도 당시에 남녀 사이의 연정戀情를 나타내는 유행가였고, 〈고악부古樂府〉의 동요 내용에 의거하면 '언제 어디서 만나 어떻게 지내자'라는 상대방의 답변을 은근히 요구하는 노래임을 알 수 있다. 그러면서 맛 좋은 신풍주를 따라 올린다. 그에 혹하지 않을 남자는 몇이나 될까.

둘째 단락(3~4구)에서는 승承의 내용답게 '당신'에 대한 기녀의 구체적인 요구가 제시된다. '어디가 좋을까요?'(3구)라고 묻고는, 상대방의 대답을 기다리지도 않고 기녀 자신이 '까마귀 우는 백문의 버드나무에서 만나자고 한다(4구).

셋째 단락(5~6구)에서는 '왜 까마귀 지저귀는 백문의 버드나무인가?'에 답이 제시되는데, 어둠이 찾아들면 까마귀들은 버드나무 꽃 사이에 몸을 숨기는데, 당신도 밤이 오고 취기가 거나해지면 잠을 자야할 텐데, 머물[留] 곳으로는 '저희 집[妾家]'이 좋다고 한다. 곧 까마귀[烏]는 당신[君]이고, 버드나무 꽃[楊花]은 기녀의 집[妾家]이라는 등식等式이

---

9) 樂府악부 : 악부樂府는 한 무제漢武帝 때 처음 설치된 음악을 관장하는 관청으로, 궁정宮廷·순행巡行·제사에 쓰이는 음악에 관한 일과, 민간의 노래를 채집하여 악곡樂曲과 배합하는 일을 관장하였다.

성립되는 것일 터. 까마귀는 날개가 있어 내일 날이 밝으면 어디론가 날아가 붙잡아 둘 수 없는 것이니, 오래도록 함께 살자[居]는 것이 아닌 잠시잠깐이라도 머물다[留]가 떠나가도 좋다고 한다. 하룻밤 풋사랑도 기꺼이 받아주겠다는 것이렸다.

넷째 단락(7~8구)에서는, 그리하여 남녀가 만나 하룻밤 사이에 쌓는다는 만리장성에 대한 노골적인 이야기를 향으로 연기를 피우듯이 자욱하고 어렴풋하게 암유적暗喩的 수법으로 그려낸다. 박산향로를 들어 침실 공간이 구체적으로 제시되고, 사랑하는 임이 왔으니 환영의 뜻으로 귀하다고 하는 침향沈香을 피운다. 향은 두 개를 꽂았다. 두 개의 향에서 피어오른 각각의 향연기가 이내 한 개의 기운[一氣]으로 뒤엉킨다. 그 향연香煙의 기운에 취하고 나니 신선이 부럽지 않다[凌紫霞]고 한다. 남녀의 결합을 연리지連理枝라고 하듯이 두 줄기 연기가 하나로 모여 같은 기운이 되니, 필시 의기상합意氣相合하는 것이다.

이에 버금가는 우리나라 시조 두 편의 감상하자면, 송강 정철松江鄭澈(1536~1593)이 기생 진옥眞玉을 탐냈는데, 거듭 실패한 끝에 품격 높은(?) 글[時調]로써 의기상합하였다는 뒷 담화談話가 전하는데, 낙이불음樂而不淫을 생각하며 씨익 웃을 일이다. 일명 〈정송강여기진옥상수답鄭松江與妓眞玉相酬答〉이라고도 한다.

> 옥玉이 옥玉이면 다 옥玉이냐?
> 섭옥玉도 옥玉이란 말이냐?
> 내 살송곳으로 꿰뚫어봐야 알지. - 정철鄭澈
> *섭옥 : 가짜 옥
>
> 철鐵이 철鐵이면 다 철鐵이냐?
> 주철鑄鐵도 철鐵이란 말이냐?
> 내 살풀무로 녹여봐야 알지. - 진옥眞玉
> *정철鄭澈의 철澈과 철鐵의 동음同音 이용 / 주철鑄鐵 : 잡철이 녹아 있는 철.

50. 산에서 은자와 술 마시다 山中與幽人對酌

兩人對酌山花開양인대작산화개요　　두 사람이 술 마시는데 산꽃이 피어나니
一杯一杯復一杯일배일배부일배라.　　한 잔 한 잔 또 한 잔 드시게나.
我醉欲眠卿且去아취욕면경차거하여　　나는 취해 자려니 그대는 잠시 돌아갔다가[1]
明朝有意抱琴來명조유의포금래하라.　　내일 아침 뜻이 있으면 거문고 안고 오게나.

그렇게 술에 취해 잠이 들고 벗이 어떻게 간지도 몰랐는데, 다음 날 늦은 아침 벗은 거문고를 안고 사립문을 밀고 들어 왔다. 다음 시는 그 다음날의 정경과 어울리는 것 같아 옮겨본다.

　　벗은 무생반야곡을 타고有朋彈絃無生曲
　　나는 죽로차를 끓이며 술에 취해 노래 부르네.我烹筍茶醉心韻
　　솔바람 땅에 내리니 해는 이미 중천에 떴고松風踏地日已天
　　이슬 머금은 연꽃은 송이송이 피어나네.蓮花含露點點開

　　출전은 모르나 선화禪畵를 그리는 일장 스님이 지리산 목부암牧夫庵에서 그림을 그리고 화제시畵題詩로 쓴 것이다. 숙취宿醉가 아직 깨지 못했으니, 우선 죽로차 한 잔을 마시며 벗과 다담茶談을 나눈 후 다시 술잔을 기울였으리라. 찻물을 데우려고 화로 가에

---

1) 3구는 도연명陶淵明의 시구詩句를 인용하였다. 도연명은 술자리에 나아가서 먼저 취할 것 같으면, '내가 취하여 자려 하니 그대는 가셔도 좋소我醉欲眠卿可去.'라 했다고 한다.《송서宋書, 은일전隱逸傳》. 이 시에서는 이백이 술 취한 상태에서 도연명의 시구 중 '가可'를 '차且'로 한 글자만 바꾼 채 그대로 인용하였지만, 아무런 흔적도 없이 자연스럽게 스며들고 있다.

쭈그려 앉아 눈물을 흘려가며 불을 피우느라 호호 부는 모습이 눈에 그려진다. 그래서 시중유화詩中有畫[2]요 화중유시畫中有詩[3]라 했음이리라.

　시를 쓰거나 감상한다는 것이 어려운 것인가? 가끔 이런 질문을 받기도 하고 스스로에게 해볼 때가 있다. 그럴 때마다 이 시를 읽어보면 해답이 나올 것 같기도 한 시다. 창작 연대는 밝혀지지 않은 7언 절구이고, 제명으로 〈산중대작山中對酌〉이라고도 하며, 이백의 음주시 가운데 가장 많이 알려지고 애송되는 시다.

　전반부 기(1구)와 승(2구)의 내용은 너무 평이하고 사실적이고 담백하다. 물론 멋있고 맛있게 해석의 사족蛇足을 붙일 수도 있다. 기구만으로 공간山과 시간春 배경을 일축하는데, 2구와 무관하지 않아 보인다. 꽃 한 송이가 필 때마다 술을 한 잔씩 마신다는 뜻이라면 어떨까? 아니면 조선 전기의 정송강鄭松江(鄭澈, 1536~1593)처럼,

　　한 잔 먹세그려 또 한 잔 먹세그려
　　꽃 꺾어 산算놓고 무진무진無盡無盡 먹세그려 (후략)
　　－ 정철鄭澈, 〈將進酒辭〉 중

라고 하면 너무 인위적이고 계산적이지 않은가? 봄 안개가 스멀스멀 산등성이로 올라가자 갓 피기 시작한 산벚나무 아래 돗자리 펴고 찾아온 벗을 위해 지난 세밑에 담가 갓 익은 춘주春酒를 동이 채 내놓았다. 햇살도 등허리에 넉넉히 내려앉고 산새 울음도 분위기를 돋운다.

　아직도 시를 쓰거나 감상한다는 것이 어렵지 않다고 여겨진다. 한나절쯤 해가 등 뒤를 돌아 설핏 기울자 취향醉鄕이 엄습하여 오수午睡를 몰고 온다. 거침없이 벗에게 '나는 취해 자고 싶으니 그대는 돌아가라.'(3구)고 한다. 이백보다 3백여 년 전 중국 최고의

---

2) 詩中有畫시중유화: 시 속에 묘사된 풍경이 마치 한 폭의 그림과도 같음을 이르는 말.
3) 畫中有詩화중유시: 그림 속에 시의 뜻[詩意]이 풍부함을 이르는 말.

전원시인 도연명陶淵明(365~427)의 시구를 차용한 것이다. 새 집을 짓는데 새 목재木材를 쓰지 않고 오래된 고재古材를 썼는데도 보는 사람이 전혀 알아볼 수 없는 것처럼 자연스러울 뿐만 아니라 더 세련되게 보이니, 과연 시詩의 장인匠人다운 솜씨라 할 것이다. 주량을 자랑하는 허식이나 술이 센 척 하는 가식이나, 억지로 술을 권하지[强酒]도 않는다. 그저 누구나 술에 취하면 할 수 있는 행동의 자연스러운 수순을 쓰고 있을 뿐이다. 여기까지는 누구든지 시를 쓸 수 있다는 생각을 들게 한다.

그러나 시가 쉽고 아무나 쓸 수 있는 것만은 아니라는 기발한 발상을 마지막 결(4구)에서 쓰고 있으니, '내일 아침 또 술 생각이 있으면 거문고를 안고 오라.'고 한다. 다시 시란 쉬운 것이라는 생각을 가지려면 이 한 구절을 생각할 수 있어야 한다. 이백이 왜 시선詩仙이고 취선醉仙인지를 이 한 구절로 정문일침頂門一鍼한다. 뿐만 아니라 두세 군데 술집을 순회하다가 2~3일간은 술병病과 주독酒毒으로 맥 못 차리는 우리의 음주문화를 돌아보게 한다.

감상을 잘못하는 전형적인 사례 중의 하나는 '쉬운 시(작품)를 어렵게 감상(해석)하는 것'이다. 좋은 시는 '(작가는)어렵게 쓰고 (독자에게는)쉬운 시'이고, 나쁜 시는 '(작가는)쉽게 쓰고 (독자에게는)어려운 시'일 것이다. 이 시에서 이백은 술을 '더'마시고 싶은 술꾼들의 보편적인 심정을 쉽게 써서 음주시 중 명품반열에 들게 했고, 자신은 주당酒黨에서 주선酒仙이 되었다. 어려운 미사여구도 난해한 전고나 고사도 없다. 좋은 명품에 구미속초狗尾續貂[4]하였으니 해설자의 어리석음 또한 적지 않다.

---

4) 狗尾續貂구미속초 : 개꼬리를 담비꼬리에 이음. 곧 하찮은 것으로 훌륭한 것을 이음.

51. 벗과 함께 묵으며 友人會宿

滌蕩千古愁척탕천고수요   천고의 시름을 씻어 버리려고[5]
留連百壺飮유련백호음이라.   머물면서 연달아 백 병의 술을 마시네.
良宵宜淸談양소의청담이나   아름다운 밤은 벗과 청담을 나누기에 좋으니
皓月未能寢호월미능침이라.   밝은 달 아래 잠을 이루지 못 하겠네.
醉來臥空山취래와공산하니   술에 취해 빈산에 누우니
天地卽衾枕천지즉금침이로다.   하늘과 땅은 곧 이불과 베개이네.

담배의 별칭이 수심초愁心草이고, 술의 별칭 중 하나는 망우물忘憂物이니, 곧 근심을 잊게 해준다는 뜻이다. 담배와 술의 공통된 순기능(?)은 사람의 근심과 수심을 달래주는 것이리라. 이백 음주시의 전형을 볼 수 있는 작품으로 창작 시기가 밝혀지지 않았으며, 전문 6구의 5언 고시로, 내용상 3단락으로 나뉜다.

전반부(1~2구)에서는 이백 시 특유의 과장적 표현이 두드러져, '천고千古'라거나 '백병[百壺]' 등에서 나타난다. 다만 '시름[愁]'의 내용이 무엇인지, 왜 시름을 갖게 되었는지에 대해서는 알 수 없으니, 통상 이것을 춘수春愁(봄날의 시름, 봄철에 공연히 일어나는 싱숭생숭한 마음)라고나 할까. 아니면 '견딜 수 없는 존재의 가벼움'일까. 근원을 알 수 없는 마음의 심연深淵에 자리한 우수일까. 그저 술 먹는 핑계로 시의 모두冒頭에 제시한 도입인가.

중반부(3~4구)에서는 마음 툭 터놓고 허심탄회하게 무슨 이야기를 나누어도 다 들어줄 수 있는 좋은 벗과 휘영청 밝은 달, 그리고 밤을 새워 마셔도 될 만큼 넉넉한 술,

---

5) 滌蕩척탕 : 깨끗이 씻음. 말끔히 제거함.

완전하게 3박자를 갖추었다. 아마도 장소는 개울물 졸졸 흐르는 시냇가 서너 명 쯤 둘러 앉아도 넉넉한 너럭바위쯤일 터.

후반부(5~6구)에서는, 밤도 으슥하여 달도 어지간히 기울었고, 밤이슬이 옷깃에 내려 앉을 쯤, 낮 동안 햇빛에 달구어진 미지근한 바위에 눕는다. 이백의 〈산중대작山中對酌〉6) 3구의 '나는 취해 자고 싶으니 그대는 잠시 가게나我醉欲眠君且去' 가 생각나는 구절이다. 6구는 이 시 표현의 백미인 '하늘과 땅이 바로 이불과 베개로다天地卽衾枕'이다. 조선 중기 고승 진묵대사震黙大師(1562~1633)가 읊은 〈오도송悟道頌〉과 비견된다.7) 하늘을 이불로 덮고 땅을 베개 삼아 누우니, 이제 한 바탕 꿈속에서 자연과 하나 되는 '취향醉鄕'8)의 세계가 펼쳐졌으리라.

---

6) 山中對酌산중대작:《이태백전집李太白全集》23권에는 제목이 〈산중여유인대작山中與幽人對酌〉으로 되어 있다.

7) 진묵대사震黙大師(1562~1633)의 〈오도송悟道頌〉:「하늘을 이불로 땅을 돗자리로 산을 베게로 삼아 드러눕고, 달을 촛불로 구름을 병풍으로 바다를 술 단지로 삼아 마시노라. 크게 취한 채 편안하게 있다가 일어나 춤을 추니, 긴 소매가 곤륜산에 걸릴까 걱정이 되는구나天衾地席山爲枕, 月燭雲屛海作樽. 大醉居然仍起舞, 却嫌長袖掛崑崙」.

8) 醉鄕취향:술이 거나하게 취해 느껴지는 즐거운 경지.

제3부

유연遊宴

여러 개의 술잔에 뜬 달

[명] 구영九英, 〈도리원도挑李園圖〉

　여러 사람이 모인 술자리는 소란스럽고 어수선하다. 술잔을 마주 대고 그 동안의 근황과 안부를 물으며 교분을 쌓고 부귀와 명리에 따라 대화의 상대를 바꾸느라 여념이 없다. 같은 좌상에 앉아 함께 잔을 기울여도 이백의 속마음은 그들과 같을 수는 없었다. '그대들이여 무릇 천지는 만물이 잠깐 쉬었다가는 여관이요 세월은 백대를 지나가는 길손이라오.'(〈春夜宴桃李園序〉 중에서) '부귀공명이 만약 영원토록 있는 것이라면, 저기 흘러가는 한수漢水가 응당 서북쪽으로 흐르리라.'(〈江上吟〉에서). 모든 생각들을 잠시 내려놓으시고 우리 이 밤 달과 술과 시로 밤을 새워 즐깁시다. 청풍과 명월이 아깝습니다.'

52. 배 위에서¹⁾ 읊다 江上吟²⁾

木蘭之枻沙棠舟목란지예사당주요　　목란나무 노³⁾와 사당나무 배⁴⁾에

玉簫金管坐兩頭옥소금관좌양두하고,　　옥퉁소 금피리 부는 사람들 양편에 앉아 있고,

美酒樽中置千斛미주준중치천곡이오　　술동이에 맛좋은 술은 만 말⁵⁾이나 담겨 있고

載妓隨波任去留재기수파임거류라.　　기녀를 태운 배는 물결에 맡겨 흘러가네.

仙人有待乘黃鶴선인유대승황학이오　　신선은 기다리던 황학⁶⁾을 타고 떠났고

海客無心隨白鷗해객무심수백구라.　　떠도는 나그네⁷⁾는 무심한 백구가 따르네.⁸⁾

---

1) 江上강상：강물의 위. 곧 선상船上을 말함. 제목의 강은 한수漢水를 가리키는데, 한수는 섬서성陝西省 영강현寧强縣에서 발원하여 동남쪽으로 흘러 호북성湖北省 서부와 중부를 거쳐 무한武漢에 도달하여 장강으로 흘러드는 강.

2) 江上吟강상음：이 시의 제목이 〈강상유江上游〉로 된 판본도 있다.

3) 木蘭之枻목란지예：목란木蘭(향나무) 나무로 만든 배 젓는 노.

4) 沙棠舟사당주：사당沙棠나무로 만든 배. 뒤에 주로 놀잇배를 이르는 말로 씀.《술이기述異記》에 의하면 한漢나라 성제成帝가 조비연趙飛燕과 태액지太液池에서 노닐 때 사당나무로 만든 배를 타고 즐겼다고 하며, 곤륜산에서 나오는 사당나무는 사람이 그 열매를 먹으면 물에 빠져도 가라앉지 않는다고 한다.

5) 千斛천곡：천 휘. 휘[斛]은 용량을 되는 기구. 1곡은 열 말[斗].

6) 黃鶴황학：신선이 타고 다닌다는 누런 학. 황학루黃鶴樓는 한강漢江이 흘러가는 호북성湖北省 무한시武漢市에 있다.

7) 海客해객：사방을 방랑하는 사람. 강호江湖를 떠도는 사람.

8) 無心隨白鷗무심수백구：무심無心은 사심邪心이 없는 진심眞心의 경지.《열자列子·황제편黃帝篇》에 「바닷가에 갈매기를 좋아하는 사람이 매일 아침마다 바닷가에서 새와 같이 놀았는데, 백여 마리나 되는 갈매기들이 그의 곁을 떠나지 않았다. 그 아버지가 '갈매기가 모두 너를 따라 노니니 네가 새를 잡아오면 내가 가지고 놀겠다.'고 하여, 다음날 아침 바닷가로 나갔지만 갈매기들은 춤을 추면서 내려오지 않았다.」는 이야기를 인용하여 물아일체의 경지에서 유유자적하며 살아가는 경지를 표현하였다.

屈平詞賦懸日月굴평사부현일월이요　　굴평9)의 사부는 해와 달처럼 걸려 있건만

楚王臺榭空山丘초왕대사공산구로다.　　초왕10) 살던 궁궐11)은 산언덕에서 사라졌네.

興酣落筆搖五岳흥감낙필요오악이오　　흥 겨워 붓을 휘두르면12) 오악13)이 흔들리고

詩成笑傲凌滄洲시성소오능창주라.　　시를 이루면 웃으며 창주14)를 얕보리라.

功名富貴若長在공명부귀약장재면　　부귀공명이 만약 영원토록 있는 것이라면

漢水亦應西北流한수역응서북류리라.　　한수15)가 응당 서북쪽으로 흐르리라.

　이백이 34세(開元 22年, 734)에 강하江夏지방을 유람하면서 직접 창제한 가행체歌行
體16) 시로, 전문 12구 7언 고시이며, 내용상 3단락으로 나뉜다. 34세 장년기壯年期의 이백
이 득의양양하여 천하를 주유하다가 강하江夏 지역에 이르러 선상에서 음주의 즐거움을
특유의 미화와 과장의 표현법으로 쓴 시다.

　첫째 단락(1~4구)에서는 신선들이 탄다는 목란나무 노와 사당나무 배에 옥통소 황금피
리젓대를 부는 악대樂隊와 만 말[斗]의 맛있는 술에 기녀까지 대동한 선상船上의 음주행
락모습을 그려내고 있는데, 방탕하며 퇴폐적이라 할 만큼 호화롭게 미화와 과장의 극치
를 보이면서 묘사한다. 배는 물결치는 데로 바람 부는 대로 흘러가게 했으니, 퇴폐를

---

9) 屈平굴평 : 자는 원原. 전국시대 초楚나라의 삼려대부三閭大夫를 지내다가 대부들의 참소를 받아
　장사長沙로 유배되고, 〈이소離騷〉, 〈어부사漁父辭〉 등의 글을 지어 자신의 뜻을 밝히고 멱라수汨羅
　水에 투신하여 자살함.

10) 楚王초왕 : 전국시대 초楚나라의 왕. 본문에서는 회왕懷王과 경양왕頃襄王을 가리킨다.

11) 臺榭대사 : 대臺와 사榭. 누대 따위의 건축물을 두루 이르는 말.

12) 落筆낙필 : 붓으로 쓰거나 그림.

13) 五岳오악 : 오진五鎭. 오악五嶽. 중국의 다섯 명산이자 천자가 제사를 지내던 명산으로, 동악 태산泰
　山, 서악 화산華山, 남악 형산衡山, 북악 항산恒山, 중악 숭산嵩山으로 오진五鎭이라고도 함.

14) 滄洲창주 : 물가에 있는 지역. 주로 은자隱者가 사는 곳을 뜻함.

15) 漢水한수 : 제목의 한강漢江을 말하며, 장강長江의 가장 큰 지류.

16) 歌行體가행체 : 악부樂府의 한 시체詩體. 뒤에 고시古詩의 한 체제로 발전하였는데, 음절·격률이
　비교적 자유롭고, 5언·7언·잡언雜言을 사용하여 형식도 다양하다.

204

넘어선 낭만이라 해야 할 것 같다.

둘째 단락(5~8구)에서는 유람하고 있는 강하江夏지역이 옛날 전국시대 전국칠웅 중 초楚나라 지역임을 생각하고, 또 지금 배가 떠있는 강이 한수漢水임을 감안하여, 지역과 한수에 관련된 역사 고사와 감회를 쓰고 있다. 먼저 한수가 흐르는 무한武漢의 대표적 명소인 황학루黃鶴樓 창건설화로 전하는 신선이야기(5구), 흰 갈매기를 따라 놀았다는 해객海客이야기를 통해 물심일여物心一如의 경지에서 유유자적했던 삶을 말한다(6구).

그러나 이후 7~8구에서는 이러한 신선과 해객의 유유자적하는 삶과 대비되는 옛 초楚나라의 두 사람의 삶, 곧 굴원屈原과 회왕懷王 고사를 쓰고 있다. 굴원은 신하로서 충심을 〈이소離騷〉와 〈어부사漁父辭〉라는 명편을 써서 회왕에게 간언諫言한다. 이 글은 오늘날까지 명편으로 남아 해와 달처럼 '어떻게 살 것인가?'에 대한 답을 명쾌하게 제시하여 주고 있다. 그러나 회왕은 이를 외면하고 굴원을 멱라수汨羅水에 투신하여 자살케 하고, 회왕이 세워 누렸던 호화로운 궁궐과 전각들이 있었던 언덕도 지금은 흔적도 없이 사라졌다[空山丘]고 한다. 이러한 여행지에 얽힌 역사 전고에 의한 시상 전개는 이백의 시에서 자주 사용하는 시적 발상이다.

셋째 단락(9~12구)에서는, 장년기에 접어든 이백 자신의 글씨와 시문詩文에 대한 포부와 함께, 많은 사람들이 추종하는 부귀공명에 대한 자신의 가치관을 명쾌하게 드러내고 있다. 먼저 명필가名筆家가 되겠다는 포부를 일필휘지하면 '오악五岳이 흔들릴 것'이라고 호언장담한다(9구). 이어 명문名文 명시名詩를 써서 은둔하며[滄洲] 시문 창작에 심혈을 기울이는 사람들을 웃으면서 거만하게도 얕보리라고 한다(10구). 아직까지 이백이 명필 서예가로서 위치는 모르겠으나, 시에서만은 중국과 동양을 넘어 세계적으로 단연 우뚝하니, 그의 호언장담 중에 한 가지는 이루어졌음을 알겠다.

이어 마지막 11~12구에서는 부귀공명은 무상하다는 것을 '동남방 간으로 흐르는 한수漢水가 서북쪽으로 흐를 것'이라는 극단적 표현을 통해 강조하고 있다. 앞선 이백자신의 서예와 시문에 포부를 장담한 것이니, 서양의 히포크라테스Hippocrates가 말했다는 '예술은 길고, 인생은 짧다.'는 말을 자신의 포부와 삶의 예견을 통해 밝히고 있음이라.

53. 정 참경[1]의 산 속 연못에서 연회를 열다 宴鄭參卿山池

爾恐碧草晚이공벽초만하고 　　그대는 푸른 풀이 시들어가는 것을 염려하고

我畏朱顏移아외주안이라. 　　나는 붉은 얼굴이 늙어가는 것을 두려워하네.

愁看楊花飛수간양화비러니 　　날리는 버들 꽃을 수심에 차 바라보니

置酒正相宜치주정상의로다. 　　술자리가 참으로 마땅하구려.

歌聲送落日가성송낙일하고 　　노래 불러 지는 해를 보내고

舞影回淸池무영회청지한데, 　　춤 그림자는 맑은 연못을 휘도는데,

今夕不盡杯금석부진배면 　　오늘 저녁 잔을 비우지 않는다면

留歡更邀誰유환갱요수오. 　　즐거움을 남겨두고 또 누구를 맞이하려오?

　　이 시의 지은 시기는 자세히 밝혀지지 않았지만, 이백이 36세(開元 24年, 736)에 지었다는 설이 있다. 시의 첫 구절에서 '그대는 푸른 풀빛이 바래질까 염려하지만, 나는 붉은(젊은) 얼굴이 변할까 두렵다네.'라고 읊은 것으로 보아 이백이 청장년시기에 지었을 것으로 추정할 수 있다. 전문은 8구 5언 율시로, 내용상 율시의 시상 전개에 따라 4단락으로 나뉜다.

　　수련(1~2구)에서는 '그대'와 '나'의 동병상련[恐·畏]하는 내용이 제시되는데 푸른 풀의 시듦과 젊은 얼굴의 변해감(늙어감), 곧 귀밑머리가 희어지는 세월에 대한 무상감이다. 이어 함련(3~4구)에서는, 그런 동병상련하는 눈으로 바라보는 버들 꽃이 휘날리는 정경, 곧 '가는 봄날'에 대해서도 또한 같은 마음[愁]이라고 한다. 1,2,3구에 계속되는 감성어

---

1) 鄭參卿정참경 : 벼슬이 참경參卿인 정씨鄭氏. 참경은 참모參謀와 참군參軍에 대한 경칭으로, 참군은 군부軍府와 왕궁王國의 관직으로, 군관郡官을 겸하였다. 정씨에 대해서는 밝혀진 바가 없다.

공恐 - 외畏 - 수愁를 떨쳐내는 방법은 음주밖에 없으니, 술자리를 마련한 것은 지극히 당연하다고 한다.

후반부에 해당하는 경련(5~6구)에서 또 하나 '가는 세월'을 의미하는 '지는 해[落日]'를 통해 시간(세월)의 흐름을 더욱 감각적 현시적顯示的으로 파악하며, 술과 함께 노래와 춤 곧 가무음주로 인생무상을 떨쳐내고자 한다. 하늘에는 석양의 노을이 붉게 물들고 연못에는 춤추는 그림자가 아롱진다고 한다. 자연의 시간을 인간의 부질없는 몸짓으로 거부(망각)하려 한다. 미련(7~8구)에서는, 이러한 무상감 허무감에서 벗어나기 위해서 당장 지금 해야 할 일은 무엇인가. 앞에 놓여있는 술잔을 남김없이 비워야 하는 일이다. 술을 남기는 것은 곧 즐거움을 남기는 것인데, 즐거움을 남겨서[留歡] 또 다른 사람에게 줄 수는 없다고 한다. 무상감을 저변으로 하고, 술[酒, 3구]이 술잔[杯](7구)을 거쳐서 즐거움[歡](8구)이 되는 급시행락을 노래하고 있다.

54. 금릉 봉황대에 술자리를 마련하고 金陵鳳凰臺置酒

置酒延落景 치주연낙경을 　술자리에 지는 해¹⁾를

金陵鳳凰臺 금릉봉황대하고, 　금릉 봉황대²⁾로 끌어오고,

長波寫萬古 장파사만고러니 　긴 파도³⁾가 만고에 흘러가니

心與雲俱開 심여운구개로다. 　마음이 구름과 함께 열리네.

借問往昔時 차문왕석시에 　묻노니 지나간 옛날에

鳳凰爲誰來 봉황위수래인가. 　봉황은 누구를 위해 날아왔던가?

鳳凰去已久 봉황거이구러니 　봉황이 떠나간 지 이미 오래되었으니

正當今日回 정당금일회리라. 　오늘이 바로 돌아오는 날이리라.

明君越羲軒 명군월희헌하고 　밝은 군왕은 복희와 헌원씨⁴⁾를 능가하고

天老坐三臺 천노좌삼대러니 　천로⁵⁾같은 재상들이 삼대⁶⁾에 앉아 있으니,

豪士無所用 호사무소용하여 　호방한 선비들은 쓸데가 없어

彈弦醉金罍 탄현취금뢰로다. 　거문고 타며 황금 술독에 취하리라.

---

1) 落景낙경 : 석양.

2) 金陵鳳凰臺금릉 봉황대 : '봉황대鳳凰臺'는 금릉(지금의 강소성 南京市)의 성 서남쪽 봉유사鳳游寺에 있는 누대로, 그 옛터가 지금의 남경시 집경문集慶門 안 내봉가來鳳街 부근에 있다. 남조 송南朝宋 원가元嘉 16년(440)에 이름을 알 수 없는 새 세 마리가 산으로 날아와 앉았는데, 오색무늬에 공작과 같은 모습을 하고 있어 당시 사람들이 봉황이라고 불렀으며, 그 곳에 누대를 짓고 봉황대라고 불렀다고 전한다.

3) 長波장파 : 끊임없이 흐르는 물결. 장강長江을 말함.

4) 羲軒희헌 : 복희씨伏羲氏와 헌원씨軒轅氏(黃帝).

5) 天老천로 : 황제黃帝의 보신輔臣 중 한 사람.

6) 三臺삼대 : 천자天子의 영대靈臺·시대時臺·유대囿臺.

東風吹山花 동풍취산화인데   봄바람이 산꽃에 불어오는데

安可不盡杯 안가부진배리오.   어찌 술잔을 다 비우지 않으리오.

六帝沒幽草 육제몰유초하고   육조의 황제[7]들은 구석진 풀숲에 묻혀있고

深宮冥綠苔 심궁명녹태로다.   깊은 궁궐은 푸른 이끼로 어둑하네.

置酒勿復道 치주물부도오   차려진 술상 앞에서 더 말하지 말고

歌鍾但相催 가종단상최로다.   다만 노래에 맞춘 편종[8] 치기만을 재촉하세.

    이백은 일생동안 금릉金陵을 네 차례나 유람했는데, 이 시를 지은 시기는 정확하게 밝혀지지 않고 있지만, 시 가운데 조정에 대해 원망하는 감정으로 자신의 실의失意(11구)를 언급한 점[9]으로 보아 조정을 떠난 이후인 47세(天寶 6年, 747)에 지은 것으로 추정하고 있다. 전문은 18구 5언 고시로 내용상 4단락으로 나뉜다.

    첫째 단락(1~4구)에서는 금릉 봉황대에 올라 마련한 술자리를 묘사하는데, 시간배경은 해질 무렵이며 석양이 '드리운 것'이 아니라 '끌어드렸다[延]'고 한 표현의 묘미가 눈에 띈다. 그리고 시선을 내려 끊임없이 흘러가는 물결[長波]과 영원히 흐르는 시간[萬古]을 절묘하게 대비시킨 후, 그런 배경 속에 울적했던 심중이 하늘의 구름과 함께 활짝 열렸다[俱開]고 한다. 왜 뭇사람들이 높은 곳에 오르려 하는지에 답을 말한다. 고위불위高位不危(높으나 위태롭지 않음)의 경지에서 호연지기를 맛보거나 기르기 위한 것이리라. 봉황대 누대 위에서 잠시나마 장쾌한 기분을 느끼는 것이다.

    둘째 단락(5~8구)에서는 있는 곳이 봉황대인 만큼 봉황새 이야기를 한다. 전설에 봉황은 성인聖人이나 천자天子가 출현할 징조로 나타난다는 상서로운 새다. 이어 '마땅히

---

7) 六帝육제 : 건강建康(지금의 南京)에 도읍하였던 여섯 왕조. 삼국시대 오吳 · 동진東晋과 남조南朝의 송宋 · 제齊 · 양梁 · 진陳.

8) 歌鍾가종 : 노래에 맞춰 치는 편종編鐘.

9) 이백이 이 시와 같은 시기에 금릉 봉황대에서 다른 시 〈등금릉봉황대登金陵鳳凰臺〉 7~8구에서 「모든 것들이 모여 뜬 구름이 되어 해를 가리니, 장안이 보이지 않아 사람을 근심스럽게 하네總爲浮雲能蔽日, 長安不見使人愁」라고 읊고 있다.

오늘은 돌아오겠지'(8구) 라고 기대 섞인 말을 한다. 이백이 봉황대에 오른 당대의 현실이 성인이 다스리는 태평성대가 아닌, 곧 현종玄宗 치세 초기에는 '개원開元의 치治'라고 불릴 만큼 성당盛唐의 시기였다가, 양귀비楊貴妃의 등장 이후의 암울해져 가는 정치 현실을 우려하는 표현일 것이다.

셋째 단락(9~12구)에서는 둘째 단락의 내용을 이어받아 좀 더 노골적으로 정치현실과 자신의 모습을 암유暗喩하고 있는데, 현종玄宗을 삼황三皇을 능가하는 성군聖君이며, 보신輔臣하는 신하들도 천로天老같아서 이백 자신 같은 호방한 선비들은 쓸데없으니 술이나 마셔야 한다고 한다.

넷째 단락(13~18구)에서는 이런저런 이유로 술을 마시는데, 봉황대의 풍광은 말할 것도 없거니와 마침 봄바람에 산꽃이 피어나는 시기라고 한다[及時]. 특히 봉황대가 있는 금릉의 남경南京은 역사적으로 여섯 왕조[六朝]의 많은 나라들이 도읍을 했던 곳이다. 그런데 그 수많은 황제들은 물론이고 그들이 묻힌 무덤들도 풀숲에 묻혀 알아보는 이 없고, 호사를 누렸던 아름다운 궁궐들도 검푸른 이끼에 덮혀 있다고 한다. 곧 첫머리에 제시했던 '끝없이 흐르는 강물[長波]'와 '영원한 시간의 흐름[萬古]'속에 변하지 않는 것은 없다는 것을 남경을 배경으로 한 역사적 고찰로 증명해(?)내는 무상감의 서술이다. 그러니 지금 저 장안에서 권세를 부리는 자들도 머잖아 사라져갈 것이니, 무엇을 얻고자 이전투구泥田鬪狗할 필요가 없다는 것이리라.

마지막으로 두 구(17~18구)에서 지금 안전에 차려진 술상머리에서 인생과 삶에 대해서 더 이상 말할 것[復道], 곧 머뭇거릴 필요도 없이 마시라고 하면서, 다만 지금 필요한 것은 술맛 돋우어주는 가무歌舞라고 한다[行樂]. 백 년 천 년도 살 것이 아닌 인생, 무엇을 위해 심사心思를 어지럽히며 낯빛을 엄숙히 할 것도 없다고 한다. 전체 시상 전개가 한 잔 술을 마시기 위한 일필휘지처럼 보이지만, 소회를 시적으로 형상화하기 위한 짜임이 빈틈없는 시다.

55. 한단 남쪽 정자에서 기녀를 보다 邯鄲南亭觀妓

歌鼓燕趙兒 가고연조아하고　　연과 조의 아이들은 북치며 노래하고[1]

魏姝弄鳴絲 위주농명사인데,　　위 땅 미녀들은 현악기[2]를 울리며 노는데,

粉色豔日彩 분색염일채하고　　분바른 얼굴은 햇볕에 곱게 빛나고

舞袖拂花枝 무수불화지로다.　　춤추는 옷자락은 꽃가지를 스치는구나.

把酒顧美人 파주고미인하며　　술잔 잡고 미인을 돌아보며

請歌邯鄲詞 청가한단사러니,　　한단邯鄲[3]의 노래를 청하니,

淸箏何繚繞 청쟁하요요하고　　청아한 아쟁 소리는 어찌나 감돌고[4]

度曲綠雲垂 도곡녹운수니라.　　노랫가락[5]은 푸른 구름에 드리우네.

平原君安在 평원군안재오.　　평원군平原君[6]은 어디에 있는가?

科斗生古池 과두생고지니,　　올챙이[7]만 옛 연못에서 자라고 있고

---

1) 歌鼓燕趙가고연조 : 연가조무燕歌趙舞. 연燕나라 노래와 조趙나라의 춤. 아름다운 가무를 두루 이르는 말. 연과 조는 전국시대 연나라와 조나라로 지금의 북경北京, 천진天津, 하북河北 일대이다.

2) 鳴絲명사 : 현악기絃樂器를 이르는 말.

3) 邯鄲한단 : 하북성河北省 남부에 있는 도시. 춘추시대에는 위魏 나라의 도읍이었고, 전국시대에는 조趙 나라의 도읍이었다.

4) 繚繞요요 : 빙빙 돎. 감돎.

5) 度曲도곡 : 악보에 맞추어 노래함.

6) 平原君평원군 : 전국시대 조趙 무령왕武靈王의 아들. 평원平原에 봉해져서 붙여진 이름. 식객이 매우 많았으며, 여러 차례 나라를 위기에서 구하여, 제齊의 맹상군孟嘗君, 초楚의 춘신군春信君, 위魏의 신릉군信陵君과 함께 사공자四公子로 일컬어진다. 3차례에 걸쳐 재상으로 있으면서 널리 인재를 구하고 선비를 양성하여 3천 명의 식객을 부양하였다고 한다. 진秦나라 군대가 조나라의 수도인 한단을 포위하고 공격하자 초의 춘신군과 위의 신릉군의 원조를 받아 진나라 군대를 물리쳤다.

7) 科斗과두 : 올챙이.

座客三千人 좌객삼천인을   그 자리에 있던 식객 3천 명을

于今知有誰 우금지유수오.   지금에 알아주는 이 누가 있으리?

我輩不作樂 아배부작락하면   우리들이 음주를 즐기지 않는다면

但爲後代悲 단위후대비리라.   다만 후대 사람들이 슬프게 여기리라.

이백이 52세(天寶 11年, 752)에 낙양에서 북쪽으로 올라가 한단邯鄲 지역에 도착하였을 때, 도중에 한단총대邯鄲叢台와 동작대銅雀台 등의 명승고적을 유람하던 무렵에 지은 시다. 전문 14구 5언 고시이며 내용 전개상 4단락으로 나뉜다. 시적 발상은 각지를 주유周遊하는 시에서 흔하게 볼 수 있듯이, 현재 유람하는 지역에서 보이는 눈앞의 상황과 그곳에 얽힌 과거의 전고와 고사를 상기하고 대비시키면서 전개된다. 이럴 경우 대부분 과거에 부귀영화를 누렸던 인물들의 일화 회고를 통한 무상감을 저변의 정서로 삼아, '우리도 또한 머잖아 저렇게 될 것'이라는 허무감과 무상감을 초월 또는 망각하기 위해서 '시기를 놓치지 않고 즐겁게 놀자[及時行樂]'는 것이 주 내용이다.

첫째 단락(1~4구)에서는 과거 역사적으로 춘추전국시대의 위魏·연燕·조趙 지역의 특기인 악기와 노래와 춤을 열거하는데, 기실 한단 지역을 중심으로 한 옛 나라들의 이름으로 지역별로 빼어난 가무가 총집결했다는 것을 의미한다(1~2구). 이어 아름답게 화장한 미인의 춤사위와 배경으로 만발한 꽃밭을 설정하고, 미인의 '춤추는 옷자락이 꽃가지를 스친다'고 하여 청각과 시각과 촉각이 한데 어우러지도록 감각적으로 묘사한다.

둘째 단락(5~8구)에서는 시적 자아인 이백 자신이 시속에 등장하여 술잔을 들고 듣고 싶은 노래로 '한단 지방의 노래邯鄲詞'를 불러달라고 구체적으로 청한다. 여행을 하는 목적 중에 하나는 그 지역만의 특징과 특색을 담고 있는 예술과 문화를 체험하는 것이 여행의 묘미 중 하나이다. 보고[見] - 알고[知] - 깨닫고[覺] - 느끼는[感] 과정이 없이 '아, 아름답구나!'하는 감탄사만으로 여행을 끝내기에는 아쉬움이 있다 하겠다. 그렇다면 한단 지역의 노래는 어떤 성격이 특징일까? 전국시대 조趙나라에서 유행한 무곡舞曲을

통합적으로 '한단곡邯鄲曲'이라고 하며, 한단과 관계된 대표적인 성어成語로는 한단지몽邯鄲之夢8)이라 하여 부귀영화의 덧없음을 비유하는 말로 널리 회자되고 있다. 이어지는 셋째 단락의 내용과 관련짓는다면 한단곡도 한단지몽처럼 부귀영화의 덧없음을 음률로 표현한 노래가 아닐까.

셋째 단락(9~12구)에서는 앞 선 한단곡이나 한단지몽을 내용으로 하는 구체적인 고사 일화를 내용으로 하고 있다. 이백보다는 천여 년 전쯤 전국시대에 이곳 한단을 도읍으로 했던 조趙의 평원군平原君 고사다. 옛날 이곳에서 부귀영화를 누렸던 평원군은 간 곳 없고, 그가 거닐던 연못에는 올챙이만 놀고 있다고 한다(9~10구). 대비치고는 좀 가혹하리(?)만치 극과 극이다. '개똥밭에 구를지라도 이승이 저승보다 낫다'는 속담이 있기는 하지만, 죽은 평원군보다는 지금 살아있는 연못 속 올챙이가 더 낫다는 것을 은연중 암시하고 있다. 그리고 그의 식객 3천명도 뿔뿔이 흩어진 것이 아니라 지상에서 사라졌고, 그들을 기억하는 사람은 하나도 없다고 한다(11~12구). 지천명知天命의 나이 50세를 넘긴 이백의 인생관과 가치관이 거침없이 나타나고 있다.

마지막 넷째 단락(13~14구)에서는 현재(첫째와 둘째 단락)를 거쳐 과거(셋째 단락)로 시간 여행을 했다가 다시 현재로 돌아온다. 이백 자신이 말한 인생무상과 삶에 대해 회의를 느꼈다면, 우리는 현재 무엇을 할 것인가에 대해 답을 한다. 우리가 지금 과거의 평원군을 슬퍼하고 있듯이 미래의 후인後人들이 지금의 우리를 슬퍼하게 하지 않으려면 어찌해야 할 것인가? 술잔을 들고 지금을 즐기자!

---

8) 邯鄲之夢한단지몽: 노생盧生이 한단의 한 주막에서 도사 여옹呂翁의 베개를 빌려 잠을 자다가 꿈속에서 수십 년 동안 온갖 부귀영화를 누렸으나 깨어보니 자기 전에 주막의 주인이 짓고 있던 메조밥이 채 익지도 않은 잠깐 사이였다는 고사에서 유래하여, 부귀영화의 덧없음을 비유하는 말.

56. 노 땅 중도의 동쪽 누각에서 취한 일을 깨어나서 적다 魯中都東樓 醉起作

昨日東樓醉 작일동루취러니	어제 동루에서 대취하여
還應倒接䍦 환응도접리로다.	모자¹⁾를 거꾸로 쓴 채 돌아왔다네.
阿誰扶上馬 아수부상마요	말을 탈 때 누가 부축하였는지?
不省下樓時 불성하루시라.	누각에서 언제 내려왔는지 알 수 없네.

뒤의 작품 〈별중도명부형別中都明府兄〉을 짓고, 동쪽 누대에서 형제들과 화기애애한 주연에 밤 깊도록 마셨을 것이다. 애써 내일의 이별을 잊으려는 듯. 그 작품과의 연속성을 밝히는 단서는 1구의 '어제 동쪽 누각에서 대취하여[昨日東樓醉]'이고, 형식은 전문 4구의 5언 절구다. 이러한 연속성과 상관관계를 따지지 않는다면, 시 전문의 내용은 무엇 때문에 마셨는지, 누구와 마셨는지에 대해서는 전혀 언급이 없고, 대취하여 모자를 거꾸로 쓴 줄도 모르고, 어떻게 말에 탔는지도 전혀 기억나지 않을 만큼 만취하였다는 것이다.

누구나 술을 마셔본 사람들이면 한 번쯤은 겪어보았을 만한 만취에 대해 쓴 것으로, 특이한 내용이나 시적 표현 없는 평이한 시이다. 중국의 시문에서 만취 상태를 표현 것으로 자주 등장하는 것이 모자인데, 모자가 바람에 날아가는 것도 몰랐다[落帽], 또는 '모자를 거꾸로 쓴 것[接䍦]'도 몰라 남의 웃음거리가 되었다는 것 등이다.

그리고 이백이 천하를 주유하던 중 상당 기간 머무른 곳이었으며, 형님이 현령으로 있는 중도中都 땅은 이백보다 1,200여 년 전에 대성인 공자孔子(B.C.551~479)가 중도재中

---

1) 接䍦접리 : 두건頭巾 이름. 백모白帽.

214

都宰라는 읍재邑宰를 노魯나라 정공定公으로부터 임명받아 다스렸던 곳이기도 하다. 1.200여 년을 사이에 두고 혹시 공자가 이백처럼 중도에서 술을 마셨다면 공자의 주량酒量은 얼마나 되었을까. 《논어》에 이르기를, 「술은 일정한 양이 없으셨는데, 어지러운 지경에 이르지 않게 하셨다.」2)라고 하였다.

지금 사람들이 '주량이 얼마쯤 됩니까?'라는 물음에 선뜻 대답하기는 쉽지 않다. 왜냐하면 그 기준이 애매하기 때문이다. 어떤 사람은 얼굴이 붉어지는 것을 기준으로, 또는 얼큰하게 취해 기분이 좋아지는 것을, 혹은 인사불성이 될 정도로 만취한 것을 기준으로 삼기 때문일 것이다. 공자의 주량 이야기에서 우리가 배워야할 할 점은 예나 지금이나 이성을 잃을 정도의 음주는 본인의 건강은 물론 이웃과 다른 사람의 안전을 위해서도 자제해야 한다는 점일 것이다.

---

2) 《논어論語·향당鄕黨》에 「고기가 비록 많으나 밥 기운을 이기게 하지 않으셨으며, 술은 일정한 양이 없으셨는데, 어지러운 지경에 이르지 않게 하셨다肉雖多, 不使勝食氣, 唯酒無量, 不及亂」.

57. 구일 중양절 날 산에 오르다[1] 九日登山

淵明歸去來 연명귀거래하여	도연명[2]이 〈귀거래사〉를 짓고 돌아와서
不與世相逐 불여세상축인데,	세속의 명리를 좇지 않았는데,
爲無杯中物 위무배중물하여	잔속의 술[3]이 떨어져서야
遂偶本州牧 수우본주목하고	마침내 고을의 자사 刺史[4]와 교제하면서,
因招白衣人 인초백의인하여	흰 옷 입은 사람[5]을 불러들이고
笑酌黃花菊 소작황화국이라.	웃으며 노란 국화주를 마셨다네.
我來不得意 아래부득의하여	내가 이곳에 와서 뜻을 얻지 못한 채
虛過重陽時 허과중양시인데,	중양절 좋은 날을 헛되이 보내는데,

---

1) 이 시의 제목에 대해서 청淸 왕기王琦는 「시의 뜻을 보면 종실의 한 사람인 선주별가와 함께 9일에 그가 신축한 대에 올라가 지은 것으로, 시의 제목에 반드시 누락된 부분이 있을 것이다.」라고 했고, 이백의 다른 시인 〈선성에서 9일 중양절에 최 시어가 우문 선성태수와 함께 경정산에서 노닌다고 들었는데, 나는 그때 향산에 올라가 있어서 그 감상을 함께하지 못하였으므로, 취한 뒤에 최시어에게 부치다宣城九日聞崔四侍御與字文太守遊敬亭, 余時登響山不同此賞醉後贈崔侍御〉라는 시와 서로 감흥과 경치가 부합되어 참고할 만하다.

2) 淵明(연명): 도잠陶潛(365~427). 연명淵明은 호. 진晉 여강廬江 사람. 팽택령彭澤令이 된 지 80여일 만에 〈귀거래사歸去來辭〉를 남기고 귀향하여 여생을 시주詩酒로 소일하였다. 육조六朝 최고의 시인으로 불린다. 시 외에도 〈오류선생전五柳先生傳〉, 〈도화원기桃花源記〉 등의 산문이 있다.

3) 杯中物(배중물): 잔속의 물건. 곧 술의 이칭. 도연명의 〈아들을 꾸짖다責子〉의 시 가운데 「하늘로부터 타고난 자식 운이 이러하니, 잔속의 물건(술)이나 마실 수밖에 없네天運苟如此, 且進杯中物」의 구절에서 쓴 단어.

4) 州牧(주목): 주州의 장관長官. 본문에서는 자사刺史인 왕홍王弘을 지칭.

5) 白衣人(백의인): 진晉 왕홍王弘이 중양절에 도잠陶潛에게 술을 보낼 때 부렸던 흰 옷 입은 심부름꾼. 중양절에 친구에게 술을 보내거나 술을 마시는 일, 또는 국화를 읊을 때의 전고典故로 쓰임. 백의주白衣酒. 백의송주白衣送酒.

題輿何俊發 제여하준발인가　　　장사長史6)는 어찌 이리 빼어났는가?7)

遂結城南期 수결성남기니라.　　　마침내 성 남쪽에서 만나기로 기약하였네.

築土按響山 축토안향산하고　　　축대는 향산8)을 따라 쌓았고

俯臨宛水湄 부림완수미로다.　　　아래로는 완계가 굽어보이네.

胡人吹玉笛 호인규옥적하고　　　호땅 사람들은 옥피리를 불고

越女彈霜絲 월녀탄상사인데,　　　월땅 여인들은 거문고9)를 연주하는데,

自作英王冑 자작영왕주이나　　　나는 영명한 왕실의 후예인데도

斯樂不可窺 사악불가규로다.　　　이런 음악은 본 적이 없었네.

赤鯉湧琴高 적리용금고하고　　　붉은 잉어10)는 금고11)와 함께 솟아오르고

白龜道冰夷 백귀도빙이이니,　　　흰 거북12)은 빙이13)를 인도하니,

靈仙如彷彿 영선여방불하여　　　신령스런 신선들과 비슷하여

奠酹遙相知 전뢰요상지니라.　　　술 부어 제사지내는14) 것은 멀리서도 알아보겠네.

古來登高人 고래등고인이　　　예전에 중양절에등고登高한 사람들은

今復幾人在 금부기인재리오.　　　지금은 몇 명이나 남아있는가?

滄洲違宿諾 창주위숙낙이나　　　창주에 은거하려던 오래된 약속은 어겼지만

---

6) 題輿제여 : 장사長史. 당대唐代에 주州의 자사刺史 아래 두었던 벼슬 이름.

7) 俊發준발 : 재주와 성정性情 등이 밖으로 드러남. 본문에서는 이백이 당시 머물고 있던 선성현宣城 縣의 장사長史가 이백을 알아보고 중양절에 그의 누대에 함께 오를 것을 초대해 준 것에 대해 추켜 주는 표현이다.

8) 響山향산 : 안휘성安徽省 선주시宣州市 남쪽에 있는 산. 향산 아래로 완계宛溪가 흐른다.

9) 霜絲상사 : 현악기의 줄.

10) 赤鯉적리 : 신선이 탄다는 붉은 잉어.

11) 琴高금고 : 전국시대 조趙나라 사람. 전설상의 인물로 금琴을 잘 탔는데, 잉어[赤鯉]를 타고 신선이 됨.

12) 白龜백귀 : 흰 거북. 상서로운 동물로 여겼다.

13) 冰夷빙이 : 풍이馮夷. 수신水神의 이름.

14) 奠酹전뢰 : 전주奠酒. 술을 땅에 부어 신神에게 제사지냄.

明日猶可待 명일유가대리라.　　　　다음날에는 여전히 기대할 수 있으리라.

連山似驚波 연산사경파하여　　　　이어진 산들은 놀란 파도가

合沓出溟海 합답출명해로다.　　　　겹쳐져 넓은 바다위로 솟아오르는 것 같네.

揚袂揮四座 양몌휘사좌하니　　　　옷소매 올려 사방 자리에 드날리며

酩酊安所知 명정안소지리오.　　　　흠뻑 취했으니 어찌 알 일이 있겠는가?

齊歌送淸觴 제가송청상하고　　　　함께 노래 부르며 맛 좋은 술15)을 따라주고

起舞亂參差 기무란참치러라.　　　　일어나 춤추니 어수선하고 어지럽네.16)

賓隨落葉散 빈수락엽산이오　　　　손님들은 낙엽 따라 흩어지고

帽逐秋風吹 모축추풍취러니,　　　　모자는 가을바람에 날아갔으니,

別後登此臺 별후등차대일땐　　　　헤어진 뒤 이 누대에 다시 오르면

願言長相思 원언장상사로다.　　　　오래도록 그대를 그리워하리라.17)

이백이 53세(天寶 12年, 753)에 선성宣城에 머물 때, 9월9일 중양절을 맞이하여, 선주 별가宣州別駕18)가 향산響山 부근의 새로 지은 대臺에서 열린 연회에 이백을 초대하자, 참가하여 술에 취하여 지은 시이다. 전 34구의 5언 고시의 장시로 내용상 4개 단락으로 나뉜다. 이 해는 이백이 한림공봉을 사직하고 전국을 유람한지 10년 채 되는 가을이다.

첫째 단락(1~6구)에서는 도연명의 고사를 인용하고 있는데, 선주 별가의 신축 누루樓 낙성연落成宴 초대에 참석하는 자신의 처지와 입장이 도연명陶淵明(365~427)과 몇 가지 에서 공통점이 있기 때문이다. 하나는 도연명이 일찍이 팽택령彭澤令으로 있을 때, 독우 督郵(太守의 보좌관으로 관할 縣을 순찰·감독함)가 현縣을 순행하러 이르게 되었는데, 아전

----

15) 淸觴(청상) : 맛 좋은 술을 이르는 말.

16) 參差(참치) : 어수선하고 어지러움.

17) 願言(원언) : 간절히 그리워하는 모양.

18) 別駕별가 : 본문에서는 벼슬 명칭 '별가別駕'를 당대唐代의 명칭인 '장사長史'로 번역함. 곧 역사적
　　으로 제여題輿 = 별가別駕(後漢) → 장사長史(隋·唐代)로 변했기 때문이다.

이 '마땅히 관대를 묶고 나가 뵈어야 합니다.'하고 아뢰자, 도연명이 탄식하기를, '내 어찌 다섯 말의 쌀[五斗米]을 위하여 향리의 소아에게 허리를 굽히겠는가?'하고 인수印綬(官印의 끈, 곧 벼슬을 의미)를 풀고 떠나면서 〈귀거래사〉를 짓고, 다시는 벼슬을 하지 않았다는 고사와, 이백이 궁궐의 여러 모함과 시기 때문에 한림공봉 벼슬을 버리고 떠난 것과 유사하기 때문이다.

다른 하나는 도연명이 중국 최고의 전원시인田園詩人과 술의 시인으로 평가받듯이, 이백도 전원에서 자연인으로서의 정적 세계를 추구하면서 술에 대한 마력魔力(?)은 끊을래야 끊을 수 없었다는 점이다. 도연명이 고향으로 돌아가서 고을의 현령縣令과 일체 만나지 않았는데, 특히 왕홍王弘의 제의를 여러 번 거절하였다. 하루는 중양절이 다가오는데 술이 없어서 집에 심어놓은 국화만 따고 앉아 있는데, 왕홍이 보낸 흰 옷 입은 심부름꾼[白衣人](5구)이 술을 가져오자 불러들이고, 그로부터 왕홍과 인사하고 함께 술을 마셨다고 한다.

둘째 단락(7~20구)에서 이백도 문명文名이야 떨치고 있었지만, 떠도는 나그네 신세라 지방 장관들이 쉽게 알아줄 리 없었다(7구). 나그네 신세라 객지에서 중양절을 헛되이 보낼 것 같고[虛過重陽](8구) 술은 마시고 싶고. 그러던 차에 선주 별가가 이백을 알아보고 초대해주었으니 고마웠다. 그래서 선성 별가의 초대를 백의인을 보낸 왕홍을 반갑게 맞이한 도연명 만큼이나 기쁜 마음에 높이 추켜세워 '어찌 이리 빼어났는가[何俊發](9구)' 하고 칭송 찬미하고, 성 남쪽에서 만나기로 약속했다고 한다.

이어 대臺가 축성된 곳의 빼어난 경관(11~12구)을 말하고, 연회장에서 연주되는 기이한 서역풍의 음악은 처음으로 듣는 것이며(13~16구), 대 안의 연못에 노니는 붉은 잉어와 흰 거북은 마치 선선계의 모습을 연상시킨다며,《열선전列仙傳》 전고를 인용하여 미화시키고, 이렇게 제사 드리는 모습은 주위의 관심을 사기에 충분하다고 한다.

셋째 단락(21~26구)에서는, 중양절을 맞이하여 등고登高의 풍습을 환기하면서, 예전에 등고하던 많은 사람들도 지금은 모두 고인이 되어 남아있지 않다고 한다(21~22구). 이백 자신도 창주滄洲에 사는 은사들처럼 자연에 은둔하기를 약속하였으나, 아직 천하를 유람하는 신세라 은거하지 못하고 있으나 머잖아 자신도 그 약속을 지키리라고 하고, 등고하여 올라서 보이는 주위 높은 산들을 묘사하고 있다(25~26구).

　마지막 넷째 단락(27~34구)에서는, 연회장의 떠들썩하게 노래하고 춤추는 모습 묘사에 이어 연회가 끝나자 뿔뿔이 흩어지는 것을 쓰고, 자신도 모처럼 대취해서 모자가 바람에 날려가는 줄도 몰랐다고 한다. 그리고 이렇게 대취한 것은 오래도록 잊지 않고 기억에 남아 특별히 그리워하리라고 아쉬워하는 심정을 표현한다.

58. 주강¹⁾과 청계²⁾ 옥경담³⁾에서 연회를 열어 헤어지다 與周剛靑溪玉鏡 潭宴別

康樂上官去 강락상관거일새 　　강락康樂⁴⁾이 부임되어⁵⁾ 나아갈 때

永嘉游石門 영가유석문이라. 　　영가⁶⁾의 석문산⁷⁾에서 노닐었고,

江亭有孤嶼 강정유고서이니 　　영가강⁸⁾가 정자 옆에는 고서산⁹⁾이 있는데

千載跡猶存 천재적유존이라. 　　천년이 지나도 그 자취는 여전히 남아 있네.

我來憩秋浦 아래게추포러니 　　내가 추포¹⁰⁾로 와 쉬면서

三入桃陂源 삼입도피원이라. 　　세 번 도피원¹¹⁾에 들어갔는데,

千峰照積雪 천봉조적설이요 　　천 개의 봉우리는 쌓인 눈으로 빛나고

---

1) 周剛주강 : 누구인지 밝혀지지 않다.
2) 靑溪청계 : '청계淸溪'를 말하며, 추포秋浦(지금의 安徽省 池州市)를 가로지르는 강.
3) 玉鏡潭옥경담 : 이 시 제목의 협주夾註에 「연못은 추포의 도호피 아래에 있는데, 내가 이 연못의 이름을 새로 지었다潭在秋浦桃胡陂下, 予新名此潭」라는 내용으로 보아 '옥경담'이란 이름은 이백이 지은 이름이다.
4) 康樂강락 : 남조 송南朝宋 사영운謝靈運의 봉호封號. 안연지顏延之와 함께 안사顏謝라고도 불리며, 사영운을 대사大謝, 사조謝朓를 소사小謝라고 부르며, 사령운의 동생 사혜련謝惠連을 합쳐 삼사三謝라고 불렀으며, 산수의 아름다움으로 승화시켜 중국 문학에서 산수시의 새로운 길을 열었다.
5) 上官상관 : 임지에 부임함. 취임함.
6) 永嘉영가 : 사영운謝靈運이 태수를 역임한 곳으로 지금의 절강성浙江省 온주시溫州市이다. 사영운이 이곳 태수를 지내며 영가문학永嘉文學을 꽃피웠다.
7) 石門석문 : 석문산石門山. 영가永嘉에 있는 산 이름. 일명 나부산羅浮山.
8) 江강 : 영가강永嘉江을 말함.
9) 孤嶼고서 : 고서산孤嶼山. 절강성浙江省 영가현永嘉縣의 구강甌江 안에 있는 산.
10) 秋浦추포 : 안휘성安徽省 귀지현貴池縣 남서쪽에 있는 포구.
11) 桃陂源도피원 : 추포秋浦와 가까운 안휘성安徽省 귀지현貴池縣에 있는 평원.

萬壑盡啼猿 만학진제원이라.　　만개의 골짜기는 원숭이 울음소리로 가득했네.

興與謝公合 흥여사공합하고　　흥취는 사공[12]과 어울리고

文因周子論 문인주자론이라.　　글로는 주자[13]와 논할 만하여,

掃崖去落葉 소애거낙엽하고　　산벼랑의 낙엽을 쓸고

席月開淸樽 석월개청준이라.　　달빛 아래 자리에 앉아 맑은 술동이를 열었네.

溪當大樓南 계당대루남하여　　청계는 대루산[14] 남쪽에 있어서

溪水正南奔 계수정남분인데,　　계곡 물이 남쪽으로 곧장 내달리다가,

回作玉鏡潭 회작옥경담하여　　휘돌아서 옥경담을 만들었는데,

澄明洗心魂 징명세심혼이라.　　맑고 깨끗하여 정신을 씻어주네.

此中得佳境 차중득가경이니　　이런 가운데 아름다운 경치까지 얻어서

可以絕囂喧 가이절효훤이라.　　세속의 시끄러운 소리[15]를 끊을 수 있었네.

淸夜方歸來 청야방귀래하여　　맑은 밤이 되어 비로소 돌아와

酣歌出平原 감가출평원이라.　　취해 노래하며 너른 들로 나섰네.

別後經此地 별후경차지이면　　헤어진 뒤에 이 곳을 지나거든

爲余謝蘭蓀 위여사란손이라.　　나를 대신해 향초 창포[16]들에게 사례하여 주시게.

　이백이 54세(天寶 13年, 754)되는 겨울 추포秋浦에서 주강周剛과 함께 전별연餞別宴을 열어 술 마시며 문장을 논하다가 이별할 때 지은 5언 고시다. '주강'이 누구인지에 대해서는 알려진 바 없고, 제목의 협주에 의해 '옥경담玉鏡潭'이란 연못의 이름은 이백 자신이 지어 붙인 호칭임을 알 수 있다.

----

12) 謝公사공 : 사영운謝靈運을 가리킴.

13) 周子주자 : 주강周剛의 경칭.

14) 大樓대루 : 대루산大樓山. 산 이름. 추포秋浦 남쪽에 있음.

15) 囂喧효훤 : 시끄럽게 떠들어댐.

16) 蘭蓀난손 : 창포菖蒲. 향초의 일종. 또는 지란옥수芝蘭玉樹의 뜻으로 훌륭한 자제子弟를 이름.

전문을 이해하고 감상하는 데 어려운 점은 많은 지명地名이 쓰이고 있다는 점이다. 중국 현지인이라 해도 그리 쉬운 일은 아니라고 여겨져, 먼저 이 지명들의 지리적 위치와 소속을 정리해보는 것을 이해와 감상의 한 방법으로 삼아본다. 시 속에 쓰이는 지명은 성省 기준으로 절강성浙江省과 안휘성安徽省의 인접 부근에 있는 지명들인데, 특히 강이나 산이 연달아 있어 다소간 혼란스럽기까지 하다. 먼저 안휘성安徽省 경내境內 지명으로는 청계靑溪, 淸溪(13구)·옥경담玉鏡潭(15구)·추포秋浦(5구), 도피원桃陂源(6구)·대루산大樓山(13구) 등이며, 절강성浙江省 경내에 있는 지명으로는 영가永嘉(2구)·석문산石門山(2구)·고서산孤嶼山 등이다. 이 전별시를 쓰고 있는 이백의 위치는 제목에서 제시하는바 안휘성 도피원 아래에 있는 옥경담이다. 전문 22구의 5언 고시이고, 내용은 5단락으로 나뉜다.

첫째 단락(1~4구)에서는, 이백이 천하를 주유하면서 한 곳에 이르면, 그곳과 관계된 역사고사 특히 역대 시인 문사文士들의 전고典故를 시의 소재로 삼거나 시적 발상으로 전개하듯이, 사영운이 태수로 부임하여 노닐었던 인근 영가永嘉(浙江省 소재) 석문산石門山에서 노닐었던, 중국문학사에서 산수시山水詩[17]의 새 지평을 연 사영운謝靈運의 고사로 도입부를 삼는다. 사영운이 놀았던 영가강 강가에 있던 정자는 허물어져 없어졌으나 가까이 있는 고서산孤嶼山만은 오랜 세월의 흐름에도 변함없다고 하면서 유한한 인생과 무한한 자연을 대비시키고 있다. 사영운 역시 석문을 배경으로 한 〈석문산의 가장 높은 봉우리에 오르다登石門最高頂〉과 고서산을 배경으로 한 〈등강중고서登江中孤嶼〉를 짓는다. 이백 또한 사영운과 같은 시적 정취를 느끼며 그에 못지않은 시를 남기고자 함이었으리라.

둘째 단락(5~8구)에서는, 도피원에 대한 배경 묘사가 주를 이루는데, 이백 자신이 추포의 도피원에 세 번이나 들렸는데, 그 때마다 산이란 산에는 하얀 눈이 빛나고 골짜기마다 원숭이 울음소리가 가득했다고 도피원의 정경을 묘사하고 있다. 추포는 계절과는

---

17) 山水詩산수시 : 산수의 풍경을 묘사한 시詩. 남조 송南朝宋의 사영운謝靈運에서 시작, 사조謝朓로 발전하였고, 당唐에서는 왕유王維·맹호연孟浩然을 대표 작가로 꼽는다.

관계없이 늘 '가을의 정취'가 풍기는 곳이라 해서 이름을 추포秋浦라고 했다는데, 이백은 이곳을 유달리 사랑했는지 연시 〈추포가秋浦歌17수〉를 비롯해서 추포를 배경으로 많은 시를 남기고 있다.

셋째 단락(9~12구)에서는, 비로소 자신이 이름붙인 옥경담玉鏡潭에서 주강周剛과의 음주 이야기[餞別宴]를 쓰고 있다. 분위기와 정취는 이곳에서 노닐었던 3백여 년 전 사영운과 부합되고, 글[文]을 논할 만한 주강이 있으니, 옛스런 분위기와 현재의 정취가 한날한 시에 공존하여 술 마시기에 조금도 부족함이 없음이라. 부랴부랴 서둘러 쌓인 낙엽들을 쓸어내고 달빛 아래 술동이를 여니, 하늘을 흐르는 달과 강에 고인 달과 술동이에 비친 달, 모두 세 개의 달이 마음 한 곳에 빛나고[心印] 있으니 더 이상 무엇을 바라겠는가.

넷째 단락(13~18구)에서는, 자신이 이름 붙인 옥경담에 대한 내용이다. 대루산大樓山 남쪽에 있는 청계淸溪, 靑溪의 계곡물이 곧장 남쪽으로 흐르다가 웅덩이를 만나 휘돌아 고여 못[潭]을 이루니, 맑고 깨끗하여 사람들의 마음과 혼[心魂]을 씻어주는 듯하다고 한다. 물이 맑고 밝으면 옥경玉鏡이라 하겠지만, 사욕私慾과 아집我執과 편견偏見과 애증愛憎에 사로잡히면, 아무리 거울이 맑고 밝아도 뒤틀려지고 외틀어지고 흐려진 마음이어서 사물과 자신의 본래 모습[實相]을 보기 어려움이라. 거울의 진정한 역할은 외모가 아니라 마음을 비쳐주는 것이라면, 거울 앞에 서는 사람은 마치 절대자 앞에서 고해성사라도 하는 마음과 성찰하는 자세로 엄숙 경건해야 함이라. 이런 연못이 아직까지 이름이 없다니 안타까운 일이어서 처음으로 이백이 옥경담이라 이름을 지어 붙였다 한다. 게다가 물만 맑은 것이 아니라 주위 경치 또한 아름다워서 금상첨화 격이라고 한다(17~18구). 3백여 년 전 이곳에서 노닐었던 사영운도 채 느끼지 못했던 경물에 대한 정취에 일수一手를 가한 것이라고나 할까.

마지막 다섯째 단락(19~22구)에서는 주강과 전별연이 끝난 후의 감회를 쓰고 있다. 청계淸溪에서 놀다보니 밤마저 맑게 개었다[淸夜]고 한다. 오늘저녁 함께 글을 논한 [淸談] 주강은 또 어떤 벗인가? 청우淸友(맑고 깨끗한 벗)라 할 만하지 않는가. 술자리가 끝나고 주강과 함께 어깨동무를 해도 좋고 각자가 깊은 사색에 잠겨 달빛 아래 흐느적거리며 걸어도 좋은, 갓끈은 풀어져 목에 감기고, 갓은 비뚤어졌고, 도포자락 옷고름은 풀어헤쳐

졌을 것이다. 그리고 이제 헤어져야 할 벗에게 이별의 말을 대신해서 한 마디 던진다. '내가 살아생전에 다시 이곳에 올지 안 올지 모르겠지만, 만약 그대가 다시 이곳에 온다면, 우리가 술을 마시느라 깔고 앉았던 옥경담 주위의 향초香草(蘭蓀)들에게 미안하다고, 잘 있었느냐고 나를 대신해서 안부나 전해주시게.'라고 말을 건넨다. 그때까지도 변함없이 푸른 향기를 내뿜으면서 잘 있을 테니까.

59. 수군[1]의 연회가 열린 위사마[2] 누선의 기녀를 바라보다 在水軍宴韋司馬樓船觀妓

搖曳帆在空 요예범재공하고 　흔들리며 가는 돛은 허공에 떠 있고

清流順歸風 청류순귀풍인데, 　맑은 물은 돌아가는 바람 따라 흘러가는데,

詩因鼓吹發 시인고취발이요 　북과 피리소리 따라 시흥詩興은 펼쳐지고

酒為劍歌雄 주위검가웅이로다. 　술 취해 칼 두드리며 부르는 노래[3]는 힘차네.

對舞靑樓妓 대무청루기는 　마주 보고 춤추는 청루[4]의 기녀는

雙鬟白玉童 쌍환백옥동이라. 　두 갈래 쪽진 머리[5]에 백옥 같은 동녀라네.

行雲且莫去 행운차막거요 　흘러가는 구름이여,[6] 잠시 가지 말고

留醉楚王宮 유취초왕궁이라. 　초왕 궁궐[7]에 머물며 취해보세나.

제목 아래 '영왕[8]의 군중에서永王軍中'라는 부제副題가 달린 이 시는 이백이 57세(至

---

1) 水軍수군 : 본문에서는 영왕永王 이린李璘의 군대를 말함.

2) 韋司馬위사마 : 위자춘韋子春. 사마司馬는 벼슬 이름으로 지방의 중간관직인 오륙품五六品에 해당. 이백의 다른 시인 〈비서 위자춘에게 드리다贈韋秘書子春〉란 시속의 위자춘韋子春으로 등장. 이 시를 짓기 전 해(756)에 여산廬山에 은거하고 있는 이백을 영왕 군대의 막부에 참여하도록 명령을 수행한 인물이다.

3) 劍歌검가 : 칼을 두드리며 부르는 노래.

4) 靑樓청루 : 기루妓樓를 이르는 말.

5) 雙鬟쌍환 : 양쪽으로 올린 젊은 여자의 고리모양 머리.

6) 行雲행운 : 떠다니는 구름. 본문에서는 초 양왕楚襄王이 무산巫山의 신녀神女와 사랑을 나눈 전고典故에 의거하여 '구름'은 신녀神女이자 본문에서는 '기녀'를 의미.

7) 楚王宮초왕궁 : 초 양왕楚襄王이 무산신녀巫山神女를 만나는 꿈을 꾼 곳.

8) 永王영왕 : 당唐 현종玄宗의 열여섯 번째 아들인 이린李璘.

德 2年, 757)에 영왕의 수군 누선樓船에서 펼쳐진 연회에 참석하여 지었다. 전문 8구의 5언 율시로, 시상은 율시의 전형적인 구성에 따라 4단락으로 나뉜다. 첫째 단락 수련(1~2구)에서는 물 위에 한가롭게 떠가는 누선의 모습을 원경遠景으로 묘사하였는데, 시선視線도 상하로 이동하면서 머리를 들어 허공의 돛폭을 묘사하고, 고개를 숙여 잔물결 따라 떠가는 배의 모습에서 '순풍順風에 돛 달고'라 하듯 한가롭고 여유로운 분위기를 그려내고 있다.

둘째 단락 함련(3~4구)에서는 배 안의 정경묘사로 풍각쟁이들의 북 소리 피리 소리를 따라 시흥詩興도 절로 일어나며, 수군水軍의 군선軍船임을 감안하여 군사들이 칼로 뱃전을 두드리며 맞추는 장단과 노래[劍歌]가 힘차고 우렁차다고 한다. 셋째 단락 경련(5~6구)에서는 누선의 마루에서 춤추는 기녀들이 앳된 어린기녀들이라고 하고, 마지막 미련(7~8구)에서는 기녀들의 모습과 무산 신녀巫山神女의 모습을 오버랩하여, 이 배안이 곧 초 양왕楚襄王의 궁전과 같다고 하면서, 한 잔 술을 참을 수 없다고 한다. 술과 노래와 기녀와 춤이 있으니 시흥이 절로 이는 것을.

60. 어사중승[1] 송약사[2]를 모시고 무창[3]에서 밤에 술 마시며 옛 일을 회상하다 陪宋中丞武昌夜飲懷古

淸景南樓夜 청경남루야에　남쪽 누각의 맑고 밝은 달밤에

風流在武昌 풍류재무창이라.　풍류 인사들이 무창에 있으니,

庾公愛秋月 유공애추월하여　유량[4]은 가을 달을 사랑하여

乘興坐胡牀 승흥좌호상이라.　흥에 겨워 접의자[5]에 앉았네.

龍笛吟寒水 용적음한수하고　차가운 강물에서 용 피리소리[6] 들리고

天河落曉霜 천하낙효상인데,　새벽 서리는 은하수에서 내리는데,

我心還不淺 아심환불천이니　내 흥취 또한 적지 않으니

---

1) 御史中丞어사중승: 어사대御史臺의 버금 장관. 밖으로는 자사刺史, 안으로는 시어사侍御史를 지휘 감독하고, 백관百官의 동태를 규찰함으로써 권한이 매우 컸다.

2) 宋若思송약사: 이백의 친구인 송지제宋之悌의 아들로, 이백이 56세에 영왕永王의 동순東巡에 참여 했다는 죄명으로 심양옥尋陽獄에 갇혔을 때 어사중승御史中丞 송약사 등의 구명으로 출옥하였다. 이백은 앞서 시 〈강하에서 송지제와 이별하다江夏別宋之悌〉를 써서 송약사의 아버지 송지제와의 이별의 슬픔을 노래하였다.

3) 武昌무창: 지금의 호북성湖北省 악주시鄂州市이다.

4) 庾公유공: 진晉의 유양庾亮을 이르는 말. 《세설신어世說新語·용지容止》에 「태위太衛인 유량庾亮이 무창武昌에 근무할 때, 가을 밤 기운이 아름답고 경치가 맑아서 수하 관료인 은호殷浩와 왕호지王胡 之 등이 남쪽 누각에 올라가 시가를 읊조리며 성음과 격조가 무르익었다. 이때 누각의 계단에서 신을 끄는 소리가 크게 들리면서 잠시 후에 유공이 수하 십 여 명을 인솔하고 걸어왔다. 여러 사람들이 일어나 자리를 피하려고 하니 유공이 천천히 말하기를 '여러 분들은 잠시 멈추게, 늙은이가 이곳에 온 것은 나도 흥취가 아직 얕지 않아서라네'라 하고 접이식 호상에 앉아 여러 사람들과 읊조리며 즐기니 마침내 좌중이 즐거움에 빠져 들었다.」는 고사.

5) 胡牀호상: 교상交牀. 접의자의 일종.

6) 龍笛용적: 피리[笛]를 이르는 말.

懷古醉餘觴 회고취여상이로다.　　　옛 일을 생각하며 남은 술에 취하리라.

　이백이 57세(至德 2年, 757)에 영왕永王의 동순東巡에 참여했다는 죄명으로 심양옥尋陽獄에 갇혔다가 친구 송지제宋之悌의 아들 어사중승御史中丞 송약사宋若思의 도움으로 유배에서 해배된다(59세). 그 후 무창武昌에서 송약사가 베푼 연회에서 느낀 소회를 쓴 시이다. 전문 8구 5언 율시로, 시상 구조는 내용상 2단락이다.

　첫째 단락 수련(1~2구)과 함련(3~4구)에서는 연회석의 배경과 참석 인사들을 중심으로 서술하는데, 주 내용은 많은 인사들 가운데 옛 진晉나라 유량庾亮에 비유하여 송약사의 호방 소탈한 성격을 칭송한다. 송약사가 친구의 아들이지만 향촌에서는 나이[齒]로, 가문에서는 항렬行列로, 공직에서는 직급職級으로 위아래를 따지므로 제목에 '모시다[陪]'라는 표현을 쓴 것이다.

　둘째 단락 경련(5~6구)과 미련(7~8구)에서는 다시 연회가 밤늦게 까지 행하여졌음을 배경 묘사를 통해 말하고, 이백 자신도 노령임에도 흥이 있어 옛 송지제와의 우의를 생각하고 술을 마시며 즐겼다는 내용이다.

61. 야랑[1]으로 유배가는 도중 강하에 도착하여, 숙부인 이 장사[2]와 설명부[3]를 모시고, 흥덕사[4] 남쪽 누각에서 연회를 열다 流夜郎至江夏, 陪長史叔及薛明府, 宴興德寺南閣

紺殿橫江上 감전횡강상이요　감청색 절[5]은 강가에 가로로 서 있고

靑山落鏡中 청산낙경중이라.　청산은 거울 같은 강물에 잠겨 있네.

岸廻沙不盡 안회사부진하고　강둑은 굽이돌아 모래사장은 끝이 없고

日映水成空 일영수성공이라.　해가 비치니 강물은 비어있는 듯하네.

天樂流香閣 천악류향각하고　아름다운 음악[6]은 향기로운 누각[7]에 흐르고

蓮舟颺晚風 연주양만풍이라.　연밥 따는 배[8]는 저녁 바람에 흔들리네.

恭陪竹林宴 공배죽림연이요　죽림의 잔치에서 숙부님을 공손히 모시고

留醉與陶公 유취여도공이라.　도연명[9] 같은 현령과 머물면서 취하노라.

이백이 58세(乾元 元年, 758)에 야랑夜郎으로 유배 가는 도중 장강 연안을 따라 가다가 강하江夏(지금의 호북성 무한시)에 머무른다. 그때 숙부 장사長史와 현령縣令 설씨薛氏를

---

1) 夜郎야랑: 한대漢代의 남이南夷의 나라. 귀주성貴州省·광서성廣西省·운남성雲南省 일대.

2) 長史장사: 주州의 자사刺史 아래 둔 벼슬. 5.6품에 해당.

3) 明府명부: 현령縣令을 달리 이르는 말. 또는 지방 수령守令을 두루 이르기도 한다.

4) 興德寺흥덕사: 강하江夏 지방의 강가에 있는 절 이름.

5) 紺殿감전: 절을 이르는 말.

6) 天樂천악: 선계仙界의 음악. 전의되어 아름답고 오묘한 음악을 이른다.

7) 香閣향각: 궁궐이나 사찰의 누각.

8) 蓮舟연주: 연선蓮船. 연밥을 딸 때 타는 배.

9) 陶公도공: 도연명陶淵明. 팽택彭澤 현령을 지냈으므로 설薛 현령과 비유하였다.

모시고 흥덕사 남쪽 누각에서 그들이 베풀어준 연회에서 술에 취하도록 융숭한 접대에 감사하며 지은 시다. 이백의 140여 수 음주시飮酒詩 가운데 '숙부叔父'를 모시고 술을 마시는 작품은 본 시 이외에 3수가 더 있다.

전체 4수 중 숙부의 이름을 구체적으로 밝히고 있는 작품은 3수로, 〈(1)선주 사조루에서 교서랑 이운 숙부와 전별하다宣州謝朓樓餞別校書叔雲〉과 〈(2)숙부인 형부시랑 이엽과 중서사인 가지를 모시고 동정호에서 노닐면서 - 3수陪族叔刑部侍郎曄及中書賈舍人至游洞庭 - 3首〉와 〈(3)시랑을 지낸 숙부를 모시고 동정호에서 취한 후 짓다 - 5수(陪侍郎叔遊洞庭醉後 - 5首)〉이며, 숙부의 이름을 구체적으로 밝히고 있지 않은 작품으로는 본 작품 (4)이다(번호는 논의를 위해 편의상 붙인 것임). 물론 이들 작품 외에도 숙부가 제목으로 등장하는 작품은 더 있을 수 있다. (2)와 (3)은 동정호를 배경으로 하기 때문에 이의가 없다.

그리고 작품 (1)의 경우는 창작 연도가 이백 53세(유배 이전)로 알려져 있고, 작품(2)와 (3)은 본 작품(4)와 근접한 시기인 58~59세(유배 중이거나 해배 후)로 내용과 표현 방식 등으로 보아 숙부는 (2) · (3)과 같은 숙부의 이름 '이엽李曄'으로 잠정적으로 정해 본다. 전문 8구 5언 율시이다. 전문은 율시의 구성을 따르나, 내용상 전반부와 후반부로 나뉜다. 전반부 수련(1~2구)과 함련(3~4구)에서는 주위의 배경 묘사를 위주로 하는데, 흥덕사가 강을 따라 길게 지어진 것을 제시하고, 거울처럼 맑고 잔잔한 강에는 감청색 절의 모습뿐만 아니라 절 뒤의 푸른 산이 함께 비쳐있다고 한다. 다시 시선은 강을 따라 움직이며 강을 따라 펼쳐진 눈부시게 하얀 모래사장이 끝 간 데를 알 수 없을 만큼 길게 있다고 한다.

그리고 해가 비치니 강물 속까지 환히 보여 물이 없는듯하다고 한다. 배경 묘사의 분위기는 매우 안정적이고 차분한 가운데 시각적 묘사를 위주로 하고 있다. 감청색 절과 푸른 산이 물에 비친 모습으로 색채적 대조를 이룬다(1~2구). 이어 눈부시게 흰 모래사장과 해가 밝게 비치자 강물 속까지 환히 들여다보이는 맑은 강물이 다시 시각적으로 대조를 이룬다(3~4구).

후반부 경련(5~6구)과 미련(7~8구)에서는 시선이 연회장으로 이동한다. 선계仙界의 음악인 듯 아름다운 노래가 누각에 향기롭게 흐른다고 하는데, 선계의 노래[天樂]와 전각 [香閣, 절]은 청각[樂]이 후각[香]으로 전이되는 공감각적 효과를 가지며, 다음 저녁 바람에 흔들리는 연밥 따는 배와 다시 대조를 이룬다(5~6구). 이 부분은 전반부의 배경 묘사와 후반부 서정 묘사를 이어주는 가교 역할을 한다.

마지막 미련(7~8구)의 표현은 자못 함축하는 바가 은근하다. 시어 '죽림의 연회竹林宴'에서 진晉나라 죽림칠현竹林七賢[10]의 죽림지유竹林之遊를 연상하게 하는 것은 숙부 이엽李曄과 이백李白이 죽림칠현 중 완적阮籍과 완함阮咸처럼 숙질 간叔姪間이었다는 점이다. 그리고 이 점에 대해서는 앞의 시 (2)〈其1〉에서 이백 자신이 숙부 이엽을 대완大阮 (阮籍)이라 부르고 이백 자신을 소완小阮(阮咸)이라고 하겠다는 것에서 이미 언급된 바이다. 다만 다른 점은 (2)에서는 술에 취해 청광淸狂(제 정신이 아님. 또는 미친 척함)을 부리겠다고 어리광을 피운 것에 비해, 본 작품에서는 '공손히 모시며[恭陪]'라고 전체적인 술자리의 분위기처럼 안정적이고 정적이라 하겠다.

물론 분위기가 이렇게 점잖고 안정적인 것은 함께 배석한 명부明府(縣令) 설씨薛氏에게서 받은 인상을 팽택 현령彭澤縣令을 지낸 '도공陶公(陶淵明)같다'고 하였으니 도연명처럼 술은 즐기나 취한 다음 언행이 조신操身한 사람이었기 때문일 수 있다. 또한 시 (2)가 유배에서 해배된 직후여서 해방된 기분에 열정적이고 호탕한 성품이 직접적으로 나타난 반면에, 본 작품에서는 59세 이순耳順(60세)을 바라보는 만년의 나이 때문이기도 하리라.

---

10) 죽림칠현竹林七賢 : 진晉의 완적阮籍·혜강嵆康·산도山濤·상수向秀·유영劉伶·왕융王戎·완함阮咸의 일곱 사람. 노장老莊의 무위無爲 사상을 숭상하고 청담淸談으로 세월을 보내 죽림칠현이라 하였다.

62. 면주성[1] 남쪽 낭관호[2]에서 배를 띄우다·서문을 함께 쓰다[3] 泛沔州 城南郎官湖·並序

張公多逸興 장공다일흥하여　　장공[4]은 뛰어난 흥취가 많아

共泛沔城隅 공범면성우라.　　함께 면주성 가에서 배를 띄웠는데,

當時秋月好 당시추월호이니　　마침 시절은 가을이고 달이 아름다워

不減武昌都 불감무창도니라.　　오나라 도읍 무창성[5]의 달에 못지않네.

四座醉淸光 사좌취청광하여　　사방 가득 앉은 이들은 달빛[6]에 취해

---

1) 沔州면주 : 면주성沔州城. 한양군漢陽郡으로 지금의 호북성湖北省 무한시武漢市.

2) 郎官湖낭관호 : 이백이 지은 호수 이름으로, 서문에 의하면 호수의 이름지어주기를 부탁한 장위張謂가 상서성尙書省 낭관郎官으로 있었기 때문에 그의 벼슬이름을 따서 지었는데, 이는 또 후위後魏 효문제孝文帝 때 복야僕射라는 관직을 지낸 이충李冲에게 임금이 하사한 정주鄭州의 봉지를 그의 벼슬이름 따서 복야피僕射陂라 명명한 것을 따랐다고 하였다.

3) 이 시의 서문은 다음과 같다. 「건원 가을 8월에 나 이백이 야랑으로 유배되어 가는 길에 하구夏口로 사신 나가는 친구인 상서랑 장위張謂를 만났는데, 면주 자사 두공杜公과 한양 현령 왕공王公이 강가의 남쪽 호수에서 술잔을 돌리며 세상이 다시 평온해진 것에 즐거워하였다. 마침 밤에 호수와 달이 비단처럼 맑아 손으로 잡을 수 있을 정도였다네. 장공은 유달리 경치에 감개하여 사방을 느긋하게 바라보다가 나를 돌아보며 말하기를 '이 호수에는 옛날부터 유람한 사람 중 현명하고 호방한 이가 한 둘이 아니었지만 아름다운 경치를 헛되게 지나쳐서 적막하여 알려지지 않았네. 그대가 나를 위하여 아름다운 이름을 지어서 오래까지 전하도록 해주시게'라 하였다. 내가 술잔을 들어 호숫물에 뿌려 신에게 고하고 낭관호라 지어 불렀는데, 정주鄭州의 채마밭에 복야피僕射陂가 있어서 이에 유래한 것이라네. 자리를 함께 한 보익輔翼과 잠정岑靜같은 문인들이 식견 있는 이름이라 여기고 시를 지어 이 일을 기록하도록 명령하여 호수 옆에 있는 돌에 새기니 대별산이 닳아 없어질 때까지 함께 남을 것이다.」라고 하여 낭관호의 지명유래를 기록했다.

4) 張公장공 : 장위張謂. 벼슬은 상서성尙書省 정사품인 예부시랑禮部侍郎으로 저명한 시인이기도 하다.

5) 武昌都무창도 : 삼국시대 오吳의 도읍. 지금 호북성湖北省에 둔 군郡.

6) 淸光청광 : 맑고 밝은 광채. 주로 달빛이나 등불을 이른다.

爲歡古來無 위환고래무로다.   이런 즐거움 예전에는 없었다고 하네.

郎官愛此水 낭관애차수하여   낭관7)이 이 호수를 사랑하니

因號郎官湖 인호낭관호이니,   이로 인해 '낭관호'라고 이름 지으니,

風流若未減 풍류약미감이면   만약 풍류가 줄어들지 않는다면

名與此山俱 명여차산구로다.   이 이름 또한 이 산8)과 함께 하리라.

이백이 56세(至德 元年, 756) 가을에 영왕군永王軍에 가담하였다가 영왕군이 패하자 57세(759)에 심양옥尋陽獄에 투옥되고, 다시 야랑夜郞으로 유배 도중 58세(肅宗 建元 元年, 758)에 면주沔州에서 서쪽으로 강을 거슬러 올라갈 때 지은 시이다. 이 때에 천자가 파견한 사신이자 옛 친구인 장위張謂를 만나 함께 면주성 남호 연회에서 술을 마시며 지었으며 전문 10구의 5언 고시이다.

전문은 내용상 2단락으로 나뉜다. 첫째 단락(1~6구)에서는 장공張公의 빼어난 흥취와 면주성沔州城 가의 낭관호郞官湖의 경치를 극찬한다. 당시 이백의 상황은 좋지 않아 노쇠한 몸으로 유배 가는 중이었는데, 옛날 궁궐에 있을 때 같은 동료이자 시를 잘 써서 명성이 높았던 장위를 만난다. 비록 한 사람(장위)은 현직 관료이자 천자의 사명을 받든 사신이고, 한 사람은 유배 가는 죄인(이백)이지만 반갑지 않을 수 없었다. 장위의 흥취 또한 표일飄逸하니 옛날의 벗 이백의 유배 가는 길도 위로할 겸 호수의 선상에서 달빛 아래 주연을 베푼 것이다.

그런데 주위를 둘러보니 호수의 밤 풍경이 어느 곳에 비해도 손색이 없을 만큼 아름다워, 옛 삼국시대 오吳나라의 손권孫權이 풍광에 매료되어 도읍으로 삼았다는 무창武昌의 달밤에 뒤질 바가 아니었다. 함께 따라온 일행들도 호수의 달밤 풍광에 감탄하며, 이런 즐거움은 예전에는 겪어보지 못했노라고 한다. 이백 자신도 잠시나마 유배 길의 고달픔을 잊을 수 있었다.

---

7) 郎官낭관: 장위張謂(張公). 벼슬이 상서성尙書省 낭관郎官이었으므로 지칭.

8) 山산: 대별산大別山. 한양현의 동북쪽에 있는 산으로, 노산魯山이라고도 부른다.

후반부(7~10구)에서는, 장위의 부탁으로 호수의 이름을 장위의 벼슬 이름 '낭관郎官'에서 연유하여 '낭관호郎官湖'라 이름 짓는다. 술이 거나해지자 호수의 야경과 달빛에 감탄하던 사람들이, '이토록 풍광 좋은 호수의 이름이 무엇이냐?'고 물었다. 사람들이 '특별한 이름은 없다'고 하자, 그러면 차제에 이 호수의 이름을 짓자고 하면서, 이백에게 부탁하고, 이백은 낭관 장위가 유달리 이 호수를 좋아하니, 장위의 벼슬 이름을 따서 '낭관호郎官湖'라고 지었다는 이야기다. 그리고 차후로도 이 낭관호를 찾는 풍류객이 줄지 않는다면, 낭관호라는 이름이 저 건너편에 있는 대별산大別山과 함께 영원히 전할 것이라고 한다(9·10구). 곧 낭관호라는 호수 이름을 이백 자신이 짓고, 그 유래담由來談을 시로 쓴 것이라고 하겠다.(서문 참조)

우리나라에도 인명人名을 지명으로 하는 곳이 여럿 있으니, 대표적으로 낭관호처럼 연못 이름 유래설화로는 '장자못설화說話'9)를 들 수 있다. '장자'라는 인명을 쓰고, 이와 유사한 줄거리를 바탕으로 한 설화가 전국적으로 백여 곳에 전하고 있다. 아울러 산봉우리 이름으로는 경기도 양주의 불곡산과 파주 감악산에 있는 '임꺽정봉' 등을 들 수 있다.

시인 김춘수의 시 〈꽃〉에서 「내가 그의 이름을 불러 주기 전에는 / 그는 다만 / 하나의 몸짓에 지나지 않았다.」고 했듯이, 이백이 낭관호라는 이름을 짓지 않았다면 하나의 '물이 고인 풍경이 아름다운 호수' 쯤으로 사람들의 기억 속에 사라졌을 것을, 불멸의 시선 이백이 명명命名함으로써, 이백과 함께 명승절경으로 오래도록 스토리텔링되고 있다하겠다.

---

9) 장자못설화說話 : 인색한 부자가 중에게 쇠똥을 시주하였다가 집이 연못으로 변하고 벌을 받았다는 지명설화로, 시아버지 장자의 악행을 부끄럽게 생각하여 몰래 시주한 며느리는 중이 제시한 금기를 어겨 바위가 되었다는 이야기다.

63. 시랑이신 숙부[1]를 모시고 동정호에서 노닐고 취한 후 짓다(3수)
陪侍郎叔遊洞庭醉後(3首)

〈其1〉

今日竹林宴 금일죽림연은   오늘 죽림에서 베푼 잔치[2]는
我家賢侍郎 아가현시랑이라.   우리 집안의 어진 시랑 어른과 함께 하였네.
三盃容小阮 삼배용소완하여   석 잔의 술을 마셨으니 소완[3]으로 여기시고
醉後發淸狂 취후발청광이라.   취한 뒤 청광[4]을 부리더라도 용납하여주소서.

이백이 59세(乾元 2年, 759) 가을 악주岳州(지금의 호남성 岳陽)에 있는 동정호洞庭湖에서 종숙인 이엽李曄과 함께 유연遊宴에 참가한 일을 묘사한 3수로 된 연시로, 3수 모두 4구의 5언 절구이다.

전반부인 기와 승(1~2구)에서는 죽림연竹林宴의 개요를 말하는데, 특히 집안 어른이신 이엽 숙부께서 함께 한 잔치라는 것을 밝히고 있다. 말년(59세)에 객지이며 중국 최고의

---

1) 侍郎叔시랑숙: 형부시랑刑部侍郎(정4품)을 지낸 숙부叔父 이엽李曄. 숙부 이엽을 모시고 동정호에서 지은 시로는 이외에도 연시 〈배족숙형부시랑엽급중서가사인지유동정·5수陪族叔刑部侍郎曄及中書賈舍人至遊洞庭·五首〉5수가 있다.

2) 竹林宴죽림연: 서진西晉의 완적阮籍·혜강嵇康·유령劉伶·완함阮咸 등 일곱 사람이 항상 죽림에서 잔치를 베풀면서 음주와 고담高談을 즐겨, 이들을 죽림칠현竹林七賢이라 불렀는데, 여기서는 죽림연을 이용하여 이백과 이엽李曄이 벌린 유연遊宴에 비유한 표현.

3) 小阮소완: 이백 자신을 말함. 죽림칠현竹林七賢의 한 사람인 완적阮籍은 노장老莊을 좋아하여 청담淸談을 잘 하였는데, 사람들이 그의 조카 함咸을 소완小阮이라 하고 완적을 대완大阮이라 함에 비유한 것. 이렇듯 숙질叔姪간인 숙부 완적을 이엽에게 조카인 완함을 이백 자신에 비유하면서 호방한 흥취를 기탁하고, 숙부 이엽李曄을 완적阮籍(大阮)으로 높여주는 이중효과를 노린 표현.

4) 淸狂청광: 제멋대로 행동하고 관습이나 도덕에 구속받지 않음.

절경인 동정호洞庭湖에서 숙부와 조카가 만났으니, 술자리는 옛 죽림칠현이 자주 열었던 죽림연 만큼이나 반갑고 즐거우리라는 것을 알 수 있다.

후반부인 전과 결(3~4구)에서는, 그러한 술자리에 임하는 이백 자신의 자세와 태도를 미리 제시한다. 먼저 숙부는 죽림칠현의 한 사람인 완적阮籍에 버금가는 사람[大阮]이라는 것을 밝히지 않은 전제로 삼고, 자신을 완적의 조카였던 완함阮咸(小阮)에 비유한다. 그리고 숙부님 앞에서 조카가 술에 취해 어리광[淸狂]을 부리더라도 귀엽게(?) 봐주십사 하고 미리 용서를 구한다. 석 잔의 술이라 함은 한 잔은 천기天氣이고, 두 잔은 지기地氣이며, 석 잔은 천기와 지기가 합하여 이루는 화기和氣이니, 이미 석 잔 술을 마셔 화기애애한 술자리임을 알겠다. 우리나라에서도 마신 술잔이나 술병을 셀 때에는 1·3·5·7·9 홀수로 마셔야 한다는 술꾼들의 관습과도 무관치 않으리라. 그러나 자칫 '화기애애和氣靄靄'가 '화기애매和氣曖昧'로 바뀐다면 안 되지만.

〈其2〉

船上齊橈樂 선상제요악하고	배 위에서 일제히 뱃노래[5] 부르며
湖心泛月歸 호심범월귀한데,	호수 가운데에서 달을 싣고 돌아오는데,
白鷗閑不去 백구한불거하고	흰 갈매기는 한가로이 떠나지 않고
爭拂酒筵飛 쟁불주연비로다.	다투듯 술자리를 스치며 날아다니네.

시 전체를 한 호흡으로 읽어도 좋고 아니면 전반부(기와 승)와 후반부(전과 결)로 나누어 두 호흡으로 읽어도 좋은, 말 그대로 일필휘지하는 이백의 천재성을 보이는 작품이다. 동시대를 살아가며 당시唐詩의 쌍벽을 이룬 시성詩聖 두보杜甫(712~770)는 그의 시 〈음중팔선인飮中八仙人〉에서 이백의 시를 가리켜 '술 한 말에 시 백 편酒斗詩百篇'이라 한 것이 과언이 아님을 알겠다.

날이 저물자 동정호 선상의 주연이 끝난 것으로 첫머리가 시작된다. 〈其1〉에서 쓰고

---

5) 橈樂요악 : 요가橈歌. 뱃노래.

있듯이 낮 동안 술자리가 계속되었음을 알겠고, 숙부(이엽) 앞에서 조카(이백)의 청광淸狂
은 또 어찌했는지에 대해서는 상상에 맡긴다. 이 또한 '여백餘白의 미美'라 할 것이다.
주유별장酒有別腸(술 마시는 창자는 따로 있음)이라 했으니 두주불사斗酒不辭했으리라. 일
행 모두가 거나하게 취해서 뱃전을 두드리며 뱃노래를 부른다. 어느새 달은 높이 떠서
돌아오는 물길을 밝혀준다. 뱃노래[橈樂]는 노를 젓는 뱃사공이 불러야만 뱃노래가 아니
고, 배에 탄 사람들이 불러도 뱃노래일 터(1구).

　뱃전에 부서지는 물결보다 더 도도滔滔한 주흥酒興에 배에 싣고 돌아오는 것은 달이
라고 한다. 호수가 넓어 수평선 어디쯤에선가 떠 오른 달이 자꾸만 배를 따라오니, '네
가는 곳 어디냐?'고 물어도 소리 없이 따라 온다. 물속에 빠뜨릴 수도 없고 뿌리치지도
못해 배에 싣고 돌아온다(2구). 조선의 무명 시인의 시조에,

　　　추강秋江에 떠 있는 배는 향向하는 곳 어디냐.
　　　눈같이 밝은 달을 가득히 실어 타고
　　　우리는 흥興좇아 가노니 원근遠近없다고 하노라.

　따라오는 것은 달만이 아니었다. 어디선가 날아온 흰 갈매기들이 뱃머리를 오락가락
하며 앞서거니 뒤서거니 따라온다. 이러한 모습을 고산 윤선도孤山尹善道(1587~1671)는
「무심無心한 백구白鷗는 내가 (저를)좇는가 제가 (나를)좇는가」〈漁父四時詞 - 夏〉라 했다.
취향醉鄕의 경지에 들어서니 물심일여요 물아일체의 경지가 별 것이 아니요 신선이 따
로 없다는 뜻이겠다(3~4구). 음주 후의 정경 묘사를 통해서 음주의 멋과 맛은 한껏 독자의
상상 속에 맡기고 변죽만 울려주는 시다.

　〈其3〉
剗却君山好 잔각군산호러니　　　군산6)을 깎아 없애버리면7) 좋으리니

---

　6) 君山군산: 일명 동정산洞庭山·상산湘山이라고도 부르는데, 동정호 가운데 위치한 산으로, 악양루

平鋪湘水流 평포상수류라.　　　상수8)가 평평하게9) 흐르리라.

巴陵無限酒 파릉무한주로　　　파릉10)까지 무한히 흐르는 술로

醉殺洞庭秋 취살동정추리라.　　가을 동정호에서 마음껏 취하리라.11)

　전반부(기와 승)에서, 동정호 안에 솟아 있는 군산君山을 깎아버리겠다고 하고, 굽이쳐 흐르는 상수湘水를 평평하게 흐르게 하겠다고 한다. 실로 얼토당토하지 않은 기발한 착상으로 독자에게 '왜? 무엇 때문에?'라는 시적 긴장과 궁금증을 한껏 유발한다. 그가 〈其1〉에서 말한 '청광淸狂(제멋대로 행동하고 관습이나 도덕에 구속받지 않음)을 부리겠다.' 더니, 바로 이런 것인가. 범인의 상식과 관념을 뒤집고 사물을 '삐딱하게' 바라보며 상상의 나래를 마음껏 펼치는 것이 시적 창의력의 근원이기도 하다. 마치 고려의 시인 정지상鄭知常(?~1135)이 그의 시 〈송인送人〉 3~4구에서,

　　　대동강 물은 어느 때 마르려나,大同江水何時盡
　　　이별의 눈물이 해마다 푸른 물결에 더해지니別淚年年添綠波

　마르지도 않을 대동강물을 '언제나 마를까?'하고 엉뚱한 의문을 제기하고, 그 마르지 않은 이유를 '이별의 눈물이 더하기 때문이다.'라고 기발한 답을 한다. 그 이별의 눈물에

岳陽樓에 올라가 바라보면 바로 그 앞에 가로 놓여있다.

7) 剗却잔각 : 잔삭剗削. 깎아 없애버림.

8) 湘水상수 : 호남성에서 가장 큰 하류河流로, 동정호로 흘러 들어가는 주요한 물줄기이다. 《북몽쇄언北夢瑣言》(권7)에 「상강은 북쪽으로 흘러 악양을 거쳐 촉강에 다다른다. 여름철 장마 후에는 촉강이 불어나 기세가 높아지면 상수의 파도를 막아서 물러났다가 동정호에 넘치는데 무릇 수백 리에 달한다. 그러면 군산은 물속으로 깊이 잠기었다가 가을 물이 골짜기로 빠지면서 이 산의 뭍에서 거주할 수 있다.」라고 기록하고 있다.

9) 平鋪평포 : 평평하게 펼쳐 놓음.

10) 巴陵 파릉 : 호남성湖南省 악양현岳陽縣 소재지의 남서쪽, 동정호 가에 있는 산.

11) 醉殺취살 : 술에 몹시 취함을 이르는 말.

는 작가 본인의 눈물도 더하고 있음을 강조한 것이겠지만.

　후반부(전과 결)에서는 전반부에서 제시한 내용의 의아함에 대해 다시 기상천외의 답을 한다. 동정호 물을 술이라고 여기고 동정호 가에 있는 파릉巴陵까지 흐르게 하여, 동정호에 가득찬 술을 마시면서 가을을 맞이하여 마음껏 취하겠다고 한다. 숙부를 만난 기쁨이기도 하겠지만. 옛적 하夏의 폭군 걸왕桀王이 주지酒池(술의 못)를 만들어 배를 타고 다니고, 조구糟丘(술지게미 언덕)에 올랐다는 이야기는 들었거니와 우음牛飮·통음痛飮12)하여 장취불성長醉不醒(길게 취하고 깨지 않음)하고자 하는 마음이리라. 술을 망우물忘憂物이라 하였으니, 말년의 이백에게 수심이 많았음인가.

---

12) 牛飮痛飮우음통음 : 술을 미친 듯이 마구 마시거나 흠뻑 마심을 두루 이르는 말.

64. 숙부 형부시랑 이엽과 중서사인 가지를 모시고 동정호에서 노닐다[1](5수) 陪族叔刑部侍郎曄及中書賈舍人至游洞庭(5首)

〈其2〉

南湖秋水夜無煙	남호추수야무연이니	가을 남호[2]에 밤 되자 안개 걷혔는데
耐可乘流直上天	내가승류직상천이라.	어찌 배를 타고[3] 곧장 하늘에 오를까?
且就洞庭賖月色	차취동정사월색하여	잠시 동정호로 나가 달빛을 빌리고
將船買酒白雲邊	장선매주백운변이라.	술사서 흰 구름가로 배 저어 가네.

이백이 59세(肅宗 乾元 2年, 759) 4월에, 이백은 야랑夜郎의 유배길에서 사면령을 받고 돌아오는 길에 악양岳陽에 있었고, 숙부인 형부시랑 이엽李曄은 영남嶺南지방의 현령縣令으로 좌천당하여 이곳을 지나가는 중이었다. 중서사인中書舍人 가지賈至도 여주자사汝州刺史에서 악주사마岳州司馬로 좌천되어 악양에 근무하면서 세 사람이 서로 만나게

---

1) 숙종 건원 2년(759) 4월, 이백은 야랑夜郎의 유배길에서 사면령을 받고 돌아오는 길에 악양岳陽에서 휴식하고 있었고, 숙부인 형부시랑 이엽李曄은 영남嶺南지방의 현령縣令으로 좌천당하여 이 곳을 지나가는 중이었으며, 중서사인中書舍人 가지賈至도 여주자사汝州刺史에서 악주사마岳州司馬로 좌천되어 악양에 근무하면서 세 사람이 서로 만나게 된다. 이엽李曄에 대해서는 《문원영화文苑英華》 권396에 수록된 가지賈至의, 〈수이엽종정경제授李曄宗正卿制〉에서 「전 홍농태수 이엽은 몸과 마음이 바르고 온화하며 지조가 단정하고 품행이 깨끗하다. 정사를 잘 다스려 그 직위를 맡으면 반드시 능력이 알려졌다. 충효가 겸비되었으며, 권력을 피하여 근면하고 겸손하였다」고 기록되고 있고, 가지 賈至에 대하여는 《당재자전唐才子傳》 권3에서 「가지는 자가 유기이고 낙양사람이다. … 일찍이 파릉의 현령으로 폄적 당하였다가 이백과 조우하여 날마다 술 마시고 옛날 장안에서 노닐던 일들을 추억하면서 노래를 주고받았다.」고 기록되어 있다.
2) 南湖남호 : 동정호로 악양岳陽 서남쪽에 위치하므로 남호라고 부름.
3) 乘流승류 : 승선乘船. 배를 탐.

된다. 이들은 함께 동정호를 유람하면서 동병상련의 처지를 한탄하면서도 지금을 즐기자는 내용으로 이 7언 절구 5수를 지었는데, 그 가운데 제2수와 제4수가 음주시이다.

전반부(기와 승)에서는 남호의 달밤 선상 주연에 취흥이 거나해지자, 문득 배를 타고 하늘에 오르고 싶다고 한다. 밤이 되자 드넓은 남호의 수평선이 안개 속에 하늘에 맞닿은 것처럼 보여 하늘과 남호가 한빛이라 구별할 수 없었으리라. 그러나 안개가 걷히고 하늘과 수평선이 구별되자, 지금 타고 있는 배로 하늘에 오르고 싶다고 한다.

후반부(전과 결)에서는, 남호에서 동정호로 나가 어두운 하늘가는 길을 비춰줄 달빛을 빌리고, 신선의 술 유하流霞는 아니지만 주가에서 술을 사서 흰 구름이 끼여 물과 하늘을 구별할 수 없는 곳으로 가면 하늘에 오를 수 있으리라고 한다. 낭만浪漫은 현실 세계가 아닌 비현실적 세계를 추구하고, 그 이면에는 현실세계에 대한 부적응을 내포한다. 폄적당한 숙부 이엽과 중서사인 가지, 그리고 유배에서 풀린 이백 모두 이상세계인 하늘나라로 오르고 싶었을 것이다.

〈其4〉

洞庭湖西秋月輝 동정호서추월휘하고　　동정호 서쪽에는 가을 달이 빛나고
瀟湘江北早鴻飛 소상강북조홍비라.　　소상강4) 북쪽에는 새벽 기러기 날아가네.
醉客滿船歌白苧 취객만선가백저인데　　배에 가득한 취객들은 백저가5)를 부르며
不知霜露入秋衣 부지상로입추의로다.　　서리와 이슬이 가을 옷에 젖는 것도 모르네.

전반부(기와 승)에서는 시간 배경과 공간 배경을 제시하고 있으나, 단순한 시·공간 배경은 아니다. 가을달이 서쪽 하늘에 빛나고 있다는 것은 달이 지는 새벽 시간이며, 또한 새벽 기러기[早鴻]가 날아가는 것도 마찬가지다. 달이 지고 새벽 기러기가 날 때까

---

4) 瀟湘江소상강 : 상강湘江과 소수瀟水의 병칭. 이 두 강물은 영릉零陵에서 합류한다.
5) 白苧백저 : 백저가白苧歌. 백저가白紵歌. 악곡樂曲 이름. 오吳나라 지역의 무곡舞曲으로, 긴 소매가 달린 모시옷을 입고 노래하고 춤을 춘 데서 이른다.

242

지 곧 밤을 새워가며 선상船上에서 주연이 계속되었음을 말한다.

후반부(전과 결)에서는, 전반부에서 하늘의 정경을 묘사하여 계절과 시간을 제시함에 비해, 후반부에서는 선상의 취객들 모습을 통해 상황을 묘사하고 있는데, 취객들은 〈백저가〉를 술에 취해 부르면서 밤이슬과 서리에 옷이 젖는 것도 모른다고 한다. 달빛이 일렁이는 동정호의 야경에 취하고 분위기에 취하고 술에 취했으리라. 작가의 시선이 하늘(달과 기러기)에서 강 위 선상(취객)으로 상하로 이동하고, 먼 곳에서 가까운 곳(원근)으로 이동하고 있다.

또한 감각적으로는 날아가는 기러기의 울음소리와 배 위의 취객들의 노랫소리, 뱃전에 부서지는 파도소리가 청각적으로 화음(?)을 이루지만, 안타까운 것은 〈백저가〉 노랫가락의 음률이나 가사의 내용을 알 수 없다는 점이다. 옷에 젖어오는 싸늘한 서리와 이슬에서 촉각이 동원되고, 검푸른 하늘에 떠 있는 달과 호수에 일렁이는 달빛, 뱃전에 부서지는 하얀 물보라가 시각적으로 조화를 이루며 묘사된다.

훗날 송宋의 소동파蘇東坡(1036~1101)는 〈(전)적벽부前赤壁賦〉에서, 배에 함께 탄 나그네에게 '객客 또한 저 물과 달을 아는가?'라는 화두話頭를 던지면서, 세상의 사물을 바라보는 두 가지 관점, 곧 변화하는 측면을 볼 것인가? 아니면 불변의 모습을 볼 것인가? 라는 철학적 물음을 던진다. 변하는 입장에서 본다면 지금 동정호 하늘에 떠가는 달도 날아가는 기러기도, 떠가는 배도 배를 타고 노래 부르는 사람들 모두가 한순간도 가만히 있지 못하는 것이라고 할 것이다.

곧 인간이 느끼는 무상감은 세상만물을 변하는 것으로 파악할 때 더욱 수심에 젖는 것이니, 동녘 하늘이 밝아오고 배가 포구에 닿으면 각자 가야할 곳으로 떠나야 한다. 헤어져야 할 숙부 이엽과 중서사인 가지와의 이별을 아쉬워하는 이백의 마음을 동정호에서 뱃놀이하며 밤새 술을 마시는 한 폭의 동양화 같은 담담한 묘사를 통해 그려내고 있다.

65. 구일 중양절에 용산에서 술 마시며 九日龍山飲

九日龍山飲 구일용산음인데   중양절 날에 용산¹⁾에서 술을 마시는데
黃花笑逐臣 황화소축신이라.   노란 국화가 쫓겨난 신하²⁾를 조롱하네.
醉看風落帽 취간풍락모러니   바람에 모자 떨어뜨린³⁾ 모습을 취해서 바라보고
舞愛月留人 무애월류인이라.   춤추며 즐기니 밝은 달이 사람을 머물게 하네.

이백이 62세(寶應 元年, 762)에 세상을 떠나기 직전 중양절을 맞이하여 용산에 올라가
술을 마시면서 지은 것으로 추정되는 5언 절구다. 기(1구)에서는 맹가낙모孟嘉落帽 고사
로 유명한 용산龍山에 올라 술을 마셨다. 그것도 다른 날이 아닌 세시풍속으로 가급적
지켜야 하는 중양절 등고登高⁴⁾하는 날이기도 하니 감회가 특별하다. 이백 자신도 중양절
을 맞아 항간에 '맹가낙모'로 회자되는 맹가처럼 멋스럽게 술을 마시고 싶었을 것이다.

승(2구)에서는, 400여 년 전의 맹가는 당시 진晉 명제明帝(재위 323~325)의 딸 남강장공
주南康長公主의 남편이었던 환온桓溫의 참군參軍·종사중랑從事中郎으로 의기양양해 용
산에 올랐던 것과는 정반대다. 궁중에서 모함을 받고 천자에게서 쫓겨난 자신[逐臣]을
생각하니 부끄럽기 짝이 없어, 발밑에 피어 있는 국화 따서 멋스럽게 마시려 했는데,
술잔에 뜬 국화마저 자신을 비웃는 것 같다.

전(3구)에서는, 그래도 술기운이 오르자 맹가에 비해 부끄럽다는 생각이 다소 누그러

---

1) 龍山용산: 지금의 안휘성安徽省 당도현當塗縣 동남쪽 2십여 리에 있는데, 산 위에 있는 바위가 용과
   같이 생겼으므로 붙여진 이름. 이백의 묘지도 여기에 있다.
2) 逐臣축신: 쫓겨나 귀양 간 신하. 본문에서는 이백 자신을 지칭.
3) 風落帽풍락모: 바람에 모자가 떨어짐. 맹가낙모孟嘉落帽의 고사.
4) 登高등고: 음력 9월 9일 중양절重陽節에 산에 오르는 세시풍속.

저, 애써 맹가의 음주풍류를 떠올린다. 맹가의 주량과 이백 자신의 주량이 누가 더 센가는 가릴 수 없다. 하지만 맹가가 취해서 모자가 바람에 날려간 줄도 몰랐다가 주위 사람들이 놀렸을 때, 멋스런 시를 지어 좌중을 탄복시켰다는 것만은 지고 싶지 않았을 것이다. 그래서 취중에도 그가 지었을 글과 정경을 떠올려본 것이리라[醉看].

결(4구)에서는, 몇 잔의 술로 거나하게 취하자 맹가에 대한 열등감도 다 잊어버렸다. 서산에 해도 졌으니 산을 내려가야 하는데, 더 머물면서 못다 마신 술 핑계를 댈 수는 없다. 마침 초아흐레 저녁 두툼해진 반달이 자신을 못 가게 옷깃을 붙잡는다고 핑계를 댄다. 취한 김에 못 추는 춤일망정 어깨를 들썩여보는 것이었다.

여정이 용산에 이르렀고, 맹가의 용산낙모의 고사를 떠올리니, 4백여 년의 시간을 초월해 자연스레 맹가와 자신의 처지가 비교되었고, 맹가에 대한 열등감이 자신에 대한 신세타령으로 변했다가 술의 힘으로 이겨내고 춤까지 추게 되었을 터.

66. 구월 십일[1] 날 읊조리다 九月十日卽事

昨日登高罷 작일등고파러니	어제 등고登高를 끝냈는데
今朝更擧觴 금조갱거상이라.	오늘 아침 또 다시 술잔을 들었네.
菊花何太苦 국화하태고하여	국화는 왜 이리 괴로움을 당하는가?
遭此兩重陽 조차양중양이라.	이토록 두 번씩 중양절을 만나 꺾어지니.

이백이 62세(寶應 元年, 762)에 앞의 시 〈구일용산음九日龍山飮〉을 지은 다음 날인 다시 용산龍山이 있는 당도當塗에서 지은 5언 절구다. 이틀에 걸쳐 연거푸 중양절을 기념해서 술잔을 기울인 데에는 남다른 특별한 사연이 있음이라.

기와 승(1~2구)의 전반부에서는, 명분상으로는 중양절 다음날을 '소중양小重陽'이라 하여 아직 중양절의 잔치가 끝나지 않았으니 그럴 만도 하지만, 이 시를 짓던 해에 이백이 세상을 하직한 것(11월)을 감안하면 건강도 별로 좋지 않았을 것까지 감안하고자 한다.

전과 결(3~4구)에서는, 화제를 돌려 국화 애기를 한다. 물론 중양절을 다른 말로 국화절 菊花節이라 하여, 중양절과 국화는 뗄 수 없는 관계이다. 그러나 본문의 국화는 '큰 괴로 움[太苦]을 당하는 국화'로 등장한다. '중양절과 소중양절[兩重陽]' 곧 두 번의 중양절을 맞았다는 것만으로는 '국화가 당하는 괴로움'을 이해하기에 부족한 감이 없지 않으니, 중양절을 맞아 사람들은 국화주國花酒를 담느라고 국화를 꺾기도 하고, 국화꽃을 따서 술잔에 띄우느라 국화꽃을 따기도 했으리라. 그래서 국화는 괴로움을 당해야 한다는 것인가. 괴로움을 부연하기 위해 마지막 결구를 '이토록 두 번씩 중양절을 만나 꺾어지니 遭此兩重陽'이라 하여 '꺾어지다'를 추가하여 이해를 도왔다.

---

1) 九月十日구월십일 : 음력 9월 9일 중양절 다음날인 10일에도 하루 동안 잔치하며 국화를 감상하는 풍습이 있는데, 이 날을 '소중양小重陽'이라 부른다.

표현상으로 전(3구)과 결(4구)은 의인법과 도치법을 사용하여 강조하고 있다. 먼저 승구에서 물음 형식으로 독자의 관심을 끌고, 물음에 대한 작가의 확신에 찬 답을 '두 번의 중양절 때문'이라고 결구에서 제시하는 형식이다.

예로부터 국화는 사군자의 하나이자 오상고절傲霜孤節[2]의 이미지에서 감상해보자면, 국화의 괴로움은 '지조와 절개가 무엇 때문에 훼손되었다'는 의미로 해석이 가능하다. 그렇다면 '두 번의 괴로움'은 이백 자신으로 의인화를 통한 이백의 분신分身이자 시적등가물詩的等價物인 셈이다. 이백의 일대기와 견준다면, 궁궐에서 한림공봉으로 있다가 모함으로 벼슬에서 물러나야 했었고(44세), 가까이로는 영왕군永王軍에 가담했다가 유배형을 받기도 했다(57세). 죽음을 앞 둔 이백은 살아생전에 마지막이 될 중양절을 맞이해 중양절의 국화를 통해 살아온 자신의 인생을 단 두 구절의 시를 통해 비유와 함축으로 제시하고 있다고 하면 지나친 억측일까.

---

2) 傲霜孤節오상고절 : 서리에도 굽히지 않는 높은 절개.

67. 사씨의 산속 정자[1]에서 노닐다 遊謝氏山亭

淪老臥江海 윤노와강해러니	노쇠한 채 자연 속에 누어 있다가
再歡天地淸 재환천지청이라.	다시 천지가 맑아진 것을 기뻐하지만,
病閑久寂寞 병한구적막인데	병들어 한가로우나 오랫동안 적막한데
歲物徒芬榮 세물도분영이라.	다만 초목[2]만이 향기롭게 꽃을 피우네.
借君西池遊 차군서지유하여	그대가 서쪽 연못으로 놀러가는 것을 빌려
聊以散我情 료이산아정이니,	잠시나마 내 울적한 기분을 풀려고[3]
掃雪松下去 소설송하거하며	눈 쓸며 소나무 아래를 지나
捫蘿石道行 문라석도행이라.	덩굴을 붙잡고 오르고[4] 돌길을 걷네.
謝公池塘上 사공지당상에	사조공 정자의 연못가에는
春草颯已生 춘초삽이생인데,	봄풀은 어느새 돋아있고,
花枝拂人來 화지불인래하고	꽃가지는 사람의 옷자락을 스치며 다가오고
山鳥向我鳴 산조향아명이라.	산새들은 나를 향해 지저귀네.
田家有美酒 전가유미주러니	농가에 맛 좋은 술이 있어
落日與之傾 낙일여지경하고,	해 질 때까지 함께 술잔을 기울이고,
醉罷弄歸月 취파농귀월하니	흠뻑 취한 채 달을 즐기며 돌아오니

---

1) 謝氏山亭사씨산정 : 사공정謝公亭이라고도 부르며 옛 터가 당도當塗의 청산 남쪽 사공 사당謝公祠堂
  에 있는데, 제齊나라의 유명한 시인 사조謝朓의 집터에 있던 정자다.
2) 歲物세물 : 초목草木. 초목은 한 해에 한 차례의 영고榮枯를 겪기 때문이다.
3) 散(我)情산정 : 울적한 기분을 풀어 없앰.
4) 捫蘿문라 : 덩굴을 붙잡고 기어오름.

遙欣稚子迎 요흔치자영이라.　　　멀리서 어린 자식들은 반가이 맞이하네.

　이백이 서거하던 62세(寶應 元年, 762)에 당도 현령當塗縣令 이양빙에게 의지하여 머무를 때, 봄날에 친구와 함께 사공謝公(謝朓)의 산정에서 술 마시고 노닐며 지은 시로 전문 16구 5언 고시다. 전문은 내용상 4단락으로 나뉜다.

　첫째 단락(1~4구)은 노쇠해진 몸과 대비시켜 새 생명이 파릇파릇 솟아나는 봄날의 초목들을 노래한다. 적선謫仙이며 시선詩仙이며 주선酒仙이라 불리면서 가는 곳마다 빈객으로 환대를 받았는데, 신선도 늙고 병들어 죽어가는 것인가. 젊어서 천 개의 강을 건너고 만 개의 산을 넘어서라도 온 천하를 주유하려고 고향 땅을 떠났는데, 어느새 늙고 쇠약해지니 이제는 갈 곳도 가고 싶은 곳도 없으며, 찾아갈 사람도 찾아올 사람도 없는 적막강산 속 외톨이 신세가 되어 병마에 시달리는 몸이 된 것이다. 힘없는 눈빛으로 뜰을 바라보니 초목들은 무심하게도 향기를 내뿜으며 무성하게 자라 새 생명으로 거듭나고 있고.

　둘째 단락(5~8구)에서는, 병들어 무료하던 차에 벗이 찾아와 서쪽 연못으로 놀러가자고 하니, 그 아니 좋을쏘냐. 잠시나마 울적한 기분을 풀어낼[散情] 좋은 기회가 온 것이다. 숨을 헐떡여도 좋으니 눈을 쓸고 소나무 아래를 지나고, 비탈진 오르막도 덩굴을 부여잡고 오르고, 울퉁불퉁 돌길도 마다않고 신이 나서 걸어가는 모습을 구체적으로 묘사하고 있다.

　셋째 단락(9~12구)에서는, 벗이 봄나들이 가자고 말한 서쪽 연못은 다름 아닌 남조 제南朝齊의 저명한 시인이며 경릉팔우竟陵八友[5]의 한 사람이자, 시어詩語의 음률미를 추구하여 영명체永明體[6] 시를 개척한 사조謝朓가 지었다는 정자인 사공루謝公樓였으니, 이백의 감회가 특별할 수밖에 없었다. 그곳에도 여지없이 봄은 오고 있었으니, 발아래

---

5) 竟陵八友경릉팔우 : 남조 제南朝齊의 소연蕭衍(梁武帝) · 심약沈約 · 사조謝朓 · 왕융王融 · 소침蕭琛 · 범운氾雲 · 임방任方 · 육수陸倕 등 여덟 사람. 경릉竟陵은 남조 제 때 둔 군郡 이름.

6) 永明體영명체 : 남조 제南朝齊 영명永明 연간에 활동한 문사들에 의해 형성된 시체詩體로 성률聲律을 강조하여 근체시近體詩 형성에 큰 영향을 끼쳤다.

봄풀들은 어느새 신발이 묻힐 만큼 자랐고, 꽃나무 가지는 옷자락을 스치며 어서 오라고 당기는 듯하고, 산새들은 지저귀며 춘삼월 호시절로 사람들을 유혹하듯 한다고 한다.

이백 자신이 평생 시를 쓰면서 살아왔는데, 그가 쓴 시들이 먼 훗날까지 사공謝公(謝朓)의 시처럼 뭇사람들의 입에 오르내릴 것인지는 알 수 없는 일이다. 아니면 여기 눈앞에 펼쳐지는 봄날의 풍경을 대표하는 춘초春草나 춘화春花나 춘조春鳥처럼 뭇사람들의 발아래 밟혔다가 사라지거나, 화무십일홍이니 꺾어가지고 놀다가 버려질 것인지, 지저귀는 새들의 노래처럼 귓전에 맴돌다가 잊혀져갈지는 알 수 없는 노릇이라고, 사공루謝公樓에 올라 생각하니 마음이 착잡했을 지도 모른다.

넷째 단락(13~16구)에서는, 마침 사공루 인근 농가에서 담가 놓은 농주農酒를 얻어 마신 이야기를 쓰며 끝맺고 있다. 지친 몸을 끌고 사공루까지 왔으나, 목이 컬컬하던 참이니 의원醫員이 술이 몸에 해로우니 그만 마시라고 했더라도 참새가 방앗간을 그냥 지나칠 리야 없지 않겠는가. 아니 이 때 마시는 춘주春酒는 보약보다 더 좋은 것일 터. 인심좋은 주인장과 마음을 알아주는 벗과 주선酒仙 이백이 둘러앉았으니 동이 술이라도 많겠다고 하겠는가. 해가 기웃하면서 등을 떠밀어 귀가를 재촉해도 일어날 리 만무하다.

적선謫仙이 아니어도 괜찮고, 시선詩仙이 아니라고 해도 괜찮은데, 다만 주선酒仙이라는 호칭만은 가장 아끼는 것이니 저승까지 달고 가고 싶은 호칭이 아니던가. 이승살이 끝내고 저승살이 갈 적에 저승사자가 어느 이름 없는 강가 주막에 들러 술만 한 잔 사준다면 염라대왕 앞이라도 마다 않고 갈 참이라. 밤이 이슥하여 휘적휘적 걸어 돌아오는 길을 달빛이 밝혀준다. 저기에서 들려오는 '아빠'하며 부르며 달려오는 아이들이 정겨운 소리가 어둑해진 들녘을 가로질러 들린다.

250

68. 술을 마주하고 – 포도 對酒 – 葡萄

葡萄酒 포도주에   포도주[1]에
金叵羅 금파라여.   금술잔[2]이여,
吳姬十五細馬馱 오희십오세마태라   열다섯 오 땅 아가씨가 작은 말 타고 왔네.
青黛畫眉紅錦靴 청대화미홍금화요   푸른 먹[3] 그린 눈썹에 붉은 비단신 신고
道字不正嬌唱歌 도자부정교창가라.   서투른 발음[4]으로 사랑스레 노래 부르네.
玳瑁筵中懷裏醉 대모연중회리취니   호화로운 연회[5]에 품에 안겨 취했으니
芙蓉帳裏奈君何 부용장리나군하리오.   연꽃 휘장[6] 안에서 그대를 어이하리.

전문 7구의 형식이 자유로운 잡언雜言 고시체이다. 특히 1~2구의 처리가 이채롭다. 천재 시인이자 낭만가객이고 주유천하하는 풍류객 이백에게는 두 명의 부인 이외에 많은 여인들이 있었다는 것이 정설 아닌 전설이다. 또 성당盛唐시절에 지어진 많은 노래들 중 기녀들과의 색정을 노래한 시가 많았으며, 이것은 남녀 간에 감정 표현이 자유로워지면서 장소도 억압된 궁중을 벗어나 번화한 도시로 넓혀졌는데, 이 시도 이런 시대의

---

1) 葡萄酒포도주 : 포도주는 당 정관貞觀(太宗의 연호) 연간에 서역에서 중국으로 유입된 술이라고 함. 《태평환우기太平寰宇記》(중국 및 그 주변국의 지리와 역사, 일화를 기록한 책) 참조.
2) 叵羅파라 : 서역西域에서 사용하던 술잔의 음역. 두루 술잔을 이른다.
3) 青黛청대 : 눈썹을 그리는 검푸른 색의 안료.
4) 道字도자 : 토자吐字. 창곡唱曲이나 설백說白(희곡이나 가극 중 노래 가사 이외의 대사臺詞. 또는 말함, 이야기함)에서 전통음으로 읽는 것.
5) 玳瑁筵대모연 : 진귀한 장식물로 꾸민 호화스러운 연회석. 대모玳瑁는 바다거북과에 속하는 거북의 일종. 황갈색의 등딱지에 검은 반점이 있고 광택이 난다. 장식용이나 약용으로 쓰인다.
6) 芙蓉帳부용장 : 비단을 연꽃으로 물들여 만든 휘장.

조류에 맞춰 해석하고 감상하는 것이 일반적이다.

그러나 본 감상과 해석에서는 좀 다른 시각, 곧 비유와 중의적重義的 표현 면에서 감상하고자 한다. 아무리 시류가 그렇다하더라도 시선 이백이 이렇게 직설적으로 남녀 상화相和를 쓰지 않았을 것이다. 시 모두冒頭에서 술 포도주와 술잔 금파리를 각각 별구로 써서 강조하고 있는 것은 이 시 전반을 해석 감상하는데 많은 단서를 함의하고 있다.

먼저 포도주의 원산지는 서역이며, 포도주가 서역에서 최초로 중국에 유입된 것은 당唐 정관貞觀(太宗, 재위 627~649) 연간으로 알려져 있다. 이백이 출생하기(701년 출생) 불과 50여 년 전의 일이고, 포도주가 중국인들에게는 일반적인 주류酒類로 자리하기에는 상당한 시간이 필요했을 것이다. 서역에서 건너온 특별한 술로 애주가들조차 쉽게 마시기는 어려웠을 것이다. 그리고 포도주를 마시기 위한 특별한 술잔도 함께 들어왔을 것이니, 곧 '금파라金叵羅'였을 것이다. 지금 우리가 '막걸리잔, 소주잔, 양주잔, 맥주잔'이니 하며 술의 종류에 어울리는 술잔의 모양에 은연중 관습화된 인식을 가지고 있듯이 포도주 전용(?) 술잔으로 인식되었을 것이다.

천하를 돌아다니면서 각 지역 특산의 온갖 술은 거의 빼놓지 않고 즐겨 마시고 취해본 이백이 말로만 듣고 마시고 싶어 하던 서역에서 건너온 '포도주'를 술잔 '금파라'에 따라 마시게 되었으니, 아마도 오랫동안 술꾼의 마음속 응어리가 풀린 것 같은 심정에서 '포도주와 금파라'를 시의 첫머리에 놓아 각각 별구로 강조하였을 것이다. 지금 우리도 어디선가 별주別酒를 마시면 친구들에게 자랑을 하는 것과 같다고 하겠다.

시선다운 시상詩想의 극적 전환의 기지를 보여주는 것은 3구부터이다. 포도주와 금파라를 이역 오吳 땅에서 작은 말을 타고 온 15세 아리따운 기녀에게 비유하고 있다(3구). 그리고 처음 맛보는 포도주를 처음 보는 금파라 술잔에 따라 마시는 술맛을 '푸른 먹으로 눈썹 그리고 붉은 비단신 신었다(4구)'고 이국적 여인의 모습으로 묘사한다. 술맛이 그만이다. 그러나 약간은 입맛·술맛에 낯설다. 애주가 이백도 처음 맛보기 때문에 쉽사리 판정할 수 없는 '혀끝에 익숙하지 않는 술맛'을 '서투른 발음으로 사랑스레 노래 부르네'로 표현한다(5구).

이런 고급스런 술은 아직 시정市井 저잣거리에서는 마실 수 없고, 아마도 궁정의 화려한 연회 정도에서나 마실 수 있을 것이다, 처음 마시는 술이니만치 얼마큼 마셔야 취하는 지도 알 수 없으니 취할 때까지 마셨을 것이다. 취기가 올랐다(6구). 본래 방일초탈放逸超脫한 이백인지라, 술에 취해 아무데서나 누우면 그 자리가 곧 '취향醉鄕(술이 거나하게 취해 느끼는 즐거운 경지)'일 것이고 '부용 장막'이다. 그런데 혹자는 '부용 장막 안에서 그대를 어찌할꼬?'(7구)에 대해서 다소간 외설적猥褻的 여운으로 해석하려는 빌미로 삼는다. 곧 시 표현상의 금도禁度는 낙이음樂而淫(즐거워하며 도를 지나침)이 아닌 낙이불음樂而不淫(즐겁되 도를 지나치지 않음)이라는 것을 전제로 해야 하며, 따라서 이 시 전반에 걸쳐 나타나는 비유와 중의적 표현을 중심으로 감상하고자 한 것이다.

조선 중기의 손꼽히는 낭만가객 백호 임제白湖林悌(1549~1587)와 기녀 한우寒雨 사이에 주고받은 일명 〈한우가寒雨歌〉 시조 한 편으로 이백의 〈대작 - 포도〉 감상에 여운을 더해본다.

北天이 맑다하거늘 우장 없이 길을 나니
산에는 눈이 오고 들에는 찬 비 온다
오늘은 찬비[寒雨] 맞았으니 얼어 잘까 하노라. 〈임제〉

어이 얼어 자리 무슨 일로 얼어 자리
원앙침鴛鴦枕 비취금翡翠衾을 어디 두고 얼어 자리
오늘은 찬비[寒雨] 맞았으니 녹아 잘까 하노라. 〈한우〉

* 현대역, [寒雨] : 저자 보충

69. 구일 중양절¹⁾에 九日

今日雲景好 금일운경호러니　오늘 구름 뜬 풍경이 좋을시고

水綠秋山明 수록추산명이라.　물은 푸르고 가을 산은 선명하네.

攜壺酌流霞 휴호작류하하고　술병 끼고 유하주²⁾ 마시면서

搴菊泛寒榮 건국범한영이라.　국화³⁾ 따 술잔에 띄우네.

地遠松石古 지원송석고요　외진 땅이라 솔과 바위는 고색이 그윽하고

風揚弦管淸 풍양현관청이라.　바람은 현관악기 노래를 맑게 울리는 듯.

窺觴照顔歡 규상조안환하고　술잔에 비친 내 즐거운 얼굴을 바라보다가

獨笑還自傾 독소환자경이라.　홀로 웃음 지으며 또 한잔 기울이네.

落帽醉山月 낙모취산월이요　모자 떨어뜨린⁴⁾ 채 산달 아래서 취해

空歌懷友生 공가회우생이라.　공연히 노래 부르며 벗을 그리워하네.

나그네 되어 떠돈다고 명절마저 잊을쏜가. 오늘이 마침 중양절重陽節이니 술 마실 핑계치고는 더 없는 날이다. 마침 이른 곳도 산등이니 오르느라 숨도 차고 다리도 뻐근해

---

1) 九日구일 : 한해 가운데 음력 9월 9일은 양의 수인 9가 두 번 겹친 날로 중양절重陽節 또는 중구일重九日이라 부르는데, 이때 제비가 강남으로 돌아간다고 한다. 이 중양절 날에 관료나 선비들은 교외로 나가거나 등고登高라 하여 높은 산에 올라가 여러 친지들과 술과 밥을 마련하여 수유꽃 꽂고 누런 국화를 술잔에 띄워 마시고 시를 읊조리면서 하루를 즐기는 풍습이 있다.

2) 流霞유하 : 유하주流霞酒. 신선이 마신다는 술 이름.

3) 寒榮한영 : 한영寒英. 추운 날씨에 핀 꽃. 매화나 국화.

4) 落帽낙모 : 모자를 떨어뜨림. 진晉 쯤의 맹가孟嘉가 중양절重陽節에 용산龍山에 올라 술에 취하여 모자를 떨어뜨려 놀림을 받고 그에 답하는 시를 지어 좌중을 탄복시킨 고사에서 유래하여, 중양절에 높은 곳에 오름을 뜻하는 전고典故로 쓰임.

서 쉴 겸해서 바위에 걸터앉아 시동더러 술잔을 채우라고 한다. 개울물은 푸르고 단풍
든 가을 산이 더 없는 선경이다. 신선이 마시는 술이 따로 있으랴. 이런 동양화 같은
풍경 속에 앉아 있는 내가 곧 신선이라고 생각하니 마시는 술 또한 유하주流霞酒인 것이
다. 마침 옆에는 들국화가 피어 있으니, 힘들이지 않고 한 두 잎 따서 술잔에 띄우고
훌훌 불어가며 마신다. 맛과 멋이 따로 있으랴(1~4구).

　어지간히 깊은 산골이다. 소나무 그루터기와 바위마다 푸른 이끼가 서려 있고, 바람이
불어 솔숲을 흔드니 머리 위에서 들리는 천상의 음악[天籟]인가, 소나무 둥치를 타고
내려와 지축을 흔드는 듯하니 지상의 음악[地籟]인가. 다시 잔을 드노라니 술잔 속에
내 얼굴이 비친다. 왠지 헛웃음이 나와 씩 웃어본다. 술잔 속에 비친 나도 따라 웃는다
(5~8구). 한 두 잔 만 마셔 목만 축이려고 했는데, 해는 어느새 서산에 지고 초승달이
떠올랐다. 오늘 같은 날 고향의 벗들도 무리 지어 산에 올라[登高] 마음껏 웃으며 마셔댔
겠지. 아득히 멀어진 고향 생각이 아련히 떠오른다(9~10구).

70. 초강 황룡기[1] 남쪽 양집극[2]이 관리하는 누각에서 연회를 열다
楚江黃龍磯南宴楊執戟治樓

五月入五洲 오월입오주러니　　오월에 오주[3]로 들어가니

碧山對青樓 벽산대청루인데,　　푸른 산이 푸른 누각을 마주 대하고 있는데,

故人楊執戟 고인양집극은　　친구 양집극은

春賞楚江流 춘상초강류로다.　　봄날에 흘러가는 초강을 감상하고 있네.

一見醉漂月 일견취표월하고　　한잔 술에 취해 하늘에 떠가는 달을 보더니

三杯歌棹謳 삼배가도구로다.　　석잔 술을 마시고는 뱃노래[4]를 부르네.

桂枝攀不盡 계지반부진이니　　계수나무 가지[5] 잡고 노는 일은 끝없으리니

他日更相求 타일갱상구로다.　　훗날 다시 와서 서로 즐기리라.

　　초강楚江(長江)이 흐르는 황룡기 남쪽에 있는 양집극의 누각에서 그가 베푼 연회에 참석하여 지은 8구의 5언 율시로 지은 해는 알 수 없다. 이백이 예전부터 알고 있던 친구인 집극執戟을 지낸 양씨楊氏는 은퇴하여 초강 가에서 이백을 만나 봄날의 경치를 감상하고 술 마시며 노니는 장면을 묘사하고 있다.

---

1) 楚江黃龍磯초강 황룡기 : '초강'은 호북성 동쪽 초楚 지방으로 흐르는 장강을 가리키며, '황룡기'는 지금의 호북성湖北省 황석시黃石市 북쪽 장강 남안에 있는데 구체적인 지점은 알려지지 않고 있다.

2) 楊執戟양집극 : 양楊은 성씨姓氏. 집극執戟은 진한秦漢 시대 궁궐의 시위관侍衛官. 시위하며 창을 잡고 선 데서 나온 말이다.

3) 五洲오주 : 호북성湖北省 희수현浠水縣의 남서쪽인 양자강楊子江 가운데 있는 섬.

4) 棹謳도구 : 뱃노래. 노로 뱃전을 두드리며 부르는 노래.

5) 桂枝계지 : 계월桂月. 달. 달 속에 계수나무가 있다는 전설에서 유래한 말.

전문은 율시의 시상 전개를 따라 4단락으로 나뉘는데, 수련(1~2구)에서는 시·공간 배경으로 봄날 오월의 훈풍이 불어오는 섬 오주의 누각이 푸른 산을 마주하고 푸른 물이 흐르는 초강 가에 있음을 묘사하고 있다. 이어 함련(3~4구)에서는 그런 곳에서 벗 양집극이 유유자적하며 흐르는 강물을 완상玩賞하고 있다고 한다. 속담에 '물 좋고 정자 좋은 데 없다'고 했는데 산색山色이 좋고 마음마저 한가로우니 자연과 인사人事가 더 없는 합일合一을 이루고 있음을 표현한다.

후반부에 해당하는 경련(5~6구)과 미련(7~8구)에서는 경치 좋은 곳에서 좋은 벗을 만나 빼놓을 수 없는 것이 또한 술이거니, '한 잔 술에 취하니[一見醉]' 밤하늘의 달이 아닌 강물에 흘러가는 달[漂月]을 노래하고, 석 잔을 마시니 흥에 겨워 뱃노래를 부른다고 한다. 훈풍에 배는 흘러가는 데로 맡기고 선상船上에서 수작酬酌하는 모습이 그려진다. 건너편 산이 붉은색 암벽이었다면 계수나무 가지라도 부여잡고 오르며 소동파蘇東坡보다도 먼저 〈적벽부赤壁賦〉를 지었을까. 풍류가 흐르는 강물은 훈풍에 잔물결도 일지 않았을 터.

71. 봄밤에 도리원에서 집안의 아우들과 잔치하며 지은 시서 春夜宴從弟桃李園序

夫天地者萬物之逆旅 부천지자만물지역려야요.

　　　　　　　　　　　　무릇 천지는 만물의 여관[1]이요,

光陰者百代之過客 광음자백대지과객이라.　세월[2]은 백대를 지나가는 길손이다.

而浮生若夢 이부생약몽하니　　　부평초 같은 인생이 꿈과 같으니[3]

爲歡幾何 위환기하오.　　　　　기쁨을 즐기는 때가 얼마나 되겠는가?

古人秉燭夜遊 고인병촉야유는　　옛사람이 초를 켜고[4] 밤에 논 것은

良有以也 양유이야라.　　　　　진실로 이유가 있었네.

況陽春 황양춘이　　　　　　　더구나 화창한 봄이

召我以煙景 소아이연경하고　　아지랑이 낀 경치로 나를 부르고,

大塊假我以文章 대괴가아이문장이라.　대괴[5]가 나에게 문장[6]을 빌려주었네.

會桃李之芳園 회도리지방원하여　복사꽃·오얏꽃 핀 아름다운 동산에 모여

序天倫之樂事 서천륜지낙사하니　형제간[7]에 즐거운 일을 펴니,

群季俊秀 군계준수는　　　　　준수한 여러 아우들은[8]

---

1) 逆旅역려 : 여관. 객사客舍.

2) 光陰광음 : 세월. 광光은 해, 음陰은 달. 일설에는 광光은 낮, 음陰은 밤이라고도 한다.

3) 浮生若夢부생약몽 : 인생의 덧없음이 마치 꿈과 같음.

4) 秉燭병촉 : 손에 촛불을 잡음. 촛불을 켬을 이르는 말.

5) 大塊대괴 : 대지大地. 대자연.

6) 文章문장 : 뒤섞인 색채나 무늬. 본문에서는 봄철에 피는 각종 꽃과 푸른 잎들을 말함.

7) 天倫천륜 : 하늘이 정한 차례. 부자父子나 형제와 같은 친속親屬 관계.

皆爲惠連 개위혜련이요,　　　　모두 사혜련⁹⁾이 되었는데,

吾人詠歌 오인영가는　　　　　내가 부르는 노래만이

獨慚康樂 독참강락이라.　　　　홀로 강락¹⁰⁾에 부끄럽구나.

幽賞未已 유상미이하고　　　　그윽한 감상¹¹⁾이 아직 그치지 않음에

高談轉淸 고담전청하며,　　　　고상한 담론은 더욱 맑아지네.

開瓊筵以坐花 개경연이좌화 하고　　성대한 잔치¹²⁾를 열고 꽃 아래 앉으니

飛羽觴而醉月 비우상이취월하니,　깃 달린 잔¹³⁾을 날려 달 아래 취하니,

不有佳作 불유가영이면　　　　아름다운 문장이 있지 않다면

何伸雅懷 하신아회리오,　　　어찌 고아한 회포를 펴겠는가.

如詩不成 여시불성이면　　　　만약 시를 짓지 못한다면

罰依金谷酒數 벌의금곡주수하리라,　벌주는 금곡의 술잔 수¹⁴⁾를 따르리라.

이백이 37세(開元 25年, 737)에 동도東都인 낙양洛陽을 유람할 때 지은 불후명편으로

---

8) 群季群季 : 여러 아우.

9) 惠連혜련 : 남조 송南朝宋의 사혜련謝惠連. 어릴 때부터 총명하여 종형從兄 사영운謝靈運으로부터 깊은 사랑을 받은 데서 유래하여, 아우나 종제從弟에 대한 미칭美稱으로 쓰인다.

10) 康樂강락 : 남조 송南朝宋 사영운謝靈運의 봉호封號. 시로 유명하여 안연지顔延之와 함께 안사顔謝로 불렸다. 정치적 불만을 산수의 아름다움으로 승화시켜 중국 문학에 산수시의 새로운 길을 열었다.

11) 幽賞유상 : 조용히 감상함. 깊이 음미함.

12) 瓊筵경연 : 성대한 연회.

13) 羽觴우상 : 좌우에 새 날개 모양의 손잡이가 달린 술잔. 일설에는 새의 깃을 꽂아 빨리 마시도록 재촉하는 일이라고 한다.

14) 金谷酒數금곡주수 : 연회宴會에서 벌주罰酒 석 잔을 이르는 말. 진晉의 석숭石崇이 연회 자리에서 시를 잘 짓지 못한 사람에게 벌주 세 말을 마시게 한 데서 유래하였다. 금곡金谷은 진晉의 석숭石崇이 금곡간金谷澗에 지은 금곡원金谷園으로 하남성河南省 낙양시洛陽市 북서쪽에 있는 골짜기 이름이다.

평가받는 서정단문抒情短文이자 서문序文이다. 엄밀하게 말하면 이 책의 분류인 시가詩歌에는 속하지 않는다.[15] 그러나 술을 제재로 한 이백의 시문에서 제외시킬 수 없다는 판단 때문에 음주 선별 작품 맨 뒤에 실어서 감상하고자 한다. 먼저 이 글의 내용을 감상하기 전에 몇 가지 밝혀야할 점을 정리해본다.

첫째는 전언한 대로 이 작품은 중국 문학사상 대표적인 서문이다. 고대의 문인들은 한자리에 모여 연회를 베풀 때는 항상 시를 지어 화창한다. 이렇게 지어진 시들을 모아 한 책으로 합편合編하면 그중 재주가 뛰어나고 덕이 높은 사람이 서문을 지었다. 그러한 예로 왕희지王羲之의 〈난정집서蘭亭集序〉와 이백의 본편 등이 있다. 이러한 유형의 서문은 서정抒情이 위주인데, 연회장면을 서술하거나 혹은 어떠한 문제에 대한 의론을 발표하는 형식이 대부분이다.

둘째는 이 글이 유명한 만큼 제목에서도 〈봄밤에 桃花園에서 집안의 아우들과 잔치하며 지은 詩序春夜宴從弟桃花園序〉와 함께 항간에 보편적으로 알려진 〈봄밤에 桃李園에서 잔치하며 지은 詩序春夜宴桃李園序〉라는 두 가지 제목이 쓰이고 있다. 제목에 '종제從弟'의 유무와 함께 '도화원桃花園과 도리원桃李園'이 혼용되어 쓰이고 있다는 점이다. '종제從弟'에 대해서는 집안 친척 아우들로 이유성李幼成과 이영문李令問인데, 이백이 낙양에 머무를 때 밀접한 교유를 맺은 집안 동생들을 가리킨다. 이유성에 대해서는 이백의 또 다른 시 〈친척 아우인 이유성이 서쪽 정원에 들러 내게 준 시에 답하다答從弟幼成過西園見贈〉에서 언급하고 있다. 도화원桃花園은 낙양에 있으며, 끝구에서 언급하고 있는 '금곡金谷'과도 같은 곳에 있다.

셋째는 본 편의 문체文體에 관한 것으로, 일반적으로 알려진 바와 같이 4·6자로 대구

---

15) 중국의 대표적인 이백시가집李白詩歌集인《이백시가전집李白詩歌全集》(王琦 注, 今日中國出版社 刊, 1977),《이백시전역李白詩全譯》(詹福瑞 外, 河北人民出版社, 1977),《고문진보古文眞寶》에서도 후집後集에 분류하고 있고,《이태백시집》(이영주 외 2인 역주, 학고방, 2015)에 시가詩歌로 분류하지 않았으며,《이태백문부집 상·중·하》(황선재 역주, 학고방, 2020)에서는 서序·기記로 분류하여 〈봄밤에 도화원에서 집안의 아우들과 잔치하며 지은 시서春夜宴從弟桃李園序〉라는 제명으로 싣고 있다.

를 이루는 변려체騈儷體 위주로 쓰였다. 그러나 표현상에서 감정이 진지하여 미사여구만 늘어놓는 변려체의 폐단이 없어 지금까지도 사람들에게 암송 회자되고 있다. 또한 문장에 쓰인 문자들이 아름다워 마치 시어詩語와 같으며, 음절은 절주節奏에 맞아 듣기 좋은 이백 산문 중 명편名篇에 속한다. 어떤 사람이 말하기를 '한유韓愈는 문장으로 시를 짓고, 이백은 시로써 문장을 짓는다.' 하였는데, 이 서문이 그 평가에 부합된다고 여겨진다. 따라서 기본적인 운문 형식(변려체)을 바탕으로 한 문장임을 감안해 구句 단위로 배열하여 감상에 편의를 도모코자 하였다는 것도 밝힌다. 따라서 전문은 23구로 나누고 내용 전개상 3단락으로 나뉜다.

첫째 단락(1~9구)은 4개의 독립된 문장으로 이루어지고, 문맥이 논리적 문장에 버금할 정도로 정연하게 구성되어 있다. 먼저 인간의 삶을 구성하는 두 개의 기본적 축인 공간과 시간에 대해 시적 정의定義를 은유적으로 제시하는 것으로 시작한다(1~2구). 천지天地라는 공간은 만물이 잠시 쉬었다 가는 객사客舍(逆旅)이며, 시간이라는 것은 멀고 먼 오랜 세월 동안 걸쳐 지나가는 길손[過客]이라고 한다. 작게는 개개인의 삶에서 크게는 모든 인류의 삶에 이르기까지 누구나 공간이라는 날줄[緯線]과 시간이라는 씨줄[經線]이 만들어 내는 영역을 벗어나 존재할 수는 없다. 그리고 질서 있는 통일체 속의 존재 곧 우주宇宙 속의 삶으로 인식한다. 그리고 인간이란 존재가 얼마나 시간적으로 찰나적刹那的이고 공간적으로 미미微微한 존재라는 것을 지적한, 곧 삶의 본질을 설파한 정의적 명제라 하겠다.

그런 가운데 인생은 얼마나 덧없는 한 바탕 꿈과 같은 것이며, 한 바탕 꿈이라면 또 악몽惡夢이 아닌 길몽吉夢을 꾼 적은 얼마나 되는가. 더더구나 잠시 왔다 가는 삶에서 괴로워하지 않고 즐거움을 누리는 것은 또 얼마나 되겠느냐고 반문한다(3~4구). 이 질문에 대한 답은 둘 중 하나일 것이다. 즐거움을 누리거나 즐기는 것 자체의 의미를 부정하는 허무주의자가 되거나, 허무주의를 떨쳐버리기 위해 지극한 현실쾌락주의자가 되는 것이다. 이 둘 중에 이백은 어떤 삶을 택하고 있는가에 답은 직접 말하지 않고 옛사람들이 밤에도 촛불을 켜고 놀았던 사례를 말하며, 그 이유를 알겠다고 한다(5~6구).

그리고 지금은 어느 때인가? 때는 바야흐로 춘삼월 호시절에 날씨는 춥지도 덥지도 않은 화창한 봄날이다. 아지랑이 아물거리는 봄 경치[煙景]는 천지자연의 조물주가 파란 풀과 아름다운 꽃[文章]을 잠시 즐기라고 빌려주었다[假]. 빌리는 것은 잠시일 뿐이지 영원히 자기의 것은 아니다. 그런데 사람들은 빌린 시간이 조금이라도 오래되면 마치 자기 것 인양 착각한다. 이 점에 대해서 우리나라 고려 말의 학자 이곡李穀(1298~1351)도 〈차마설借馬說〉[16]에서 경계한 바 있고, 맹자孟子도 「오래 빌리고 돌려주지 않으면 어찌 그것이 제 소유가 아닌 줄 알리요?」[17]라고 일찍이 경계하였다.

사람들이 받는 괴로움 중의 대부분은 잠깐 남의 것을 빌려 누리는 부귀영화를 자기에게 속한 영원한 것이라고 알고, 또 그 부귀영화를 자손만대 대대로 물려 줄 궁리를 하는 가운데 있는 것이고, 그것을 모르는 데 있는 것이 아닌가. 그리하여 화무십일홍花無十日 紅이라 하여 열흘 피는 꽃은 없다고 했으니, 활짝 핀 꽃이 시들어 떨어지기 전에 아니 즐기고 어찌할 것인가. 이백의 시에 일관되게 나타나는 급시행락及時行樂하기에 딱 좋으니 금상첨화라 하겠다.

둘째 단락(10~15구)에서는 구체적으로 종제從弟들과 급시행락하는 모습을 묘사하고 있다. 장소는 도리원桃李園이니 바야흐로 봄을 맞아 복사꽃과 자두꽃이 만발하였다 (10~11구). 그리고 그 곳에 모인 사람들은 종형제지간이니 친족으로 우애를 나누고 돈독히 하기에 더 없는 기회다. 그리고 그들은 하나같이 문장에 대해서는 옛 진晉의 사혜련謝 惠連만큼 일가를 이룬 아우들이다. 다만 안타까운 것은 이백 자신의 글만은 사혜련을 아끼고 사랑한 종형從兄 강락康樂(謝靈運)만 못하다고 한다. 종형從兄과 종제從弟 사이와 걸맞는 사영운 고사를 적재적소에 인용함도 이 글의 빼어난 점이어니와, 시인이자 문장가로 명성을 날리고 있는 이백 자신을 겸사謙辭(겸손한 말)로 낮추는 가운데 종제들에 대한 후생가외後生可畏(후배가 학문을 쌓고 덕을 이루어 선배를 능가할 수 있으므로 두려워할 만함)하는 배려와 슬기를 함축하고 있음은 놀라울 뿐이다.

셋째 단락(16~23구)에서는, 지금까지 도리원에서의 종제들과 연회의 분위기를 묘사하

---

16) 이곡李穀, 《가정집稼亭集》 권7, 설조說條.
17) 《맹자孟子·진심장구상盡心章句上》.

는데 배경 묘사에 이어 친족 간의 분위기가 종적 질서 속에 다소 엄숙했음을 부인할 수 없다. 그러나 시간이 흐르고 술이 몇 순배 돌자 그윽한 감상에서 벗어나 인생을 이야기하고 문장에 대해서 담소를 나누는 가운데 동산에 달이 뜨자 분위기는 한껏 고무된다. 꽃자리에 달빛이 내려앉고 운치 있는 술잔[羽觴]은 날개를 단 듯 술을 안고 바쁘게 날아다닌다. 분위기가 한껏 달아오르자 이백이 제안하기를 이 아름다운 자리를 오래 기억하기 위해서 시를 한 수씩 짓자고 한다. 기억은 시간의 흐름 속에 풍화되어 사라지지만 시를 써서 기록으로 남기면 오래도록 되새길 수 있을 터이니.

그러나 시를 이루지 못한 사람은 벌주를 마셔야 한다고 한다. 벌주의 기준은 진晉나라 석숭石崇의 금곡주수金谷酒數고사를 기준으로 하자고 한다. 예로부터 중국과 우리나라에서도 시사詩社(시인들이 조직한 문학적 단체)에서 일정한 시간 내에 한 편의 시를 써내지 못하면 완성할 때까지 벌주를 마셨다는 멋스러운 시와 술에 관한 글들이 있다. 이때 시간을 재기 위해 사용한 것이 촛불이다. 초에 눈금을 새겨놓고 촛불에 그 눈금이 탈 때까지 시를 짓지 못한 사람은 벌주를 마신다. 이것을 이른바 각촉시刻燭詩라고 한다. 시를 잘 짓는다고 하여도 속작速作에 능숙하지 못한 사람은 벌주를 마셔 귓불이 발개지면서도 뒤돌아 앉아서 시를 짓느라 끙끙대는 모습은 생각만 해도 웃음을 자아내게 한다.

천륜이라는 종적 질서 속에 다소 경직된 분위기가 각촉시 짓기를 시작으로 횡적 관계로 변화하니, 분위기는 경이불친敬而不親(공경하면서 친하지는 않음)에서 경이친敬而親(공경하면서 친하기도 함)으로 바뀐다. 박장대소하기도 하고 포복절도하면서 벌떡 일어나 옷깃을 펄럭이며 덩실덩실 춤이라도 추고 싶은 분위기다. 행복이 별거든가, 봄날의 달밤은 종형제간의 우애로 밤이슬이 옷섶에 내려앉아 차가운 줄도 몰랐으리라. 그날 밤 종형제들이 벌주를 마셔가며 쓴 시들을 모아 작은 시집을 엮었을 것이다. 시집 이름은 〈봄밤에 집안의 아우들과 도화원에서 연회를 베풀다春夜宴從弟桃花園〉이었을 것이고, 이백은 나이로 보나 항렬로 보나 문명文名으로 보아도 제일 윗자리에 있을 사람이므로 이 시집의 서문[詩序]을 써서 한데 묶었을 터이다. 세월이 흘러 종제들이 쓴 시는 멸실되고, 그나마 이백의 서문만이 남아 그 날 종항간에 나누었던 화기애애하고 아름다웠던 연회를 증명하고 있다.

고관대작과 권문세가들이 고루거각高樓巨閣에서 마시는 금준미주金樽美酒에 옥반가효玉盤佳肴[18]가 아니면 어떠랴. 수양버들처럼 휘늘어진 허리로 나풀거리며 춤을 추는 기녀가 있어야 하고, 풍각쟁이들의 반주에 맞춰 심금을 울리는 가수가 없어도, 친족 간의 우애가 봄밤의 행복을 밝히는 촛불처럼 타올랐으리라. 이백의 필력으로 보아 일필휘지했음이 분명한 문장이다.

이 글은 《고문관지古文觀止》와 《고문진보古文眞寶》에 수록되어 있다. 특히 고문관지에서는 이 글에 대하여,

> 몇 구로 발단하였지만, 탈속한 기품이 속세를 떠난 모습이다. 단락이 바뀌면서 더 나아갈수록 시어에 헛된 언사가 없고 빼어난 정취에 그윽함을 담고 있어, 말은 짧지만 여운은 길게 남는다. 읽을수록 사람들의 정회를 무수히 돋우고 있다發端數語, 已見瀟灑風塵之外. 而轉落層次, 語無泛設, 幽懷逸趣, 辭短韻長. 讀之, 增人許多情思.

라고 극찬하고 있다.

---

18) 금준미주, 옥반가효金樽美酒, 玉盤佳肴 : 금 술동이의 맛있는 술과 옥쟁반의 아름다운 안주. 〈춘향전〉에서 이몽룡이 변사또의 생일잔치에 지은 시를 차용한 것이다. 전문은, 「금술동이의 아름다운 술은 천 사람의 피요金樽美酒千人血, 옥소반의 아름다운 안주는 만 백성의 기름이라玉盤佳肴萬姓膏, 촛불의 눈물이 떨어질 때 백성의 눈물도 떨어지고燭淚落時民淚落, 노랫소리 높은 곳에 원망의 소리 높아라歌聲高處怨聲高」.

제4부

송별 送別

술잔에 따르는 보내는 정 떠나는 마음

[청] 소육붕蘇六朋, 〈태백취주도太白醉酒圖〉

　내 어찌 회자정리會者定離를 모르겠소, 그대여 이 술잔을 거절하지 마시게나. 지금 우리 헤어져 타관객지를 떠돌다보면 누가 우리를 알아 술을 따라주겠소. 말은 가자 울고 서산에 해가 지니, 석별의 정은 석양의 그림자만큼이나 길어지는데 '어찌 꼭 취해야만 이별을 아쉬워하겠는가?'(〈廣陵贈別〉 중에서)마는 '그대를 위해 천 잔의 술을 기울이겠네.'(〈夜別張五〉 중에서) 만남과 헤어짐이 무상하다 해도 이별의 순간만큼은 늘 마음이 아프니 어찌 한 수의 시가 없으리오.

72. 금릉 주막[1]에서 친구와 작별하다 金陵酒肆留別

風吹柳花滿店香 풍취유화만점향인데   바람 불어 주막에 버들꽃향기 가득한데
吳姬壓酒喚客嘗 오희압주환객상이라.   오땅 아가씨 술 걸러[2] 길손 불러 맛보이네.
金陵子弟來相送 금릉자제래상송하여   금릉의 젊은이들 와서 서로 헤어지려니
欲行不行各盡觴 욕행불행각진상이라.   가야한다 가지마라 하며 각각의 잔만 비우네.
請君試問東流水 청군시문동류수하여   그대여 동쪽으로 흘러가는 강물에 물어 보시게
別意與之誰短長 별의여지수단장을   이별하는 정이 누가 더 길고 짧은지를!

이백이 26세(開元 14年, 726)에 금릉金陵을 떠나 양주揚州로 갈 때, 환송 나온 친구들과 금릉의 주막에서 술을 마시면서 지은 음주시다. 봄날 순박하고 정겨운 주막의 정취와 떠나가려는 이백과 가지 말라고 만류하는 친구들과의 이별에 대한 아쉬움이 잘 조화된 명편名篇으로, 전문 6구의 7언 고시이며 내용상 3단락으로 나뉜다.

첫째 단락(1~2구)에서는, 계절적 배경이 무르익은 봄임을 함축하는 버들개지[柳花, 柳絮]가 주점 가득 날아드는 모습(시각)을 향기(후각)로 전환시키는 공감각적 묘사가 두드러진다(1구). 이어 무르익은 봄만큼이나 맛있게 잘 익은 술을 금방 걸러 지나가는 길손에게 맛보라고 유혹하는 농염한 오吳 땅 아가씨들의 아리따운 목소리와 미소를 절묘하게 단 두 구의 짧은 시구 속에 함축시키고 있다. 곧 봄바람[風吹, 촉각] + 갓 거른 술[壓酒, 후각] + 맛보기[嘗, 미각] + 아리따운 아가씨[吳姬, 시각] + 애교 있게 부르는 소리[喚客, 청각] 등 다섯 가지 감각적 묘사 속에 자연적 배경과 인간적 배경을 혼융混融시키는 수법이 신묘

---

1) 酒肆주사 : 술집.
2) 壓酒압주 : 술을 짬. 술을 거름.

하기까지 하다.

둘째 단락(3~4구)에서는 이별의 정황을 그리고 있다. 봄바람에 옷깃을 날리며 유람의 길을 떠나려는 이백과 이를 만류하는 금릉 땅 젊은이들의 모습을 사실적으로 제시한다. 곧 '가야 한다'와 '가지 말라'는 대화[言]와 거푸 술잔을 비우는 행동[行]의 반복을 통해 석별의 아쉬운 정을 표현하고 있다. 술잔에 날아드는 버들개지[柳絮]를 후후 불며 잔을 비우는 모습이 눈에 그려진다.

셋째 단락(5~6구)에서는, 무형無形의 석별의 정[別意, 이별을 섭섭하게 여기는 마음]을 동쪽으로 흘러가는 물에 비유하여 형상화시키고 있다. 석별의 주체가 누구냐 하는 것은 중요치 않다. 떠나가는 사람(이백)이나 떠나보내는 사람金陵子弟이나 아쉬운 마음은 같은 것이고, 그 마음이 강물의 길이보다 더 길다는 것을 강조하고 있다. 무형(시인의 사상과 감정)을 유형화·구체화하는 것이 시작詩作에서 늘 고심하는 것인데, 이백은 그런 고심을 흔적 없이 쉽게 써내려가고 있다.

73. 광릉[1]에서 헤어지며 주다 廣陵贈別

玉瓶沽美酒 옥병고미주하여	옥병에 맛 좋은 술을 사서
數里送君還 수리송군환인데,	몇 리 밖에서 돌아가는 그대를 송별하는데,
繫馬垂楊下 계마수양하고	수양버들 아래 말을 매어 놓고
銜杯大道間 함배대도간이라.	큰 길을 사이에 두고 술을 마시네.[2]
天邊看淥水 천변간녹수요	하늘 끝에는 맑은 물이 보이고
海上見靑山 해상견청산이라.	바다 위에는 푸른 산이 보이는구나.
興罷各分袂 흥파각분메러니	흥취가 다하면 각자 헤어져야 하니[3]
何須醉別顔 하수취별안이리오.	어찌 꼭 취해야만 이별을 아쉬워하겠는가?[4]

이백이 26세(開元 14年, 726)에 동쪽 바다를 유람하러 가는 도중 광릉廣陵까지 배웅하러 나온 친구와 작별하며 지은 시로, 전문 8구의 5언 율시이다. 전문은 내용상 3단락으로 나뉜다.

첫째 단락 수련과 함련(1~4구)에서는 작별하는 순간의 모습을 그리고 있다. 중국에서는 멀리 떠나가는 친한 벗과 작별을 할 때의 배웅은 하루 동안의 거리를 같이 가서 마지막 밤을 같이 지낸 후 헤어지는 관습이 종종 있다고 한다. 수련(1~2구)에서는 이러한 관습이 나타나고 있으며, 이어 함련(3~4구)에서는 큰길가에서 이별주를 마신 후 각자

---

1) 廣陵광릉 : 진秦나라 때 설치한 유서 깊은 옛 도시로, 천보 원년天寶元年에 양주揚州를 광릉군廣陵郡으로 바꿨다가 건원 원년乾元元年에 다시 양주로 불렀는데, 지금의 강소성江蘇省 양주시揚州市다.
2) 銜杯함배 : 술잔을 입에 묾. 곧 술을 마심.
3) 分袂분메 : 소매를 나눔. 곧 헤어짐. 이별함.
4) 別顔별안 : 이별을 아쉬워하는 안색.

헤어져 배웅 나온 벗은 집으로 향하고, 길 떠나는 벗은 자기의 길을 가야한다는 것을 쓰고 있다. 수양버들은 바람에 가지를 하늘거리며 두 사람이 팔을 저어 아쉬워하는 모습을 대신하고 있다.

둘째 단락 경련(5~6구)에서는, 가야하는 먼 길을 '하늘 끝 푸른 물'과 '바닷가 푸른 산'으로 함축적으로 제시하고 있다. 이백이 보고 싶어 떠나는 동쪽 바다의 푸른 물은 저 멀리 지평선이 다 하는 곳에 있을 것이고, 그 바닷가에 다다르면 바닷가와 연이어지는 푸른 산이 있을 것이라고 한다. 눈을 들어 먼 길을 바라보는 모습이 상상된다.

셋째 단락 미련(7~8구)에서는, 술(이별주)과 이별과의 관계를 들어, 아쉬워하는 마음이 우선이지 꼭 취할 만큼 이별주를 마셔야만 되는 것은 아니라고 한다. 반드시 가야할 길이라면 아무리 섭섭하여도 어찌할 수 없다는 체념[興罷]의 자세를 보여주고 있다. 인생 길에서 갈 사람은 가야하고, 남을 사람은 남아야 하는 것이리라.

74. 밤에 장숙[1]과 헤어지다 夜別張五

吾多張公子 오다장공자와	내가 훌륭히 여기는 장공자[2]와
別酌酣高堂 별작감고당이라.	고당에서 이별주를 거나하게 마시네.
聽歌舞銀燭 청가무은촉하고	노랫소리 듣노라니 환한 촛불[3]이 춤추고
把酒輕羅霜 파주경라상인데,	술잔을 든 흰 비단 옷[4]이 가볍구나.
橫笛弄秋月 횡적농추월하고	피리불어 가을 달을 희롱하며
琵琶彈陌桑 비파탄맥상이라.	비파는 '맥상상 陌上桑[5]'을 타네.
龍泉解錦帶 용천해금대하고	용천검[6]을 비단 허리띠에서 풀어 놓고,
爲爾傾千觴 위이경천상이라.	그대를 위해 천 잔의 술을 기울이노라.

이백이 31세(開元 19年, 731)에 처음 장안으로 들어갔을 때, 장오張五와 헤어지면서 지은 8구 5언 율시이다. 전문의 시상은 율시의 표현법에 따라 4단락으로 나눌 수 있지만 내용상 3단락으로 나누어 감상한다.

첫째 단락 수련(1~2구)에서는 이백이 장공자張公子와 헤어지는 자리인 별연別宴임을 알 수 있는데, 상대방 장공을 '훌륭히 여긴다[多]'고 칭송한다. 당시 이백이 만난 여러

---

1) 張五장오: 장씨張氏의 형제 중 다섯째 아들이라는 뜻으로, 장열張說의 아들이자 장기張垍의 동생으로 여겨진다.
2) 張公子장공자: 장오張五. 공자公子는 지체 높은 집안의 나이 어린 아들에 대한 미칭.
3) 銀燭은촉: 환한 촛불.
4) 羅霜나상: 상라霜羅. 흰색의 얇은 비단.
5) 陌上桑맥상상: 악부樂府 상화곡相和曲의 이름.
6) 龍泉용천: 용천검龍泉劍. 보검寶劍의 이름. 뒤에 검을 두루 이르는 말로 쓰임.

사람들 중에 특히 천자와 인척관계에 있는 장씨 집안의 사람들에 대해서 쓴 시가 다수 있는 것으로 보아, 장공자 또한 권문세가의 자제였음을 알 수 있다.

둘째 단락 수련과 함련(3~6구)에서는 음주가무의 장면을 사실적으로 묘사하고 있다. 목청 높여 부르는 노래에 눈부신 촛불이 흔들려 춤추는 듯하고(3구), 술잔을 들어 권하는 무희의 가느다란 손목을 감싼 흰 비단옷은 잠자리의 날개인 듯 날아갈 듯 가볍게 보인다고 한다(4구). 피리는 높고 낮게 불며 청아한 소리가 오르내리니 마치 가을 밤 중천에 떠 있는 달을 잡았다 놓았다 하며 희롱한 듯 하다고 묘사한다(5구). 이어 비파의 노래는 '맥상상陌上桑'곡이다. 권문세가 자제와의 송별연인 만큼 술자리의 묘사도 다소간 주법과 예의를 지키고 있는 듯 현시적顯示的 묘사보다는 묵시적黙示的 묘사로 일관된다.

마지막 셋째 단락 미련(7~8구)에서는, 마시는 술만큼은 주량이 없음을 말하고 있다. 지금은 헤어지지만 다음에 서로가 또 만날 때 오늘밤을 잊지 않기 위해 서로 간에 흉허물 없이 술잔으로 교감을 나누고자 한다. 술이 실성물失性物이 될 때 까지.

75. 강하¹⁾에서 감승 장조²⁾를 보내며 江夏送張丞

欲別心不忍 욕별심불인하여	헤어지려니 차마 보낼 수 없지만
臨行情更親 임행정갱친이라.	떠날 무렵에 정이 더욱 친해지네.
酒傾無限月 주경무한월에	끝없는 달빛에 술잔을 기울이며
客醉幾重春 객취기중춘이로다.	나그네는 겹겹이 쌓인 봄기운에 취하네.
藉草依流水 자초의류수하여	흐르는 물가에서 풀을 깔고 앉아
攀花贈遠人 반화증원인하며,	꽃을 따³⁾ 멀리 떠나는 사람에게 주며,
送君從此去 송군종차거에	떠나는 그대를 여기서 헤어지자니
回首泣迷津 회수읍미진이라.	고개 돌려 눈물 흘리니 나루가 흐릿하네.

이백이 34세(開元 22年, 734)에 강하江夏에서 감승監丞인 장조張祖와 송별하며 지은 8구의 5언 율시다. 전문의 시상 전개는 율시의 구성에 따르며 이별하는 순간의 정황에 초점을 맞추어 치밀하게 묘사하고 있다.

수련(1~2구)에서는, 마음은 보내기 싫었지만 어찌할 수 없는 정황임을 인정하고, 떠나는 순간에 이르자 친했던 감정에 안타까운 마음이 더욱 북받친다고 한다. 이어 함련(3~4구)에서는 이별주를 나누어 마시는 상황을 묘사하고 있다. 내일이면 떠날 벗에게 밤이 깊어 달이 기울 때까지[無限月] 술을 따르노라니, 이백 자신도 유객遊客인지라 만남과

---

1) 江夏강하 : 지금의 호북성湖北省 무한시武漢市.

2) 張丞장승 : 장조張祖 감승監丞. '장조張祖'에 대해서 이백의 산문인 〈늦은 봄 강하에서 東都洛陽로 가는 감승 장조를 보내면서 지은 서문暮春江夏送張祖監丞之東都序〉에 나오며, '감승監丞'은 현령을 보좌하는 직책.

3) 攀花반화 : 꽃을 땀.

이별을 다반사로 하는 처지이지만, 더 오래도록 함께 머물고 싶은 마음이야 없었겠느냐는 것이리라.

만물이 소생 약동하는 봄날의 이별은 금풍金風(가을 바람)이 불어 소멸하고 쇠잔해 가는 가을날의 이별보다 더 안쓰럽게 하니, 대가大家들의 별시別詩에는 자주 계절 배경을 봄으로 하는 까닭과도 무관하지 않다. 우리나라에서도 최고의 별사別詞로 꼽는 고려조 정지상鄭知常(?~1135)의 〈송인送人〉으로부터 현대시인 김소월金素月(1902~1934)의 〈진달래꽃〉에 이르기까지 그러한 모습을 볼 수 있다. 이른바 화필畫筆에서 선염법渲染法(종이에 적당히 물기를 주어 먹이 번지도록 하는 동양화의 기법)이란 것과 무관하지 않다고 하겠다. 이래저래 이별에 봄기운이 더해진다[幾重春].

경련(5~6구)과 미련(7~8구)에서는, 저만치 나루터가 바라보이는 곳에서 더 이상 가지 못하고 풀밭에 앉아 다시 한 잔 이별주를 따르고, 길섶의 풀꽃을 한줌 뜯어 안긴다. 저만치 타고 떠날 배가 메어있는 나루터는 흐르는 눈물에 가려 흐릿하게 보이고.

76. 강하[1]에서 송지제[2]와 이별하다 江夏別宋之悌

楚水淸若空 초수청약공이요　　　초강은 맑기가 하늘과 같아

遙將碧海通 요장벽해통인데,　　멀리 푸른 바다와 통해 있는데,

人分千里外 인분천리외이나　　우리들이 헤어지면 천리 밖에 있겠지만

興在一杯中 흥재일배중이라.　　흥취는 한 잔 술에 담겨 있어라!

谷鳥吟晴日 곡조음청일이요　　골짜기 새들은 맑게 갠 날에 지저귀고

江猨嘯晚風 강원소만풍이니.　　강가 원숭이들은 저녁 바람에 울어대니,

平生不下淚 평생불하루인데　　평생 동안 눈물을 흘리지 않았는데

於此泣無窮 어차읍무궁이라.　　여기서는 하염없이 눈물이 흐르네.

이백이 34세(開元 22年, 734)에 어떤 사건에 연루되어 안남도호부安南都護府 교지군交趾郡으로 유배 가는 벗 송지제宋之悌를 강하江夏에서 만나 이별하는 안타까움을 읊고 있다. 전문 8구의 5언 율시로, 내용상 전반부와 후반부로 나뉜다.

전반부 수련(1~2구)과 함련(3~4구)에서는, 유배 길을 떠나는 벗 송지제와 헤어지는 장소가 초수楚水(楚江)임을 밝히면서, 초강이 흘러 바다로 가듯 두 사람이 헤어지면 천

---

1) 江夏강하 :지금의 호북성 무한시武漢市 무창武昌.

2) 宋之悌송지제 : 이백의 친구인 '송지제'는 초당初唐 시기 시로 유명한 송지문宋之問의 동생으로,《원화성찬元和姓纂》권8 송씨宋氏 편에 의하면, 송지제는 단도현령丹徒令을 지낸 약수若水와 어사중승御使中丞을 지낸 약사若思 두 아들을 두었다. 훗날(757) 이백이 영왕永王의 동순東巡에 참여했다 실패한 후 심양옥潯陽獄에 투옥되었을 때, 강남서도 채방사江南西道采訪使 겸 선성군 태수宣城郡太守로 있던 그의 둘째 아들 송약사宋若思의 도움으로 풀려났을 뿐만 아니라, 송약사의 이름으로 이백을 발탁해 주도록 조정에 올린 〈어사중승을 대신하여 자신을 추천하는 표문爲宋中丞自薦表〉을 써줄 정도로 부자 2대에 걸쳐 깊은 인연을 맺었다.

리나 멀리 떨어질 것이라고 한다. 초수나 바닷물과 대비되는 이별주 한 잔의 작은 잔에 강물이나 바닷물보다 더 큰 아쉬움을 담는다고 한다.

후반부 경련(5~6구)과 미련(7~8구)에서는, 먼저 배경묘사로 골짜기에서 우짖는 새와 원숭이에 대해서 쓴다. 이어 이러한 새와 원숭이의 배경묘사와 조응되는 벗과의 비통한 이별을 직접적으로 쓰는데, 평생 처음으로 벗과의 이별에 임해서 울음을 삼키며 끝없는 눈물을 흘린다고 한다.

천자의 명으로 유배 가는 길이니 이백으로서는 속수무책이다. 1구의 첫 단어 초수楚水에서 유배 가는 벗 죄인[囚], 그리고 8구의 읍泣자를 조합하면 '초수대읍楚囚對泣(사람들이 국난이나 변고를 당하여 아무런 대책이 없이 서로 마주하여 슬퍼하기만 하는 모습)의 고사를 이용한 절묘한 표현이다. 이러한 세교世交(대대로 맺어온 교분)로 먼 훗날(57세) 만년에 당한 유배에서 벗 송지제의 아들 송약사宋若思의 도움으로 해배解配된다. 종두득두種豆得豆(콩 심은데 콩 난다)의 선과善果라 하겠다.

77. 남양에서 손님을 보내다 南陽送客

斗酒勿爲薄 두주물위박이오	한 말 술이니 맛없다고 여기지 마시고
寸心貴不忘 촌심귀불망이로다.	잊지 않으려는 마음을 귀하게 여기세.
坐惜故人去 좌석고인거러니	떠나가는 친구가 너무나 안타까워[1]
偏令遊子傷 편령유자상이라.	나그네의 마음을 너무나 아프게 하네.
離顔怨芳草 이안원방초하여	헤어지는 얼굴에는[2] 향풀마저 원망스러워
春思結垂楊 춘사결수양이라.	봄날의 정회는 버드나무에 매어 놓세.
揮手再三別 휘수재삼별하니	거듭거듭 손 흔들며 작별하니
臨岐空斷腸 임기공단장이로다.	갈림길에서 애간장이 끊기는 듯 허전하네.

이백이 40세(開元 28年, 740)에 남양南陽에서 나그네 신세로 머물 때, 누군가와 전별하는 자리에서 술을 마시고 헤어지는 장면을 읊은 5언 율시이다. 헤어지는 벗과의 구체적 관계는 알 수 없다. 그러나 말술[斗酒]을 이별주로 내놓은 등 시적 분위기로 보면 남양에 살고 있던 지인知人이 더 맞는 성싶다.

수련(1~2구)에서 술의 대표적 기능(?) 중의 하나인 이별주離別酒가 등장한다. 그리고 술의 질質(薄酒) 곧 맛보다는 양量(斗酒)으로 '잊지 않으려는 마음[不忘]'을 귀하게 여기자고 한다. 이어 그런 마음을 함련(3~4구)에서 '너무나 안타깝다[坐惜]' 거나 '아프다[傷]'고 하여 이별에 임하는 마음이 직접 제시된다.

경련(5~6구)에서 제시되는 이별 순간의 계절적 배경이 봄으로 설정하여, 이별의 아픔

---

1) 坐惜좌석 : 매우 안타까워하다. 너무 안타깝다.
2) 離顔이안 : 헤어질 때의 슬픈 표정이나 얼굴.

이 역설적으로 강조된다. 일반적으로 봄은 희망, 소생, 약동의 긍정적 정서와 어울림에 반하여, 이별의 아픔을 대비적으로 부각시키곤 한다. 그리고 이 시의 표현상 정점頂點으로 여겨지는 '향풀[芳草]'과 '수양버들[垂楊]'을 등장시켜 이별의 아픔을 극적으로 표현하고 있다. 이별의 아픔을 향풀 냄새라는 후각으로, 늘어진 수양버들가지로 묶자는 구체적 심상心象으로 표현이 일품이다. 그리고 회자정리會者定離(사람은 누구나 만나면 헤어지기 마련)의 극적 장소로 미련(7~8구)에서 '갈림길[臨歧]'이라는 정황으로 제시한다. 마음으로는 애써 끄달리지 말자, 연연戀戀해 하지 말자고 다짐해도 애간장은 끊어질 듯 아프니 어쩔 수 없다고 한다. 주 내용은 이별의 아픔이다.

78. 남릉에서 아이들과 이별하고 장안으로 들어가다 南陵別兒童入京

白酒新熟山中歸 백주신숙산중귀러니　　백주1)가 새로 익을 때 산2)에서 돌아오니
黃雞啄黍秋正肥 황계탁서추정비로다.　　기장 쪼는 누런 닭이 가을에 마침 살져있네.
呼童烹雞酌白酒 호동팽계작백주하니　　동자 불러 닭을 삶고 백주를 마시는데
兒女嬉笑牽人衣 아녀희소견인의로다.　　아이들이 웃어대며 옷자락을 끄는구나.
高歌取醉欲自慰 고가취취욕자위하여　　소리 높여 노래하고 취해 스스로 위로하며
起舞落日爭光輝 기무낙일쟁광휘하고,　　일어나 춤추니 지는 해와 광채를 견주고,
遊說萬乘苦不早 유세만승고부조나　　천자3)에게 일찍 유세4) 못하여 괴롭다가
著鞭跨馬涉遠道 착편과마섭원도라.　　말에 걸터앉아 채찍질하며 장도에 오르리라.
會稽愚婦輕買臣 회계우부경매신이요　　회계의 우부는 매신5)을 가벼이 여겼지
余亦辭家西入秦 여역사가서입진하리니，　나도 집을 나서 서쪽 장안6)으로 가리라고,
仰天大笑出門去 앙천대소출문거하니　　하늘 향해 크게 웃으며 문을 나서리니
我輩豈是蓬蒿人 아배기시봉호인이리오.　나 같은 이가 어찌 초야7)에만 묻혀 살리.

---

1) 白酒백주：탁주. 배갈. 뒤에 좋은 술을 두루 이르는 말로 쓰임.
2) 이백은 당시 태산泰山을 유람 중이었다.
3) 萬乘만승：1만 량輛의 병거. 1승乘은 네 필의 말이 끄는 수레. 천자를 이르는 말.
4) 遊說유세：각지를 돌아다니며 자기의 정치적 견해나 주장을 받아들이도록 설득하는 일.
5) 買臣매신：주매신朱買臣. 한漢 회계會稽 사람. 무제武帝 때 엄조嚴助의 추천으로 회계태수, 승상장사丞相長史를 지냈고, 장탕張湯을 탄핵했다가 황제에게 복주伏誅되었다. 태수로 오吳 땅에 부임하는 길에, 가난을 비관하여 도망간 아내를 만나 물을 엎질러 한번 헤어진 부부는 재결합할 수 없다는 뜻을 보였다. 이른바 '엎질러진 물은 다시 담을 수 없다'는 '복수불수 覆水不收・복수불반분覆水不返盆'의 고사를 남겼다.
6) 秦진：장안長安을 이름.

이백이 42세(天寶 元年, 742) 가을에 현종玄宗이 한림공봉翰林供奉으로 입조하라는 조서를 받고 장안으로 들어가기 전에 남릉南陵의 집에서 지은 작품이다. 남릉은 여러 곳이 있지만, 여기서는 동로東魯8)지방이라고 인정하고 있는데, 개원開元 말부터 천보天寶9)말년까지 이백의 자녀들은 줄곧 이 곳에서 거주하였다. 벼슬길로 떠나기 전 닭을 잡아 안주를 준비하고 백주를 마시는 음주 장면과 즐거워하는 심정이 곳곳에 나타나고 있다. 전문 12구 7언 고시이고 내용상 3단락으로 나뉜다.

첫째 단락(1~4구)에서는 태산泰山을 유람하던 중 현종의 부름을 받고 서둘러 집으로 귀가하던데, 아이들을 비롯한 집안사람들의 환대를 받는 모습이 사실적으로 그려진다. 무엇보다 술이 익어가고 안주 감으로는 넉넉한 가을 햇살 아래 닭이 통통하게 살져 있다. 빨리 술을 마시고 싶어 하는 모습이 '동자 불러 닭을 삶게 하며'에 나타나고, 닭이 채 익기도 전에 술 단지를 끌어당겨 술잔을 기우리는 모습을 눈으로 보듯 그려내고 있다. 옷자락을 끄는 아이들의 모습에서 벼슬을 얻고 오랜만에 집으로 돌아온 아버지와 집안의 경사를 아는 듯 즐거워하는 표정이 또한 정겹기만 하다.

둘째 단락(5~8구)에서는 벼슬을 받고 한껏 성취감에 도취된 이백 자신의 모습과 기분을 제시하고 있다. 목청 높여 노래 부르고 취한 가운데도 지난 세월 노심초사했던 자신의 고생을 스스로 위로까지 하며 춤추는 모습은 서산에 저가는 저녁 해의 광채와 견줄 만하다고 하면서, 일찍이 천자에게 발탁되지 못한 것을 괴로워했다고 한다. 그리고 말을 타고 장안으로 떠나는 득의양양한 자신의 모습을 상상해 본다.

셋째 단락(9~12구)에서는 주매신朱買臣 고사를 들어 자신과 주매신이 유사하다고 하면서, 은연 중 그 동안 부인에게 미안했거나 주야장천 술타령만하는 자신이 구박 당했을지도 모른다는 자괴감마저 내비치고 있다. 벼슬을 하사받고 난 의기양양 성취감의 절정은 '하늘을 향해 한바탕 웃어대는 모습'과, 심지어 '어이 나 같은 이가 초야에 묻혀 살기만

---

7) 蓬蒿봉호 : 다북쑥. 풀숲이나 초원을 두루 이름. 궁벽한 황야를 이르는 말.

8) 지금의 산동성 연주시兗州市.

9) 개원開元(713~741)과 천보天寶(742~755)는 모두 당唐 현종玄宗(재위 713~755)의 연호.

하겠는가?'에서 회재불우懷才不遇(재능이나 포부를 가지고 있으면서도 때를 만나지 못하여 불운함)하여 그 동안 저평가된 자신이 이제야 세상에서 인정받게 되었다고 한다. 사나이 대장부라면 한 번 쯤은 가져봄직한 야망과 포부이리라.

그러나 과연 이백은 이런 득의양양한 모습을 과연 장안에 들어가서까지 온전하게 펼칠 수 있었을까. 벼슬길은 녹록치 않았고 무엇보다도 유랑벽流浪癖과 주벽酒癖 때문에 주위 사람들로부터 눈치 받고 실의한 모습을 장안에서 지은 일련의 작품에서 나타나고 있으니, 특히 4수로된 연작시〈월하독작月下獨酌〉이나〈독작獨酌〉에 볼 수 있다. 이전까지의 시에서 은둔지사를 칭송하고 그렇게 살기가 소원인 것처럼 노래했던 것은 이백의 허상인가.

그러기에 남조 제南朝齊의 공치규孔稚圭(447~501)는 일찍이〈북산이문北山移文〉[10]에서, 은사隱士인 척하다가 한번 천자의 부름을 받고는 연꽃으로 만든 은자의 옷을 찢어버리고는 마차 바퀴가 빠질 정도로 흙먼지를 흩날리며 궁궐로 달려가는 거짓 은사들을 다시는 산에 들이지 말자고 각 산의 산신령들에게 이문移文[11]을 돌렸으니, 이백도 거기에 해당하는 것인가? 아니면 '죽어봐야 저승길을 안다'고 벼슬길의 험로險路를 경험하지 못하다가 환해풍파宦海風波를 겪어보고 나서, 이백 자신이 환로宦路는 도저히 자기의 적성에 맞지 않는다는 것을 깨닫는 계기라도 된 것이리라 하고 너끈하게 보아야 할 것인가. 이후의 삶과 시세계에 대해 궁금증이 더해진다.

---

10) 北山移文북산이문 : 남조 제南朝齊의 공치규孔稚圭(447~501)가 지은 문장 이름. 남제南齊의 주옹周顯이 초년에 회계군會稽郡의 종산鍾山에 은거하다가, 뒤에 천자의 부름으로 해염현海鹽縣의 현령이 되어 이 산을 지나가게 되자, 공치규가 산령山靈의 뜻을 빌어 주옹의 처사를 힐난하는 내용이다.《고문진보古文眞寶, 후집後集》참고.

11) 移文이문 : 문체文體의 하나. 서로 예속되지 않은 관서 사이의 공문서. 또는 동등한 관서 사이의 공문서.

79. 우림군[1]의 도장군[2]을 보내며[3] 送羽林陶將軍

將軍出使擁樓船 장군출사옹누선인데 　장군이 누선[4]을 거느리고 사신으로 가는데
江上旌旗拂紫煙 강상정기불자연이라. 　강 위 깃발[5]은 자줏빛 연무처럼 나부끼네.
萬里橫戈探虎穴 만리횡과탐호혈하며 　만 리 밖에 창을 비껴들고 범굴[6]을 찾으며
三杯拔劍舞龍泉 삼배발검무용천이라. 　석잔 술 마신 채 용천검 뽑아들고 춤추리라.
莫道詞人無膽氣 막도사인무담기러니 　이 시인에게 담력 없다고 말하지 마시게
臨行將贈繞朝鞭 임행장증요조편이로다. 　길 떠날 때 요조의 채찍[7]을 증정하리니.

　이백이 43세(天寶 2年, 743)에 장안에서 한림공봉으로 있을 때, 우림군羽林軍에서 근무
하던 도장군陶將軍이 사신으로 파견되어 임지로 나가는 것을 전송하는 자리에서 지은
6구 고시이다. 원시는 8구였는데 중간 5,6구 두 구가 빠진 것으로 추청하기도 하며, 전문

---

1) 羽林우림 : 우림군羽林軍. 궁궐을 호위하는 군대로, 《당서唐書·직관지職官志》에 의하면, 좌우左右
　우림군에는 대장군 각 1인이 있는데 정3품이고, 장군 각 2인이 있는데 종3품이라고 하였다.
2) 陶將軍도장군 : 성이 도씨陶氏인 장군將軍. 도씨에 대해서는 알려진 것이 없다.
3) 원시는 전체 8구로 되었는데, 중간의 5~6구가 빠져 6구가 된 것으로 보기도 한다.
4) 樓船누선 : 다락집이 있는 큰 배. 주로 전선戰船으로 쓰였기 때문에 수군水軍을 이르기도 한다.
5) 旌旗정기 : 깃발의 총칭. 군대를 지칭함.
6) 虎穴호혈 : 범의 굴. 매우 위험한 곳을 비유.
7) 繞朝鞭요조편 : 《춘추좌씨전春秋左氏傳, 문공文公13년》의 고사로, 「요조는 진秦나라 대부大夫다. 당
　시 지략이 뛰어난 진晉나라의 사회士會가 이웃나라인 진秦나라로 망명하자, 진晉나라에서는 위수여
　魏壽餘를 시켜 그를 데려오도록 모의하여 일을 성사시켰다. 사회가 진秦나라를 떠나올 때, 요조繞朝
　가 사회士會에게 말채찍을 주면서 '자네는 진秦나라에 사람이 없다고 말하지 마시게. 다만 나의 계책
　이 받아들여지지 않았을 뿐이네.'라고 한 고사로, 요조가 지략을 갖춘 인물임을 강조하였다. 본문에서
　는 도장군을 사회士會에 비유하고 요조繞朝를 이백 자신에 비유하여 말한 것이다.

은 내용상 3단락으로 나뉜다.

첫째 단락(1~2구)에서는 사신으로 출발하는 도장군 선단船團의 위용을 그려내고 있다. 수많은 함선들에서 나부끼는 깃발이 강물 위에 마치 자줏빛 연무가 끼인 듯 하다고 묘사한다.

둘째 단락(3~4구)에서는 선단을 지휘하는 도장군이 탄 누선樓船에 창을 비껴들고 우뚝 선 모습이 위무당당하며, 석 잔의 술을 마시고 용천검을 뽑아들고 검무를 추듯 전군을 지휘하며 위험한 곳[虎穴]으로 진군하는 모습을 그려내고 있다.

셋째 단락(5~6구)에서는, 요조繞朝고사를 인용하여, 전쟁터에 나가지 않고 궁궐에서 붓을 놀려 글이나 쓰며 천자를 보필하는 문관文官이나 시인[詞人]같은 문사文士들도 담력이 있다는 것을 상기하고 있다. 곧 문약文弱(글만 숭상하여 나약함)하지 않음이니, '붓[文]은 칼[武]보다 약하지 않음'을 강조한다. 원정遠征 나가는 장수에게 건투를 빌되, 결코 칼에만 의존해서는 안 된다는 경각심도 아울러 일깨워 주는 배려가 있는 작품이다.

80. 숭산¹⁾으로 돌아가는 배도남²⁾을 전송하다(2수) 送裴十八圖南歸嵩山 (2首)

〈其1〉

何處可爲別	하처가위별인가	어느 곳이 이별할 만한 곳인가요?
長安靑綺門	장안청기문이로다.	장안 동쪽 청기문³⁾이니,
胡姬招素手	호희초소수하여	주막의 여자⁴⁾들이 흰 손으로 들어오라 손짓하며
延客醉金樽	연객취금준이라.	길손을 맞아들여 금술동이 술로 취하게 하네.
臨當上馬時	임당상마시에	말에 올라 떠나려 할 때
我獨與君言	아독여군언이니,	내가 홀로 그대에게 할 말이 있으니,
風吹芳蘭折	풍취방란절이오	바람 불어 향기로운 난초 꺾어지고⁵⁾
日沒鳥雀喧	일몰조작훤이라.	해가 지니 작은 새들이 시끄럽게 지저귀네.⁶⁾
擧手指飛鴻	거수지비홍이오	손들어 날아가는 기러기를 가리키니⁷⁾

---

1) 嵩山숭산 : 하남성河南省 등봉현登封縣의 북쪽에 있는 오악五嶽의 하나인 중악中岳.

2) 裴十八圖南배십팔도남 : 배도남裴圖南. 십팔十八은 집안 형제간 항렬이 열여덟 번째임을 말한다.

3) 靑綺門청기문 : 장안長安 동쪽의 성문으로 문이 청색으로 청성문靑城門으로도 불렀다.

4) 胡姬호희 : 주막에서 술을 파는 여자들을 두루 이르는 말.

5) 芳蘭折방란절 : 방란芳蘭(난초)이 꺾임. 난초는 군자를 비유하는 말로 쓰임. → 방란생문 부득불서芳蘭生門 不得不鋤 : 향기로운 난초라도 문 앞에서 자라 캐낼 수밖에 없음. 어질고 강직한 선비라도 윗사람의 뜻을 거스르면 제거될 수밖에 없음을 이르는 말.

6) 鳥雀喧조작훤 : 작은 새[鳥雀]들이 시끄럽게 지저귐. → 작훤구취雀喧鳩聚 : 참새와 비둘기들이 모여 시끄럽게 지저귐. 혼잡하고 어수선하며 시끌시끌함을 형용.

7) 擧手指飛鴻거수지비홍 : 진晉나라 곽우郭瑀의 고사. 《진서晉書·곽우전郭瑀傳》에, 「남북조시대 전량前涼의 왕 장천석張天賜이 맹공명孟公明을 사자로 보내 임송臨松의 해곡薤谷에 은거하고 있는 곽우

此情難具論 차정난구론이라.　　　　이러한 정을 상세히 논하기 어려움이리라.

同歸無早晩 동귀무조만이니　　　　함께 돌아감에는 이르고 늦음이 없을 것이니

潁水有淸源 영수유청원이라.　　　　영수[8]에는 맑은 물이 늘 솟아나고 있음이라.

　　이백이 43세(天寶 2年, 743) 경에 장안에서 한림학사로 있을 때, 친구인 배도남裴圖南이 숭산嵩山으로 돌아가 은거하러 떠나는 것을 전송하면서 지은 시이다. 당시 현종은 이백을 중용할 뜻이 없었고 더욱이 고력사高力士와 장기张垍 등의 참소를 받아서 처음 장안으로 올 때 품은 희망이 사라져 자신도 은거하려는 뜻을 이 시에 나타냈다. 2수의 연시 중 제1수로 전문 12구 5언 고시이며, 내용상 3단락으로 나뉜다.

　　첫째 단락(1~4구)에서는, 첫머리에 친구 배도남과 이별해야 할 상황임을 말하고, 이별할 적당한 장소는 장안 동쪽의 청기문靑綺門이라고 한다(1~2구). 그리고 그곳에는 이별주를 마시기에 안성맞춤으로 많은 주점의 여자들이 손님을 불러들이고, 금빛 술동이 가득 술을 따라 주어 취하게 한다고 한다(3~4구). 단순히 친구가 떠남으로 이별주를 마신다는 것 이상의 의미, 곧 친구는 '왜 떠나는가? 무엇하러 떠나는가?'에 대한 궁금증과 시적 긴장을 일으킨다.

　　둘째 단락(5~8구)은 이별주를 마시고 떠나려고 말에 올라탄 배도남에게 이백이 '각별하게[獨]' 해주는 말이 주 내용인데, 고사를 사용하여 완곡한 풍유諷諭의 어법이지만 정치세태를 우려하고 걱정하는 내용이다. 먼저 천자를 보좌하던 어질고 강직하여 선비 군자와 같은 의로운 관료들이 유배를 가는 등 좌절하는 정치 현실을 '바람 불어 향기로운 난초들이 꺾이고 있다(7구)'고 한다.

　　다음으로는 의롭고 강직한 신하들이 쫓겨난 조정에 간신모리배들만이 가득 모여 시끄

　　를 초빙하려 했으나, 맹공명이 산에 도착하자 곽우는 날아가는 큰 기러기를 가리키며, '저 새를 어찌 새장에 가둘 수 있겠는가!'라 하고는 도망가서 종적을 감추었다.」는 고사.

8) 潁水영수: 지금의 하남성河南省 등봉현登封縣 북쪽에 있다. 《고사전高士傳》에 의하면 요堯임금 시대의 은사인 허유許由가 자신에게 선양하겠다는 말을 들은 후 영수潁水에서 귀를 씻었다고 전해진다.

럽게 떠들고 있는 상황을 '해가 지니 참새들이 시끄럽다(8구)'라고 한다. 시가 문학 작품에서 해[日]는 천자나 군주를 상징하고, 간신배들을 (뜬)구름[浮雲]에, 소인배들이 의로운 관료들을 모함 참소하는 것을 '작은 새들의 시끄러운 지저귐[鳥雀喧]'에 비유하는 모습을 자주 볼 수 있다. 이백이 지은 정국을 걱정하는 또 다른 시 〈등금릉봉황대登金陵鳳凰臺〉(7~8구)에서도 「뜬구름이 모여 해를 가리고 있어 / 장안이 보이지 않아 사람을 근심스럽게 하네總爲浮雲能蔽日, 長安不見使人愁」라고 한다. 고려 말 충신 이존오李存吾(1341~1371)도 「구름이 무심無心하다는 말이 아마도 허랑虛浪하다. / 중천中天에 떠있어 임의任意로 다니면서 / 구태여 광명光明한 날빛을 따라가며 덥나니」라고 했다.

셋째 단락(9~12구)에서는, 둘째 단락에서 이백이 한 말에 대해 숭산으로 가는 배도남이 대답대신 의도가 무엇인지를 진晉나라 곽우郭瑀의 고사를 들어 암시 함축한다. '손을 들어 날아가는 기러기를 가리킨다(9구)'라는 행동으로 보여준다. 원래의 의도는 '나는 새를 새장에 가둘 수 없다'는 뜻이지만, 이백이 들려준 말(간신 모리배들의 모함과 참소)에 의거하자면, 배도남의 자의自意라기보다는 어지러운 정국政局에 의한 타의他意에 의해 은거하러 간다는 것을 알 수 있다. 그래서 굳이 말로 하지 않아도 그대의 심정을 알겠다는 뜻으로 '이러한 정을 상세히 논하기[具論] 어려우리라.(10구)'하여 이심전심의 심정을 쓰고 있다.

이어 이백도 '함께 돌아가고 싶다[同歸]'고 하면서, 배도남과 같은 심정임을 밝힌다. 한 때는 '개원지치開元之治(713~741)'라고 불릴 만큼 명재상들을 등용하여 태평성대를 이루었던 현종玄宗이 경국지색 양귀비楊貴妃에 현혹된 어지러운 국정에 실망한 이백 자신의 심정을 밝힌 것이다. 다만 조만간의 차이가 있을 뿐이라고 한다(11구). 그리고 허유許由의 고사를 들어 은거하리라고 한다. 난세불입亂世不入이라는 성현의 말씀을 떠 올렸음이리라.

81. 왕창령[1]과 함께 계양[2]으로 돌아가는 문중 아우 이양을 보내며
(2수) 同王昌齡送族弟襄歸桂陽(2首)

〈其1〉

秦地見碧草 진지견벽초하며   진 땅에 돋아난 푸른 풀을 보면서

楚謠對淸樽 초요대청준이러니.   초 땅의 노래에[3] 맑은 술 단지 앞에 놓고,

把酒爾何思 파주이하사런가   술잔을 잡은 채 그대는 무슨 생각을 하는가?

鷓鴣啼南園 자고제남원이라.   자고새[4]가 남녘 정원에서 우는 까닭이리라.

余欲羅浮隱 여욕나부은이나   나도 나부산[5]에 은거하려 했지만

猶懷明主恩 유회명주은이니,   오히려 밝은 임금님 은혜를 입게 되어,[6]

躊躇紫宮戀 주저자궁련하여   머뭇거리며 궁궐[7]에서 연연하다가

---

1) 王昌齡왕창령 : 당唐 경조京兆 장안長安사람. 생몰 연도는 698~757년으로 추정. 여러 벼슬을 지내다가 안록산安祿山의 난을 피해 낙향하였다가 피살됨. 시천자詩天子라는 별호를 얻음.

2) 桂陽계양 : 지금의 호남성 침현郴縣. 당대唐代에는 침주郴州로 불렸다가 천보 원년742에 계양군桂陽郡으로 명칭이 변경되었다.

3) 秦地~楚謠진지~초요 : 시의 내용상 장안長安이 옛날 진秦나라의 수도였으므로 장안을 가리키고. 초요楚謠는 초楚나라의 노래로, 아우 이양李襄이 돌아가려고 하는 고향 계양桂陽을 그리워하는 노래로 해석.

4) 鷓鴣자고 : 자고새. 또는 그 울음소리. 여정旅程의 험난함과 고향을 그리는 정을 '행부득야가가行不得也哥哥'라고 운다는 울음소리를 형용하여 붙여진 이름.

5) 羅浮나부 : 나부산羅浮山. 광동성廣東省 동강東江의 북안北岸에 있는 산. 진晉 갈홍葛洪이 수도한 곳이라고 하며, 수隋 조사웅趙師雄이 꿈에 매화선녀梅花仙女를 만난 곳이라고도 함.

6) 이백이 42세(742) 되던 가을에 태산泰山을 유람하고 연주兗州에서 천자天子(玄宗)의 조서를 받고 한림공봉을 제수 받아 2년여 장안에 머문 것을 말함.

7) 紫宮자궁 : 자미궁紫微宮. 자미원紫微垣. 제왕의 자리.

孤負滄洲言 고부창주언이라.　　물가[8])에 은거하리라는 말을 저버렸다네.

終然無心雲 종연무심운하여　　그러나 끝내는 무심한 구름처럼

海上同飛翻 해상동비번이라.　　바다 위를 함께 날아가리니,

相期乃不淺 상기내불천이니　　서로 은거하기로 한 기약이 얕지 않고

幽桂有芳根 유계유방근이라.　　깊은 산 계수나무에 향기로운 뿌리가 있음이라.

이백이 44세(天寶 3年, 744)에 장안에서 한림공봉으로 있던 봄에 성당의 유명한 시인인 왕창령王昌齡과 함께 장안 근처에서 술상을 차려 놓고 계양桂陽으로 은거하려 떠나가는 집안 아우인 이양李襄을 위로하면서 지은 별사別詞이다. 세 사람은 술잔을 앞에 두고도 마시지 못하고 술잔만 만지작거리고 있다. 긴 침묵이 흐른 뒤 이백과 왕창령王昌齡은 이내 이양李襄의 눈치를 보는데, 이양은 두 사람을 관계치 않고 고개를 들고 남쪽 하늘만 바라보고 있다. 어디선가 자고새가 울고 있다. 이 시를 지은 얼마 후 이백 자신도 참소를 당해 현종玄宗의 마음에서 멀어지자 관직을 버리고 강호로 돌아가기를 허락받아 궁궐을 떠나기 직전에 지은 것으로 여겨진다. 전문은 12구 5언 고시로 내용상 3단락으로 나뉜다.

첫째 단락(1~4구)에서는 헤어지는 공간은 장안長安(秦地)이고 시간 배경은 봄이다. 그리고 이별의 슬픔을 암시하는 초나라의 노래를 부르는 가운데, 은거하러 떠나는 당사자인 이양이 차마 술을 마시지 못하고 술잔을 만지작거리는 모습을 통해서 그의 속마음을 헤아려보는 내용이다. 살아가면서 삶의 새로운 획을 긋는다는 것은 누구에게나 쉬운 일이 아니다. 그런 장도壯途에 임하는 이양의 속마음을 '자고새의 울음'으로 대신하고 있다. 자고새는 중국 시가에서 자주 소재로 등장하여 울음소리 '행부득야가가行不得也哥哥(갈 수가 없네, 꺼꺼)'로 여정旅程의 험난함과 고향을 그리워할 것이라는 마음을 대변해 주는 새다. 남쪽 정원은 이양이 은거지로 택한 계양桂陽이 있는 방향을 암시하고 있다. 초요楚謠에서 자고제鷓鴣啼로 이어지는 상승효과는 이별의 슬픔에서 은자의 삶을 택해 길을 떠나는 이양의 착잡한 마음까지를 되짚어 시적 분위기를 끌어올리고 있다.

---

8) 滄洲言창주언: 물가에 은거하겠는 말. 창주滄洲는 물가에 있는 지역으로 주로 은자가 사는 곳을 뜻함.

둘째 단락(5~8구)에서는 이양에 대비되는 이백 자신의 모습을 제시하고 있다. 이백도 이양처럼 천하를 주유하면서 유유자적하는 삶을 살고 싶었고, 이미 이양과 은거하기로 약속까지 한 상태였는데, 약속을 지키지 못함에 애써 변명 아닌 자괴감自愧感마저 가진 것이다. 벼슬길에 올랐다고 의기양양했던 (시〈南陵別兒童入京〉참조)것이 엊그제 같은데, 벼슬살이의 어려움을 환해풍파라고 했던가. 떨칠 수 없는 주벽酒癖과 방랑벽放浪癖으로 날이 갈수록 주위 시선은 따갑기만 하다. 머잖아 자신도 이양처럼 훌훌 떠나고 싶은데, 당장 그렇지 못하는 자신의 안타까운 심정을 은거지의 대명사인 '나부산羅浮山과 창주滄洲'로 반복하고 있다. 지자요수知者樂水요 인자요산仁者樂山9)이니, 한 곳은 산이고 다른 한 곳은 물가이다. 물이거나 산이거나 떠나려는 마음, 이양과의 약속을 지키고자 하는 결심이 근저에 서려 있다 하겠다.

셋째 단락(9~12구)에서는 둘째 단락의 '물가에 은거하겠다는 이양과의 약속을 저버린다[孤負滄洲言]'에서 마음을 바꾸어 약속을 지키겠다고 한다. 다짐하는 의미에서 '끝내는[終然]'이라는 시어를 쓰고 자신의 모습을 '근심없는 구름[無心雲]'에 비유하고 있다. 그리하여 '바다 위'를 나는 새, 곧《장자莊子·소요유逍遙遊》에 나오는 붕鵬새처럼 한 번 날개를 펴 구만 리를 날겠다고 한다.

결국 은거지를 향해 떠나는 이양과 술동이를 앞에 두고 쉽사리 이별주를 마시지 못하는 것은 이백 자신을 이양을 통해 투영시키고 있다 하겠다. 그리고 이 자리에는 제목에 등장하는 왕창령이 함께 참석하지만, 그에 대하여 언급이 없는 것은 왕창령도 별도로 시 2수를 써서 이양에게 서증書贈하였기 때문이다.

---

9) 知者樂水, 仁者樂山지자요수인자요산 : 슬기로운 사람은 사리를 통달하여 흐르는 물처럼 막힘이 없어서 물을 좋아하고, 어진 사람은 그 듬직한 인품이 마치 산과도 같으므로 자연히 산을 좋아함.《논어論語·옹야雍也》에 「知者樂水, 仁者樂山, 知者動, 仁者靜, 知者樂, 仁者壽」.

82. 노군¹⁾ 동쪽 석문에서 두보²⁾를 보내다 魯郡東石門送杜二甫

醉別復幾日 취별부기일인가	이별이 아쉬워 술 취해 보낸 날이 며칠인가?
登臨遍池臺 등림편지대로다.	연못과 누대를 함께 두루 돌아 다녔다네.
何時石門路 하시석문로에서	어느 때 석문³⁾ 길에서 다시 만나
重有金樽開 중유금준개리오.	다시 황금 술동이를 열 수 있으려나?
秋波落泗水 추파낙사수러니	가을 파도는 사수⁴⁾로 흘러가고
海色明徂徠 해색명조래로다.	새벽빛⁵⁾은 조래산⁶⁾에 밝게 빛나네.
飛蓬各自遠 비봉각자원이니	날리는 다북쑥처럼⁷⁾ 각자 멀어지리니
且盡手中杯 차진수중배러라.	또 손에 든 술잔이나 다 비워보세.

시선詩仙 이백과 시성詩聖 두보의 만남과 우정에 대해서 중국의 근대문학 평론가 문일다聞一多는 「이백과 두보의 우정에 대하여 중국 4천년의 역사 속에서 공자가 노자를 만난 것을 제외하면 이 두 사람의 조우보다 더 중대하고 더 신성하고 기념적인 일은 없을 것이라.」고 대서특필하였다⁸⁾. 이백과 두보는 '이두李杜'로 병칭되는 중국의 양대

---

1) 魯郡노군 : 산동성山東省 연주兗州에 있는 군.
2) 杜二甫두이보 : 당唐의 시성詩聖 두보杜甫(712~770). 둘째 아들이기 때문에 두이杜二라고도 한다. 두보는 이백과 함께 이두李杜라 불리는 대시인으로, 자는 자미子美이다.
3) 石門석문 : 산동성山東省 곡부현曲阜縣에 있는데 큰 돌이 문처럼 서있다고 하여 붙여진 이름.
4) 泗水사수 : 산동성山東省 사수현泗水縣 몽산蒙山에서 발원하여 회하淮河로 들어가는 강.
5) 海色해색 : 동틀 무렵의 하늘빛.
6) 徂徠조래 : 조래산徂徠山. 산동성山東省 사수현泰安縣 남동쪽에 있는 산.
7) 飛蓬비봉 : 바람에 날려 다니는 쑥. 헝클어진 머리카락을 비유.
8) 聞一多문일다 저, 《당시잡론唐詩雜論·두보杜甫》 참조.

시인으로서, 서로 존경할 뿐만 아니라 돈독한 관계를 유지한 좋은 친구 사이였다. 이 두 사람은 문학사에서 워낙 우뚝하여 당송팔대가唐宋八大家9) 반열에도 감히(?) 넣지 않는다. 물론 당송팔대가 선정 기준 중의 하나가 변려문駢儷文10)에 반대한 고문운동古文運動이기는 하지만.

이백이 44세(天寶 3年, 744)세에 한림공봉을 지내던 장안을 떠나 일생에서 두 번째 만유漫遊를 시작하였는데, 이 시기에 두보와 만나 함께 낙양洛陽과 제노齊魯 지방을 유람하면서 시와 술로 화창하며 즐거운 나날을 보낸다. 그러나 다음해인 45세(天寶 4年, 745)에 장안으로 가는 두보와 강동으로 떠나는 이백이 노군魯郡 성 동쪽에 위치한 석문에서 헤어졌는데, 이백은 떠나기에 앞서 이 송별시를 지었다. 결국 두 사람은 이때의 헤어짐을 끝으로 다시는 만나지 못한다. 전문 8구 5언 율시로, 율시의 시상 전개에 따라 4단락으로 나뉜다.

첫째 단락 수련(1~2구)에서는, 이별을 아쉬워하며 술을 마시고 함께 지내며 명소를 손잡고 찾아다닌 날들이 며칠이었는가 하고 회고한다. 서로 가야할 길이 다르며 언젠가는 헤어져야 한다는 것을 기정사실로 하고, 하루라도 더 함께 하고자 하는 마음이 짙게 깔려 있다. 둘째 단락 함련(3~4구)에서는 이별의 안타까움을 더 구체적으로 표현하고 있는데, 가장 많이 만났던 석문로의 음주가 그리울 것이라고 한다. 대부분 한시의 시상전개가 선경후정先景後情으로 이루어지지만, 감정을 주체할 수 없을 때에는 역순으로 나타난다.

후반부 셋째 단락 경련(5~6구)에서는, 이별하는 순간의 시·공간 배경을 쓰고 있다. 시간은 가을날 새벽이고, 공간은 아마도 사수泗水의 나루터로 여겨진다. 흘러왔다 흘러

---

9) 唐宋八大家당송팔대가: 당송 시대의 팔대 문장가. 당唐의 한유韓愈·유종원柳宗元과 송宋의 구양수歐陽脩·소순蘇洵·소식蘇軾·소철蘇轍·증공曾鞏·왕안석王安石.

10) 駢儷文변려문: 변문駢文. 후한後漢 중·말기에 시작되어 남북조南北朝와 당대唐代에 성행한 한문 문체. 문장 전편이 대구로 이루어져 읽는 이에게 아름다운 느낌을 주며 4자와 6자로 된 구를 기본으로 하여 배열한 데서 사륙문四六文이라고도 한다. 과도하게 수사를 중시하여 중당中唐 이후 한유韓愈 등이 일으킨 산문개혁운동인 고문운동古文運動에 의하여 서서히 쇠퇴하였다.

가는 사수의 물결처럼 사람도 만나고 헤어지며 살아가야 하는데, 우연인지 아닌지 마침 조래산祖徠山 산 이름도 '가고[徂] 오는[徠] 산[山]이라는 뜻'이다. 아는지 모르는지 조래산 산등성이의 아침 해는 눈부시게 떠오르고, 쌀쌀한 늦가을 이른 새벽나루터에서 행낭 行囊을 메고 배에 오르는 두보의 모습이 아련하게 그려진다. 잠시 후면 두보를 태운 배는 물안개 속으로 사라질 것이다.

넷째 단락 미련(7~8구)에서는, 서로 헤어지는 모습을 '바람에 날리는 다북쑥[飛蓬]'에 비유하며 각자 멀어질 것이라고 한다. 온 곳과 온 시간은 알아도 갈 곳과 갈 시간은 알 수 없는 것이 인생인데, 다만 아쉬운 것은 한 잔이라도 더 술잔을 나눌 수 없다는 것이다. 이백과 같은 해에 태어나고 한 해 먼저 죽은, 당唐나라 3대 시인이자 시불詩佛로 불리는 왕유王維(701~761)가 지어 별사別詞의 대표 노래가 된 〈양관곡陽關曲〉(일명 '宋元二使安西') 3~4구에서 「그대에게 다시 한 잔의 술을 권하노니勸君更進一杯酒 / 서쪽 양관으로 나가면 (술 권할)친구가 없음이라.西出陽關無故人」에 나타난 이별의 마음과 같다고 하겠다. 두보도 이때 이백을 만나 같이 노닐며 12살 나이 차이를 잊고 망년지교忘年之交의 우정을 나누며 느낀 형제애兄弟愛를 시로 남겼으니, 〈열두 번째 이백에게 부치는 이십운寄十二白二十韻〉에서,

> 양원에서 밤에 술 취해 춤추었고醉舞梁園夜,
> 사수에서는 봄에 다니면서 노래 불렀네.行歌泗水春.
> 가을날 취한 채 이불을 같이 덮었고醉眠秋共被,
> 낮에 손잡고 동행하였네携手日同行.

라고 했다. 두보도 이백 못지않은 대주가大酒家였다고 한다.

83. 서하현[1] 유 소부[2]와 헤어지면서 지어 주다 留別西河劉少府

秋髮已種種 추발이종종하고　　하얗게 센 머리카락[3]은 이미 짧아졌고[4]

所爲竟無成 소위경무성이니,　　하던 일들은 끝내 실현되지 못해,

閑傾魯壺酒 한경노호주하고　　한가로이 싱거운 술[5]이나마 기울이면서

笑對劉公榮 소대유공영이라.　　유공영[6] 같은 그대와 웃으면서 마주하네.

謂我是方朔 위아시방삭하며　　나를 보고 '그대는 동방삭[7]인데

人間落歲星 인간낙세성이　　인간세상으로 떨어진 세성[8]이

---

1) 西河서하 : 서하현西河縣. 지금의 산서성山西省 분양현汾陽縣.

2) 少府소부 : 현위縣尉의 별칭. 현위는 현령縣令과 현장縣長 아래서 치안을 담당하던 관리.

3) 秋髮추발 : 하얗게 센 머리털.

4) 種種종종 : 머리털이 짧은 모양.

5) 魯壺酒노호주 : 노주魯酒. 노땅에 나는 싱겁고 맛없는 술.

6) 劉公榮유공영 : 유창劉昶. 공영公榮은 자. 남조南朝 송宋 문제文帝의 아홉째 아들. 《세설신어世說新語·임탄任誕》에 유공영에 대해,「유공영이 남들과 술을 마시면서 술친구가 잡다하자, 어떤 사람이 이를 비웃자 답하기를, '나보다 나은 자와는 술을 마시지 않을 수 없고, 나보다 못한 자와도 술을 같이 마셔주지 않을 수 없다. 또 나와 같은 자와의 술을 어찌 마다하겠는가? 그래서 종일 함께 마시고 취하는 것이다.」라는 일화가 있다.

7) 方朔방삭 : 동방삭東方朔. 한漢 염차厭次 사람. 태중대부太中大夫 등을 지내면서 격조 높은 골계滑稽와 간쟁諫爭으로 이름이 높았다.

8) 歲星세성 : 한대漢代의 동방삭東方朔을 이르는 말. 동방삭이 만년에 신선술을 좋아하여 무제武帝와 절친하게 지냈는데, 동방삭이 죽자 무제가 대왕공大王公을 불러 하늘의 별자리에 대해서 묻자, 대왕공이 말하기를, '여러 별들이 모두 그대로 있으나 오직 세성歲星만이 18년 동안 보이지 않다가 지금에야 보인다.'고 하자, 무제가 '동방삭이 생전에 내 곁에 18년간이나 있었는데도 그가 바로 세성인지 몰랐다.'고 탄식한 고사에서 비롯되었다. 《태평어람太平御覽》(권5)의 고사에서도 세성은 곧 목성木星으로 동방삭을 목성의 화신으로 여겼다.

白衣干萬乘 백의간만승이라가　흰 옷 입은 평민으로 만승천자를 뵈었다가
何事去天庭 하사거천정인가.　어찌해 천자의 조정9)에서 쫓겨났나요?라고 하네.
君亦不得意 군역부득의하여　그대 역시 뜻을 얻지 못하고
高歌羨鴻冥 고가선홍명이니,　높이 노래 불러 드높은 하늘10)을 부러워하니,
世人若醯雞 세인약혜계하여　초파리11) 같은 세상 사람들이
安可識梅生 안가식매생이리오.　어찌 매생12) 같은 그대를 알아보겠는가?
雖爲刀筆吏 수위도필리이나　비록 문서를 기록하는13) 하급관리이지만
緬懷在赤城 면회재적성이라.　멀리 마음14)은 적성15)에 있으리라.
余亦如流萍 여역여유평하여　나 또한 부평초처럼 떠돌지만
隨波樂休明 수파낙휴명이라.　물결 따라 아름답고 밝게16) 즐기려네.
自有兩少妾 자유양소첩하여　나에게 어린 두 첩이 있는데
雙騎駿馬行 쌍기준마행이라.　둘 다 준마에 태워 돌아다니다가,
東山春酒綠 동산춘주록하면　동산17)의 춘주18)가 푸른빛으로 익으면

---

9) 天庭천정 : 천제天帝의 궁정宮廷. 천제의 조정朝廷.

10) 鴻冥홍명 : 높은 하늘을 이르는 말.

11) 醯雞혜계 : 초파리. 어리석은 사람을 비유.

12) 梅生매생 : 한漢의 매복梅福의 별칭. 서한西漢 말에 남창현위南昌縣尉를 지냈는데, 왕망王莽이 국정을 전횡하자 국가와 백성을 근심하던 매복이 하급관리임에도 불구하고 조정에 정사의 그릇됨과 왕씨의 전횡을 풍자하는 상소를 올렸으나 받아들여지지 않자 이후 관직을 버리고 비홍산飛鴻山에서 도를 배우며 현실세계를 피해 은거하여 신선이 되었다는 전설이 있고, 곳곳에 그와 관련 유적이 있다.

13) 刀筆吏도필리 : 문서를 기록하는 하급 관리.

14) 緬懷면회 : 멀리 거슬러 생각함. 추념追念함.

15) 赤城적성 : 제왕의 궁성宮城을 이르는 말. 또는 선경仙境을 이르는 말. 본문에서는 후자의 뜻으로 해석.

16) 休明휴명 : 아름답고 밝음. 흔히 밝은 정치를 칭송할 때 쓰인다.

17) 東山동산 : 절강성浙江省 소흥현紹興縣에 있는 곳으로, 진晉의 사안謝安이 은거하던 곳으로 기녀와

歸隱謝浮名 귀은사부명이로다.　　돌아가 은거하며 헛된 명성을 사양하리라.

이백이 45세(天寶 4年, 745) 전후, 곧 한림공봉을 사직한 후 연주兗州·제남濟南 등지를 유람하다가 노군魯郡에 머물렀다. 마침 산동성山東省 노魯 땅으로 온 서하현西河縣 소부少府(縣尉)인 유씨劉氏를 만나 술을 마시면서 허심탄회하게 우의를 나눈다. 그리고 동병상련을 느껴 헤어지면서 써준 시로 20구의 5언 고시다. 전문은 내용상 4단락으로 나뉘는데, 이백과 유 현위의 대화체로 서술된 것이 특징이다.

첫째 단락(1~4구)에서는, 먼저 이백 자신의 상황을 설명한다. 나이는 벌써 40세 중반 불혹의 나이를 지나 머리카락도 희끗희끗 성글어졌고, 큰 꿈을 품고 궁궐의 한림공봉을 지냈다. 그러나 자의반타의반으로 1~2년 전에 사직한 처지여서 꿈도 실현하지 못한 처지이다(1~2구). 그러면서 '노주박 한단위魯酒薄邯鄲圍'[19]고사처럼 싱겁고 맛없기로 소문난 노땅의 술이나마 한가로이 마시고 있는데, 마침 옛날 남조 송南朝宋의 유공영劉公榮(劉昶)처럼 술을 좋아하는 현위 유씨를 만난다(3~4구). 아마도 성이 같고 술을 좋아한다는 면에서 유공영과 현위 유씨를 연관시킨 것으로 보인다.

둘째 단락(5~8구)에서는, 먼저 현위 유씨가 이백에게 근황을 물으며, 동방삭東方朔같은 사람이 조정에서 왜 쫓겨났느냐고 묻는다. 이백을 가리켜 동방삭에 비유하고, 하늘의 세성歲星(木星)같은 사람이라고 한껏 추켜세움과 동시에 이백의 품재品才를 알아주지 못한 조정 관료들을 한탄하는 것이다. 아마도 이백이 궁궐에서 물러나온 지 얼마 안 되기 때문에 익히 이백의 문명文名을 알고 있음이라.

셋째 단락(9~14구)에서는, 이러한 현위 유씨에 대해 이백도 '그대 또한 높은 뜻[赤城]을 가지고 있으나 하급관리로 전전하였으니, 초파리[醯鷄, 小人]가 매생梅生(梅福)의 뜻을 알아줄 리 있었겠느냐?' 하며 서로의 회재불우懷才不遇에 대해서 동병상련하는 내용이

함께 노닐던 곳이다.

18) 春酒춘주 : 겨울에 빚어 봄에 익은 술. 또는 봄에 빚어 추동秋冬에 익은 술.

19) 魯酒薄邯鄲圍노주박 한단위 : 노魯나라의 술이 싱거운데 도리어 조趙나라의 한단이 포위되었다는 고사.

다. 마지막 넷째 단락(15~20구)에서는 이백이 미래의 뜻을 말하면서 끝맺고 있는데, 물결 따라 부평초처럼 떠돌면서도 밝고 깨끗하게[休明] 즐기고, 헛된 명성을 버리고 사랑하는 사람들[少妾]과 은거하며 술이나 마시겠다는 급시행락及時行樂의 뜻을 밝힌다.

84. 가을날 노군[1] 요임금 사당의 정자[2]에서 연회를 베풀고 두보궐[3]·범시어[4]와 이별하다 秋日魯郡堯祠亭上宴別杜補闕范侍御

我覺秋興逸 아각추흥일인데 나는 가을 흥취를 편안하게 느끼는데

誰云秋興悲 수운추흥비오. 누가 가을 흥취를 슬프다고 말하는가?

山將落日去 산장낙일거하고 산은 지는 해를 보내려 하고

水與晴空宜 수여청공의라. 물은 맑은 하늘과 어울리네.

魯酒白玉壺 노주백옥호에 노 땅 술을 백옥 술 단지에 담아

送行駐金羈 송행주금기니라. 전송하려고 황금 굴레[5] 두른 말을 세우고,

歇鞍憩古木 헐안게고목하여 안장 내려놓고 고목 아래서 쉬면서

解帶掛橫枝 해대괘횡지니라. 허리띠 풀어 뻗은 가지에 걸어놓고 마시네.

歌鼓川上亭 가고천상정하니 냇가 정자에서 노래하고 북치니

曲度神飆吹 곡도신표취로다. 곡조[6]를 신령처럼 빠르게[7] 불어대네.

----

1) 魯郡노군 : 산동성山東省 곡부현曲阜縣 연주兗州 일대.

2) 堯祠亭요사정 : 요堯임금 사당祠堂에 있는 정자로, 산동성山東省 곡부현曲阜縣 연주兗州의 하구현瑕丘縣, 지금의 산동성山東省 연주현兗州縣.

3) 杜補闕두보궐 : 보궐補闕 두씨杜氏. 두씨에 대해서는 밝혀지지 않으며, '보궐補闕'은 문하성門下省과 중서성中書省에서 풍간諷諫을 맡은 관리로 종칠품상從七品上이다.

4) 范侍御범시어 : 시어侍御 범씨范氏. 범씨에 대해서는 밝혀지지 않으며, '시어侍御'는 어사대御史台 소속 관리로서 대부大夫나 중승中丞을 보좌하는 직책으로 시어사侍御史나 감찰어사監察御史의 간칭이다.

5) 金羈금기 : 황금으로 꾸민 말굴레.

6) 曲度곡도 : 노래의 박자나 가락.

7) 神飆신표 : 신령처럼 빠른 바람.

雲歸碧海夕 운귀벽해석하고　　구름이 푸른 바다로 돌아가는 저녁 무렵

雁沒靑天時 안몰청천시에　　기러기도 푸른 하늘로 사라질 때인데,

相失各萬里 상실각만리하면　　제각기 만 리나 떨어져 헤어지면

茫然空爾思 망연공이사리라.　　넋 놓고 부질없이 그대들을 그리워하리라.

　이백이 45세(天寶 4年, 745) 가을에 동로東魯 지방에 머물고 있을 때, 요임금 사당에 있는 정자에서 친구인 두보궐杜補闕과 범시어范侍御를 보내기 위한 송별연에서 지었다. 전문 14구 5언 고시로 내용상 3단락으로 나뉜다. 첫째 단락(1~4구)에서는 이백이 한림공봉을 사직한 다음이어서인지 마음 편하게 가을의 흥취를 만끽하고(1~2구), 산천에 대한 배경묘사도 안온安穩하다.

　둘째 단락(5~10구)에서는 구체적으로 송별연의 모습을 묘사하고 있는데, 백옥호白玉壺와 금기金羈 등의 사치스런 행장 묘사와 느긋하고 여유 있는 음주 준비, 악대樂隊의 빠른 곡조의 연주 묘사 등은 이별에 대한 안타까움보다는 전별연을 즐기는 호방한 모습이라 하겠다. 셋째 단락(11~14구)에서는 전별연이 끝나는 순간의 배경묘사로 구름이 돌아가고 [雲歸] 기러기가 사라진다[雁沒]고 하면서, 벗들과도 기약 없는 이별 다음에는 부질없이 그리워할 것이라고 한다.

85. 중도현 현령縣令¹⁾이신 형님과 헤어지다 別中都明府兄

吾兄詩酒繼陶君 오형시주계도군하여　　우리 형님의 시와 술은 도연명²⁾을 잇고
試宰中都天下聞 시재중도천하문이라.　중도현을 한번 다스리자 천하에 알려졌네.
東樓喜奉連枝會 동루희봉연지회나　　동루에서 형제³⁾ 모임을 기쁘게 받들면서도
南陌愁爲落葉分 남맥수위낙엽분이라.　남쪽 길에서의 낙엽 같은 이별을 근심하네.
城隅淥水明秋日 성우녹수명추일하고　성 모퉁이 맑은 물은 가을 햇살에 빛나고
海上青山隔暮雲 해상청산격모운이라.　바닷가 청산은 저녁구름 너머에 있네.
取醉不辭留夜月 취취불사유야월이나　취하는 것 마다않고 밤에 뜬 달을 붙잡으니
鴈行中斷惜離羣 안항중단석리군이라.　안항⁴⁾처럼 중간에 끊길 이별이 안타깝네.

　이백이 46세(天寶 5年, 746) 가을에 산동의 문수汶水가에 있는 중도에 머무른 후, 남쪽
으로 유람을 떠나기 전에 도연명陶淵明처럼 시와 술을 좋아하는 중도 현령中都縣令과
작별을 아쉬워하면서 지은 전문 8구의 7언 율시다. 수련(1~2구)에서는 형님이신 중도 현
령의 인품과 치세治世를 도연명을 들어 칭송한다. 도연명과 형님은 시와 술을 좋아하고,
도연명이 41세 때 팽택彭澤 현령으로서 백성을 잘 다스림에서도 유사하다고 한다. 이어
함련(3~4구)에서는 형님의 주관으로 연 동쪽 누각에서의 형제들의 모임을 기쁘게 받들었

---

1) 中都明附중도명부 : 노로魯 연주兗州의 '중도'는 지금의 산동성 문상현汶上縣이며, '명부'는 현령의 별칭.
2) 陶君도군 : 진晉 도잠陶潛(365~427). 자는 연명淵明·천명泉明·심명深明. 호는 오류선생五柳先生.
　사시私諡는 정절靖節. 팽택령彭澤令이 된 지 80여일 만에 〈귀거래사歸去來辭〉를 남기고 귀향하여
　여생을 시주詩酒로 소일하였다. 중국최고의 전원시인으로 평가.
3) 連枝연지 : 두 나무의 가지가 서로 맞닿아서 결이 서로 통하여 자람. 형제자매 또는 금슬 좋은 부부를
　비유.
4) 雁行안항 : 기러기의 날아가는 대열.

다. 하지만 모임이 끝난 다음 헤어질 형제들과의 이별을 근심하는데, 같은 부모 밑에 태어난 형제들을 한 나무에서 뻗어 자라난 나뭇가지[連理枝]에 비유하고, 헤어지는 모습을 가지에서 떨어지는 낙엽에 비유하여 아쉬워한다.

　우리나라에서도 이와 비슷한 시기(760년 전후)에 지어진 신라新羅의 월명사月明師가 죽은 누이동생을 애도하며 지은 향가 〈제망매가祭亡妹歌〉 5~8구에서 이와 같은 시적 발상과 표현을 볼 수 있으니,

　　　　어느 가을 이른 바람에
　　　　여기저기 떨어질 잎처럼
　　　　한 가지에 나고
　　　　가는 곳을 모르겠구나.

라고 하였다. 이어 경련(5~6구)과 미련(7~8구)에서는 연회가 열리는 시·공간의 아름다운 배경을 읊고 아쉬운 이별의 시간이 다가옴을 '햇살- 저녁구름- 달밤'으로 시간적으로 읊고, 다시 눈을 들어 하늘의 기러기를 바라보며 주연이 끝난 다음 형제들 간의 이별을 '기러기 대열[雁行]이 중간에 끊김'을 통해 안타까워한다.

86. 노군 요임금 사당[1]에서 낭야[2]로 가는 오 다섯째[3]를 보내다 魯郡堯祠送吳五之琅琊

堯沒三千歲 요몰삼천세나	요임금이 돌아가신지 삼천년이 되었는데
青松古廟存 청송고묘존이라.	오래된 사당에는 푸른 소나무가 그대로 있네.
送行奠桂酒 송행전계주하고	계수나무 술[4]로 제사지내며 그대를 보낼 때
拜舞清心魂 배무청심혼이라.	절하며 춤추니 마음과 영혼이 맑아지네.
日色促歸人 일색촉귀인하여	햇빛은 돌아가는 그대를 재촉하는데
連歌倒芳樽 연가도방준이라.	연달아 노래 부르며 맛있는 술을 기울이네.
馬嘶俱醉起 마시구취기러니	말이 울자 함께 취한 채 일어나서
分手更何言 분수갱하언이오.	손 놓고 헤어지니[5] 무슨 말이 필요하리?

이백이 46세(天寶 5年, 746)에 노군魯郡(지금의 山東省 兗州) 동북쪽에 있는 요堯임금 사당에서 낭야琅琊로 가는 오씨吳氏 항열 다섯째 친구를 보내며 지은 8구 5언 율시이다. 전문은 율시의 구성을 따르되 내용상 2단락으로 나뉜다.

전반부 수련(1~2구)과 함련(3~4구)에서는 전별연이 행하여지는 공간 배경으로 요임금의 사당 묘사와, 본격적으로 전별연을 행하기 전의 의식儀式에 대해서 쓰고 있다. 요임금

---

1) 堯祠요사 : 요堯임금의 사당祠堂.
2) 琅琊낭야 : 당대唐代의 군郡인 기주沂州로, 천보 원년天寶元年 낭야군琅琊郡으로 고쳤다가 건원 원년乾元元年에 다시 기주로 불렸는데, 지금의 산동성 임기시臨沂市.
3) 吳五오오 : 오씨吳氏 항열行列 다섯째로 구체적으로 누구인지는 밝혀지지 않았다.
4) 桂酒계주 : 계수나무 껍질을 넣어 빚은 술. 또는 향기로운 술의 통칭으로 주로 제주祭酒로 사용.
5) 分手분수 : 손을 나눔. 헤어짐.

사당이 3천년이 지난 지금에도 보존이 잘 되고 있다는 것을 푸른 소나무를 통해서 상징적으로 보여주고 있으며, 장소가 신성한 사당인 만큼 주악을 울리고 제주祭酒로 계피나무 술을 바치는 엄숙 경건한 모습에서 몸과 마음이 맑아진다고 한다. 장소가 요임금의 사당이고 제주를 바치는 의식을 행한 것으로 보자면, 오오吳五가 중책重責을 맡아 지방으로 떠나는 것으로 여겨진다.

후반부 경련(5~6구)과 미련(7~8구)에서는, 해가 기울도록 술을 마시는 모습과 헤어지는 순간을 쓰고 있다. 해가 져 어둡기 전에 전별연을 끝내고 떠나가야 한다는 것을 기우는 해[日色]와 말의 울음[馬嘶]으로 '재촉한다'고 한다. 조선의 무명작가의 시조에서도 이와 같은 상황을 그려내고 있다.

> 말은 가자고 울고 님은 잡고 울고
> 석양夕陽은 재를 넘고 갈 길은 천리로다.
> 저 님아 가는 나를 잡지 말고 지는 해를 잡아라.

더 이상 구구히 헤어지는 마음을 무슨 말로 하리오.

87. 선주[1] 사조루[2]에서 교서랑 이운 숙부와 전별하다宣州謝朓樓餞別校書[3]叔雲[4]

棄我去者 기아거자는　나를 버리고 간 것은

昨日之日不可留 작일지일불가류오, '어제라는 날'인데 머무르게 할 수 없고

亂我心者 난아심자는　내 마음을 어지럽히는 것은

今日之日多煩憂 금일지일다번우라. '오늘이라는 날'인데 번뇌와 근심이 많습니다.

長風萬里送秋雁 장풍만리송추안이니　큰 바람 만 리에 불어 가을 기러기를 보내니

對此可以酣高樓 대차가이감고루로다. 이를 보며 높은 누각에서 취할 만합니다.

蓬萊文章建安骨 봉래문장건안골하고　봉래의 문장[5]과 건안의 풍골[6]을 지니고

中間小謝又淸發 중간소사우청발이니, 중간의 사조[7]처럼 청신하고 빼어나셨고,

俱懷逸興壯思飛 구회일흥장사비오　뛰어난 흥취와 장쾌한 생각을 다 품고 날아

---

1) 宣州선주: 지금의 안휘성 선성현宣城縣.

2) 謝朓樓사조루: 남제南齊의 저명한 시인인 사조謝朓가 선성 태수宣城太守로 재직할 때 세운 누각.

3) 校書교서: 왕실 서적을 검열하는 직책으로 비서성祕書省 교서랑校書郞을 말함.

4) 叔雲숙운: 숙부 이운李雲. 이운의 생평 사적은 미상. 이 시의 제목에 대하여 《문원영화文苑英華》에서는 〈시어사 이화 숙부를 모시고 누각에 올라 노래하다陪侍御叔華登樓歌〉로 되어 있다.

5) 蓬萊文章봉래문장: 봉래蓬萊는 원래 신선이 산다는 전설상의 삼신산三神山 중 하나로, 도가의 비록祕錄들이 이 산에 보관되었다고 전한다. 그래서 동한東漢 때에는 봉래를 국가의 도서를 보관하는 동관東觀이라고 불렀다, 여기서 '봉래문장蓬萊文章'은 곧 한대漢代의 문장을 가리킨다.

6) 建安骨건안골: 건안建安의 풍골風骨. '건안建安'은 한나라 헌제獻帝의 연호(재위190~220)로, 당시 조씨 삼부자曹氏三父子인 조조曹操, 조비曹丕, 조식曹植과 건안칠자建安七子의 시문이 유명한데, 정서가 강개하고 어기語氣가 강건해 세칭世稱 건안체建安體 또는 건안풍골建安風骨이라 했다.

7) 小謝소사: 사조謝朓를 가리키는데, 사령운謝靈運보다 늦어서 후인들이 사령운을 대사大謝라 하고 사조를 소사라 불렀다. 사조는 산수시에 뛰어나고 문장이 청려하며 선성 태수를 지냈다.

欲上青天覽明月 욕상청천람명월이라. 청천에 올라 밝은 달을 바라보려 하십니다.

抽刀斷水水更流 추도단수수갱류하고 칼을 뽑아 물을 잘라도 물은 다시 흐르고

擧杯銷愁愁更愁 거배소수수갱수로다. 잔 들어 시름을 없애나 시름은 또 시름이니.

人生在世不稱意 인생재세불칭의러니 세상 살아가는 것이 뜻대로 되지 않아

明朝散髮弄扁舟 명조산발농편주로다. 내일 아침에는 산발하고[8] 은둔하렵니다.[9]

이백이 53세(天寶 12年, 753) 되던 가을에, 양원梁園(지금의 開封市)에서 남쪽으로 내려와 선성宣城에 도착하여 지은 다른 오언시인 〈추등선성사조북루秋登宣城謝朓北樓〉와 같은 시기에 쓴 작품이다. 당시 이백이 선주에 도착했을 때 북쪽으로 벼슬살이 가는 이운 숙부와 전별하려고 선주宣州에 있는 사조루謝朓樓에 올라가서 술을 마시며 숙부와 대비되는 자신의 모습과 회포를 펼친 작품으로, 전문 14구의 고시이며 널리 회자되는 명편이다.

전문은 내용상 3단락으로 나뉘는데, 첫째 단락(1~4구)에서는 과거와 현재라는 시간의 흐름 속에 전개되는 보편적인 인간의 모습을 말함과 동시에, 아울러 이백 자신의 과거와 현재의 모습을 대비시키고 있다. 곧 과거라는 시간은 사람들에게 추억이나 기억의 모습으로 남게 되는데, 나쁜 기억은 풍화風化되어 사라지고 아름다운 기억만이 남아 과거의 삶에 대한 그리움과 향수로 남는다. 또는 이와 반대로 좋은 기억은 마모되어 사라지고 나쁜 기억을 지닌 채 살아가는 모습으로 대별할 수 있을 것이다. 곧 행복한 사람과 불행한 사람으로 나누어지는 것이리라. 그래서 행복과 불행은 성격 탓이라고 했던가. 그래서 1,2구에서 개원開元(玄宗의 治世)의 성세盛世를 포함하여 좋은 시절이었던 어제[昨日]는 이미 지나간 세월이므로 붙잡아 둘 수 없고, 안사의 난安史의 亂(755~763)이 일어날 조짐

---

[8] 散髮산발: 산발추잠散髮抽簪. 머리를 풀어헤치고 비녀를 뽑음. 관직을 버리고 은거하며 한가로이 지냄을 비유하는 말.

[9] 扁舟편주: 편주의扁舟意. 속세를 떠나 은둔하려는 결심. 춘추시대 월越나라 범려范蠡가 구천句踐을 도와 오吳나라를 멸망시킨 뒤에 조각배를 타고 오호五湖를 돌아다닌 고사에서 유래한 말.

이 있는 오늘[今日]은 번뇌와 근심이 많다고 한다.

둘째 단락(5~10구)에서는 가을바람과 날아가는 기러기, 누각에 올라 벼슬살이를 떠나는 숙부와 전별주를 마시기에 안성맞춤이라고 하면서 이별주 마시기 좋은 분위기를 제시한다(5~6구). 이어 숙부의 문장은 한 대漢代의 문文이고, 문풍의 기백은 건안칠자建安七子에 비할만하다고 칭송한다. 시조謝朓가 지은 누에 올라 흥취와 장쾌한 생각을 지니시고 대망의 길에 오른 숙부의 장도壯途를 칭송한다.

셋째 단락(11~14구)에서는, 다시 사람이라면 떨칠 수 없는 숙명적인 근심 걱정을 한 잔의 술로도 떨칠 수 없음을 '칼로 물 베기'에 비유한다. 개인사이건 시국時局에 대한 걱정이건, 아니면 지금 장대한 포부를 지니고 벼슬길에 오르는 숙부도 머잖아 목민관으로서 가져야 하는 앞날의 온갖 근심 걱정까지도 포함하고 있음도 부정할 수 없을 것이다. 세상만사가 뜻대로 되는 사람이 어디 있으랴(13구). 그러니 '내일 아침'에는 머리를 풀어 헤치고 조각배[扁舟]를 타고 자신도 유랑의 길을 떠나려 한다고 한다. 곧 벼슬길에 오르는 숙부나 유랑 길에 오르는 자신이나 걱정 근심을 떨칠 수 없기는 매일반이라는 것이다.

이 시 속의 시간에 대한 인식은 과거[昨日] - 현재[今日] - 미래[明朝] 세 개의 시간으로 나누어 별개의 것으로 인식한다. 곧 영화로웠던 과거, 걱정과 근심의 현재, 그리고 걱정과 근심으로부터 탈출하고픈 미래다. 선험자先驗者들은 세 개의 시간을 연속적이거나 인과적因果的이거나 윤회적輪回的으로 인식하여 연속된 흐름 속에서 인식하기도 한다. 그리고 인간의 인식범위 안에 있는 시간의 길이를 찰나刹那라고도 한다. 이 시에서도 세 개의 시간을 각각 별개로 나누어 인식하고, 기억 속에 서로 다른 모습으로 제시하고 있다. 술의 별칭이 망우물忘憂物인데, 주선酒仙 이백마저도 술이 망우물이 될 수 없다고 하니 어쩌란 말인가.

88. 무창[1]으로 가는 저옹을 보내며 送儲邕之武昌

黃鶴西樓月 황학서루월이요	황학이 날던 서쪽 누각[2]에 달이 뜨고
長江萬里情 장강만리정이니,	장강은 만 리의 정을 담아 흐르는데,
春風三十度 춘풍삼십도에	봄바람이 서른 번이나 지나도록
空憶武昌城 공억무창성이라.	부질없이 무창성만 그리워 할 뿐이었네.
送爾難爲別 송이난위별하여	그대를 보내면서 이별하기 어려워
銜杯惜未傾 함배석미경이라.	술잔을 입에 물고 차마 마시지 못하네.
湖連張樂地 호연장악지하고	호수는 황제가 음악을 연주하던 곳[3]과 이어지고
山逐泛舟行 산축범주행이라.	산은 떠가는 배를 쫓아 가는구나.
諾爲楚人重 낙위초인중이오	그대의 승낙은 초 계포[4]의 말처럼 무겁고
詩傳謝朓淸 시전사조청이니,	그대의 시는 사조[5]처럼 맑게 전할 것이니,
滄浪吾有曲 창랑오유곡하여	나도 〈창랑가〉[6] 한 곡조를 불러서

---

1) 武昌무창: 지금의 호북성湖北省 악성시鄂城市.

2) 黃鶴西樓황학서루: 황학루黃鶴樓. 삼국시대 오吳 황무(黃武2, 222년)에 처음 건립되었다고 전하며, 역대로 여러 차례 개·증축을 반복한다.

3) 張樂地장악지: 음악을 연주한 곳. 황제黃帝가 함지咸池라는 음악을 연주했다는 동정洞庭의 들판.

4) 楚人초인: 초楚나라의 계포季布. 초나라의 속담에, '황금 백 근을 얻는 것이 계포季布의 승낙 한 번 얻는 것보다 못하다.'고 하여, 사람의 말에 신뢰가 있음을 강조한 《사기史記·계포열전季布列傳》의 고사.

5) 謝朓사조: 남조 제남朝齊의 시인. 언어의 음률미를 추구한 영명체永明體의 시를 개척하였다.

6) 滄浪창랑: 창랑가滄浪歌. 《맹자孟子·이루상離婁上》에, 「유자孺子가 노래하기를, '창랑滄浪의 물이 맑거든 나의 (소중한)갓끈을 빨 것이요, 창랑의 물이 흐리거든 나의 (더러운)발을 씻겠다.」고 하였으며, 초楚나라의 굴원屈原이 〈어부사漁父辭〉에서 이 구절을 인용하여 절의節義를 지키겠다는 것을 강조하였다.

寄入棹歌聲 기입도가성이라.　　　뱃노래 소리⁷⁾에 섞어 부쳐 보내리라.

이백이 58세(乾元 元年, 758) 봄에 파릉巴陵(지금의 호남성 岳陽)부근에서 무창武昌으로 가는 저옹儲邕을 보내면서 지은 송별시이다. '저옹'에 대해서는 누구인지 알려진 바가 없으며, 전문 12구 5언 고시로 내용상 3단락으로 나뉜다.

첫째 단락(1~4구)에서는, 먼저 저옹이 가는 무창에 대한 기억과 그리움을 쓰고 있다. 이백 자신도 30여 년 전에 간 곳으로 무창의 대표적 명소인 황학루와 도도히 흐르는 장강이 그리워서 언젠가 한 번쯤은 더 가고 싶었는데, 30여 년이 지나도록[三十度] 아직 까지 가지 못하고 있다고 한다. 중국 최대의 강인 장강長江(揚子江)이라는 이름에 걸맞게 무창에 대한 그리움이 '만 리나 길다[萬里情]'고 한다. 곧 그런 좋은 곳으로 떠나가는 저옹에 대한 부러움과 이별의 아쉬움을 강조하는 말이다.

둘째 단락(5~8구)에서는, 저옹이 이백과 함께 있는 지금의 파릉에서 무창에 이르기까 지 거쳐야 하는 여정旅程 중 장악지張樂地를 대표적으로 들고 있다. 먼저 첫째 단락의 무창에 대한 그리운 정을 쓴 것에 이어, 저옹과의 아쉬운 이별 장면을 쓰고 있다. 술잔을 입에 물고 차마 마시지 못한다고 한 것은 곧 술잔을 마시고 나면 서로 헤어져야 하기 때문이다(5~6구).

이어 저옹이 타고 갈 배가 장강을 따라 떠가고, 뱃머리에서 볼 수 있는 정경에 대해서 설명한다. 먼저 호수를 거치는데, 그 호수는 곧 황제皇帝가 함지咸池라는 음악을 연주했 다는 유서 깊은 장악지張樂地로 동정호洞庭湖로 이어진다고 한다. 그리고 배를 타고 가 다 뱃전에서 돌아보면 양 협곡의 산들이 쫓아오는 것처럼 보일 거라고 한다(7,8구). 헤어 지는 저옹에게 먼저 가본 적 있는 이백이 자세하게 주위의 경관을 미리 설명한 셈이다.

마지막 셋째 단락(9~12구)에서는, 떠나가는 저옹의 인품에 대해서는 초楚나라의 계포 季布 고사를 들고(9구), 시문에 대해서는 남조 제南朝齊의 사조謝朓를 들어 칭송한다(10 구). 계포는 사람됨이 의리가 있고 불의를 참지 못하는 협기俠氣를 가진 사람으로 역사에

---

7) 棹歌도가 : 뱃사공이 노를 저으며 부르는 노래. 뱃노래.

서 평가받고 있어(《史記·季布列傳》 참고) 이백의 성품과도 닮았으며, 사조 또한 도연명陶淵明과 함께 이백이 다른 사람의 글이나 시를 칭송할 때 으레 비교의 인물로 들었던 시인이다. 이런 사람들의 전고를 들어 떠나가는 저옹을 칭송함과 아울러 그런 사람이 되어달라는 권계勸戒의 뜻도 은근하게 내포하고 있다.

이어 배를 타고 떠나는 저옹에게 〈창랑가滄浪歌〉를 뱃노래[棹歌]에 섞어 부쳐주는[寄之] 이백의 의도는 자못 심각하다. 장강의 물빛이 짙푸르기[滄浪] 때문만은 물론 아니다. 이 의도를 밝히기 위해서는 저옹이 무엇 때문에 무창으로 가야하는 가를 알아야 하지만 그 역시 밝힐 수 없다. 다만 이 시가 지어진 연도(758)와 역사적 배경에서 안록산安祿山의 난(755~763)과 연관시켜 추리해보자면, 저옹이 무창으로 가는 것과도 무관하지 않을 것이고, 이백이 저옹을 칭송했다면 난세亂世에 저옹이 보여준 절의와도 깊은 관계가 있을 것으로 여겨진다.

따라서 굴원屈原의 〈어부사漁父辭〉에 등장하는 굴원屈原(B.C.343~B.C.277?)을 저옹儲邕으로, 어부漁父를 이백에 비유한 인물로 환치換置한다면, 저옹은 굴원처럼 안록산의 난을 당해 국가 존망의 위기에 황제에게 목숨을 다하여 직간直諫하다가 무창武昌으로 쫓겨가는 인물이고, 이백은 어부의 말처럼

'세상의 추이에 따라 변하고 옮겨가서, 세상 사람들이 모두 탁하거든 어찌하여 그 진흙을 휘젓고 … (중략) …무슨 까닭으로 깊이 생각하고 고상하게 행동하여 스스로 추방을 당하게 한단 말인가?'라고 하고, '창랑滄浪의 물이 맑으면 내 갓끈을 씻고 창랑의 물이 흐리면 내 발을 씻으리라.'

라고 하면서 들려주는 처세와 보신保身의 훈계인가? 이별시離別詩만으로 보기에는 주제가 자못 무겁다. 설한풍雪寒風에 부러지는 것은 갈대가 아니고 낙락장송落落長松임을 일깨워 주는 잘못된 역사에서 배우는 교훈의 역설逆說인가?

89. 동정호¹⁾에서 술에 취한 뒤 예주²⁾로 유배 가는 강주사군 여고³⁾를 보내다 洞庭醉後, 送絳州呂使君杲流澧州

昔別若夢中 석별약몽중이러니   예전의 이별이 꿈속의 일만 같더니

天涯忽相逢 천애홀상봉이라.   아득히 먼 곳에서⁴⁾ 홀연히 서로 만났네.

洞庭破秋月 동정파추월이니   동정호 물결에 가을 달이 부서지는데

縱酒開愁容 종주개수용이로다.   마음껏 마신 술⁵⁾에 수심어린 얼굴이 펴지네.

贈劍刻玉字 증검각옥자하니   검에 '옥'자를 새겨 증정하니

延平兩蛟龍 연평양교룡이라오.   연평진의 두 마리 교룡같은 보검이라네.⁶⁾

送君不盡意 송군부진의하여   그대를 보내며 내 마음 다할 수 없어

書及雁迴峯 서급안회봉이라.   편지를 써서 안회봉⁷⁾에 닿도록 하리라.

---

1) 洞庭湖동정호 : 호남성湖南省 북동쪽에 있는 호수. 본명은 팔백리동정八百里洞庭. 상강湘江·자수資水·원강沅江 등이 흘러들며, 호수 안에는 악양루岳陽樓 등의 명승지가 있다.

2) 澧州예주 : 지금의 호남성湖南省 예현澧縣.

3) 絳州使君呂杲강주사군여고 : '강주絳州'는 지금의 산서성山西省 신강현新絳縣이고, '사군使君'은 자사刺史의 별칭이다. '여고呂杲'에 대해서는 밝혀진 것이 없다.

4) 天涯천애 : 하늘의 끝. 곧 매우 먼 지역을 이른다.

5) 縱酒종주 : 술을 미친 듯이 마심. 광음狂飲함.

6) 延平兩蛟龍연평양교룡 : 연평진延平津의 두 마리 교룡蛟龍. 연평진은 복건성福建省 남평시南平市 남동쪽에 있던 고대의 나루. 두 마리 교룡[兩蛟龍]에 대해서는, 풍성령豊城令 뇌환雷煥이 용천龍泉·태아太阿 두 검을 얻었는데, 하나는 장화張華에게 주어 장화가 죽은 뒤 사라졌고, 하나는 뇌환이 죽은 뒤 그의 아들 뇌상雷爽이 차고 다니다가 연평 나루를 건너던 중 칼이 저절로 물속으로 빠져들어가, 사람을 시켜 찾으니, 칼은 보이지 않고 용 두 마리가 뒤엉켜 있었다는 고사가 전한다.

7) 雁迴峰안회봉 : 회안봉回雁峰. 호남성湖南省 형양시衡陽市에 있는 형산衡山의 72개 봉우리 중 하나. 북쪽에서 내려온 기러기가 이 봉우리까지 왔다가 다시 북녘으로 돌아간다고 하여 붙여진 이름. 기러

이백이 59세(乾元 2年, 759) 가을에 야랑夜郞으로 유배 가는 도중 전국적인 가뭄으로 인해 사면을 받고 돌아오다가, 동정호洞庭湖에서 예주澧州로 유배 가는 강주사군絳州使君 여고呂桌를 만난다. 비슷한 처지에서 술을 마시며 같이 영락한 처지를 동정하면서 석별의 정을 표현한 시로 전문 8구의 5언 율시다. 전문은 율시의 구조에 따라 4단락으로 나뉜다.

첫째 단락 수련(1~2구)에서는, 이백이 20여 년 전 궁궐에서 한림공봉으로 있을 때 여고呂桌도 같이 궁궐에서 함께 벼슬살이를 한 사람임을 알 수 있다(1구). 이백이 먼저 벼슬을 그만두고 천하를 유람하다가 영왕군永王軍에 가담(56세)하여, 영왕군이 패하여 심양옥尋陽獄에 갇혔다가 야랑으로 유배되었다가 해배된다. 돌아오는 길에 마침 유배 길에 있는 여고를 우연히 만난 것을 '아득히 먼 곳에서 우연히 만났다(2구)'고 강조한다. 곧 해후邂逅를 강조하기 위함이다.

둘째 단락 함련(3~4구)에서는, 구체적으로 언제 어디서 만났는지가 밝혀진다. 장소는 동정호洞庭湖 가이고, 계절은 가을이며, 두 사람의 상황은 한 사람 이백은 유배에서 풀려났고, 다른 한 사람 여고는 유배 길에 있는 사람이다. 어찌 보면 정반대의 상황인 것 같지만, 두 사람 모두 노년에 영락한 신세라는 측면에서 같은 처지이고 보면 동병상련이라 하겠다. 마침 만난 곳이 풍경 좋다는 동정호이니 서로의 처지를 걱정해주는 위로주慰勞酒일 수도 있고, 이 길에서 한 번 헤어지면 언제 또 어디서 만난다는 보장이 없는 이별주離別酒이기도 한 술을 아니 마실 수는 없다. 함께 벼슬살이 했던 옛이야기며 유배 생활의 선험자로서 앞으로 여고呂桌가 주의해야 할 일들을 말해주느라 말술[斗酒]이 아니라 동이 술[樽酒]을 비워도 모자랄 지경이다. 그야말로 미친 듯이 마셨다[縱酒]고 한다. 그러고 나니 서로의 얼굴에 드리운 근심 걱정이 동정호 밤물결에 달빛이 부서지듯 다소간 풀린듯하다고 한다.

셋째 단락 경련(5~6구)에서는, 유배 길을 가는 여고에게 옥자玉字를 새긴 칼 한 자루를

기가 서신을 전해준다[雁足書, 기러기발에 묶은 편지]는 속설을 근거로 반드시 편지를 전달할 것임을 암시하였다.

선물했다고 한다. 호협한 기질의 이백이 칼을 즐겨 차고 다녔다는 것은 알고 있지만, 유배 길의 벗에게 칼을 선물한 것에 대한 관습적 의미에 대해서는 상고할 수 없다. 옥玉처럼 소중한 뜻을 변치 말라는 당부였을까. 아니면 연평진延平津 전설에 얽힌 용천龍泉·태아太阿의 보검 같은 뜻을 지닌 두 사람이 교룡蛟龍(때를 잘못 만나 뜻을 이루지 못한 영웅호걸을 비유)처럼 시대에서 잊혀져가는 것을 기념하고 위로하고 싶었을까.

넷째 단락 미련(7~8구)에서는, 동정호 물결에 부서지는 가을달빛[破秋月]이 없어질 때까지 술을 마셔도 다하지 못한 뜻과 말들을 남기고 헤어져야 하는 아쉬움을 쓴다(7구). 이어 그러한 내용은 편지로 써서 기필코 그대 여고에게 전하겠다고 다짐한다. 이제 머잖아 가을이 깊어지고 추워지면 북쪽에서 날아온 기러기들이 돌아갈 것이니, 편지를 써서 기러기발에 묶어 보내는 편지[雁足書]에라도 못다 한 이야기와 정회를 풀겠다고 한다. 이러한 기러기를 통해 소식을 전하겠다는 내용은 우리나라 조선의 무명 시조시인들도 즐겨 사용하고 있다.

> 기러기 산 채로 잡아 정情들이고 길들여서
> 님의 집 가는 길을 역력歷歷히 가르쳐 주고
> 밤중만 님 생각 날 때면 소식消息 전傳케 하리라.

해배解配(귀양에서 풀림)길의 이백과 유배 길의 여고 두 사람의 만남은 운명(의 장난)처럼 가을달이 밝은 천하의 절경 동정호에서 이루어진다. 동정호에 찰랑이는 물이 술이라 하고 다 마셔도, 동정호에 뜬 달이 팔백 리 동정호를 맴돌고 수평선에 자맥질하다가 잠겨도 다 풀지 못할 정회와 만남의 기쁨과 헤어지는 아쉬움이 있다고 한다. 사람이 마음대로 공간을 이동할 수 있는 자유는 새처럼 날개가 없어 불가능하니, 기러기를 등장시킨다.

90. 광덕령¹⁾으로 가는 한 시어사²⁾를 보내며 送韓侍御之廣德

昔日繡衣何足榮 석일수의하족영이오　옛적 수의어사³⁾일 때 얼마나 영화로웠소!
今宵貰酒與君傾 금소세주여군경이라.　오늘 밤 외상술로 그대와 잔을 기울이네.
暫就東山賒月色 잠취동산사월색하여　잠시 동산에 뜬 달빛을 빌려와서
酣歌一夜送泉明 감가일야송천명이로다.　하룻밤 취해 노래 부르며 천명 같은 그대⁴⁾를
　　　　　　　　　　　　　　　　　　보내리.

　이백이 61세(上元 2年, 761) 별세하기 1년 전에 지은 시로, 한 때는 높은 벼슬을 지냈으나 비단 옷[繡衣, 벼슬]에 연연해하지 않는 한운경韓雲卿의 인품을 칭송하고 헤어지며 지은 별사別詞이다. 전문은 4구로 7언 절구이다.
　전반부인 기와 승(1~2구)에서는 시어사 한운경이 고관대작을 지낼 때의 영화로운 과거와 벼슬을 그만 둔 현재의 모습을 대비시키고 있다. 벼슬을 사직했다고 영락한 것으로 인식하는 것이 아니라, 한 시어가 세속의 명예와 이욕에 담백한데다가 평소에 도연명처럼 귀은歸隱하려는 마음이 있음을 찬미하였는데 시의詩意가 소탈하다. 한 시어가 과거

---

1) 廣德광덕 : 지금의 안휘성安徽省 광덕현廣德縣.
2) 韓侍御한시어 : 시어사侍御史 한운경韓雲卿. 감찰어사監察御使와 예부랑중禮部郞中을 지냈으며, 당송팔대가唐宋八大家의 한 사람인 한유韓愈의 숙부이기도 하다.
3) 繡衣수의 : 수의어사繡衣御史. 수의직지繡衣直指. 어사대부御史大夫 소속 임시 벼슬. 한漢 무제武帝 때 반란을 진압하기 위해 지방에 파견한 벼슬로, 수의繡衣를 입고 도끼와 부절을 지닌 데서 유래하여 비단 옷을 입은 존귀한 사람을 지칭.
4) 泉明천명 : '천명泉明'은 도연명陶淵明으로 동진東晉의 전원시인 도잠陶潛인데, 당唐나라에서는 고조高祖 이연李淵의 '연淵'자를 피휘避諱하여 '천泉'으로 고쳐 불렀다. 한 시어사韓侍御史를 도연명 같이 벼슬에 연연해하지 않은 사람이라고 칭송한 표현.

에 고관대작이어서도 아니고 특별히 친밀한 관계여서도 아니었다. 다만 그가 벼슬에 있을 때에도 이욕에 사로잡히지 않고 늘 공명정대했으며, 도연명陶淵明(泉明)처럼 늘 자연에 은둔하려 했다는 것을 알고 있었다. 그러던 그가 벼슬에서 물러나 자연으로 돌아가는 모습을 보고 이별주를 따르며 아쉽지만 박수라도 쳐주고 싶은 마음에서일 것이다.

이 시의 표현상 지나치지 말아야할 묘미는 승(2구)의 '외상으로 사온 술[賈酒]'과 전(3구)의 '외상으로 빌려온 달빛[賖月色]'에 있다. 외상술 마시는 것이야 술꾼들에게는 다반사이지만, 달빛마저도 외상으로 사왔다고 한다. 훗날 송대宋代의 소동파蘇東坡가 〈적벽부赤壁賦〉에서 「천지 사이의 물건은 각기 주인이 있으니, 만일 나의 소유가 아닐진댄 비록 한 털끝만큼도 취하지 말아야 하거니와, 오직 강 위에 불어오는 청풍과 산 사이의 명월은 귀로 들으면 소리가 되고 눈을 붙이면 색을 이루어, 취하여도 금하는 이가 없고 써도 더하지 않는다.」한 것을 미리 예견했던가. 외상술과 외상달빛에 취해 좋은 사람을 보내야만 하는 황혼기 이백의 마음이 절절하기만 하다.

91. 은숙¹⁾을 보내며(3수) 送殷淑(3首)

〈其1〉

海水不可解 해수불가해러니　　바닷물은 이해할 수 없으니

連江夜爲潮 연강야위조라.　　강과 이어져 밤이 되자 조수²⁾가 되니

俄然浦嶼闊 아연포서활하여　　순식간에 강 속 작은 섬³⁾들이 탁 트이고

岸去酒船遙 안거주선요라.　　술을 파는 배⁴⁾도 강둑에서 멀어지네.

惜別耐取醉 석별내취취하여　　애틋한 이별이라 취할 만하여

鳴榔且長謠 명랑차장요라.　　뱃전을 두드리며⁵⁾ 크게 노래하지만,⁶⁾

天明爾當去 천명이당거러니　　날이 밝으면 그대는 떠나야 하니

應有便風飄 응유편풍표로다.　　당연히 순풍⁷⁾이 불어주리라.

이백이 61세(上元 2年, 761) 가을 금릉金陵에 머물 때 친우인 은숙殷淑을 보내며 지은 시로, 전체 3수의 연시 중 제1수로 8구 5언 율시이다. 구성은 율시의 구조에 의하되,

---

1) 殷淑은숙 : '은숙'은 이백의 친구이자 당시의 도사가土로서, 도호道號는 중림자中林子이다. 당대唐代의 유명한 서예가인 안진경顔眞卿의 〈현정선생 광릉 이함광군 비문玄靜先生廣陵李君碑〉에 「안진경과 현정선생의 문하인 중림자 은숙眞卿與先生門人中林子殷淑」이라고 기록되어 있는데, 여기서 은숙이 도교의 상청파 법사上淸派法師로 유명한 이함광李含光(682~769)의 문하생임을 알 수 있다.

2) 潮조 : 조수潮水. 아침에 밀려들었다가 저녁에 밀려나가는 바닷물.

3) 浦嶼포서 : 강 가운데에 있는 작은 섬.

4) 酒船주선 : 술을 마시며 즐기기 위한 배.

5) 鳴榔명랑 : 막대기로 뱃전을 두드려 소리를 냄.

6) 長謠장요 : 크게 노래함.

7) 便有風편유풍 : 편풍便風. 순풍順風. 풍향에 따름.

314

내용상 전반부와 후반부 2단락으로 나뉜다.

전반부 수련(1~2구)과 함련(3~4구)에서는 바닷물의 조수潮水의 간조干潮와 만조滿潮 현상에 대해서 이해할 수 없다고 한다.[8] 특히 밤이 되어 바닷물이 밀려나가 강물에 잠겼던 섬들이 밖으로 드러나고, 술파는 배[酒船]도 간조를 따라 강둑에서 멀어지는 모습을 묘사하고 있다. 요지는 이백과 벗 은숙이 이별주를 마시기 위해 주선에 타고 있음을 말하기 위함이다.

후반부 경련(5~6구)과 미련(7~8구)에서는, 애틋한 이별에 한 잔의 술이 없을 수 없고, 술기운이 오르자 뱃머리를 두드리며 큰 소리로 노래 부른다. 그러나 왠지 마음 한 쪽이 허전한 것은, 지금 애써 아쉬운 마음 떨치려고 소리쳐 노래 부르지만, 내일 아침이 밝으면 이 강물에 벗을 배에 태워 멀리 보내야 한다는 생각에 자꾸 목이 잠겼으리라. 다만 바라는 것은 순풍이 불어 벗이 편안하게 가기를 바랄 뿐이다.

〈其2〉

白鷺洲前月 백로주전월은　　　백로주[9] 앞에 뜬 달은

天明送客回 천명송객회하고,　　날이 밝자 손님을 보내려 돌아가고,

青龍山後日 청룡산후일은　　　청룡산[10] 뒤에 뜬 해는

早出海雲來 조출해운래로다.　　이른 아침 해운 사이로 솟아오르네.

---

8) 조수간만潮水干滿의 현상이 해와 달의 인력에 의해 일정한 시간 간격을 두고 들어왔다 나갔다 하는 현상이라고 과학적으로 밝혀지기 전에는 많은 사람들의 궁금해 했다. 조선에서도 많은 학자들이 관심을 가지고 자기가 생각하는 조수의 원인을 피력한 것을 '조수설潮水說' 또는 '조석설潮汐說'이라는 제목으로 쓴 글이 10여 편에 이른다.(양현승 편, 《한국'설'문학목록집 Ⅰ·Ⅱ》, 도서출판 월인, 2020) 참고.

9) 白鷺洲백로주 : 백로주는 당시 금릉金陵 부근 장강長江 가운데 있던 모래톱으로, 현재 남경시南京市 수서문水西門 밖으로 지금은 육지가 되었다.

10) 青龍山청룡산 : 청룡산은 청산青山이라고도 부르며, 금릉金陵 동남쪽 35리 떨어진 곳에 있는 산이다. 지금의 남경시南京市 강녕구江寧區 순화진淳化鎮 동북쪽에 있다.

流水無情去 유수무정거하고   강물[11]은 속절없이 흘러가고

征帆逐吹開 정범축취개러니,   떠나갈 배의 돛폭[12]은 바람에 펼쳐지는데,

相看不忍別 상간불인별하여   서로 바라보며 차마 이별하기 어려워

更進手中杯 갱진수중배로다.   다시 손에 든 술잔을 권하네.

〈其1〉에 이어 전문 8구의 5언 율시로, 마치 연속 사진을 보여주고 있는 듯이 내용이 연결되어 있다. 내용상 전반부와 후반부 2단락으로 나뉜다.

전반부 수련(1~2구)과 함련(3~4구)에서는 이별주로 밤을 새운 후 동틀 무렵이 시간 배경이다. 〈其1〉에서 말하고 있듯이 날이 밝으면 두 사람은 헤어져야 한다. 배경묘사도 두 사람의 이별을 재촉하고 있는 듯이 묘사되고 있다. 백로주 앞의 달과 청룡산에 뜨는 해가 시시각각 시간의 흐름을 나타내면서 동적으로, 그리고 색채의 시각적 변화를 동시에 묘사하여 마음의 조급함을 간접적으로 제시하고 있다.

후반부 경련(5~6구)과 미련(7~8구)에서는 날이 밝자 뚜렷하게 보이는 경물들 중 유난히 빠르게 흐르고 있는 강물이 눈에 들어온다. 천천히 흐른다면 보내는 사람이나 떠나가는 사람이나 다소간 마음이 덜 조급할 텐데, 사람의 마음을 아는지 모르는지 강물은 속절없이 무정하게 흐르고, 타고 갈 배는 돛폭을 올리자 바람을 맞아 펼쳐지면서 떠날 채비를 한다. '뚜우'하며 승선을 재촉하는 뱃고동소리가 들리는 듯하다.

마지막으로 할 수 있는 일은 이별주 한 잔을 더 권하는 일이다. 그대가 이 배를 타고 떠나면 타관 땅에서 어느 누가 아는 사람이 있어 술을 권하겠는가? 중국 당대의 대표적 별사別詞인 왕유王維(701~761)의 〈송원이사안서送元二使安西〉(일명 〈陽關曲〉)의 3,4구에서,「그대에게 권하노니 다시 한 잔 들게나勸君更進一杯酒 / 서쪽 양관으로 나서면 친구가 없음이라西出陽關無故人」와 같은 내용이다. 이렇듯 정든 사람과의 이별은 동서고금을 막론하고 무수히 많은 노래를 만들어내는 무한 창작 재료이다. 떠나기 싫어도 보내기

---

11) 流水유수 : 장강長江(揚子江)을 말한다.

12) 征帆정범 : 먼 길을 떠나가는 배.

싫어도 돌아보며 손은 더 흔들지 말고, 인연에 더 이상 연연戀戀한들 만나고 헤어지는 것이 마음대로 되지 않는 것을.

〈其3〉

痛飲龍筇下 통음용공하려니   용공[13] 아래에서 실컷 술 마시는데[14]
燈靑月復寒 등청월부한이로다.   가물가물 등불[15]아래 달빛도 차갑네.
醉歌驚白鷺 취가경백로는   취해 부르는 노래 소리에 놀란 백로는
半夜起沙灘 반야기사탄이라.   한 밤중 모래톱 여울에서 일어나네.

달뜬 밤 강가 모래톱에서 은숙殷淑과 흠뻑 취하도록 술을 마시며 내일 떠날 은숙을 위로하는데, 주변의 정경이 석별의 정을 한층 배가시키고 있다. 여기서 이 제3수는 한밤중[夜半]에 술 마시는 광경이므로, 작품 속에 제시되는 시간적 배경에 따르면 아침에 떠나는 장면을 읊은 제2수와 순서가 바뀌어야 한다. 전문은 4구 5언 절구로 내용상 전반부와 후반부로 나뉜다.

전반부 기와 승(1~2구)에서는 이별주를 마시고 있는 공간적·시간적 배경이 제시된다. 공간 배경은 내일 아침 타고 떠날 배가 정박해 있는 포구 주변의 강가 모래톱 여울[龍筇]이다. 시간 배경은 뱃머리에 매달아 놓은 등불에 기름이 다 닳아 가물가물하여 푸른빛이 비추는[燈靑] 때쯤으로 한밤중을 넘긴 시간으로 여겨진다. 그리고 밤이슬이 내려 옷깃

---

13) 龍筇용공 : 용공龍筇에 대해서는 해석이 분분하다. ①대나무[竹]의 이름으로 공죽筇竹으로 해석. 마디가 높고 가운데가 차있어서 사람들이 지팡이로 만들어 사용하기에 적당한 대나무. ②'공筇'을 '공邛'으로 보아, 용공龍邛(물결이 서로 부딪치는 모양)으로 해석. ③용공龍邛 : 강변의 흙이 쌓인 용모양의 토적층土積層으로 지명인데, 지금 어디에 있는 것인지 밝혀지지 않음. ④뱃머리를 용 모양으로 한 배 등이다. 본문에서는 결구(4구)의 사탄沙灘은 모래가 깔린 여울, 또는 모래톱가의 여울과 호응하는 것으로 두 번째 '물결이 서로 부딪치는 곳'으로 해석하는 것이 합당하다고 여겨짐.
14) 痛飮통음 : 술을 흠뻑 마심. 술을 실컷 마심.
15) 燈靑등청 : 등불이 꺼질 무렵의 거무스름하고 푸른 빛깔을 이르는 말.

을 적시니 으슬으슬 한기寒氣마저 느껴지는 것을 달빛마저 차갑다고 하여 시각을 냉온 감각으로 표현하고 있다.

후반부 전과 결(3~4구)에서는, 통음痛飮하며 부르는 노래 소리에 모래톱에 깃들어 잠든 백로마저 놀라 날아간다고 한다. 이별의 아쉬움을 달래려고 기를 쓰고(?) 마시는 술과 목청이 터져라 노래 부르는 모습, 그리고 깜짝 놀라 하얀 날개짓을 치며 밤하늘을 가로질러 날아가는 백로의 모습 등이 눈앞에 그려질 만큼 선연하게 묘사된다.

시 전반에 걸쳐 표현하고자 하는 내용 곧 밤을 새워 술을 마시며 이별의 아쉬움을 달래려는 모습을 직접적으로 제시하지 않고, 배경 묘사를 통해 간접적으로 제시하여 '들려주기to telling'보다는 '보여주기to showing'의 기법으로, 읽는 자로 하여금 '알게 하기'나 '설득하기'보다는 '느끼고 상상하기'를 통해서 더 큰 시적 감동을 안겨주고 있다.

92. 오송산에서 은숙을 보내며 五松山送殷淑

秀色發江左 수색발강좌러니	아름다운 용모는 강동[1]에서 빼어나며
風流奈若何 풍류내약하라.	그대의 풍류는 비할 데 없으니,
仲文了不還 중문료불환이니	은중문[2]이 죽고 나서 돌아오지 않으니
獨立揚淸波 독립양청파로다.	홀로 서서 맑은 파도를 드날리네.
載酒五松山 재주오송산하여	술을 싣고 오송산[3]으로 올라가
頹然白雲歌 퇴연백운가라.	취해 쓰러지며[4] 백운가[5]를 부르네.
中天度落月 중천도낙월이니	중천을 지나 지는 달은
萬里遙相過 만리요상과로다.	만 리 먼 곳으로 지나가리니,
撫酒惜此月 무주석차월하고	술병을 만지며 이 달이 지는 것을 아쉬워하며
流光畏蹉跎 유광외차타로다.	흘러가는 세월[6] 놓칠까[7] 두려워하네.

---

1) 江左강좌 : 강동江東으로 장강長江 북쪽에서 바라보면 강동은 좌측에 있으므로 이렇게 불렀으며, 지금의 강소성江蘇省과 안휘성安徽省에 흐르는 장강이남 일대를 가리킨다.

2) 仲文중문 : 은중문殷仲文. 진晉나라 장평長平 사람으로, 《진서晉書·은중문전殷仲文傳》에 「은중문은 남만교위南蠻校尉인 은중개殷仲凱의 동생으로 어려서부터 뛰어난 재주와 아름다운 용모를 가지고 있었다.」고 한다.

3) 五松山오송산 : 안휘성安徽省 동릉현銅陵縣의 남쪽에 있는 산.

4) 頹然퇴연 : 술에 취하여 쓰러진 모양.

5) 白雲歌백운가 : 이별을 아쉬워한 내용으로 〈백운요白雲謠〉라고도 하는데, 《목천자전穆天子傳》에 의하면 주周나라 목왕穆王(穆天子)이 팔준마八駿馬를 타고 곤륜산崑崙山으로 가서 선녀인 서왕모西王母와 요지瑤池에서 주연을 베풀고 헤어질 때 서왕모가 지어 주었다는 노래의 가사는, 「흰 구름은 하늘에 있고 산과 언덕은 저절로 솟았네. 산과 강이 그 사이에 있어 길은 아득히 멀지만, 청컨대 그대는 죽지 마시고 다시 와 주시기를 바랍니다.」

6) 流光유광 : 물처럼 흘러가는 세월.

明日別離去 명일별리거면   내일 헤어져 떠나가면

連峰鬱嵯峨 연봉울차아리라.   연이은 봉우리만 높이 솟아[8] 울창하리라.

    이백이 만년에 오송산五松山에서 은숙殷淑과 송별하며 지은 12구로 된 5언 고시이다. 전문은 내용상 3단락으로 나뉘며, 첫째 단락(1~4구)에서는 은숙을 강동江東에서 용모와 풍류에서 제1인자라고 칭송하며 진晉의 은중문殷仲文 이후 단연 으뜸 이라고 한다. 둘째 단락(5~10구)에서는 은숙과 이별주를 마시기 위해 오송산五松山에 술을 가지고 올라 〈백운가白雲歌〉를 부르며 쓰러질 때까지 마셨다고 한다. 이어 지는 하늘에 져가는 달을 통해 이별의 시간이 가까워오는 것을 안타까워한다. 〈백운가〉의 내용으로 헤어지는 마음을 미루어 보자면 '헤어져 아득히 멀리 떨어져 있게 되지만, 죽지 말고 잘 지내다가 다시 만나자.'라고 했을 것이다.

    셋째 단락(11~12구)에서는 헤어진 다음의 허전한 마음과 두 사람 사이의 거리를 '울창하고 연이은 봉우리들이 높이 솟아[嵯峨]' 가로 막고 있을 것이라고 하며 달랜다.

---

7) 蹉跎차타 : 때를 놓침.
8) 嵯峨차아 : 산이 높고 험한 모양.

93. 교서랑[1] 이운 숙부[2]와 전별하며 餞校書叔雲

少年費白日 소년비백일하여	어린 시절에는 세월[3]을 허비하면서
歌笑矜朱顔 가소긍주안이러니,	노래와 웃음으로 젊음[4]을 자랑했었는데,
不知忽已老 부지홀이로하여	홀연히 늙음이 다가온 줄도 모르다가
喜見春風還 희견춘풍환이로다.	기쁘게 숙부님 뵈니 봄바람이 돌아온 듯하네.
惜別且爲歡 석별차위환하여	이별이 아쉽지만 잠시 즐거운 마음으로
徘徊桃李間 배회도리간이라,	복사꽃 자두꽃 사이를 함께 거닐며,
看花飮美酒 간화음미주하고	꽃을 보며 좋은 술 마시고
聽鳥臨晴山 청조임청산이라.	맑게 갠 산에서 새소리도 들었네.
向晩竹林寂 향만죽림적이러니	해 저물면 대숲이 고요해지리니
無人空閉關 무인공폐관이로다.	사람 떠난 빈 집의 문은 닫으리라.

지은 연대는 알 수 없으며, 이백이 집안의 숙부항렬인 이운李雲의 방문을 받고, 옛 어린 시절을 회상하면서 기쁘게 술을 마시고 봄날의 주변 경치를 감상하다가 돌아가는 이별의 아쉬움을 표현한 시다. 전문은 10구 5언 고시이고, 내용상 3단락으로 나뉜다. 첫째 단락(1~4구)에서는, 어린 시절을 숙부와 같이 지내면서 노래를 부르고 서로의 젊음을 자랑하기도 했었는데, 그 후 헤어져 오랫동안 만나지 못했다가, 늙어서야 숙부의 방문을

---

1) 校書교서: 교서랑校書郞. 후한後漢 때 난대蘭臺와 동관東觀에서 궁중의 전적典籍을 교감校勘하던 관직. 직위는 낭郞 또는 낭중郞中이었는데, 삼국시대 위魏 이후 원대元代까지 두었음.
2) 叔雲숙운: 숙부 이운李雲. 이백의 숙부뻘 되는 교서랑 이운李雲으로 그의 생평은 미상.
3) 白日백일: 시간. 광음光陰.
4) 朱顔주안: 젊은 시절의 혈색이 좋은 얼굴. 곧 젊은 나이.

받고 다시 만난 기쁨에 다시 어린 시절로 돌아간 듯한 기쁨을 '봄바람[春風]'으로 표현하고 있다.

둘째 단락(5~8구)에서는 숙부와 함께 늙어서의 재회再會를 함께 즐기는 장면이 나타나고 있다. 해가 지기 전에 돌아가야 할 숙부님과의 아쉬운 이별을 잠시라도 잊고 싶어서, 복사꽃 자두꽃 사이를 걷고, 이별주를 마시면서 맑게 갠 산을 바라보며 새 소리를 듣고 있는 모습이 눈에 보듯이 그려지고 있다. 아마도 서로가 헤어져 살아간 사이에 두 사람 사이에는 많은 일들이 있었지만, 사연들을 털어놓고 이야기하기에는 시간이 허락하지 않은 안타까운 마음에 먼 산을 바라보고 있었으리라.

셋째 단락(9~10구)에서는 숙부님이 떠난 다음의 자신의 모습과 마음을 대숲에 둘러싸인 집안의 정적과 닫힌 대문 모습을 통해 암시하고 있다. 든 자리는 몰라도 난 자리는 안다고 했던가. 짧은 만남이 가져다 준 긴 시간의 돈독했던 여적餘滴들이 묻어나고 있는 시다.

94. 즉석에서 읊조리다[1] 口號

食出野田美 식출야전미요   안주는 들에서 나는 것[2]이 맛있고
酒臨遠水傾 주임원수경이라.   술은 멀리 흘러가는 물가에서 마셔야지.
東流若未盡 동류약미진이니   동쪽으로 흐르는 물이 마르지 않는 것처럼
應見別離情 응견별리정이로다.   이별의 정도 응당 그러하리라.

지은 연대를 알 수 없는 전문 4구의 5언 절구이다. 내용 전개상 전반부와 후반부로
나뉘는데, 즉흥적이면서도 시상詩想 전개가 물 흐르듯 자연스러워 대가大家다운 면모가
돋보인다.

전반부 기와 승(1~2구)에서는 음주에 대해 이야기한다. 안주[食]는 들에서 나는 것이
맛있고, 술은 멀리 흘러가는 물가에서 마셔야 한다고 쓰고 있다. 술과 안주는 바늘과
실과의 관계이니 더 이상 말할 필요가 없지만, 들녘에서 키우는 채소 안주가 산에서
사냥으로 잡는 육류 안주보다 낫다는 이야기다. 그리고 술은 흐르는 물을 보면서 마셔야
한다고 한다. 흐르는 물에서 변화를 볼 것인가 불변을 볼 것인가는 보는 사람의 자유겠
지만, 인간사 중 만남과 헤어짐에 관계하면 아무래도 변화 쪽인가 싶다.

후반부 전과 결(3~4구)에서는, 그러나 전(3구)에서는 흐르는 물이 '마르거나 그치지 않
음[未盡]'을 강조하여 불변성과 항상성恒常性의 모습을 제시한다. 다름 아닌 만나고 헤어

---

1) 口號구호 : 구점口占. 시제詩題의 하나로 시문詩文을 지을 때 초고草稿를 엮지 않은 채 입으로 곧장
   지어냄. 양梁 간문제簡文帝가 처음으로 사용하였으며, 유견오庾肩吾와 왕균王筠에게도 이런 제목으
   로 지은 작품이 있다.
2) 食出野田식출야전 : '들로 나가서 먹는 음식'으로 감상하거나, '들에서 나는 음식'으로도 무방하다. 그
   러나 승구의 술과의 호응으로는 음식[食]을 '술안주'로 감상한다.

짐이야 오늘 흐르는 물이 어제의 물이 아닌 것처럼 항상恒常하는 것이 아니지만, 헤어짐을 아쉬워하는 '이별의 정[別離情]'만은 '물이 마르거나 그치지 않고 흐르는 것'처럼 영원할 것이라고 한다. 그리고 이별의 정을 더욱 애틋하게 해주는 것이 술(이별주)이니, 이 또한 뗄 수 없음이라. 조선의 무명작가의 시조에서도 술과 이별과의 관계를 노래한 것이 있다.

술은 누가 만들었으며 이별離別은 누가 내었는가?
술 나자 이별離別 나자 이별후離別後에 술이 나니
취醉하고 이별離別하니 그를 슬퍼하노라.

강물이 흐르는 들녘까지 나가서 전별연 펼치는 모습을 제시하고, 물의 그치지 않고 흐르는 것과 마르지 않는 모습을 통해 만남과 헤어짐의 유한성과 이별하는 마음의 무한성을 동시에 제시하는 시적 발상이 빼어나다.

제5부

기증寄贈

술로 먹을 갈아 꽃잎에 써서 보내다

[오대] 주문구周文矩, 〈문원도文苑圖〉

    그대 떠난 후로 시를 쓸 수 없었다오 벼루의 먹물도 연적硯滴의 물도 마른지 오래되었지요 아마도 사무치는 그리움 때문이리라. 그대가 그리울 때마다 술로 달래보려 했다오. 그러나 동산의 달과 함께 취기가 오르자 시를 쓰지 않고는 못 배기는 시마詩魔(마귀에 홀린 듯 강하게 일어나는 詩興) 때문에 마시던 술을 벼루에 따르고 먹을 갈아 그리움을 시재詩材로 삼아 보냅니다. 지금쯤 머무르고 있는 곳의 들꽃은 한창 흐드러지게 피었겠지요.

95. 강으로 가면서 멀리 부치다 江行寄遠

剡木出吳楚 고목출오초러니	배[1]를 타고 오吳·초楚땅으로 떠나는데
危檣百餘尺 위사백여척이라.	높다란 돛대는 백여 자나 솟았구나.
疾風吹片帆 질풍취편범하여	거센 바람이 한 조각 돛폭에 불어오니
日暮千里隔 일모천리격이라.	해질 무렵이니 천 리나 떨어져 왔으리라.
別時酒猶在 별시주유재인데	이별할 때 마신 술기운 여전히 남아 있는데
已爲異鄕客 이위이향객이라.	몸은 이미 타향의 나그네가 되었네.
思君不可得 사군불가득하니	그대를 그리워해도 만날 수 없으니
愁見江水碧 수견강수벽이라.	시름에 겨워 푸른 강물만 바라보노라.

이백이 25세(開元 13年, 725)에 고향인 촉蜀을 떠나 처음으로 유랑 길에 들어선 무렵의 심회를 적은 시다. 젊은 사람이라면 누구나 천하를 주유周遊하며 호연지기를 키우고, 천하를 호령하리라는 담대한 포부를 가져보는 꿈이리라. 전문 8구의 5언 율시이고, 내용상 2단락으로 나뉜다.

전반부인 수련(1~2구)과 함련(3~4구)에서는 주유의 출발지인 오吳·초楚땅을 제시하고, 출발의 현장감을 살려 유난히 높게만 보이는 돛대를 제시하고 있다. 이어 함련(3~4구)에서는 자신의 장도長途를 격려라도 하듯 한 바탕 불어오는 거센 바람마저 불어 돛폭이 나부끼니, 이런 속력이라면 저녁 무렵에는 고향과 천 리나 넘게 떠나왔으리라고 여긴다. 물론 돛단배가 하루에 천리를 갈 리 만무하지만 멀어지는 고향과의 마음속 거리를 말하

---

1) 剡木고목 : 고목은 '통나무를 쪼개어 속을 파내는 것'을 말하는데, 통상 배를 의미.《주역·계사·하繫辭下》에 「나무를 파내서 배를 만든다剡木爲舟」라 하고, 공영달孔穎達은 《정의正義》에서 「배는 반드시 큰 나무를 파고 깎아 내서 만들므로 고목이라고 한다舟, 必用大木剡鑿爲之, 故云剡木也」고 하였다.

는 것이다.

　후반부 경련(5~6구)에서는 고향을 떠나 장도의 길에 나서는 자신과의 이별을 아쉬워하며 부둣가 객주에서 친구들과 이별주로 마셨던 술기운이 채 가시지 않았다고 하면서, 새삼스레 자신은 이미 타관객지의 나그네 신세가 되었음을 상기한다. 아마 벗들은 떠나는 이백에게 술을 권하며 이백과 같은 연배이나 이백보다는 먼저 시에서 명성이 높았던 왕유王維(701~761)가 지은, 중국 최고의 별사別詞로 손꼽히는 〈양관곡陽關曲〉(일명 〈送元二使安西〉)을 부르며 거듭거듭 술을 권했을 것이다. 〈양관곡〉의 3~4구만 옮겨본다.

　　　　그대에게 권하노니 다시 한 잔 드시게나,　　　　　勸君更盡一杯酒
　　　　서쪽 땅 양관으로 가면 (술 권할)친구가 없으리니.　　西出陽關無故人

　중국인들은 이별을 아쉬워할 때 특히 4구(일명 '陽關'句)를 세 번 이상 반복해서 노래 부른다고 한다. 이것을 일명 '양관삼첩陽關三疊'[2]이라고 한다. 아마도 이 노래를 부르고 들으며 술을 마셨으니 한두 잔의 이별주는 아니었으므로 술이 깨지 않은 것은 당연할 터이다. 미련(7~8구)에서는 '그리움[思]'과 '시름[愁]'의 감성어感性語를 써서 심회를 마무리 한다. '괜히 그리운 사람들을 놔두고 떠나 왔나?'하는 아쉬움과, '헤어진 지 얼마나 되었다고 벌써 그립단 말인가?'하는 복잡합 감정이 엉키어 표현되고 있다.

　언뜻 보면 시란 그리 어려운 것도, 천부적인 소질을 타고 태어나야 만이 쓸 수 있는 것이 아니라는 생각이 들 정도로 평이한 시다. 한시 특유의 과장적 표현이나 미사여구 또는 전고典故도 쓰이지 않아 감상하는데 어려움이 없는 시다. 그러나 좀 더 음미해보면 탄탄한 구조 속에 시상이 전개되고 있다.

　먼저 일반적인 한시 작법인 선경先景(앞부분에 경치를 묘사함. 1~4구) 후정後情(뒷부분에 감정을 제시함. 5~8구)이 나타나고 있다. 멀리로는 뱃전에 서서 멀어지는 고향의 포구를

---

2) 陽關三疊양관삼첩 : 옛 악곡의 이름. 일명 위성곡渭城曲. 당唐 왕유王維의 시 〈송원이사안서送元二使安西〉의 '西出陽關無故人'이라는 시구에서 비롯된 이름으로, 후대에 악부樂府에 들어 송별하는 곡이 되고, 세 번 반복하여 불러서 '양관삼첩'이라 한다.

바라보다가(1구), 가까이 배의 높다란 돛대를 묘사(2구)하여 원근법遠近法 속에 배의 속도 감速度感이 나타난다. 이어 고개를 들어 높다란 돛대를 보다가 불어오는 바람에 부푼 돛폭으로 시선이 상하(上下)로 움직인다(3~4구). 시간적 거리감日暮(아침부터 저녁까지)과 공간적 거리감千里이 대비되는데, 공간적 거리감이 강조되면서 고향을 떠나온 지 시간은 얼마 안 되는데 공간적으로는 훨씬 멀어진 것 같다.

술이 덜 깬 발그레한 얼굴의 취기醉氣 속에서도, 자신은 이미 고향을 떠나 타관의 나그네가 되어있음을 인식한다(5~6구). 곧 자신의 외양 묘사와 심중 묘사가 동시에 제시되고 있다. 이어 심중묘사가 심정心情묘사로 좀 더 구체화되어 두고 온 고향의 벗들을 '그리워해도 만날 수 없다'고 한다(7구). '그리움'이라는 것은 늘 만나던 사람들을 어느 날 여러 가지 연유로 갑자기 만날 수 없을 때, 보고 싶다는 생각이 들 때 일어나는 분리감정 중 하나인 보편적 정신 작용이다.

그리움이 사무칠 때 일어나는 감정이 곧 '시름'이니, 고개를 떨구고 있는 내 마음을 아는지 모르는지 뱃전을 치며 빠르게 흘러가는 푸른 강물만 바라본다(8구). 강물은 시에서는 크게는 역사歷史의 상징이기도 하고, 개인적으로는 마음과 의식의 흐름을 상징한다. 속절없는 강물의 흐름 속에 고향을 그리워하는 마음이 일어나니, 떠나온 지 얼마 되지 않았지만, 전반부에 표현된 장쾌한 마음은 어느새 객수客愁로 변해 후반부를 장식한다.

96. 단칠 낭자에게 주다 贈段七娘

羅襪凌波生網塵 나말능파생망진이니　　사뿐히 걷는[1] 비단버선[2]에 먼지가 이니
那能得計訪情親 나능득계방정친이리.　　어찌하면 당신과 친해질 수 있을까요?
千杯綠酒何辭醉 천배녹주하사취오　　　천 잔의 녹주로 취한다 한들 어찌 사양하리.
一面紅妝惱殺人 일면홍장뇌쇄인이라.　　붉은 단장[3]으로 사람 간장 다 녹이네.[4]

이백이 26세(開元 14年, 726)에 처음 금릉을 유람할 때 지었다고 한다. 시의 내용에서 살펴보면 단칠랑段七娘은 당시 소년들이 노니는 곳에서 노래를 잘 부르는 낭자나 혹은 기녀[歌妓]임을 알 수 있다. 위호魏顥의 《이한림집서李翰林集序》에 이백에게는 소양昭陽과 금릉金陵이라는 기생이 있었다고 한 기록으로 보아 소양이라는 기생과 단칠랑은 관련이 있을 것으로 여겨진다. 전문 7언 절구이다.

기(1구)에서는 여항간 남정네들 사이에 미모로 소문난 단칠낭의 예쁘게 걷는 모습을 먼저 묘사한다. 사뿐사뿐 그러나 가볍지 않게, 가벼우면서 경쾌하지만 경망스럽지 않는 발걸음이 뭇 사내들의 시야에 봄바람처럼 스쳐 지나가곤 한다. 잠시 눈길을 모아 똑바로 바라볼 수도 없다.

승(2구)에서는 그녀에게 접근하여 호감을 사거나 친해질 방법이 없어 난감하다고 한다. 노류장화路柳墻花[5]라 했지만 마치 담장을 넘어와 길가에 드리워 피어있는 붉은 장미

---

1) 凌波능파 : 물 위를 걸음. 미인美人의 걸음걸이가 경쾌함을 비유하는 말.
2) 羅襪나말 : 얇은 비단으로 만든 버선.
3) 紅妝홍장 : 붉게 화장함. 전의되어 아름답게 꾸밈.
4) 惱殺뇌쇄 : 몹시 번뇌스럽게 함. 쇄殺는 정도가 깊음을 표시하는 어조사.
5) 路柳墻花노류장화 : 아무나 쉽게 꺾을 수 있는 길가의 버들과 담장 밑의 꽃. 기녀(妓女)를 비유한다.

꽃처럼 손을 뻗고 뒤꿈치를 들어 꺾으려 해도 손에 닿지 않으니 어찌할 방도가 없다고 한다.

전(3구)에서는 만약에 그녀가 따라주는 술이라면 백 잔 천 잔이라도 마다하지 않고 마셔 인사불성이 되도록 취하겠다고 한다. 미인과 술과 노래의 조합은 한량이나 난봉꾼이 아니더라도 사내들이라면 한 번 쯤은 혹할 수 있으려니, 단칠낭이라는 한 기녀를 겨냥해서 지어진 시이기도 하겠지만 보편적인 남성들의 로망과 심리를 솔직하고 즉흥적으로 직서한 노래다. 그래서 이 시에 대해서 혹자는 「이백같이 호방하고 자유분방한 사람이 이렇듯 곱고 아름다운 언어를 사용한 것이 기이하다」[6]고 극찬하기도 하였다. 자세히 음미하자면 별로 곱고 아름다운 시어를 찾아보기 어렵다.

좋은 시란 미사여구가 아니고 절묘한 발상과 기발한 시구가 없어도, 보편적 사상과 감정의 진솔한 토로라면 일차적으로 사람들에게 공감을 얻을 수 있고, 이것을 바탕으로 나아가 감동을 줄 수 있는 것이라 여겨지는 시다.

---

6) 근택원수近澤元粹, 《이태백시순李太白詩醇》(권5).

97. 기녀 금릉자[1]와 노닐면서 노륙[2]에게 드리는 시(4수) 出妓金陵子呈盧六(4首)

〈其1〉

安石東山三十春 안석동산삼십춘에   안석[3]이 동산에 머문 3십년 동안
傲然携妓出風塵 오연휴기출풍진이라.   거만스레 기녀를 데리고 세속을 벗어났
                                          다지.[4]

樓中見我金陵子 누중견아금릉자요   누대에 있는 나의 금릉자를 보시게
何似陽臺雲雨人 하사양대운우인이라.   양대의 운우인[5]보다 낮지 않은가?

이백이 26세(開元 14年, 726) 청년 시절에 지은 4수의 연작시로 7언 절구다. 전반부(기

---

1) 金陵子금릉자 : 금릉의 어린 기녀로, 위호魏顥의 《이한림집서李翰林集序》에 「이백이 틈틈이 소양과 금릉이란 기녀를 대동하고 사강락謝康樂(謝安과 같은 행동을 취하니, 세상 사람들이 이동산李東山이라고 불렀다.」고 하였다.

2) 盧六노륙 : 미상.

3) 安石안석 : 동진東晋 사안謝安의 자.

4) 《세설신어世說新語, 식감識鑑》에 사안이 동산에 숨어서 기녀와 즐기며 지내자, 간문제簡文帝가 「안석安石(謝安이 기녀들과 함께 즐겼으니 출사하면 반드시 백성들과 함께 근심하여야 할 것」이라고 말한 고사가 전한다. 사안이 나라를 구제한 포부와 풍류를 즐긴 것을 이백은 다른 시에서도 여러 번 자신에 비유하여 언급한다.

5) 陽臺雲雨人양대운우인 : 양대陽臺는 전국시대 초楚의 송옥宋玉이 지은 〈고당부高唐賦〉에 나오는 누대 이름. 운우인雲雨人은 무산巫山의 신녀神女를 가리킨다. 〈고당부高唐賦〉에 의하면, 예전에 초 회왕楚懷王이 운몽호雲夢湖에서 노닐 때, 낮잠을 자다가 꿈속에서 신녀를 만나 동침하며 운우의 정을 나누었는데, 그녀가 떠나면서 아침저녁으로 구름과 비가 되어 무산의 양대陽臺 아래에 머물 것이라고 했다는 전설이 전한다.

·승)에는 동진東晉의 재상을 지낸 사안謝安(320~385)의 일화를 들고, 후반부에는 초楚 송옥宋玉의 〈고당부高唐賦〉에 나오는 무산 신녀巫山神女 일화로 시상을 전개하고 있다.

전반부 기와 승(1~2구)에서 등장하는 사안은 이백의 여러 편의 시에서 등장하는 것으로 보아 이백에게는 상당히 닮고 싶은 매력적인 모델이었던 것으로 여겨진다. 특히 사안이 세속을 벗어나 은거하면서 예쁜 기녀를 대동하고 인생을 즐겼다는 고사에서, 이백은 이러한 사안을 '오만하다[傲然]'고 한 것으로 보아 시기심마저 느낀 것 같다.

후반부 전과 결(3~4구)에서 사안처럼 자기가 대동하고 있는 기녀 금릉자金陵子가 아름답다는 것을 강조하기 위해서 '무산의 신녀[陽臺雲雨人]'라는 신화적 미인까지 예로 들면서 미모가 결코 뒤지지 않는다고 한다. 어떻게 무엇이 아름다운가에 대한 구체적 묘사가 불가능한 것은 무산 신녀의 얼굴이나 자태는 어느 누구도 본 적 없는 상상 속의 미인이기 때문이었으리라. 군자는 피세避世(세상을 피해 사는 것)는 가능하나, 망세忘世(세상을 잊고 사는 것)는 불가하다는 말처럼, 망세를 하더라도 술과 미녀는 필수적으로 대동했어야 하는가 보다.

〈其2〉

南國新豊酒 남국신풍주요	남국에서 나는 신풍주를 마시면서[6]
東山小妓歌 동산소기가언정,	동산의 어린 기녀의 노랫소리로
對君君不樂 대군군불락이니	그대와 대해도 그대는 즐거워하지 않으니
花月奈愁何 화월내수하리오.	꽃과 달의 수심은 어찌 하리요?

전문 4구의 5언 절구다. 내용은 처음부터 끝까지 하나의 내용을 서술형으로 쓰고 있다. 기·승·전(1~3구)까지 이백이 친구인 노륙盧六과 만나 함께 남국南國의 미주美酒인 신풍

---

6) 南國新豊酒남국신풍주 : 남국의 신풍에서 나는 맛좋은 술. 여기서 '남국'은 절강浙江 일대를 가리키는데, 그곳 단도현丹徒縣 남쪽에 신풍진新豊鎭이 있으며 신풍주新豊酒의 산지로 유명하다. 지금의 강소성江蘇省 단양시丹陽市 신풍진이다.

주를 마시고, 동진東晉의 사안謝安처럼 금릉자金陵子라는 어린 기녀가 부르는 노래를 듣고 있다. 그러나 노륙은 맛 좋은 술과 아름다운 기녀를 앞에 두고도 즐거워하지 않는다고 한다.

노륙이 어떤 사람인지, 또는 그가 왜 맛좋은 술과 아름다운 기녀의 노래에도 무감동한지에 대해서는 전혀 언급이 없어 내용 감상이 더 이상 불가하다. 벗 노륙의 이러한 태도는 이어지는 〈其3〉과 〈其4〉에서도 변함이 없이 일관되고 있다.

다만 우리네 범인들의 생각과 음주경험에 의해 유추해보자면, 노륙은 아직 앞길이 구만리 같은 젊은(당시 26세) 이백이 과거를 보아 출세하거나, 학문과 수양에 정진하려 하는 데에는 관심 없고, 재산을 탕진해가며 젊은 나이에 술과 여자를 탐닉(?)하고, 모든 것을 초월한 듯 은자隱者들의 삶을 흠모하거나, 방랑객처럼 이곳저곳을 유랑하기를 좋아하며 낭만가객인 척 살아가는 모습을 못마땅해 한 것은 아니었을까. 그러니 서로 공통의 관심사에 대화를 나누거나 공유할 수 있는 고민꺼리도 없었기 때문에 서먹서먹해진 것은 아니었을까.

아마도 어린 시절에 둘이는 서로 친했을 것이다. 그런데 성년이 된 다음 만나보니 전혀 딴사람이 된 이백을 본 것이다. 그러니 술잔을 마주치며 옛정을 되살려 친밀해지려 해도 이미 멀어질 대로 멀어져 이질감異質感만 확인될 뿐 전혀 모르는 딴 사람 같았을 것이다. 아마 우리들도 친구들과 술을 마시면서 이런 감정과 분위기를 가끔 느껴본 적이 있었을 것이다. 겉으로는 세상만사 초월한 척 하면서도 현실적으로는 아무런 대책이 없는 무능한 친구들 말이다.

이백은 맛좋은 술과 예쁜 기녀까지를 대동하여 분위기를 돋우고 싶은데, 상대 노륙은 전혀 흥겨워하거나 관심을 갖지 않는다. 그러니 술자리가 어색해져 어찌할 도리 없는 난감한 심정을 마지막 끝구에서 '꽃과 달의 근심은 어찌하리오.'라고 하며, 꽃과 달에 대한 예의(?)가 아니지 않느냐고 하면서 자연물을 끌어드려 대신하고 있다.

〈其3〉

東道煙霞主 동도연하주가   동도東道의 자연에 묻혀 사는 주인이[7]

西江詩酒筵 서강시주연이라.　　서강西江에서 시와 술의 연회를 열었네.

相逢不覺醉 상봉불각취에　　서로 만나 흠뻑 취한지도 모르는 사이에

日墜歷陽川 일추역양천이라.　　해가 역양천8) 속으로 빠져 버렸구나.

전문은 4구의 5언 절구다. 이 시 또한 앞의 시 〈其2〉와 마찬가지로 전체가 한문장의 서술로 전개되며, 벗 노륙이 연 시·주연에서 하루 종일 시를 짓고 읊다보니 해가 지는 줄도 몰랐다는 간단한 내용이다. 이 시를 감상함에 해결하고 넘어가야 할 두 가지가 있는데, 하나는 기녀 금릉자金陵子이다. 이백의 연보에 의하면 24세에 유랑의 길을 떠나 25세에 강릉江陵과 금릉金陵 등지를 유람한다. 따라서 금릉자는 기녀의 고유 이름이 아닌 '금릉金陵의 처자處子' 곧 기녀를 의미하며, 유람길에서 만나 마음이 맞아 데리고 다닌 것으로 여겨진다. 이듬해(26세 봄)에 이백은 금릉을 떠나 양주揚州를 거쳐 여산廬山으로 유람을 떠나는데, 계속 동행했는지는 알 수 없다.

다른 하나는 이 시 1구의 '동도주東道主 또는 연하주煙霞主'의 주인이 제목에 나타나

---

7) 東道煙霞主동도연하주: 동도東道의 자연에 묻혀 사는 주인. 이 구는 두 가지 풀이가 가능하다. 하나는 동도東道+연하주煙霞主로 보고, '동도의 자연에 묻혀 사는 주인' 곧 '연하煙霞(山林, 自然)에 묻혀 사는 은둔지사'로 해석하는 견해와, 동도주東道主+연하煙霞로 보고, 동도주를 '접대하거나 손님에게 연회를 베푸는 주인을 이르는 말'의 성어成語로 해석하여 '안개와 노을(자연) 속에 사는 주인'으로 해석하는 견해이다. 이 경우 《左傳, 僖公30年》의 전고를 차용한 것이다. 그러나 역자는 2구의 '서강西江'이라는 시어와 '동도↔서강'의 대조어로 짝을 이룬 표현으로 쉽게 보고자 한다. 참고로 《춘추좌씨전春秋左氏傳·희공僖公, 30年》 고사의 내용은 다음과 같다. 「춘추시대 진쯤 문공文公과 진秦 목공穆公이 함께 정鄭나라를 쳐들어가자, 이를 저지하기 위해 진秦에 사신으로 간 정나라 촉지무燭之武가 '정은 동쪽에 있고 진秦은 서쪽에 있기 때문에 두 나라(秦과 쯤)의 공격으로 정이 멸망하면 가운데 위치한 진쯤나라가 정의 영토를 차지해 강대해지고 진秦의 국력은 약해질 것'이라고 주장하며 다음과 같이 목공을 설득하였다. '만약 정을 공격하지 않고 동쪽 길의 주인으로 삼아 사신이 왕래할 때 부족한 물자를 공급하도록 하면, 군왕에게도 손해가 되지 않을 것입니다.'라 했다. 이러한 촉지무의 유세에 따라 결국 두 나라 모두 군대를 철수하였다고 한다. '동도주'는 진秦의 사절을 동쪽의 길에서 안내하고 접대한다는 뜻으로, 후에는 연회에서 손님을 대접하는 주인을 널리 가리킨다.

8) 歷陽川역양천: 지금의 안휘성安徽省 화현和縣 북서쪽에 흐르는 강.

는 '노륙盧六이냐 아니면 이백이냐' 하는 것인데, 일부 해설서에 이백으로 보는 견해와 노륙으로 보는 두 가지 견해가 나타나고 있다. 그러나 유람하는 이백은 정착하여 거주하는 곳이 아니고, 유람 중 지인 또는 친구를 방문하는 것이 통례이고, 찾아온 친구 이백을 환영하는 의미에서 주연을 베푼 것(2구)으로 보아 노륙이 맞다고 여겨진다.

전반부(기~승, 1~2구)에서는 친구 노륙이 서강에서 시. 주연를 열어 반갑게 맞이했다는 내용이고, 후반부(전~결, 3~4구)에서는 오랜만의 상봉이라 반가움에 연거푸 술을 마셔 취한지도 모른 채 해가 역양천에 잠겼다는 내용이다. 앞 시에 이어 이백은 술에 취해 인사불성이 되었으나, 노륙은 이백과 다른 인생관으로 인해 의기투합하지는 못했을 것으로 여겨진다.

〈其4〉

小妓金陵歌楚聲 소기금릉가초성이오　어린 기녀 금릉자는 초 땅의 노래를 부르고
家僮丹砂學鳳鳴 가동단사학봉명이라.　가동 단사9)는 봉황의 울음소리를10) 배우네.
我亦爲君飮淸酒 아역위군음청주련만　나 또한 그대를 위해 청주를 마시건만
君心不肯向人傾 군심불긍향인경이라.　그대는 사람에게 마음을 열지 않네.

전문은 7언 4구의 절구다. 전반부 기~승(1~2구)에서는 어린 기녀 금릉자는 초 땅의 노래를 부르고, 가동 단사는 생황으로 봉황의 울음소리를 배운(흉내 낸)다고 한다. 이어 후반부에서는 그대를 위해 청주를 마셔도 벗 노륙은 사람(이백)에게 마음을 열지 않는다고 한다.

전체 4수에서 일관되고 있는 것은 노륙 앞에서 기녀 금릉자의 미모와 노래(其1, 其2,

---

9) 丹砂단사 : 이백의 가동家僮 이름. 단사에 대해서는 위호魏顥의《이한림집서李翰林集序》에 「말술을 마시고 취하면, 가동 단사가 청해파라는 춤을 추었다.飮數斗醉, 則奴丹砂撫靑海波」라고 기록되어 있다.

10) 學鳳鳴학봉명 : 봉황이 우는 소리를 배우다(흉내 내다). 양무제梁武帝의 〈봉생곡鳳笙曲〉에 「붉은 입술과 옥 같은 손가락을 놀려 봉황이 우는 소리를 배우네朱唇玉指學鳳鳴」라는 기록이 있다.

其4) 그리고 음주(其2, 其3, 其4)이다. 그리고 〈其4〉에서는 '가동의 봉황의 울음소리 흉내'를 내기 까지 벗 노륙의 이백에 대한 시큰둥(?)하는 마음을 돌려보려 한다. 그러나 노륙은 끝내 마음을 열지 않는다. 앞서 그 이유에 대해서 〈其2〉에서 추측해보았지만, 기골이 장대하고 의협심이 남다른[11] 젊은 나이의 이백이 가산家産을 탕진해가며 술과 여자와 시, 그리고 만유漫遊(한가로이 이곳저곳을 두루 다니며 구경하고 놂) 행각에 대해서 적이나 못마땅하게 여긴 것도 여긴 것이려니와, 딴은 이백의 회재불우懷才不遇한 모습에 대해서, 노륙 자신이 품은 뜻을 생각하며 동병상련同病相憐하는 측은지심 또한 있었기 때문이었으리라고 추측해본다.

대동한 기녀에게 노래를 부르게 하고 춤을 추게 하며, 가동에게는 봉황의 울음소리를 흉내 내게 하며 아무리 웃겨도 웃지 않는 노륙에게는 속수무책이었으리라. 이백은 마지막으로 '그대는 끝내 마음을 열지 않는구려[君心不肯向人傾]'라고 하면서 연시 4수를 끝낸다.

마음속으로는 '참새가 어찌 봉황의 마음을 알리요.'하면서 서로에 대해서 안타까운 마음을 삭이지 못하고 유랑 길에 만난 옛 벗과 씁쓸한 마음으로 헤어졌으리라. 그러나 일기를 쓰듯 가감 없이 그러한 벗과의 조우遭遇와 심정을 숨김없이 시로 써서 남기고자 한 이백의 시작詩作에 임하는 솔직한 태도를 볼 수 있다. 그리고 이백의 살아가는 모습이 모든 사람에게 환영받는 것만은 아니라는 것을 알게 해준다.

---

11) 이백의 시를 이해함에 있어 그의 임협기질任俠氣質(권위나 勇力, 또는 財力 등의 수단을 빌려 약한 사람이나 남을 돕는 일)은 빠뜨릴 수 없다고 주장하기도 한다.(張基槿 著, 《李太白評傳》, 을유문화사, 1977)

98. 아내에게 주다 贈內

三百六十日 삼백육십일을	일 년 3백 6십일을
日日醉如泥 일일취여니라	날마다 진흙같이 취했으니,
雖爲李白婦 수위이백부나	비록 이백의 부인이라 하지만
何異太常妻 하이태상처리오.	태상1)의 아내와 무엇이 다르겠소?

이백이 안륙安陸에 머무르던 27세(開元 15年, 727) 때, 부인 허許씨에게 써준 오언 절구다. 당시 이백은 측천무후則天武后 시대에 재상을 지냈던 허어사許圉師의 손녀와 결혼한 지 얼마 되지 않은 신혼이었다. 형식은 5언 절구이다.

전반부(1, 2구) 기·승 두 구에서는 이백이 신혼인 아내를 돌보지 않은 채 1년 내내 음주로 보내는 자신의 주벽酒癖을 고백하였으며, 후반부(3, 4구) 전·결 두 구에서는 자신을 한漢나라 태상경太常卿 주택周澤이 부인을 홀대한 고사2)를 들어 주택과 같다고 하면서 자책하는 뜻을 내포하고 있다. 이러한 주택의 고사처럼 이백도 1년 3백6십일을 매일 진흙같이 취하였다고 한 것으로 보아 비록 과장이 있을지라도 음주행태는 정도가 무척 심하다고 할 수 있겠다. 이백 자신이 술을 너무 좋아하여 신혼인 부인에게 결혼생활을 제대로 영위하지 못하는 미안한 심정을 담아 위로하려는 유머러스한 풍취가 넘친다.

---

1) 太常태상 : 구경九卿의 하나로, 종묘宗廟의 의례와 관리의 선발 시험을 관장하던 벼슬.

2) 《후한서後漢書 · 주택전周澤傳》에, 「주택은 궁중에서 종묘宗廟를 관장하는 태상이라는 직책을 맡고 있었는데, 직무에 충실하여 항상 궁 안에서 유숙하면서 집으로 돌아가지 않았다. 한번은 그의 처가 대궐 안으로 찾아오자 화를 내면서 재금齋禁(齋戒 중에 지켜야 할 禁忌)을 범했다는 이유로 아내를 옥중에 감금한 채 죄를 청하였다. 당시 사람들이 이 일을 가리켜 노래 부르기를, '살면서 사이좋게 지내지 못한 이는 태상의 아내라네. 남편은 일 년 3백6십일 중 3백5십9일은 재를 올리고 나머지 재 없는 하루는 진흙같이 취해 있구나.'」라고 풍자한 고사가 있다.

후반부(3, 4구) 승에서는 구의 '진흙처럼 취하다[醉如泥]'라는 표현에 대해서 우리는 일반적으로 이성을 잃고 몸을 못 가누지 못할 정도로 술을 많이 마셨을 때, '곤죽[粥]이 되었다.'라는 말을 쓰는데, 그 뜻인즉 '술에 몹시 취하여 몸이 지쳐서 힘없이 늘어진 모양'을, '고주망태'라는 말은 술을 거르는 도구인 고주와 망태처럼 항상 술에 절어있음을 비유한 것이다.

　　참고로 이백은 평생 동안 여러 명의 부인을 두었는데, 정식 결혼은 두 번이다. 첫 번째는 여기서 읊은 허씨許氏 부인으로 허어사許圉師의 손녀인데 일찍 죽었고, 두 번째는 장년기 이후에 결혼한 종宗씨 부인으로 종초객宗楚客의 딸이다. 이 두 부인은 모두 현종 이전에 재상을 지낸 명문가 출신의 딸들이며, 후사로는 허씨 부인에게서 1남1녀로 백금伯禽과 평양平陽을 두었다. 이밖에도 허씨 부인이 죽은 후 정식으로 결혼하지 않은 유劉씨 부인과 동거했으며, 또 노魯 지방에서 머물 때 한 부인을 두었는데, 여기서 다른 아들 파려頗黎를 두었다. 그러나 이백이 죽은 지 백년이 되지 않아 후손이 끊어진 '절사지가絶嗣之家'가 되었다.

99. 행융行融[1] 스님에게 드리다 贈僧行融

梁有湯惠休 양유탕혜휴인데   양나라 스님 탕혜휴[2]는
常從鮑照遊 상종포조유하고,   늘 포조[3]를 따라 노닐었고,
峨眉史懷一 아미사회일은   아미산[4] 스님 사회일[5]은
獨映陳公出 독영진공출이라.   홀로 진자앙[6]과 사귀며 출현했으니,
卓絶二道人 탁절이도인은   탁월한 두 도인 스님은
結交鳳與麟 결교봉여린이라.   봉황과 기린 같은 이[7]들과 교제했다네.
行融亦俊發 행융역준발하여   행융 스님 또한 준수하고 뛰어나서
吾知有英骨 오지유영골이니   나도 그가 영민한 기골[8]인 줄 알고 있으니,
海若不隱珠 해약불은주요   바다의 신[9]이 구슬을 숨기지 않듯이
驪龍吐明月 여룡토명월이라.   검은 용[10]이 명월주를 토해내듯 하네.

---

1) 行融행융 : 스님 행융行融에 대해서는 밝혀진 바가 없다.
2) 湯惠休탕혜휴 : 탕휴湯休. 남조 송南朝宋 때의 스님. 법명法名은 혜휴惠休. 탕湯은 속성俗姓. 시문詩文에 능하여 서담지徐湛之에게서 인정을 받았다.
3) 鮑照포조 : 남조 송南朝宋 동해東海 사람. 악부樂府와 특히 칠언가행七言歌行에 뛰어났다.
4) 峨眉아미 : 아미산峨眉山. 사천성四川省 아미현峨眉縣 남서쪽에 있는 산. 불교의 4대 명산에 들어간다.
5) 史懷一사회일 : 초당初唐 때 아미산峨眉山에 거주했던 스님.
6) 陳公진공 : 진자앙陳子昻(661~702). 초당初唐 때의 시인. 유미柔靡한 시풍에 반대하고 한위漢魏의 사풍을 계승할 것을 주장. 성당盛唐 문학의 기초를 세웠고, 사회일史懷一과 세한지교歲寒之交를 나누었다.
7) 鳳與麟봉여린 : 봉린鳳麟. 보기 드문 걸출한 인재를 비유.
8) 英骨영골 : 뛰어난 품성과 기개氣槪.
9) 海若해약 : 전설상의 해신海神.
10) 驪龍여룡 : 검은 용.

大海乘虛舟 대해승허주하고　　　큰 바다에서 빈 배[11]에 올라타고

隨波任安流 수파임안류이며,　　　물결 따라 흐르는 대로 편안히 맡기며,

賦詩旃檀閣 부시전단각이오　　　단향목 누각[12]에서 시를 읊조리고

縱酒鸚鵡洲 종주앵무주라.　　　앵무주[13]에서 마음껏 맛있는 술에 취하네.

待我適東越 대아적동월하여　　　내가 동쪽 월 땅으로 가게 되면

相攜上白樓 상휴상백루로다.　　　함께 손잡고 백루정[14]에 오르세.

　이백이 28세(開元 16年, 728)에 처음 강하江夏의 앵무주鸚鵡洲에서 행융行融스님에게 써준 시인데, 승려인 '행융'의 행적에 대해서는 알려진 것이 없다. 전문 16구 5언 고시로 내용상 3단락으로 나뉜다.

　첫째 단락(1~6구)에서는, 문인 또는 유자儒者로서의 이백 자신과 불자인 행융 스님과 교유의 당위성(?)에 대해서 말하기 위해 옛 고사에서 두 사람의 행적을 쓰고 있다. 먼저 남조 송南朝宋의 양梁나라 탕혜휴湯惠休 스님과 시인 포조鮑照와의 교유와, 초당初唐 때 아미산峨眉山에 기거하던 스님 사회일史懷一과 시인 진공陳公(陳子昻)과의 사귐에 대해서 쓰고 있다. 두 스님은 모두 도가 높은 스님으로서 걸출한 인사들이 아니면 사귀지 않았다는 것을 강조하고 있다.

　둘째 단락(7~14구)에서는, 본격적으로 행융 스님의 도력과 품격 그리고 시와 술을 즐길 줄 아는 풍류에 대해서 말하고 있다. 먼저 행융 스님은 준수할 뿐만 아니라 뛰어난 품성과 기개를 가지고 있어 해신海神(海若)처럼 숨기고 있는 구슬, 곧 도력道力은 없지만, 마치 여룡驪龍이 명월주를 토해 내듯 시詩를 토해 낸다고 한다.

---

11) 虛舟허주 : 부리는 사람이 없는 배. 마음에 욕심이 없고 활달하여 구애받지 않음을 비유.

12) 旃檀閣전단각 : 단향목檀香木으로 지은 누각樓閣.

13) 鸚鵡洲앵무주 : 호북성湖北省 장강長江에 있는 모래섬. → 앵무록鸚鵡綠(맛있는 술)을 이르는 말.

14) 白樓백루 : 백루정白樓亭. 절강성浙江省 소흥시紹興市에 있던 정자 이름. 동진東晋의 고승高僧 지도림支道林이 당시 명사인 손작孫綽, 허연許掾 등과 노닌 것처럼 우리도 동쪽 회계會稽 지방에서 다시 만나 함께 백루정白樓亭에 오를 것을 기약하고 있다.

또한 넓은 바다에서 배를 탈 때면 사공이 없어도 개의치 않고 파도를 따라 흐르는 대로 배를 띄우는 모습을 보면 마음에 욕심이 없고 활달하여 구애 받지 않는 성품의 소유자라고 한다. 때로는 전단향栴檀香 피워 놓은 법당에 앉아서도 불경을 읽거나 염불을 하기보다는 시를 읊조리기도 하고, 자신이 승려라는 것도 잊고 앵무주鸚鵡洲에 들어가기라도 하면, 앵무주에는 예로부터 앵무록鸚鵡綠이라는 맛있는 술로 유명하기도 하거니와 거리낌 없이 마음껏 술에 취하기도 한다고 한다.

시를 쓰고 술을 좋아하고 걸림 없이 호방하게 살아가는 행융 스님의 모습은 이백 자신의 모습과 일맥상통하다 할 것이니, 붕우朋友로서 또는 문우文友로서 주우酒友로서 손색 없는 모습이라고 한다.

셋째 단락(15~16구)에서는, 아무리 흉금을 열고 마음을 주고받을 수 있는 벗을 만났더라도, 천하를 주유周遊하겠다고 고향을 떠나온 지 얼마 되지 않는 터였다. 한 곳에 머물러 있을 수는 없는 처지이니 다음을 기약하고 이별할 수밖에 없음을 쓰고 있다. 행융과 다시 만나고 싶은 장소로 동쪽 월越 땅의 백루정白樓亭을 들고 있다. 그 곳은 멀지 않은 옛날 진대晉代에 시문에 뛰어나 '손작재관孫綽才冠'[15]이라는 말이 유행할 정도의 손작과 허연許掾 등이 고승高僧 지도림支道林과 교유하면서 이문회우以文會友(학문을 통해 친구를 모으다)하고 이우보인以友輔仁(친구의 도움으로 仁道를 행하다)한 곳으로 유명한 곳이니, 훗날에 행융 스님을 다시 만날 장소로 택한 것이다. 종교와 사상과 이념을 초월할 수 있는 매개체 중의 하나는 술이다. 그래서 사마천司馬遷도 《사기史記》에서 '친구 사이에도 술이 아니면 의리가 두터워지지 않는다.'고 했다. 행융 스님과의 못 다한 우정과 의리는 다음의 술자리를 약속한 것이리라.

---

15) 孫綽才冠손작재관 : 진晉의 손작孫綽의 문재文才가 당대에 으뜸이라는 말.

100. 신평장사[1] 이찬[2] 형님에게 '빈[3] 땅의 노래'를 올리다 豳歌行上新平長史兄粲

豳谷稍稍振庭柯 빈곡초초진정가하고   빈豳땅 골바람은 뜰의 나뭇가지를 흔들고
涇水浩浩揚湍波 경수호호양단파런대,   경하[4]는 널따랗게 여울[5]을 일으키는데,
哀鴻酸嘶暮聲急 애홍산시모성급하며   슬픈 기러기울음[6]은 저물녘에 더 급해지며
愁雲蒼慘寒氣多 수운창참한기다로다.   수심어린 구름 끼어 한기마저 느껴집니다.
憶昨去家此爲客 억작거가차위객하니   지난날 집 떠나 이곳 나그네 됨을 떠올리니
荷花初紅柳條碧 하화초홍유조벽인데   연꽃은 막 붉어지고 버들은 푸르렀습니다.
中宵出飮三百杯 중소출음삼백배하고   한밤중에 나가서 삼백 잔의 술을 마시고는
明朝歸揖二千石 명조귀읍이천석이라.   다음날 아침에 돌아와 군수[7]께 읍했습니다.
寧知流寓變光輝 영지유우변광휘하여   어찌 알았으리, 객지에서[8] 세월이 바뀌어
胡霜蕭颯繞客衣 호상소삽요객의를   북녘 서리가 쓸쓸하게 나그네를 둘러쌀 줄을.

---

1) 長史장사 : 당대唐代에 주州의 자사刺史 아래 병마兵馬를 관장하는 벼슬.
2) 李粲이찬 : 《신당서新唐書 · 재상세계표宰相世系表》 상편의 조군趙郡 이씨 동조방李氏東祖房에 나오는 복주자사濮州刺史를 지낸 찬粲으로, 측천무후則天武后 때 재상을 지낸 이교李嶠의 아들이다.
3) 豳빈 : 고대의 나라 이름이다. 일찍이 주周나라의 조상인 공유公劉가 거주하던 지역으로, 전한 때 우부풍右扶風에 속하고 후한에서는 신평군新平郡을 두었으며, 당나라 때에는 빈주豳州, 신평군, 빈주邠州 등 여러차례 지명이 바뀌었는데, 그 지역은 지금의 섬서성 빈현彬縣과 동쪽 순읍현旬邑縣 경계에 있다.
4) 涇水경수 : 경하涇河. 섬서성陝西省 중부에 있는 위하渭河의 지류支流.
5) 湍波단파 : 급하게 흘러가는 물살.
6) 酸嘶산시 : 몹시 시큰거리고 아픈 모양. 슬피 욺. 슬피 탄식함.
7) 二千石이천석 : 군수郡守의 별칭. 한漢나라 때 군수의 1년 녹봉이 2천석이므로 붙여진 이름.
8) 流寓유우 : 객지에서 우거함.

寒灰寂寞憑誰暖 한회적막빙수난하며,　쓸모없는 몸9) 적막하니 뉜들 따뜻이 해주며

落葉飄揚何處歸 낙엽표양하처귀리오.　낙엽이 휘날리는데 돌아갈 곳은 어디인가?

吾兄行樂窮曛旭 오형행락궁훈욱이며　형님의 행락은 밤부터 아침까지10) 이어지며

滿堂有美顔如玉 만당유미안여옥이라.　집에는 옥같이 고운 미인들이 가득하고,

趙女長歌入彩雲 조녀장가입채운하고　미녀11)의 높은 노래는 고운 구름에 들고

燕姬醉舞嬌紅燭 연희취무교홍촉이라.　무희12)들의 취한 춤은 촛불 아래 아리땁네.

狐裘獸炭酌流霞 호구수탄작유하러니　갓옷13)에 숯불14)에 데운 유하주15)를 마시면서

壯士悲吟寧見嗟 장사비음영견차리오.　장사의 슬픈 노래를 어찌 가엾게 여기리요?

前榮後枯相翻覆 전영후고상번복이니　전일 영화가 후일의 시듦으로 바뀌었으니

何惜餘光及棣華 하석여광급체화오.　남은 은덕을 아우16)에게도 미침을 어찌 아까

　　　　　　　　　　　　　　　　　　워하십니까?

　이백이 30세(開元 18年, 730)에 처음 장안에 들어가 종남산終南山에 머물다가 서쪽에 있는 신평新平지방을 유람할 때, 그 곳에서 장사長史 벼슬을 하고 있는 집안 형님 이찬李粲에게 써 올린 전문 20구의 가행체歌行體17) 시로, 내용상 5단락으로 나뉜다. 첫째 단락

---

9) 寒灰한회 : 싸늘하게 식은 재. 불 꺼진 재. 자신을 쓸모없다는 뜻으로 이르는 겸사.

10) 曛旭훈욱 : 저녁때와 아침. 아침 저녁.

11) 趙女조녀 : 조趙지역의 미녀. 또는 미녀들을 두루 이르는 말. 조 지역의 대표적 미인으로는 한 성제 漢成帝의 황후였던 조비연趙飛燕을 들 수 있는데, 양아공주陽阿公主의 가녀歌女로 성제의 눈에 들어 후궁이 되었다가 황후로 되었다. 몸매가 날렵하고 춤을 잘 추었다.

12) 燕姬연희 : 춘추시대 북연北燕의 여인. 연燕 지방의 미녀.

13) 狐裘호구 : 여우의 가죽으로 만든 갓옷.

14) 獸炭수탄 : 짐승 모양으로 된 숯. 흔히 숯이나 숯불을 이른다. 짐승의 뼈를 구워 만든 숯. 골탄骨炭.

15) 流霞유하 : 유하주流霞酒. 신선이 마신다는 술 이름.

16) 棣華체화 : 아가위 꽃. 형제를 비유.

17) 歌行體가행체 : 악부樂府의 한 시체詩體. 뒤에 고시古詩의 한 체제로 발전했는데, 음절·격률이 비교적 자유롭고, 5언·7언·잡언雜言을 사용하여 형식도 다양하다.

344

(1~4구)에서는 현재의 배경 묘사로 시작되는데, 빈豳 땅 골짜기의 거센 바람, 경하涇河의 거친 물살, 애끓는 기러기 울음, 근심 어린 기러기 울음, 한기 등으로 시각에 청각과 촉각을 통해 객지에서 겨울을 맞이하는 을씨년스럽고 음산한 분위기를 그려내고 있다.

둘째 단락(5~8구)에서는 과거로 돌이켜 빈 땅에 처음 도착했을 때의 지내던 모습을 제시하는데, 나그네이지만 (이찬)형님의 배려로 '하루 저녁 삼백 잔의 술을 마실'정도로 비교적 풍족하게 무난히 지냈음을 알 수 있다. 그러나 셋째 단락(9~12구)에서는 아마도 자신을 돌봐주던 형님의 보살핌이 끊겼음인가, '북녘 서리, 싸늘한 재'로 추위마저 막을 수 없고, 돌아갈 곳도 없는 막막한 현실을 그려내고 있다. 곧 첫째 단락의 배경 묘사가 고스란히 이백 자신에게 닥친 신산辛酸스러운 현실임을 제시하고 있다.

넷째 단락(13~16구)에서는 이러한 이백의 모습과는 대비되는 '신평장사 형님의 행락'을 제시하는데, 밤새도록 집에 가득한 미인, 하늘 높이 구름까지라도 들릴 듯한 기녀들의 노랫소리, 아롱진 불빛 아래 무희들이 취해서 추는 춤 등을 묘사하여 호사의 극치를 이백의 현실과 상대적으로 그려내고 있다.

다섯째 단락(17~20구)에서는 그러한 호사를 누리고 있는 형님이 입고 있는 옷과 마시는 술을 묘사하여 앞 단락에서 이어지는 호사를 보여주면서, 이백 자신을 가리키는 '장한 선비[壯士]'의 객지에서의 고달픈 생활을 읊은 슬픈 노래를 들어 가엾게 여겨 달라고 한다. 아울러 호사스런 생활하더라도 남은 은택을 이 아우에게도 미치게 해달라고 애원하고 있다.

우리가 알고 상상해왔던 지금까지의 이백의 모습이 아닌, 궁지에 처해 친척 형님에게 구원의 손길을 애원하는 이백의 모습이다. 어디든지 가는 곳마다 시인묵객 겸 좌상객으로 대접받았음직한 이백이 아니다. 시의 내용으로 보면 봄부터 겨울까지 형님의 임지任地에서 식객食客노릇(?)을 하며, 시인이랍시고 시 구절이나 읊어대고, 주야장천 술타령이나 하는 애주가의 주벽을 떨치지 못하다가 미움을 받아 문전박대나 받지 않았을까. 현실에서는 누군가의 도움 없이는 늘 곤궁에 처할 수밖에 없는 낭만가객浪漫歌客의 애환이 솔직담백하고 여과 없이 드러나 있는 작품이다.

101. 궂은비[1] 내리는 옥진공주[2]의 별관에서 장 위위경[3]에게 드리다
(2수) 玉眞公主別館苦雨贈衛尉張卿(2首)

〈其1〉

秋坐金張館 추좌김장관인데　　　　가을에 공주의 김장관[4]에 앉았는데

繁陰畫不開 번음주불개하고,　　　　짙은 어둠은[5] 낮에도 개지 않고,

空煙迷雨色 공연미우색이니　　　　희뿌연 하늘에 빗기운 자욱하더니

蕭颯望中來 소삽망중래.　　　　　후두둑 내리는 비[6]가 시야에 들어옵니다.

翳翳昏墊苦 예예혼점고하니　　　　어둑어둑한데[7] 내리는 비[8]에 고달파

沉沉憂恨催 침침우한최로다.　　　　무거운 마음에 걱정과 원망[9]을 재촉하니

---

1) 苦雨고우: 오래 내려 재난을 일으키는 비. 궂은 비.

2) 玉眞公主옥진공주: 예종睿宗(唐의 5代 皇帝)의 10번째 딸이며 현종玄宗의 누이로 숭창현주崇昌縣主에 봉해졌다. 태극太極 원년(712)에 출가하여 도사가 되어 방사方士 사숭현史崇玄을 스승으로 삼고 옥진공주라 부르며 장안에 옥진관玉眞觀을 세웠다.

3) 衛尉張卿위위장경: 위위시衛尉寺 장기張垍. 우승상 장열張說의 둘째 아들 장기張垍로, 현종玄宗의 딸 영친공주寧親公主와 결혼하여 부마도위駙馬都尉가 되었으므로 옥진공주의 조카사위이다. 천보년간天寶年間에 이백이 한림공봉으로 있을 때 장기의 참소로 방축 당했다는 내용이 위호魏顥의《이한림집서》에 보인다. 위위시는 궁중의 군기軍器와 의장儀仗을 담당했던 관리. 경卿은 종3품 이상의 관원에게 붙이는 호칭.

4) 金張館김장관: 벼슬이 높고 권세가 있는 집이란 뜻으로, 김장金張은 한漢나라 선제宣帝 때의 권문세가인 김일제金日磾과 장안세張安世를 말하는데, 여기서는 제목의 옥진공주의 별관을 가리킨다.

5) 繁陰번음: 나무의 그늘이 짙음. 또는 짙은 그늘.

6) 蕭颯소삽: 비바람이 초목을 두드려서 나는 소리를 형용하는 말.

7) 翳翳예예: 어두워서 분명하지 않은 모양.

8) 昏墊혼점: 물에 빠짐. 수재水災에 괴로움을 당함.

9) 憂恨우한: 걱정과 원망.

淸秋何以慰 청추하이위오   맑아야 할 가을날에 어떻게든 위로하려고
白酒盈吾杯 백주영오배니라.   백주[10]로나마 내 잔을 채웁니다.
吟詠思管樂 음영사관악한데   노래를 읊조리며 관중과 악의[11]를 생각하지만,
此人已成灰 차인이성회로다.   이 사람들은 죽어 이미 재가 되었구요,[12]
獨酌聊自勉 독작료자면이나   홀로 마시며 애오라지 스스로 마음만 쓸 뿐
誰貴經綸才 수귀경륜재리오.   누가 나라를 경영할 재능을 귀하게 여겨주나요?
彈劍謝公子 탄검사공자러니   검을 두드리며 공자와 작별하려니
無魚良可哀 무어량가애로다.   밥상에생선조차 없으니 참으로 애처롭습니다.[13]

이백이 31세(開元 19年, 731) 되는 가을에 처음 장안으로 들어가 간알干謁할 때 지은 시이다. 장안으로 들어가 우승상 장열張說과 장기張垍 부자의 추천을 통하여 현종에게 중용되어 포부를 펼치려했지만, 뜻밖에 장씨 부자의 냉대를 받고 그를 종남산終南山 아래에 있는 옥진공주의 별관金張館에 머무르게 하였다. 가을장마는 계속되고 생활도 어려움을 겪게 되자, 이백은 홀대 받는다는 느낌을 이 시를 지어 토로하는데, 직설적 화법이 아닌 고사를 차용한 풍유諷諭와 운문으로 쓴 서간문이자 고별 위주의 내용이다. 전문 14구의 5언 고시이고, 내용상 4단락으로 나뉜다.

첫째 단락(1~4구)에서는 이 시를 짓는 시·공간과 날씨가 서술된다. 시간 배경은 가을이고, 공간적 배경은 권문세가인 옥진공주의 별관이다. 날씨는 청명해야 할 가을 날씨가

---

10) 白酒백주 : 탁주. 뒤에 좋은 술을 두루 이르는 말로 쓰임.

11) 管樂관악 : 춘추시대 제齊나라 재상인 관중管仲과 전국시대 연燕나라의 명장인 악의樂毅

12) 成灰성회 : 재가 되다. 죽음을 이름.

13) 13구·彈劍탄검 … , 14구·無魚무어 … : '풍환탄협馮驩彈鋏'의 고사. 전국시대 제齊나라 맹상군孟嘗君의 식객인 풍환馮驩(또는 馮諼)이 칼자루를 두드리며 고기반찬과 수레와 집을 요구하여 받아냈다는 고사. 후에 풍환은 설薛땅으로 맹상군의 빚을 받으로 갔다가 채무증서를 불태워 맹상군의 명예를 빛냈고, 진왕秦王과 제왕齊王을 설득하여 맹상군을 복위시키기도 하였다. 전의되어, 재주가 있으면서 불우하거나 재능 있는 사람이 예우받기를 원함을 이르는 말로 쓰임.

장마철처럼 여러 날 찌푸리며 궂은비[苦雨]가 그치지 않는다는 것을 통해 작가의 심정과 분위기를 간접적으로 제시하며 시작한다. 잔뜩 흐림[繁陰] → 비 기운[雨色] → 빗소리[蕭颯]로 이어지는 날씨를 통해 시적 분위기가 제시된다.

둘째 단락(5~8구)에서는, 암울한 날씨만큼이나 심정도 걱정과 원망으로 가득하니, 괴로운 심사를 달랠 길 없어 술을 마신다. 어둑어둑[翳翳] → 깊어지는[沉沉] → 가득[盈], 시간의 흐름에 따라 변화하는 주체할 수 없는 심사, 곧 (날씨로 인한)고달픔[苦] → (재촉하는)걱정과 근심[憂恨] → (마시게 되는)술[白酒]이 적절하게 호응되고 있다. 곧 청추淸秋에 청운靑雲의 꿈을 안고 처음으로 찾아 들어온 장안에서의 벼슬길[宦路]이 짙은 구름에 가려 희망이 절망으로 변한다는 내용이다.

셋째 단락(9~12구)에서는, 취기가 얼큰하게 오르고 얼굴에 주홍酒紅이 번지자 걱정 근심은 사라진다. 이윽고 역사에서 자신처럼 고관대작을 찾아다녀 재능[經綸才]를 인정받아 꿈을 펼친 사람으로 관중管仲과 악의樂毅를 생각한다. 그러나 그 사람들은 이미 죽고 없는 사람이다. 살아 있다면 방법이라도 물어볼 텐데. 천리마가 있어도 천리마를 알아줄 백락伯樂[14]이 없는 현실이 안타깝다고 한다.

넷째 단락(13~14구)에서는, 풍환탄협馮驩彈鋏의 고사를 차용하는데, 칼집을 두드리는 사람[彈劍], 곧 풍환은 곧 이백 자신이고, 공자公子는 이백 자신을 알아주지 않는 위위경衛尉卿 장기張垍이다. 밥상에 고기가 없음[無魚]을 애석해 한 것은 장기의 홀대를 말한다. 그러니 폐백幣帛(윗사람에게 주는 예물)을 들고 별관을 나가겠다고 한다.

청명한 가을날과 대비되는 궂은비, 희망이 절망으로 변하는 심정을 적절한 고사를 차용하여 수신자受信者 장기에게 쓴 것이다. 이백이 지닌 시와 문장의 재능뿐만 아니라 역사적 식견을 갖추었음을 아울러 보인 일석이조의 효과인데, 연보를 보면 그 후로도 좋은 인연은 못되었던 것 같다.

---

14) 伯樂백락 : 춘추시대 진 목공秦穆公 때 사람으로 말[馬]의 상相을 잘 보았다. 안목이 있어 인재人才를 잘 발굴하여 쓰는 사람을 비유.

102. 맹호연에게 드리다 贈孟浩然

我愛孟夫子 아애맹부자는	내가 좋아하는 맹 선생님[1]은
風流天下聞 풍류천하문이라.	풍류가 천하에 알려졌다네.
紅顔棄軒冕 홍안기헌면하고	젊은 날에는 높은 벼슬[2]을 마다하였고
白首臥松雲 백수와송운이라.	늙어서는 소나무와 구름 속[3]에 누어있었네.
醉月頻中聖 취월빈중성이요	달을 보며 늘 즐겁게[4] 술에 취해 있으면서[5]
迷花不事君 미화불사군이라.	꽃에 넋을 빼앗겨[6] 임금조차 섬기지 않았네.
高山安可仰 고산안가앙이니	높은 산[7]을 어찌 우러러볼 수나 있겠는가?
徒此揖淸芬 도차읍청분이로다.	다만 그 맑은 향기[8]에 절할 뿐이네.

-----

1) 孟夫子맹부자 : 맹호연孟浩然(689~740). '부자夫子'는 덕행이 높아 모든 사람들의 스승이 될 만한 사람에 대한 경칭. 당唐나라 때 양양襄陽 사람. 시인. 맹양양孟襄陽이라 불린다. 녹문산鹿門山에 은거하다가 40세에 경사에 와서 명사들과 교유하였고, 장구령張九齡에 의해 형주 종사荊州從事가 되었다.

2) 軒冕헌면 : 대부大夫 이상의 관원이 타는 수레와 예복禮服. 높은 지위.

3) 松雲송운 : 푸른 소나무와 흰구름. 곧 은거하는 곳을 이른다.

4) 醉月취월 : 달을 보며 즐겁게 술을 마심.

5) 中聖중성 : 중성인中聖人의 준말, 술에 취해 있음을 은어隱語로 이르는 말.《삼국지三國志·서막전徐邈傳》에「위魏나라 조조曹操가 금주령을 내리자 술 마시는 관료들이 술이라는 말을 피하기 위하여 청주淸酒를 성인聖人이라 하고 탁주濁酒를 현인賢人이라고 불렀는데, 이때 상서랑尙書郎 서막徐邈이 술을 좋아한 나머지, 금주령을 어기고 술을 마시다 적발되자 '성인을 만났다中聖人'고 익살을 부렸다. 뒤에 문제文帝가 서막을 보고 '요즘은 성인을 만나지 않는가?頻復中聖人不'라고 묻자 '스스로 자제하지 못하고, 때때로 만나곤 합니다不能自懲, 時復中之'」라고 답한 고사가 있다.

6) 迷花미화 : 꽃에 넋을 빼앗김.

7) 高山고산 : 고산경행高山景行. 숭고한 덕행을 비유.

8) 淸芬청분 : 맑은 향기. 고결한 덕행을 비유.

이백이 39세(開元 27年, 739)에 회남淮南지방에서 북쪽으로 유람하다가 양양襄陽(지금의 호북성 양양시)에서 맹호연孟浩然(689~740)을 만나 지은 8구 5언 율시로, 은거를 칭송한 작품이다. 이 시를 지어줄 때 맹호연은 이미 노년(50세)에 접어들어 다음 해에 노환으로 별세하였다. 율시의 시상 전개에 따라 4단락으로 나뉘지만, 실제 내용에 있어서는 3단락으로 나뉜다.

첫째 단락 수련(1~2구)에서는 맹호연의 풍류는 이백 자신도 좋아할뿐더러 세상에 이미 소문이 자자하다고 말한다. 둘째 단락에 해당하는 경·미련(3~6구)에서는 맹호연의 구체적인 풍류와 은둔에 대해서 쓰는데, 젊어서부터 벼슬을 멀리하고 자연에 은거하며 술을 즐겼다는 사실을 쓰고 있다. 특히 임금을 곁에서 섬기는 것조차 거절했다고 한다. 아직 이백이 벼슬길에 나가지 못한 때(42세에 벼슬에 나감)라는 점을 감안하면 상당히 놀라운 일이었다. 마지막 미련(7~8구)에서는 맹호연의 숭고한 덕행에 대해 우러러볼 수도 없을 만큼 높다고 하면서, 인품에 읍揖을 할 뿐이라고 극찬한다. 감성어 사랑[愛]으로 시작하여 우러르고[仰] 공경[揖]으로 끝맺고 있다.

103. 중도[1]의 하급관리[2]가 여관[3]으로 술 한 말과 물고기 두 마리를 내게 가져왔기에 답하다. 誚中都小吏攜斗酒雙魚於逆旅見贈

魯酒若琥珀 노주약호박이오   노땅의 술은 호박 빛이고

汶魚紫錦鱗 문어자금린이라.   문수의 물고기[4]는 자주색[5]이다.

山東豪吏有俊氣 산동호리유준기하여   산동의 호방한 관리는 빼어난 기개가 있어

手攜此物贈遠人 수휴차물증원인이라.   이 물건을 들고 멀리서 온 내게 주었네.

意氣相傾兩相顧 의기상경양상고하고   의기로 맞서다가[6] 둘이 서로 바라보니

斗酒雙魚表情素 두주쌍어표정소로다.   말술과 물고기 두 마리는 진심[7]이었네.

雙鰓呀呷鰭鬣張 쌍새하합기렵장이오   두 아가미를 벌름거리고[8] 지느러미[9]를 펼치니

跋刺銀盤欲飛去 발자은반욕비거라.   은쟁반에서 펄떡거리며 날아갈 듯하네.

呼兒拂机霜刃揮 호아불궤상인휘하니   아이 불러 탁자 닦고 예리한 칼[10] 휘두르니

---

1) 中都중도 : 군郡 이름으로 지금의 산동성山東省 문상현汶上縣이다.

2) 小吏소리 : 아전衙前. 하급 관리.

3) 逆旅역려 : 여관. 객사客舍.

4) 汶魚문어 : 문수汶水에서 나는 물고기. 《원화군현지元和郡縣志》에 의하면, 문수는 중도현中都縣에서 북쪽으로 24리 떨어져 있으며, 문하汶河 유역에서 나오는 붉은 색 물고기赤鱗魚는 예전에 왕에게 진상품으로 바쳤다고 한다.

5) 錦鱗금린 : 물고기의 미칭美稱.

6) 相傾상경 : 서로 대립하면서 존재함을 이르는 말.

7) 情素정소 : 진정. 본심.

8) 呀呷하합 : 벌름거리는 모양. 삼켰다 뱉았다 벌어졌다 오무라졌다 하는 모양.

9) 鰭鬣기렵 : 기극鰭棘. 물고기의 지느러미를 지탱하는 가시모양의 단단한 뼈.

10) 霜刃상인 : 서릿발처럼 번득이는 예리한 칼날.

紅肌花落白雪霏 홍기화락백설비로다. 붉은 살은 꽃처럼 흰 살은 눈발처럼 날리네.
爲君下筯一餐飽 위군하저일찬포하고 그대로 인해 먹으면서[11] 한 끼 배불리 먹고
醉著金鞍上馬歸 취저금안상마귀로다. 취한 채 금안장 말을 타고 돌아왔네.

이백이 44세(天寶 3年, 744)에 한림공봉을 그만두고 장안을 떠나 55세(天寶 14年, 755)에 안사安史의 난(755~763)이 발발하기 전까지 11년 동안, 동노東魯와 양원梁園을 중심으로 두 번째 만유漫遊한다. 이 기간 동안 산동山東, 하남河南, 호남湖南, 강소江蘇, 절강浙江, 안휘성安徽省 등 여러 지방 명산대천을 유람한다. 특히 동노東魯지방을 유람하면서 낮은 계층에 있는 지식인과 일반 백성들을 광범위하게 접촉하고 그들과 깊은 우정을 맺기도 하였다.

46세(天寶 5年, 746)에 임성任城에서 오랫동안 병으로 누워 있다가 가을에 병이 차도가 있자 다시 노군魯郡을 유람하다가 중도中都에 도착한다. 중도에서 이백의 명성을 듣고 오랫동안 흠모하던 하급관리가 술과 생선을 들고 이백이 머무는 여관을 찾아온다. 이백은 그와 함께 술을 마시고 생선을 요리하여 맛있게 먹은 후 그 자리에서 시흥詩興이 일어나 이 시를 써 주면서 사례하였다. 전문은 12구이며 5.7언 고시이고, 시상 전개에 따라 내용은 3단락으로 나뉜다.

첫째 단락(1~4구)에서는 노魯땅의 술과 문수汶水의 물고기가 유명하다는 것을 말하는데, 술은 호박 빛이고 물고기는 자줏빛이라고 사실적 묘사를 통해 시각적 효과를 거두고 있다(1~2구). 이어 그러한 물고기와 술 한 말을 들고 자신이 머물고 있는 여관을 찾아온 하급관리는 겉보기에도 우람한 체격에 호방한 기질을 가진 사람이라고 소개한다.

둘째 단락(5~10구)에서는 이백 자신도 당돌할 만치 거침없는 관리를 경계의 눈[相傾]으로 바라보다가(5구), 이네 자기를 위해 그 지역 특산물인 술과 물고기를 가져온 사람임을 알아차리고 경계심을 풀고 맞이한다[相顧]. 알고 보니 그 사람은 비록 시골 관청의 하급관리에 불과하지만 익히 들어 알고 있던 유명한 인사 이백에게 호의를 가진 지 오래였고,

---

11) 下筯하저 : 하저下箸. 젓가락을 댄다는 뜻으로, 음식을 먹음을 이르는 말.

352

여관에 머문다는 소식을 듣고 인사차(?) 찾아온 사람이었다. 그 사람의 투박하지만 솔직 담백하고 진심어린[情疏] 호의의 표시였다(6구). 손에 들고 온 물고기는 금방 잡은 듯 아직도 아가미를 벌름거리고 지느러미를 팔딱거려 받아 놓은 은쟁반에서 튕겨 나갈 듯 하다(7~8구).

경계심이 사라지자 금방 서로 의기상합하여 가져 온 술과 물고기를 안주 삼아 한 잔하 기로 하고, 이어 자리를 권하고 앉기를 청했으리라. 아이를 불러 물고기를 잡아 안주로 회膾를 뜨라고 시키는데, 회 뜨는 장면을 사실적으로 묘사한다. 서릿발 같은 예리한 칼을 휘둘러 회를 뜨는데, 꽃송이처럼 떨어지는 붉은 살점과 눈처럼 휘날리는 흰 살점 등 물고기의 싱싱함과 능수능란하게 회를 뜨는 장면 묘사는 이 시의 단연 압권이다.

호박색琥珀과 자줏빛 물고기[紫錦鱗], 꽃처럼 붉은 살점[紅花]과 눈처럼 흰 살점[白雪], 은빛 쟁반[銀盤] - 서릿발 같은 시퍼런 칼날[霜刀] - 금빛 안장[金鞍]으로 이어지는 시각적 색채적 대비, 벌름거림[呀呷]과 발딱거림[跋剌]으로 표현되는 생동감, 펼치다[張] - 날리 다[霏] - 휘두르다[揮]로 이어지는 동적인 묘사가 눈앞에 펼쳐지듯 사실적으로 전개된다. 이런 가운데 두 사람 사이의 긴장감 흘렀던 첫 대면[相傾]이 의기투합하여 지기를 만난 듯 흉허물 없는 사이가 되고[相顧], 술잔을 부딪치며 삶과 인생을 이야기하게 되었다는 관계와 심정의 변화도 치밀하게 제시된다. 그러는 가운데 밤이 깊어가는 줄 모르고 우의 를 나누었다.

이백 자신도 모처럼 객수를 잊고 허심탄회하게 배불리 먹고 술에 흠뻑 취했으리니. 신분의 상하는 물론이고 수상수하手上手下도 잊고, 타관객지의 여수旅愁도 잊었으리라. 마지막 단락(11~12구)은 그 사람에 대한 감사의 말을 대신한 것이다.

104. 곽장군[1]에게 드리다 贈郭將軍

將軍少年出武威 장군소년출무위하고   장군은 젊어서 무위[2]로 출정하고
入掌銀臺護紫微 입장은대호자미로다.   들어와서는 은대[3]를 관장하고 자미궁[4]을 호
                                    위하네.

平明拂劍朝天去 평명불검조천거요   새벽에는[5] 검을 차고 조정[6]으로 가고
薄暮垂鞭醉酒歸 박모수편취주귀라.   저물면 채찍을 드리우고 술 취해 돌아오면,
愛子臨風吹玉笛 애자임풍취옥적하고   사랑스런 아들은 바람 맞으며 옥피리 불고
美人向月舞羅衣 미인향월무라의라.   미인은 달을 보며 비단 옷에 춤추네.
疇昔雄豪如夢裏 주석웅호여몽리에   예전[7]의 호걸다운 모습은 꿈속 같으니
相逢且欲醉春暉 상봉차욕취춘휘로다.   그대 만나 잠시 봄볕에 취하고 싶네.

이백이 44세(天寶 3年, 744)에 한림원翰林院 한림공봉으로 있을 때, 은대銀臺(한림원의
별칭)를 관장하던 곽장군郭將軍이 예전에 전장을 누비며 출중한 무공을 세운 장군이라는

---

1) 郭將軍곽장군 : 곽장군郭將軍에 대해서는 알려진 것이 없다.
2) 武威무위 : 지금의 감숙성甘肅省 무위현武威縣 일대로 당 군대가 돌궐突厥, 토번吐蕃 등 소수민족과
    전쟁하던 곳이다.
3) 銀臺은대 : 은대문銀臺門. 궁문宮門의 이름. 당대唐代에 한림원翰林院 · 학사원學士院이 은대문의 부
    근에 있었던 데서, 뒤에 한림원의 별칭으로 쓰였다.
4) 紫微자미 : 자미궁紫微宮. 태미원太微院 · 천시원天市院과 함께 삼원三垣이라 불리며, 흔히 제왕의 자
    리를 비유한다.
5) 平明평명 : 새벽. 날이 밝을 무렵.
6) 天朝천조 : 조정朝廷의 존칭.
7) 疇昔주석 : 종전. 지난날.

것을 안다. 이백이 한림원을 사직하고 조정을 떠나려고 하던 참에, 은대를 관장하던 곽장군에게 이별을 고할 겸 써준 시로 추정되는 8구의 7언 율시다.

전문은 3단락으로 나뉘는데, 첫째 단락 수련(1~2구)에서는 곽장군이 과거에 무위武威의 전쟁터에서 세운 무훈과 현재의 임무, 곧 은대를 관장하고 천자를 호위하는 임무를 간략하게 소개한다.

둘째 단락 함련과 경련(3~6구)에서는, 좀 더 구체적으로 곽장군의 하루 일과를 소개한다. 동이 트면 칼을 차고 조정에 나가 천자를 호위하고(3구), 저녁이면 채찍을 들고 취한 채 말을 타고 집으로 향한다고 한다(4구). 집에 이르면 사랑하는 아들이 옥피리를 불고 미인이 비단 옷을 입고 춤을 추면서 맞이한다고 한다(5~6구).

마지막 셋째 단락 미련(7~8구)에서는, 그러한 생활을 하는 곽장군의 모습에서 전장을 누비며 병사를 호령하던 호걸 같은 모습은 꿈처럼 느껴진다고 한다. 지금은 영웅호걸다운 패기를 볼 수는 없어도, 봄볕이 화사한 날 술잔을 나누고 싶다고 한다.

105. 송성¹⁾주부²⁾를 겸직하는 집안 아우인 선보³⁾주부 이응을 보내려고 성 남쪽 월교에 이르렀다가 서하산으로 다시 돌아와 머물며 술을 마시고 이 시를 주다 送族弟單父主簿凝攝宋城主簿, 至郭南月橋, 却回棲霞山, 留飮贈之

吾家靑萍劍 오가청평검은   우리 집안의 청평검⁴⁾과 같은 아우는

操割有餘閑 조할유여한이라,   두 고을을 다스리면서도⁵⁾ 여유로워,

往來紏二邑 왕래규이읍이니   오고 가며 두 고을 현縣을 다스리니

此去何時還 차거하시환인가.   이번에 가면 언제나 돌아오려나?

鞍馬月橋南 안마월교남인데   월교 남쪽에서 말 위에 오르니

光輝岐路間 광휘기로간이니,   광채는 갈림길 사이에서 훤히 빛나고,

賢豪相追餞 현호상추전하여   어진 이와 호걸들이 따라와 전별하다가

却到棲霞山 각도서하산이라.   다시 서하산⁶⁾까지 이르렀네.

羣花散芳園 군화산방원인데   많은 꽃들이 향기로운 동산에 흩어져 있고

斗酒開離顏 두주개리안이니,   한 말 술로 이별의 슬픈 얼굴이 펴지니,

樂酣相顧起 낙감상고기이나   거나하게 취해⁷⁾ 서로 돌아보며 일어났지만

---

1) 宋城송성 : 지금의 하남성 상구현商丘縣 남쪽에 있는 지명.
2) 主簿주부 : 지방 현령의 보좌관으로 9품에 해당.
3) 單父선보 : 산동성山東省 선현單縣의 남쪽에 있는 지명.
4) 靑萍청평 : 보검寶劍의 이름. 병권이나 군권을 이르는 말.
5) 操割조할 : 칼을 잡고 벰. 벼슬길에 나아가 정사政事를 처리함을 비유. 조도제금操刀製錦.
6) 棲霞山서하산 : 산동성山東省 선현單縣 동쪽에 있는 산. 이백李白이 이곳에 노닐면서 시를 지었다.
7) 樂酣낙감 : 마음 터놓고 즐겁게 마심.

征馬無由攀 정마무유반이라.　　　　떠나가는 말을 붙잡을 수는 없네.

이백이 46세(天寶 5年, 746)에 집안의 아우인 선보주부單父主簿 이응李凝이 송성주부宋城主簿를 겸직하게 되었다. 임지인 송성으로 떠나가는 그를 보내려고 선보에 있는 월교와 서하산에서 술을 마시고 이별을 아쉬워하며 써준 12구 5언 고시체이다. '이응'에 대한 행적은 알려지지 않고 있다. 전문은 내용상 3단락으로 나뉜다.

첫째 단락(1~4구)에서는 아우 이응의 탁월한 정사政事를 극찬하여 '청평검'과 같은 인물이라고 하면서, 다른 고을(송성)을 다스리기 위해 떠남을 아쉬워한다. 둘째 단락(5~8구)에서는 월교月橋에서 헤어져야 하는데, 아쉬움 때문에 서하산棲霞山까지 여러 사람과 함께 따라갔다고 한다. 셋째 단락(9~12구)에서는 향기로운 꽃들이 피어있는 가운데 마신 이별주에 취해서 헤어지는 슬픈 얼굴이 다소간 펴지고, '이제는 정말 헤어져야 하는구나.'하면서, 아우가 탄 말을 차마 더 이상 붙잡을 수 없다고 하면서 끝맺는, 이별의 단상斷想을 자유로운 고시에 담고 있다.

106. 사구성 아래에서 두보에게 부치다 沙丘城下寄杜甫

我來竟何事 아래경하사하여　　내가 무슨 일로 여기에 와서
高臥沙丘城 고와사구성인가.　　사구성1)에 한가로이 누워2) 있는가?
城邊有古樹 성변유고수러니　　성 주변의 늙은 고목에는
日夕連秋聲 일석연추성이라.　　밤낮으로 가을소리3)가 이어지네.
魯酒不可醉 노주불가취요　　노나라 술은 싱거워 마셔도 취하지 않고4)
齊歌空復情 제가공부정이니,　　제나라 노래처럼 공연히 옛 생각만 나니,5)
思君若汶水 사군약문수하여　　그대 향한 그리움은 문수6) 같아
浩蕩寄南征 호탕기남정이라.　　남으로 흐르는 호탕한 물에 부치네.

　　이백이 46세(天寶 5年, 746) 가을에, 1년 전에 노군魯郡의 석문石門에서 앞의 〈노군동석문송두이보魯郡東石門送杜二甫〉를 짓고 두보와 이별한 후, 두보는 장안으로 가고 이백은

---

1) 沙丘城사구성 : 산동성山東省 연주兗州 서쪽 문수汶水부근에 있는데, 은殷 주왕紂王 때 세워졌다.
2) 高臥고와 : 편안하게 누워 있음. 또는 방만하게 누워 있음.
3) 秋聲추성 : 가을철에 나는 소리. 바람 소리·낙엽 지는 소리·벌레 우는 소리 따위를 이른다.
4) 魯酒不可醉노주불가취 : 노魯 땅의 술은 싱겁고 맛없어 마셔도 취하지 않음. 뒤에 싱겁고 맛없는 술을 이르는 말로 썼다. '노주박 한단위魯酒薄邯鄲圍'고사에 연유한 의한 표현. 노魯 땅은 주대周代 제후국의 이름으로 산동성山東省 연주兗州 지역으로 사구성沙丘城이 있는 곳.
5) 齊歌空復情제가공부정 : 제齊나라 선비가 세상에 스스로 쓰이기를 구하며 쇠뿔을 두드리며 부르는 노래. 춘추시대 제齊나라 영척甯戚이 환공桓公에게 등용되기 위하여 소뿔을 두드리며 부른 노래. 뒤에 우하가牛下歌와 함께 궁핍한 선비가 스스로 세상에 쓰이기를 구하는 노래의 전고로 썼다. 본문에서는 불과 몇 년 전 이백 자신이 천자天子에게 쓰이기를 원하면서 벼슬을 구하려 했던 것을 의미한다.
6) 汶水문수 : 산동성山東省 임구현臨朐縣에서 발원하여 유하濰河로 흘러드는 강.

산동성山東省 문수汶水부근의 사구성沙丘城으로 돌아와서, 두보를 그리워하며 지은 시로 전문 8구의 5언 율시이다. 내용 전개는 율시의 구성에 따라 4단락으로 나뉜다.

첫째 단락 수련(1~2구)에서는 이백 자신의 근황을 쓰고 있다. 사구성에서 와서 모처럼 한가롭게 지내고 있다고 한다. 이보다 두 해 전(44세)에 2년 남짓 자신이 원해 봉직했던 한림공봉 사직을 윤허 받고[賜金還山] 다시 천하를 주유周遊한 지 2년 남짓 되는 해다. 그 사이에 가장 큰 즐거움은 두보杜甫를 만나 잠시나마 함께 명승지를 유람하고 술도 마신 일이다. 그러나 이제 두보도 떠나고 자신은 사구성에서 한가롭게 마무르고 있다고 한다.

둘째 단락 함련(3~4구)에서는 한가롭게 지내는 모양을 구체적으로 제시하고 있다. (사구)성 주변 노송 밑을 유유자적하며 바람소리, 풀벌레 소리, 낙엽 지는 소리[秋聲]도 들으며, 어디론가 떠나야 한다는 부담감(?)도 없으니, 올겨울 추위가 가고 내년에 따뜻한 봄이 오면 다시 길을 떠나볼 참이다.

셋째 단락 경련(5~6구)에서는, 그런데 술맛이 없고 마셔도 취하지 않는다고 한다. 그리고 노래는 들어도 쓸 데 없이 옛 생각[情]만 나게 한다고 한다. 술과 노래를 좋아하는 이백에게는 드문 일이다. 이유는 무엇인가? 지금 머무르고 있는 사구성 노군魯郡은 옛날 옛적 주대周代에는 노魯나라 땅이었고, 전국시대에는 제齊나라 땅이었고, 동시에 노魯나라 땅이었으니 노주魯酒(맛없는 술의 통칭)고사에 얽힌 '노주박 한단위魯酒薄邯鄲圍'고사와 '제가齊歌' 곧 '우각가牛角歌'고사가 생각난 것이다.

술꾼에게 술은 맛이 좋거나 나쁘거나를 따지지 않으니 주종불사酒種不辭요, 맑은 술 흐린 술 가리지 않으니 청탁불사淸濁不辭요, 진하고 싱거움을 따지지 않으니 후박불사厚薄不辭요, 안주의 맛있고 맛없음을 따지지 않으니 안주불사按酒不辭요, 술이 있는 곳이면 멀고 가까움을 묻지 않으니 원근불사遠近不辭로, 5불사不辭를 지키는 법인데, 언제부터 이백이 미주가美酒家였으리.

그리고 이곳이 또 제齊 땅이었음을 감안하니, '제가齊歌' 곧 옛적 영척甯戚이 벼슬을 얻기 위해 쇠뿔 피리를 불어 제 환공齊桓公에게 벼슬을 얻었다[牛角歌]는 고사가 생각났다. 이백 자신도 이십여 년 전 고향을 떠나 천하를 유람하면서도 끊임없이 세상에 써지기를 원하다가 하지장賀知章의 천거로 한림공봉을 지내다가 사직한 터이다. 2년 남짓 동안 벼슬살이에 환멸을 느끼던 참이니, 제나라의 노래[齊歌, 牛角歌]를 들으면 자신이 벼슬을 탐냈던 쓸데없는 옛날이 다시 생각난다[空復情]고 한다.

곧 셋째 단락 경련의 주 내용을 두보와 관련하여 감상하자면, 두보가 없으니 술맛도 없고(5구) 벼슬살이 하느라 두보를 늦게 만났음을 한탄(?)하고 있음이라(6구). 아무리 술을 좋아 하드라도 아무나 하고 마시지는 않으니, 지기지우를 만나서 마셔야 박주산채일망정 술맛이 나고, 흉금을 털어놓을 수 있어야 마음 놓고 취할 수 있음이라.

넷째 단락 미련(7~8구)에서는 주지가 드러나고 있는데, 그대(두보)를 향한 그리운 마음[思君]이 문수汶水와 같아(7구), 두보가 있는 곳으로 호탕하게 흐르는 문수의 물결에 그리워하는 마음을 부쳐 보내고 싶다고 한다. 호탕하고 질펀하게 흐르는 것은 문수가 아니라, 두보를 그리워하는 마음의 방향과 속도다. 그래서 맹자孟子는 여울물[瀾]을 보면 수원水源(물이 흘러나오는 근원)을 생각하라 했으니,7) 술맛을 잃었고 노래를 들어도 감흥이 일지 않은 자신을 되돌아봄에 두보에 대한 그리움 때문이라는 것을 표현한 것이다. 시가에서 그리움을 부치는 방법으로 등장하는 것에는 구름과 물과 새가 주요 소재로 쓰인다. 공간이동空間移動의 자유를 지닌 이미지 때문이다. 고전 소설에서 연모戀慕하는 마음을 나뭇잎에 써서 냇물에 띄워 보내 구중궁궐에서도 외부연인과 연락하는 것처럼, 호탕하게 흐르는 물에 두보를 그리워하는 마음을 띄워 보낸다고 한다.

---

7) 《맹자孟子·진심장구상盡心章句上》에 「물을 구경하는 데에는 방법이 있다觀水有術, 必觀其瀾」라고 하였고, 주)에 「물의 여울목을 보면 그 수원水源에 근본이 있음을 알 수 있다.觀水之瀾, 則知其源之有本矣」라 했다.

107. 최 시어[1]의 시에 수답酬答[2]하다 酬崔侍御

嚴陵不從萬乘遊 엄릉부종만승유하고　　엄릉[3]은 만승[4]의 천자를 따르지 않고
歸臥空山釣碧流 귀와공산조벽류라.　　빈산에 돌아가 눕고 푸른 물에서 낚시했다네.
自是客星辭帝座 자시객성사제좌요　　이것은 객성[5]이 천자의 궁궐을 떠난 것이지
元非太白醉揚州 원비태백취양주로다.　　원래부터 태백성[6]이 양주[7]에서 취한 것은 아니라네.

　　이백이 47세(天寶 6年, 747) 전후에 지어 최 시어에게 보낸 수답시로, 이 시를 보내기 전에 먼저 최 시어가 이백에게 〈증이십이贈李十二〉를 지어 보낸다(李十二는 李白의 별명).

---

1) 崔侍御최시어 : 시어侍御 최성보崔成甫(712~758). 비서성秘書省 교서랑校書郎 등을 지냈으며 이백과는 절친한 친구 사이다. 천보 3년경 감찰어사監察御使가 되었으나 구밀복검口蜜腹劍으로 유명한 이임보李林甫의 모함으로 당시 유명한 위견韋堅 사건에 연루되어 상음湘陰지방으로 폄적 당하였다. 그 후 최성보는 소상瀟湘에서 금릉金陵으로 와서 이백과 만나 시를 주고받았다.

2) 酬수 : 수답酬答. 묻는 말에 대답함.

3) 嚴陵엄릉 : 후한後漢의 엄광嚴光으로, 《후한서後漢書‧일민전逸民傳》에 의하면 「엄광은 일명 준遵으로 자가 자릉이며, 회계會稽 여요인余姚人이다. 젊어서부터 뜻이 고상하였으며, 광무제光武帝와 함께 수학하였지만 그가 황제로 즉위하자 성명을 바꾸고 은거하였다. 광무제는 그의 어짊을 사모하여 조정으로 초청하여 후에 간의대부諫議大夫를 제수 하였지만, 응하지 않고 부춘산에 은거하였다. 후인들은 그가 낚시하던 곳을 엄릉탄嚴陵灘이라 명명하였다.」라고 하였다.

4) 萬乘만승 : 1만 량輛의 병거兵車. 네 필의 말이 끄는 수레가 1승乘으로, 곧 천자天子를 이름.

5) 客星객성 : 일시적으로 나타나는 별의 통칭. 후한後漢의 은사 엄광嚴光을 이르는 말. 뒤에 은사隱士가 군왕君王으로부터 지우知友의 예로 대접받는 전고典故로 시문에서 자주 사용된다.

6) 太白태백 : 태백주성太白酒星. 당대唐代애 늘 성도成都의 술집에 내려와 손사막孫思邈과 대화를 즐기며 술을 마셨다는 신선.

7) 揚州양주 : 금릉金陵으로, 지금의 강소성江蘇省 남경시南京市.

그 시는 다음과 같다.

나(최시어)는 소상강으로 쫓겨난 신하이고,	我是瀟湘放逐臣
그대(이백)는 현명한 임금을 떠나 한수와 장강 가에서 노닐었네.	君辭明主漢江濱
하늘 밖 먼 곳에서 항시 늙은 태백을 찾아다녔는데,	天外常求太白老
마침 금릉에서 술에 취한 신선을 만나 뵈는구나.	金陵捉得酒仙人

최 시어사는 이백과 함께 벼슬을 지냈는데, 이백은 먼저 사금환산賜金還山한 후 강동으로 유람하고 있었고, 최성보崔成甫도 얼마 후 방축 당해 양주에서 이백을 만난 기쁨을 쓴 시다.

그러자 이백도 이 시에 대해 수답을 시로 쓴 것인데 4구 7언 절구이다. 전문을 온전하게 감상하기 위해서는 인용한 전고典故와 중의적 표현에 대한 이해가 필요하다. 전편에 걸쳐 후한後漢 엄광嚴光의 고사가 주를 이루고 있는데, 먼저 전반부 기와 승(1~2구)에서는 《후한서後漢書·일민전逸民傳》의 엄광 고사를, 후반부 전과 결(3~4구)에서는 《후한서後漢書·엄광전嚴光傳》의 고사를 차용하여 전반부(기와 승)의 내용을 '이것은 ~이 아니라네.'의 어법으로 해석하면서 엄광과 이백 자신의 상황을 중의적으로 나타낸다.

먼저 엄광은 천자인 후한後漢의 광무제光武帝(재위 A.D 25~56)와 동문수학한 죽마고우였지만, 광무제가 즉위하자 이름까지 바꾸고 부름을 세 번이나 거절하고 부춘산에 은거한 고사를 쓰고 있다. 이것은 앞서 최 시어사가 이백에게 쓴 시에서 최 시어 자신은 '쫓겨난[放逐] 신하'이고 이백은 벼슬을 '사직한 신하[辭明主]'라고 각각의 처지를 구별하려 한 의도를 그러나저러나 피차일반이라고 희석시키려는 의도로 보인다. 곧 두 사람 모두 벼슬을 떠나 자연에 은거하려는 마음이 있었다는 것을 강조하고자 한 것이다.

후반부 승과 결(3~4구)에서는 엄광 고사의 본의本意에 대해 재차 해설하는 어법이다. 궁궐에서 벼슬하면서 누렸던 부귀영화라는 것도 북두칠성[帝座] 주위를 맴돌다가 저 밤하늘에 잠깐 번쩍이며 섬광을 흘리면서 사라지는 객성客星(嚴光)같은 것이어서 영원한 것은 없다는 뜻을 내포하고 있다. 곧 천자로부터 예우를 받다가 쫓겨난 최 시어사나,

뭇 신하들로부터 주벽酒癖 때문에 비난을 받아 스스로 물러난 이백이나 마찬가지라는 것이다. 왜냐하면 처음부터 이백 자신도 최 시어사가 '주선酒仙'이라 칭하고 있지만(최성보의 시 4구), 이백이 천하 첫 유람(25세)할 때 태백성太白星(太白酒星)처럼 첫 유람지인 양주揚州(金陵)에서부터 취한 것은 아니라고 한다.

곧 결(4구)의 태백太白은 이백 자신[李太白]이기도 하고, 태백주성太白酒星(술을 좋아하는 신선)이기도 하고, 엄광과 같은 객성客星 부류라고 이중삼중으로 중의重義가 얽히고설켜 숨겨진 시의詩意가 참으로 깊고 중후하고 현란하다. 그러면서 본래부터 '늘 술에 취하지는 않았다.'고 한다. 이것은 엄광도, 손사막孫思邈과 술을 마셨다는 태백(주)성도, 이백 자신도, 최 시어사도 마찬가지 아니겠느냐는 라는 뜻이다.

시상詩想 전개를 정리하려면, 수답酬答 목적으로 쓴 시 첫머리(1구) 엄릉嚴陵(嚴光) 고사 인용의 참뜻을 밝혀내야 한다. 공산벽류空山碧流에서 은둔을 고집하는 엄광(2구)과 절대권세의 상징인 만승萬乘(天子)이 대비된다. 엄광은 곧 객성客星이기를 거부하나, 뭇 별[星]들은 북두성北斗星(天子) 주위를 맴돌기를 원하니, 부귀영화가 밤하늘의 섬광인 것을 모르는 것이다.

객성李白이 북두성(궁궐)을 떠난 것이지(3구) 처음부터 주태백酒太白은 아니었다고 한다. 엄릉(객성) ↔ 천자(북두성), 객성(李白) = 태백성으로 정리되는 중의적 표현과 동음同音를 활용한 시상의 비약이 놀랍다. 또한 양주揚州(金陵)는 현재 이백이 있는 곳이자 최 시어사와 상봉한 곳이고, 첫 유람지인 성도成都는 태백성과 손사막孫思邈의 전설이 전하는 곳이다.

108. 오왕[1]에게 올리다(3수) 寄上吳王(3首)

〈其2〉

坐嘯廬江靜 좌소여강정이니   앉아서 읊조리기만[2] 해도 여강군[3]은 태평하니
閑聞進玉觴 한문진옥상이라.   한가로이 옥잔에 술 올리는 소리를 들으시군요.
去時無一物 거시무일물이오   떠나실 때에는 아무런 가져가는 물건도 없이
東壁掛胡牀 동벽괘호상이라.   동쪽 벽에 호상[4]만 걸려 있겠지요.

　이백이 48세(天寶 7年, 748)에 여강군 태수廬江郡太守를 지내고 있는 오왕吳王에게 올린 시이다. 궁궐에서 한림공봉을 지내다가 사금환산賜金還山으로 사직한 후(44세), 3년여 강호를 유람하고 여강에 이르러 오왕에게 간알干謁(만나뵙기를 청함)하기 위해 지은 3수의 연시이다. 전문은 4구 5언 절구이며, 내용상 2단락으로 나뉜다.

　전반부 기와 승(1~2구)에서는, 오왕이 선치善治의 최고인 무위이치無爲而治하는 모습

---

1) 吳王오왕: 당唐 황실皇室의 종친인 이지李祗로, 고구려를 원정하였다가 패하고 돌아간 당 태종唐太宗의 세 번째 아들 이각李恪의 손자이며, 장액군왕張掖郡王 이곤李琨의 아들로서 오왕에 봉해졌다.
2) 坐嘯좌소: 한가하게 앉아 시가詩歌를 읊음. 관청의 일이 한가롭거나 일을 돌보지 않음을 이름. 후한後漢 때 성진成瑨이 남양태수南陽太守로 부임하자, 잠질岑晊을 공조功曹로 삼아 대소사를 처리케 하였다. 그러자 민간에서는 「남양태수는 잠공효이고, 홍농사람 성진은 단지 앉아서 시만 읊조렸네.」라고 노래 불렀다. 오왕의 정사가 어진 인재를 등용하여 덕으로 백성을 교화하여 잘 다스려진 무위이치無爲而治를 나타낸 것이다.
3) 廬江여강: 여강군廬江郡. 안휘성安徽省에 둔 군郡.
4) 胡牀호상: 접의자의 일종. 일명 교상交牀. 지금의 교의交椅(등받이와 팔걸이가 있고 다리를 접을 수 있는 옛날 의자)와 같은 것으로, 본래 북적北狄에서 전래되었으므로 호상이라 부른다. 《위략魏略》에, 배잠裴潜이 연주자사兗州刺史로 재직할 때 호상 하나를 만들었다가 이임離任시에 기둥에 걸어 놓았다는 고사.

을 찬양하며(1구), 그 구체적 묘사로 하는 것 없이 한가로운 가운데 옥잔에 술 따라 올리는 소리만 듣고 있다고 한다(2구). 무릇 인재를 모으는 데에는 악발토포握髮吐哺[5]하며 곳간을 열어 재물로 인심을 얻고 몸을 낮추어야 함이니, 이를 지켜 오왕이 어진 사람을 잘 등용하여 선정을 베풀고 있다는 것을 칭송한다.

후반부 전과 결(3~4구)에서는, 오왕의 목민관으로서의 최고 미덕인 청렴결백을 찬양하고 있다. 악덕 관장들은 재임 중에는 굶주린 백성들을 상대로 가렴주구苛斂誅求하다가 이임離任할 때는 으레 송덕비를 세우게 하여 백성들의 허리가 휘어지고 꺾여져도 나 몰라라 하는 것이 다반사였다. 그런데 오왕만은 그러지 않으리라는 것을 미리 기정사실로 하여 칭송하고 있다. 그 이임시의 구체적 모습으로, 정사를 다스리며 즐겨 앉아 계시던 소박한 의자[胡牀] 하나만이 벽에 덩그렇게 걸려 있으리라 한다. 이렇듯 목민관의 두 가지 절대적 조건인 인재 등용과 청렴결백은 오늘날과 미래에도 변치 않을 명제이기에, 이 시를 읽으면서 다시 새겨야 하리.

---

5) 握髮吐哺악발토포: 지체 낮은 어진 선비를 예우하며 정성을 다해 인재를 구함. 찾아온 어진 이를 맞이하기 위하여 감던 머리를 움켜쥐거나[握髮] 먹던 음식을 뱉고[吐哺] 나갔다는 주공周公의 고사.

109. 장난삼아 율양 현령 정안[1]에게 지어 주다 戱贈鄭溧陽

陶令日日醉 도령일일취하여 　도연명[2]은 날마다 술에 취해

不知五柳春 부지오류춘이라. 　다섯 그루 버드나무[3]에 봄이 온 줄도 몰랐다네.

素琴本無絃 소금본무현이오 　수수한 거문고엔 본래 줄이 없었고

漉酒用葛巾 녹주용갈건이라. 　술 거를[4] 적에는 갈건[5]을 썼다네.

淸風北窓下 청풍북창하에 　맑은 바람 부는 북쪽 창문 아래서

自謂羲皇人 자위희황인이로다. 　스스로 복희시대 사람[6]이라고 말했다네.

何時到栗里 하시도율리하여 　어느 때에 내가 율리로 가서

一見平生親 일견평생친이라. 　평생의 친한 벗으로 한번 만나보리라.[7]

---

1) 鄭溧陽정율양: 율양溧陽 현령縣令 정안鄭晏. 율양은 진대秦代에 둔 현縣으로 강소성江蘇省에 있다.

2) 陶令도령: 진晉의 시인 도연명陶淵明(365~427). 일명 잠陶潛. 도연명이 팽택彭澤 현령縣令을 지냈으므로 붙여진 명칭. 팽택령彭澤令이 된 지 80여 일 만에 유명한 〈귀거래사歸去來辭〉를 짓고 귀향하였다.

3) 五柳오류: 다섯 그루의 버드나무. 도연명이 버드나무를 사랑하여 집 앞에 다섯 그루를 심고, 인하야 자호自號를 오류선생五柳先生이라 하고, 스스로 〈오류선생전五柳先生傳〉을 지었다.

4) 漉酒녹주: 술을 거름.

5) 葛巾갈건: 갈포葛布로 만든 두건.

6) 羲皇人희황인: 희황상인羲皇上人. 복희씨伏羲氏 시대의 사람. 그 당시의 백성이 모든 세속적 욕망을 버리고 유유자적하게 살았을 것이라고 여긴 데서, 은사隱士의 자칭으로 썼다.

7) 이 시를 계기로 이백과 정안은 친교를 맺게 되고, 후에 정안은 율양 지역에 전하는 전설적 여인, 곧 춘추시대에 초楚나라의 오자서伍子胥를 살려준 정의녀貞義女에 관한 전설적 내용을 비문碑文으로 지어달라고 부탁하고, 이백은 〈율양뇌수정의녀비명溧陽瀨水貞義女碑銘〉을 짓게 된다. 대략 정의녀에 대한 내용 경개는, 「그(정안)가 현령으로 재직하던 시절에 이곳 율양 땅에 정의로운 공적에 비해 기념비도 없이 쓸쓸하게 묻혀있는 춘추시대 여인, 곧 초나라의 역적으로 몰려 쫓기는 오자서伍子胥에게 밥을 먹여 숨겨주고 자신은 추적대에게 함구하기 위해 이곳 뇌수강물에 투신하여 죽는다.」이다.

이백이 54세(天寶 13年, 754)에 강동지방을 유람할 때 지은 8구 5언 율시다. 이 시를 짓기 전부터 이백은 율양溧陽 현령으로 있던 정안鄭晏에 대해 인품이나 덕성과 풍류, 목민관으로서의 치세治世 등 이모저모를 들어서 알고 있었을 것이다. 그리고 그가 도연명과 매우 닮았다는 것에 착안하고, 평생의 벗으로 사귈만한 사람이라는 것을 알고 이 시를 지어 보내서 먼저 친교를 맺자고 했을 것으로 사료된다.

전문은 율시의 시상 전개에 따라 4단락으로 나눌 수 있지만, 수‒함‒경련(1~6구)의 내용이 표면상 도연명陶淵明의 일화와 전고로 되어 있으므로 전반부 한 단락으로 묶고, 마지막 미련(7~8구)에서 이백의 시작詩作 의도가 밝혀지므로 후반부 1단락으로 하여, 전체 2단락으로 나누어 감상한다. 또한 도연명과 현령 정안의 이미지를 오버랩 시킬 수 있는 유사 항목 두 가지는, 첫째 도연명과 정안이 똑같이 지방 관장인 현령縣令(팽택현령과 율양현령)을 지냈다는 점이다. 다른 하나는 왕홍王弘이라는 사람이 도연명과 사귀고 싶어 친구를 시켜 도연명이 여산廬山으로 가는 길목인 율리栗里에 술상을 차리게 하고 참석해서 도연명과 사귀게 되었다는 고사를 들어, 율리栗里와 율양溧陽의 음이 동음同音이란 점에 착안했을 것으로 사료된다. 이백이 전국을 유람하면서 발길 닿는 곳에서의 시적 발상詩的發想은 그 지역과 관계된 역사 일화나 구전口傳 설화에 기초한 작품이 다수 보이는 것과 무관하지 않다.

전반부 수련(1~2구)에서는 술을 좋아하는 도연명의 모습을 그리고 있다. 도연명은 술만큼이나 버드나무[柳]를 사랑하여 집 앞에 다섯 그루의 버드나무를 심어두고 자호를 '오류선생五柳先生'이라 한다. 그리고 자전적自傳的 글 〈오류선생전五柳先生傳〉을 짓는데, 이 글에서도 자신의 술 마시는 모습을 묘사하기도 한다.[8] 좋아하는 버드나무가 긴 겨울 동안 잎이 없다가도 봄이 오면 날마다 고개를 들어 바라보며 새 잎이 돋기를 기다렸을 것인데, 술 때문에 그것마저도 잊었다고 한다.

---

8) 〈오류선생전〉에서 자신의 술 마시는 것에 대해서 쓰기를, 「 … 성품이 술을 좋아하였으나 집이 가난하여 항상 얻지는 못하였다. 친구들이 이와 같은 실정을 알고 혹 술자리를 마련하여 초청하면, 나아가 마시되 그 때마다 번번이 다 마셔서 반드시 취하는 데 기약하였고, 이미 취하고 나면 물러나와 일찍이 머무는데 미련을 두지 않았다. … 」

함련(3~4구)에서는 도연명의 성품과 가난에 대해서 쓰고 있다. 이백이 쓴 〈조왕역양불궁음주嘲王歷陽不肯飲酒〉시에서 도연명은 '줄 없는 소박한 거문고無弦素琴'와 '갈건으로 술을 걸렀다葛巾漉酒' 전고를 인용하고 있다. 음악을 좋아하기는 하나, 굳이 거문고를 잘 탈 필요는 없고, 노래가 부르고 싶을 때에는 줄 없는 거문고를 만지작거리다가 흥이 다하면 그만 두면 된다. 가난 때문인지 술이 급해서인지 채보다는 머리에 쓰고 있는 갈건으로 술을 거른다. 조선 초기 가사문학의 효시로 평가받는 정극인丁克仁(1401~1481)의 〈상춘곡賞春曲〉에서「… 갓 괴여 닉은 술을 갈건葛巾으로 밧타 노코 곳나모 가지 것거 수노코 먹으리라. … 」와 풍류가 같다 하겠다.

경련(5~6구)에서는 도연명이 쓴 〈아들 엄 등에게 주는 편지與子儼等疏〉란 글에서「언제나 말하기를, 오뉴월에는 북쪽 창문 아래 누워서 시원한 바람이 불 때마다 스스로를 희황 시대의 사람이라고 불렀다.常言, 五六月中, 北窗下臥, 遇涼風暫至, 自謂是羲皇上人」라는 편지글을 인용하여 안빈낙도 유유자적하는 모습을 쓰고 있다. 집은 비록 가난하지만 북창삼우北窓三友(琴·詩·酒)가 다 갖추어진 셈이다.

후반부 미련(7~8구)에서는 시상의 극적 반전이 이루어지고 있다. 앞서 말한 도연명 고사와 일화는 결국 친교를 맺고 싶은 정안의 모습임이 분명하니, 그런 사람이라면 친교를 맺고 평생지기로 사귀어보자고 한다. 이백이 천하를 유람하면서 수 많은 사람들을 만나고 친교를 맺었을 것이나, 지위와 나이와 빈부귀천을 떠나서 인품과 덕성을 보고 풍류를 즐길 줄 아는 사람이면 된다. 특히 술을 대작할 수 있는 사람이라면 누가 먼저랄 것 없이 손을 내밀고 받아드리는 이백의 인간적 면모를 보여주는 시이자, 현대를 살아가는 우리들에게도 시사하는 바가 적지 않은 작품이라고 하겠다.

110. 봄날 홀로 앉아 율양 현령 정안에게 부치다 春日獨坐寄鄭明府

燕麥靑靑遊子悲 연맥청청유자비러니
河堤弱柳鬱金枝 하제약류울금지로다.
長條一拂春風去 장조일불춘풍거하니
盡日飄揚無定時 진일표양무정시니라.
我在河南別離久 아재하남별리구러니
那堪坐此對窗牖 나감좌차대창유인가.
情人道來竟不來 정인도래경불래하니
何人共醉新豐酒 하인공취신풍주리오.

귀리¹⁾가 파릇파릇하니 나그네는 슬퍼지고
강둑의 여린 버들은 울금²⁾ 빛을 띠고 있네.
긴 가지에 봄바람이 한번 스쳐 지나가니
종일토록 하늘거리며³⁾ 멈출 때가 없네.
내가 하남에 있어 헤어진 지 오래되었으니
어찌 창문⁴⁾만 마주하고 앉아 있어야 하나?
정든 벗은 온다더니 끝내 오지 않으니
누구와 함께 신풍주⁵⁾로 취해 볼까?

이백이 54세(天寶 13年, 754)에 지은 것으로 추정되며, 율양溧陽 현령 정안鄭晏에게 부친 8구 7언 율시다. 봄날에 한양 현령 정안을 그리워하며 만나서 술 마시기를 고대하는 마음이다. 전문은 선경후정으로 시상을 전개하여 2단락으로 나뉜다.

전반부(1~4구)의 수련(1~2구)과 함련(3~4구)에서는 봄날의 정경을 묘사한다. 봄날의 우수는 가을의 비애보다 더 견디기 어려운 것은 만물의 생명이 약동하는 계절적 배경과 모순되고 역설적이기 때문일 것이다. 먼저 화창한 봄날에 느끼는 정서를 감성어 '슬픔

---

1) 燕麥연맥 : 귀리.
2) 鬱金울금 : 생강과의 여러해살이풀. 뿌리줄기가 노랗고 굵으며 향기가 나고 약재 또는 노란 물감을 만든다.
3) 飄揚표양 : 바람에 나부끼거나 흩날림.
4) 窗牖창유 : 창문.
5) 新豐酒신풍주 : 신풍新豊 지방에서 나는 맛 좋은 술 이름. 신풍은 강소성江蘇省 단양시丹陽市에 있다.

[悲]'으로 일별하는데, 파릇파릇한 귀리의 새싹과 샛노랗게 물이 오른 버들가지를 배경으로 설정했다(1~2구). 이어 봄날의 상징인 봄바람[春風]을 등장시켜, 봄바람에 종일토록 하늘거리는 버들가지 모습을 그려내고 있다.

후반부(5~8구) 경련(5~6구)과 미련(7~8구)에서는 봄날의 정서가 왜 울적하는가에 대해 설명하고 있는데, 다름 아닌 온다던 벗이 오지 않기 때문이다. 이백은 하남河南에 있고 친구 정안은 한양漢陽에 있다. 오겠다면 올만한 거리인데, 헤어진 지가 오래된 만큼 기다림과 해후邂逅에 대한 기대도 그만큼 깊었으리라. 그래서 눈길이 자꾸만 창문 밖을 보고 있다(6구). 행여 온다던 벗인가 하면 바람에 나부껴 어른거리는 버드나무 그림자였을 것이다. 그래서 조선의 무명작가 사설시조에서도 「창밖이 어른어른 하거늘 님만 너겨 펄쩍 뛰여 뚝 나서보니, / 님은 아니 오고 으스름 달빛이 녈 구름 날 속였구나.」와 같은 정서다. 끝내 오지 않은 벗을 기다려 무엇하리. 눈길은 창밖과 술병[新豊酒] 사이를 오락가락 하다가, '에라 모르겠다! 아무하고나 한 잔 마시면 되지'하면서도 벗에 대한 끌림은 어찌할 수 없는 것이었으리라.

111. 최 추포 현령에게 주다(3수) 贈崔秋浦(3首)

〈其1〉

吾愛崔秋浦 오애최추포는	내가 좋아하는 최 추포[1] 현령은
宛然陶令風 완연도령풍이로다.	완연히 도연명[2]과 같은 풍모로구나.
門前五楊柳 문전오양류요	문 앞에는 버드나무 다섯 그루가 서있고
井上二梧桐 정상이오동이라.	우물가에는 오동나무 두 그루가 자라고 있네.
山鳥下聽事 산조하청사하고	산새들은 관청으로 날아 내려오고
簷花落酒中 첨화락주중이라.	처마에 핀 꽃이 술잔 속으로 떨어지네.
懷君未忍去 회군미인거러니	그대 생각에 차마 떠날 수 없어
惆悵意無窮 추창의무궁이로다.	서글픈 마음이 끝없네.

이백이 54세(天寶 13年, 754)에 추포秋浦에서 노닐면서 최 추포 현령에게 써준 시로, 전체 3수 중 음주시는 첫 번째와 두 번째이다. 성이 최씨인 추포 현령은 최흠崔欽이라는 설도 있지만, 정확히 누구인지 밝혀지지 않았다. 전문은 8구의 5언 율시이고, 내용상 전반부와 후반부 2단락으로 나뉜다.

전반부 수련(1~2구)에서는 최 추포 현령의 인품과 덕성이 도연명을 닮았고, 그래서 좋아한다고 밝히고 있다. 도연명은 벼슬에 연연하지 않았다는 일화[3]를 통해 그의 성품

---

1) 秋浦추포: 추포현秋浦縣은 수隋나라 개황開皇(文帝) 19년(589)에 처음 설치되었는데, 선주宣州에 속하며 지금의 안휘성 지주시池州市이다.
2) 陶令도령: 진晉의 시인 도연명陶淵明(365~427). 일명 잠陶潛. 도연명이 팽택彭澤 현령縣令을 지냈으므로 붙여진 명칭.
3) 도연명이 팽택 현령 재임시에 군독우郡督郵가 순시하자, 응당 속대束帶(예복을 입음)하라고 하자,

이 청고순진淸高純眞하고 중국 최고의 전원시인田園詩人이자 몸소 농사를 지어 자급하며 가난 속에서도 시와 술을 즐겼던 시인이었다. 그런 도연명의 모습을 최 추포가 닮았다고 하면서 칭송하고, 이어 함련(3~4구)에서도 다시 도연명을 닮은 모습으로 최 추포 관청 문전의 다섯 그루 버드나무[五柳]와 두 그루 오동나무[二梧桐]를 드는 것은, 청렴의 상징이기 때문이다.4)

후반부 경련(5~6구)에서는 최 추포가 정사를 잘 보살펴 관청의 한가로운 모습으로, 관가에 날아든 산새, 처마에 핀 꽃이 술잔 속에 떨어진다고 한다. 관청이 한가로운 관장 최 현령의 인품과 덕성을 백성들이 흠모하기 때문이라고 한다. 그런 최 추포 현령 곁에서 떠나야 하는 아쉬운 마음을 쓰고 있다.

〈其2〉

崔令學陶令 최령학도령하여   최 현령은 도 연명의 정절을 배워

北窓常晝眠 북창상주면이라.   항상 북창에서 낮잠을 자는구나.

抱琴時弄月 포금시농월하고   거문고를 안고 때때로 달을 희롱하며

取意任無弦 취의임무현이라.   흥이 나면 줄 없는 거문고에 맡기네.5)

見客但傾酒 견객단경주하고   손님이 오면 단지 술잔을 기울일 뿐이고

爲官不愛錢 위관불애전이라.   관직에 있으면서 돈을 좋아하지 않네.

"내가 어찌 다섯 말의 쌀 때문에 허리를 굽히고 향리의 어린아이(독우)에게 허리를 굽히리오?"하면서 재임 80여일 만에 벼슬을 버리고 고향으로 돌아갔다는 일화.

4) 2구의 '다섯그루 버드나무五楊柳'는 도연명의 집 앞에 다섯그루의 오동나무가 있었기 때문에 스스로 '오류선생'이라 부른 것에서 기인하며, 3구의 '이오동二梧桐'은 관리가 청렴함을 비유한 것으로, 북제北齊 원행공元行恭이 읊은 "다만 방치된 우물 하나만 남아 있는데, 아직도 두 오동나무 사이에 있네 惟餘一廢井, 尚夾二梧桐"란 시구에서 연유하였다.

5) 《송서宋書·은일전隱逸傳》에,「도잠은 음률을 이해하지 못하였지만 소박한 거문고 하나를 가지고 있는데 줄이 없었다. 술이 적당 취하면 언제나 어루만지며 그 의취를 나타냈다.潛性不解音聲, 而畜素琴一張, 無弦, 每有酒適, 輒撫弄以寄其意」라고 쓰여 있다.

東皐多種黍 동고다종서러니　　　동쪽 밭에 기장을 많이 심어야 하니

勸爾早耕田 권이조경전이라.　　　그대에게 일찍 밭 갈 것을 권하네.

　두 번째 시에서도 도연명을 닮은 최 현령의 모습을 묘사하면서, 앞으로도 도연명처럼 살아갈 것을 권유하고 있다. 이백은 특히 인품과 덕성과 치적治積이 빼어난 지방 현령들을 칭송함에는 빈번히 도연명 예화를 들고 있는데, 이전의 시 율양 현령溧陽縣令 정안鄭晏을 칭송한 〈희증정율양戲贈鄭溧陽〉에서도 마찬가지였다. 이백의 인격적 모델이 도연명이기 때문으로 여겨지는데, 구체적인 모습이 이 시를 통해 제시된다. 전문은 8구 5언 율시이며, 내용상 4단락으로 나뉜다.

　첫째 단락 기련(1~2구)에서는 최 현령이 '도연명을 배웠다[學陶令]'하여 전체적 개요를 쓰면서 '늘 낮잠을 북창에서 잔다.'고 한다. 목민관이 정사政事를 부지런히 돌보지[勤政] 않는다는 것은 아니고, 치세治世를 잘 하여 일이 없는 한가한 관청의 모습을 그리고 있으니 도연명의 첫 번째 모습이다. 함련(3~4구)에서는 낮잠에 이어 달밤에 거문고를 타는데 '줄 없는 거문고[無絃]'라고 하여 도연명의 일화를 재현하고 있는 최 현령의 한흥閑興을 그리고 있으니, 도연명의 두 번째 모습이라고 하겠다.

　셋째 단락 경련(5~6구)에서는 목민관牧民官의 가장 중요한 덕목인 청렴淸廉에 대해서 쓰고 있다. 손님이 찾아와 술을 대접하더라도 정의情誼를 나눌 뿐 정사에 관계된 이권利權이나 불의한 청탁 등에 대해서는 단호했다[不愛錢]는 것을 말하니, 도연명과 최 현령의 공통점 세 번째 모습이라 하겠다.

　마지막 미련(7~8구)에서는, 지금 현령의 관직에 있지만, 한가한 틈이 생기면 기장을 많이 심어 자신과 백성의 삶을 윤택하게 해야 한다고 한다. 이른바 도연명의 삶의 모습인 '궁경자급躬耕自給(몸소 밭을 갈아 자기에게 필요한 것은 자기 힘으로 마련하여 씀)'하라는 것이니, 도연명의 네 번째 모습이다. 아니면 언제든지 관직생활에서 자신의 절의節義를 지키지 못할 상황이라면 도연명처럼 전원으로 돌아가기를 권하고 있다. 이 점은 이백과도 마찬가지이고, 요즘의 공복公僕들에게도 시사하는 바가 크다.

112. 추포현¹⁾의 유 소부에게 주다 贈秋浦柳少府

秋浦舊蕭索 추포구소삭하여   추포 땅이 예전에는 쓸쓸하여²⁾

公庭人吏稀 공정인리희인데,   관청 뜰에는 사람과 관리들이 드물었는데,

因君樹桃李 인군수도리하여   그대가 복숭아와 자두를 심으니

此地忽芳菲 차지홀방비라.   이곳에 홀연 꽃향기가 짙어졌구나.

搖筆望白雲 요필망백운하며   붓 휘두르다 흰 구름 바라보며

開簾當翠微 개렴당취미하고,   주렴 걷고 푸른 산 빛³⁾과 마주하고,

時來引山月 시래인산월하여   때때로 산 위의 달을 끌어 와

縱酒酣淸暉 종주감청휘로다.   마음껏 술 마시며⁴⁾ 맑은 빛⁵⁾을 즐기네.

而我愛夫子 이아애부자러니   그래서 내가 그대를 사랑하게 되어

淹留未忍歸 엄류미인귀로다.   오래 머물며⁶⁾ 차마 돌아가지 못하겠네.

　

이백이 54세(天寶 13年, 754) 되던 해에 추포현秋浦縣에서 현위縣尉로 근무하는 유소부
柳少府(柳圓)에게 지어준 시로, 다른 판본에는 이 시의 제목이 〈추포 현령 최씨와 추포
소부 유원에게 주다〉라고 된 것도 있다. 전문 10구의 5언 고시이고 내용상 3단락으로
나뉜다.

---

1) 秋浦추포 : 추포현秋浦縣. 지금의 안휘성安徽省 지주시池州市이다.

2) 蕭索소삭 : 쓸쓸함. 처량함.

3) 翠微취미 : 햇빛을 받아 푸르게 드러나 보이는 산허리의 그윽한 곳. 푸른 산을 두루 이르는 말.

4) 縱酒종주 : 술을 미친 듯이 마심. 광음狂飮함.

5) 晴暉청휘 : 맑고 밝은 광채나 광택. 산수山水를 달리 일컫는 말.

6) 淹留엄류 : 오래도록 머묾. 객지에 머묾.

첫째 단락(1~4구)에서는, 먼저 예전과 현재의 관청 모습을 비교하여 '쓸쓸함[蕭索]'과 '짙은 꽃향기[芳菲]'라는 시어로 대별하고 있다. 관청의 분위기가 사뭇 다름을 말하니, 위엄과 엄격함에서 꽃과 나무를 심어 백성들이 나들이라도 하고 싶은 공원같이 바뀌었으니, 화초를 가꾸는 심정으로 백성을 다스렸음을 알 수 있다.

둘째 단락(5~8구)에서는, 평화로운 관청이니 백성들도 순화醇化되어 범죄나 송사가 없는 가운데 공무公務가 끝난 후 일상의 풍류를 즐기는 현위 유원의 모습이 묘사된다. 글씨 쓰고 흰 구름을 바라보며 사색에 잠기고, 저녁이면 노을 속을 거닐고, 달이 산을 넘어 사창紗窓으로 스며들면 술잔을 당겨 취기를 즐기는 유원의 인품과 풍류를 한껏 그려내고 있다.

마지막 셋째 단락(9~10구)에서는, 슬기로운 목민관이 다스리는 평온한 추포에서 며칠은 더 머물러도 좋겠다는 심정을 통해 유원의 정사政事를 칭송하고 있다. 이백 자신이 공직에 있어본 경험으로 미루어 더욱 목민관의 모습에 찬사를 아낄 수 없을 것이다. '백성이 살고 싶은 고장'을 만듦이니, 오늘의 목민관에게도 일깨움이 크다.

113. 왕륜에게 주다 贈汪倫[1]

李白乘舟將欲行 이백승주장욕행한데	나 이백이 배를 타고 막 떠나려는데
忽聞岸上踏歌聲 홀문안상답가성이라.	문득 언덕 위에서 답가[2]소리 들리네.
桃花潭水深千尺 도화담수심천척이나	도화담[3] 연못이 천 길이나 깊다한들
不及汪倫送我情 불급왕륜송아정이라	나를 보내는 왕륜[4]의 정에는 못 미치리.

이백이 54~55세(天寶 13~14年, 754~5) 경에 안휘성安徽省 경현涇縣에 있는 도화담桃花潭에서 노닐 때, 그 곳 현사賢士인 왕륜이 항상 좋은 술로 대접하자 그와 작별하면서 기증한 시로, 소박하고 자연스러운 운치가 유로되고 있다. 전문 4구의 7언 절구다.

전반부 기와 승(1~2구)에서는 이별하는 순간의 정경을 묘사하고 있다. 나루터에서 배를 타고 떠나는데 문득 들리는 노랫소리[踏歌]가 들린다. 멀리 언덕 위에서 손을 흔들며 잘 가라고 외치는 소리와 함께 불러주는 이별을 아쉬워하는 노랫소리가 뱃전에 찰랑거리며 부서지는 물결 소리에 섞여 귓전에서 멀어진다. 얼마간인지 알 수 없으나 나그네 신세인 자신을 맞이하고 후대하여 숙식은 물론 맛있는 술을 마음껏 마실 수 있었다.

---

1) 이 시의 제목이 〈도화담에서 왕륜과 이별하며桃花潭別汪倫〉이라고 된 판본도 있다.
2) 踏歌답가: 서로 손을 잡고 노래를 부르며 발을 굴러 박자를 맞추며 부르는 노래.
3) 桃花潭도화담: 안휘성安徽省 경현涇縣 서남쪽으로 80리 떨어진 청익강靑弋江 가의 적촌翟村에 있는데,《일통지一統志》에 따르면 도화담은 깊어서 그 깊이를 측량할 수 없다고 하였다.
4) 汪倫왕륜: 이백과 친밀한 관계를 가진 왕륜에 대하여 경현涇縣에서 발견된《왕씨종보汪氏宗譜》에 따르면「왕륜은 봉림鳳林이라고도 부르며, 인소공仁素公의 둘째 아들이다. 당唐나라 때 유명한 인사로 이청련李青蓮(李白)과 왕망천王輞川(王維) 등 여러 문인들과 왕래하면서 자주 시문으로 교유하였는데, 청련거사青蓮居士 이백과는 더욱 막역한 사이였다. 왕륜이 개원開元·천보天寶 연간에 경현涇縣의 현령으로 있을 때, 이백이 찾아가자 관대하게 대접하고 차마 이별하기 어려웠다. 왕륜은 벼슬을 그만둔 후에는 경읍涇邑의 도화담桃花潭에서 거주하였다.」라고 기록되어 있다.

그런 왕씨와 헤어지는 마음이 못내 아쉽고 쉽사리 잊혀질 것 같지 않다.

후반부 전과 결(3~4구)에서는 그런 왕씨와의 석별의 정을 도화담의 물 깊이에 비교하여 이백 특유의 과장법으로 표현하고 있다. 천 길보다 깊은 물만큼이나 이별을 아쉬워하는 마음도 깊을 것이라고 한다.

왕륜의 환대에 대한 감사하는 마음을 또 다른 시 〈과왕씨별업過汪氏別業 - 2首〉에 보다 구체적 내용이 있는데,「잡고 구워 산해진미를 벌여 놓았네.搉魚別珍羞」라고 쓰고 있다. 당시에 이백의 명성이 작지 않았다손 치더라도 어디까지나 만유漫遊하는 길손일 뿐인데도, 왕륜의 훈훈한 인간미가 한 편의 시로 남아 전한다. 주향酒香은 천 리를 가고 사람의 향기[人香]는 만 리를 간다는데, 왕륜의 향기를 만세萬歲에 남기고 싶었음이라.

114. 징군[1] 전소양[2]에게 주다 贈錢徵君少陽

白玉一杯酒 백옥일배주를   백옥 잔으로 술 한 잔 마시는데

綠楊三月時 녹양삼월시라.   버들 푸른 춘삼월이네.

春風餘幾日 춘풍여기일이오   봄바람은 며칠이나 더 불려는지

兩鬢各成絲 양빈각성사라.   양쪽 귀밑머리는 실타래처럼 늘어졌네.

秉燭唯須飮 병촉유수음이나   촛불을 잡고[3] 밤까지 마셔야 하지만

投竿也未遲 투간야미지로다.   낚싯대 드리우는 것도 아직 늦지 않았다네.

如逢渭川獵 여봉위천렵이면   만약 위수[4]로 사냥 나온 분을 만난다면

猶可帝王師 유가제왕사리라.   오히려 제왕의 스승이 될 수도 있으리라.[5]

이백이 만년 57세(至德 2年, 757)에 징군徵君 전소양錢少陽에게 써 준 것으로 추정되는 8구 5언 율시로, 율시의 시상전개에 따라 4단락으로 나뉜다. 첫째 단락 수련(1~2구)에서는, 추운 겨울이 가고 봄이 온다고 좋아한데, 우수·경칩 지나고 버들개지가 기지개를

---

1) 徵君징군: 징사徵士의 존칭으로, 조정에서 불러도 벼슬길에 나가지 않는 학문과 덕행이 뛰어난 선비.
2) 錢少陽전소양: 전씨錢氏 소양少陽. '전소양'을 한 사람의 이름으로 보아도 무방하지만, 징군徵君의 표현을 감안하고, 소양少陽은 동궁東宮 곧 태자太子의 처소이므로, '태자의 사부師傅(스승)로 불려도 가지 않은 전씨'라는 뜻으로도 해석이 가능하다.
3) 秉燭병촉: 손에 촛불을 잡음. 촛불을 켬. 이백의 〈춘야연도리원서春夜宴桃李園序〉에서 「… 옛사람이 촛불을 잡고 밤에 논 것은 진실로 이유가 있었다. … 」라는 구절이 있다.
4) 渭위: 위수渭水. 감숙성甘肅省 위원현渭源縣 서남쪽에서 발원하여 섬서성을 거쳐 황하와 합치는 강.
5) 7~8구 내용은 주周나라 여상呂尙(속칭 姜太公)의 고사로, 여상의 본성本姓은 강씨姜氏인데 선대先代가 여呂땅에 봉해져 여상이라 함. 노년까지 낚시질을 하며 숨어 살았는데, 위수渭水로 사냥 나온 문왕文王을 만나 그의 스승이 됨. 뒤에 무왕武王을 보좌하여 천하를 평정하는 공을 세움.

펴니, 술 한 잔 마시는 사이에 벌써 버들이 푸르렀다고 세월의 **빠름**을 노래한다. 둘째 단락 함련(3~4구)에서는 자신이 '조여청사모성설朝如靑絲暮成雪'6)이라 했듯이 벌써 귀밑 머리가 희어졌다고, 불어오는 봄바람이 며칠이나 불겠느냐고 인생의 젊음이 속절없이 짧음을 거듭 말한다.

셋째 단락 경련(5~6구)에서는, 또한 흐르는 세월이 아까워 밤에도 촛불을 밝히고 놀아야하지만(5구), 또한 강태공姜太公처럼 기회를 기다리기도 해야 한다고 한다(6구). 강태공의 낚싯바늘이 굽지 않고 곧은 것은 고기를 잡기 위함이 아니라 세월을 낚기 위함인데, 곧 자신을 알아 줄 사람을 기다린 것이라는 뜻이다.

마지막 넷째 단락 미련(7~8구)에서는, 세월을 낚은 강태공 고사를 구체적으로 말하면서, '사냥 나온 사람' 문왕文王이 '물고기를 낚는 사람' 강태공을 만난 것처럼, 초야에서 묻혀 지내는 전소양을 술로 위로하면서 그를 아끼는 깊은 정이 담겨 있다. 산으로 사냥가서 강가의 낚시꾼을 만난 고사는 우연이 아닌 필연임을 강조한다.

---

6) 朝如靑絲暮成雪조여청사모성설 : 아침에 검푸른 머리가 저녁에 눈처럼 희어졌네. 이백 자신이 지은 〈장진주將進酒〉 중의 한 구절이다.

115. 여구[1] 처사[2]에게 주다 贈閭丘處士

賢人有素業 현인유소업하여	어진 사람이 청백한 절조[3]가 있어
乃在沙塘陂 내재사당피인데,	사당피[4]에 살고 있는데,
竹影掃秋月 죽영소추월이요	대나무 그림자가 가을 달을 쓸고
荷衣落古池 하의낙고지로다.	입고 있는 연잎 옷[5]이 오래된 못에 비추네.
閑讀山海經 한독산해경이요	한가로이 '산해경'[6]을 읽다가도
散帙臥遙帷 산질와요유이고,	책을 펼친 채[7] 속세와 먼 장막 안에 눕고,
且耽田家樂 차탐전가락하며	잠시 농촌의 즐거움에 빠지면
遂曠林中期 수광임중기니라.	끝내 숲속에서 만나자는 약속도 잊었네.
野酌勸芳酒 야작권방주하고	들판에서는 향기로운 술을 권하고
園蔬烹露葵 원소팽노규하니,	동산에 난 채소 중에 아욱을 삶으니,
如能樹桃李 여능수도리하면	만약 복숭아 자두 심을 수 있다면
爲我結茅茨 위아결모자로다.	나를 위해 띠집[8]을 지어 주시게.

---

1) 閭丘여구 : 춘추시대 주邾나라의 고을로 지명地名이기도 하고, 복성複姓이기도 하다. 지명으로는 '여구에 사는'이고 성씨로 하면 '여구'씨로 숙송 현령宿松縣令을 지낸 바 있는 처사이다. 자세한 생평은 알려지지 않았다.

2) 處士처사 : 재덕才德이 있으면서도 벼슬하지 아니하고 은거한 선비.

3) 素業소업 : 청백한 절조.

4) 沙塘陂사당피 : 여구 처사가 사는 곳으로 지금의 안휘성安徽省 숙송현宿松縣에 있다.

5) 荷衣하의 : 연잎으로 만들었다는 전설상의 옷. 또는 고사高士나 은사隱士의 옷을 이름.

6) 山海經산해경 : 전국시대 후에 만들어진 중국의 지리서地理書로, 내용은 민간 전설 가운데 산천, 초목, 조수, 풍속 등에 대한 내용을 적었으며, 괴이한 내용도 많이 포함되었다.

7) 散帙산질 : 책갑冊匣을 엶. 또는 독서를 이르는 말.

이백이 57세(至德 2年, 757)에 영왕군永王軍에 가담한 죄로 심양尋陽의 옥에 갇혔다가 석방되어 잠시 숙송宿松에 있을 때에 여구閭丘 처사를 만나 써준 시로, 이 시 이외에 〈숙송령 여구에게 주다贈閭丘宿松〉 한 수가 더 있다. 술을 즐기면서 한가하게 지내는 여구 처사의 전원생활을 칭송하였다. 전문은 12구 5언 고시이며, 내용상 3단락으로 나뉜다.

첫째 단락(1~4구)에서는, 단도직입적으로 여구 처사의 성품[素業]과 사는 곳은 사당피沙塘陂라고 말한 뒤(1~2구), 사당피의 공간 배경을 묘사하고 있다. 그런데 공간 배경 묘사가 가히 절묘하니, '대나무 그림자가 가을 달(빛)을 쓸고 있다'고 한다. 가을 달빛 아래 서 있는 대나무에 바람이 불어오니, 대나무 그림자가 흔들리는 것을 상상하기 어렵지 않고, 글로 표현하기에도 어렵지 않다. 그런데 그 흔들리는 '대나무 그림자가 가을 달(빛)을 쓸고 있다'고 한다(3구).

우리는 바람을 어떻게 인지할까? 피부에 와 닿은 서늘하거나 따뜻하거나 하는 촉각, 또는 바람에 흔들리는 풀잎이나 빨랫줄에 걸려 있는 옷가지가 나부끼는 것을 눈으로 보는 시각, 바람이 사물에 부딪쳐 울리는 소리로 듣는 청각 등일 것이다. 이백이 느끼는 바람 또한 예외가 아닐 것이다. 이백은 이 중에서 시각을 택했다. 그런데 바람에 흔들리는 대나무가 아니라, 대나무 그림자라고 했다. 그리고 그 그림자를 빗자루로 여기고 달(빛)을 쓸고[掃] 있다고 한다. 어디로 쓸어갈까? 달이 넘어가는 서쪽일 것이다. 시간의 흐름에 따라 달은 서쪽 하늘로 기울어갈 것이고, 그에 따라 대나무 그림자의 위치도 바뀔 것이다. 그런 시간의 흐름을 '대나무 그림자가 달(빛)을 쓸어간다'고 하여 그림자에게 주체적 의지를 부여하고 있다.

이어 가을 달빛이 일렁이는 오래된 연못가를 생각에 잠긴 여구 처사는 서성였을 것이고, 서성이는 모습이 달빛과 함께 연못에 어리비쳤을 것이다. 여기까지는 여느 시인 소객騷客도 고심苦心 끝에 한 구절쯤 쓸 수 있을 것이다. 그런데 어둑한 달밤이어서인지 어리비친 여구 처사의 모습은 뚜렷하지 않고 옷자락만 어른거렸다. 어리비치고 어른거리는 모습을 '떨어졌다[落]'라고 하였다. 또한 '연잎으로 만든 옷[荷衣]'이라는 시어만으로도 여구 처사의 모든 것, 곧 고사高士나 은사隱士 또는 고승高僧들의 분위기에서 풍겨 나오

---

8) 茅茨모자 : 띠집. 띠풀로 인 지붕.

는 선적禪的 이미지를 집약적으로 표현하고 있다(4구).

우리는 잘 그린 그림을 보고 '진짜 같다'고 하고, 멋있는 풍경을 보면 '그림 같다'고 한다. 그림은 아무리 잘 그려도 움직이는 동상動像으로 그려낼 수 없고, 진짜는 그림처럼 순간 포착으로 시야에 사라져 정적 모습을 영원히 간직할 수 없다. 정중동靜中動과 동중정動中靜의 미묘한 세계를 '글로 쓰는 들려주기'가 아니고, 그림으로 '그려서 보여주기'도 아니다. 그 중간쯤에 독자를 앉혀놓고 첫머리 배경부터 그림을 보고 있는 것인지 진짜를 보고 있는지 혼란을 느낄 만큼 신묘한 표현이다. 신神의 한 수手라 할 만큼 시선詩仙의 신품神品을 명필名筆이 아닌 명문名文에서도 느낄 수 있는 문자향文字香이요 문자선文字禪(詩文을 이용하여 진리를 깨닫는 禪)이라 할 수 있다. 그래서 좋은 시는 시중유화詩中有畫(시 속에 묘사된 풍경이 한 폭의 그림과도 같음)라 했고 좋은 그림은 화중유시畫中有詩(그림 속에 詩意가 있음)라 했다.

둘째 단락(5~8구)에서는, 좀 더 구체적으로 여구 처사의 일상을 그리고 있다. 한가로운 가운데 가끔 펼쳐보는 책은 〈산해경〉이다(5구). 그러나 굳이 열심히도 골똘히도 이치를 따지면서도 읽지 않는다. 펼쳐보다가 시큰둥하면 아무데나 팽개쳐두고 휘장을 둘러치고 잠을 청한다(6구). 둘러치는 휘장은 곧 여항閭巷과의 거리이고 단절이다[遙帷](6구). 앞선 배경과 어울리는 일상임을 알 수 있다. 추풍에 댓잎 일렁거리는 소리를 들으며 코끝에 책을 걸치고 휘장 안에서 잠자는 모습을 눈에 그려낼 수 있다.

그런데 휘장이라는 것은 필요할 때만 걷거나 치면 된다. 걷으면 세상의 모습이 시야에 들어오고 세상사는 소리가 귀에 들어온다. 촌노村老들이 부르는 소리에 귀가 번쩍한다. 그만 자고 와서 '막걸리나 한 잔 하라'고 한다. 벌떡 일어나 눈을 비비며 촌노들의 틈에 끼어 앉아 막걸리 잔을 기울이며 그들이 하는 소리에도 귀를 기울인다. 같이 그들의 일상에 껄껄 웃기도 한다(7구). 속세와의 거리가 먼 듯 가까우며[遠而近] 가까운 듯 멀다[近而遠]. 경이불원敬而不遠(공경하면서 멀리 하지 않음)이니 친(親)함이요, 산중속인山中俗人 되기는 쉬워도 속중신선(俗中神仙) 되기는 어려운 법이다. 분수를 지키며 안빈난도 하는 촌노들의 삶이 속중신선이리라. 그러다보니 산 속에서 은사隱士들과 만나기로 한 거룩한(?) 약속이 오히려 세속적이라고 느낀다. 농주農酒로 취한 취향醉鄕의 세계가 훨씬 신선

神仙스럽다. 그러니 세간의 약속은 까마득하게 잊어버린다(8구).

마지막 셋째 단락(9~12구)에서는, 지금까지 여구 처사의 사는 곳과 살아가는 모습을 객관적으로 그려냈다면, 이제는 작가 이백과 만나고 이야기를 나누는 내용이다. 손님을 접대하는 모습은 어떤가? 들판 촌노들에게서 얻어와 마시다 남은 농주와 문 앞 남새밭에서 갓 따온 푸성귀[園蔬] 중에서 요즘 가을철을 맞아 맛이 좋은 아욱[露葵]을 끓는 물에 데치고 기름에 무쳐 내온다(9~10구). 텁텁한 막걸리와 구수한 참기름에 무친 아욱 냄새가 물씬 코끝을 때린다. 이른바 박비향撲鼻香(냄새가 코를 찌름)이다. 주안상의 모습은 문자 그대로 박주산채薄酒山菜(맛없는 술과 산나물)다.

그런데 주안상을 앞에 놓고 앉아 손님을 반기는 모습이 너무도 편한 얼굴이다. 맛없는 술과 안주를 내놓아서 멋쩍다거나 미안하다거나 하는 모습이 아니다. 적적하던 참에 찾아준 과객이 반가울 뿐이고, 마침 마시다 남은 술이 있어 다행이다. 이른바 부이불교富而不驕(부유하면서도 교만하지 않음)가 아닌, 빈이무굴貧而無屈(가난하여도 비굴하지 않음) 빈이무첨貧而無諂(가난하여도 아첨하지 않음)하기가 더 어렵다는데, 술상 앞에서 여구 처사의 모습은 바로 당당하면서도 부드럽다. 잔이 넘칠세라 한 잔 그득히 따라주는 여구 처사의 어깨 너머로 떠오른 달이 술잔 속에 그득 차고, 댓잎그림자가 술잔 속의 달을 자꾸 밀어내고 있다. 이름 모를 밤새의 울음이 술잔 속에 일렁이고.

좋고도 아름답다. 이런 곳에서 한 달쯤 푹 쉬고 싶다. 아니면 이런 곳에서 죽을 때까지 살고 싶다. 우리가 여행 중에 가끔 하는 감탄사들이다. 그러나 '이런 곳'은 가끔 만나고 갈 수 있으나, '이렇게 살고 싶다'는 말은 선뜻 내뱉기 쉽지 않다. 이백은 대뜸 여구 처사에게 한 마디 건넨다. 대나무 소나무도 좋지만, 복숭아나무 오얏나무도 심어 봄이면 꽃을 보고, 여름이면 그늘에 앉아 쉬고, 가을이면 맛있는 열매를 따 먹을 수 있으면 좋겠네(11구). 초가집[茅茨]이라도 한 칸 지어주면 더 좋고(12구). 그러면 내 이곳에서 그대와 한 평생 은둔하면서 살겠네. 여구 처사는 대답이 없으나 건너보는 눈길이 넉넉하기만 하다.

무엇을 보자고 강산을 주유하며 천 개의 강을 건너고 만 개의 산을 넘었던가. 사립문을 나서지 않고도 우주 천리天理를 깨달으면 되는 것을. 여구 처사에게 직접 말하지는 않았지만, 그의 삶을 응원하는 흡족한 마음이 시구詩句에 묻어난다.

116. 왕 한양현령에게 부치다 寄王漢陽

南湖秋月白 남호추월백한데　　남쪽 호수1)에 가을 달이 밝은데

王宰夜相邀 왕재야상요라.　　왕 현령2)이 밤에 나를 초대하였네.

錦帳郎官醉 금장낭관취요　　비단 장막 안에 낭관3)은 취해 있고

羅衣舞女嬌 라의무녀교이며,　　비단 옷 입은 무희들은 아리따웠으며,

笛聲喧沔鄂 적성훤면악이오　　피리소리는 면주와 악주4) 땅에 떠들썩하고

歌曲上雲霄 가곡상운소로다.　　노랫가락은 높은 하늘5)까지 올랐었네.

別後空愁我 별후공수아하여　　헤어진 뒤에도 공연히 나를 걱정하면서

相思一水遙 상사일수요니라.　　강 하나 사이에 서로 그리워하며 멀리 있네.

　　이백이 58세(乾元 1年, 758)에 야랑夜郎 유배 길에, 왕 한양 현령이 밤에 이백을 초청하여 면주성沔州城 남쪽에 있는 낭관호郎官湖에서 배 띄어놓고 술 마시며 노닌 것을 회상하면서, 그 때를 그리워하며 왕 현령에게 보낸 시이다. 전문 8구의 5언 율시다. 내용상 3단락으로 나뉜다.

　　첫째 단락 수련(1~2구)에서는 왕 한양 현령의 초대를 받게 된 시·공간 배경이 제시된다. 장소는 면주성 남쪽 호수(낭관호)에 떠 있는 배 안의 선상주연船上酒宴인데, 유배 길

---

1) 南湖남호 : 면주성沔州城 남쪽에 있던 낭관호郎官湖를 말함.

2) 王宰왕재 : 왕王 현령縣令. 재宰는 읍邑과 현縣의 행정 장관.

3) 郎官낭관 : 시랑侍郎·낭중郎中 등의 관직이며, 당시 낭관은 시인이었던 상서랑尙書郎 장위張謂다.

4) 沔鄂면악 : 면주沔州와 악주鄂州. 면주는 호북성湖北省 무한시武漢市 한양漢陽에, 악주는 무한시 무창武昌에 있었다.

5) 雲宵운소 : 높은 하늘.

이백의 고달픈 몸과 마음을 위로해 주는 왕 현령의 따뜻한 인간적 배려가 느껴지는 위로연慰勞宴인 셈이다. 시간적 배경은 달빛이 일렁이고 기러기가 밤하늘을 가로 질러 날아갔을 법한 가을밤이다.

둘째 단락에 해당하는 함련(3~4구)과 경련(5~6구)에서는 구체적으로 선상주연에서 음주가무의 모습이 그려진다. 그런데 눈에 띠는 것은 호수의 이름이 낭관호이고, 배 안에 벌써 취해 있는 사람의 벼슬도 낭관郎官으로 일치한다. 게다가 왕 현령을 모시고 있던 낭관은 이름이 장위張謂인데, 이백과 동시대의 시인으로 일찍이 이백을 흠모했음을 알 수 있다. 비단 장막 안의 모습으로 술에 취한 낭관과 무희들의 아리따운 춤사위, 피리소리와 노랫가락은 수평으로는 면주 악주를 울렸고, 수직으로는 하늘까지 닿았다고 묘사한다.

마지막 단락 미련(7~8구)에서는 선상주연이 끝난 후 유배 길 무사안녕을 걱정해주는 왕 현령과의 작별을 아쉬워하는 심정을 표현하고 있다. 모처럼 유배 길의 고초를 달래준 왕 현령의 배려에 이백은 몇 수의 시를 더해 거듭 감사의 뜻을 남긴다.

117. 취한 뒤에 정십팔이 시를 지어 황학루를 때려 부수겠다고 한 나를 나무라기에 답하다 醉後答丁十八以詩譏余捶碎[1]黃鶴樓

黃鶴高樓已捶碎 황학고루이추쇄러니　　　황학의 높은 누각[2]을 이미 부서뜨려서
黃鶴仙人無所依 황학선인무소의하여,　　황학을 탄 신선들이 머무를 곳이 없어지자,
黃鶴上天訴上帝 황학상천소상제나　　　황학이 하늘로 올라가 상제에게 호소했으나
却放黃鶴江南歸 각방황학강남귀로다.　　도리어 황학을 내쫓아 강남으로 돌려보냈네.
神明太守再雕飾 신명태수재조식하고　　　신명한 태수가 누각을 다시 꾸미고
新圖粉壁還芳菲 신도분벽환방비이나,　　새 분벽에 그림 그려 더욱 아름다워졌으나,
一州笑我為狂客 일주소아위광객하고　　　온 고을 사람들은 나를 미친 객이라 비웃고
少年往往來相譏 소년왕왕래상기로다.　　젊은이들은 가끔 찾아와 나를 나무랐네.
君平簾下誰家子 군평렴하수가자오　　　　군평[3]의 집에 있는 자는 누구 집 자제인가?
云是遼東丁令威 운시요동정령위로다.　　요동의 정령위 丁令威[4]의 자제라 하는데,

---

1) 捶碎추쇄 : 추쇄捶碎. 일부 이백시집에서 제목과 1구에서 '搥碎(추쇄)'를 '捶碎(추쇄)'로 고침.《이백시전역李白詩全譯》, 하북인민출판사(1996년 간행)와《이백시가전집李白詩歌全集》, 금일중국출판사(1997년 간행)에 의거.

2) 黃鶴樓황학루 : 호북성湖北省 무한시武漢市에 있는 옛 누각. 삼국시대 오吳 황무黃武 2년(223)에 건립하였다.

3) 君平군평 : 후한後漢 엄준嚴遵의 자로 엄군평嚴君平으로 불린다. 복서卜筮에 능통하였다.《한서漢書, 왕길전王吉傳》에 의하면 그는 사천성 성도成都에서 점을 쳐 주고 살았는데, 백 냥을 벌면 가게 문을 닫고 주렴을 내린 다음 사람들에게 노자老子를 가르쳤다고 한다.

4) 丁令威정령위 : 한漢나라 때 신선으로,《수신후기搜神後記》에 「정령위는 요동遼東 사람으로 영허산靈虛山에서 도道를 닦았는데, 나중에 그가 학이 되어 고향 요동으로 돌아와 성문 앞에 있는 화표 기둥 위에 머물렀다. 어느 날 한 소년이 학을 보고 활을 겨누어 쏘려고 하자, 학은 공중으로 날아올라 배회하며 말하기를, '새야, 새야 정령위 새야, 집 떠난 지 천년 만에 이제 막 돌아왔다네. 성곽은 옛날

作詩調我驚逸興 작시조아경일흥하니　나를 시로 놀리는 표일한 흥취에 놀랐는데
白雲遶筆窓前飛 백운요필창전비로다.　흰 구름이 붓을 휘감고 창문에 날아오는 듯.
待取明朝酒醒罷 대취명조주성파하여　내일 아침 술 깨기를 기다렸다가
與君爛漫尋春輝 여군난만심춘휘로다.　그와 더불어 즐겁게 봄빛을 찾으리라.

　이백은 59세(乾元 2年, 759)에 야랑夜郎으로 유배 도중에 기주夔州에서 전국적인 가뭄으로 사면을 받고 강릉江陵으로 간다. 이백이 유배를 가게 된 원인은 3년 전인 56세(至德元年, 756)에 영왕永王의 기병起兵에 가담한다. 영왕永王은 현종玄宗의 열여섯째 아들로 영왕은 봉호이다. 여러 벼슬을 거쳐 강릉 대도독江陵大都督으로 있으면서 강좌江左를 노려 기병한 것이다. 그러나 영왕이 전투에 패하고 죽자, 이에 가담한 이백도 유배를 받은 것이다.

　이 시를 짓기 전에 사면 받고 돌아오는 길에 강하江夏에서 남릉 현령南陵縣令 위빙韋冰에게 지어 준 〈강하증위남릉빙江夏贈韋南陵冰〉란 시 가운데 '내 장차 그대를 위하여 황학루를 때려 부술 것이니, 그대 또한 나를 위하여 앵무주를 갈아엎으시게我且爲君搥碎黃鶴樓, 君亦爲吾倒却鸚鵡洲'라는 시구(전문 34구 중 31,32구)를 상기하면 본 작품을 이해하는데 도움이 된다. 이상의 인용 시구에서 '황학루黃鶴樓'와 '앵무주鸚鵡洲'는 모두 호북성湖北省 무한시武漢市에 있는 누각과 모래섬인데, 역사적으로 후한後漢말과 삼국시대의 오吳나라 제후들이 크게 연회를 베풀었던 장소로 유명하였다.

　그런데 현재 이백 자신은 영왕군에 가담하여 패하여 유배를 받았다가 해배解配(유배에서 풀려남)된 처지여서, 그런 연회 장소에 있기가 거북했거나, 아니면 영왕군이 전투에서 패했던 곳이므로 황학루와 앵무주를 부숴버리자고 했을 것이다. 그러자 정십팔丁十八이라는 사람이 시를 지어 이백의 시 속의 격렬한 언행을 나무라자, 이백이 다시 다음 해인 60세(上元 元年, 760) 봄에 이 시를 지어 답한 내용이다. 제목의 '정십팔丁十八'은 내용상

그대로 인데 사람들은 바뀌었으니, 어찌 신선술을 배우지 않아 무덤만 많아졌단 말인가?」라 하고는 하늘 높이 날아가 버렸다.

'후한後漢 때 신선 정영위丁令威의 18세손世孫'5)이라고 추측해볼 만한데 구체적으로 알 수 없다. 전문 18구 7언 고시이고 내용상 3단락으로 나뉜다.

첫째 단락(1~4구)에서는 앞서 인용한 〈강하증위남릉빙〉에서처럼 이백이 실제로 황학루를 부순 것은 아니나, 부쉈다는 가정 하에 황학과 황학을 탄 신선, 그리고 옥황상제를 등장시켜, 옥황상제가 황학을 돌려보냈다는 것은 황학루를 실제로 부수지 않았다는 것을 암묵적으로 제시한다.

둘째 단락(5~8구)에서는 훗날의 태수 한 사람이 황학루를 다시 새롭게 수리하고 단청丹靑하여 옛날의 명성을 되찾았다는 것과 아울러 이백 자신이 2년여 전에 지은 시 〈강하증위남릉빙〉를 보고 황학루 인근 마을 사람들이 이백 자신을 '미친 사람[狂客]'이라고 비난했다는 내용을 쓰고 있다.

셋째 단락(9~14구)에서는 어법을 바꾸어, '(엄)군평의 주렴 아래(집)에 있는 자는 뉘 집의 자제인가?'(9구)라고 묻는데, 이 내용은 시를 지어 보낸 사람은 엄군평에게서 신선술을 배운 사람임이 분명하다고 알아차린 것이다. 사람들이 대답하기를 '요동의 정영위丁令威(의 자제)라'(10구)하였다고 한다. 정영위라면 후한後漢 때 선술仙術을 배워 학鶴을 타고 하늘로 올라간 신선인데, 그 집의 자제란 말인가 하고 적이 놀란 것이다. 곧 황학루를 부수겠다고 한 이백의 시에 대해 많은 사람들이 나무랐는데, 그 중 한 젊은이가 이백을 놀리는 시를 지어 보냈는데 내용이 범상치 않아서 궁금했던 것이다. 이어 시의 내용에 대해서 감탄과 칭찬을 금치 못한다(11~12구). 이렇게 자신이 놀림을 당했다는 것은 차치하고, 그런 시를 쓴 사람이라면 자신을 비방했더라도 그 사람과 교유를 나눠보고 싶다는 호방한 감상을 쓴 작품이다.

---

5) 주 53)에 의하면, '정영위丁永威'는 후한後漢(AD 25~220) 때의 인물이고, 이 시가 지어진 시기는 760년이므로, 약 5~600여 년 전 정영위의 '18세손'으로 '정십팔丁十八'의 뜻을 추측한 것임.

118. 한양에서 술병이 날 정도로 마시고[1] 돌아와 왕 현령[2]에게 부치다
自漢陽病酒歸寄王明府

去歲左遷夜郎道 거세좌천야랑도엔　지난 해 좌천된 야랑[3] 유배 길에는

琉璃硯水長枯槁 유리연수장고고러니,　유리벼루에 담긴 물이 늘 말랐었는데,

今年敕放巫山陽 금년칙방무산양엔　올해 무산 남쪽에서 사면을 받으니[4]

蛟龍筆翰生輝光 교룡필한생휘광라.　교룡이 나는 듯 붓[5]이 빛을 발하네.

聖主還聽子虛賦 성주환청자허부면　성군께서 〈자허부[6]〉를 다시 들으신다면

相如卻與論文章 상여각여논문장이라.　사마상여[7]와 문장을 논하시리라.

願掃鸚鵡洲 원소앵무주하여　원컨대 앵무주[8]를 말끔히 쓸어놓고

與君醉百場 여군취백장이라.　그대와 더불어 백번이고 취하고자 하네.

---

1) 病酒병주 : 술에 잔뜩 취함. 술병이 남을 이르는 말.

2) 明府명부 : 관부官府. 현령縣令을 달리 이르는 말.

3) 夜郎야랑 : 지명. 귀주성貴州省 석천현石阡縣 남서쪽에 있음.

4) 敕放칙방 : 천자의 칙서勅書에 의해 방면放免됨.

5) 筆翰필한 : 붓. 글씨를 쓰거나 글을 지음.

6) 子虛賦자허부 : 한漢 사마상여司馬相如가 지은 부賦. 자허공자子虛公子·오유선생烏有先生·무시공亡是公 등 세 인물을 허구로 내세워 서로 문답하는 내용으로 서술하였다. 그 중에서 자허子虛는 허구적이거나 진실 되지 못한 일을 일컫는 말로 쓰임.

7) 司馬相如사마상여 : 한漢 성도成都 사람. 특히 사부辭賦에 뛰어나 자허子虛·상림上林·대인大人 등의 부賦와 함께 한위 육조漢魏六朝 문인들의 모범이 되었고, 탁왕손卓王孫의 딸 문군文君과의 애정 행각으로도 유명하다.

8) 鸚鵡洲앵무주 : 호북성湖北省 무한시武漢市의 남서쪽 장강長江에 있는 모래섬. 후한後漢 말에 황사黃射가 이곳에서 크게 연회를 베풀었는데, 어떤 사람이 앵무새를 선물하자, 이에 예형禰衡이 〈앵무부鸚鵡賦〉를 지은 고사에서 유래하여 붙여진 이름이다.

嘯起白雲飛七澤 소기백운비칠택하고　휘파람 불어 칠택[9)]에 흰 구름 날리고

歌吟淥水動三湘 가음녹수동삼상이라.　노래 읊어 맑은 물이 삼상[10)]을 흔들리라.

莫惜連船沽美酒 막석연선고미주하여　좋은 술파는 배가 연달아도 아깝지 않고

千金一擲買春芳 천금일척매춘방이로다.　천금을 던져서라도[11)] 봄 향기를 사리라.

　이백이 59세(乾元 2年, 759) 되던 봄에 야랑夜郞으로 유배가는 도중 전국적인 가뭄으로 무산巫山 남쪽 기주夔州에서 사면령을 받고 석방된다. 유배에서 사면되자 2년 여 걸친 유배 길에서 마지막으로 왕 현령으로부터 받은 극진한 환대의 위로연과 안부를 염려해 준 것에 대한 고마운 마음이 내내 생각났음이라. 따라서 누구보다도 먼저 사면 소식을 전하고 편안한 마음으로 술을 대접하고 싶은 사람은 왕 현령이었을 것이다. 전문 12구 7·5언의 고시이며, 내용상 전반부와 후반부 2단락으로 나뉜다.

　전반부(1~6구)에서는, 자신이 유배 중에는 한 통의 서신이라도 전혀 글을 쓸 수 없었음을 밝힌다(1~2구), 금년 봄에 무산巫山 남쪽에서 칙방敕放(勅書로 방면함)으로 해배解配되었다는 소식과 함께, 이제는 마음껏 글을 짓고 쓸 수 있음을 밝힌다. 이것은 그간 왕 현령과 헤어진 이후 소식 전할 수 없음을 양지해 달라는 사과의 의미도 함께 한 것이다. 유배 가는 죄인은 함부로 소식을 받거나 전하고 누군가에게 서간도 쓸 수 없음은 중국이나 조선도 마찬가지였음이라.

　그리고 해배 후의 자신의 바람을 짧게나마 쓰고 있는데(5~6구), 한漢 사마상여司馬相如가 〈자허부子虛賦〉를 써서 한 무제漢武帝로부터 재능을 인정받아 등용된 고사처럼, 이백 자신도 좋은 글을 써서 당唐 숙종(聖主, 肅宗, 재위 756~761)으로 인정받고 싶다는 뜻을 피력하고 있다. 그러나 당시 이백의 나이가 60세를 바라보는 노년임을 감안하며 다시 벼슬에 등용되는 것보다는 영왕군永王軍에 가담하였다가 유배를 당할 수밖에 없었던

---

9) 七澤칠택 : 초楚나라에 있었던 일곱 못. 전의되어 초 땅에 있는 여러 못을 이른다.

10) 三湘삼상 : 지명. 상향湘鄕·상담湘潭·상음湘陰을 아울러 이르는 말. 또는 호남성湖南省을 이름.

11) 一擲일척 : 한 번에 내던지거나 버림.

조정의 오해를 풀고자 함이었으리라.

후반부(7~12구)에서는 본격적으로 왕 현령의 환대에 대해 보답하고자 하는 내용을 쓰고 있다. 유배에서도 풀려났으니 마음껏 전고와 고사를 인용하고 과장과 미화를 동원한 시적 표현을 발휘하고 있다. 먼저 이백이 머무르고 있는 무한武漢의 장강長江의 모래섬 앵무주鸚鵡洲에서, 옛날 후한後漢 말기에 황사黃射가 크게 연회를 베푼 고사를 상기하면서 앵무주를 말끔히 쓸어 연회석을 마련하고(7구), 왕 현령과 백번이라도 크게 취하도록 술을 마시고 싶다고 한다.

이어 휘파람을 불어 일곱 연못에 흰 구름을 날려 보내고, 노래를 불러 세 개 상강湘江의 맑은 물을 요동치게 하리란다(9~10구). 마음에 걱정 근심은 물론 걸릴 것 하나 없는 장쾌함을 항우項羽의 싯구 '역발산기개세力拔山兮氣蓋世(힘은 산을 뽑아 올리고 의기는 세상을 압도함)'처럼 이백 특유의 호기豪氣를 제시하고 있다. 왕 현령과 술은 얼마큼 마실까. 장소가 모래섬 앵무주이니 주가酒家가 따로 있을 리 없다. 그러나 앵무주에는 맛 좋기로 소문난 술 '앵무록鸚鵡綠'이 있음을 말한 것이리라. 강 건너 술집으로 술을 사러 보내는 배가 있어야 한다. 술 배를 연이어 오가게 하리라고 한다. 아니면 강에 떠다니면서 술을 파는 배[酒船]를 죽 연달아 있게 하고, 그 배들에 실린 술을 모조리 마시겠다는 뜻이리라(11구).

마지막 구(12구)에서는 술자리 분위기를 위해서 '봄꽃의 향기를 사는데[買春芳]' 천금도 아끼지 않겠다고 한다. 그것 자체로도 '맛 좋은 술을 사는 것[沽美酒](11구)'과 호응을 이루니 절묘한 시적 상상력의 묘가 극에 달했다고 하겠고, 음주가무에서 춤[舞]은 자고로 무희舞姬의 몫이다. 이백의 또 다른 시 〈구참시懼讒詩〉12)에서도 춘방春芳은 미인의 비유로 쓰였으니, 응당 무희이거나 미인으로 해석하고 감상해야 왕 현령에 대해 보답하는 주연酒宴의 필수 요소가 완비되는 것일 터이다.

어려운 시기에 후한 대접을 받고 자신을 위로하고 알아주었던 사람의 은혜를 잊지 않고 시로써 보답하고자 하는 시의詩意가 천년이 넘도록 시로 전하고 있어, 어떻게 살 것인가, 곧 감사와 고마움을 잊지 않는 삶에 대한 일깨움이 잔잔히 녹아 있다.

---

12) 이백의 〈구참시懼讒詩〉 3~4구에서 「뭇 여인들이 미인을 질투하는 것이 두 꽃이 향기를 다투는 듯하다.衆女妬蛾眉, 雙花競春芳」이라 했다. 물론 시 전체적 의미와는 차이가 있다.

119. 왕한양 현령에게 주다 贈王漢陽

天落白玉棺 천락백옥관하여 　　하늘에서 백옥관이 내려오자

王喬辭葉縣 왕교사섭현이라. 　　왕교는 관속에 누워 섭현을 떠났다는데,[1]

一去未千年 일거미천년에 　　한번 떠나간 뒤 천년도 되지 않아

漢陽復相見 한양부상견이라. 　　한양 땅에서 다시 그대를 만났네.

猶乘飛鳧舃 유승비부석하여 　　지금도 나르는 오리신발을 타고 다니며[2]

尚識仙人面 상식선인면이라. 　　여전히 신선의 용모를 하고 있는데,

鬢髮何青青 빈발하청청이오 　　귀밑머리[3]는 어찌나 그리 짙푸르고

童顔皎如練 동안교여련이라. 　　어린아이 얼굴같이 비단처럼 희구려.

吾曾弄海水 오증농해수에 　　내가 일찍이 바다에 놀면서[4]

---

1) 1~2구 : 신선 왕교王喬의 고사. 《후한서後漢書·방술전方術傳》에, 「왕교王喬는 하동인河東人으로 한나라 현종玄宗 시대에 섭현葉縣의 현령을 지냈다. 그는 신통한 술법을 지녀서 매월 초하루와 보름에는 항상 현에서 조회하러 왔는데, 황제는 그가 올 때마다 타고 온 수레가 보이지 않는 것을 괴이하게 여기고 태사에게 은밀히 살펴보도록 명령하였다. 그가 도착하는 곳에 가보니 문득 두 마리 청동오리가 동남쪽에서 날아오므로, 오리가 도착하기를 기다렸다가 그물을 쳤지만 신발 한 짝만 얻었을 뿐이었다. … 뒤에 하늘에서 옥으로 만든 관棺이 관청 앞에 내려와 관리들이 밀쳐냈지만 끝내 움직이지 않자, 왕교가 말하기를 '천제께서 나만 홀로 부르시는구나.'하고, 목욕하고 옷을 차려입고 관 속에 눕자 덮개가 슬며시 닿쳤다. 하룻밤이 지나서 성 동쪽에 장사지내니 흙이 저절로 봉분을 만들었다. 그날 저녁 현 안의 소들이 모두 땀을 흘리며 헐떡거렸지만 사람들은 알지 못했다. 백성들은 이에 사당을 세우고 섭군사라고 불렀다.」라는 기록이 있으며, 후인들이 왕교가 오리가 되어 날아 간 곳에 사당을 세우고 제사 지냈는데, 사당이 지금의 하남성 섭현 동북쪽에 있다.

2) 鳧舃부석 : 신선의 신발을 이르는 말. 왕교석王喬舃(왕교의 신)고사. 왕교가 조회에 참석할 때 항상 청동오리 두 마리가 날아왔다는 고사에서 유래.

3) 鬢髮빈발 : 귀밑머리. 살쩍.

4) 弄海水농해수 : 바닷물에서 경기를 하거나 재주를 부림.

淸淺嗟三變 청천차삼변이라.　　맑고 얕음이 세 번 변했다는 말5)에 감탄했는데,

果愜麻姑言 과협마고언하여　　과연 마고선인의 말이6) 들어맞아

時光速流電 시광속류전이라.　　세월은 번개 치듯 빠르네.

與君數杯酒 여군수배주하고　　그대와 함께 몇 잔의 술을 마시면서

可以窮歡宴 가이궁환연이라.　　즐거운 주연을 끝까지 누릴 수 있었네.

白雲歸去來 백운귀거래하니　　흰 구름 뜬 곳으로 돌아가려하니

何事坐交戰 하사좌교전이오.　　무슨 일로 잠시나마 싸우겠는가?

　　이백이 59세(乾元 2年, 759)에 야랑 유배 길에서 사면을 받고 강하江夏지방으로 돌아와서 당시 왕 한양현령에게 써준 시로, 그가 신선과 같은 풍채가 있음을 칭송한다. 아울러 서로 의기가 투합하여 함께 술을 마시면서 추구하는 이상이 같음을 읊은 16구 5언 고시다. 시상 전개는 내용상 전반부(1~8구)와 후반부(7~16구)로 나뉜다.

　　전반부에서는, 신선 왕교王喬 고사를 인용해 왕 현령의 신선같은 외모를 한껏 추켜세운다. 신선 왕교와 왕 현령을 비교에는 두 가지 공통점이 있는데, 하나는 성이 왕씨王氏라는 점과, 다른 하나는 신선 왕교는 한漢나라 때 섭현葉縣의 현령縣令이었고 왕씨도 지금 한양의 현령이라는 점이다(1~2구). 곧 왕 현령이 신선 왕교의 후손이거나 현신現身이라고 추켜세우기 위한 인용한 전례고사이다. 이점을 강조하여 왕 현령과의 만남을 천 년 전의 신선 왕교와의 만남이라고 감탄한다(3~4구).

　　이어 왕 현령의 외모가 신선 왕교 같다고 구체적으로 묘사하는데, 먼저 왕 현령은 신선들이 신고 다닌다는 오리신발[鳧舃]을 신었으며(5구), 얼굴 또한 신선의 면모[仙人面]

---

5) 淸淺(嗟)三變청천삼변 : 상전벽해桑田碧海. 한漢 환제桓帝 때 마고麻姑라는 선녀가 왕원王遠의 부름으로 와서 말하기를, 동해바다가 얕아져서 뽕밭이 되는 것을 세 번 본 적이 있다고 말한 데서 유래하여 세상의 큰 변화를 비유하는 고사.

6) 麻姑마고 : 전설상의 선녀仙女 이름. 새의 발톱같이 긴 손톱을 가지고 있다고 한다. 후한後漢 환제桓帝 때 장안長安에 들어와 채경蔡經의 집에 머물렀는데, 채경이 그 손톱을 보고 등이 가려울 때 긁으면 시원하겠다고 생각하였다가 그 생각이 읽혀서 혼났다고 한다.

이며(6구), 나이에 걸맞지 않게 귀밑 머릿결은 짙푸르며(7구), 얼굴도 늙지 않은 동안童顏에 피부색도 비단처럼 하얗고 뽀얗다고 한다(8구). 곧 왕 현령은 불로초不老草를 먹은 듯, 세월이 비껴간 듯 나이 든 얼굴이 아니라고 외양을 한껏 추켜세운다.

후반부(9~16구)에서는, 전반부의 왕 현령 외양의 신선 같은 풍모에 역점을 둔 것에 비해, 후반부에서는 먼저 마고선인麻姑仙人의 고사를 들어 세월의 빠름을 강조한다(9~12구). 여기서 세월의 빠름을 강조하기 위해 마고선녀의 고사를 차용한 것은, 우선 왕 현령에 대한 신선의 이미지를 전반부와 동일하게 이어가기 위한 것이다. 다음으로는 왕 현령이 있는 한양현과 멀지 않은 곳 안휘성安徽省 선주시宣州市 동쪽부근에 마고산麻姑山이 있기 때문으로 여겨진다.

그러나 세월이 빠른 것이 아니라, 이백 자신의 상황이 유배 길에서 왕 현령의 후한 대접을 받고 헤어진 후, 유배에서 풀려나고 다시 여기저기를 유람하는 등 많은 변화가 있었음을 말하고 있다. 곧 객관적 시간은 일정한 속도로 흐르고 있으나, 인간이 처한 상황이 급변하면 느껴지는 주관적 시간의 흐름은 사람마다 다른 것이어서 상전벽해桑田碧海를 실감하기도 하고, 불변하는 자연에 비해 찰나적 존재인 인간의 삶에 대해 허무감을 느끼기도 하는 것이리라. 만나고 싶었던 왕 현령과의 조우遭遇에 너무 많은 세월(시간)이 흘렀음을 한탄하는 대목이다.

꿈에라도 만나고 싶었던 왕 현령과 만나고, 그토록 함께 마시고 싶었던 술에 대한 마음은 이미 앞선 시 2편(〈自漢陽病酒歸寄王明府〉와 〈早春寄王漢陽〉)에서 피력한 바이다. 이제 보은報恩의 주연이 끝난 후에는 서로가 가야할 길이 다를 수도 있고 같을 수도 있다. 왕 현령은 이미 세속을 떠난 신선의 풍모와 덕성을 지녔으니 어디로 가느냐고 물을 것도 없고, 이백 자신이 어디로 가서 무엇을 할 것인가에 대해서만 말하면 된다. 서로의 갈 길에 대해서 티격태격 싸울 것도 말다툼할 것도 없음이다. 흰구름 떠가는 곳으로 따라가면 된다. 운수행각雲水行脚이라 했으니, 떠가는 구름이나 흐르는 물처럼 자유로이 유랑 길을 떠나리라. 대자유인大自由人이 따로 있는 것이 아님이다.

120. 종제인 남평태수 이지요에게 주다[1](2수) 贈從弟南平太守之遙(2首)

〈其2〉

東平與南平 동평여남평은	동평의 완적[2]과 남평태수 이지요[3]는
今古兩步兵 금고양보병이러니	옛날과 오늘의 두 보병교위[4]인데,
素心愛美酒 소심애미주하여	본래 좋은 술 마시기를 좋아하여
不是顧專城 불시고전성이라.	오로지 고을만 다스리는 군수[5]는 아니었다네.
謫官桃源去 적관도원거러니	좌천되어[6] 무릉도원으로 가게 되었으니
尋花幾處行 심화기처행이로다.	꽃을 찾아 여러 곳을 가볼 수 있으리라.
秦人如舊識 진인여구식하여	진秦나라 사람들은 옛 친구를 만난 듯
出戶笑相迎 출호소상영하리라.	집에서 나와 웃으며 반갑게 맞아 주리라.

이백이 59세(乾元 2年, 759)에 야랑夜郎의 유배에서 사면을 받고 강하江夏로 돌아와서 집안 아우인 이지요李之遙를 만나 지어 준 연시 2수 가운데 두 번째 시이다. 첫 번째 시 〈其가1〉이 5·7언 32구의 장시임에 비해, 본시 〈其2〉는 8구의 5언 율시이며, 내용상 전반부와 후반부로 나뉜다.

---

1) 제목의 협주에 〈당시 이지요가 과도한 음주로 인하여 무릉으로 폄적되었으므로, 뒤에 시를 써서 주었다時因飮酒過度貶武陵, 後詩故贈〉라는 부제가 있다.
2) 東平동평 : 동평상東平相 완적阮籍. 동평은 지명으로 지금의 산동성山東省 동평현東平縣이며, 상相은 제후국諸侯國의 실질적인 집장자로, 지위는 군태수郡太守에 해당한다.
3) 南平남평 : 남평태수南平太守 이지요李之遙. 남평은 투주渝州군으로 지금의 중경시重慶市다.
4) 步兵보병 : 보병교위步兵校尉. 한 대漢代에 둔 벼슬 이름으로, 8교위校尉의 하나.
5) 專城전성 : 한 성을 주재하는 주목州牧·태수太守 등의 총칭.
6) 謫官적관 : 좌천된 벼슬아치.

전반부 수련(1~2구)과 함련(3~4구)에서는 아우 이지요에 대해서 쓰기 위해 400여 년전 진晉의 죽림칠현의 한 사람인 완적阮籍과 공통점 몇 가지를 들어 비교하고 있다. 첫째는 두 사람이 군수나 태수로 있던 지명에 '평平(東平과 南平)'자가 들어간 것이고, 둘째는 벼슬이 똑같이 보병교위步兵校尉를 지낸 점, 셋째는 술을 좋아하여 좌천되었거나(이지요) 스스로 지방관을 자청(완적)했다는 점 등을 쓰고 있다.

　　후반부 경련(5~6구)과 미련(7~8구)에서는 이지요가 좌천되어 간 지명이 마침 도원桃源(武陵桃源)이어서, 도잠陶潛(365~427)의 〈도화원기桃花源記〉 내용을 들어 도원에 가면 뭇 사람들이 좋아할 것이라고 한다. 아우에게 술에 대한 경계의 말은 한 마디도 하지 않았으니, 이백 자신도 술에 대해서는 어찌할 수 없었던 모양이다.

121. '정심수'[1]라고 제목하여 상공[2]에게 부치다 題情深樹寄象公

腸斷枝上猿 장단지상원이요	나뭇가지의 원숭이는 창자가 끊어지는 듯하고[3]
淚添山下樽 누첨산하준이라.	산 아래서는 술잔에 눈물이 더해지네.
白雲見我去 백운견아거이니	흰 구름은 내가 떠나가는 것을 보더니
亦爲我飛飜 역위아비번이라.	또 나를 위해 날아오르네.[4]

이 시에 대하여 황석규黃錫珪[5]는 이백이 59세(乾元 2年, 759)에 형문荊門에서 지었다고 하는 전문 4구의 5언 절구이다. 거두절미하고 비창悲愴의 마음을 제시하는 단상斷想(단편적인 생각)인 듯한 내용을 단도직입적으로 써내려 간 것으로 보아 이 시를 지어 보내기 전에 상공象公과는 편지 등을 통해 상당한 교류가 있었던 것으로 보인다. 아니면 어떤 슬픈 소식을 상공이 알려왔는지도 모른다.

---

1) 情深樹정심수: 구체적인 의미는 밝혀진 바가 없다. 다만 정심情深은 '감정이 풍부함.' 또는 '인정이 깊음', 곧 정심의중情深意重이 있어 '인정이 깊다'는 뜻을 나무로 의물화擬物化된 표현으로 상공象公을 칭송하는 것으로 여겨진다.

2) 象公상공: 이백의 친구이기는 하나 구체적으로 누구인지는 밝혀지지 않고 있다.

3) 腸斷장단: 몹시 비통하여 창자가 끊어지는 듯함. 원숭이와 장단腸斷의 고사로, 진晉 간보干寶의 《수신기搜神記》에, 「임천 동흥 지방에 사는 사람이 산에 들어갔다가 원숭이 새끼를 잡아 돌아오는데, 그 어미가 뒤를 쫓아 집에까지 따라왔다. 새끼를 자기 집 정원에 있는 나무에 매달아 놓자, 어미는 사람을 향해 자기의 얼굴을 치면서 애걸하는 모습을 지었을 뿐 직접 입으로 말할 수는 없었다. 이 사람은 새끼를 놓아주지 않고 마침내 죽이자, 어미 원숭이도 슬프게 울부짖다가 스스로 몸을 던져 죽었는데, 배를 가르고 창자를 보니 마디마디 끊어져 있었다.」라는 고사.

4) 飛飜비번: 날아오름.

5) 黃錫珪(1862~1941)의 이백 관련 저작으로 《이태백연보李太白年譜》와 《이태백편년시집목록李太白編年詩集目錄》 등이 있다.

기와 승(1~2구)의 내용 감상에 상당한 어려움이 있다. 1구의 '나뭇가지 위[枝上]'와 2구의 '산 아래[山下]'가 대조의 묘를 이루지만 '원숭이의 울음'과 '시적 자아(이백)의 눈물'은 대조를 넘어서서 호응하는 관계를 이루고 있다. 숲속 나뭇가지에서 들리는 원숭이 장단腸斷의 울음을 관련 고사(《搜神記》의 내용)로 미루어보자면, 혹 멀리 떨어져 있는 집의 자식들의 비보悲報를 들은 것은 아닌지 슬퍼하는 원인은 알 수 없다. 이어 앞에 놓인 술잔에 눈물이 떨어진다고 한다. 애이불상哀而不傷(슬퍼하되 傷心하지 않음)의 차원을 넘어선 심중을 보여주고 있다. 눈물로 채워진 술잔을 앞에 놓고 넋을 잃고 앉아 있는 모습이 그려진다.

　　전과 결(3~4구)에서는 시상이 비약한다. 슬픔을 떨쳐내듯이 애써 고개를 들어 하늘을 바라본다. 세상만사 희로애락을 아는지 모르는지 유유히 떠가는 한 점 구름이 문득 부럽다. 아니, 부러워할 것 없다. 나도 지금까지 운수행각雲水行脚(떠가는 구름이나 흐르는 물처럼 떠돌아다님)하지 않았던가. 그대[象公]만큼은 내 심정을 알아주리라 믿고 '정심수情深樹'라 이름 짓고 몇 줄 시구를 푸념처럼 적어 보낸다.

122. 이른 봄 왕 한양현령에게 부치다 早春寄王漢陽

聞道春還未相識 문도춘환미상식터니　　봄이 왔다고 들었지만 아직 만나지 못해

走傍寒梅訪消息 주방한매방소식이라.　　길옆 매화에게 다가가 봄소식 물어보았네.

昨夜東風入武昌 작야동풍입무창하니　　어젯밤 봄바람이 무창¹⁾에서 불어오더니

陌頭楊柳黃金色 맥두양류황금색이라.　　길섶²⁾ 버들은 누런빛을 띠고 있네.

碧水浩浩雲茫茫 벽수호호운망망인데　　푸른 물은 넘실거리고 구름은 아득한데

美人不來空斷腸 미인불래공단장이라.　　미인³⁾은 오지 않고 공연히 애만 끊어지네.

預拂靑山一片石 예불청산일편석하여　　청산 속 한 조각 바위를 미리 쓸어 놓고

與君連日醉壺觴 여군연일취호상이라.　　그대와 함께 술상⁴⁾차려 연일 취하리라.

　　이백이 60세(上元 1年, 760)되는 무창武昌에서 봄소식과 함께 한양漢陽의 왕현령王縣令이 오기를 기다리며 쓴 시로, 전문 8구의 7언 율시다. 앞의 시 〈자한양병주귀기왕명부自漢陽病酒歸寄王明府〉에 이어 쓴 시로 여겨진다. 이백이 노년에 당한 유배지로 가는 길은 힘들었고 고달팠는데, 유배 중에 한양 왕 현령의 극진한 예우와 은혜는 두고두고 잊지 않고 갚고 싶고 저간의 안부도 전하고 싶어서 쓴 것으로 여겨진다.

　　전반부(1~4구)에서는 계절이 봄이 왔음을 쓰고 있다. 수련(1~2구)에서는, 춘래불사춘春來不似春이라고 했듯이 봄은 왔다고 하지만 아직 봄 같지 않아서 매화꽃이 벙글었는가 싶었는데, 하룻밤 봄바람이 (그대가 있는)무창武昌에서 불어오더니 길섶 버들이 샛노

---

1) 武昌무창 : 호북성湖北省 무한시武漢市에 있다. 본문에서는 왕 현령이 있는 곳.

2) 陌頭맥두 : 길. 또는 길가. 길섶.

3) 美人미인 : 덕성이 아름다운 사람. 본문에서는 왕 현령을 가리킴.

4) 壺觴호상 : 술병과 술잔.

란 잎을 내밀었다고 한다(3~4구). '매화와 버들이 봄을 다툰다[梅柳爭春]'는 말을 실감케 한다.

후반부(5~8구)에서는 기다리는 임(왕 현령)이 오지 않음을 말하고, 그래도 자신은 임을 기다리겠노라고 한다. 경련(5~6구)에서는 물이 깊어 못 오시나 구름에 가려 보이지 않나 라고 하면서, 공연히 애간장만 태우고 있다고 한다. 조선의 비운悲運의 여류시인 허난설 헌許蘭雪軒(1563~1589)이 〈규원가閨怨歌〉에서 「천상天上의 견우직녀 은하수 막혔어도, 칠 월칠석 일년일도 실기失期치 아니커든, 우리 님 가신 후난 무슨 약수弱水5)가렸관대, 오 거니 가거니 소식조차 그쳤는고.」라 했듯이, 강과 구름을 장애물로 여기고, 임이 오지 못해 나지 못한다고 한다.

그러나 기다리는 마음만은 변함없으니, 둘이서 앉을 만한 청산 속 너럭바위[片石]를 쓸고 술상을 미리 봐두었다가 기다리던 임이 오면 주야를 가리지 않고 술을 마시리라고 한다. 보은의 술자리를 통해 왕 현령의 덕성과 기다림을 쓰고 있다.

---

5) 弱水(약수) : 신선이 사는 곳과 속세를 가로막고 있다는 바다. 물의 힘이 약하여 홍모鴻毛조차 잠긴다 는 강. 곧 건널 수 없는 물의 뜻.

123. 취한 뒤 역양¹⁾의 왕 현령에게 주다 醉後贈王歷陽

書禿千兔毫 서독천토호하고	글씨 쓰느라 천 개의 붓²⁾이 닳았고
詩裁兩牛腰 시재양우요인데,	지은 시문은 두 마리 소의 허리³⁾까지 차고,
筆蹤起龍虎 필종기용호하고	붓놀림⁴⁾은 용과 호랑이가 일어나는 듯
舞袖拂雲霄 무수불운소로다.	붓을 든 소매 끝은 춤추듯 하늘 끝⁵⁾을 스치네.
雙歌二胡姬 쌍가이호희하고	두 서역 여인은 짝지어 노래 부르고
更奏遠淸朝 갱주원청조니라.	번갈아 밤새워 이른 아침⁶⁾까지 연주하네.
舉酒挑朔雪 거주도삭설하여	술잔 들어 북방의 눈송이를 희롱하며
從君不相饒 종군불상요리라.	그대를 따르며 양보⁷⁾ 않고 마시리라.

이백이 역양歷陽 땅을 찾은 것은 53세(天寶 12年, 753)와 61세(上元 2年, 761) 때 두 차례 방문했는데, 이 시는 다음 두 편의 시와 함께 61세 지은 것으로 여겨진다. 이백이 역양에서 왕 현령에게 술 취한 뒤에 써 준 시로 현령의 서예에 대한 재능과 음주 풍류를 칭송한 전문 8구 5언 율시다.

수련(1~2구)에서는 왕 현령의 글씨와 시문 저작에 대한 필살必殺의 노력을 특유의 과

---

1) 歷陽역양 : 당대의 군현郡縣으로 지금의 안휘성 화현和縣 역양진歷陽鎭이며, 역양현 남쪽에 역수歷 水가 흐르므로 역양이라 불렀다.
2) 兔毫토호 : 토끼털로 만든 붓. 또는 붓을 두루 이르는 말.
3) 牛腰우요 : 소의 허리 부분. 시문詩文의 수량이 많음을 비유함.
4) 筆蹤필종 : 운필運筆의 흔적.
5) 雲宵운소 : 하늘의 끝. 높은 하늘.
6) 淸朝청조 : 이른 아침.
7) 相饒상요 : 용서함. 관용함.

장법을 통해 그려내고 있다. 열 개의 벼루가 닳아서 구멍이 났고 시문의 저작은 두 마리의 소에 실을 수 있다고 한다. 함련(3~4구)에서는 왕 현령이 글씨 쓰는 운필運筆(붓놀림)은 용이 솟구쳐 오르고 호랑이가 숲 속에서 뛰어나오듯이 힘차며, 붓을 든 옷소매는 하늘을 스치는 듯하다고 묘사한다. 일필휘지一筆揮之 경사입초驚蛇入草(놀란 뱀이 풀숲으로 뛰어들 듯 힘 있는 서체)의 지경으로 극찬한다.

경련(5~6구)에서는 왕 현령이 글과 문장에 대한 치열한 노력이 빼어날 뿐만 아니라 풍류도 남달랐음을 제시한다. 무희들의 아름다운 춤과 음악을 즐길 줄 아는 여유와 풍류를 한껏 칭송하고 있다. 이어 미련(7~8구)에서는 그런 왕 현령과 하룻밤을 즐기는데, 술잔 속으로 내리는 북방의 눈발마저 정겹게 느껴진다고 한다. 이런 밤이라면 다른 것은 왕 현령과 견줄 것이 없고, 오직 음주대작만은 지지 않고 상대해 줄 수 있다고 한다. 모처럼 유랑 길에서 빈객으로 환대받는 즐거움이 은근히 표현되고 있다.

124. 눈 맞으며 술에 취한 뒤 왕 역양현령에게 주다 對雪醉後贈王歷陽

有身莫犯飛龍鱗 유신막범비룡린하고 　몸으로 나는 용 비늘[1]을 건드리지 말고
有手莫辮猛虎鬚 유수막변맹호수하라.　손으로 맹호의 수염을 꼬지 마시게.
君看昔日汝南市 군간석일여남시에 　그대는 옛날 여남의 저자거리에서
白頭仙人隱玉壺 백두선인은옥호로다.　옥 호리병[2] 속 숨은 백발신선을 보았으리.
子猷聞風動窗竹 자유문풍동창죽하고 　왕자유[3]는 창가 대가 흔들리는 소리를 듣고
相邀共醉杯中綠 상요공취배중녹이라.　서로 만나[4] 술잔의 푸른 술로 함께 취했네.
歷陽何異山陰時 역양하이산음시요 　지금 역양이 산음의 그때와 어찌 다르리오
白雪飛花亂人目 백설비화난인목이니,　흰 눈은 꽃처럼 날려 눈을 어지럽게 하니.
君家有酒我何愁 군가유주아하수리요 　그대 집에 술 있으니 내 무엇을 걱정하리오
客多樂酣秉燭遊 객다낙감병촉유로다.　많은 손님들과 취해서 촛불잡고 놀리라.[5]
謝尚自能鴝鵒舞 사상자능구욕무하고 　사상[6]처럼 스스로 구욕무[7]를 출 수 있고

---

1) 龍鱗용린 : 용의 비늘. 군주를 이르는 말. '역린逆鱗'의 뜻으로, 임금이나 권력자의 분노를 비유.
2) 玉壺옥호 : 선경仙境을 이르는 말. 한漢의 비장방費長房이 저자에서 약을 파는 노인을 따라 호리병 속에 들어가 보니, 그 곳은 화려한 별천지였고 그 노인은 신선이었다는 고사.
3) 子猷자유 : 왕휘지王徽之. 자유子猷는 자. 서성書聖 왕희지王羲之의 다섯째 아들로, 대나무를 좋아하여 창가에 대나무를 심어 놓고 '차군此君'이라 부르며 감상하며 지냈다. 산음山陰에 살 때 눈이 갓 갠 밤에, 갑자기 대규戴逵가 그리워 배를 타고 가서는 문에 이르러 들어가지 않고 돌아가면서 '흥을 타고 와서 흥이 다하면 돌아가는 것이지, 꼭 대규를 만나야 하겠는가.'라고 한 고사가 있다.
4) 相邀상요 : 왕자유王子猷(徽之)와 그의 벗 대규戴逵와의 만남을 의미한다.
5) 秉燭遊병촉유 : 병촉야유秉燭夜遊. 촛불을 들고 밤놀이를 함. 곧 시기를 놓치지 않고 제때에 즐김.
6) 謝尚사상 : 진晉 진군陳郡 사람. 음악에 기예에 두루 능통하고, 연회에서 구욕무鴝鵒舞를 잘 추었다.
7) 鴝鵒舞구욕무 : 악무樂舞의 이름.

相如免脫鸘鷞裘 상여면탈숙상구니라. 사마상여[8]처럼 숙상갖옷[9]을 벗지 않으리.

淸晨鼓棹過江去 청신고도과강거면 새벽녘 노 저어 강을 건너 떠나가면

千里相思明月樓 천리상사명월루로다. 천리 밖 명월루에서 그대를 그리워하리라.

이백이 61세(上元 2年, 761) 겨울에 역양 현령 왕씨로부터 융숭한 접대를 받으며 지은 3수 〈취후증왕역양醉後贈王歷陽〉, 〈조왕역양불긍음주嘲王歷陽不肯飮酒〉에 이은 마지막 시로, 전문 14구 7언 고시다. 내용상 4단락으로 나뉘는데, 첫째 단락(1~4구)에서는 왕현령에게 충고 아닌 경계의 말로 시작한다. 모두冒頭에 '~하지 말라[莫]'는 어투는 왕현령과 웬만한 친분 관계가 형성되었음을 의미한다. 경계의 주 내용은 공명과 권력을 탐내다가 윗사람 곧 천자나 황족의 미움을 사게 되면 돌이킬 수 없는 우를 범하기 쉽다는 것을 강조하고 있다(1~2구). 이어 어떻게 살아가라는 것인가에 답은 옥 호리병 속의 신선고사를 들고 있다. 그렇다고 신선이 되라는 말은 아니다. 여남汝南의 저자거리에서 약을 파는 백두선인은 비록 하찮은 늙은이지만 밤이면 신선세계에서 편히 쉬는 사람으로, 안분지족安分知足의 삶을 살라고 한다. 아울러 '약을 판다'는 것은 (현령으로서)백성의 고통과 괴로움을 없애주는, 곧 자비지심慈悲之心 중 비능발고悲能拔苦(남의 고통을 뽑아줌)의 마음을 가지고 살라는 뜻을 함축하고 있다.

둘째 단락(5~8구)에서는 왕자유王子猷 고사를 인용하고 있다. 왕자유는 대나무에 대한 사랑이 유달라 대나무를 가리키며 '하루도 차군此君(그대) 없이는 지낼 수 없다.'라고 대나무의 이칭을 만들어낸 고사의 장본인이다. 왕자유 창밖의 대나무를 제시하고(5구), 대나무 푸른 그림자가 어리고 대나무 향이 스민 푸른 술을 벗 대규戴逵와 함께 마신 고사를 제시한다(6구). 이어 그런 왕자유와 대규의 사귐은 역양 현령 왕씨와 이백의 관계로 빗대어, 왕씨가 다스리는 역양과 왕자유가 살았던 산음山陰이 별반 다르지 않다고 하면서(7

---

8) 相如상여 : 사마상여司馬相如. 한漢 성도成都 사람. 사부辭賦에 뛰어난 한위 육조漢魏六朝 문인들의 모범이 되었으며, 탁왕손卓王孫의 딸 문군文君과의 애정 행각으로 유명하다.

9) 鸘鷞裘숙상구 : 사마상여司馬相如가 입었다는 숙상鸘鷞(기러기의 일종)으로 만들었다는 가죽옷.

구), 왕자유가 술에 취해 문득 대규를 찾아갔다가 문 앞에서 발길을 돌려 돌아왔다는 밤도 오늘처럼 눈이 내렸다고 한다(8구).

셋째 단락(9~12구)에서는 사상謝尙과 사마상여司馬相如의 고사를 인용하고 있다. 특히 술이 부족하리라는 걱정은 하지 않아도 된다고 하고(9구), 자신의 다른 시 〈춘야연종제도리원서春夜宴從弟桃李園序〉에서 언급한 '병촉야유秉燭夜遊'를 써서 밤이 깊도록 촛불을 밝히며 손님들과 마음껏 마시겠다며 급시행락을 강조한다. 취하면 취흥에 겨워 사상의 구욕무鸜鵒舞라도 출 것인데, 무엇보다도 사마상여司馬相如처럼 술값 때문에 숙상구鷫鷞裘(기러기 가죽으로 만든 갖옷)같은 값진 옷을 팔지 않아도 된다고 하니(11~12구), 술꾼 아닌 주선酒仙 칭호를 받는 사람들에게도 예나 지금이나 술값은 늘 걱정거리였을 것이다.

넷째 단락(13~14구)은 왕씨 현령과의 아쉬운 이별이 주 내용이다. 며칠간인지 모르지만 이백을 맞이하여, 십년지기처럼 이백의 명성을 알아주고 빈객으로 환대해 주었다. 그러나 내일 새벽이면 배를 저어 강물 속에 녹아 사라지는 눈발처럼 흔적 없이 운수행각雲水行脚[10]의 길을 떠나야하는 것이 못내 아쉽기만 하다. 아마도 이날 밤의 주연酒宴은 왕씨 현령이 베푼 이백과의 송별연이었을 것으로 여겨진다. 멀리 멀리 떠나가 천리 밖에 있어도 역양의 왕씨 생각은 두고두고 날 것 같다고 한다. 인생사에서 숙명과도 같은 회자정리會者定離(사람은 누구나 만나면 헤어지기 마련)의 천리를 염두에 두었으리라. 어느 곳이든지 달 밝은 누대樓臺에 앉아있을 양이면 더욱 왕씨 생각이 간절하리라고 한다.

---

10) 雲水行脚운수행각 : 떠가는 구름이나 흐르는 물처럼 자유로이 여러 곳을 돌아다님.

125. 역양[1] 저사마[2]에게 주다. 당시 이 분이 어린 아이의 춤을 추기에 이 시를 짓다 贈歷陽褚司馬, 時此公為稚子舞故作是詩也

北堂千萬壽 북당천만수요   북당의 어머니께서[3] 천만년 장수하시길 빌며

侍奉有光輝 시봉유광휘니라.   모시고 받드니 광채가 나는구나.

先同稚子舞 선동치자무하고   먼저 어린아이처럼 춤을 추더니

更著老萊衣 갱착노래의니라.   노래자[4]의 옷으로 바꿔 입네.

因為小兒啼 인위소아제하고   어린아이 울음소리를 흉내 내더니

醉倒月下歸 취도월하귀라.   술에 취해 넘어지며 달빛 아래 돌아가네.

人間無此樂 인간무차락이니   세상에 이런 즐거움이 없을 것이고

此樂世中稀 차락세중희로다.   이런 즐거움은 세상에 드물 것이네.

이백이 61세(上元 2年, 761) 되는 말년에 역양歷陽을 찾아갔을 때 사마司馬 저씨褚氏에게 지어준 시로, 그의 어머니에 대한 효성을 칭송하는 8구의 5언 율시다. 전문은 율시의

---

1) 歷陽역양: 지금의 안휘성安徽省 화현和縣.

2) 褚司馬저사마: 사마司馬 저씨褚氏. 사마는 지방의 군현郡縣에 근무하는 중간 관료이며, 저褚씨는 누구인지 알려지지 않고 있다.

3) 北堂북당: 어머니가 계신 곳. 또는 어머니를 지칭함. 거실 동쪽 방의 뒤쪽으로 부녀자들의 거처를 이름.

4) 老萊衣노래의: 노래거老萊裾. 어버이를 효성으로 봉양함을 비유하는 말. 노래자老萊子가 나이 70에도 색동옷을 입고 재롱을 부렸다는 고사.《몽구蒙求·고사전高士傳》에,「노래자는 춘추전국시대 초楚나라 사람으로 어려서부터 효성이 지극하여 일흔 살에도 색동옷을 입고 부모님 앞에서 어린아이처럼 재롱을 피웠으며, 부모님께 음식을 드리려다 발을 헛디뎌 넘어지면서도 노래자는 엎어진 채 어린아이의 흉내내며 아이처럼 울었다.」

구성을 따르지만, 내용상 3단락으로 나뉜다.

첫째 단락 기연(1~2구)에서는, 먼저 사마 저씨의 지극한 효도에 명성과 소문이 인근에 자자하다고 한다. 이어 둘째 단락 함련과 경련(3~6구)에서는 저씨의 효도하는 모습을 노래자老萊子의 고사를 들어 묘사하고 있다. 어머니를 즐겁게 해드리기 위해 어린아이처럼 춤을 추고[稚子舞], 색동옷으로 바꾸어 입고[老萊衣], 어린아이 울음소리를 흉내 내더니[小兒啼], 술에 취해 달빛 아래로 즐겁게 걸어간다고 한다.

마지막 셋째 단락 미련(7~8구)에서는, 사마 저씨의 효성에 대해 '이런 즐거움[此樂]'은 세상에 없거나 드물다고 하면서 극찬하고 있다. 곧 효도 받는 어머니의 즐거움이고 효도하는 자식의 즐거움이자, 이런 효행을 바라보는 사람들의 즐거움이다.

이백이 천하를 주유하면서 감동받는 것은 산수강산의 절경만은 아니었다. 마을마다 골짜기마다 아름답게 살아가는 사람들의 모습도 놓칠 수 없었다. 선정善政을 베푸는 목민관으로부터 가난 속에서도 극진히 부모를 봉양하는 서민들의 미담美談 등을 시작詩作의 제재로 삼아 한 편의 시로 남겨 길이 전하고 싶었을 것이다.

126. 술에 취한 뒤 조카 고진에게 주다 醉後贈從甥高鎭

馬上相逢揖馬鞭 마상상봉읍마편이니   말 탄 채 서로 만나 채찍 들어 인사하니
客中相見客中憐 객중상견객중련이라.   나그네 되어 서로 만나 신세가 가련하네.
欲邀擊筑悲歌飮 욕요격축비가음이나   축을 타며 슬픈 노래에 술 마시려 하지만
正値傾家無酒錢 정치경가무주전이라.   바로 온 집안을 뒤져도 술 살 돈이 없구려.
江東風光不借人 강동풍광불차인하여   강동의 풍광은 사람을 위해 머무르지 않아
枉殺落花空自春 왕쇄낙화공자춘이라.   헛되이[1] 꽃이 지니 봄도 쓸모없구려.
黃金逐手快意盡 황금축수쾌의진이니   황금을 손가는 대로 마음껏 써버렸더니
昨日破産今朝貧 작일파산금조빈이라.   어제 파산하고 오늘은 가난뱅이가 되었네.
丈夫何事空嘯傲 장부하사공소오리오   장부는 어떤 일에도 공연히 거만하지만[2],
不如燒却頭上巾 불여소각두상건이라.   머리의 두건을 태워버리는 게 낫겠네.
君爲進士不得進 군위진사부득진하고   그대는 진사임에도 관직에 나가지 못했고
我被秋霜生旅鬢 아피추상생여빈이라.   나는 가을서리에 흰 귀밑머리가[3] 생겼네.
時淸不及英豪人 시청불급영호인이니   태평한 시절이라 영웅호걸과 관계치 않으니
三尺童兒唾廉藺 삼척동아타염인이라.   삼척동자도 염인廉藺[4]을 무시했다네.

---

1) 枉殺왕쇄 : 허비함. 헛되게 함.

2) 嘯傲소오 : 거리낌 없이 마음껏 읊조리거나 노래함. 외물外物에 구속되지 않고 방일放逸함을 형용.

3) 旅鬢여빈 : 나그네 신세에서 생긴 흰 귀밑머리.

4) 廉藺염인 : 염파廉頗와 인상여藺相如. 두 사람 모두 전국시대 조趙나라의 명장이자 공신으로 친교를 맺어 나라를 위기에서 구하고 진秦이 조나라를 넘보지 못하게 했다. 한 때 인상여의 출세를 시기하는 염파로 인하여 두 사람 사이가 원만하지 않았으나, 나라를 위해 끝까지 참은 인상여의 도량에 감격한 염파가 육단부형肉袒負荊(웃통을 벗은 채 가시나무를 메고 사과함)으로써 다시 친한 사이가 되어 죽음

匣中盤劍裝鯗魚 갑중반검장착어나   칼집의 보검5)을 상어6)로 장식했지만

閑在腰間未用渠 한재요간미용거이니   한가롭게 허리춤에 차고 있어 쓸데없으니,

且將換酒與君醉 차장환주여군취하여   차라리 술과 바꿔 그대와 함께 술을 마시고

醉歸托宿吳專諸 취귀탁숙오전저리라.   취해 돌아가 오吳 전저7)에게서 묵으세.

이 시가 지어진 시기를 알 수 없지만, 또 다른 시 〈종조카 고오와 헤어지며주다贈從甥高五〉와 선후로 썼으며 내용이 유사하다. 이백이 24세에 고향을 떠나 천하를 유람하다가 42세에 천자의 부름을 받고 장안에 들어가기 이전에 쓰인 것으로 보인다. 두 사람 모두 내용 곳곳에 소위 회재불우懷才不遇(재능이 있으면서도 그 재능을 펼칠 기회를 만나지 못함)를 한탄하는 모습이 보인다. 전문 18구의 7언 고시이다. 첫째 단락(1~4구)에서는 이백이 나그네가 되어 돌아다니다가 노상에서 우연히 자신처럼 나그네가 된 조카 고진高鎭을 만나 동병상련同病相憐을 느끼는 이야기로 시작한다. 감성어 '가엾게 여김[憐]' → '슬픈 노래[悲歌]'가 시적 분위기를 지배하는데, 그 원인은 다름 아닌 '술 살 돈이 없기[無酒錢]'이다. 객지에서 만났으니 서로 껴안고 반가움에 기쁨의 술잔을 부딪쳐야 하는데, 그러지 못하는 자신의 현실이 더욱 안타까운 것이다. 3구의 '격축비가擊筑悲歌의 고사'8)를 살피자면 분위기는 사뭇 비장해진다.

을 함께 해도 변치 않을 친교[刎頸之交]를 맺었다.《사기史記 · 염파인상여열전廉頗藺相如列傳》참조.

5) 盤劍반검: 칼자루를 새기거나 실로 수를 놓아 도안이나 무늬로 장식한 좋은 칼.

6) 鯗魚착어: 상어. 본문에서는 상어가죽으로 만든 칼집.

7) 專諸전저: 춘추시대 오吳의 자객刺客. 오자서伍子胥가 천거한 오吳나라의 자객으로, 뒷날 오왕 합려閤閭가 되는 공자 광光을 위해 상대편인 오왕吳王 요僚를 생선 뱃속에 숨긴 비수로 시해하고 자신도 즉사했다. 전설저鱄設諸 · 전저鱄諸 · 전저剸諸라고도 씀.《사기史記, 자객열전刺客列傳》참조.

8) 擊筑悲歌격축비가: 전국시대 연燕나라 협객 형가荊軻와 축筑을 잘 다루는 친구 고점리高漸離와의 고사. 진시황을 살해하려다 실패하고 죽음을 당한 자객 형가가 이전에 연나라에 있을 때, 매일 저자거리에 나가 술을 마시고 취하면 고점리가 축을 치고 형가는 비장하게 노래를 부르다가 사람들이 옆에 있는 것도 모르고 눈물을 흘렸다고 한다. 여기서 이백과 고진이 형가와 고점리처럼 의협심을 가지고 있음을 은밀히 드러내고 있다.

둘째 단락(5~8구)에서는 지금의 빈한貧寒은 돈이 있을 때 조금이라도 아끼지 않고 마음껏 다 써버린 결과라고 한다. 이러한 가난을 더욱 역설적으로 돋보이게 하는 것은 계절 배경이 봄이기 때문이다. 객지에서 꽃 피는 봄에 혈육을 만났으니 그 아니 기쁘겠는가? 만화방창하는 꽃 아래 조우遭遇의 기쁨을 술 살 돈이 없어 나누지 못하는 떠돌이 가객歌客의 안타까운 심사가 여과 없이 나타나고 있다.

셋째 단락(9~12구)에서는 가난을 벗어날 수 있다면 장부의 자존심마저 버리겠다는 내용과 '잘못된 세상' 때문에 흰 머리가 나도록 허송세월하고 있다는 한탄이다. 물론 이백이 가난을 뼈저리게 느끼는 것은 '술 살 돈'이 없는 것이 직접적 원인이겠지만. 고진은 과거에 급제하고서도 벼슬길에 오르지 못하는 것은 매관매직賣官賣職하는 관료사회이기 때문이니, 자신이 회재불우하는 것과 다를 것 없다는 동병상련이다. 머리에 쓰고 있는 두건頭巾은 신분을 나타내고 대장부의 자존심의 상징이다. 그래서 검수黔首9)가 될지라도 두건을 불에 태워버리는 것이 낫겠다고 한다.

마지막 넷째 단락(13~18구)에서는 세 사람의 역사적 인물을 등장시키고, 이들과 동류화同類化시키는 가운데 자신의 현재의 모습을 자위自慰하니, 염파廉頗와 인상여藺相如, 그리고 전저專諸이다. 앞서 3구 격축비가擊筑悲歌 고사에서 형가荊軻와 고점리高漸離를 합하면 모두 다섯 사람이다. 그런데 이들의 공통점은 대부분 자객刺客이거나 협객俠客이다. 먼저 염파와 인상여(13~14구)처럼 나라를 위기에 구한 인물들도 나라가 평온해지고 쓸모없어지면 토사구팽兎死狗烹10) 당하는 고사를 통해, 자객이나 협객의 필수품인 '칼집 속의 보검'은 실제 이백 자신이 불의를 보면 못 참는 성격이고 건장한 체구에 협객의 기질을 가졌음을 의미한다. 그러나 제목에 '취한 후[醉後]'라고 한 것과 마지막에 '(보검을)술과 바꾼 것[換酒]'으로 보아, '두건'처럼 장부의 자존감마저도 '반드시 술을 마셔야 하는 상황에서는 기필코 마시고야 만다.'는 것을 알 수 있다. 곧 술이 없어 음주시는 아님을 알겠다.

---

9) 黔首검수 : 머리에 아무 것도 쓰지 않고 검은 맨머리라는 뜻으로 일반 백성을 의미.

10) 兎死狗烹토사구팽 : 토끼가 죽고 나면 개는 삶긴다는 뜻으로, 어떤 일에 있어서 이용 가치가 없어지면 버려진다는 말.

제6부

기타
퇴줏잔에 고인 사연들

[청] 황균黃均, 〈이백행음요월도李白行吟邀月圖〉

　　제6부 '기타'에서는 이백 자신이 직접 음주하지는 않으나 다른 사람들의 음주 광경이나 그 외 술과 관련된 시 10수를 한 곳에 모았다. 작품들로는 젊은이들의 음주 광경을 객관적 관점에서 쓴 시 〈백마편白馬篇〉, 〈소년자少年子〉, 〈결객소년장행結客少年場行〉, 〈협객행俠客行〉, 〈백비과白鼻騧〉, 〈소년행少年行〉 등 6편이고, 미인들의 술에 취한 모습을 묘사한 〈구호오왕미인반취口號吳王美人半醉〉, 〈오서곡烏棲曲〉과 물건을 노래한 영물시詠物詩로 〈영산준咏山樽〉, 〈견야초중유명백두옹자見野草中有名白頭翁者〉 등이다.

127. 백마를 읊은 시[1] 白馬篇

龍馬花雪毛 용마화설모요 　　눈처럼 새하얀 털의 용마[2]를 타고

金鞍五陵豪 금안오릉호로다. 　　금 안장에 앉은 오릉[3] 사는 호걸이여,

秋霜切玉劍 추상절옥검이요 　　가을 서리 같은 절옥검[4]을 차고

落日明珠袍 낙일명주포로다. 　　석양처럼 빛나는 구슬 단 도포를 입었네.

鬪雞事萬乘 투계사만승인데 　　싸움닭을 기르며 만승천자를 섬기는데[5]

軒蓋一何高 헌개일하고인가. 　　수레의 차일은 어찌 이리도 높은가요?

弓摧南山虎 궁최남산호하고 　　활을 쏘아 남산 호랑이를 쓰러뜨리고[6]

手接太行猱 수접태항노라. 　　맨손으로 태항산[7] 원숭이를 잡았다네.

----

1) 白馬篇백마편 : 〈백마편白馬篇〉이란 제목은 본래 《악부시집樂府詩集》의 〈잡곡가사雜曲歌辭〉에 속한다.

2) 龍馬용마 : 준마를 이르는 말. 8척尺 이상이 되는 말을 용이라고 한 데서 유래. 원래는 용의 머리에 말의 몸을 하고 있다는 전설상의 동물.

3) 五陵오릉 : 오현五縣. 한 대漢代 장안長安 부근의 한 고조漢高祖 유방劉邦을 비롯한 서한西漢의 다섯 황제들이 묻혀 있는 능묘로 당나라 때에도 주변에 귀족들이 많이 살고 있었다. → 본문에서는 오릉호기五陵豪氣의 뜻으로 벼슬이 높은 귀족의 호걸스러운 기개氣槪.

4) 切玉劍절옥검 : 주周 목왕穆王이 서쪽 견융犬戎을 칠 때 사용했던 칼로 옥을 흙덩이처럼 벨 수 있을 정도로 예리한 검.

5) 鬪雞事萬乘투계사만승 : 싸움닭을 기르며 만승천자를 섬기다. 당唐나라 현종玄宗이 닭싸움을 좋아하여 궁중에서 싸움닭을 기르게 한 것을 말함.

6) 弓摧南山虎궁최남산호 : 활을 쏘아 남산 호랑이를 쓰러뜨리다 《진서晉書 · 주처전周處傳》에 남산에 사는 흰 이마의 사나운 호랑이가 해를 끼치자 주처가 산으로 들어가 호랑이를 쏘아 잡은 무용담武勇談이 전한다. 주처周處는 진晉 양선陽羨 사람으로, 협객으로 제만년齊萬年의 반란을 정벌하다가 전사함.

7) 太行태항 : 태항산太行山. 중국 산서고원山西高原과 하북평원河北平原 사이에 있는 산으로 동서교

酒後競風采 주후경풍채하고　　술에 취한 뒤에는 풍채를 뽐내면서

三杯弄寶刀 삼배농보도니라.　　석 잔을 마시고는 보검을 휘두르며

殺人如剪草 살인여전초하고　　사람 죽이기를 풀 베듯 하고

劇孟同遊遨 극맹동유오로다.　　협객 극맹8)과 함께 노닐며 사귄다네.

發憤去函谷 발분거함곡이오　　분발하여 함곡관9)으로 가기도 하고

從軍向臨洮 종군향임조니라.　　군에 입대하여 임조10)까지 가서는,

叱咤經百戰 질타경백전하니　　큰소리로 꾸짖으며 온갖 전쟁을 치르니

匈奴盡奔逃 흉노진분도로다.　　흉노 무리들이 모두 도망갔다네.

歸來使酒氣 귀래사주기하나　　돌아와서는 술주정을 부리면서

未肯拜蕭曹 미긍배소조하고,　　소하나 조참11)에게 절하지 않았으며,

羞入原憲室 수입원헌실은　　원헌12)의 집에 들기를 부끄러워 한 것은

荒徑隱蓬蒿 황경은봉호로다.　　후미진 길 옆 쑥대밭에 숨어 살아서라네.

이백이 30세(開元 18年, 730)경 장안에 처음 들어갔을 때 지은 시로, 장안의 오릉五陵 주변에 사는 귀족자제들이 술 마시고 펼치는 용맹스런 기개와 변방으로 종군하여 공업을 세우는 과정 등을 읊었다. 말이 키가 8척 이상은 용마龍馬에 들고 흰털의 백마白馬는 동서양을 막론하고 제왕이나 대장임을 상징하는 말이다. 따라서 문벌 높은 집안의 귀족

통의 요지로 험준한 계곡이 많아 '태항팔형太行八陘'이란 말이 있음.

8) 劇孟극맹 : 한漢 낙양洛陽 사람. 호협한 기개로 제후 사이에 이름이 높았음.

9) 函谷함곡 : 함곡관函谷關. 기록에 의하면 두 군데에 있었던 관문關門으로, 하남성河南省 영보현靈寶縣과 신안현新安縣에 있었다.

10) 臨洮임조 : 지금의 감숙성甘肅省 민현岷縣 일대.

11) 蕭曹소조 : 한漢의 소하蕭何와 조참曹參을 아울러 이르는 말. 두 사람 모두 한漢의 재상으로 한나라 왕조 경영의 기초를 다졌다.

12) 原憲원헌 : 춘추시대 노魯 사람으로 공자孔子의 제자인 자사子思. 공자가 노나라의 사구司寇로 있을 때 읍재邑宰로 청빈淸貧한 삶을 살았다. 뒤에 선비의 청빈한 삶을 상징.

자제들이나 타는 말로 본문의 내용 경개를 함축하고 있다. 전문은 20구 5언 악부체로 내용상 5단락으로 나뉜다.

첫째 단락(1~4구)에서는, 귀족자제들의 호화롭고 사치스러운 전형적인 모습으로 승마한 모습을 그려내고 있는데, 즐겨 타는 말白馬과 호화로운 안장金鞍, 사는 지역五陵, 차고 다니는 칼切玉劍, 입고 다니는 도포明珠袍 등으로 한량의 모습으로 묘사하고 있다. 둘째 단락(5~8구)에서는 천자를 모시는 모습으로 천자가 좋아하는 투계鬪鷄를 위해 닭을 기르기도 하면서, 천자의 총애를 받아 차일 높은 수레를 탄다. 또한 활을 쏘아 남산의 호랑이를 쓰러뜨리고 맨손으로 태항산 원숭이를 사로잡을 만큼 무예가 높은 수준에 있음을 서술하고 있다.

셋째 단락(9~12구)에서는 호화 사치를 누리는 모습에서 협객 모습으로 바꾸어 묘사하고 있다. 술에 취해 풍채를 뽐내기도 하고, 부정 불의한 사람을 만나면 칼을 들어 죽이기를 서슴지 않으며 옛 한漢나라 때의 협객 극맹劇孟을 본받고자 한다고 한다. 넷째 단락(13~16구)에서는 한량과 협객의 모습을 넘어 나라가 위기에 처하면 자진하여 전쟁터를 누비며 싸우는 것도 마다하지 않으니, 험지인 함곡관函谷關이나 임조臨洮 등지도 누비면서 흉노 등의 오랑캐를 무찌르기도 한다고 한다.

다섯째 단락(17~20구)에서는, 전쟁터를 누비며 나라를 위기에서 구하고 장안으로 돌아와서는 다시 술을 마시고 술주정을 부리기도 한다. 그렇다고 권세가들에게 빌붙거나 아부하거나 굽신거리지도 않는 척당불기倜儻不羈[13]하는 의연한 태도를 가졌다고한다. 그러나 그들이 청빈한 생활을 원하는 것은 아니어서, 외딴곳 후미진 곳에 사는 것을 수치스럽게 여기고 부끄러워한다고 한다. 전체 각 단락 별로 귀족자제들의 여러 가지 모습을 차례대로 서술하면서 부정적으로 바라보는 것이 아니라 긍정적 측면에서 쓰고 있다 하겠다.

---

13) 倜儻不羈척당불기 : 호방하고 기개가 있어 남에게 구속을 받지 아니함.

128. 젊은 사내들 少年子

青雲少年子 청운소년자가	권문세가[1]의 젊은 자제들이
挾彈章臺左 협탄장대좌하고,	장대 거리[2] 왼편에서 화살을 메고
鞍馬四邊開 안마사변개로	말안장 얹고 사방이 활짝 트인 곳으로
突如流星過 돌여유성과러니,	유성처럼 쏜살같이 달려 나가
金丸落飛鳥 금환락비조하고	금빛 탄환으로 나는 새를 떨어뜨리고
夜入瓊樓臥 야입경루와라.	밤에는 화려한 술집[3]에 들어가 누었구나.
夷齊是何人 이제시하인이오	백이와 숙제[4]는 어떤 사람이기에
獨守西山餓 독수서산아런가.	홀로 절개 지키다 서산[5]에서 굶어죽었나요?

구체적인 창작 연대는 밝혀지고 있지 않으나 이백이 장안長安에 처음 입성한 시기인 30세(開元 18年, 730) 직후에 〈젊은 협객들이 의리를 맺으며 교유하던 장소를 읊음結客少年場行〉, 〈협객의 노래俠客行〉, 〈백마를 읊은 시白馬篇〉 등과 유사한 시상과 표현이 나타나고 있다. 이로 보아 비슷한 시기에 지었을 것으로 추측할 수 있다. 외진 곳에서 청운의 꿈을 안고 장안으로 들어온 이백의 눈에 장안 대도를 활보하는 권문세가 자제들과 유협자遊俠者들의 모습은 처음으로 겪어보는 별세계였을 것이다. 고향에서 경서(經書)나 제자백가서를 읽으며 가치관을 다져온 젊은 혈기의 이백은 장안에서의 이러한 모습을 보

---

1) 靑雲청운: 높은 지위나 벼슬을 비유적으로 이르는 말.
2) 章臺장대: 한漢나라 장안長安의 거리 이름. 또는 기생집이 모여 있는 곳을 두루 이르는 말.
3) 瓊樓경루: 화려한 건물을 형용하는 말.
4) 夷齊이제: 백이伯夷와 숙제叔齊
5) 西山서산: 백이伯夷와 숙제叔齊가 은거하였다는 수양산首陽山. 산서성山西省 남쪽에 있다.

고 '어떻게 살 것인가?'에 대해 다시 되짚어보는 계기가 되었을 것으로도 여겨진다.

전반부(1~6구)에서는 권문세가 자제들의 하루 동안의 일상을 한 호흡으로 쓰고 있다. 화살통을 메고 말을 타고 장안대도를 쏜살같이 달려 넓은 들판으로 나가는 모습(1~4구), 이어 금빛 탄환을 쏘아 사냥을 하며 하늘을 나는 새들을 일격에 떨어뜨리고, 그리고 밤이 되자 화려한 술집[瓊樓]에 들어가 술에 취해 눕는다고 한다.

후반부(7~8구)에서는 이러한 귀족자제들의 방탕하고 호협한 생활과 대조되는 삶, 곧 절개를 지키다가 죽어간 백이·숙제에 대해서 '어떤 사람인가?'라고 의문을 제기하고 있다. 물론 누군지 몰라서 하는 의문은 아니고, 그들의 삶을 폄훼하기 위한 것도 아니다. 다만 사상과 이념이란 것이 과연 중요한 것인지에 대한 회의, 아마도 이백의 중년 이후의 삶을 지배하는 급시행락의 가치관이 이때 비롯된 것은 아닌가 한다.

129. 젊은 협객들이 의리를 맺으며[1] 교유하던 곳을 읊은 노래 結客少年場行

紫燕黃金瞳 자연황금동이오	황금빛 눈동자의 자연마[2]가
啾啾搖綠髮 추추요녹발인데,	히힝 울면서[3] 푸른 갈기를 흔드는데,
平明相馳逐 평명상치축하여	날이 밝자 서로 쫓으며 달려 나가
結客洛門東 결객낙문동이로다.	낙양성문 동쪽에서 의리를 맺었노라.
少年學劍術 소년학검술하여	소년시절에 검술을 익혀
凌轢白猿公 능력백원공이라.	백원공[4]을 우습게 알았네.[5]
珠袍曳錦帶 주포예금대하고	구슬달린 옷에 비단 띠를 끌면서
匕首挿吳鴻 비수삽오홍이라.	비수로 오홍검[6]을 차고 있어

---

1) 結客결객 : 빈객과 교분을 맺음. 주로 호걸과 교분을 맺는 것을 이른다.

2) 紫燕자연 : 준마駿馬 이름. 또는 준마를 두루 이르는 말.

3) 啾啾추추 : 의성어. 짐승이나 벌레등이 우는 소리.

4) 白猿公백원공 : 전설상의 고대의 검객劍客.《오월춘추吳越春秋·구천음모외전句踐陰謀外傳》에 「(范蠡가) '월나라에 있는 처녀가 남쪽 숲에서 나왔는데 사람들이 뛰어나다고 칭찬하니 왕께서 초청해서 만나보시기 바랍니다.'하자, 왕(句踐)이 사신을 보내 초대하여 검술에 대해 물어 보기로 했다. 처녀가 왕을 알현하러 오다 길에서 원공이라 자칭하는 노인을 만났는데, 노인이 '그대가 검술이 뛰어나다고 들었는데 한번 보여 주기 바랍니다.'하니, 처녀가 '제가 어찌 마다하겠습니까, 공께서 한번 시험해 보시지요.'라 했다. 원공이 임어죽(잎이 엷고 넓은 대나무)을 잡고 맷가지 위로 높이 올라가 땅으로 떨어지지 않았는데, 처녀도 가지 끝까지 따라 붙었다. 원공은 나무 위로 날아 올라가 흰 원숭이로 변하자, 마침내 그와 헤어지고 떠나갔다.」는 고사가 있다.

5) 凌轢능력 : 능력凌礫. 남을 압박함. 상대방을 압도함.

6) 吳鴻오홍 : 오홍검吳鴻劍. 오홍은 춘추시대 오吳나라 사람. 검장劍匠의 아들로 명검을 주조하려는 아버지에게 피살되어 피가 쇳물에 섞임.《오월춘추吳越春秋·합려내전闔閭內傳》에 「오나라 왕 합려闔閭가 현상금을 걸어 검을 구하자, 칼을 만드는 장인이 자신의 두 아들인 오홍吳鴻과 호계扈稽를 죽

418

由來萬夫勇 유래만부용하니	본래부터 만 명을 대적할 용기에
挾此生雄風 협차생웅풍이로다.	이 검까지 찼으니 영웅의 풍모가 생겨났네.
託交從劇孟 탁교종극맹하고	극맹7)을 따라서 친교를 맺으며
買醉入新豐 매취입신풍이라.	신풍8)으로 들어가 술을 사서 취하고,
笑盡一杯酒 소진일배주요	웃으며 한 잔 술을 다 마시고는
殺人都市中 살인도시중이러라.	도성의 저잣거리에서 사람을 죽이네.
羞道易水寒 수도역수한하고	역수가 차갑다고 부른 노래9)를 부끄럽다 말하며
徒令日貫虹 종령일관홍이니,	헛되이 무지개가 태양을 꿰뚫도록 하였으니,
燕丹事不立 연단사불립하여	연나라 태자 단丹의 부탁을 이루지 못하고
虛沒秦帝宮 허몰진제궁이로다.	진나라 왕의 궁궐에서 허망하게 죽었구나.10)
武陽死灰人 무양사회인이러니	무양이 잿빛 얼굴로 사색이 되었으니11)
安可與成功 안가여성공이리오.	그런 사람과 함께 어찌 성공하기를 바라리오?

이백이 35세(開元 23年, 735)에 낙양洛陽을 유람할 때 지은 시로, 유람하는 지역에 전하

인 피를 묻혀 만들어 바친 신령스런 명검으로 합려가 항상 차고 다녔다.」는 고사가 전한다.

7) 劇孟극맹 : 한漢 낙양洛陽 사람. 호협한 기개로 제후 사이에 이름이 높았다. 《사기史記·유협열전遊俠列傳》 참조.

8) 新豐신풍 : 섬서성陝西省 임동현臨潼縣 북동쪽에 있는 현縣. 맛 좋은 술 신풍주新豐酒로 유명하다.

9) 易水寒역수한 : 전국시대 연燕나라 자객 형가荊軻가 부른 노래 가사의 일부. 역수易水는 하북성河北省 서부를 흐르는 강으로 형가가 연 태자燕太子 단丹의 부탁을 받고 진왕秦王(秦始皇을 암살하려고 떠날 때에 이곳에서 단과 전별餞別하였다. 노래는 「바람이 스산하게 부니 역수가 차갑네. 장사가 지금 떠나면 돌아오지 못하리.」라는 내용이다. 형가는 실패하고 죽음을 당하였다.

10) 虛沒秦帝宮허몰진제궁 : 진왕秦王(秦始皇)의 궁궐에서 허망하게 죽다. 형가荊軻가 진왕 암살을 실패하고 죽음을 당한 것을 말함.

11) 武陽死灰人(무양사회인) : 무양武陽이 잿빛 얼굴로 사색이 되다. 무양武陽은 진무양秦舞陽으로 전국시대 연燕나라의 용사勇士다. 형가荊軻와 함께 진왕秦王을 찌르려고 갔으나 두려움에 얼굴색이 변하여 일을 그르친 것을 말함.

는 전래고사를 시적 발상의 계기로 삼는 이백 특유의 시상詩想이 담긴 작품이다. 해당 장소는 낙양 동쪽 성문이다[洛門東, 4구]. 이곳은 과거에 수많은 협객을 자처한 호걸과 용사들이 모여 교분을 맺는[結客] 장소로 유명한 곳이었다. 이백의 나이도 한창 젊은데다가 의협심이 강한 사람으로, 당시에 줄곧 '사직을 안정시키고 백성들을 구제한다[安社稷, 濟蒼生]'를 마음속으로 자부하고 있던 터여서 '낙양 동쪽 성문'의 의미가 남달랐을 것이다. 그리고 협객俠客의 대표적 역사적 인물로 진왕秦王(秦始皇)을 암살하려 했던 형가荊軻의 고사를 떠올렸다. 전문은 20구 5언 악부체로《악부시집樂府詩集·잡곡가사雜曲歌辭)》에 실려 있으며, 내용상 3단락으로 나뉜다.

첫째 단락(1~6구)에서는, 협객을 자처하는 사람들의 전형적인 모습으로 명마名馬(紫燕)를 타고(1~2구) 낙문동洛門東에서 서로 만나 교분과 의리를 맺는데 새벽부터 서둘러 게을리 하지 않았으며(3~4구), 전설상 최고의 검객 백원공白猿公을 능가하는 검객劍客이 되기 위해 검술을 익힌다는 내용이다.

둘째 단락(7~14구)에서는, 좀 더 구체적으로 협객들의 모습과 행태를 묘사하고 있는데, 사치스러운 의관과 협객들의 필수 소지품인 명검名劍(吳鴻劍)을 차고(7~8구), 일당백一當百이 아닌 만 명 정도는 대적할 만한 용기萬夫勇과 영웅다운 풍모雄風마저 풍긴다고 한다(9~11구). 호협한 기개로 이름 높은 전설상의 극맹劇孟같은 사람들과 결객結客을 맺으며, 신풍주新豊酒같은 맛있는 술을 단숨에 마시고, 부정불의한 사람을 보면 망설임 없이 죽였다(12~14구)는 내용을 쓰고 있다.

셋째 단락(15~20구)에서는, 협객俠客이거나 자객刺客 중의 대표적 인물로 형가荊軻의 행적을 쓰고 있다. 연燕나라 태자 단丹의 부탁으로 진왕秦王(秦始皇)을 암살하려다 실패한 사적史蹟으로 마무리 하고 있다. 애초부터 불가능한 일임을 비유하는 '무지개가 태양을 뚫으려 했다'(16구)고 하면서 실패한 원인은 함께 데리고 간 무양武陽 때문이었다고 한다.

협객을 시재詩材로 택해 펴보지 못한 이백 자신의 가슴에 꿈틀거리고 있던 호기豪氣와 의기義氣를 대리만족하고 싶었을까.

130. 협객의 노래 俠客行

趙客縵胡纓 조객만호영하고	조나라 협객[1]들이 만호관끈[2]을 매고
吳鉤霜雪明 오구상설명이라.	오구검[3]은 서릿발처럼 빛나는데,
銀鞍照白馬 은안조백마하고	은빛 안장은 흰 말에 반짝이며
颯沓如流星 삽답여유성이라.	바람을 가르며[4] 유성처럼 달리더니,
十步殺一人 십보살일인이오	열 걸음마다 한 사람씩 해치우고
千里不留行 천리불류행이라.	천 리를 가면서도 멈추지 않으며
事了拂衣去 사료불의거하고	일을 마치면 옷을 털고 떠나가면서
深藏身與名 심장신여명이로다.	몸과 이름을 깊이 숨겼네.
閑過信陵飮 한과신릉음하고	한가로이 신릉군[5]에게 들러 술을 마시는데
脫劍膝前橫 탈검슬전횡이라.	검을 풀어 무릎 앞에 걸쳐놓았네.
將炙啖朱亥 장자담주해하고	고기 구워 주해[6]와 함께 먹고

---

1) 趙客조객 : 협객俠客을 이르는 말. 전국시대에 조趙나라와 연燕나라가 무武를 숭상하여 협객이 많았던 데서 유래. 연나라와 조나라의 협객들을 '연조지사燕趙之士'라 불렀다.

2) 縵胡만호 : 두껍고 무늬가 없는 무사의 관끈. → 만호영縵胡纓 : 무사武士의 관끈.

3) 吳鉤오구 : 칼 이름. 칼등이 약간 구부정하기 때문에 붙여진 이름. 오홍吳鴻고사에 유래.

4) 颯沓삽답 : (바람소리를 형용하는)의성어. 재빠른 모양.

5) 信陵君신릉군 : 전국시대 위魏 소왕昭王의 아들인 무기無忌의 봉호. 식객食客 3천명을 거느렸으며, 어질다는 소문을 듣고 제후들이 감히 침입하지 못하였다. 후영侯嬴의 꾀를 빌어 조趙 평원군平原君을 구한 일로 유명하다. 식객 중 7십 세 된 은사 후영侯嬴과 힘이 장사이며 협객인 백정 주해朱亥가 중심에 있었다.

6) 朱亥주해 : 전국시대의 협객. 진군秦軍이 조趙나라를 포위하자 신릉군信陵君의 명을 받아 진비晉鄙를 죽이고 위군魏軍을 빼앗아 조나라를 구원하였다.

持觴勸侯嬴 지상권후영이라.　　　술잔 들어 후영[7])에게 권하면서,

三盃吐然諾 삼배토연낙하니　　　석잔 술에 '그렇게 하리라'고 응낙하니

五嶽倒爲輕 오악도위경이라.　　　오악[8])이 오히려 가볍게 여겨졌네.

眼花耳熱後 안화이열후에　　　술 취해 눈이 어른거리고 귀가 달아른[9]) 후에

意氣素霓生 의기소예생이라.　　　의기가 흰 무지개[10])처럼 솟아올랐다.

救趙揮金槌 구조휘금퇴하니　　　조나라를 구하려고 쇠몽둥이를 휘두르니

邯鄲先震驚 한단선진경이라.　　　한단의 사람들이 먼저 놀라 진동하였다네.

千秋二壯士 천추이장사가　　　천추에 길이 남을 두 장사[11])가

烜赫大梁城 훤혁대량성이로다.　　　위나라 대량성[12])에 이름을 떨쳤구나.[13]

縱死俠骨香 종사협골향이니　　　비록 죽는다 해도 협객의 기개는 향기로워

不慚世上英 불참세상영이라.　　　천하의 영웅들에게 부끄럽지 않으리라.

誰能書閣下 수능서각하하여　　　누가 장서각 안에 틀어박혀서

白首太玄經 백수태현경이리오.　　　백발이 되도록 태현경[14])을 지으려 하겠는가?

이백이 44세(天寶 3年, 744) 경 한림공봉을 사직하고 제주齊州(지금의 山東省 濟南市)를

---

7) 侯嬴후영 : 전국시대 위魏나라의 은사. 가난하여 70세에 이문夷門의 문지기가 되었으며, 뒤에 신릉군信陵君의 식객이 되었다. 진秦나라가 조趙나라를 공격할 때 신릉군이 후영侯嬴의 꾀를 빌어 한단邯鄲의 포위를 풀어주었으며, 신릉군에게 끝까지 신의를 지켰다.

8) 五嶽오악 : 중국의 다섯 명산. 동악東嶽인 태산泰山, 서악西嶽인 화산華山, 남악南嶽인 형산衡山, 북악北嶽인 항산恒山, 중악中嶽인 숭산嵩山.

9) 眼花耳熱안화이열 : 눈이 어른거리고 귀가 달아오름. 술이 얼큰해져 흥이 오름을 형용한다.

10) 素霓소예 : 흰 무지개. 기염氣焰. 불꽃처럼 대단한 기세. 사람이나 사물의 위세나 성세聲勢를 비유.

11) 二壯士이장사 : 두 명의 장사. 후영侯嬴과 주해朱亥를 말함.

12) 大梁城대량성 : 대량大梁은 하남성河南省 개봉현開封縣 남쪽에 있던 전국시대 위魏나라의 도읍.

13) 烜赫훤혁 : 환희 드러남. 분명하게 드러남.

14) 太玄태현 : 태현경太玄經. 한漢나라 양웅揚雄이 주역周易에 견주어 지은 책.

유람할 때 지은 작품이다. 말술을 마다않고 호기롭게 마시는 협객의 호방한 모습을 경모하면서, 더욱 위급한 일을 당하였을 때 발 벗고 나서 공을 세우는 그들의 업적을 칭송하였다. 전문 24구 5언 악부체로 내용상 3단락으로 나뉜다.

첫째 단락(1~8구)에서는, 협객들의 전형적인 모습을 제시하기 위해 연조지사燕趙之士로 대표되는 조趙나라의 협객 한 사람의 모습을 묘사하고 있다. 무늬 없는 투박한 갓끈을 맨 모습과 오구검 같은 명검을 지니고 다니며, 백마를 타고 유성처럼 내달리면서 탁월한 무술로 부정 불의한 사람을 거침없이 해치운다고 한다. 또 협객으로서 해야 할 일이라면 천리 먼 길 가는 것도 마다하지 않고 달려가며, 일이 끝나면 명리에 연연해하지 않고 자신을 내세우지 않는 담박한 행장 등을 서술한다.

둘째 단락(9~20구)에서는, 위魏나라 신릉군信陵君의 식객이자 협객인 후영侯嬴과 주해朱亥의 역사적 사실을 구체적으로 서술하고 있다. 먼저 자신도 협객임을 자처하는 자가 신릉군의 집을 방문하고, 그곳에서 일어나는 신릉군과 후영·주해의 음주 광경을 관찰자적 관점에서 사실적으로 쓰고 있다(9~10구). 신릉군과 후영·주해 세 사람이 고기를 안주로 술을 마시면서 대화를 나누는데, 신릉군의 요구에 대해서 두 사람이 '그렇게 하겠다[然諾]'는 응낙만 직접 화법으로 제시되고 있다(11~13구).

그리고 바라보는(관찰자) 입장에서 세 사람의 사이의 맹약이 오악五嶽보다 무겁게 느껴졌고, 술에 얼큰하게 취하고 흥이 오르더니 의기가 불꽃처럼 피어올랐다고 한다(14~16구). 이어 신릉군을 비롯한 세 사람의 맹약이 무슨 내용이었는가에 대해서는 두 사람 후영과 주해의 행동을 통해 보여준다. 곧 그들이 한 행동에 대해서는 전국시대 신릉군이 두 협객을 이용하여 이웃 조趙나라를 구제하는 전말로《사기史記·위공자열전魏公子列傳》에 자세히 기록되어 있는데, 요약하자면 다음과 같다.

전국시대 사공자의 한 사람인 신릉군은 이름이 위무기魏無忌로, 위魏나라 대신이며 안리왕安釐王의 이복동생이다. 현사賢士들을 좋아하여 자신이 거느리는 식객만도 3천명이나 되었는데, 그 중에는 성문지기인 7십 세 된 은사 후영과 힘이 장사이며 협객인 백정 주해가 중심에 있었다. 전국시대 말기인 이 당시 이웃하고 있는 위와 조나라는 연맹을 결성하여 공동으로 강국인 진秦나라에 대항하였는데, 신릉군은 적극적으로 합종책合縱策을 주장하였다. 마침내 진나라가 조나라를 공격하여 수도 한단邯鄲이 포위되자 조나라는 위나라에게 급히 구원을 요청한다. 합종책의 조약에 따르는데 조나라 평원군은 신릉군의 매부이므로 더욱 도움을 주지 않을 수 없었다.

위나라 안리왕은 진비晉鄙장군에게 군사 10만을 인솔하여 조나라를 구하도록 하였지만, 진군 도중 진나라에서 조나라를 돕는 나라는 멸망시킬 것이라는 엄포에 진비는 진격을 중단하고 군대를 주둔시킨 채 움직이지 않았다. 급한 신릉군이 자신의 빈객만으로 조나라로 가려하자, 후영은 '굶주린 호랑이에게 고깃덩이를 던져주는 것肉投餒虎'과 같은 격이라 만류한다. 그리고 바로 안리왕의 총애를 받는 여희如姬를 시켜 병부를 훔치게 하고 역사力士인 주해를 데려가도록 했다. 신릉군은 후영의 계책대로 병부를 훔쳐갔으나 진비 장군이 의심했으므로 주해를 시켜 40근이나 되는 철퇴를 내리쳐 장군을 살해한다. 이어 병사를 이끌고 한단의 포위를 해제시키고 위기에 빠진 조나라를 구제하였다. 그래서 이 시에서 천추의 역사에 길이 남을 두 장사의 업적이 조나라 한단의 백성들을 먼저 놀라게 하였을 뿐만 아니라 위나라 수도인 대량성大梁城에 이름을 날린 것을 칭송하고 있다.

이상의 내용을 시에서는 단 두 구(17~18구)로 압축하여 행동으로 표현하고 있으니, '조趙나라를 구하려고 쇠몽둥이를 휘둘렀다.'고 한다. 이어 이 두 사람의 행적에 대해서 이백 자신이 사관史官의 입장에서 논평論評하는 형식을 취하고 있는 내용이 '천추에 길이 남을 두 장사가 위魏나라의 대량성大梁城에 이름을 떨쳤다'고 한다. 협객이라면 의협심에 불의를 보고 참지 못하는 의로운 행동으로 주위 사람들로부터 칭송을 받았고, 역사의 흐름을 바꿀 정도로 역할이 큰 것이었음을 사필史筆로 역사를 쓰듯 하고 있어, 작은 서사시敍事詩로 여겨도 무방하다.

마지막 셋째 단락(21~24구)에서는, 협객들의 행동에 대해서 칭송하니, '죽는다 해도 협객의 기개[俠骨]는 향기롭다'고 하고, 역사상 어떠한 영웅들에 비해도 손색이 없다고 한다(21~22구). 그러니 문필가 또는 문관을 자처하고 장서각藏書閣에 틀어박혀 백발이 되도록 아무리 좋은 명편의 서책을 저술한다손 치더라도 협객들의 의로운 행동에는 못 미친다고 하면서 끝맺는다.

궁궐에서 문한文翰(문필에 관한 일)인 한림공봉을 사직한 직후이고, 그 사직의 원인 중의 하나가 누구보다도 의롭지 못한 환관宦官과 내시內侍를 비롯한 문한직들의 시기와 모함 때문이었다. 그리고 그들에 대한 울분과 한탄을 삭이지 못하고 있었던 것을 감안하고, 이백 자신 또한 평소 협객에 버금가는 의협심이 강한 사람이었음을 고려하면 협객에 대한 칭송이 가능한 서술이라고 여겨지는 글이다.

131. 반쯤 취한 오왕의 미인[1]을 보고 즉석에서 짓다[2] 口號吳王美人半醉

風動荷花水殿香 풍동하화수전향인데   물가 전각[3]에 바람 불어 연꽃향기 가득한데

姑蘇臺上見吳王 고소대상현오왕이라.   고소대[4] 위에서 오왕을 뵙네.[5]

西施醉舞嬌無力 서시취무교무력을   서시[6]는 취한 채 춤을 추다 힘에 겨운 듯

笑倚東窗白玉牀 소의동창백옥상이라.   웃으며 동쪽 창 백옥침대에 기대어 있네.

이백이 48세(天寶 7年, 748) 가을에 여강廬江지방을 유람하다가 그 지방 태수인 오왕 이지吳王李祗를 알현하였다. 궁궐에서 한림공봉을 사직하고 현종玄宗에게서 사금환산 賜金還山을 허락받은 지 얼마 안 된 터이고, 천자의 종실宗室인 오왕 이지를 아니 뵐 수 없는 처지였다. 그리고 이지가 베푼 연회에 참석하였는데, 문득 미인의 춤추는 자태 를 보고, 춘추시대 오왕 부차吳王夫差와 서시西施가 고소대姑蘇臺에서 밤새도록 음주향 락을 즐긴 고사가 생각나 즉석에서 지었다. 전문은 4구 7언 절구로 내용상 2단락으로 나뉜다.

전반부 기와 승(1~2구)에서는 연회가 열리고 있는 오왕의 전각을 묘사하고 있다. 부용

---

1) 吳王美人오왕미인 : 오왕吳王은 여강 태수廬江太守 이지李祗로 태종太宗의 증손. 오왕을 습봉襲封하 였다. 안녹산安祿山의 난리 때 군대를 모아 근왕勤王한 공을 세웠다. 청대淸代의 왕기王琦는《이태 백전집李太白全集》주에서「오왕吳王은 여강 태수廬江太守를 가리킨다. 그가 베푼 연회장소를 고소 대姑蘇臺에 비유하고 그 곳에 참석한 미인을 서시西施에 비유하였다.」고 하였다.

2) 口號구호 : 시를 지을 때 초고를 쓰지 않고 입으로만 흥얼거리는 즉흥시即興詩. 구점口占이라고도 한다.

3) 水殿수전 : 물가에 있는 전당殿堂.

4) 姑蘇臺고소대 : 춘추시대 오왕吳王 부차夫差가 서시西施를 위하여 만든 궁전.

5) 見現 : 알현謁見. 뵙다. 알현하다.

6) 西施서시 : 춘추시대 월越나라의 미녀. 오왕吳王과 부차夫差와 향락에 빠져 오나라를 망하게 하였다.

지芙蓉池를 연상시키는 물가의 전각이 갓 피어난 연꽃 향기에 둘러싸인 모습(1구)을 옛 춘추시대 오吳나라 부차가 서시를 지었다는 고소대姑蘇臺라고 말한다. 이지가 다스리는 오吳땅과 부차夫差가 다스린 춘추시대의 오吳 땅은 '오吳'라는 이름이 같고 옛 고소대의 모습이 바로 이런 호화스런 모습이었을 것이라는 상상이 겹쳐져 그 곳을 고소대라고 한다.

후반부 전과 결(3~4구)에서는, 연희에 노래하고 춤을 추다가 백옥 침상에 기대어 있는 미인을 보니 서시와 다를 바 없다고 한다. 곧 화려하고 사치스런 연회장의 모습을 보고 연상되는 대로 즉흥적으로 써서[口號] 칭송하기 위해, 글자가 같은 오왕吳王, 화려한 전각에서 고소대, 아리따운 미인은 서시에 해당한다는 공통점을 들어 칭송한다. 그러나 즉흥적으로 썼다는 점을 감안하면 부차와 서시 이야기를 쓴 〈까마귀 깃들이다[烏棲曲]〉처럼 오왕 이지에 대해 풍자하려는 의도는 보이지 않는다.

132. 나무 술잔¹⁾을 노래하다(2수) 咏山樽(2首)

〈其1〉

蟠木不雕飾 반목부조식하여   굽은 나무²⁾에는 조각³⁾을 할 수 없어

且將斤斧疏 차장근부소인데,   잠시 도끼와 멀어져 있었는데,

樽成山岳勢 준성산악세하고   술잔을 만들어 산악의 형세를 이루니

材是棟梁餘 재시동량여로다.   재목은 대들보로 쓰고 남은 것이라네.

外與金罍幷 외여금뢰병하고   겉모습은 금잔⁴⁾과 나란히 할 수 있고

中涵玉醴虛 중함옥례허로다.   속은 맛있는 술⁵⁾로 채워도 빈 듯하네.

慚君垂拂拭 참군수불식하여   부끄럽지만 그대가 털고 닦아 주어

遂忝玳筵居 수첨대연거로다.   끝내 외람되이 화려한 잔치⁶⁾에 놓였네.

이백이 54세(天寶 13年, 754)에 추포秋浦에서 지은 것으로 추정되는 혹(부스럼)이 난 나무로 만든 술잔[山樽]을 노래한 영물시咏物詩⁷⁾로 전문 8구 5언 율시다. 영물시는 물상物

---

1) 山樽산준 : 산배山杯. 대나무나 조롱박으로 만든 술잔. 본문에서는 '나무를 깎아 만든 술잔'의 뜻. 송대宋代의 판본에는 제목의 협주에 〈유소부의 산에 혹 난 나무로 만든 술잔을 읊다詠柳少府山癭木樽〉라고 되어 있는데, 유소부는 추포현위 유원柳圓과 동일인이므로 이백의 다른 시 〈증추포유소부贈崔秋浦柳少府〉와 같은 시기인 천보 13년(754) 추포에서 지은 시임을 알 수 있고, 영목癭木은 녹나무[楠樹]의 뿌리로 기물을 만든다.

2) 蟠木반목 : 재목으로 쓰기 어려운 굽은 나무를 이르는 말.

3) 彫飾조식 : 기물을 화려하게 조각하고 장식함.

4) 金罍금뢰 : 금으로 꾸민 큰 술그릇. 또는 술잔을 두루 이르는 말.

5) 玉醴옥례 : 맛 좋은 술.

6) 玳筵대연 : 대모연玳瑁筵. 진귀한 장식으로 꾸민 호화스런 연회석宴會席.

像의 모양, 재료, 색채, 용도 등을 제재로 하여 인간의 사상思想과 감정을 주입하여 짓는 것이 일반적인 표현수법이다.

전반부 수련(1~2구)과 함련(3~4구)에서, 1구는 공자孔子가 말씀하신 '썩은 나무는 조각을 할 수 없고, 더러운 흙으로 된 담은 흙손질을 할 수 없다.'8)와 상통한다고 볼 수 있고, 이어 2구는 장자莊子가 말한 '이 나무는 (굽어서)쓸모가 없는 탓으로 (목수의 도끼를 피해) 타고난 수명을 다 할 수 있구나.'9)라는 구절과 흡사하다. 그러나 함련 3구에서는 다시 '하늘은 녹 없는 사람을 낳지 않고, 땅은 이름 없는 풀을 키우지 아니한다.'10)고 하였으니, 천지만물에 쓸모없는 물건은 없으며 다만 쓸모 있음과 쓸모없음은 사람의 기준일 뿐이다.

함련(3~4구)에서는 혹이 났거나 부스럼이 있거나 구부러져 쓸모없어 버려지려던 것이 술잔으로 만들어졌다고 한다. 그리고 거기에 산을 그리거나 새겼다고 한다. 장인匠人의 손길을 통해 명품 술잔으로 태어났으니, 우리 인간사도 별반 다를 것 없다 하겠다. 살아가면서 누구를 만나느냐에 따라 운명이 갈린다 할 것이니. 선비도 자기를 알아주는 사람에게 목을 바친다고 하였으니, 자기의 진가眞價를 알아주는 사람을 만나 함께 하는 것이 행복의 가장 큰 조건이리라. 그리고 그 술잔을 만든 재목은 대들보를 만들고 잘라버린 자투리 나무였다고 한다. 굵고 곧은 부분은 대들보로 쓰이고 나머지 휘고 혹이 난 부분은 버려지기 십상이다.

후반부 경련(5~6구)과 미련(7~8구)에서는 술잔의 쓰임새에 대해서 서술하고 있다. 쓸모없는 나무가 장인이 손을 거쳐 명품 술잔으로 태어났으니, 겉모습만으로도 금 술잔[金罍]에 비해도 손색이 없다고 한다. 또한 속에는 맛있는 술[玉醴]로 채워도 맑아서 바닥까지 다 보이니 속이 비어 있는 듯 하다고 한다(5~6구). 속담에 뚝배기보다는 장맛이라 하였던가. 금잔에 마시는 술이야 금잔과 어울리는 고급술이라야 하겠지만, 나무잔에 따라 마시

---

7) 詠物詩영물시 : 시가詩歌로 자연 경물을 묘사하는 시.

8) 《명심보감明心寶鑑 · 정기편正己篇》에 「朽木不可雕也, 糞土之墻 不可圬也」.

9) 《장자莊子 · 산목편山木篇》에 「此木以不材得終其天年」.

10) 《명심보감明心寶鑑 · 성심편省心篇》에 「天不生無祿之人, 地不長無名之草」.

는 술은 어떤 술이라야 어울릴까.

조선 후기의 학자 김득신金得臣(1604~1684)은 그의 〈사기로 만든 술잔 이야기[沙盃說]〉[11]에서 '유기鍮器(놋그릇)로 만든 술잔은 술맛이 변한다고 하면서, 사기로 만든 술잔은 맛이 변하지 않아 좋다. 그러나 늘 깨질 것을 두려워한다.'하였으니, 금 술잔이나 나무 술잔이 술맛이 변하는지 변하지 않은지에 대해서는 잘 모르겠다. 금 술잔은 도난이나 분실 때문에, 사기 술잔은 깨뜨릴 수 있다는 걱정 때문에, 유기 술잔은 술맛이 변하지만, 나무 술잔은 부딪쳐도 쉽사리 깨질 염려가 없고 잃어버려도 크게 아까울 것 없다면, 곁에 두고 닦고 문지르며[拂拭] 애용해도 좋을 것이다. 그러니 고관대작이 모이는 화려한 술자리에서 금잔과 자리를 같이해도 손색없다고 한다(7~8구).

영물시의 시적 발상 중의 하나는 존재론적 측면에서 '사물이 그렇게 된 까닭[所以然之故]'과 가치론적 측면에서 '마땅히 그러해야 하는 법칙[所當然之則]'의 발견, 곧 시적 인식이 바탕이 되기도 한다. 따라서 전반부에서는 버려질 혹이 난 나무가 술잔으로 태어난 과정과 까닭을 밝혔다면, 술잔의 주인[君]이 먼지를 털고 닦아주니 화려한 잔치에서 금술잔과 나란히 해도 손색없는 가치를 인정받고 있다는 것이다.

그러나 영물시가 물상物像을 노래한 것에서 그친다면 그 가치와 의미는 편편상片片想에 불과할 것이다. 이백은 이 작품을 통해서 무엇을 노래하고 싶었을까? 혹시 자신의 모습은 아닌가. 주벽酒癖과 방랑벽放浪癖이라는 혹(부스럼)도 있을 뿐 아니라, 장인匠人(天子)마저 잘못 만나 동량지재棟梁之材는커녕 술자리나 기웃거리는 상가지구喪家之狗 신세를 못 면하는 신세라고 자탄하면서도, 번뜩이는 시재詩才만큼은 녹슬지 않으리라고 다짐해 보는 것은 아닌가.

〈其2〉

擁腫寒山木 옹종한산목으로   쓸쓸하고 고요한 산[12]의 울퉁불퉁한[13] 나무의

---

11) 김득신金得臣 저, 《백곡집栢谷集》 6冊, 說條. 양현승 역주, 《한국'설'문학선》, 도서출판 월인, 2004년 참고.

嵌空成酒樽 감공성주준이라.　　움푹 패인 것14)이 술잔을 이루었네.

愧無江海量 괴무강해량이나　　강과 바다 같은 넓은 용량도 없으면서

偃蹇在君門 언건재군문이로다.　　그대 집에 편안히 있는 것15)이 부끄럽네.

〈기1〉이 5언 율시임에 비해 전문 4구의 5언 절구로 2수의 연시 두 번째 시이다. 내용 전개상 전반부와 후반부 2단락으로 나뉜다. 사물(술잔)에서 이백 자신과의 유사성類似性과 동질감同質感을 발견하여 감정을 이입하고 투영시킨 모습이 뚜렷한 작품이라 하겠다.

전반부 기와 승(1~2구)에서는 '나무 술잔[山樽]'이 이루어지는 과정을 쓰고 있는데, 나무의 산지는 '쓸쓸하고 외진 산[寒山]'이라고 한다. 이백의 출생지에 대해서는 확증되지는 않았으나 대체로 서역西域이나 촉蜀지역인 것으로 추정한다. 아버지는 이객李客이고 어머니는 외국인[胡]이어서 혼혈인이라는 설도 있다. 한지寒地에서 태어났을 뿐만 아니라 울퉁불퉁 패이고 울룩불룩 솟아나고 옹이가 박히고 괭이가 돋아 톱질은커녕 대패로도 다듬을 수 없다. 재목으로는 쓸 만한 구석이라고는 전혀 없어 아궁이에 던져 넣을 땔감 밖에는 전혀 쓸모없었던 자신이 생긴 대로 천성天性대로 자르고 깎고 다듬어 술잔 하나[酒仙]로 만들어졌다고 한다.

둘째 단락 전과 결(3~4구)에서는, 술잔으로 태어나기는 했으나 크기가 너무 작아 술잔으로 쓰기에는 담을 수 있는 주량酒量이 형편없다고 한다. 그러나 잔은 작아도 채워지지 않은 인생이고 삶이었던가. 떫으면 쓰지나 말 일이지, 떫고 쓴 괴팍한 성품에, 한 때는 그래도 '안사직安社稷(나라를 편안히 하다) 제창생濟蒼生(백성을 환난에서 구제하다)'하리라 마음먹은 적도 있다. 그러나 지금은 늙고 병들어 사고무친하여 반겨줄 사람도 없는데, 그대[君]를 만나 노구老軀를 맡기니 부끄러운 마음뿐이라고 한다.

---

12) 寒山한산 : 쓸쓸하고 고요한 산.

13) 擁腫옹종 : 울퉁불퉁하여 고르지 못함.

14) 嵌空감공 : 움푹 들어감.

15) 偃蹇언건 : 편히 누워서 지냄.

많은 예술인들이 창작에 집중하며 독특하고 모난 성품으로 주위 사람들의 따갑고 차가운 시선을 피하지 못했던 것처럼, 이백의 노년 또한 그러했던가. '부활復活'을 쓴 러시아의 문호文豪 톨스토이Lev Nikolayevich, Graf Tolstoy(1828~1910)가 백작의 아들로 태어났다가 죽을 때는 어느 이름 없는 역사驛舍의 나무의자에서 숨을 거둔 것처럼. 이백은 자신의 삶을 닮은 술잔[山樽]에 술을 따르고 노래하며 영혼의 부활 아니 '시혼詩魂의 부활復活'을 염원했으리라 생각해 본다. 대하장강大河長江이 술이라 한들 그의 술잔을 채울 수는 없었으리라.

133. 젊은이를 노래함(2수) 少年行(2首)

〈其2〉

五陵年少金市東 오릉년소금시동에서   장안 부호 자제[1]들이 금시[2]의 동쪽에서

銀鞍白馬度春風 은안백마도춘풍이라.   은빛 안장의 백마 타고 봄바람 맞으며 가네.

落花踏盡遊何處 낙화답진유하처오   지는 꽃 다 감상하고 어디로 놀러 가는가?

笑入胡姬酒肆中 소입호희주사중이라.   웃으면서 호희[3]의 술집으로 들어가네.

    이백이 지은 '소년행少年行'이라는 시는 모두 2편 3수가 있다. 1수로 된 〈소년행少年行〉은 전문 30구 7언 악부체 고시로 《악부시집樂府詩集·잡곡가사雜曲歌辭》에 수록되어 있는데, 회남淮南 땅 젊은 협객의 거칠 것 없는 기개를 노래한 것이다. 2수 연시로 된 〈소년행少年行〉의 〈其1〉은 8구 5언 율시로 형가荊軻[4]의 고사를 차용하여 젊은이들의 호기를 칭송하였으며, 〈其2〉는 4구 7언 절구로 젊은이들의 봄나들이를 묘사했다. 본문에서는 〈其2〉를 감상의 대상으로 선정하였는데, 장안長安에 사는 귀공자들의 호탕한 생활을 유려한 필치로 읊고 있다.

---

1) 五陵年少오릉연소: 경도京都의 부호가富豪家 자제. 오릉五陵은 한漢 고조高祖 이하 오제五帝의 능묘. 장안 부근에 위치하여 많은 부호와 호걸들이 이 곳에 살았으므로 시문 가운데에서 오릉은 항상 권문세가와 귀족들이 모여 사는 곳으로 통칭되었다.

2) 金市금시: 장안에 설치된 서역인의 가게가 많은 서시西市를 말하며, 후에 번화한 시가를 두루 이름.

3) 胡姬호희: 주막에서 술을 파는 여자를 두루 이르는 말. 생업에 종사하려고 변방에서 중원中原으로 이주한 소수민족 젊은 여인들로 대개는 장안 등지의 대도시에서 주점을 경영한데서 유래. 당시 장안에서는 가무를 할 줄 알면서 술 파는 것을 생업으로 하는 호희들이 매우 많았다고 한다.

4) 荊軻형가: 전국시대 위魏나라의 자객. 연나라 태자 단丹의 부탁을 받고 진시황秦始皇을 암살하려 하였으나 실패하고 죽음을 당했다.

기와 승(1~2구)에서는 묘사의 대상이 장안의 권문세가들의 자제임을 제시하고, 이어 그들이 사치스럽게 치장한 은빛 안장의 백말을 타고 봄나들이 하는 모습을 그려내고 있다. 전과 결(3~4구)에서는 그들과 묻고 답하는 대화체로 전체의 분위기와 사치스런 행락을 요약하고 있다. '꽃구경이 끝난 다음에는 어디로 가나요?'라는 물음에, 웃으면서 '젊은 여인들이 있는 술집으로 간다.'라고 대답하는 문답형식이다.

　　이백이 고향을 떠나 장안에 입성한 초창기(天寶 初年 경)에 지은 것으로 여겨지는 작품이다. 이백의 눈에 비친 장안 젊은이들의 행락行樂 모습에 대해서 이백은 퇴폐적이라거나 향락적이라고 비판의 눈으로 바라보기 보다는, 오히려 그러한 젊은이들의 거침없는 사치스런 향락에 대해서 칭송하는 태도를 보이고 있다. '젊은 나이에 가진 씩씩한 기운은 언젠가는 맹렬하게 떨칠 때가 있으리라少年負壯氣, 奮烈自有時'〈其1, 5~6구〉라고 하여 선망은 아니더라도 긍정적으로 바라본다. 이러한 모습은 이백 자신도 임협기질任俠氣質이 있었기 때문으로 여겨진다.

134. 흰 코 공골말 白鼻騧

銀鞍白鼻騧 은안백비과여	은빛 안장에 흰 코의 공골말이여[1]
綠地障泥錦 녹지장니금이라.	초록 바탕에 비단 말다래[2]를 달았구나.
細雨春風花落時 세우춘풍화락시에	가랑비 속 봄바람에 꽃이 질 때
揮鞭直就胡姬飮 휘편직취호희음이라.	채찍 휘두르며 곧장 호희로 가서 술 마시리.

앞서 감상한 〈少年行(2首)〉의 〈其2〉와 시상 전개 구조와 내용 전개, 시적 분위기가 매우 흡사한 전문 4구의 고시다. 다만 전반부 기와 승에 해당하는 1~2구는 5언이고, 후반부 전과 결에 해당하는 3,4구는 7언이다. 이런 형식은 악부고시를 바탕으로 썼기 때문으로 여겨진다.

전반부(1~2구)에서는 권문세가나 부호의 자제들, 또는 한량들이 선호하던 명마名馬급에 들어가는 질 좋은 말과 호화스런 치장을 묘사하고 있다. '은빛 안장'이라거나 '초록 바탕의 비단 말다래(흙받이)'등으로 한껏 치장한 말의 묘사, 그리고 중국 본토에서는 나지 않는 서역의 초원에서 길러졌음직한 결 좋은 공골말을 타고 장안대로를 뻐기면서 질주하는 한량들의 모습을 상상하게 한다. 두 발을 유일한 이동수단으로 삼고 살아가는 인간들에게 옛날의 명마를 타거나 지금의 고급스포츠카를 운전하고 다닌다는 것은 대단한 자랑거리였던 모양이다.

조선 시대의 기록을 살펴보면, 민간인들은 역참驛站에 소용되는 말을 관청에 납품納品

---

1) 白鼻騧백비과: 흰 코에 검은 주둥이를 가진 누런 공골말이기도 하고, 고악부古樂府의 제목으로 《악부시집樂府詩集·횡취곡사橫吹曲辭》에 실려 있다. 이백의 이 시는 악부시집의 내용에 의거 지은 것으로 여겨진다.

2) 障泥장니: 말다래. 말을 탄 사람의 옷에 흙이 튀지 않게 말의 안장 양쪽에 늘어뜨린 흙받이.

하기 위해 온갖 정성을 다해 말을 길렀다. 관청에 납품되는 말은 가격이 비쌌기 때문이다. 그러나 납품의 등급에 들지 못하고 퇴자 맞은 말들은 다시 민간에게 팔렸는데, 이 말들은 일반 말들에 비해 품질이 좋았기 때문에 한량들은 그 말을 사서 치장을 고급스럽게 꾸며 타고 다니면서 으쓱댔다고 한다. (이런 기록들이 남아 있는 이유 중의 하나는 납품하여 등급을 맞는 과정에서, 하품을 상품으로 지정받기 위해 관리들에게 뇌물이 오고갔기 때문) 명마를 타고 싶어 하는 마음은 옛날이나 고급스포츠카를 몰고 다니기를 좋아하는 지금의 한량자제들의 마음은 매일반이리라.

후반부(3~4구)에서는 명마를 타고 가랑비 속에 봄나들이를 하며 마음껏 상춘賞春을 즐긴 한량들이 해저물녘에 가는 곳은 어디였을까. 서역에서 온 이국적 미모를 지닌 아가씨[胡姬]들이 술을 파는 유곽遊廓이나 주점이다. 성당盛唐시절 장안의 풍요롭고 번화한 풍경의 한 장면을 젊은이들의 행락行樂을 대상으로 하여 사실적으로 묘사한 작품이다. 그래서 문학은 현실을 반영한다는 말을 확인할 수 있다.

135. 까마귀 깃들이다[1] 烏棲曲

姑蘇臺上烏棲時 고소대상오서시에 　고소대[2]위에 까마귀 깃들일 때
吳王宮裏醉西施 오왕궁리취서시라. 　오나라 궁궐에는 서시[3]가 취해 있다네.
吳歌楚舞歡未畢 오가초무환미필인데 　오·초의 노래와 춤[4]으로 즐거움이 한창인데
靑山欲銜半邊日 청산욕함반변일이라. 　청산은 지는 해를 반이나 머금고 있네.
銀箭金壺漏水多 은전금호누수다에 　은바늘의 금물시계[5]에는 떨어진 물이 많아
起看秋月墜江波 기간추월추강파러니 　일어나 바라보니 가을 달은 강에 떨어지고,
東方漸高奈樂何 동방점고내락하리요. 　동방이 점점 밝아오니 이 즐거움을 어이하리.

---

1) 烏棲曲오서곡 : '오서곡烏棲曲'이라는 제목의 노래는 《악부시집樂府詩集·청사곡사淸商曲辭》 중 〈서곡가西曲歌〉에 실려 있는데, 내용은 여인이 기다리던 남자와 사랑을 그리고 있다. 이백은 동일 제목의 이 시에서 오왕吳王 부차夫差와 월나라 미인인 서시西施가 고소대姑蘇臺에서 밤새도록 술을 마신 행락에 빠진 모습을 묘사하여, 현종玄宗과 양귀비楊貴妃와의 향락적 생활을 함축적으로 풍자하고 있는 시이다. 하지장賀知章은 이 시를 읽은 후에 크게 칭찬하면서 '귀신을 울릴 만한 시此詩可以泣鬼神也'라고 극찬하였다.

2) 姑蘇臺고소대 : 고소姑蘇는 강소성江蘇省 오현吳縣에 있는 산으로, 산 위의 고소대는 춘추시대春秋時代 오왕吳王 부차夫差가 서시西施를 위하여 만든 궁전으로, 《태평어람太平御覽》에 「오왕 부차는 고소대를 3년 만에 완성하였는데, … 따로 춘소궁을 별채로 지어 궁녀 천명과 함께 밤새도록 주연을 베풀었다. 천 섬들이 술 도가니를 만들었으며, 또한 큰 연못을 파서 청룡을 조각한 배를 띄워 놓고 기생들에게 악기를 연주하게 하고 하루 종일 서시와 함께 물놀이를 즐겼다.」고 기록 되었다.

3) 西施서시 : 춘추시대春秋時代 월越나라의 미녀. '서시西施'는 중국의 4대 미녀중 하나로 월越나라 약야계若耶溪에서 빨래하던 처녀였는데, 월왕越王 구천句踐의 대부인 범려范蠡가 조련시켜 오왕 부차에게 미인계로 바쳐졌다. 오왕은 그녀와 주색에 빠져 국정을 소홀히 한 결과 마침내 구천에게 패해 자살하고 오나라도 결국 20여 년 만에 멸망하였다.

4) 吳歌楚舞오가초무 : 오吳 땅의 노래와 초楚 땅의 춤. 곧 강남江南의 경쾌한 노래와 부드러운 춤.

5) 銀箭金壺은전금호 : 은전銀箭은 은으로 장식한 물시계 바늘, 금호金壺는 구리로 만든 물시계 동호銅壺.

이백이 오월吳越지방을 유람할 때, 소주蘇州에 있는 고소대姑蘇臺 유적을 보고 감개하여 역사적 사실을 읊은 시다. 제목은 《악부시집樂府詩集》의 청상곡사淸商曲辭 중 〈서곡가西曲歌〉에 실려 있는 〈오서곡烏棲曲〉을 차용한 것인데, 〈오서곡〉의 내용이 남녀 간의 사랑을 쓴 것이기 때문이다. 내용은 고소대를 지은 오왕吳王 부차夫差와 월越의 미인 서시西施와의 애정 향락이 주를 이룬다. 전문은 7구 7언 고시로, 내용상 3단락으로 나뉜다.

첫째 단락(1~2구)에서는, 현재의 고소대의 정경을 본 소감을 '까마귀가 깃들이는 쓸쓸한 폐허지'를 묘사한 것으로 감상해도 무방하겠으나, 시상 전개의 일관성을 감안한다면 '새들이 깃을 접고 보금자리로 찾아드는 저녁 무렵'으로 해석함이 더 낫다고 여겨진다. 왜냐하면 2구에서 오왕궁吳王宮에서 서시西施가 하루 종일 해가 질 때까지 술에 취해 있음을 강조하기 위한 표현으로 보아야 하기 때문이다. 곧 첫 구 첫머리부터 고소대 관련 고사로 직입直入한 것으로 보고자 함이다.

둘째 단락(3~4구)에서는 오왕 부차와 서시의 음주 향락의 구체적 모습으로, 오나라의 노래와 초나라의 춤, 곧 강남江南의 경쾌한 노래와 부드러운 춤으로 하루해가 짧다고 한다. 서산에 지는 해를 청산이 반나마 머금(물)고[銜] 있다는 표현이 절묘한 것은, 해가 지고[落日] 있음을 의인화擬人化한 수사법상의 표현을 넘는다. 이것은 주색酒色 향락 속에 나라가 망해가고 임금의 목숨이 위태로워지고 있다는 뜻을 중의重義하고 있기 때문이다. 서시는 미인을 넘어서 경국지색傾國之色임을 은연중 나타낸 표현이라 하겠다.

셋째 단락(5~7구)에서도 음주 향락으로 하루 해를 지나 밤을 새웠다고 말한다. 시간의 흐름을 구체적으로 말하기 위해 물시계의 은화살(바늘)을 돌리면서 떨어지는 물의 양이 많았다고 한다. 또한 가을달이 새벽녘에 강물 속으로 잠겨가고, 동창이 환하게 밝아온다고 한다. 1구에서 6구까지에 표현된 시간은 만 하루 24시간인 셈이다. 주야장천晝夜長川(밤낮으로 쉬지 않고)을 넘어 사시춘몽四時春夢에 주색잡기에 빠져 있다. 그럼에도 주색의 향락에 빠진 미혹에서 헤어 나오지 못하니, 가장家長이라면 집안이 망할 것이고, 임금이니 나라가 어찌 망하지 않겠는가? '신선놀음에 도끼자루 썩는지 모른다.'는 속담을 떠올리기 어렵지 않다.

따라서 이 시에 나타난 시상전개의 축은 '시간의 흐름'이다. '까마귀가 깃들일 때烏棲時(1구)' → '(청산이)해를 반나마 머금을 때銜半邊日(4구)' → '(물시계의)물이 많이 떨어질 때漏水多(5구)' → '(가을 달이)강물에 떨어질 때秋月墜江波(6구)' → '동방이 점점 밝아옴東方漸高(7구)'로 이어지는 주야장천의 시간이다. 그리고 일맥으로 통하는 것은 한 순간도 쉬지 않고 '누리는 즐거움[享樂]'이다.

　시간에는 두 종류의 시간이 있으니, 하나는 주관적 시간 곧 의식의 흐름이고, 다른 하나는 객관적 시간이다. 행복할 때는 의식의 흐름은 늦게 흐르니 객관적 시간은 상대적으로 빠르게 흐르는 것으로 인식되고, 불행할 때는 이와 반대라고 한다. 고소대를 지어 미인 서시와 향락을 누리던 오왕 부차는 인생을 짧다고 느꼈을 것이고, 또한 월왕越王 구천句踐의 복수가 턱밑까지 다가와도 몰랐음은 당연한 것이다. 쓴 맛의 끝 맛은 단맛이고, 단맛의 의 끝 맛은 신맛이라 했으니 어찌하란 말인가.

　그런데 이 시에서 느껴지는 이백의 목소리 곧 어조語調와 시적 의도가 예사롭지 않다. 《악부시집》에서 〈오서곡〉이라는 제목을 차용하고, 고소대에 얽힌 오왕 부차와 미인 서시 고사로 시 전면을 가득 채우려고 이 시를 쓰지는 않았으리라. 그리고 이백이 궁궐에서 한림공봉의 벼슬을 그만 둔 원인 중의 하나는 서시와 함께 중국 3대 미인에 드는 양귀비楊貴妃 때문이라면, 차고풍금借古諷今(옛것을 빌려 지금을 풍자함)의 의도로 오왕과 서시의 역사적 사실을 빌어 현종玄宗과 양귀비의 향락을 함축적으로 풍자諷刺하고 있음이다.

136. 들녘의 풀 가운데 있는 백두옹[6]을 보다 見野草中有名白頭翁者

醉入田家去 취입전가거인데　술에 취해 농가로 들어가다가
行歌荒野中 행가황야중이라.　거친 들판을 지나가며 노래 부르는데,
如何青草裏 여하청초리에　어찌하여 푸른 풀 속에
亦有白頭翁 역유백두옹인가.　또 흰 머리 노인이 있는가?
折取對明鏡 절취대명경이러니　꺾어다가 맑은 거울에 비춰 보니
宛將衰鬢同 완장쇠빈동이러라.　쇠잔한 내 머리털[7]과 완연히 같구나.
微芳似相誚 미방사상초하여　옅은 향기[8]는 서로를 비웃는 듯한데
留恨向東風 유한향동풍이로다.　한을 품고 동풍[9]을 향하네.

　정확한 창작 연도는 알 수 없으나 만년의 이백이 술에 취해 들판을 가다가 눈에 띈 백두옹白頭翁(할미꽃)을 보고 자신의 쇠락한 모습과 닮은 점을 들어 늙음을 한탄하는 내용이다. 전문 8구의 5언 율시로 내용상 전반부와 후반부 2단락으로 나뉜다.

　전반부 수련(1~2구)과 함련(3~4구)에서는 할미꽃의 발견과 만남을 이야기하고 있다. 할미꽃은 귀하거나 사람들로부터 사랑받는 꽃은 아니다. 아마도 논두렁이나 밭두렁 쯤에서 들일하는 농부들에게서 농주 한잔을 얻어 마시고 얼큰한 취기에 기분이 좋아 노래

---

6) 白頭翁백두옹 : 할미꽃. 남조 양南朝梁 도홍경陶弘景은 백두옹에 대하여 '곳곳에 널려 있는 풀로서, 뿌리 근처에 흰색 털이 있으며 모양이 머리가 하얀 노인과 같다고 하여 이런 이름으로 불렸다.'고 하였다. 이시진李時珍은 '장인丈人, 호사胡使, 내하奈何는 모두 노인의 모양을 표현한 것이다.'라고 하였다.

7) 衰鬢쇠빈 : 늙어서 희끗희끗해진 귀밑머리. 주로 늘그막을 이른다.

8) 微芳미방 : 옅은 향기.

9) 東風동풍 : 동쪽에서 불어오는 바람. 봄바람.

를 흥얼거리며 들녘을 거닐어 흰 머리를 바람에 날리며 유숙하고 있는 농부의 집으로 들어가는 상황을 말하고 있다(1~2구).

그런데 새파란 풀무더기에서 또 다른 흰머리 노인[白頭翁]을 만난다. 이름부터가 사람(늙은이)을 칭하고 있으니 할미꽃은 자연스럽게 의인화된다. 이 들녘에 자신 말고 또 다른 노인이 있다고 한다. 새파란 풀(청춘)과 시각적으로 대비되는 흰머리 노인. 민들레홀씨처럼 바람에 날리는 꽃줄기가 저녁 햇빛 아래 퍼져나가는 모습과 자신의 흰머리카락이 바람에 나불거리는 모습에서도 그랬을 것이고, 자신의 굽은 등과 할미꽃의 꽃대가 구부정한 모습에서도 그랬을 것이다.

시詩의 효용에 대해서 일찍이 공자孔子도 '시詩에서 흥기興起한다.'[10]고 했으니, 이런 말을 한 공자의 본래의 깊은 의도는 차치하고서라도, 시를 좋아하거나 지으려는 마음은 감흥感興(마음에 깊이 감동되어 일어나는 興趣)을 우선으로 하는 것이니, 얼큰한 술에 마음도 한층 호방豪放한데, 새파란 풀무더기에 하얗게 피어있는 할미꽃에 눈길이 가고 느낌[感]이 일지[興] 않을 수 없다. 물론 외물外物만이 감흥의 단초가 되는 것은 아니다. 꽃의 이름이 할미꽃이면 이백 자신은 '할베꽃(경상도 지방 방언)'이라 할 것이니, 금방 동일시同一視 현상에 의한 감흥이 일지 않을 수 없을 터.

후반부 경련(5~6구)와 미련(7~8구)에서는 할미꽃과 노년의 이백 자신을 구체적으로 대비시킨다. 그러기 위해서 할미꽃 한 송이를 꺾어 집으로 가져 온다. 할미꽃의 흰 꽃줄기를 들고 자신의 얼굴도 함께 거울에 비춰본다고 한다. 영락없이 닮은 모습이다(5~6구). 그런데 거울에 비춰보다가 혹시나 싶어 코에 대고 냄새를 맡아본다. 알 듯 모를 듯 옅은 향내가 코끝을 스친다. 나에게서 나는 늙은이 몸 냄새인가 싶어 코를 킁킁거려 본다. 할미꽃도 말을 하는데 자기의 냄새는 아니라고 한다. 서로가 자기의 냄새는 아니라고 하며 서로를 비웃는[相誚]듯 하다. 멋쩍어서 혹 큰 숨으로 흰 색 꽃털을 부니 민들레홀씨처럼 꽃씨가 사방으로 날아간다. 시각적으로는 동질감을 느꼈는데 후각적으로는 이질감

---

10) 《논어論語·태백泰伯》에 「공자께서 말씀하셨다. 시詩에서 흥기興起시키며, 예禮에 서며, 악樂에서 완성한다子曰, 興於詩, 立於禮, 成於樂」.

을 느낀 것인가.

지금까지는 외양外樣을 통한 동일시 현상이라면, 이제는 내면內面의 세계를 제시한다. 자신의 구부정한 허리와 할미꽃은 굽은 꽃대는 어딘가를 향해 한을 품고[留恨]허리를 숙이고 있다고 한다. 그리고 한의 내용을 암시하는 것은 '동풍을 향해[向東風]' 구부리고 있는 것이라고 한다(8구). 동풍은 곧 봄바람[春風]이고 인생으로는 청춘의 시기이다. 지나가버린 청춘과 젊음을 한스러워 하는 것이다. 주 내용은 할미꽃을 소재로 하고 늙음을 제재로 한 주제는 탄노가歎老歌(늙음을 한탄하는 노래)라 하겠다. 우리나라 고려 말 탄노가의 대가大家인 우탁禹倬(1263~1342)의 시조가 상당수 있어 그 중에 한 편을 함께 감상해 본다.

> 늙지 말려이고 다시 젊어 보려하더니
> 청춘靑春이 날 속이니 백발白髮이 거의로다.
> 잇다감 꽃밭을 지날 때면 죄罪지은 듯하여라.

또 우리나라 전래 동화에 얽힌 할미꽃 전설이 있다. 세 딸을 잘 키워 시집을 보내고, 늙어서 세 딸들이 잘 사는가 궁금하여 차례대로 찾아간 할머니가 하나같이 딸들에게서 문전박대를 받아, 마지막 셋째 딸 문 앞에서 기진하여 죽었는데, 손녀딸이 불쌍하여 묻어 주었더니 그 할머니 무덤에 난 꽃이 할미꽃이라고 한다는 내용이다.

회재불우를 한탄하고 급시행락을 추구하며 주선·시선·적선이라 칭송 받으며 살아 온 이백도 귀밑머리 희어지며 돌아가는 늙음의 시계를 멈추게 할 수는 없었으니, 잔잔하게 꿈틀거리는 마음속 늙음에 대한 한탄은 주머니 속 송곳처럼 끝내 감출 수 없었다.

부록

1. 이백의 음주시에 대하여

중국의 별처럼 많은 시인 가운데 시선詩仙과 동시에 주선酒仙이라 불리는 이백李白 (701~762)은 술과 뗄 수 없는 관계를 가진 가장 대표적인 낭만주의 시인이다.

지금부터 1천3백여 년 전 중국 최고 전성기였던 성당盛唐 시기에 활동했던 이백이 즐겨 마시고 시의 소재로 사용된 술은 중국에서 문자가 만들어진 이래로 인류와 함께 존재하였다. 처음 술이 만들어진 기원을 살펴보면, 4천여 년 전 하夏¹⁾나라 의적儀狄이 막걸리인 황주黃酒(酒醪)를 만들고 우禹임금이 직접 술맛을 보았으며, 또한 두강杜康²⁾이 배갈인 백주白酒(秫酒)를 만들었다고 전한다. 전설에 나오는 술의 기원은 이보다 더 이른 시기로 거슬러 올라가는데, 삼황오제三皇五帝³⁾ 중 농사짓는 법을 창안한 신농씨神農氏 는 약초 가운데에서 술맛을 구별했으며, 황제黃帝는 술을 사용하여 병을 치료했다고 전 하고 있다.

이렇게 일찍부터 인류에게 전해져온 술은 《시경詩經》을 포함한 중국 시가詩歌 가운데 에서 중요한 자리를 차지하고 있으며, 이후 위진魏晉시대의 저명한 문인인 조식曹植과 도연명陶淵明, 그리고 죽림칠현 가운데 완적阮籍, 유령劉伶, 혜강嵇康 등은 모두 문장가 인 동시에 애주가로 이름을 날렸다. 당대唐代에 이르러서도 시인과 음주는 밀접한 관계 를 맺고 있는데, 술이 있었기 때문에 이백, 두보杜甫, 백거이白居易 등 유명한 시인들의

---

1) 하夏나라 : B.C 2070 ~ B.C 1600년경까지 존속. 순舜 임금이 황하黃河의 치수治水를 담당하던 신하 인 '우禹'에게 왕위를 물려 주면서 세워진 나라.

2) 오제의 첫 번째인 황제黃帝시대의 인물, 혹은 주周나라 시대의 인물이라고 함. 삼국시대 조조曹操가 〈단가행短歌行〉 시에서 읊었음.

3) 삼황오제에 대하여 여러 가지 설이 있지만, 삼황은 《상서대전尙書大傳》에 나오는 수인燧人·복희伏 羲·신농神農씨이고, 오제는 《대대례기大戴禮記》에 나오는 황제黃帝·전욱顓頊·곡嚳·요堯·순舜임 금이라고 일반적으로 통용됨.

창작 열정을 고취시켜 음주시라는 유산을 남겨 놓았다.

당대에는 정치적으로 안정을 찾고 경제적인 풍요로 인하여 사회 각계각층의 인물들이 모두 음주하는 기풍이 농후하였다. 친구와 상봉하거나 이별할 때는 항상 술상을 차려놓고 흠뻑 취한 뒤에 시를 지어주며 전별餞別하는 정경을 읊은 시문詩文들이 비일비재하므로 당시 애주가 성하였음을 알 수 있는 좋은 사례이다. 당대의 시인 중에는 술을 좋아하는 작가가 많았지만, 그 가운데 이백만큼 평생 술을 좋아하고 또 자신의 호음豪飮을 누구나 공감할 수 있도록 뛰어난 재능으로 표현한 음주시를 남긴 이는 드물다.

음주시로 유명한 이백은 자가 태백太白, 호가 청련거사靑蓮居士로, 문학사상 최정상에 군림한 세계적 대시인이며, 우리에게는 '귀양 온 신선[謫仙], 주선옹酒仙翁, 주중선酒中仙' 등 술과 관련된 미칭으로도 널리 알려졌다. 그는 '개원開元(712~741)의 치治'라고 불리는 당대 최고 전성기에서 안록산安祿山과 사사명史思明이 일으킨 안사의 난安史亂(755~763)으로 쇠퇴의 길로 접어드는 전환기에 주로 활동하였다.

이백의 본적은 농서성隴西省의 성기成紀[4]이지만, 조상이 수隋나라 말엽에 서역지방으로 옮겨가 살았다. 장사를 크게 하던 부친 이객李客이 지금의 중앙아시아 키르키즈스탄공화국의 토크마크 부근[5]에 거주하면서 서역 여인과 결혼하여 이백도 그곳에서 출생하였으며, 5세에 부친을 따라 촉蜀지방 창명현彰明縣 청련향靑蓮鄉[6]으로 옮겨와 살았다고 한다. 이백의 어린 시절에 그에 관련된 신비한 전설들이 전해지는데, 예로 이백 모친의 태몽에 장경성長庚星(太白星)이 품으로 들어왔다는 '장경입몽長庚入夢', 이백의 꿈에 그가 사용하던 붓끝에서 꽃이 피었다는 '몽필생화夢筆生花', 그리고 이백이 어릴 적 유학할 때 중도에서 포기하고 고향으로 돌아오는 도중에 할머니가 쇠몽둥이를 갈아 바늘로 만드는 모습을 보고 감동하여 다시 돌아가 공부를 마쳤다는 '철저마침鐵杵磨針[7]' 등의 일

---

4) 지금의 감숙성甘肅省 천수시天水市 부근이다.

5) 당대에는 안서도호부安西都護府에 속하였다.

6) 지금의 사천성四川省 면양현綿陽縣이다.

7) 마부위침磨斧爲針이라고도 함.

화들이 전해지며 천재성이 부각되기도 하였다.

이러한 이백의 생애를 시기별로 나누어 간단히 살펴보면, 소년기에는 천재적인 자질로 제자백가諸子百家와 역사서 등 방대한 전적을 두루 독파하여 후일 대문장가가 될 소양을 쌓았다. 청년기인 24세부터는 촉지방을 나와 구세제민救世濟民의 큰 이상과 웅지를 품고 첫 번째로 장안에 들어가는 등 여러 사람과 교유하며 고위 관리들을 찾아가 벼슬을 구하기도 했지만, 현실에서는 좌절을 겪으면서 음주로 소일하며 지냈다. 장년기인 천보天寶초에 현종의 부름을 받아 햇수로 3년 동안 장안에서 한림공봉翰林供奉을 지내다가 간신들의 훼방으로 사직했는데, 이 기간이 하지장 등 고관들과 시와 술로 화답한 이백의 생애에서 가장 찬란한 시기였다. 장안을 떠난 이후 10여 년 동안 산동성 연주兗州지역을 중심으로 생활의 터전을 잡고 재차 중국 전역을 두루 방랑했으며, 만년기인 55세에 발발한 안사란安史亂을 겪으면서 이후 영왕永王의 군대에 참여한 사건에 연루되어 사형을 선고받고 유배와 사면 등을 거치다가 급기야 62세를 일기로 음주의 후유증으로 병사했다.

이렇게 평생을 주로 유람과 은거, 출사出仕와 방축放逐, 음주와 교유 등으로 보내면서 자연스럽게 나타난 급시행락及時行樂과 우환의식憂患意識 등의 다양한 정서들이 술을 매개로 그의 시에 잘 표현되었다. 특히 장성하여 촉지방을 떠난 이후에는 공업功業을 세우고 백성을 구제하려는 정치적 포부를 가지고 여러 차례 실행에 옮기려고 했지만 뜻을 이루지 못하였는데, 이런 때에는 회재불우懷才不遇의 울분을 거의 음주로 해소하였다.

항상 술을 좋아한 이백은 일생의 대부분을 전국각지로 유랑하면서, 지방의 유지와 교유하거나 뜻이 맞는 사람을 만났을 때는 남녀노소와 신분고하를 가리지 않고 함께 술잔을 기울였다. 더욱이 수도인 장안에서 현종玄宗을 모시고 한림학사翰林學士로 있을 때에는, 왕공王公과 관료들의 잔칫집이나 장안 동쪽 곡강曲江 일대와 서시西市의 저잣거리에 있는 주점 등을 가리지 않고 술이 있으면 찾아가서 마시고 취하였으므로 진정 주중선酒中仙이란 칭호에 부족하지 않았다.

이렇듯 술을 좋아한 이백의 음주에 관련된 이야기들이 그의 시문집이나 후대에 쓰인 역사서 등 여러 곳에 전하고 있다. 이백을 존경하여 수십 년간 전국을 수소문하며 찾아다니다가 이백과 만나기도 했던 위호魏顥가 이백의 시문을 모아 편집한《이한림집李翰林集》서문序文과 또 이백이 죽은 후 그의 친구였던 범륜范倫의 아들 범정전范傳正이 지은〈이공 신묘비문李公神墓碑文〉에 그의 음주고사가 기록되어 전하고 있다. 이 밖에도 후대 사람이 편찬한 당나라 역사서에도 이백의 음주 고사가 전하고 있는데, 그 가운데 당이 멸망한 뒤 5대시대 후진後晉의 역사가인 유후劉昫(887~946)가 편찬한《구당서舊唐書》권190〈이백열전李白列傳〉가운데 이백의 음주에 대하여 다음과 같이 전하고 있다.

「(이백이) 천보 초에 회계지방을 떠돌다가 도사 오균과 함께 섬중剡中8)에 은거하였다. 오균이 궁궐의 부름을 받고 들어가서 이백을 조정에 천거하여 함께 한림학사에 임명되었다. 술을 좋아한 이백이 날마다 친구들과 주점에서 취해 있을 때, 현종이 가곡을 지어 새로운 악부 가사를 만들려고 급히 이백을 불렀지만 이백은 이미 취한 채 주점에 누워 있었다. 궁중으로 불러들여 얼굴에 물을 뿌려 깨워서 붓을 잡도록 명하자 순식간에 십여 장을 완성하니 현종은 매우 가상하게 여겼다. 일찍이 궁전에서 대취하여 발을 당겨 고력사에게 신을 벗기도록 하였는데, 이 일로 배척당하여 궁중을 떠나게 되었다. 이로써 강호를 유랑하면서 종일토록 술에 취해 있었다.9)」라고 기록되어 있다. 또 같은 역사서인 북송의 송기宋祁가 편찬한《신당서新唐書》〈문원열전文苑列傳〉권202에도 이와 비슷한 내용으로 이백의 음주에 대한 일화가 전하고 있다.

이러한 정사正史의 기록 이외에도 이백의 음주에 대한 전설이 많은데, 그가 장안으로 들어가기 전 3십대 중반에 산동의 임성任城에 머무를 때 공소보孔巢父 등 여섯 사람들과 어울리면서 조래산徂徠山에서 매일 취하였으므로 세상 사람들은 이백을 포함한 그들을 죽림칠현에 비유하여 '죽계육일竹溪六逸'이라 불렀다. 그리고 앞에서 잠시 언급되었지만, 장안에서는 술에 취한 채 현종의 명령으로 시를 지어 쓰는 동안 양귀비楊貴妃에게

---

8) 양자강揚子江 상류에 있는 섬계剡溪지방.

9) 天寶初, 客游會稽, 與道士吳筠, 隱於剡中. 筠徵赴闕, 薦之於朝, 與筠具待詔翰林. 白既嗜酒, 日與飮徒醉於酒肆. 玄宗度曲, 欲造樂府新詞, 亟召白, 白已臥於酒肆矣. 召入, 以水灑面, 既令秉筆, 頃之, 成十餘章, 帝頗嘉之. 嘗沈醉殿上, 引足令高力士脫靴, 由是斥去. 乃浪跡江湖, 終日沈飮.

벼루를 들고 서 있게 한 '귀비봉연貴妃捧硯'이란 이야기와 당시 권력을 쥐고 흔든 환관 고력사高力士에게 취한 상태에서 신을 벗기도록 한 '역사탈화力士脫靴' 등의 고사가 있다. 또한 이틀 동안 계속 취한 상태에서도 궁중에서 양귀비의 자태에 대하여 읊은 〈청평조사淸平調詞〉3수와 궁 안의 화려한 모습을 묘사한 〈궁중행락사宮中行樂詞〉10수 등을 일필휘지하여 바치자 현종과 주변의 관료들이 그의 천재적인 재주에 탄복하기도 하였다. 이밖에도 비록 전설이지만 원元나라 때 신문방辛文房이 펴낸《당재자전唐才子傳》에 의하면, 이백이 임종할 무렵 궁중에서 하사한 궁금포宮錦袍를 입고 술에 취한 채 채석강彩石江 물속에 떠있는 달을 잡으려다 익사하여 고래를 타고 하늘로 올라갔다는 '기경상천騎鯨上天'의 전설 등은 술과 밀접하게 연관되어 있음을 알 수 있다.

그리고 이백은 그의 대표적 음주시인 〈장진주將進酒〉와 〈양양가襄陽歌〉 등에서 백년 3만6천일을 하루에 삼백 잔씩 마시고 장취하여 깨어나는 것을 원치 않는다고 주장하였으며, 또한 꽃무늬 털의 천리마[五花馬]나 천 냥 나가는 가죽옷[千金裘] 같은 귀중한 물건을 술과 바꾸어 마시었을 정도였다. 그가 유랑할 때 지은 〈호주사마 가섭이 이백이 누구냐고 묻기에 답하다答湖州迦葉司馬問白是何人〉라는 시에서 「청련거사는 천상에서 귀양 온 신선으로, 술집에서 이름 날린 지 삼십 년이나 되었다네靑蓮居士謫仙人, 酒肆藏名三十春」라고 하여, 5십대 중반의 나이에 읊은 시에서 스스로 술집에서 이름을 날린 지 3십년이 되었다고 할 정도로 술을 사랑하였다.

이백의 호주好酒는 천하에 유명하여 다른 사람의 시에서도 자주 등장한다. 이백의 친구이자 함께 중국 문학사상 최정상의 시인으로 일컫는 두보杜甫의 〈술 마시는 여덟 신선의 노래飮中八仙歌〉 가운데 등장하는 당시의 인물들은 모두가 술 마시는데 있어서는 일류고수였지만, 그 가운데에서 특별히 이백에 대하여는 다음과 같이 절구시로 읊었다.

李白一斗詩百篇이요　　이백은 술 한 말에 시를 백 편이나 짓고
長安市上酒家眠이라　　장안 저잣거리 주막에서 취한 채 잠들었노라.

天子呼來不上船이요   천자가 불러도 배에 오르지 않은 채
自稱臣是酒中仙이라   스스로 술 취한 신선이라 부르는구나.

　두보는 이 밖에 다른 시에서도 이백의 애주에 대하여 읊은 곳이 많다. 예로, 〈이백을 보지 못하다不見〉란 시에서 「민첩하게 지은 시가 천수나 되지만, 영락한 채 술 잔만 기울이노라敏捷詩千首, 飄零酒一盃」와 〈이백에게 드리다贈李白〉란 시에서 「술을 실컷 마시고 미친 듯 노래 부르면서 헛되이 세월을 보내고 있지만, 호탕하고 고오함은 뉘라서 자웅을 겨룰 수 있을까?痛飮狂歌空度日, 飛揚跋扈爲誰雄」라고 묘사하여, 이백의 뛰어난 재주와 술을 좋아한 점을 여러 곳에서 읊었다. 이렇게 이백 자신이 지은 음주시 이외에도 친우였던 두보가 그의 음주에 대해 묘사한 점은 객관적인 평가로 주목할 만하다.

　또한, 이백 사후에도 1천여 년 동안 후인들이 이백의 음주와 시가에 대하여 칭송한 시가 수백편이나 전해오는데, 그 가운데 일례로 당나라 말기 우습유를 지낸 정곡鄭谷은 〈이백 문집을 읽고讀李白集〉란 시에서 다음과 같이 감탄하였다.

何事文星與酒星을   어떻게 문성과 주성이란 이름이
一時鍾在李先生인가,   일시에 이백 선생에게 모아졌나요?
高吟大醉三千首하여   크게 취한 채 뽐내며 읊조린 삼천 수가
留著人間伴月明이라.   인간 세상에 명월과 함께 남아 있구나.

　정곡은 이백이 인간의 몸으로서 문장의 별[文星]과 음주의 별[酒星]이란 영예를 동시에 얻은 것은 그가 술을 호탕하게 마실 수 있는 능력과 술을 마신 후 훌륭한 음주시를 많이 남겼기 때문이라고 하였다. 그래서 후세의 많은 사람이 그의 시에 대하여 시선詩仙으로 추앙하였을 뿐만 아니라 주선酒仙이라는 칭호도 함께 부여했던 것이다.
　이렇게 1천 3백여 년 전에 생존했던 이백이 지은 음주시는 원문이 아름답고, 적재적소

에 알맞은 단어 선택과 내용의 구성이 뛰어나다. 그러므로 이백의 음주시를 감상할 때는 해석된 문장에 의지하여 독서하기보다는 직접 원문을 읽으며 음미하는 것이 음주시의 이해뿐만 아니라 명문장을 접할 수 있는 좋은 기회가 될 것이다. 아울러 우리가 일상생활을 하면서 주점에서 술을 마시거나 산 주변의 야외에서 친우들과 만나 음주할 때 이백의 음주시 몇 수를 골라 한 자락 읊조리면 풍류와 낭만적인 인생을 즐기며 살아가는 여유 있는 삶이 될 수 있을 것이다.

2. 이백 음주시 개요

[1] 선별 작품 수

이태백 시 총 973편 중 음주가 표현된 시 136편 159수 선정

* 연시는 전부를 게재하지 않고 음주가 표현된 작품만 게재하였다.

[2] 분류

6종류로 분류하여 단순화하였다.[청대 왕기王琦 注《이태백전집李太白全集》과 현대 첨복서詹福瑞 외 3인 공저《이백시전역李白詩全譯》 등의 분류 기준(18종)을 참고하여 '음주시' 임과 음주상황을 감안하여 6종류로 분류]

분류	게재 연번	편수	연대 미상 작품 수
1. 독작	1~24	24수	4
2. 대작	25~51	27수	5
3. 유연	56~70	15수	3
4. 송별	71~93	23수	2
5. 기증	94~125	32수	1
6. 기타	126~136	10수	5
합계	136편	159수	19편(15%)

→ 게재 순서는 6개 항목을 분류하고, 다시 창작 연령순으로 재배열하여 순서를 정한 것임.

1) 독작獨酌 : 혼자 술을 마시면서 지은 시
2) 대작對酌 : 두 사람이 마주 대하고 술을 마신 것을 지은 시

3) 유연游宴 : 세 사람 이상이 잔치를 열며 술을 마신 것을 쓴 시

4) 송별送別 : 떠나는 사람을 작별하며 별주를 마시며 쓴 시

5) 기증寄贈 : 멀리 있는 사람에게 시를 써 보내거나 부친 시.

6) 기타其他 : 위 5가지 분류에 들지 않은 시를 모은 것으로, 등람登覽, 행역行役, 영물詠物, 잡영雜詠 등. 특히 악부樂府는 5가지에 해당하는 것은 각각 분류하고, 그 외의 작품은 형식면이기는 하나 기타에 포함시켰음.

[3] 창작 연령대별 (음주)시

1) 20대 : 9편

2) 30대 : 18편

3) 40대 : 37편

4) 50대 : 38편

5) 60대 : 15편

6) 미상 : 19편

→ 총 136편 159수

3. 이백의 음주시에 나타난 음주 관계 시어 정리

[1] 술맛을 표현한 시어

1. 미주美酒 : 맛있는 술
2. 방주芳酒 : 향기로운 술
3. 녹주綠酒 : 초록빛이 감도는 맛있는 술
4. 노주魯酒 : 노魯나라에서 나는 싱겁고 맛없는 술. 뒤에 싱겁고 맛없는 술을 이르
   는 말로 쓰임. → 노호주魯壺酒 : 싱거운 술
5. 청상淸觴 : 맛있는 맑은 술.
6. 녹주淥酒 : 투명한 좋은 술. → 녹준淥樽 : 술통.
7. 금액金液 : 금파옥액金波玉液. 맛좋은 술을 비유하는 말.

[2] 술의 종류를 표현한 시어

1. 울금주鬱金酒 : 울창주鬱鬯酒. 옻기장에 울금향鬱金香 즙을 섞어서 빚은 술. 제사
   와 손님 접대에 썼다.
2. 백주白酒 : 뒤에 좋은 술을 두루 이르는 말로 쓰임.
3. 청주淸酒 : 맑고 진한 술. 제사에 쓰는 맑고 깨끗한 술.
4. 탁주濁酒 : 막걸리.
5. 금릉춘金陵春 : 술 이름. 금릉(지금의 南京)지방에서 나는 술.
6. 유하주流霞酒 : 신선이 마신다는 술 이름.
7. 신풍주新豊酒 : 술 이름. 신풍지방에서 나는 술.
8. 포도주葡萄酒 : 포도로 빚은 술.
9. 노춘老春 : 좋은 술을 이르는 말. 선성宣城의 기紀노인이 빚었다함.

10. 노주魯酒 : 노魯나라에서 나는 싱겁고 맛없는 술.

11. 앵무록鸚鵡綠 : 맛있는 술을 이르는 말. → 앵무배鸚鵡杯 : 앵무조개로 만든 술잔.

12. 전뢰奠酹 : 전주奠酒. 술을 땅에 부어 신神께 제사함.

13. 계주桂酒 : 계수나무 껍질을 넣어 빚은 술. 향기로운 술의 통칭.

14. 옥례玉醴 : 맛좋은 술.

15. 계명주鷄鳴酒 : 술을 빚은 이튿날 새벽닭이 울 때까지 다 익은 술.

16. 세주貰酒 : (외상으로) 산 술.

17. 춘주春酒 : 겨울에 빚어 봄에 익은 술. 또는 봄에 빚어 추동秋冬에 익은 술.

18. 고주沽酒 : 시중에서 산 술.

19. 황화국주黃花菊酒 : 국화주菊花酒. 국화와 기장 등을 넣어 빚은 술.

20. 금곡주金谷酒 : 호사스러운 술잔치. → 금곡주수金谷酒數 : 연회에서 벌주罰酒 석 잔을 마시는 일. 진나라 석숭石崇이 낙양에 위치한 금곡 연회 자리에서 시를 잘 짓지 못한 사람에게 벌주 세 말을 마시게 한 데서 유래하였음.

21. 성인聖人 : 청주淸酒를 비유.

22. 현인賢人 : 탁주濁酒를 비유.

[3] 주량酒量을 나타내는 시어

1. 일배一杯 : 일배一盃. 일배一桮. 한 잔의 술.

2. 삼배三杯 : 술 석 잔.

3. 삼백배三百杯 : 술 삼 백 잔.

4. 두주斗酒 : 한 말의 술. 곧 많은 술. 또는 약간의 술을 이른다.

5. 금곡주수金谷酒數 : 연회에서 마시는 벌주罰酒 석 잔. 또는 서 말.

6. 천곡千斛 : 1만 말[萬斛]의 술. 곡斛은 10말의 용량.

7. 두주십천斗酒十千 : 매우 많은 술. 십천十千은 1만萬.

8. 수배주數杯酒 : 몇 잔의 술.

9. 백호百壺 : 술 백 병. 많은 술을 이른다.

10. 일호주一壺酒 : 술 한 병.

11. 조구糟丘 : 술지게미를 쌓아 언덕을 이룸. 매우 많은 술을 빚어 마심.

12. 무한주無限酒 : 한없이 마심

13. 천상千觴 : 천 잔의 술잔. 곧 많은 술잔.

[4] 술잔과 술동이를 표현한 시어

1. 우상羽觴 : 좌우에 새 날개 모양의 손잡이가 달린 술잔. 일설에는 새의 깃을 꽂아 빨리 마시도록 재촉하는 일이라고 함.

2. 금준金樽 : 술잔이나 술동이를 아름답게 이르는 말.

3. 금뢰金罍 : 금으로 꾸민 큰 술그릇.

4. 옥호玉壺 : 옥으로 만든 술병의 미칭.

5. 옥병玉瓶 : 도자기 술병의 미칭.

6. 노자작鸕鷀杓 : 가마우지[鸕鷀]를 새긴 술구기. → 노자주鸕鷀酒 : 노자작鸕鷀杓으로 따른 술. 맛이 좋은 술을 두루 이름.

7. 앵무배鸚鵡杯 : 앵무조개로 만든 술잔.

8. 호상壺觴 : 술병과 술잔.

9. 옥상玉觴 : 옥으로 만든 잔.

10. 백옥호白玉壺 : 백옥으로 만든 술병.

11. 산준山樽 : 산배山杯. 대나무나 조롱박 따위로 만든 술잔.

12. 금파라金叵羅 : 금으로 만든 술그릇. 파라叵羅는 서역西域에서 사용 하던 술잔의 음역.

13. 청준淸樽 : 술 그릇. 또는 맑은 술을 이름.

[5] 술을 마시거나 취한 모습을 표현한 시어

1. 주기酒氣 : 술기운, 술냄새.

2. 장취長醉 : 늘 취해 있음.

3. 도연陶然 : 취하여 즐거운 모양.

4. 취와醉臥 : 술에 취해 눕는 것.

5. 낙모落帽 : 술에 취해 모자를 떨어뜨림. 진晉의 맹가孟嘉가 중양절重陽節에 용산龍
山에서 술에 취하여 모자를 떨어뜨려 놀림을 받고 그에 답하는 시를 지어 좌중을
탄복시킨 고사에서 유래함.

6. 종주縱酒 : 술을 미친 듯이 마심. 광음狂飮함.

7. 취여니醉如泥 : 고주망태가 된 모양.

8. 청광淸狂 : 술에 취해 제 정신이 아님.

9. 취살醉殺 : 술에 몹시 취함을 이른 말.

10. 함배銜杯 : 술잔을 입에 묾. 곧 술을 마심.

11. 감래酣來 : 술기가 오르는 것.(→ 酣樂).

12. 진상盡觴 : 술잔의 술을 다 마심.

13. 압주壓酒 : 술을 짬. 술을 거름.

14. 매취買醉 : 술을 사서 진탕 마심.

15. 접리接羅 : 두건頭巾 이름.

16. 경상傾觴 : 술잔을 기울임. 곧 정답게 어울려 술을 마심. 술을 따름.

17. 파주把酒 : 술잔을 잡음. 곧 술을 마심.

18. 중성中聖 : 중성인中聖人. 술에 취하여 있음을 은어隱語로 이르는 말.

19. 정배停盃 : 마시던 술잔을 잠시 멈춤.

20. 권주勸酒 : 술을 들도록 권함.

21. 흥감興酣 : 흥취가 무르익음.

22. 퇴연頹然 : 술에 취하여 쓰러진 모양. → 취옥퇴산醉玉頹山 : 풍채가 빼어난 남자의
술 취한 모습을 형용하는 말. 삼국시대 위魏나라 혜강嵇康이 키가 크고 풍채가
좋아 술에 취해 넘어지면 마치 옥산玉山이 무너진 것과 같다는 데에서 유래.

23. 명정酩酊 : 술에 흠뻑 취한 모양.

24. 대취大醉 : 매우 취함.

25. 낙감樂酣 : 마음을 터놓고 즐겁게 마심.

26. 녹주漉酒 : 술을 거름.

27. 주선酒船 : 술을 마시며 즐기기 위한 배.

28. 일일취日日醉 : 날마다 술을 마셔 취함.

29. 경주傾酒 : 술잔을 기울여 술을 마심.

30. 주감酒酣 : 술이 거나하거나 취한 상태.

31. 주성酒醒 : 술이 깸.

32. 병주病酒 : 술에 잔뜩 취함. 술병이 난 것을 이르는 말.

33. 행배行杯 : 술잔을 띄워 보냄. 매년 음력 3월 상사일上巳日(음력 정월의 첫 번 째 巳日)에 흐르는 물에 술잔을 띄워 놓고, 흐르다 멈추면 그 앞에 앉은 사람이 술을 마시는 놀이. 또는 잔을 돌려 가며 술을 마시는 것을 말함.

34. 통음痛飲 : 술을 흠뻑 마심. 술을 실컷 마심.

35. 취도상공醉倒山公 : 술에 취함을 이르는 말. 형주 자사荊州刺使 산계륜山季倫이 나들이 때마다 술에 취해 돌아온 데서 유래한 말.

36. 안타顔駝 : 취기가 올라 얼굴이 붉어짐.

37. 안홍顔紅 : 술에 취해 얼굴이 붉어짐.

38. 당로當壚 : 술을 팖. 술을 데우거나 마심.

39. 주사酒肆 : 술집(=酒舍). 주막.

40. 삼배통대도三盃通大道 : 술 석 잔을 마셔 큰 도와 통하는 상태.

41. 일두합자연一斗合自然 : 술 한 말을 마셔 자연과 합일되는 상태.

42. 일준제사생一樽齊死生 : 한 동이 술을 마셔 삶과 죽음이 같아지는 상태.

43. 수취愁醉 : 울적한 마음에 취함.

44. 도취陶醉 : 술이 얼근히 취함.

45. 안화이열眼花耳熱 : 눈이 어른거리고 귀가 달아오름. 술이 얼큰해져 흥이 오름을 형용.

46. 취취取醉 : 술을 마시고 취함.

47. 주전酒錢 : 술값. 술을 마시는데 드는 돈.

48. 작례酌醴 : 술을 따름. 또는 술을 마심. → 작로酌魯 : 맛없는 술을 마심.

49. 칭상稱觴 : 축배를 듦. → 칭상거수稱觴擧壽·칭상상수稱觴上壽 : 술잔을 들어 축수祝壽함.

50. 진주進酒 : 술을 마시도록 권함.

51. 태백주성太白酒星 : 당대唐代에 늘 성도成都의 술집에 내려와 손사막孫思邈과 대화를 즐기며 술을 마셨다는 신선.

52. 취백醉白 : 이백의 별명. 날마다 종일토록 취해 있었다 하여 붙여짐.

53. 취백장醉百場 : 백여 차례 취하는 것.

[6] 안주

1. 수정염水晶鹽 : 소금 안주

2. 해오蟹螯 : 게의 집게발

3. 팽계烹雞 : 삶은 닭

4. 상률霜栗 : 잘 익은 밤

5. 노규露葵 : 아욱

| 역주 |

황선재黃善在

충청남도 공주에서 출생하였다. 민족문화추진위원회국역연수원(현 : 고전번역원), 건국대(학사), 한국외국어대(석사)를 거쳐 성균관대학교에서 중국문학박사학위를 받았다. 서경대와 성신여대에서 강의하였으며, 국민대학교 박물관학예부장, 중어중문학과 산학협력교수와 교양대학 초빙교수로 재직하였다. 저·역서로,

《李白과 杜甫》(공역, 까치출판사, 1992).

《李白 오칠언절구五七言絕句》(문학과 지성사, 2006. 대산세계문학총서 047).

《이태백 명시문선집》(도서출판 박이정, 2013).

《이태백 문부집文賦集 상·중·하》(학고방, 2020. 한국연구재단학술명저번역총서 동양편 624).

이밖에도 「이백시의 현실반영에 관한 연구」(박사학위논문), 「이백 악부시 연구」(석사학위논문), 「제천의 아름다움을 담은 「사군강산삼선수석四郡江山參僊水石〉」, 「사부(經史子集) 분류법」등의 논문이 있다.

| 해설 |

양현승梁鉉承

전라남도 화순에서 출생하였다. 국민대학교 국어국문학과를 졸업하고 동대학원에서 석사·박사 과정을 수료하고 경기도 성남 풍생고등학교, 서울 재현고등학교 교사를 거쳐 서정대학교 겸임교수, 국민대학교 글로벌인문지역대학 한국어문학부 교수를 역임하였다. 저·역서로,

《진달래변증법》(시집, 보성출판사, 1989)

《에세이 '술' 2》(공저, 보성출판사, 1990)

《한국 '說'文學研究》(도서출판 박이정, 2001)

역주 《片玉奇遇記》(공저, 도서출판 박이정, 2002)

《한국 '說'文學選》(도서출판 월인, 2004)

역주 《濟州梁氏世蹟》(도서출판 월인, 2007)

국역 《興武王實紀》(도서출판 월인, 2014)

국역 《鼎谷集》(도서출판 월인, 2015)

《孤山 尹善道漢詩의 譯註와 解說Ⅰ》(공저, 도서출판 월인, 2015)

역주 《瑞竹詩集》(도서출판 월인, 2017)

《韓國 '說'文學目錄集Ⅰ·Ⅱ》(도서출판 월인, 2020)

《소도시기행Ⅰ》(공저, 나무자전거, 2020)

역해《독립지사 지강 양한묵 한시집 '靑山'》(나무자전거, 2023)

외 논문이 있다.

시선 이백의 음주시 산책

詩仙 李白의 飮酒詩 散策

초판 인쇄 2023년 11월 30일
초판 발행 2023년 12월 10일

역　　주 | 황선재
해　　설 | 양현승
펴 낸 이 | 하운근
펴 낸 곳 | 學古房

주　　소 | 경기도 고양시 덕양구 통일로 140 삼송테크노밸리 A동 B224
전　　화 | (02)353-9908 편집부(02)356-9903
팩　　스 | (02)6959-8234
홈페이지 | http://hakgobang.co.kr/
전자우편 | hakgobang@naver.com, hakgobang@chol.com
등록번호 | 제311-1994-000001호

ISBN 979-11-6995-467-9 93820

값 33,000원

■ 파본은 교환해 드립니다.